栗新 ◎ 著

浮羲

天巡之怒

知识产权出版社
全国百佳图书出版单位
—北京—

图书在版编目（CIP）数据

浮羲：天巡之怒 / 栗新著. —北京：知识产权出版社，2025.4.
ISBN 978-7-5130-9789-5

Ⅰ.I247.5

中国国家版本馆CIP数据核字第20250BJ574号

责任编辑：卢媛媛　　　　　　　　责任印制：孙婷婷

浮羲——天巡之怒
FUXI——TIANXUN ZHINU

栗　新　著

出版发行	知识产权出版社 有限责任公司	网　　址	http：//www.ipph.cn
电　　话	010－82004826		http：//www.laichushu.com
社　　址	北京市海淀区气象路50号院	邮　　编	100081
责编电话	010－82000860转8597	责编邮箱	luyuanyuan@cnipr.com
发行电话	010－82000860转8101	发行传真	010－82000893
印　　刷	三河市国英印务有限公司	经　　销	新华书店、各大网上书店及相关专业书店
开　　本	720mm×1000mm　1/16	印　　张	27.75
版　　次	2025年4月第1版	印　　次	2025年4月第1次印刷
字　　数	415千字	定　　价	88.00元

ISBN 978－7－5130－9789－5

出版权专有　侵权必究

如有印装质量问题，本社负责调换。

>>>

　　一夜梦魇,让人辗转难眠……

　　在梦中,我看见玩镰刀的撒旦,看见无所事事的上帝,看见坐在天堂中的自己……

　　梦中的曾经,点点滴滴,如错乱的漫天飞雪,就那么零零落落,就那么四处飘舞……

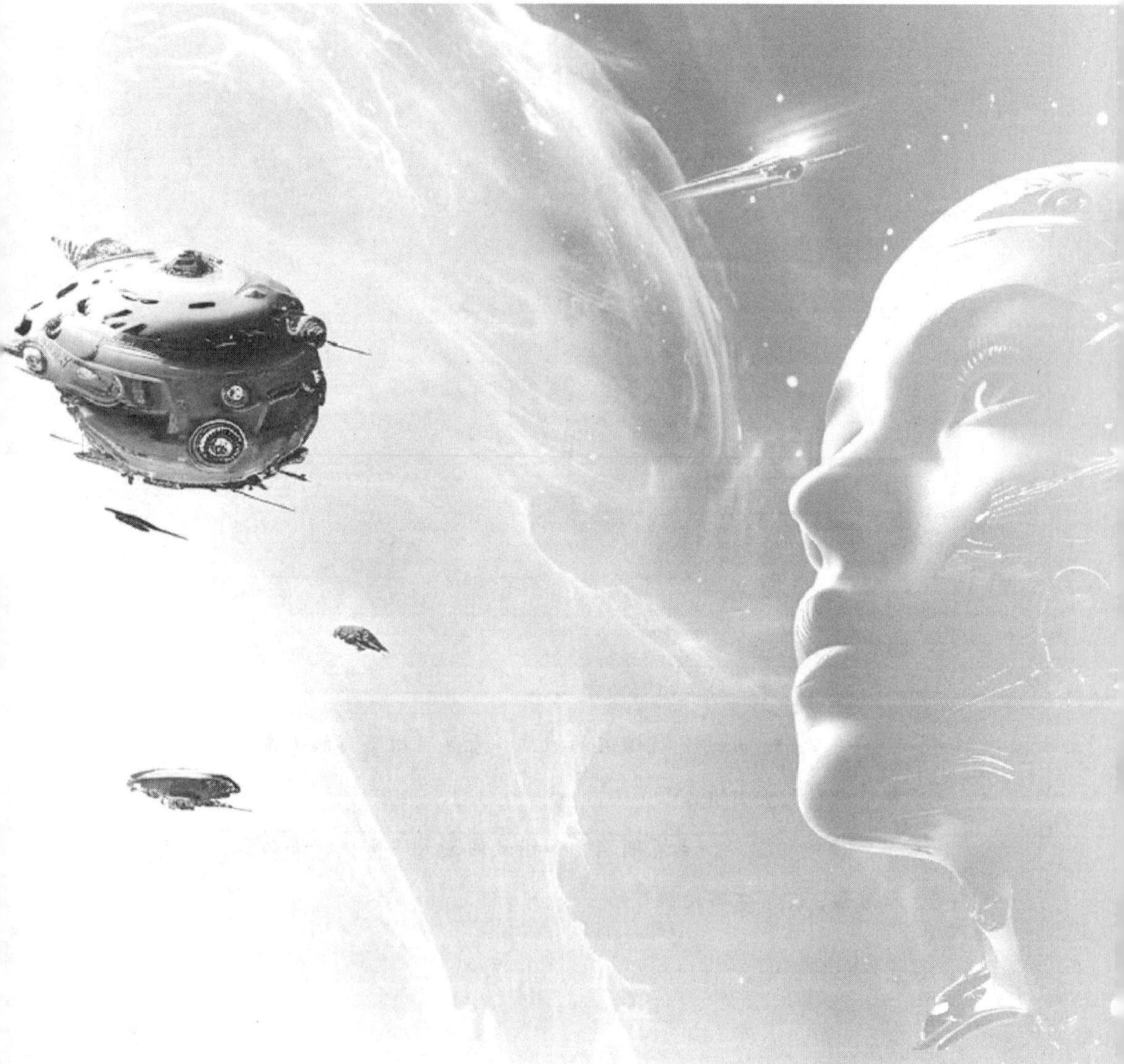

目录 contents

001 // 第 一 章　凌乱

014 // 第 二 章　坠落的使徒

026 // 第 三 章　无形的囚笼

037 // 第 四 章　一个理由

051 // 第 五 章　奢华的世界

063 // 第 六 章　上帝的审判

075 // 第 七 章　失控的仿生人

086 // 第 八 章　泡泡的迷宫

100 // 第 九 章　命运之轮

112 // 第 十 章　一枚硬币

125 // 第十一章　秃噜神庙

136 // 第十二章　崩塌

148 // 第十三章　疯子的世界

160 // 第十四章　死神的游戏

171 // 第十五章　活死人

184 // 第十六章　帝客的战争

197 //	第 十 七 章	残局
208 //	第 十 八 章	天空城
219 //	第 十 九 章	偷窥
230 //	第 二 十 章	火星之旅
243 //	第二十一章	休山疯人院
257 //	第二十二章	星际禁区
271 //	第二十三章	基子的世界
285 //	第二十四章	幽灵飞船
298 //	第二十五章	天启之门
312 //	第二十六章	黑魔法
327 //	第二十七章	猜疑
338 //	第二十八章	围棋
348 //	第二十九章	杀死伊雅婷
359 //	第 三 十 章	异星战场
372 //	第三十一章	尸潮
384 //	第三十二章	基点
397 //	第三十三章	鬼使与神差
408 //	第三十四章	天巡
419 //	第三十五章	最后的选择

第一章
凌乱

　　朝阳爬上窗台的那一刻，我还在犹豫是否应该爬起来，我完全有理由再多睡一会儿，毕竟我才和枕头亲密了三个多小时。可是听见挂钟一格格跳动的秒针声，再不起来，恐怕真的会发生什么……

　　"阿斗。"我喊道。给一条狗起绰号"阿斗"，实属无聊中的无奈，在这个崇尚"绅狗"的年代，你不可能有足够的耐心去教一只狗如何控制住本性而绅士起来，所以，你会对自己的努力感到沮丧，继而给愤怒寻找一个出口……

　　"什么事啊？这么早就打扰人家清梦。"帝客趴在地板上，不情愿地抬了下头，用睡意蒙眬的眼神看着我，甚至不考虑摇下尾巴。

　　"抱歉打扰你的美梦，不过我还是得告诉你，我现在必须走了。早餐我会给你放在桌子上，不要总是把它们弄得乱七八糟。中午我肯定也不会回来，你最好自己想办法解决。至于晚餐，如果我还是回不来的话，你爱吃什么就让杰琳给你做好了。"我没完没了地说道。

　　"你怎么这么年轻就开始啰里啰嗦了呢？"帝客在我走出卧室的时候，终于动了一下尾巴，算是跟我道别。

　　我不会和一条狗较真的，我飞快地奔向梳洗间，一路大声地喊道："杰琳，麻烦把我的早餐端出来好吗？"

　　杰琳愉快地舒展开身体，她很喜欢有事可做，而且不知疲倦。但电费很贵不是？所以……

　　此刻电话响了一下，立刻传出一个少女的声音："龙，在哪儿呢？希望没有打扰到你的好梦。"

我从梳洗间探出头,看着影像里笑盈盈的安娜,奇怪道:"你今天心情好像不错?"

"你怎么知道的?"安娜几乎是巡视了一圈才找到我,她皱起眉头鄙夷地说道,"就知道你才起来,天天睡,怎么就没看到你长胖?"

我龇了下牙:"不就是想说我是一头猪吗?干吗要绕这么远?"

"哈哈,聪明,不过我想你很快就该高兴不起来了,至少再让我看见你的时候,你应该不会和现在一样咧着帝客般的大嘴对我口嗨了。"安娜说着,冲我扬了扬拳,告辞道,"不和你斗口了,中午我有事,要爽约了。拜!"

"为什么?是不是你哥哥……"我心有余悸地问道,可是安娜已经挂掉了电话。

我不知道安娜在向我暗示什么,但肯定会有什么糟糕的事情在等着我,难道就不能让我舒舒坦坦地过上一天吗?这样的生活真是糟糕透顶……

镜子中的我,依然蓬头垢面,再怎么梳理,也摆不平心中乱草般的心情。每次面对镜子,总会有那么一刻跑神,一幅幅奇怪的画面会出现在我的眼前,光离古怪,荒诞不经,在颠倒时空的瞬间,也总会颠倒去我的认知……

奇怪,威克不是早在我梦中"挂"掉了吗?还有帝客和安……

我看见了鲜血,看见了死亡……

一捧冰冷的水拍在额头,才摆脱眼前血淋淋的画面。我讨厌这种幻觉,它们总是不经意间出现在眼前,并肆意地扰乱在我的世界……

事实上,现实中的我已经很少有时间顾及自己大脑出什么问题了,自从威克总编上个月把我从科教部调到社会部,我已然焦头烂额。随后威克又丢来堆积如山的采访表,甚至连我不满的表情都没有看一眼,就一脸严肃地对我说:"你该减肥了,龙。"

那一刻,我甚至想不明白自己究竟是太胖了,还是太瘦了,真是奇怪的兄妹,怎么连胖瘦的定义都如此不同?是的,从那一天起,我的好日子算是到头了,如果不是为了安娜,我……

和大多逆来顺受的普通人一样,苟延残喘在众人之世,我是无论如何也做不出什么出格的事情来的。在这个悲催的世界上,每个人都像被碾压在巨人脚底板下的臭虫,每天苟活在嘲讽的话语和无形的皮鞭下,陀螺般永不停歇地围绕在那些头顶光环的魔鬼身边旋转,即使转出个斗转星移,转出个子丑寅卯,你依然无法自已,依然无法抗拒……

灵移是辆车,一辆丝毫带不来脸面的车。虽然脸面不能当饭吃,但它真的能让你每日打着饱嗝,风光无限地晃荡在这个世界上,甚至可以让你开始指手画脚世间万事万物,甚至可以让你云淡风轻地把国事家事混为一谈……

当灵移从一个圆环建筑的中心穿过时,蓦然,一个冒冒失失的巨大飞行器,斜刺里窜了出来,里面两个巨神星的巨人,正咧着大盆一样的巨口,挑衅地向我发出怒吼。那一刻,我差点魂飞天外。

"该死的,真当这是自己的家啊。"我咆哮着冲他们竖起了中指。

直到心情平复下来,我才突然感觉自己真的很搞笑,外星人怎么可能知道竖起中指的含义呢?即使知道,他们也未必能理解,就像我们曾经理解科技可以改变生活一样,认为科技之下的未来,我们每个人都可以坐在智能机器人的"尸骨"上,惬意地享受着免费的午餐……

在一处如何也回避不了的红灯路口,灵移翩然而停,巨大的惯性把我的"午餐"抛出了窗外。前方正稀稀拉拉地走过一队示威者,他们高举着写有"自由生命"以及"反对虐待动物"之类的牌子。很显然,他们就是帝客常常拿来威胁我的群体,一群"无事生非"的家伙。

"唉——"我居然学会了叹气,眼前这些连自己都没有摆弄明白的人,居然还想去改变别人,改变世界,简直可笑到没谁。

是的,改变真的很容易,至少在五分钟后,我已经不再小肚鸡肠地去想什么,面对毫无改变一脸铁灰的威克,唯一的感觉就是:天——真的会塌的!

"你不必在我面前装出一副可怜巴巴的模样,我不管你找出什么样的理由,如果周六还拿不到采访稿,你就该认真地考虑考虑如何从这里走出去的问题了。"威克拗口地说着,他咄咄逼人的目光盯在我的脸上,"如果有时间,我希望你能多考虑一些工作上的问题,而不是整天做什么白日梦……"

"我——"我看见钟表已经快九点了,我开始放任一种糟糕的局面发生,源于内心的抗拒。

"你什么都不用说,现在只听我说好吗?南茜说你昨天的稿子晚了一个钟点,排版的员工因此被迫加班,难道你不知道加班是需要付加班费的吗?龙,我真的不想整天在你面前唠唠叨叨了,可……"威克站起来倒了杯水,润了下燥热的喉咙,再次喋喋不休地说了下去。

"我——"该死的威克还在没完没了地谈论我个人的问题,如果不是为了他的妹妹安娜,我肯定会摔门而去的。当然,还为了那么点别的什么。

"昨晚希莱斯克酒店失火的案子,有没有什么疑点?真的是意外吗?"威克终于提到正题。

"当然有,不过现在可能有些晚了。"我耸了耸肩说。

"什么晚了?"威克困惑地问。

"我本来已经和消防队的马丁中尉约好九点去他办公室的,现在恐怕要迟到了。"我看着又要火山爆发的威克,解释道,"别这样看着我,是你根本没有给我开口的机会。"

"该死的,快滚吧。"威克看了一下表,咆哮道。

"那我就滚了。"我挠了挠头皮,抓起靠背上的公文包,麻溜地滚了出去。

连我自己都不知道从哪一天开始,突然不再介意自己的尊严是否被践踏在别人的脚下。由此,我甚至像阿Q般,能从别人的脚趾缝中看到一个不一样的世界,甚至开始认为能嗅到奇臭无比的脚丫子也是一种人生的体验。我甚至开始荒唐地认为,既然是一种体验,当然也是一种财富,因为它多多少少能让你多出一份别人不曾拥有的感慨和惆怅……

我开始诅咒威克,该死的威克总是自以为是且事无巨细地去支配每一个人,总是毫无智慧地挥舞起总编的大棒,似乎只有那样才会赢得尊严,根本不知道我已经受够了……

受够了又能怎样?我总不能撒丫子走人吧?真如此,我相信随后就会有很多脚丫子立刻填补上来,这个世界什么都缺就是不缺人不是?生活就是生活,屈尊人下,你还能不工作了吗?呵呵,想想就好,还真的别把自己太当回事……

就像此刻消防中队的马丁中尉，虽然面对姗姗来迟的我表现出诸多不满，但还是得碍于南茜的情面来见我。

看见没有？他正苦着脸走来。这就是工作，即使一百个不情愿，他还是不得不劳烦自己的双腿走出来，甚至为了让自己显得绅士那么一点，他甚至开始挤出了点笑的模样。

马丁中尉把一沓资料撂在桌上，飞快地说道："所有的材料都在这里了。据初步调查，起火点可能是烟头点燃被单引起的，目前尚未发现其他疑点。死者是一位男性，具体的身份，你可以到警视厅去查询。"

"能不能理解为是一场意外事故呢？"我希望如此，至少那样就可以顺利交差了。

"还在调查中，有结论后我会通知你的。"马丁中尉说着，向我伸出宽大的手掌，"就这样吧，我还有一个很重要的会议要参加。"

"谢谢您！"我本来还想问点什么，但此刻，我只好就此结束，无奈地伸出手去。

因为灵移的没排面，所以我不得不耗费近半小时才赶到偏远的警视厅。警视厅坐落在北海道路，它夯实的方形结构和周边的建筑格格不入，甚至给人以突兀的感觉。当然，作为政府机构，它足够巍峨和高大……

我快步走进办事大厅，查询到处理希莱斯克案的是林探长，于是拿到电话，忐忑不安地联系到他。

"你是《第一现场》的龙记者？哈哈，久闻大名。好的，你现在上来吧，我就在办公室。"林探长夸张热情的语气让人倍感温暖。这种感觉真的好极了。

"我认识你们的刘书书记者，我们是多年的朋友了，他怎么没有来？"林探长还没等我坐下，就开口问道。他看上去很年轻，一身休闲打扮丝毫掩饰不住魁梧的身材。

谁是刘书书？我有点晕头转向，事实上，到社会部后，我面对的都是彼此不在一个轨道上的外星人。但眼下，我至少要先装出认识一个叫刘书书的人才是:"他可是大忙人,肯定在忙别的什么大事。"

林探长话题一转:"你是为希莱斯克案子来的?"

"是的,结果出来了吗?"我坐直了身体。

林探长梳理下头绪,说道:"尸检结果已经出来,呼吸道中并没有发现明显的灼伤痕迹,肺中也没有发现烟尘颗粒,所以能肯定的是,死者并非死于火灾。不过是不是谋杀,目前同样不敢确定,这需要进一步的解剖和调查来佐证。要知道这年头什么稀奇古怪的案子都有,自杀还摆迷魂阵的大有人在。"

"他的身份查明了吗?"我有点头大,因为这个已死的倒霉鬼已经把倒霉留给了我。

"没有,他是使用伪造的证件号在网络上预订的房间,现场也没留下什么线索,目前我们正在比对他的生物信息,就是不知道结果什么时候能出来。"林探长一脸无奈地说。

"酒店的监控就没有发现点什么吗?"我问道。

林探长开始挠起了头,含糊说道:"我最近很忙,手上的案子堆了一堆,还没有来得及……"

我突然意识到点什么,不等他说完就马上笑道:"这个案子好像不那么简单了,晚上有时间吗?我们喝一杯聊聊。"

我看到了他的犹豫,于是立刻站起身来,告辞道:"这样好了,我还有一个重要的发布会要赶时间,就先告辞了,晚上我再联系您,添麻烦了。"

还好,我不是爱撒谎的人,所以我马不停蹄地赶到外交部新闻发布会大厅,进去后才惊讶地发现,我居然是第一个到场的记者。

新闻发布会十一点半开始,看看表,还有四十多分钟,于是我跑到最前排,找了个中间位置坐下,开始整理材料撰写提问重点……

不知不觉中,困意悄悄爬上我的眼帘……

"谢谢大家,新闻发布会到此结束。"

我猛然惊醒,旁边立刻凑过来一张明媚的脸庞:"你是我见过的最为专业的记者,祝你好运!"话音落去,一个袅娜的腰肢在我朦胧的视野中渐渐淡去……

上帝！我错过了什么？我梦见了帝客，一个要命的家伙……

这个世界上没有后悔药可买，自然也没有什么时空穿越和时光倒流的科技让你重新来过，你总是要为自己的行为买单的。你大概现在唯一可以做的就是祈祷，祈祷还能挽回点什么，或许只是自我安抚一下……

我钻进一家咖啡馆，懊恼地翻看起发布会的视频，然后胡乱地搜索些材料，开始着手撰写新闻稿。新闻是什么？新闻就是上下两张嘴皮，即使面对同一现场，不同的新闻人也总能写出不一样的真相。

惴惴不安中，胡编乱造的稿子被我飞快地发了出去，至少我希望威克不会看到发布会上酣然入睡的我，更不会看到新闻发言人无奈的调侃。

走出咖啡馆，我随意地走在街道上，暖洋洋的太阳从两栋大厦的缝隙中挣扎出半张脸来，冲我微笑着。它似乎在对我说："嗨，老伙计，我今天终于抓到你了。"

我已经记不清上次注目太阳是何年何月的事情了，在杂乱繁忙的每一天，唯一能够和我深情相对的只有枕头。我苦笑着摇了摇头，这种糟糕的生活，我不知道还要持续多久。

《第一现场》是全球数一数二的媒体大鳄，业务范围更是覆盖了整个媒体行业，能够在这里谋个职位，是很多新闻人的梦想。

当然，能在《第一现场》供职，收获的不仅有荣耀，还会有死亡，这里不堪重负的自杀记录在行业中也是首屈一指的。更糟糕的是，眼下的我就走在这条没有回程的路上。

眼前红灯闪烁，我似乎站在了人生的十字路口，何去何从是我必将面临的选择。我几乎不假思索地选择了右转，不必穿越路口，不必等待绿灯。这也是我在无数磨难中习得的真知。相信我，如果你真的想逃避什么，看见路口右转就是，目标总能达到不是？

是的，我很快就在路边找到一处提供临时休息的蜗居钻了进去，胡乱地翻看着网上刚刚上传的新闻热点，可是在某一刻，我就那么又一次睡着了。

当我再次睁开眼睛的时候，已经是下午五点，我想起了林探长，也想起了灵移。在路旁的一家餐厅，我打通了林探长的电话，一两句推辞后，他终于答应下来。

目光游离在窗外的行人身上，至少有那么一刻我是想笑的，感觉眼前忙忙碌碌的人们，真的和蚂蚁一样，劳其一生，奔跑在去往死亡的道路上，甚至不知道停一下酸软的脚步，去思考个为什么出来。是的，至少蝼蚁般的我就想不明白，除了为了活着而活着，我还能去做什么？或者，我还能活出点什么花样？

你当然可以活在无限的虚拟世界中，也可以活在没有尽头的寻梦当中去，可是，如果失去思考，你真的认为自己还在活着吗？还是行尸走肉般地活在别人的世界中，为了别人而活着。抑或，像我一样，只是为了活着而活着……

林探长如约而至，他是让人感觉很爽心的那种人，会兄弟情深，会热情满满地结交任何在未来可能会帮助到自己的人。

几杯酒下肚，我问道："生物信息比对结果出来了吗？"

林探长说道："只有DNA结果出来了，可以确定受害人是一名三十岁左右的亚洲籍男子。至于其他的生物信息，尚未在国内匹配到。我们正在尝试对接国外的基因库来做比对，但你也是知道的，这会很麻烦，也会很耗时，可能要等很久也未必会有结果。"

"这种情况下，结案大概需要等多久呢？"漫长的等待，即使不从新闻价值来考量，就是我自己，估计都会在下一秒钟忘掉。

"不确定，可能十天半月，也可能遥遥无期。"林探长不合时宜地大笑起来，面对我的困惑，他解释道，"毕竟这是一桩小案子，很多大案还排着队呢。所以，在没有新的证据出现之前，这样的案子注定会被挂档的。"

"那不是草菅人命吗？"口不择言的我脱口说道。

"呵呵。"即使尴尬，但林探长依旧在笑，他长叹一声道，"我们手头上的案子虽说不上堆积如山，但也够我们一年三百六十五天忙得脚不沾地了，为这样的案子耗费太多警力物力，只能让更多的案子错失破案良机，那才是草菅人命，毕竟我们也是力不从心。"

"唉，怎么会这样？"我的眼前已经浮现出威克的身影，"对了，监控视频有吗？好歹我得发点什么，不然回去都没办法交差了。"

此刻林探长的脸庞已经红润起来，多多少少带了点醉意，他犹豫了半天，才吞吞吐吐地说："那天酒店的监控系统出了问题，很奇怪不是？还有，截至目前，我们依旧无法确定死者的身份和相貌，以及出事的房间是否有其他人进入过。"

我吃惊地望着林探长，感觉这个案子越来越扑朔迷离了。

"也许，他真的是自杀的吧？"林探长耸了一下肩，抛给我一个不确定的答案。

从酒店出来的时候，林探长给了我一个熊抱，然后手摇着几张演唱会的票钻进车中，一脸满足地走了。

灵移一直静静地跟在我的身后。此刻，夜幕下那炫目的霓虹，丝毫遮挡不住暗夜来袭后的黑暗，处处弥漫着来自地狱里的气息。

夜空的大幕中，时不时会闪现出由一群明星男女代言的广告，画面中的他们无疑是星光闪耀的，他们英俊潇洒，她们天生丽质。只有你在现实中真正接触过他们，你才会发现，原来你信以为真的一切，只不过是画皮般的存在。

画皮的生活是五彩斑斓的，而我们的生活却是单调枯燥的，我们每天都在忙忙碌碌中碌碌无为地存在着。所以，在这个世界上，我们是那群注定一生都难见天日的人，我们四处奔波在命运的漩涡中，不但渐渐淡漠在世俗的繁华中，也渐渐淡漠在身边的五颜六色中。

我当然不是一个悲观厌世的人，我热爱生活，甚至比任何人都要热爱眼前的世界，即便面对无从改变和扭曲的一切，我只是偶尔发发牢骚。

不知道走了多久，当安娜打来电话，我才诧异地发觉，我真的该回家好好睡上一觉了，为了无奈的生活，也为了迷惘中的明天……

每个人在爬出温暖的被窝时，都不会知道有什么样的一天在等待着自己。或许美梦一场后，走上街头，才发觉还不如来场梦魇，至少那样，还有醒来的机会……

刚进办公室，南茜副总编就把一份沉甸甸的资料和采访函递给了我："你不是一直对异常团体感兴趣吗？这里就有一桩案子，交给你了。"

看着南茜笑嘻嘻的模样，我真的没有拒绝的理由，虽然我很想趴在办公桌上，清茶泡水的那么喝上一天……

"交给我，你放心。"我随手打开资料，禁不住吃了一惊。里面居然是眼下正闹得沸沸扬扬的日本真知社案，一个我一直想插手却被威克拒之门外的案子。

"这可是总编亲手掌控的案件，你可别搞砸了哦。"南茜走到门口，不放心地回头嘱咐我道。

"知道了。"

"你真的确定你知道了？"南茜又探回头，冲我喊道。

"没有比知道更知道的了。"南茜真的很美，美到连安娜都会小肚鸡肠。

"干吗这么凶我？"南茜立刻想到什么，"是不是安娜又在背后说我什么了？"

"没有啦，南茜妈妈。"我开心地说道。

"哼，她得敢。"南茜孩子般冲我扬了扬拳头。

南茜的年龄一直是一个谜，没有人知道她究竟有多大，即使是集团退休的老人，也只能无奈地告诉你："我们年轻的时候也曾好奇过，也曾向我们的前辈打听过，但好像没有人能够回答得了这个问题。"

他们甚至告诉我："从我们进入集团那一天起，到现在，她小姑娘的模样自始至终都没有发生过任何改变。"

"她看上去就像个十七八岁的小姑娘，这怎么可能？她应该做过基因改良，要么干脆就是个基因人。"安娜曾经嫉妒满满地说。

"基因人也会老的。据我所知，集团成立时她就在这里了，这样算来她的年龄应该在百岁以上。"威克摇头道。

"难道她是机器人？仿生人？纳米人？外星人……"安娜开启了无限无脑的猜想模式。

事实上，我也曾无礼地向南茜问过她的年龄。

"你猜？"一双萌化掉的大眼睛，忽闪在我的眼前。

"真是个妖一样的女孩。"看着南茜离开的身影，我迟疑地掀开了真知社的资料。

首先映入眼帘的是一份威克亲笔撰写的采访提纲，那一刻，我几乎崩溃，感觉威克就像采访函中的神武社长那样，不仅在牢牢地把握着我的命运，甚至连我的举手投足也要为其所左右……

当一个人连生命都成了他人存在的延续，是可悲的。但是，并不是每个人都能把握自己的命运。不管如何厌恶威克的把控，眼下的我，还是像一个被提了线的木偶，走进了一场与魔鬼的对话……

神武社长迟到了一个小时零三分钟，在我已经如坐针毡的时候，他才慢腾腾地走进会客室，他的脸上甚至没有表示出半点歉意，就那么直戳戳地坐在了我的面前，傲慢无礼地说道："我只有五分钟的时间，你可以问问题了。"

他的傲慢与无理让人无法忍受，虽然衣冠楚楚，虽然经过改良的黝黑的头发梳理得一丝不乱……

面对他高高在上不可一世的模样，我一肚子的怒火被勾了起来。我放下采访簿，然后对自己说："让威克那些无聊的问题见鬼去吧。"

我收敛起微笑，随口问道："听说您有十个孩子，他们都加入了真知社吗？"

这是一个看上去十分无礼的问题，但对于很多人来说，加入真知社却等同于获得了一种荣耀。是的，真知社从默默无闻到家喻户晓，仅仅用了十年的时间，它就像一只突然变异了的章鱼，快速扩张成一个巨无霸，它的触角遍及全球，牢牢把控着众多优秀的企业。

神武社长一怔，显然对我超出采访提纲的问题感到意外，但他还是回答道："没有，毕竟每个人都有自己的事业，自己的生活，乃至自己的追求和信仰。我非常尊重他们的选择，同样，他们也十分尊重我的事业。"

"您预言了一场前所未有的宇宙磁暴，并说那将是一场末日般的浩劫。您还说，您拥有保护社员的能力。那么对于其他人来说，特别是对您的孩子来说，您是否也可以帮助他们免于浩劫呢？"面对魔鬼，我已然邪恶。

事实上，这一直是我很困惑的地方：为什么每个人都会有拯救世界的妄想症呢？不管优秀与否，总有一些人在因此而蠢蠢欲动，甚至包括我。

"身为社长，保护社员的安全是我义不容辞的责任。当然，如果有足够的能力，我自然愿意帮助到更多的人。"对话只是刚刚开始，神武社长已经开始频繁地看起表来，他正走向失控。

"您口中所说的宇宙磁暴即将席卷地球的依据是什么呢？如果没有真实的科学依据，是不是就很容易让人联想到历史上曾经发生过的很多类似的末日预言呢？事实证明，这些末日论者，除了欺世盗名之外，他们更多的是在满足自己的私欲，甚至造成血淋淋的后果。还有，您所拥有的保护能力究竟是什么呢？"我面带讥讽地问道。

一直有一种传闻，说真知社正在全球各地构筑庇护所，它们深入地下数百米，每一处都有容纳万人之巨，且拥有独立完善的生态体系。当然，它们至今依旧只存在于传闻中，没有任何证据来支撑它们的真实存在。

神武社长的脸色变得很难看，他甚至两次拿起雪茄又放了回去，沉默良久，终于说道："我只能告诉你，我是星际联盟空间研究院的成员，多年前，我曾观测到这场磁暴的形成，也测算出它的运动轨迹，所以，为了避免严重后果的发生，我有必要提前发出这样的警告，而不是保持沉默。"

"据我所知，不管是地球还是星际联盟，好像都不存在您口中所说的组织，而且，已经有很多知名科学家对您的论断提出了质疑，甚至嗤之以鼻。您注意到了吗？"我用玩味的语气问道。

"真理永远掌握在少数人的手中，他们可以置若罔闻，但他们无法抹杀真相。还有，你为什么要偏离采访申请来问这些毫无意义的问题呢？这样做的目的又是什么呢？"神武社长恼怒地问道。

"听说您和您的真知社正在接受国际人权法庭的调查，他们认为您和您的社员在世界各地引发了前所未有的恐慌，甚至发生了很多无法理喻和不可思议的事情。您对此有什么看法呢？还有，您好像忽略了关于能力的问题，它是指庇护所吗？"我继续肆无忌惮地提问。

何止真理，财富也永远掌握在少数人的手中。面对资本，面对阴谋论，面对伪科学，我总有一种奇怪的冲动，那就是把它们统统丢进垃圾桶中。

是的，比起垃圾，它们更加令人憎恶……

"我有必要告诉你我的能力是什么吗？他们又有什么资格来干涉我的言论自由？"神武社长恼羞成怒道。

"可他们高度怀疑在您那里不仅存在大量的谋杀，还有很多令人无法启齿的事情，会是这样吗？"我按捺住内心的兴奋，在我的印象中，这些招摇撞骗的人应该个个伶牙俐齿才对。

"他们在造谣，根本没有那样的事情。我希望他们能够拿出证据来，他们不可以就这样信口雌黄而不承担任何后果。"神武社长终于燃起了一根雪茄，他脸上的肌肉在不受控制地跳动。

"有一个叫小渊美子的您认识吗？他们确信她可以作为证人并在法庭上指控您。您怎么看？"我快速问道。

"不，我从来不认识一个叫小渊美子的人，社里也从来没有这样一个女人。"神武社长终于失控，他站了起来，恼怒地挥手说道，"好了，今天的采访就到这里。"他居然在否认，居然站起来径直向外走去。

"我能问您最后一个问题吗？"我在他身后喊道，"您听说过平野郎吗？"

"没有。"神武社长气冲冲地走了，至少他应该能够面对我五分钟才是。

我完美地搞砸了威克得来不易的采访，但我丝毫没有内疚，一个疯子怎么可能让另一个疯子随心所欲地去支配呢？要疯，大家应该一起疯才是。

我并不奇怪自己目前的状态，我就像一颗定时炸弹，会时不时癫狂那么一下，给自己，也给身边的人带去点"惊喜"。

我之所以这样，完全是因为生活的无趣。这或许就是一个没有信仰的人的悲哀。在我的认知中，信仰自由从来都是一个沉重的话题，它并不只是在简单地告诉一个人应该为何和如何活着的问题，它还是一些人手中的摇钱树和聚宝盆，还是一群人与另一群人手中的武器。

心猿意马中，一辆黑色跑车迎面驶来，它一滑而过，卷起的一阵凉风把我的思绪吹个七零八落。余光中，我看见驾驶座上是一个短平头的年轻人，可能他真的很普通，以至于随便让哪个人看上一眼都会略感眼熟。

他是谁？我回过头去……

第二章
坠落的使徒

走出雨石庄园，我才想起自己必须去面对的事情。

这是一个朗朗乾坤的世界，却活生生冒出一堆莫名其妙的人来，随便搬弄些牛鬼蛇神，还真的有人信了。相信能得到财富，相信能得到权力，相信能得到庇佑，甚至相信能够改变自己的宿命……

这很可笑，也很可悲，如果你活着只是为了赢得他人的青睐，即使他人能让你永生，但你活着又和死了有什么区别呢？因为你的命，现在不是自己的，未来也不是自己的，甚至自始至终都只能是别人的。

走在灰蒙蒙的街道上，思绪缭乱的我并没有选择马上赶回报社，而是抛开杂念就近去了一家大学的图书馆，然后安静地坐在一个角落，开始天马行空地臆造这次"完美"的采访，至少我要保证它是威克想要看到的那样。

我始终想不明白，为什么威克会对神武社长的案子有那么大的兴趣。在这个杂乱的世界，随便拎出件事，都远比一个真知社来得醒目，比如星际联盟使团的到来，比如不断持续升温的无业人士要求改善就业和福利的大游行，比如机器人联合总会的大罢工以及它们正在探讨组建自己国度的可能，比如外星人在未来城的肆意妄为和文化入侵，比如……

对我而言，对真知社的关注却完全是因为安娜，甚至只是为了她的社会研究。当然，我并不否认常常会从安娜那里听到些骇人听闻的东西，一些绝非普通人可以想象和理解的东西，它们绝对会令人极度不适。

大多情况下，平凡之世的包容与无视，会让更多的黑暗肆意地流淌在我们的世界中，它们如无形的绞索般绞在凡人的脖颈上，扼制你的思想，甚至剥夺你的生命。凡人如我，注定无法狩猎别人的我，只能去囚禁自己。我一边杂乱地想着，一边在网上检索起关于真知社的相关信息。

事实上，真知社事件完全是因为小渊美子的叛逃引爆出来的，传言她将在国际人权法庭作证，去指证一些不为人知的内幕。也正因为如此，她在遭受追杀。

不过这并不是唯一的导火索，在过去几年，神武社长统御下的真知社不断传出各种丑闻，杀人越货也是常有耳闻，虽然大多不了了之，但还是吸引到人权界的诸多关注。

神武社长五十七岁，本名武藤正二，年轻的时候曾经在一家化工企业做了五年技术专员，后来因为一次事故而被问责辞退。遭遇人生首败的他决定彻底放飞自己，于是四处借钱经营起了一家信息咨询公司。但让他想不到的是，公司不但生意惨淡难以为继，还因此让他背负了一屁股的高利贷。也就是在那个时候，倍感压力的他开始在一家社团做起了社工，直到公司倒闭。

在能查阅到的履历中，武藤正二在公司倒闭后有着近六年的履历空白期，当他再次出现在公众视野中的时候，他的头上多了一个光鲜亮丽的光环，那就是真知社社长。

真知社并非传统企业，它只是一个具有慈善倾向的民间互助社团，随着它的快速发展，如今的它，已然扩张成一个拥有无限能力的财团。

"博爱、平等、离恶、求真"一直是真知社的文化名片。这样的理念，在这个迷失的年代，有着无穷的魔力，毕竟这个世界上，寻求归宿和排解迷茫的人比比皆是。就这样，众多寻找心灵寄托的人开始密密麻麻地聚集在真知社的脚下，并最终让真知社家喻户晓。

不过随着一桩性侵案的传出，神武社长开始陷身于各种丑闻无法自拔，直到他突然提出荒诞的"末日论"，直到这种异端邪说引起社会的恐慌，再次引起有关当局的重视。

也正是这次危言耸听的末日论，导致了国际人权法庭的直接介入。随着小渊美子的出逃和爆料，神武社长坐在了口诛笔伐的火山口。面对即将来临的火山大爆发，真知社似乎真的在劫难逃了。

随着一张照片的打开，我诧异地发现，小渊美子居然不是我自以为的那种纤弱无助而又懵懵懂懂的花季少女，她看上去很聪慧，打扮得体，显然是一位事业有成的人。在小渊美子的履历中，她毕业于东京大学哲学系，毕业后曾在不少地方打过不同的短工，后经营一家咖啡吧，由于经营有道，在当地还颇有名气。

在传闻中，小渊美子不仅沦为社长的玩偶，还曾遭遇来自社内的敲诈与勒索，失踪了很久，才得以逃出生天。

我真的想不明白，是什么样的诱惑能够让一个知识型加事业型的女人抛弃一切加入真知社？除非她是真的疯了……

平野郎是我关注的另一个对象，他曾是一名特种兵，并在服役期间赢得了空手道黑带。平野郎退役后的履历一直是空白的，在此期间，他成功地把自己"混"成了多宗谋杀案的嫌疑人，还成了国际刑警组织认定的A级红色通缉犯。在网上可以查阅到的几宗命案中，其中最大的一宗涉嫌谋杀日本芝林集团伦敦办事处的代表野田，并在逃逸过程中又伤及无辜。

平野郎和真知社的关联也并非空穴来风，有匿名人士向媒体提供了他和神武社长以及政界人士的会宴视频，这在当时引起了日本政界的极大震动。另有匿名人士拿出证据证明，神武社长已经雇佣平野郎在追杀小渊美子。

一个长发飘飘的女孩蹑手蹑脚地坐在了我的对面，看见我抬头，她露出歉意的微笑。她长得很美，大大的眼睛透彻得像一弯明月。我注意到她拿的是一本荷马的《奥德赛》，很是惊诧，毕竟现在读这么古老的历史的学生少之又少。直到我走出图书馆，看见四处走动的学生，才顿然而悟。

大学是最容易催生各种稀奇古怪理念的地方，他们就像一群嗷嗷待哺的婴儿，随便丢点什么下去，都能被品出个有滋有味，甚至，即便是一块尿布，他们也能品出个异想天开出来。这不是什么坏事，毕竟当你问尿布是什么味道时，你会得到一个标准的答案。

直到走出大学，他们才会惊诧地发现，原来我们的世界是由大大小小不一而同的"尿布"缝补成的，上面不仅充斥着各种异端邪说的奇滋怪味，更是遍布谎言和妄语。是的，它们中的大部分是寄生在利益之下的蛆虫，而另一部分来自人性至暗的角落。就像伪科学，就像阴谋论，当你缺失辨识它们的能力时，它们会捂住你的双眼，捂住你的口鼻，直至沦为刀俎。

作为群居动物的人类，自然逃不脱抱团取暖的命运，于是乎分裂成派系也好，团体也好，都是再自然不过的事情。当然，它们当中难免会有一些是不正常的。

不论异常团体还是其他什么极端群体，和普通社团是一样的，一旦建立，就总会有一些"志同道合"的人嗅着味道赶来，如果单纯地认为他们是奔着相同的理念而去的，那肯定是一种智力缺失。大多数情况下，这种"志同道合"更像是一种同流合污。

一只足球闯进了我的世界，它蹦蹦跳跳地滚到我的脚下，在一群稚嫩的目光中，我飞脚铲了出去，足球划出一道靓丽的弧线，远远地吊入球门，那一刻，欢呼声响彻在耳边。

"对不起！"一个大男孩跑来，歉意地拿走我脚下的足球。奇怪，我不是飞出一脚了吗？球怎么还会在脚下？我呆若木鸡……

"小心。"

当我走进办公室时，南茜神秘兮兮地发出警报，看来我们的威克总编肯定又在发脾气了，他肚子里也不知道怎么那么燥热，都赶上火山爆发了。

我小心翼翼地敲响了总编室的门。

"进来！"威克凶巴巴的目光透过玻璃墙直刺我的心房。

"把你的稿子放下，我们已经不需要它了。"威克瞟了一眼我手中的采访稿，继续说道，"我这里得到一个确切的消息，几天前，小渊美子出现在纽约，我希望你能找到她并拿到采访。"

"什么？"意外来得太快，我有点断片。

"你现在就和南茜做下交接，她已经帮你订好了飞机票。到那边后，会有人提供帮助给你。"武断的威克武断地说。

"听说平野郎也在找她。"我心惊胆战道。

"不错，此次纽约之行你可能会遇到点麻烦，甚至危险，不过我们这里好像也只有你才可以胜任这样的工作，毕竟你也曾是海军陆战队里出类拔萃的家伙，多多少少还应该有点本事的吧？"威克在把我推向死亡边缘的时候，才难能可贵地夸了那么一句。

我依旧没得选择，只能暗自咬了下牙，认命道："好吧，但我有要求。"

"你说，我会尽量满足你。"威克痛快地说。

"我需要一些设备和资金。"我小心翼翼地开出条件。

"没问题，我已经交代过南茜了，只要你别太过分，都会如你所愿。"向来一毛不拔的威克，竟然爽直地答应了下来。

离开威克的办公室，我才突然明白昨天安娜神神叨叨的原因，不管怎么说，与其在这里无所事事，晃荡街头，还真不如休假旅行一番，或许再回来的我，会有安娜所希望的模样。

"每个人都想自由自在，每个人也都厌倦俗事缠身，不过你很幸运，至少你得到了总编的偏心。你知道的，这只是一个走一下形式的闲差事，有无结果都一样。所以，这个案子是很多人都想抢到手的。"南茜看着长长的清单，继续开解我道，"我希望你回来的时候能振作点，别总是这么邋里邋遢的，也别总是整天一副怨天尤人的模样。记住，没有人欠你什么。"

"记住了，南茜妈妈。"我"无语"地应道。

"如果你再继续这样消沉下去，继续在新闻发布会上去见周公……"南茜一直喋喋不休地说着。

一道冷汗流下。我才发现，原来自己始终活在梦中，就像那完美的射门只存在于我的幻想中那样，对身边真实发生的一切，我一直视若无睹……

安娜竟然没有为我饯行，说自己正在参加一次例行会议，难道我还没有一场例会重要？

怀揣着潮湿的心情踏上飞机，半小时后，飞机顺利地停入纽约国际机场。

走出飞机的那一刻，我发现那里的天气阴郁得让人抑郁。

"嗨。"一只手有力地拍在我肩头。

回过头去，一个明媚刺眼的姑娘招摇在我的眼前，看面容还似曾相识："你是——"

"不是吧！你不认识我了吗？"听她的口气，我们好像应该很熟，可我真的想不起来自己什么时候有过这么大的艳遇了。

"我是连漪，安娜的朋友，去年生日宴会上我们见过一面的。想起来了吗？"她沮丧地提醒我道。

"啊，对呀，看我这眼力，看我这记性。"我立刻格外热情地拥抱了她，同时绞尽脑汁翻寻过去的记忆，甚至愚蠢地问道，"你怎么会来接机的？"

"安娜让我来的呀，她怕你连住的地方都找不到，所以就安排我来喽。"连漪玩味地笑道。

安娜就像他的哥哥威克一样，总是不由分说地把我当婴儿对待，无时无刻不在粗暴地安排着我的一切。是的，我就像一个块积木，始终无法把控自己的命运，就那么被她兄妹二人随意地搬来搬去。

直到坐上车，我才错愕地问道："我们现在去哪儿？"

"当然是去我家。"连漪随口答道，不过她很快意识到什么，忙不迭地解释说，"我并不住在那里，我和父母住在一起的。"

"真的没必要，我是公差。"我苦笑着婉拒道。

"我知道，但安娜说我那里一应俱全，还说住我那里你会方便很多，所以你没必要对我客气什么。"看着苦笑中的我，连漪问道，"安娜说你此行是为了调查真知社的案子，是吗？"

"是做一些前期调查。"又是安娜说，我简直要崩溃了。

"有什么需要帮忙的地方尽管说，我的朋友圈还算可以。"连漪说。

"谢谢！如果需要，我一定会麻烦你的。"我礼貌回道。内心疯狂呐喊："怎么可能！"

"这就对了，你是安娜的朋友，自然也就是我的朋友，不分彼此的。"连漪大大咧咧地说道，她好像根本不明白什么叫强人所难。

飞车轻快地划过半个纽约城，终于在一处摩天大楼的半腰处停了下来，随着一扇门的打开，缓缓滑入。

"这里是闹市区，很方便的。知道吗？这可是我自己赚钱买来的第一套房子。"连漪打开了机库通往居室的大门。

"嚎叫。"刚进门,连漪就喊道。

应声而出的是一个纤眉细眼的黑姑娘。好"贴切"的名字。"这是我的朋友龙,他会在这里住上一段时间,你听从他的安排。"连漪吩咐道。

"知道了。"嚎叫恭敬地回道。

"这里的日常用品一应俱全,吃的用的我一早就安排她买好了。还有,嚎叫的歌喉绝对是天籁之音,有时间你可以欣赏下。"连漪细心周到得让人泪目,我也很自然地放下了所有拘谨。

说话间,嚎叫端来了清茶。品了一口,我才发现四周的墙壁上挂满了油画,却看不出个真假,只好笑问道:"这些油画应该很名贵吧?这幅《基督受难图》好像出自布鲁诺大师的手笔。"

"这是我好不容易从爸爸那里偷来的,谁知道里面有没有真品?反正我就图个好看。"连漪半真半假地说道。

眼前那熟悉的表情,瞬间掀开了我尘封中的记忆。我想起她不仅是一名律师,而且还是一个议员的女儿。只是一个颤抖,杯中的茶水差点溅了出去。

是的,我已然"鸡"肠辘辘,先不说她能帮到我什么,仅是眼前这些油画,随便拿下一张来,都可以换到一张去往天空城的船票,那可是一个我连做梦都想去的地方。

"我都看不懂它们……"连漪好像还在说什么。

"怎么可能?!"

是的,怎么可能会有人看不懂呢?面对满墙金光闪闪的油画,我内心贪婪的小手爪,正在一点点地伸出。

嚎叫又端来了一碟水果,放在茶几上。连漪吩咐道:"你去跟魔光说下,以后就由龙先生使用它了。"嚎叫答应着退了出去。

"你可以在美国任何地方使用它飞行,是特别证照。"连漪显然是在说一台叫魔光的飞行器。

"谢谢你!你想得真周到。"

"好啦,我该走了。本来打算今天给你接风的,可手头还有一桩案子急需处理,所以只好改日再约了。"连漪说着站了起来。

送走连漪，我使劲拧了拧自己的胳膊，直到一阵钻心的疼痛传来，才放下心来——这不是那个足球。

想不到帝客会是第一个打来电话的，它虔诚地祝福我一切顺利后，立马就恬不知耻地提出了诸多要求……

我一直在等安娜的电话，我尝试过给她打去，她竟然留言说没时间接听，我只得留言说很想她，希望能够接到她的电话。

电话终于在我刚刚睡下的那一刻响了起来，我飞快地打开了幻影，甚至没有来得及看一下是谁打来的。

"龙先生吗？"一个憔悴的身影站在窗前，先是惊讶地看了我一眼，然后才困惑地问道。

"你是？"我整理下睡衣坐了起来，尴尬地问道。

"我是巴巴辛巴，威克说你今天会来。"他露出一丝难以察觉的微笑说道。

"我知道。"我应道。

"明天上午九点左右，小渊美子可能会在国家图书馆出现，如果你足够幸运，应该会在那里见到她。"巴巴辛巴皱眉看着我说。

"确定是小渊美子吗？"我也在皱眉看着巴巴辛巴，他的衬衣上沾染了一块大概是午餐时就留下的污渍，所以，即便他做错什么事，你也不应该感到意外。

"我曾经亲眼看到过她，不会搞错。不过我没法保证消息的真实性。"巴巴辛巴提醒我道，"还有，一个叫平野郎的人也在四处打听她的消息，所以你必须有所准备，鬼知道明天会发生什么。"

"平野郎也在纽约？！"我有些吃惊。

"是，他昨天在国际人权法庭的门口出现过。"巴巴辛巴说完打了个哈欠，一脸睡意地说，"对了，你有什么需要可以打这个电话给我。很抱歉这么晚打扰你。"话音未落，他就挂断了电话。

"等——"他居然不等我回应就挂断了电话，想来也是一个不怎么礼貌的家伙。

此刻的我已然没了睡意，起身来到窗前，看着外面的绰绰灯影，居然胡思乱想了很多。直到再次感到困意，才回到床上，但依旧辗转反侧。

一夜难眠，我带着满满的困意早早地来到国家图书馆，馆门虽然开启，但尚未准许外人进入。于是我拐进不远处的一家餐厅，随便点了些早餐，心不在焉地吃了起来。

事实上，西方人对待历史的态度远比东方人更加保守，他们更喜欢修修补补一些陈旧到发霉的东西，就像眼前的国家图书馆，补补修修几百年，依旧满脸沧桑地耸立在帝国大厦的阴影中。

已经是上午九点，国家图书馆里依旧冷冷清清，空空荡荡，大厅里除了懒洋洋的机器人幽灵般转来转去，少有几个人来。或许翻阅书籍的时代足够久远了，在这个拥有众多方式来获取知识的年代，它的败落并不会让人悲哀，毕竟对于寿命有限的人来说，分秒必争来的才是生命。

门口终于传来一阵嘈杂的脚步声，只见两男一女走了进来，女的戴着白色的纱帽和黑色墨镜，可我还是从她走路的姿态和唇下的一颗美人痣认出了她。小渊美子远比影像资料中的她漂亮许多，她是一个足以让任何男人浮想联翩，甚至产生非分之想的女人，但此刻，她的这份美丽，却让人望而止步。

小渊美子坐在了二楼的飘窗下，开始安静地翻阅起一本书，她显然是在等什么人，不时扭头注视着窗外。一个在死神牙齿上跳舞的女人，能出现在大庭广众之下，显然需要的绝不仅仅是勇气。

我四处游荡一圈后，慢悠悠地走上二楼，才惊讶地发现，二楼居然还有第五个人存在，我甚至不知道他是什么时候上来的，看打扮像是个大学生，面前散乱着很多书籍，一直埋头其中，边看边摘录着什么。

出于警惕，我拿了本书，选择坐在了他的斜对面，这样，他的一举一动都会纳入我的眼帘。我漫不经心地掏出纸巾擦拭嘴角，然后把它揉成一团，随意地丢在了桌上。

打开电脑，纸巾里的摄像头一切正常，我开始慢慢调整角度，直到小渊美子清晰地出现在屏幕中。

终于，一个金发碧眼的中年人出现在屏幕上，他拎了个黑色的手提箱，径直坐在了小渊美子对面，然后打开手提箱，拿出个奇怪的耳机递给了她。

我能看到小渊美子的情绪在不断地变化，由开始礼貌的微笑，到中间的不知所措，最后，我甚至已经能从她的眼神中看到燃烧的火焰。我很想知道他们在交谈些什么，但建立在脑波基础之上的脑语，让我的窃听器起不到任何作用。

我甚至没有注意到眼前的年轻人已经站了起来，直到他走进屏幕，挑衅地看了我一眼。

他几乎是直接走向了小渊美子，随着小渊美子惊慌失措地喊出平野郎时，两个保镖才手忙脚乱地抽出枪支。

惊诧中，我不知道自己该做什么？因为我还没有找到自己应该扮演的角色。

"你还好吗？美子。"平野郎怀抱双臂，用日语说。

此刻，那个金发碧眼的中年人也站了起来，他转身面对平野郎，居然极度平静地抢先说道："阁下就是平野郎吧？找到你，看来也不是很难。"他露出了嘲笑的牙齿。

"歇洛探长，难道你真的认为用美子引我上钩是个好主意吗？"平野郎笑了，他舒展下脖颈，然后惬意地抬起双手，梳理头发。

"你已经无路可逃了，不是吗？"歇洛挡在了美子前面，双手悄然抄到背后，他瞬间魁梧起来的身材让低矮的平野郎看上去就像狮口下的羔羊一样。

"真的是这样吗？"平野郎双手慢慢放下，手中已然多了两把精致的手枪。

"放下——"两个保镖声色俱厉地喊道，不过这注定是他们临死前最后的一句话了，随着两道幽蓝的光芒闪过，两人飞跌出去，再也没有了和魔鬼讨价还价的本钱。

是的，几乎同时，歇洛也出枪了，他不但飞快地把小渊美子推在了一排书架的背后，还顺势抖开了手提箱中的掩体罩住了小渊美子。

平野郎闪身躲在一个立柱后，讥笑道："喔，歇洛，看来你的身手越来越慢了，难不成是老了？我劝你还是乖乖地把美子交给我吧。"

歇洛靠在书架后，笑道："现在该做打算的是你，而不是我。"

"是吗？你难道没有发现这里除了你我之外，还多出一个傻瓜吗？"就在歇洛惊骇地看向我时，平野郎突然一个侧跃，双枪频发，随着嘶嘶的爆裂声，被击中的书籍和书架立刻碎屑乱飞，背后的玻璃幕墙也如积木般崩塌破碎开来。

平野郎对小渊美子的追击显然是孤注一掷的，甚至置自己的生死于不顾，他并没有把枪口对准歇洛，而是枪枪直奔小渊美子。

凭借薄弱的书架去据守简直是在自寻死路，歇洛只能手忙脚乱地闪身别处，他甚至忘记了小渊美子已经身处险境，当他意识到这一点时，胜利的天平开始向平野郎那边倾斜。

游丝般的枪声听起来足够悦耳，加上闪烁不定的激光和花瓣般的满天碎屑，此刻的国家图书馆简直像在开一场世纪之欢的派对。

世上的事真的很难捉摸，小渊美子居然逃出掩体，连滚带爬地尖叫着逃到一个立柱后的角落，此刻平野狼再想继续追击，无疑要面对与歇洛的殊死搏杀。两个自信满满的人，此刻都被自己小瞧一眼的对手逼到了死角，鱼死网破已成定局。

我有足够的雅致来继续观赏眼前的巅峰对决，但我应该先去买张票不是？直到我抓住小渊美子冰凉的小手，她还在颤抖，她甚至惊骇于背后空无一物的窗外为什么会多出一只手来？

"跟我来。"我侧身站在楼外狭窄的楼沿上，脚下近十几米的高度，多少让人有点眩晕。

我不明白小渊美子为什么会突然发出尖叫，我是来救她的，干吗要对我有这么大的反应？不过还好，在她把我推出去的同时，我还是抓紧了她的手臂，纤薄的她自然无法承受我的重量，和我一起坠落了出去。

和美女一起坠落是一种很美妙的事情，她轻盈的肢体宛如飞天中的仙女，身上更有一种摄魂的异香，当然，她也会惊骇地闭起双眼让脸部看上去扭曲，也会毫不优雅地张开大嘴并发出刺耳的叫声。

一声巨大的爆炸从国家图书馆二楼传出，强烈的冲击波撕碎了时空，烟尘与碎屑笼罩了整个天空。我和小渊美子被巨大的冲击波拍打而下，就像惊涛骇浪下的一叶扁舟，在沉沦中等待死亡的降临。

我不知道上面究竟发生了什么，我只知道我和小渊美子掉进了魔光敞开的怀抱。魔光立刻在烟雾中划出一道优美的弧线，轻灵地化解了我们下坠的力量，然后飞快地消失在高楼大厦间。

"你是谁？"小渊美子惊魂未定地问。

"哦，我只是一个过客而已。"看着眼前袅袅婷婷的小渊美子，我不禁懊恼地拍了下自己的脑袋，然后才彬彬有礼地问，"麻烦问一下，我该把你送到哪里下车呢？"

"如果你不想有什么麻烦，麻烦你把我送到高顿酒店好了。"小渊美子居然在笑，笑得还很开心，有点让人毛骨悚然。

"我必须去吗？"我知道自己是在和魔鬼讨价还价，但我还是提出了抗议。

"你说呢？"小渊美子妩媚地冲我一笑。

第三章
无形的囚笼

  高顿说是酒店，其实更像是一个破旧的收容站，残破的外表和晦暗的装饰都给人以巨大的压抑感。小渊美子领着我穿过空荡荡的大厅，然后乘坐一部内部电梯下到了负八楼。随着电梯门的打开，两个机械战警如临大敌般迎了上来，他们硕大的眼睛闪烁出花花绿绿的光芒，直到里里外外把我们看个透明，才打开一扇通往另一个世界的大门。至少我是这么认为的。

  眼前是巨大而又明亮的空间，四周是一尘不染的金属质感的墙壁，有错落有致的阶梯，还有熙熙攘攘穿梭来往的人员。有那么一刻，我甚至会错以为自己身在某个超现代化的国际机场。

  "龙记者，请跟我来。"一名黑衣探员迎上来礼貌地说。他居然知道我的名字和职业。

  很幸运我并没有把所有证件都丢在家中，否则我还真的会惹来不必要的麻烦。如果说此时此刻我还能看似镇定如山，是因为你没有看到我死水般的面孔下，那千层百叠的波澜。

  小渊美子径直走开了，我亦步亦趋地跟着黑衣探员来到一个小小的房间，里面只有一张桌子和两张椅子。此刻我就是想转身离开，恐怕也不可能了。

  惴惴不安中，我刚刚落座，黑衣探员便摔门离去，那沉重的关门声，就像飞行器突破音障的瞬间爆破，简直能把人的灵魂挤出体外。

  这里很安静，安静到足以让人去回味些什么。是的，在我拉着小渊美子一同坠落的那一刻，我还在为自己的智慧而沾沾自喜，直到跌入魔光，直到小渊美子的一只眼球脱眶而出，直到那只眼球差点就掉进我的口中。那一刻，我才被彻底地难堪到了。

我不知道门会什么时候打开，但我知道自己的处境很尴尬，一场骗局无情地戏弄了我的智商，此刻懊恼的我，已然无法自已。

门终于开了，走进一个肚圆肠肥的家伙，他一边用柔和的目光打量着我，一边径直走到桌前坐了下来。

"让你久等了，我是尼让。"他伸出手来。

我不情愿地伸手过去，不过还是谦卑地笑了下，毕竟现在真的是寄人篱下了。

"告诉我，你隶属什么组织好吗？"尼让的声音也很柔和，就像老朋友之间随意而谈那样。

"我不明白你指的是什么，我真的只是一名记者。"我必须慎重面对下面的对话了。

"我当然知道你明面上的身份，说实话，你做记者很有天分，至少比你所要隐瞒的身份更加专业。"尼让胖乎乎的脸蛋上露出真诚的笑容，他一边说，一边仔细地观察着我。

"我想你们肯定误会了，我的任务就是写一篇采访报告而已，我绝没有第二身份，更不可能会是什么组织的。"我懊恼于这样的开始，它让我看到了诸多不确定性。

"好吧，我相信你说的一切，你可以走了。"尼让居然马上站起身来说道。

"你，你说什么？！"我几乎不敢相信自己的耳朵。

"我是说，你可以离开这里了。"尼让伸出右手，逐客般地对我说。

"我真的可以走了？！"我犹豫地站了起来，简直不敢相信他会这样轻易地相信并放过我，如果是这样，又何必让我来呢？

"当然。"尼让笑眯眯地看着我，表情就像垂涎三尺地在看着盘中的一勺冰激凌。

我的手刚搭上门把手，尼让突然在背后说道："龙先生，不管你是什么身份，我都有两个忠告给你：一是，如果你真的只是记者，那我可以负责任地告诉你，你已经卷入了注定不是记者能够胜任的事件中；二是，如果你还有一个隐藏的身份，即使你现在想脱身，恐怕也是不可能的了。"

"谢谢您！"我不知道该怎么回答，我仿佛看见了佛祖的五指山，只好绅士般答谢。

"这是我的电话，需要的时候可以联系我，但出门之后，你必须忘记自己曾经来过这里。"尼让递给我一张纸条，然后意味深长地说，"记住，从现在开始，我会派人一直盯着你，不管你是坐在马桶上，还是躺在浴缸中。"

"我有人权。"我想只有傻瓜才会去说这样的话，在我认知的世界中，人权只是给白痴们的一味迷魂药，只要权力之杖还高悬在人类的大地上，你永远不可能得到什么真正的人权。

这就是我们身处的癫狂的世界，面对癫狂，如果不敞开怀抱去尝试接纳形形色色的"它们"，那么最终被遗弃在垃圾桶里的，也只能是我们自己了。

当热水浸泡我了全身，暖意还没有触及到脖颈，尼让的话就已经萦绕在耳旁，这种感觉真的糟糕透顶。虽然我放弃了马上走出浴缸的打算，但眼睛却一直在墙壁上四处游荡，即使是一个不起眼的污渍，都会让我另眼相看一番。

新闻中的国家图书馆爆炸案，被描述为一场没有造成任何人员伤亡的意外的电路事故，虽然一些专业人士对此提出疑问，但来自不同权威部门的结论清晰无误地告诉民众，那就是一场意外而已。

不要听信任何谣言，是的，这就是真相，任何人都可以得到的真相。

联邦调查局的介入并不让人感到诧异，不过他们介入的程度之高，还是让人始料不及，仅仅是利用小渊美子的复制人去"钓"平野郎，就已经能让我感受到那份沉甸甸的力量。

我接到了威克的电话，威克在电话中只是例行公事，询问了下进展，然后就云山雾罩地说了些莫名其妙的话题，最后毫不礼貌地撂下了电话。

我很想接到安娜的电话，但她始终没有打来。好像我就是她的邻居，碰见了才会想起该打声招呼。虽然我很想打给她，但她每次恼怒的斥责已经让我失去了勇气。

巴巴辛巴打来了电话，告诉我中午在林肯道的一家咖啡厅碰面，然后再次匆匆忙忙地挂掉了。

在和帝客的电话闲聊中，它居然神秘兮兮地告诉我，它喜欢上了邻居家的小花。那可是一只纯种藏獒，一只爪子都快比帝客来的有分量，真的很奇怪帝客怎么会有那样荒诞不经的想法？

看看时间已经不早，我不得不爬出浴缸，简单梳理下，又找了身不怎么招眼的衣服穿上，才出了门。魔光在车厢内幻化出一个小魔光，开始趴在前座上和我下起了围棋，说是下，不如说是教我怎么去算计。很快我就输得一塌糊涂，那种感觉真的糟糕极了，因为你根本没有任何机会能去赢。

我恼怒地拨乱棋盘，目光移到窗外，恰巧看见一个俯冲而下的飞行器中坐着一个来自天马座的外星人。我还是无法分辨他们的性别，在我的眼中他们几乎是一个模子里倒出来的，瘦弱矮小的身躯支撑着一个硕大的脑袋，一排亮晶晶的眼睛在额头闪闪发光，无数触须般的肉刺飘舞在豌豆大的嘴巴四周。

一直很奇怪古代人类的思想，他们想当然地认为，外星文明既然有能力到达地球，就一定会有着高度的文明程度。这很可笑，因为即便是在地球上，能够飞翔和潜游的东西，我们都称之为禽兽。科技的发展从来不能决定一种文明的发展程度，参差不齐的外星文明，往往存在不同的欠缺，不仅仅在科技领域，也包括认知和情感。

"嗨，你好像心事重重的，需要我提供心理服务吗？"魔光把我的思绪拉回到了现实中。

"告诉我，怎么才能让自己不再惧怕深爱的女人呢？"我随口问道。

"这是一种爱情鸡尾酒理论，任何一个处在恋爱中的人，都会有一种惧怕心理，但总体来说，只有两种最为常见，一种是怕自己的行为伤害到对方，而另一种是害怕对方伤害到自己。它们会带来不同的困扰，在行为表现上也较为复杂，有的选择伤害自己而不愿伤害对方，但是他可能并不知道这种伤害是自己臆造出来的；还有的是故意去伤害对方，而天真地认为对方会理解并喜欢这种伤害；更严重的一种是，因为自己不懂得怎么去表达爱意，却又害怕失去对方,从而表现出的情绪异常……"魔光侃侃而谈,最后说道,"不管怎么说,这些都是因爱而乱的症状,多沟通,和多了解彼此的生活环境及生活态度,才是治愈它们的一味良药。"

"唉——"我好像明白了点什么。

"你很爱她吗?告诉我她漂亮不?我能帮你追到她的。"魔光瑟瑟鬼笑起来。

"当然,就像你的主人连漪一般漂亮。"我都搞不明白的女人心,一台飞车就能搞定?但毕竟我很爱安娜不是?

"呦吼——"魔光突然嚎叫着快速地旋转而上,瞬间,我的世界被拉成一道道色彩斑斓的光影。

猝不及防的我还没有来得及生气,魔光就幻化出一张大嘴巴,忽闪在我的眼前说:"惊喜,惊喜知道吗?给她一个惊喜,就像我刚才做的那样。哪怕只是一个小小的惊喜,你都会如愿以偿地得到你的女神雅典娜。"

"真的?"我惊魂未定地看着窗外白云缭绕的世界,若有所思。

我很恼火,因为巴巴辛巴迟到了近一个小时。他看上去足够瘦弱,松垮垮的裤子告诉我,他是那种对生活随波逐流的人,而脖颈上系的一条七彩丝巾又说明他足够自恋,是一个很在意他人目光的人。还有,他的手指看上去虽然白皙,没有什么粗茧,但指尖诸多的肉刺似乎在告诉我,他很可能是一个经常与水打交道的人。

虽然恼火,但眼前这个看似邋遢却又极度自恋的家伙,还是引起了我的好奇,我开始饶有兴趣地观察起他的一举一动……

"抱歉,有点事情耽搁住了,我来晚了。"巴巴辛巴落座后,小声地道歉道。他要来一杯加了许多糖的咖啡,飞快地喝了一口,才放松身体,塌腰斜背地半躺在沙发中。

"你的情报差点要了我的命。"我装出一脸的不满,说道。

"对不起!不过做这种事情,你本来就应该先做好面对一切的准备。"巴巴辛巴直接把皮球踢还给我,然后用低沉的声音说道,"如果有时间,我建议你到邪道酷吧走一趟，或许可以找到些线索。小渊美子曾在那里出现过，那里的日本人很多。"

"我会去的，但我还需要一些装备，你帮我备齐它们。"我把一张清单推了过去。

巴巴辛巴细细地看了一遍，眼角开始轻轻地跳动，他犹豫了片刻，才谨慎地问："真的需要这些吗？"

"当然，要尽快。"

"好吧，到时候我会再和你联系。"巴巴辛巴一口喝完剩下的咖啡，匆匆忙忙地走了。

我摇了下头，打开电脑，然后把巴巴辛巴的图片发给了连漪，我需要了解一些威克不可能告诉我的事情。毕竟，一个无所事事的人是没有必要匆匆忙忙的。

邪道酷吧。一个很奇怪但又很熟悉的名字，可我如何也想不起来在哪听到过。虽然，它似曾相识。

"现在插播一篇新闻，据一名不愿透露姓名的宇航总局官员证实，由土星发射的'探知号'考察船，几天前在进入比邻星系的时候失去了联系，目前相关单位已经向星际联盟发出申请，以协调搜救措施……"

"上周，因故障意外坠入太平洋的末日星系'巴丹'号飞船，今天被成功打捞了上来。据悉船上人员全部获救，并没有伤亡事件发生……"

"来自星际联盟的消息，最近星际联盟驱离了一批来自边缘星际的殖民舰队，它们正在驶向太阳系，并有可能对地球文明构成威胁……"

正在我全神贯注地关注着新闻时，电脑发出了清脆的响声，打开链接，是连漪传来的讯息，里面不仅有巴巴辛巴的资料，还有歇洛和尼让的部分履历。

巴巴辛巴曾是入役海军的潜水员，四年前在一场事故中腰椎受伤，随后退役在一家军事海洋馆工作。

尼让是联邦调查局的一名老牌探员，在情报五处担任处长一职。

歇洛隶属情报五处，是一位曾经受到总统嘉奖的优秀探员。

巴巴辛巴的经历丝毫没有让我感到意外，但尼让和歇洛的组合却让我深感不安，他们怎么可能是一桩人权案能够得到的礼遇呢？

想到尼让的忠告，不期然地打了个寒战，我快速走出了咖啡厅，在钻入魔光后，我游走不定的眼神还在四处飘荡。

按照我的要求，魔光穿越了大半个纽约后，才好奇地问道："你是在找什么去处吗？"

我紧张地四处张望道："怎么才可以摆脱跟踪呢？"

"啊哈，我明白了。"魔光怪笑两声，就那么令人猝不及防的从高空一头扎了下去，迫不及待地向大地吻去。

此刻，即使我想去制止它的疯狂也来不及了，因为我被牢牢地吸入座椅，连喘口气都成了一种奢望。我看见旋转的大地扑面而来，巨大的阴影已经笼罩去目光所及的世界。眼前所有的一切，都被拉伸和扭曲成一道道错乱的光影，如同进入时光隧道一样癫狂。

魔光简直是在黑洞中穿梭，眼前世界一片混沌，我被急速压缩成一个光点，然后又快速膨胀成一个即将爆发的星团。

就在我快要吐出来的时候，魔光一个漂移，稳稳停了下来。

"嗨，你可以离远点吗？你都熏到我了。"魔光不满地抖动着身躯，对我怒目而视。

直到此刻，眼前的世界依然在飞快地旋转着，即使我快把自己的心肝肺都吐了出来，也无法让我支撑起身体。

"住嘴。"我恼怒地喊道。

"好吧，拜拜。"魔光不满地在空中转了个圈，消失得无影无踪。

我勉强靠在车门上，汗水已经打湿了衬衣，一丝轻风拂过，鼻头一痒，一连串的喷嚏才让我错位的神经勉强归位。

"这是哪里？"眼前的街道破落而肮脏，湿漉漉的空气中夹杂着令人窒息的味道。

魔光小心翼翼地冒出头来，说道："海马道。这里曾经是一座现代化的金融城，但后来资本逃离了这个国家，它也由此沦落为一些无家可归者的乐园。"

看着我依旧飘忽的眼神，它马上得意扬扬地说道："你大可放心，我在起步前锁定了方圆十公里的所有目标，现在它们全被摆脱了。不过，如果跟踪我们的是国家资源卫星，我就无能为力了，即使我关闭了发动机，它依然会把信号传递上去。"

"是吗？怎么才能摆脱它们呢？"我战栗地问道。一个人赤裸裸地走在这个世界上是可怕的，甚至你连坐马桶都必须规规矩矩的，不能随心所欲。

"如果你不携带任何电子设备，又恰巧没有被植入芯片和智脑之类的智体，那么选择步行还是挺安全的。"魔光一边回答，一边好奇地打量着我，它一定很奇怪，我为什么会有对抗国家这么古怪的想法。

我曾经认为来自国家资源的监控是必要的，它足以让任何犯罪无所遁形，但此时此刻，面对它们，我成了铁笼中无处遁形的老鼠。

在去邪道酷吧的路上，安娜终于打来电话，她穿着一身有着银色暗纹的蓝色长裙，袅袅婷婷地站在我面前，像个精灵般四处打量了半天，才嘻嘻一笑，夸张道："哇——，看来你满自在的啊，都快月上枝头了，还在街上寻觅什么呢？"

安娜心情不错，自然也给我带来了一份喜悦，我嘻嘻哈哈地笑道："自然是去寻觅丢失的爱情啊，还能有什么？嘿嘿。"

安娜立刻拧了下鼻头，无所谓地说道："那就好，本来收到你的玫瑰礼包很感动的，想去看看你，现在看来是我在自作多情了。"

"你什么时候来？"我的目光立刻闪烁出钻石般的光芒。

"看情况吧，还没有定下来，可能过几天法庭会邀请社会各界人士会审下神武社长的案子，我会随团过去。"安娜眨动着迷人的蓝眼睛，问道，"你那边进展得怎样了？找到小渊美子了吗？"

"我都差点丧命……"我添油加醋地讲述了在图书馆里的经历。

"唉，你做事还是马马虎虎的，怎么就不能仔细点呢？好了，我还有事，回头打给你。"安娜说完，鄙夷地把电话撂下了。

"哧哧……"魔光发出低低的笑声，也一脸鄙夷的看着我。

"干吗笑得这么猥琐？想笑就大声笑出来就是，我现在心情很好的。"我一把攥住了魔光，用力地捏紧了拳头。

魔鬼从我的手指缝中钻了出来，挤出一脸的痛苦说："你这是在虐杀智慧生命，我可以起诉你的。"

"随意好了。"

在夕阳的余晖下，我迈着轻快的步伐走进了邪道酷吧，一进去，就立刻被里面火热的摇滚包裹了全部，脚下整个大地都在颤抖，巨大的舞池里挤满了摇头晃脑、手脚抽筋的男男女女……

中央舞台上，一个全身都在抽搐的歌手正在撕心裂肺地放声嚎歌："麻烦的世界找上麻烦的你，麻烦的事情就再也不抛弃你。你不喝酒你喝药，你不买房你买马蹄。喝酒一醉烦恼尽，喝药一次就再也爬不起。买房能够避得风雨，买马输的可次次都是你……"

直到我挤过人海，在吧台找到一个位置落座，耳朵才开始适应周围的音爆。我游目于形形色色的众人，希望能够找到让我驻目的人。我想这很容易做到，至少舞台四角的钢管上盘绕不定的舞女，就不时把我的目光锁定。她们柔软的身姿，凹凸不平的线条让人想入非非。

如果说有什么地方最容易看清一个人的本质，那无疑就是酒吧了，喧闹的场面可以轻易撕去一些毫无自控能力的人的伪装，甚至激发出他们深藏不露的潜在意识。

一杯啤酒下肚，燥热让我解开了领扣，我开始怀疑自己是不是在浪费时间？除了可遇不可求的小渊美子之外，我甚至不知道自己还能寻到什么？大海捞针还知道是在捞针呢？我又在捞什么呢？

渐渐，我眼前的世界朦胧起来，目光不再游离不定，它们直直地盯在某个地方……

不知道为什么？我是那种喜欢做梦的人，没有梦的夜眨下眼就会醒来，和没有睡过一般。更糟糕的是，血腥暴力始终是我梦中的主题，它们常常让我从噩梦中醒来，它们甚至光怪陆离，超乎想象。我曾经梦见过一条白蛇，它就像巨龙般盘绕在天地间。

"来杯酷博。"一个阴柔的嗓音在我耳边响起，随之一阵浓郁的香气扑鼻而至。坐在旁边的是一位年轻人，他颊粉唇红，一身暖系色调的搭配，打扮得像个女孩子。

一只刺青的手腕从眼前晃过，那图案似曾相识。难道……我飞快地平息了一下乱跳的心脏，然后抬手要来一打啤酒堆在吧台，随手推了一瓶过去："来瓶啤酒怎样？"

"随便喽，我无所谓。"年轻人随便地说着，随便地接酒瓶，也随便地扫了我一眼。

"我姓黄，怎么称呼你？"碰起酒瓶的时候，我问道。

"野田毅。"他快速地回应让我吃下了定心丸，至少他应该是一个很被动的人。

"你的刺青很奇特，画的是什么？"一瓶酒下肚，我也很随意地问道。

野田毅抬了下手腕，说："我们家乡很常见的一种图案，没什么特别的。"

他显然在撒谎，如果我没有记错，这个图案应该是真知社分社樱花社的社徽。我问道："你听说过日本的真知社吗？好像他们的社长这两天会来纽约。"

"哦，是吗？我好像也听说过。"野田毅受惊吓般四处瞅着，甚至想起身走开。

"听说纽约前几天有几个外星人绑架了一个亿万富翁，是真的吗？"我快速转移了话题。

"是真的，不过不是绑架，也不是什么亿万富翁，而是斗殴，他们因为生意上的事发生了纠纷……"野田毅打开了话匣子，开始给我讲起事情的前因后果。

随着东拉西扯，我们碰了最后一瓶啤酒，看着已有醉意的他，我小心翼翼地问道："听说前几天小渊美子也来过这里，你看到过她吗？"

野田毅的反应很强烈，手中的酒瓶倒在吧台上，酒水溅了一身，他惊慌失措地站了起来，脸色煞白地说："对不起！我该走了。"

野田毅晃晃悠悠地走在空旷的马路上，他吐了几回，最后走到一栋破落的公寓前，跟跟跄跄地拐了进去。很快，顶楼上亮起的灯光下出现了他的身影。

夜已经很深，在皎洁的月光下，黑暗远远退去，只留下骨头般惨白的世界。我不知道在楼下等了多久，直到烟头丢了一地，直到最后一根也燃烧殆尽，我才拿定主意要去做什么，那一刻，内心的小鼓敲个不停。看来做人还真的别有害人之心，总这样，即使不闹个心肌梗塞，也会常常心悸不是？

第四章
一个理由

当我再次睁开酸涩的眼睛时，天已经大亮，仿佛被斧头劈砍过的头颅中依旧不断闪烁出各种身影。我梦到了威克兄妹。在梦中，威克简单而且透明，是我不折不扣的死党，会像帝客那样追随在我的身后。安娜则天真无邪得像个小女孩，对我言听计从，百依百顺……

"唉——"我苦笑着坐了起来，毕竟梦是不可以遇见阳光的。

屏幕中的野田毅依旧像死狗般埋在被窝中酣睡，他的梦中肯定没有撒旦的影子，所以昨天他躺在床上是什么模样，到现在还是什么模样。

梳洗的过程中，小腿的一阵刺痛让我想起昨夜的情景，那是翻入阳台时不小心划伤的，当时几乎没有什么感觉，甚至在回来的路上我还在为自己敏捷的身手而扬扬自得。

面对死寂般的屏幕，最初的偷窥的新鲜感渐渐消失了，无聊的我随手抓起电话问候了下帝客，当听说安娜也要来的时候，它开始抓狂地喊道："我也要去，汪汪……"

"哈哈，我无所谓，你自己找安娜说好了。祝你心情愉快，拜！"我挂断了电话，原本眉开眼笑的面孔突然抽搐了一下，因为我在屏幕中看到了一只会跳舞的钟。

尼让赶来的时候，我还在后怕中。到现场我才知道野田毅是被人勒死后放在床上的，后进来的我居然傻乎乎地站在床边嘲笑他醉得像头死猪。

是的，在他的房中，我就像一个游荡着的鬼魂，居然一不小心碰倒了一个相框，居然一路哼着小曲四处肆意地翻动，居然专心致志地在每个房间都安放了摄像头……

尼让四处看了一圈,然后赶走了正在给我做笔录的警察,说道:"给我一个漂亮的理由好吗?我只需要一个理由。"

"我不都告诉你了吗?我们真的是昨天在酒吧才认识的,然后,后面的事情你都知道了。"我懊恼地说。

"所以你们是刚认识的朋友是吗?很好,你可以走了。"尼让再次爽快到让我不敢置信。

"就这样?"我以为自己听错了。

尼让看了我一眼,表情严肃地说道:"你真的打算让你的朋友也卷进来吗?如果换作我,我是不会这样做的,希望你知道自己在做什么。"

我在尼让面前是透明的,一举一动都逃不脱他的眼睛,这是一种可怕的局面。尼让发出的警告让我开始担忧,一旦连漪被扯进来,不管结局如何,都注定会是一场噩梦。

魔光轻灵地划出一道光痕,钻进了林立的楼海中。我关闭了窗外炫目的街景,开始拼接起脑海中凌乱的信息,此时此刻的我,已经不再有游戏人生的洒脱。一股来自地狱里的黑暗就在眼前。

赶回公寓,我开始翻看起录像,随着时间的推移,屋顶点缀的星星渐渐亮了起来,四壁郁郁葱葱的丛林开始褪去,渐渐荡漾出粼粼水波。

直到录像被我定格在一个鬼魅般的黑影上,昏沉的大脑才怵然惊醒。我看到自己进入野田毅卧室的时候,一道诡异的黑影从餐厅飘然而出,就像一个鬼魂一般,悄无声息地跟在我的身后。直到我哼着小曲肆意地翻看床头抽屉时,他才打开房门,悄然离去。

"这是什么鬼?"我差点被吓得跳了起来,一道冷汗从脚底板直冲头顶。

这个世界上当然不可能存在鬼魂,所以是不是摄像头被什么干扰到了?还是被黑入了什么程序?我很快想到什么,我开始在战栗中不断重复着视频,开始逐帧仔细看了起来。

最初我认为他只不过是一个穿着隐身衣的人,但当我看到"它"在脚不沾地地行走时,我的头皮再次炸了起来:难道真的见鬼了?

无神论的我很快就否定了这种无脑的猜疑。接着，我想到了外星人。

就在我头疼得想不出个所以然的时候，安娜打来了电话。

"管他是什么呢？你不会找专业人士看看吗？好了，你还是先帮我看看这件衣服吧？我还要赶着去参加一个舞会呢。"安娜几乎没有在意我的遭遇，从衣柜中掂出一条黑丝礼裙问道。

"很好看，就它吧。"我悻悻地说。

"我拿出每件衣服你都这样说，就不能用心点吗？这件怎样？"安娜不满地埋怨道，随后又扯出一条幽蓝色透出紫红幻彩的礼裙。

我不知道该怎么去回答了，如果我说不好看，那将是世界末日："真的，在我眼中，你穿什么都和雅典娜一样漂亮。"

安娜笑了，眼睛中充满了柔柔的暖意："真的吗？那就穿这件好了。看你又熬了一夜，随便吃点东西再睡吧，我也该走了。"

"好吧，玩得开心点。"我揉了下酸涩的腰肢，站了起来。

"知道了，爱你。Bye！"安娜笑盈盈地按掉了电话。

我跌入床中，猪拱草般把脑袋在枕头上来回碾压，惬意地酝酿起即将到来的梦魇，但电话突然像野田毅房间中的那只闹钟一样一阵爆响，把我踢回到了现实。

"又想起什么事了？"我随手按下了影音键，安娜总是会打这样的回头电。

听筒里没有声音，也看不到安娜的倩影……

一秒、两秒、三秒……

"谁？说话。"我能够感觉到自己的瞳孔在紧缩，手指也开始微微颤抖。

"既然你是个哑巴，还乱打什么电话。"我恼怒地挂断了电话，困意瞬间没了踪影。

刚刚挂断的电话，又暴躁地响了起来，震得人头皮发麻。我抓起它咆哮道："你打错了！"

"我是巴巴辛巴。"话筒里传来一个疲惫的声音。

"是你啊，有事吗？"我苦笑着问。

"神武社长明天中午十二点半抵达肯尼迪机场。"巴巴辛巴有气无力地说道。

"知道了。我要的东西都弄齐了吗？"

"已经发给你了，很快就能送到你那里。"巴巴辛巴又迅速挂了电话。

躺在床上，即使眼睛酸涩得要命，视频中那脚不沾地的鬼影和尼让胖乎乎的脸蛋始终交替浮现在眼前。我很想知道是谁杀的野田毅，更想知道野田毅被杀的原因，甚至，我想破脑袋也想不出他的死是不是因我而起。

难道是一种巧合？不，我是一个从来不相信巧合的人，我坚信这个世界上任何所谓的巧合，都有其必然性。

在闹钟再次响起的那一刻，我的眼睛依然血红，在赶往肯尼迪机场的路上，终于在一眨眼的瞬间，就真的睡着了。

当我赶到时，已经有大批记者和真知社社员守候在大厅外，如此招摇过市，多多少少让我感到意外。在锁定前来迎接神武社长的车辆后，我放出了无人机，关闭了视窗，然后打开网页，开始搜索有关神武社长的行程安排。

让我奇怪的是，神武社长此行显然是在为开庭做前期准备，虽然中间夹杂着一些演讲和慈善活动，但长达二十一天的时间似乎还是有点奢侈。如果说他此行高调亮相只是为了给法庭施加压力，但同样也会吸引来更多质疑的目光。这难道不是一种愚蠢？

神武社长终于出现在大厅外，他接受了社员的膜拜后，缓步来到一群记者面前，大声说道："感谢各位的关爱和关心，再次来到纽约，我有一种宾至如归的感觉。但很不幸，我就要在这个充满阳光和希望的土地上，被一些心有恶念的人钉在耻辱架上。这不得不说是一种悲哀，是我的悲哀，也是纽约的悲哀，更是人类的悲哀。"

"你的所作所为，难道不应该被钉在耻辱架上吗？"有人大声喊道。

神武社长愤怒地说道："为什么我要被钉在耻辱架上？！和你们一样，我们共同生活在一个没有边界感的世界中，欺诈、暴力、血腥每天都在身边发生，我们甚至每一天走出家门，每一天迈进家门，也无法摆脱罪恶的存在。

我们生活在一个迷失的世界，一个血腥的世界。即使我们可以无所畏惧，但我们年迈的父母呢？我们蹒跚学步的孩子们呢？我们相濡以沫的亲人呢？难道你们也要让他们继续生活在这个悲惨的世界中吗？所以，我们需要信仰，一个来自自我的信仰；我们需要洗礼，一次来自自我的洗礼……"

"这就是你提出末日说的原因吗？"有记者问道。

"我从来没有提到过什么末日说，我说的是来自星际磁暴之下的洗礼。"神武社长矢口否认道。

"能不能告诉我们，你的信仰又在哪里吗？"一个记者皱起眉头问道。

"就在我这里。"神武社长用手指着自己的胸口说。

"就在你那里。"神武社长又指着那位记者说。

"就在我们目光所及之处，就在我们心灵所能够抵达的任何地方。"神武社长抬起了双手。

他的举动立刻引来了哄笑声，一个性感的声音问道："神武社长，我注意到，你的行程安排中有一家军工企业，难道你是要他们放下屠刀立地成佛吗？"

神武社长愉快地回答道："你问得很好，我就是要他们放下屠刀，但不是立地成佛，而是立地成神，成为所有爱好和平之人的守护神。"

"可你怎么看待小渊美子叛逃这件事的呢？听说你正在派人追杀她，有这事吗？"一个大嗓门喊道。

"我不知道你从哪里听到的这些，这显然是在胡说八道……"神武社长由此开启了喋喋不休的抱怨模式。

看着眼前的闹剧，我的大脑再一次偏离了轨道。

事实上，世上绝大多数邪恶之物都身披至善之衣，如果你不具备辨析的能力，就只能渐陷渐深，直到最后完全不能自拔。

我们的世界就是这么奇怪，即使是一个疯子，只要他滔滔不绝地在说什么，不管是疯言疯语还是无病呻吟，就总会有些傻乎乎的人聚集过来，不加甄别地替换掉自己原有的认知，然后像换了个人似的，脱胎换骨，沦为他人的囚徒。

真知社"博爱、平等、离恶、求真"的观念，着实打动了很多封闭在自我空间中的人，他们没有朋友，没有亲人，独自一人生活在五光十色的社会中。孤独、寂寞、恐惧、无助就像秃鹫一样盘旋在他们的头顶，这会让他们产生一种世界末日般的窒息和绝望。

真知社之所以能够吸纳到众多社员，是因为它在社会上频繁举行慈善和互助活动。真知社提倡奉献和无私，让社员们奉献出部分家产作为共同资产，无私地为他人纾困解难，这让困境中的社员们找到了家的感觉，也让他们获得了最真实的回报。同时，这也让真知社拥有了一块炫目耀眼的招牌。

真知社社员间往往以兄弟姐妹相称，他们会被要求相互关爱和协助，会被要求坦诚交流自己的想法与困惑，这样做，足以软化每个人心中最坚硬的那块地方，也让真知社得以快速蔓延至每一个阶层，汇聚出匪夷所思的庞大资源。

真知社经过十数年的发展已经吸纳了近百万的社员，而神武社长也日渐被神化，成为一个被顶礼膜拜的神，一个活着的神，一个说一不二的神。

伴随着真知社势力的不断扩张，日本政府已经无力掌控局面，甚至被其庞大的资本所左右，日渐沦为真知社的傀儡，以至于后来，随着真知社不断传出的丑闻，政府不得不开始出面帮助其掩盖事实，涂抹真相。

事实上，没有人知道神武社长提出末日说的真实原因，不管是洗礼说还是末日说，如此天方夜谭的谎言居然也能让信者如痴，这是让人想不到的。随着辞工避隐、抢购食品、趁火打劫的事件越来越多，他的言论不仅导致了社员的恐慌，也引发了社会的动荡。

可以说，如果不是他的"呱呱"其谈，那些早就对他心怀不满的人就很难斥责他为异端邪说，甚至也不会有他今天的纽约之行。

离开机场的神武社长直接到了下榻的酒店，我把魔光停在一个视野开阔的地方，开始撰写新闻稿。随着神武社长抵达纽约的新闻发出，很快就传来了威克不满的声音："这样的报道有什么意义呢？即便你找不到小渊美子，至少也该写篇好看一点的稿子给我吧？"

面对威克的牢骚，我的思路渐渐清晰了，威克显然需要的是一篇爆炸性的独家新闻来给自己贴金，而不是小渊美子的死活和她背后的故事，所以我大可不必把注意力集中在小渊美子身上，毕竟要找到她，还真有点大海捞针的感觉。

所以，如果我能够写出一篇别出心裁的稿子出来，是不是就能满足威克的要求了呢？

"此刻的神武社长就在纽约，已经远离了他的巢穴，是不是机会就来了呢？"我突然灵光一现地想到什么，脸上开始浮现出魔鬼般的笑容，那是一种充满罪恶的狞笑。

几个小时后，我踏着愚人节的晨霭来到东京原明治神宫旧址，一路上摇曳的烂漫樱花，让人心醉神迷。那种纤薄的脆弱，那种轻灵飘逸的色彩，就那么不经意就涂抹出一个亦真亦幻童话般的世界。

真知社就坐落在明治神宫旧址上面，青砖砌成的围墙古色古香，石板铺就的地面丝滑如镜，步入其中，远处是错落有致的亭台楼榭，近处是乱点花丛的古木老藤，只是走上几步，一股出世脱尘的感觉就扑面而来。

虽然对真知社有所了解，但真的站在这个诗画般脱俗的世界里，我依旧感到错愕。我很难理解，一个头顶无数光环的现代社团会是神社般的存在。确实，一个人能把自己活成神一般的存在，也是令人羡慕的。

我压低帽檐走进了一处大殿，殿中央摆放着一尊神武社长的雕塑，整体很像，只是面部有些呆板，衣着颜色又过分张扬，显得有些不伦不类。

大殿里只有一个打扮朴素的老人在整理香案。

走出大厅，我一路低头四处乱撞，专找些僻静的地方走，居然拐着拐着就走进一片竹林，看到幽静的竹林中飘出一处飞檐，小心走过去，才惊讶地发现，原来在茂盛的竹林中还孤零零地立着一栋由青石建成的两层楼阁。这倒是卫星实时影像中没有显示过的，我犹犹豫豫地走了过去。

阁楼虽然大门紧锁，不过也是练手的玩意，很快我就闲庭信步在里面溜达了一圈。里面倒也干净，连需要花点心思寻找的东西都难得一见，于是随手在办公桌和保险柜中扫了些破烂，还没有来得及沾沾自喜，就听见外面传来杂乱的脚步声。

"门怎么是开着的？"

受到惊吓的我是怎么逃出去的，已经记不清楚了，只记得我爬出窗户时挂破了裤子，翻墙头时划破了手指，一路狂飙后还岔了气，最后躲进城中的一家书店，两条腿依旧还在瑟瑟发抖。

在开庭之前的那段日子，神武社长一直按照公开的日程在有条不紊地进行，他先去了方舟药品研究中心。作为公开行程，他只是走马观花般四处参观了下，然后说了几句基因改良是造福人类的说辞，又简单回答下记者的几个提问，随后丢下一张两百万美元的支票，便匆匆离去。一切都快得让人眼花缭乱，就好像他从来没有来过。

真知社对方舟中心的捐赠一直是有案可查的，理由也正大光明——就是为了抗疾病和抗衰老方面的研究，但这些金光闪闪的名义背后究竟有什么不可告人的交易，就不得而知了。

方舟药品研究中心是美国的一家老牌企业，在基因领域一直占有举足轻重的地位，荣誉很多，但丑闻也一直不断。

在上个世纪末，方舟药品研究中心的前身方舟生物研究院，因为擅自合成人工病毒，并因管理不善导致泄漏事故的发生，致使该病毒在全球蔓延，造成了数百万人死亡的灾难性后果，它也因此被取缔。该病毒至今仍未能被根除，甚至成为一种常见的流行病。

本世纪初，已然改头换面后的方舟药品研究中心又因非法合成人兽基因并在人体上进行实验，导致数百人残疾和死亡，最终被人权和宗教组织一起推上了联邦法庭。他们不得不支付巨额赔偿金以弥补造成的严重后果。

时过境迁，直至今日，方舟依旧不断被爆料，说它不仅还在继续进行非法的基因合成实验，甚至还和美国国防部下属的一家科研机构有着勾勾搭搭的联系，存在研制生化武器的嫌疑。

离开方舟后，神武社长随后又参观了艾琳智慧研究所，在布置简约的捐赠大厅中，神武社长用充满温情的话语说道："人无完人，没有人是完美无缺的，我们的世界也是如此，它也从来不是一个完美的世界。不过来到这里，因为你们的努力，因为你们的爱心，你们不仅让我看到了科技的无限性，也让我看到了未来的希望。"

艾琳智慧研究所其实是一家致力于脑智力研究的私人企业，它的下面除了设置有相关的科研机构，还设有为智力缺陷者提供服务的医疗单位，以及相关疾病的儿童收容院。

源于资本的魔力，艾琳智慧研究所几乎是一夜之间建成的。从建成至今，它就一直走在慈善的最前沿，这不仅为它赢得了广泛的荣誉和海量的捐款，也赢得了寻常企业无法企及的社会地位。

在艾琳，神武社长的捐款依然是大手笔的，一百万美元被他毫不在意地就签了出去。我想这绝非是简单的捐赠行为，虽然在没有真凭实据的情况下，这样的揣测是很龌龊的。

离开艾琳，神武社长原本高调宣传的对剑虎军工的参观行程竟然被意外取消掉了。当然，一个致力于建立和平社会的人去觐见军工，本身就足以让人玩味。

作为美国唯一的国控军工企业，剑虎军工不仅是军事前沿科技的领跑者，也是全球军火的头号供货商。可以说，地球上每天因为战争和武器而死掉的人，每十个人中，就有三个人是倒在剑虎军工的枪口之下。

不为人知的是，剑虎军工在超粒子传输及人工元素合成等传统领域中，也有着他人无以撼动的统治地位。这一点，从军事角度来看，它几乎就是末日般的存在。

"他的目的是什么呢？又为什么会取消？"

面对我的困惑，神通广大的连漪很快就回复说："事实上他已经去过了，就在当天晚上。"

世间的是是非非，就是这么诡异多变，信仰与世俗，现实与虚幻，真真假假，黑白无常，世事难料。如此，我的生活是碎片化的，没有过渡，没有延续，它们就像由镜头和画面拼接而成的，紧凑而又零乱。

接下来几天，始终没有任何关于小渊美子的消息，面对我的咆哮，巴巴辛巴无奈地说道："我排查过所有她可能会去的地方，甚至包括真知社在纽约设立的分社，但依旧打听不到半点消息，我真的已经尽力了。"

"她难道凭空消失了吗？""她不会已经被平野郎灭口了吧？""还是被什么人或者什么机构给保护了起来？"我胡乱猜测道。

"唉——"巴巴辛巴居然只回了我一声叹息。

"这样吧，你把重点放在神武去过的几个地方，特别是方舟和艾琳，小渊美子我来找。"我烦躁地说。

"剑虎军工和平野郎呢？"巴巴辛巴迟疑地问道。

"我来想办法好了。"我恼怒道。

挂掉电话，我再次联系上连漪，连漪爽快地答应道："我这就帮你打听。"

"太谢谢你了。"我感激地说。

"你现在还在跟踪神武吗？"连漪好奇地问。

"是。除此之外，我好像也做不了别的。"我苦笑着说。

"那就好。"连漪的语气有些奇怪。

夕阳西下之后，神武社长终于失去了继续折腾的意愿，早早地回到了下榻的宾馆。

"今天下午三时，河马街发生了一起枪案，一名亚籍男性当场死亡。截至目前，警方尚未抓获凶手。据了解，死者名叫安培井上，三十六岁，现任真知社纽约分社社长。这次袭击事件是否和神武受审以及传闻中的真知社内部派系纷争有关，尚不得而知，我台会继续关注事态进展。"

随着网页一页页打开，安培井上的身影渐渐在我的眼前清晰起来。他是早已破败的安培家族唯一的继承者，安培家族曾经是日本精英政治的代表，如果不是一场经济大崩溃导致家族政治的彻底瓦解，或许安培井上此刻会像他的祖辈那样，坐在权力巅峰的圈椅中指手画脚，而不是倒在异国他乡冰凉的街道上。

凭借安培家族强大的背景，得到神武社长赏识的安培井上，短短几年就坐在了纽约分社社长的位置，但这也因此导致了一些人的不满，副社长石原晋三不但公开表示反对，还趁机在社内拉帮结派，与神武社长分庭抗礼。

现在神武社长受审，安培井上被杀，势必会让真知社内讧这条线索逐渐清晰起来，也会让真知社更加脆弱，如果再有人推波助澜点什么，它是不是就会因此就灰飞烟灭了呢？我的思绪如野马奔腾。

我感到腰酸背痛，下了车，思绪纷乱地走上街头，头顶盘根错节的建筑，笼罩了大半个天空。城市上空的飞行器，如珊瑚中的鱼群一般，恣意地畅游在灿若繁星的夜幕下。抬头向上，上面的世界是五彩斑斓的世界，但脚下，残破不堪的街道，不仅湿滑，而且弥漫出股股刺鼻的恶臭。

路过一处废墟，一群肮脏的无业者正在把一口扭曲变形的大锅架在篝火上，里面散发出古怪刺鼻的气味。经过时，我鄙夷地看着他们，他们也鄙夷地看着我。我不明白他们存在的意义，或许活着就是他们唯一能够做到的，他们是文明社会的弃儿，也是上帝拙劣手法的残次品。

"爸爸，看那个人，他长得好帅啊。"在我背后传来一个孩子的声音，稚嫩而又纤弱。

我没有回头，但我的身躯如遭子弹洞穿般战栗了一下，我不明白为什么会得到这样的褒奖？褒奖一个无视他们存在的冷酷者。

我并没有再回到魔光，我挤进了快车，启动后呼啸的音浪把我的思绪带进了虚无的空间，眼前晃动的人影，耳畔嘈杂的声音，鼻中千奇百怪的味道，都没能把我再次拽入梦魇般的现实。

是的，我坠入了迷雾下的森林，迷茫在迷雾重重的世界，我很想知道为什么在人类科技发展若此的今天，我们依旧没能让文明脱离利益的枷锁。

是的，从来没有人能够正确回答我。

连漪那边并没有传来好消息，倒是巴巴辛巴反馈过来的信息让人震惊。

"方舟有一批基因药剂是通过走私渠道进入日本的，目的地不详。"

"他们有没有可能是在制造生化武器？"我天才般的想象力马上让我问出了一个惊世骇俗的问题，要知道，这年头，任何触及生化武器的话题都是致命的。

"你怀疑它们和真知社的末日论有关？"巴巴辛巴终于聪明了一回，他睁大眼睛，不敢置信地问道。

"为什么不可能？在阴谋论中不早就有人类清除计划之说吗？而生化武器的门槛很低，相较于它的杀伤力甚至毫无成本可言。如果换作我是神武，我也会做出同样的选择。"我在战栗中反问，脑海中已然浮现出过往那遍地尸火的画面。

是的，自从人类迈入智能科技时代，资本突然发现，原来人是无关紧要的，甚至有点多余。

"如果真的这样，距离神武所说的洗礼日已经不远了。"我很快想到什么，身体再次真实地颤抖起来。

"你是说……"巴巴辛巴的声音有些异样，他并没有说下去。

"你还查到什么？"我平复了下心境，问道。

"除了走私的那批基因药剂，其他药剂的接受单位都是些医疗和研究机构，不知道它们会不会也和真知社有关？我会再做调查。"巴巴辛巴说道。

"查到社仓了吗？"在真知社搜刮来的文件中，那是一个多次被提及的地方，从名字上分析，那应该是一个囤储物资的地方。

"再给我点时间，我刚刚调查完艾琳智慧研究所，根本没有时间……"巴巴辛巴嘟囔道。

"关于艾琳你又调查出什么？"问出这个问题的时候，我没有抱什么任何希望。

即使是在一秒之前，我还在怀抱游戏人生的豁达去面对一切。但下一秒，我瞬间冰封。

"矿人。"巴巴辛巴话一出口，我立刻打了个寒战。是的，当一个人的器官也能成为商品的时候，这个世界的黑暗已然比地狱更加令人恐惧。即便我们早有耳闻，即便我们始终习以为常。

在现实中，我们能见到的黑暗不过是人性之下雾霾之中的蝇营狗苟，而一些真正至黑至暗的东西，我们甚至无权目睹它们的存在。我们可以笑谈战争，我们可以宽容犯罪，我们甚至可以接受人体生物实验，那是因为，眼下正在倒霉的并不是我们自己，而且未来受益的也可能会是我们。

是的，在巴巴辛巴给我的视频中，我第一次看到了无底的深渊。直到那一刻，我才惊骇地意识到：原来所有人一生下来就注定会成某种矿产，原来在利益面前人类才是这个世界上唯一取之不尽的宝藏，自始至终，甚至从未改变。

政治的矿产，资本的矿产，疾病的矿产……

我可以告诉你这个世界上的每一天每一秒会有多少人失踪，但我无法告诉你，销声匿迹的他们最终会以什么样的方式存在于这个世界上。

矿人，一个让我轻易不敢提及的深渊。

我犹豫地拨通了尼让的电话。

"你疯了吗？他们怎么可能在制造和走私生化武器？你有什么证据来这样说？"尼让追问道，他的表情好像面对的是一只恐龙。

"疯了的不是我，是他们，神武不是提出了末日说吗？这个世界上最不起眼却能造成巨大伤害的武器是什么？只能是生化武器。"我想极力说服尼让。

"方舟出售的是基因药剂，不是什么生化病毒，所以，仅凭你的怀疑，我们就可以对它展开正式调查吗？"尼让质疑道。

"事关人命，难道就不能派人去看下吗？"我已然愤怒，咆哮道。

"我没有这样的权力。这样吧，既然你提供了线索，我会派人私下了解一下。"大概源于连漪的魔力，尼让软化了态度。

尼让紧接着说道："至于你对艾琳的指控，我也会调查的，然后给你个交代。"

"还是私下调查吗？我提供给你的可是货真价实的视频。为什么不能立刻查封它呢？"我吃惊道。

"哈哈，你那也叫证据？随便在网上就可以找到很多这种 AI 制作的恐怖视频，难道你要我拿着这种证据去申请调查和查封吗？"尼让哭笑不得地说。

"这会是 AI 制作的吗？你给我 AI 一个出来看看。你是在熟视无睹吗？还是连你和他们本就是同流合污？你还有半点人性吗？该死的，你为什么看到这些还在笑？面对里面的孩子，你怎么可能笑得出来呢？你简直比他们更加该死……"我怒火中烧。

"你简直疯了。"尼让无奈地笑了。

是的,我疯了,在我看到视频的那一刻,在我看到一个小女孩被推上手术台,在我看到那个小女孩眼睁睁看着自己的肢体和器官一点点被肢解而去,到最后只剩下一个脑袋。然后她又被摘下眼睛,挖去耳膜,和部分大脑,而那一刻,仪器依旧显示她还活着。那一刻,我真的疯了。

尼让最终也没有答应对艾琳展开行动,而且他还在挂断电话前,威胁我道:"龙,艾琳的问题我会给你一个满意的交代,不过在此之前,我不希望再有第二个人看到它,更不希望它出现在媒体上。否则,我会置身事外。另外我还要提醒你,私下调查是非法的,你好自为之。"

挂断电话,我随手抓起什么砸在了墙上,然后发疯地走上了街头。我走进路旁的一家酒馆,喝得天旋地转,不知怎么就和别人发生了争持,被扫地出门。是的,不知道怎么,我们的世界就变成了这个样子……

第五章
奢华的世界

安娜的到来注定是一场灾难,还有她的跟屁虫帝客,包括她的闺蜜连漪。

接到电话,我不得不早早爬起来去机场接机,然后无聊地在停车场等候,好不容易接到她,又不得不先把她送到国际人权联合组织。

安娜作为国际人权联合组织的员工,居然会对我说她是个无权论者,着实有点荒诞可笑,毕竟,一个质疑所有权力存在的人却在致力于人权事业,显然是不可思议的。但每每取笑她的时候,她都会板起脸来说:"如果没有权利,我们又该怎么改变这个只属于权力的世界呢?"

当我真的信以为真后,她马上又会反过来问我:"权力之说本身就是荒诞的,它更像一种赐予,而不是天然的获得。所以你说,为什么没有生命的无机物会进化出生命呢?"

这几乎是一个风马牛不相及的质疑,对于我来说,它更是一个无解且致命的问题。我无法作答。

车厢中,帝客已经和魔光打闹成一团,在它们无厘头的癫狂中,我只得走下车,胡乱地在停车场转着圈。

安娜再次出现在我的眼前,已是中午时分,于是我们又马不停蹄地赶去和连漪碰头。随便吃了些美食,又开启了磨难般的购物历程,直到肚子再次咕咕叫的时候,我们才大包小包地回到住处。

女性的世界是奇怪的,她们夸夸其谈的社交天赋,赋予了她们前所未有的优势和地位,也在各类社交活动中当仁不让地占据了主导地位。

连漪和安娜一直在东拉西扯地谈论着天下大事,她们嬉笑怒骂的神态,让自惭形秽的我除了傻呵呵地送上两声笑声之外，也只能老老实实地看起了新闻。

"针对国会通过维持上一年度国家福利发放政策的报告，延续一周的抗议浪潮愈演愈烈。日前警方已经获得驱离授权，大批警力正在集结，冲突一触即发。如关注，请链接本台直播报道。"

"上月末因裁员导致一名员工自杀身亡的费城达鲁集团，今天上午再次宣布裁员两千人而引发争议，目前有十多名工人爬上厂房楼顶发出跳楼示威。如关注，请自行链接。"

"墨西哥无业联盟刚刚通过一项决议，决定年内在原有的基础上再扩大租赁一千公顷的土地，以安排大批有工作欲望的无业者。目前，他们正在使用一些原始的工具去种植作物，以此树立他们生存的自信心，并缓解日渐严重的心理问题。有需要帮助的小伙伴，请点击下面的链接。"

"嗨，龙，你怎么突然开始关心起工运频道了？你真的要辞职吗？"安娜在旁边大惊小怪地喊了起来。

"什么？龙要辞职？"连漪惊讶道。

"他老说工作压力太大，想休息下，难道现在找份工作那么好找吗？"安娜抱怨着。

"好啊，好啊，那样我就不用一个人在家了。"帝客开心地在沙发上跑来跑去。

"那就让他天天在家陪你好了。"安娜恼怒地说，蓝蓝的眼睛透射出冰一样的寒气。

"我也就是随口说说，干吗要当真呢？"看个新闻都闹出这么大动静，真的是见了鬼了。

"对了，龙，你这边有小渊美子和平野郎的消息了吗？我帮你找尼让打听过，也没能打听到什么。"尴尬的气氛中，连漪连忙岔开了话题。

"还没有。"我感谢道："谢谢你了！我以后恐怕会经常叮扰你的。"

"干吗这么客气，我们不是朋友吗？"连漪应道，然后想起什么，问安娜道，"现在法庭对真知社的案子有什么看法？"

"仅凭现有的几项指控就足以让他受到十年以上不得保释的监禁，我想他是逃不了了。"安娜信心满满地说道。

"对了，我听说最近秃噜星准备在未来城建个什么神庙，不知道他们的神是什么样的，你知道吗？"转眼，连漪又开始好奇其他。

"别提了，我正头疼着呢。"安娜笑出声来。

"什么情况？说说看。"安娜的反应，更加勾引起连漪的好奇心，也吸引到我的注意。

"他们和我们俗世的信仰恰恰相反，他们信奉的是秃噜神，一个能毁灭掉一切的神，包括毁灭欲望、幸福、权利、金钱，反正上帝能造出什么，人家就能毁灭什么。"安娜眉飞色舞地说道。

"哇，这么有个性，不过他们应该不会祈祷毁灭自己吧？"连漪一惊一乍地打断了安娜。

"呵呵，当然不会，人家会祈求秃噜神毁灭自己的懦弱，来让自己有勇气去毁灭敌人。说实话，他们的人生观真的就和龙一样，他天天说人天生就是恶的，只有不断抛弃罪恶，才能净化和升华自己的灵魂，才能善始善终，要不就会受到惩罚和毁灭。"安娜解释道。

"这和我们有什么不同吗？"连漪困惑地问。

"怎么可能相同呢？虽然目的相同，但我们的信仰是建立在人之初性本善上的，而他们恰好相反，认为人本就是恶的。所以说，我现在都不知道该怎么理解它了。相信它，我们信仰的基础会崩塌，但不相信，又好像找不出合理的理由去反驳。你说怎么办？"安娜手舞足蹈地像一个开心的娃娃。

"也是，我们是在拒绝邪恶，他们是在剔除罪恶，虽然看似异曲同工，但确实有着天差地别的差异。哈哈，看来他们还真的是要远比我们更加真实，我们总是把神弄得至高无上不说，还非要弄些奇怪的东西来恫吓自己。"连漪也莫名其妙地笑弯了腰，最后还来了句，"他们什么时候建那个神庙？建了，我第一个去。"

"我也去。"懵懵懂懂的帝客同样唯恐天下不乱地喊道。

看着眼前的两个女人和一条狗，我只有苦笑的份，如果真的信奉魔鬼，岂不有点什么非分之想都会遭雷劈吗？看来还是信上帝的好，至少还有忏悔的机会不是？

只有愚蠢的人才会说人性本善，这怎么可能呢？既然为善，即使饥不饱腹，即使饿殍遍野，善良的人依旧会分享善良，恶还是不会产生。所以，性本善注定是个谎言。人类天性就是恶的，只是在生存过程中学会了团结，学会了换取，才渐渐有了善举，有了人性。

何况群居生态本就不是能用善恶来简单衡量的，因为混乱，所以有了秩序，因为共存，所以有了善举，这本是自然规律，要超越这些，如果没有更高的文明与智慧，我们依旧只能与禽兽为伍。

"针对印度矿业集团进入火星G区非法开采矿产一事，今天美国火星局获得授权，将展开一场代号'利益'的驱离行动。ABC电台来自火星的报道。"

"G区的矿产绵延数百公里，我们已经尽量远离了美国矿业集团的开采面，但现在他们却告诉我们，G区所有的一切都是他们的，这是我们不能接受的。按照国际空天联合条约，我们有权在他们的开采面五十公里外进行开采活动，他们今天的行动简直就是强盗行径。最后我要说的是，火星不应该成为新的殖民地。《印度国家时报》来自火星的报道。"

没有想到，伴随着人类进入太空的步伐越来越快，昔日在我们眼中广袤的太阳系已然渺小了许多。虽然我不相信，经历过太多战争悲剧的人类还会拿起武器，但在超越生死的利益纠葛上，悲剧从来没有离开。

"下面是实况转播，画面来不及做处理，属5A限制级，请您选择性观看：上帝！集体自杀案又在埃菲尔铁塔发生了，上面已经跳下来了六个人，还有人在不断地跳下来。我不敢看了。天呢，你们看，上面又跳下来一个，上帝！上帝在哪呢？快救救他们……"

这是一个糟心的世界，糟心得让人麻木，麻木到满眼血腥还依旧能品出咖啡的香浓。

在感觉到不对味的那一刻，我飞快地放下了手中的咖啡，然后在安娜飘来的异样目光中，转换了频道。

随着开庭日期的临近，源于记者的敏感，我嗅到了一丝奇怪的味道，某些媒体突然开始关注起神武的案子来，它们正在利用神武社长的光环掩盖他背后的黑暗。很快，这些论坛下就聚集了数量庞大的真知社社员和一些别有用心的人，甚至是一些来自外星的无脑虫。他们正在蠢蠢欲动。

"一旦神武社长脱罪，那么他的末日说可能真的会蛊惑更多人，所以，我们必须想办法让他把牢底坐穿。"我杞人忧天地说道。

"你真的是这么认为的吗？你好像让我又一次看到刚刚来集团入职的你。"电话那边传来南茜惊喜的笑声，随后她拿定主意说道，"好吧，我会想办法说服威克的，你放心好了。不过我还是建议你用匿名的方式去报道这些，免得惹上什么麻烦。"

我怎么可能用真名去胡说八道呢？我笑了："放心，妙笔生花的本事我还是有的，你让威克总编放心和放手就是。嘿嘿。"

"只要你能改掉过去过度悲观的情绪，能重新振作起来，我还有什么不能帮你的呢？"南茜令人泪目地说道。

一个小时后，威克主动打来电话，他大包大揽地说道："你什么时间把稿子发过来，我就什么时间把它们发出去，其他的你就不用管了。"

"可在真实性上……"我提醒道。

"我会选择内容和渠道来做这些事情的，只不过你应该先让我弄明白哪些是真实的，哪些又是在信口雌黄，这个要求不过分吧？"威克爽快地说。

挂断威克的电话，我又联系到连漪，连漪蹙眉听完我的目的和请求，犹疑不定地答应了下来。

感受到连漪压力的尼让也终于做出妥协："我会配合你做足表面文章的。你需要我怎么做？"

"很简单，你就当休假好了，去方舟和艾琳散散心就好。"我开心地笑了。

然后，我向安娜全盘托出了我的计划，她迟疑地说道："对于神武社长这样财大气粗并和官方有着千丝万缕勾连的人来说，眼下这些东西，根本不足以让他受到最严厉的判罚。单纯从案件本身来说，他的荒诞言论只能定性为虚假宣传，至于所涉的大量刑事案件，如果缺乏证据，又该如何让法庭认可它呢？要知道，目前检方拿得出手的证据寥寥无几。"

"小渊美子不是手握大量证据吗？"我心有不甘地问。

"但谁也不知道她手中究竟都有什么证据。如果只是和她的遭遇相关的一些证据，对量刑结果又有多大影响呢？"安娜不以为然。

"所以说，我们就更不能放任网上的传言甚嚣尘上了，否则他还真的有可能就此脱罪并走出法庭，不是吗？"我担心地说。

"是有这种可能，最近我也在法庭那边嗅到了异味，同情并为他开解的言论越来越多。不过，你在网上随便发些东西，就真的能改变了什么吗？"安娜证实了我的担忧，但同时也在质疑我。

"为什么不能呢？要知道人言可畏，众口铄金，只要你在不停地说，注定会有人站在你的身后，也注定会有人淹没在你的口水之下，就像神武那样。"我自信地说道。

巴巴辛巴很快就帮我物色到一个人，他说："你现在过来吧，我在这里等你。"

赶到巴巴辛巴说的地方，他带我穿过一条小巷来到一栋破落的公寓，然后乘电梯下到了负十楼。一路上，小心谨慎的他一直在警惕地环顾着四周，甚至在敲开一扇门走进去后，还是不放心地又探头回去，多看了几眼。

"这位是彼得，你需要发什么，交给他就行了。"巴巴辛巴直接说道。

"你好！我是龙。"我礼貌地伸出手去，但彼得非但无视，而且无礼地撇了我一眼，双手都没有离开键盘，更不用说起身相迎了。

我尴尬地收回手来，从口袋中掏出了一张卡片递了过去。彼得接过去飞快地打开了，只是扫了一眼，马上就嘟囔道，"就这些？"

"先看下反应好了，如果效果还行，我会陆续再投些进去。"和一个心无旁骛的人对话是愉快的，你根本不必在肚子里弯弯绕些什么，直截了当就是。

彼得果然没有在意我说什么，只见他十指如飞，飞快地点开各种链接，把我精心准备的数篇小作文，天女散花般发往了不同的网站。

"就他一个人吗?"我依旧心存怀疑。

"他怎么可能只是一个人呢?你感觉这个小房间能装得下千军万马的水军吗?他们都有自己的圈子。你放心好了。"巴巴辛巴笑了。

"你会被网络水军影响到自己的判断吗?"我好奇地问道。

"大多数情况下不会,你知道的,随着AI技术的出现,不管是声音还是视频都可以造假,你又怎么可能分辨并做出正确的判断呢?所以,我基本上只相信官方媒体报道出来的那些东西。"巴巴辛巴回答道。

"你又是怎么看待他们的呢?"出于对网络水军的不屑,我小声问道。

巴巴辛巴附在我耳边低声回道:"说实话,我曾经很鄙视他们,搬弄是非不说,做事也毫无底线可言。不过相较于黑客来说,他们更加纯粹不是吗?看看我们现在在做的事情,我们应该很庆幸他们只是拿钱办事。你看,他现在像不像——"巴巴辛巴说着,用手指比画了一个手枪。

我苦笑道:"是,但愿不要有指向我们的那一天。"

看着屏幕上不断暴涨的热度,我渐渐担心起来,毕竟散布谣言是要被判重刑的。但……

"能把它们炒多热就炒多热,报酬不是问题。"在离开时,我眉开眼笑地从暗网中划出一笔价值不菲的虚拟币过去。

是的,此时此刻,不管是流淌着无尽黑暗的暗网,还是流淌着资本恶臭的虚拟币,它们在我的眼中突然变得美好起来。当一个人有能力左右到黑暗的力量,你还有什么是开心不起来的呢?除非……

一直到深夜,我还在网上不断查看着小作文的热度,直到看到它跃升到第一位,才酣然入睡,并且一觉睡到天明。

"起床啦,懒虫。"帝客飘浮在皑皑云端冲我喊道。

安娜的到来,让我平生第一次迈进了另一个世界,一个想破脑袋也幻想不出来的奢华世界。

当魔光刚停靠在水晶庄园主人专用的车位上,连漪已经笑盈盈地迎了出来,说道:"安娜晚点就到,你先跟我来呀。"

"叨扰了。"我把礼物递了上去，还是有些拘谨。是的，进入庄园大门后还要跑十余公里的林道才能见到主人，还能心静如水，恐怕也只有死人才能做到。

"干吗这么客气？只是一场普通的酒会。"连漪并没有领我走上高高的台阶，而是就近走进了电梯，在电梯里，她迫不及待地打开了礼物，里面是一本很具收藏价值的典藏版《红楼梦》，她惊喜地喊道，"哇，这正是我朝思暮想的，你怎么知道要送我这个？"

"这是安娜送你的。"我尴尬地解释道。

"这就对了，我曾经给安娜说过它。"连漪兴奋地说。走过挂满名贵油画的长长廊道，穿过摆满价值连城的艺术品的明亮大厅，连漪终于把我领进了二楼的书房，一间让人瞬间感觉时空错乱的书房。

是的，这是一间堪比图书馆的书房，面积足有上千平米，里面用很多一柜到顶的书柜隔开众多区域，而书柜中更是阵列有序地摆满了绝难在世面上能够看到的各类稀有图书。

"随便坐。你想喝点什么？"连漪把我让至一处玻璃幕墙边的休息区，然后又招来一只模样呆萌的机器兔子，把《红楼梦》交给了它。

"咖啡就好。"我看向一旁的书架，上面整齐地码放着让人眼花缭乱的书籍。

"这些天有什么收获吗？"连漪从飞盘中取过一杯咖啡，递给了我，好奇地问。

"没有，除了外出参加活动，他几乎整天都呆在酒店不出来。"我凌乱的眼神最终定格在一套已经绝世的刻画版古籍《神曲》上。

"你怎么看？"连漪没头没脑地问道。

她可能是想问方舟和艾琳的事，我刚想抱怨些什么，又突然想起来自尼让的警告，于是嘻嘻哈哈地说道："哈哈，你就放心好了，一切尽在掌握中。"

"那就好，我最近听到一些传闻，可能会对神武的案子产生影响。"连漪笑了。

"是有很多人想他活，但也有很多人想他死吗？不到最后，鹿死谁手还不一定呢？"我狂傲地说。

"是吗？"连漪沉思的模样很可爱，那双美丽的眼睛会突然黯淡下来，深渊般的瞳孔扩大到不可思议的地步。

"小姐，戴维公爵到了。"管家得体地站在门口说道。

"你在这里随便看看，我去接下朋友。"连漪快步走了出去。

连漪刚刚迈出书房，《神曲》就已经摊在我的面前，淡黄的纸张让人赏心悦目，一股淡幽的书香更是沁人心脾。

在一幅幅精美古朴的刻画中，我看见了光芒四射的上帝，也看见了堕落中的撒旦，更看见了炼狱中徘徊的众多灵魂。

我行走在撒旦的地狱，再一次迷茫在没有边界的世界中，直到……

直到一双柔柔的小手蒙住了我的眼睛，暖暖的，连心都能为之融化……

直到一股淡淡的幽香钻入我的鼻翼，开始在我的四肢百骸中蔓延。

"安娜。"

"还待在这里干吗，连漪在等着我们呢。"安娜从我手中夺过《神曲》，然后又随手把它丢在沙发中，拉起我向外走去。

"戴维公爵。"连漪简单介绍道，她显然把后面一长串的头衔省略掉了，不然——说出来，是会让人难堪的，至少对于极度绅士的人来说。

"久闻大名，我看过您的论著《星际间文明的碰撞》，它是部让人眼前一亮的巨著。"面对绅士，我不得不绅士地伸出手去。

"随便涂鸦，不值一提。"戴维惬意地谦虚道。

"《第一现场》的首席大记者——龙，我的好朋友。"连漪不失时机地给我戴了顶大帽子。

"后生可畏，失敬，失敬。"戴维掏出了名片。

还没有来得及把戴维公爵那价值不菲的铂金名片揣入口袋，就看到另一个熟悉的身影飘入眼帘。

"想不到会在这里遇到你。"我慌忙迎了上去，热情地伸过手去。

尼让礼节地握了一下我的手，埋怨道："如果不是连漪一直打电话，我可真的来不了。"

"说什么呢?既然不想来,干吗还来?我又没绑着你。"连漪走了过来,冰冷着脸说。

"你可别误会,我哪有你清闲啊,一堆麻烦事拖着呢。好了,你也别老寒着脸对着我,我这不是来了吗?"尼让突然没脸没皮地嬉笑起来。

"这是我最最要好的朋友,今天来,就是想介绍你们正式认识下。"连漪说着,把手臂放在了我的臂弯中,全然不顾及安娜投来的异样眼神。

"知道了。龙先生以后有什么需要,尽管找我就是,我一定鼎力相助。"尼让在诧异中应道。

这时大厅外走进一位英俊挺拔的年轻人。

"嗨,马休斯,我以为你真的来不了了呢。"连漪惊喜地喊道。

"怎么会呢?美人召唤,就是天塌了,也一定要来的。"马休斯说着,从背后拿出一大束玫瑰花,递给了连漪。

"马休斯在国防部参谋总部供职,我们两家是世交。"连漪介绍道。

和我们打过招呼后,马休斯礼貌地说道:"伯父伯母呢?我先去给他们请个安。"

"他们旅游去了。"连漪忙笑着拦住他,然后说,"走,我们到那边喝两杯。"

走在这群精英中,我都替自己感到卑微,虽然我一直高仰起僵硬的脖颈,但别人一个无心的微笑,还是瞬间让我感受到莫大的羞辱。

细心的安娜终于看出了我的不安,和连漪疯了一阵后,马上提出了告辞。好在连漪也察觉到这点,略带歉意地送我们上车后,才对安娜说道:"明天我去找你呀,这次来,你一定要好好陪陪我。"

"你有人陪,哪儿还需要我啊?好了,你快进去吧,免得让人等急了。我回头再电你好了。"安娜俏皮地说。

魔光兴奋地围绕连漪转了一圈,在连漪的触摸下,恋恋不舍的飞升起来。

"你还是老样子,就不能在这样的场合表现得开心点吗?"离开水晶庄园,安娜埋怨道。

"我只是一个小记者,本来就够卑微的了,难道还要贴上脸去巴结他们吗？"我郁闷地说。

"没有人要你巴结他们什么，是你自己看不起自己而已。一个人的成就往往和他所身处的环境有关，他们未必一定要比你更有才华，但是他们有足够的底气和人气，所以看上去比你成功更多。"安娜今天心情好像特别好，放在平日，她可能早就怒颜以对了。

"我们根本就不是一个世界的人，不是吗？我们的房子甚至还没有人家的电梯大，我们全部的身家甚至赶不上人家墙壁上的一幅油画。即便如此，我们还要没日没夜地加班工作，只为了那点能够养活自己的一日三餐。即便如此，我们还要低三下四地苟且在他们的阴影之下。难道我们比他们做的更少吗？难道都这样活着了，还要再跪拜他们吗？"我恼怒地说。

"你不是在跪拜，而是在嫉妒。如果你真的比他们更优秀，就证实给我看啊，为什么要对我凶？"安娜还是被我激怒了。

"我这是在嫉妒？为什么你就不能想一想，同样为人，为什么我们和他们之间会有这么大的天壤之别？难道你真的以为，只要我们努力了，就可以像他们一样活着？还是你真的以为，我们可以放下一切，只是为了像他们一样活着。"我咆哮道。

"你总是站在一个极端来看待问题，难道除了珠穆朗玛峰再无世界？山河万里，江山如画，这个世界上的大美山河多了去了，并非只有资本这一座大山，还有科技的，有文艺的，各行各业的，不是吗？"安娜埋怨道。

"我还能做什么？"我绝望道。是的，我同样厌恶碌碌无为的日子，但除了吃喝拉撒之外，我好像真的一无是处。

"一个连生活目标都没有的人，确实只能躺平了。就像爬山一样，付出决定高度，决定一路上所能看到的风景。如果遇到一些坎坷，你就开始躺平，那又有何意义继续活下去？"安娜尖锐地说道。

"我知道。但我讨厌社交，社交对于我来说，纯粹就是浪费生命；我憎恶人性，人性对于我来说，简直就形同屎尿；我厌恶世俗，世俗对于我来说，无疑就是枷锁。你说我该怎么办？我不知道。"我泄气地说道，并懊恼地拍打起脑袋。

安娜瞬间陷入沉默，魔光躲在角落中，战战兢兢。

我也曾经年轻过，一路磕磕碰碰地走到今天，心中那份率真的信仰早已荡然无存，甚至不是为了名利，不是为了填塞不尽的欲望，而仅仅是为了在肮脏污浊的文明中随波逐流，为了在行尸走肉的世界中沉沦起伏。

第六章
上帝的审判

事实上，审判日的临近令人丝毫开心不起来，先不说舆论导向令人喜忧参半，就是法律人士对审判结果的预判也是众说纷纭，面对这样的局势，又怎么可能抱有好的预期？

当天一大早，法庭外就部署了大批防暴警察并搭起警戒墙，以应对可能出现的暴乱。我并没有选择进入法庭，而是老老实实地待坐在魔光中，不断切换来自法庭内外的直播报道。

临近九点，随着开庭的时间越来越近，法庭外渐渐聚集了大批狂热的真知社社员，他们三五成群地站在警戒线外，拉起横幅，喊起了口号。

法庭是公开审理的，早在一个星期前就已经开始对听审人员的身份进行严格的审查，此刻法警正在入口严格盘查他们。法庭内同样高度设防，在听审席和审判区也加设了防爆玻璃，法警更是全副武装地在现场负责警戒。

虽然没有人拍摄到小渊美子进入法庭的画面，但一个记者还是在现场信誓旦旦地说，他亲眼看见小渊美子出现在法庭的走廊中，她的身边有众多法警贴身保护。

"洗礼说虽然带来社会的恐慌，但它的后果还没有一场暴风雨造成的损失大，何况，每个人都有自己的言论自由。我坚信法庭能够做出公正和客观的判断。"一个真知社的社员面对采访说。

"他怎么可能是无辜的呢？言论自由并不能成为他妖言惑众的理由，历史上类似的案子层出不穷，哪个后果不让人触目惊心？这下好了，让他下地狱好了！"一个听审人员义愤填膺地说道。

"鉴于神武对指控的全盘否认，鉴于小渊美子的证词只是孤证，如果没有相关佐证，法庭还是有可能做出无罪宣判的。但是，无论结局如何，这都会是一个相当漫长的过程，任何事情都可能发生，任何结果也都无法定论。换言之，一切皆有可能。"一位面对镜头的法律人士，首鼠两端地分析道。

神武社长的车队沿着街道缓缓驶来，警方如临大敌地警戒在它的四周。

"他来了，看见没有，在那里。"一个记者嚎丧般的声音差点穿透了我的耳膜，那副嘴脸，真的让身为同行的我感到耻辱。

狂热的人群开始向车队围拢，大批记者也奔跑过去。直到车队停稳，在防暴警察隔离出通道后，神武社长才不慌不忙地从车内走出。他看下四周，然后用双手拇指和食指合拢个圈圈举过额头。他的举动立刻引来真知社社员们发疯般地叫喊。

四根指头随便弄个圈，就可以当太阳来普照众生，看来也是个肆意妄为的主！

"来自星际的洗礼即将来临，就在一个月后的今天。请你们记住我的话，在那一天来临的时候，请放下你手中的一切，把你爱的人和爱你的人，都召集在你的身边。我会听见你们的心灵之语，我会给予你们想要得到的庇佑……

"今天是邪恶者对我的审判日，也会是洗礼序幕的开始，我不会因为他们的愚蠢而在这里给予他们惩罚，因为他们就像迷途中的羔羊。他们需要在洗礼中得到启迪，他们需要在痛苦中领悟洗礼的真谛。相信我，即使洗礼后的他们，也根本没有资格和你们在一个地方用餐，因为他们依旧肮脏。他们也不会和你们呼吸在同一片天空之下，他们必须接受新的洗礼，因为他们依旧充满欲望。"

此刻的我很想笑，但又笑不出来，面对充满恶臭的神棍骗子，我真的想放弃理智去迎接神武的末日，用毁灭的惩罚，去换取一道光明。

所以，我看见了一道光，它照亮了阴云密布的暗空，驱散了大地跌宕的雾霭。它犹如宇宙的第一道闪电，既孕育出了生命的摇篮，也孕育出了人类无尽的黑暗。

是的，我看见了，我看见了神武仰面倒了下去，我看见了一个杯口大的空洞洞穿他的额头，我看见了里面翻腾着的无尽黑烟，我看见了经风一吹它们也就此烟消云散。我不知道那是不是逃逸出的神武的肮脏灵魂，如果是，未来依然会血雨腥风。

"我锁定了凶手，他在帝国大厦的顶端。"魔光发出刺耳的尖叫，随后箭一般射了出去。

我在震惊过后，旋即感受到一种羞辱，一种对智慧的羞辱。为什么会这样？为什么？

魔光刚刚攀升到帝国大厦的上空，就看见一辆让人眼熟的黑色跑车，如坠落天界的撒旦一般沿着大厦的楼面飞快地下坠而去。魔光锁定它，在空中划过一道圆弧，也一头扎了下去，紧紧跟住。

平野郎？我真的有点糊涂了，让我理解一个人会雇佣杀手来结束自己的性命是很困难的，虽然神武并不是什么普通人。我被笼罩在无数问号之中。

如果雇主不是神武，难道有人给出了更高的价格？那同样会是对一个杀手的侮辱。

平野郎为什么要在大庭广众下动手？这背后的因由又是什么呢？难道一个杀手也有了炫耀之心？呵呵。所以，这大概率是源自雇主的要求。

跑车在接近地面的时候，速度已经加到最大，随着一团音爆在城市底层雾霾中绽放，它一溜电光地消失在屏幕中。

"它开启了隐身。怎么办？"魔光不知所措地喊道，也就在它犹豫间，一辆橘黄色的吉普冒冒失失地从一旁擦肩而过。而后面，巴巴辛巴的破车像折了翅膀的小鸟，坠落过眼前。

"跟上那辆吉普。"我喊道。虽然感觉吉普追赶跑车有点可笑，但好像也真的没有什么选择了。今天对于神武来说是一个糟糕的日子，但对于我来说，它更像是一个乱了日期的愚人节。

就在魔光摇头叹气的时候，屏幕上突然出现了一个闪烁的红点，紧接着尼让的电话打了进来："我已经帮你锁定了跑车，想办法截停它，歇洛随后会给予你支援。"

"小渊美子那边没有事情吧？"我居然问了一个莫名其妙的问题。

尼让半天没有缓过神来，片刻后才回道："没有。"

跑车一直在沿着直线快速飞奔，后面的巴巴辛巴早没了踪影，前面的吉普车也累得大喘着粗气越落越远。魔光开心地咧开了大嘴，口中不停地发出呼啸声，速度也越跑越快，四周的建筑开始扭曲变形，如黑色的潮水在屏幕前滑过。

"毋庸置疑，神武已经死了……让人惊愕的结局，为什么？谁是凶手？"来自现场报道的信号断断续续，画面中那些困惑的面孔，幻灯般闪烁在眼前。

随着跑车钻入一条早已报废的地铁隧道，屏幕上的红点突然消失了，魔光犹豫地停了下来，它不知道该怎么做，只是在头顶不断冒出大大小小的问号，等待我的决定。

我让魔光找出隧道图纸。往西是通往纽约中心区域，那里强大的城市安全系统注定会让平野郎无处遁形。而往东，是一条通往老城区的废弃隧道，如果想要逃避什么，显然这条路会是最佳的一种选择。于是我让魔光往东一路追了下去。

魔光跌跌撞撞地在堆满杂物的隧道中爬行，雪白的灯光下，一路都是扭曲的轨道和倾斜下来的钢质顶板，还有一些城市垃圾也随污水冲积在这里。灯光扫过之处，会在一些角落亮起一片闪烁的亮点，那是老鼠眼睛反射过来的，它们好奇地打量着我们，丝毫没有逃走的打算。

前方的路面渐渐干燥起来，虽然幽暗，但里面的空气好像被什么搅动过，到处都是飞舞的尘埃。

"我们走对了。"魔光兴奋地喊道。

前方已经可以看到亮光，魔光加快了速度，径直从出口窜了上去。

我看到了耀眼的阳光，也看到了魔鬼翅膀下的阴影，这是一个糟糕透顶的共存，虽然希望和绝望同在，但生死之选早已不在你的手中。

"不要——"我绝望地喊道。

魔光几乎来不及做出任何反应，就在窜出隧道的瞬间，被空中砸落的一扇铁闸门拍在了地下，再也动弹不得。它恼怒地四处乱爬，却始终摆脱不了身上的重压，只能拼了命地挤出条缝来，打开车门抱歉地说道："主人，看来你只有从这里爬出去了。"

韩信还有胯下之辱的时候,能捡条命出来,谁还会介意什么呢?我贴近地面的缝隙向外爬去,外面凹陷的地面上有一片污浊的废水,不过我已经没有理由再介意它们了,因为我同时也看到面前多出一双鞋子出来。

"嗨,想不到又是你。"果然是平野郎,此刻,他高高在上,正在一脸鄙夷地俯视着我。

"我也想不到会是你。"我苦笑着趴在他的脚下。

"说说看,你认为小渊美子和神武谁更该死?"平野郎怀抱双臂,脸上露出得意的笑容。

"我想不出你会在意要谁的命,对于你来说,它们不都是蹦蹦跳跳的金币吗?"抬头看人真的很累,所以,我苦笑着问:"能不能先让我爬出去?这样对话,会把我的脖子折断的。"

"您请。"平野郎看着一脸窘态的我,退后了一步,然后眉飞色舞地说道,"你说的不错,一个没有价值的生命,谁又会去收割它呢?就像你的脑袋,如果有人肯出一元钱,我都不会再让它属于你。"

我已然站了起来,虽然一身泥泞:"你这样反杀雇主,不怕乱了行规?"

"怎么可能。"平野郎头摇得跟拨浪鼓一般,笑道,"他雇我杀小渊美子,我既然收了钱,就一定会去做,只不过眼下还没有好的机会罢了。至于他,同样有人肯出钱,我好像也没有理由拒绝不是?"

"是谁要杀神武?"我需要拖延时间,所以才会这样愚蠢地去问。

"哈哈,好像想杀他的人很多,连你不也有杀他的心不是?我只不过是在帮你们达成所愿。"平野郎嘻嘻哈哈道。

我看向旁边一块还算趁手的石头,于是唠唠叨叨地说道:"我还以为你们是朋友的关系呢,不过即便不是,他作为你的老主顾,你们之间是不是也该多多少少有点交情在吧?你怎么能下得去手的?"

"好像很有道理啊,我们之间不是也有一面之缘吗?那自然也应该多多少少有点情谊,既然这样,不如我免费送你一程好了。哈哈。"说话间,平野郎的手中多了把枪,他开心地把枪口指向了我。

"等等，等等，杀我之前，能不能先告诉我，既然神武死了，你还会追杀小渊美子吗？"我慌乱地向一边躲去，那块石头已然在我脚边。

"如果你能让神武收回成命，我无所谓的，反正钱也不是很多。"平野郎也看到了那块石头。

"你不会真的想杀掉我吧？"我只好放弃了打算，不安的问道。

"当然。"平野郎的目光渐渐变得狰狞。

"为什么？"我惊骇地战栗了下。

平野郎玩弄着手中的枪，不羁地说道："这个世界上有谁是不该死的呢？你只需要告诉我一个你不该死的理由，我就可以放过你。"

我很奇怪他为什么会像尼让一样，做什么都需要一个理由。我绝望地说："没有，你可以出手了。"

平野郎愉快地说道："不行，免费杀人好像会坏了行规，这样吧，你给我一枚硬币，我再满足你可好？"

"你——"我无语以对。我确实不怕死，不过兜里也确实没有一块硬币。这是真的！

"看着只好等下次了，希望下次你能带块硬币在身上，这已经是我最低的友情价了。"平野郎兴奋地踏着舞步回到了车上，一个漂移，掀起了满天的灰尘，消失在远处。

看来穷到没有钱也是一种幸运，因为财富才是死神勒索的权杖，没有财富，也就意味着死神后半辈子要和你我一样穷困潦倒了，所以他从不轻易施舍杀戮。这也应该是真的！

望着远去的平野郎，我丝毫高兴不起来，至少有那么一刻，我真的希望他能杀掉我，那样我也就可以顺理成章地离开这个世界了，说不定还能够获得邀请到天堂一游。

当歇洛赶到时，我还在不着边际地胡思乱想。看到眼前的一幕，他讥讽道："果然是辆好车，可惜了。"

心思烦乱的我，自然没有心情去理会他，只是淡淡地回了句："图书馆被炸确实可惜了点。"

歇洛红了下脸，言不由衷地解释道："我不是这个意思，如果换成我，说不定就死在这里了。"

"知道他为什么没有杀我吗？因为我身上连一枚硬币都没有。"对歇洛隐晦的指责，我开始调戏起他的智慧，余光中已经看见远处徘徊的巴巴辛巴。

"什么硬币？"歇洛果然傻乎乎地问道。

这时尼让也已经赶来，他看着还在挣扎的魔光，笑道："它都称得上是你恩人了。"

我尴尬一笑，说道："平野郎还会继续追杀小渊美子，这是他亲口说的。"

尼让露出吃惊的目光，旋即回答道："她还在法庭办理后续手续，随后会有人负责把她转移到一个安全的地方。"

"你能想到死的会是神武吗？现在好了，你好像也很难交差了吧？"我开心地笑了。

"唉，真的想不到会是这样。不过也好，毕竟该死的人死了，也不是什么坏事。"尼让懊恼地摇了下头，随后疑问道，"你认为是谁雇佣了平野郎？"

"这鬼知道，说不定就是你呢？"我放荡不羁地笑道。

"呵呵，我倒是想雇他，他敢来见我吗？"尼让苦笑地说。

看到歇洛已经用车把魔光完好无损地拖出来，我向尼让告辞道："多谢你这一段对我的帮助，现在好了，神武死了，我也该回去了。以后有什么消息，别忘了知会我一声，我会万分感激的。"

尼让哈哈笑了起来，他爽快地说道："没问题。你什么时候回去，我一定给你饯行。"

"那倒不必。不过你放心好了，走时我会通知你的，免得你的人四处找不到我。"我笑道。

"第一，程序如此；第二，也是为了你的安全着想，我还不想以后没法面对你的朋友。"尼让狡猾地摆脱了一个尴尬的话题。

"好吧，后会有期。"我伸出了手。

"后会有期。"尼让用力地回握。

一个小时后，我已经和巴巴辛巴坐在了咖啡厅，在结算开支时，他推测道："神武不死，真知社肯定要倒大霉，说不定会被取缔也说不定。所以，神武的死会不会和副社长石原晋三有关？毕竟他才是最大的受益人。而且我还听说，他们之间的积怨颇深，都快到不共戴天的地步了。"

"可能吧，但不好说，也许还有人想嫁祸于人呢？这年头聪明的脑瓜多了，即使坐在你对面，你也不会知道他在想什么。"我无解地回道。

"那么我们接下来怎么办呢？那些线索还要继续查下去吗？"巴巴辛巴问道。

"随便你好了，我是该回去了，如果你有兴趣继续追查下去，我会根据它们的新闻价值给予你报酬。"虽心有不甘，但我已归心似箭。

"真的就这样翻篇吗？别忘了方舟和艾琳发生的事情还在继续……"

巴巴辛巴继续唠叨着什么，只是我已经没有耐心听下去，于是匆匆告辞，赶了回去。

"现在大家可以看到，刺杀现场除了部分警员在值守勘验，基本已经没有什么人了。目前帝国大厦顶层也被暂时封闭，据了解，那里很可能就是狙杀神武的伏击地，不断进出的调查人员，也似乎印证了这种说法。"

"截至目前，远在日本总社的副社长石原晋三还没有对遇刺事件发表任何评论，他只是要求社员在官方调查结果出来之前，不要私下举行集会和游行示威活动。"

"日本的一些地方已经出现了小范围的社员聚众闹事，他们和燃放烟花表示庆祝的市民发生了冲突，目前尚无人员伤亡报道。"

我胡乱地翻看着相关报道，脑海中依旧不停地幻现出神武被击中的瞬间，它们就像一摞黑白的照片被抛上了天空，七零八落的飘舞在视野中，始终看不清楚。

威克的电话来得有点迟，他坐在办公桌前激动地问道："龙，有什么线索没？快弄篇爆炸性的新闻出来，大家都等着呢。"

"一切都结束了，不是吗？等我回去再说。"我想也没想就回道。

"你不是告诉我出事的时候你不在现场吧？！告诉你，如果你还想回来，就马上弄篇报道给我。现在，马上，此刻！"威克恼怒地拍着桌案，他真的很用力，好像那样疼的会是我一样。

"随便你好了，不过你想要独家报道，最好还是等你的妹妹回来，也只有她能接触到最核心的内幕。"我苦笑道。

威克按捺住火气，妥协地说："不管怎样，你现在必须先把第一现场的画面传回来，等明天再拿出点像样的东西给我好了，否则——"

威克刚撂下电话，连漪就不约而至，她先喊嚎叫弄杯咖啡，然后告诉我安娜会晚点回来，最后才坐进沙发中用好奇的眼神看着我。

直到我被盯得坐立不安，她问道："你好像并不高兴？是不是我来得不是时候？还是……"

"怎么会呢？正准备向你致谢呢，如果不是魔光，我肯定死翘翘了。"我尴尬地讲述了经过。

听完我惊心动魄的描述后，连漪出乎意料地说："这么说它是你的保护神了，那我就把它当礼物送你好了。"

"不，不，不。"看着连漪认真的模样，我顿时手足无措起来，忙推辞道，"以后这类不要命的事我是不敢再接了，自然也用不到什么保护神。谢谢！谢谢！"

"看把你紧张的，还怕安娜吃醋啊？那我送安娜好了，她肯定不会拒绝的。"连漪嘿嘿一笑，然后说道，"对了，你要的账户我已经查到一些，剩下的还在查。不过现在有一个问题，就是你还准备继续调查下去吗？"连漪说完，把一个信封递了过来。

"不查了吧？已经给你添了不少麻烦。"我不确定地说道。

"也不是很麻烦，我这边继续帮你查就是了，说不定还能挖到点什么呢？"连漪爽快地说道。

"挖到点什么？宝藏吗？"随着房门打开，安娜脚步轻盈地走了进来。

"是的，宝藏。"连漪站起来抱住了安娜，迫不及待地问道，"都等你半天了，你怎么才回来。有什么内幕消息吗？快透露点。"

"还会有什么内幕消息，法庭结案了呗。你做律师的，难道不明白这些？"安娜说完，四下看了一圈，疑惑地问道，"帝客呢？怎么没有看到它的影子？"

"可能躲在哪儿睡觉吧。"我也发觉了有点不对劲，要在平时，人未进门它都会先跑来等着迎接。

"帝客，帝客。"安娜喊道。

"它会不会跑出去吧？"在找遍所有房间后，连漪喊来了嚎叫。

"今天龙先生出门没有带帝客，它嫌无聊就自己溜出去玩了。"嚎叫闪着黑色的大眼睛说。

"赶快找找它，是不是迷路了？"安娜焦急道。

"它又不是不会用导航，怎么会？"我飞快地打开屏幕，屏幕上出现了帝客的画面，它正翘起后腿在一根装饰性灯柱上撒尿呢。

"这小东西还是这般没羞没臊的。"安娜忍俊不禁，大笑起来。

我有些脸红，我当然不止一次地给帝客上课，但它好像从来也都把我的话当耳旁风一样去听，我还能怎样？

随着两个女人之间唧唧喳喳的开始，我的注意力渐渐被新闻吸引过去。

"月球今天又发生一起流星撞击事件，虽然它远离城区，并没有造成人物的损失，但月球城的防卫措施还是受到了民众的广泛质疑。毕竟没有预警的撞击在月球已经发生了很多次，他们要求相关部门对环境安全做出新的评估与部署，以杜绝类似事件的再次发生。来自月球网的报道。"

"据航天总局一位不愿透露姓名的官员爆料，上个月刚刚驶出太阳系的星狼号，日前不幸地驶入一片磁力零和区域，导致磁力推进系统完全失效。航天总局已向临近区域发出救援通知，但至今尚未得到任何回应。据悉，天狼号共搭载有乘客六百七十三人。来自天境者的报道。"

"下面是来自工人之家的报道：旅居在秃鹫星球的地球总工会日前举行了一次前所未有的大罢工，以抗议该星球原居民通过带有歧视色彩的地球移民法案。此次罢工，使两个文明间原本一触即发的紧张空气随时有点燃的可能。详细报道，请登录工人之家网查阅。"

得，即使进入星际移民时代，我们的世界依旧是乱糟糟的，莫名其妙的人类不管走到哪都会被厄运所包围，是世界真的就是这样，还是我们的宿命本该如此呢？

"下面是来自西蒙私人电台的消息，一个酗酒的地球移民在罗卡星球驾驶一辆卡车向道路两旁的住宅喷射易燃易爆液体，导致数十栋住宅被点燃，造成巨大伤亡。肇事者已被当地警方抓获。安德森为您报道。"

"日前德里再次发生外星人袭扰事件，据目击者描述，一群瓮人使用了强酸体液在街头袭击过往路人，引发骚乱事件，导致两名无辜路人受伤。约翰逊为您报道。"

看来世界真的就是这样，所以，不管是我们移民星际，还是外星人移民地球，麻烦始终如影随形。我甚至已经听到有人在疾呼要用武力来解决一切麻烦了。

"炸弹，炸弹！"帝客突然大呼小叫着窜进客厅，它口中衔着一个东西，向我扑来，一副要谋害家主的模样。

"啊，帝客，停下！"连漪面色惨白地喊道。

帝客早扑进了我的怀中，它把"炸弹"丢在我的身上后，立刻撒丫子跑到了安娜身边。

"别听它逗，他们之间就是这样。"安娜对连漪说。

"小家伙，快告诉我这东西哪儿来的？"安娜弯腰抱起帝客，问道。

"一个人给我的，说要交给龙。"帝客一边撒欢，一边兴奋地说道。

我仔细检查了信封，确定没有什么可疑之后，打开了它，里面有一张信笺。

"写的什么？"安娜凑了过来，见信笺上只有四个字，她读道："雨石庄园。"

"是什么人交给你的？"我问帝客道。

"矮矮瘦瘦的一个男人，鞋底有一股橡胶烧焦的味道，另外他身上还有股很奇怪的怪味，很像吗啡。"帝客闭目冥想般回答道。

"龙，你知道这个地方吗？"连漪问。

"未来城，我此前在那里采访过神武。"我回道。

安娜不安地说道："龙，别再插手这件事了，我怎么有种不好的感觉。"

"放心好了，你哥哥交给我的工作已经完成了，我不会去自找麻烦的。"我安抚安娜的同时，也才想起威克交代给我的任务。

安娜并非杞人忧天，神武的死，丝毫没有让事态明朗起来，反而更加扑朔迷离，信笺的出现，已经证明了这一点。但，又是谁在浑水摸鱼呢？

第七章
失控的仿生人

离开纽约那天，连漪本来说要到机场送送的，但后来又打电话说有急事不能来了，这让安娜颇感沮丧。直到飞机落地，威克笑呵呵地迎了上来，她才开心起来，冲威克道："什么风能把你吹来？是来接我的？还是来接他的？"

"哈哈，我当然是来接你的，不过他们来接谁我就不知道了。"威克说着，指向身后的南茜和一个看着面生的小伙子。

南茜把一束鲜花递给安娜，说笑几句后，才凑在我耳旁悄声说道："你真有面儿，老大非要我们来接你，是不是有点飘了呢？"

"龙主编，我是坚，刚来报社入职的见习记者。"坚热情地伸出双手。

"龙，以后这小子就跟你了，他可是冲你的大名才申请来做见习记者的。"威克拍着我的肩膀笑呵呵地说，"另外还有件好消息要告诉你，从明天起，由你正式掌管社会部，希望你不要辜负大家的厚望。"

"真的假的？我怎么感觉有点受宠若惊了呢？"不管我心里在想什么，但还是笑出了牙齿。

"好了，今天我请客，给我们的龙大记者接风洗尘。走！"威克潇洒地大手一挥道。难得见他如此豪爽，看来今晚又要回去找东西吃了。

"我要吃牛排。"这不是我的奢望，是有东西吃才会兴奋的帝客。

回到家，当杰琳把煮好的面端上时，帝客还在咬牙切齿地啃着骨头。真的很奇怪，每次参加完威克的宴请，我和帝客都会有种饥肠辘辘的感觉。

在帝客和杰琳的厮闹中，在摇滚的咆哮中，我静静地端坐在沙发上，再次仔细地查看起连漪提供的账户信息，那长长的一串数字让人心跳，里面涉及的金额远远超出了我的想象。要知道，以万亿为单位的资金量足以撑起一个庞大的地下帝国。更不可思议的是，它居然是细水长流般汇聚起来的，它们就像毛细血管一样连接着来自不同的国家，不同的地方，不同的银行，不同的账号，甚至不同的人。

我开始用软件对不同渠道的账号进行分门别类，并且从中挑出众多可疑的资金往来，然后通过网络追踪建户人的信息。但面对眼前的庞然大物，我好似在愚公移山。

很快，阿拉伯数字已经开始在我的视线中跳舞，耳畔钟表摇摆的滴答声也愈来愈加清晰。翘首窗外，漆墨般的夜空下，百家灯火早已了了。

一大早，坚就帮我打扫好了办公室，他让我想起了刚刚参加工作的我，一个充满激情的我，一个得到无数嘉奖的我，一个还曾有梦的我……

"主编，这是我收集到的一些新闻热点，您参考一下。"坚等我坐稳后，马上倒来一杯清茶，然后递给我一个打开了的文件夹。

"以后直接叫我龙好了。"我接过文件夹，微笑着说。

"好的。"坚露出女孩般羞涩的笑容。他除了个子矮了点，脸庞还算英俊，一头短发也足够精神，更加难能可贵的是，他浑身上下始终散发出阳光般的味道。

"你先到各个政府网站看一下今天都有哪些新闻发布，再留意下其他媒体的热点动态，还有，再收集下外派记者那里的新闻线索。"我的话语十分柔和，柔和到我好像上辈子欠了他什么似的。

"好的。"坚应着退了下去，礼貌地轻轻关上了房门。

"南茜，能过来一下吗？"我已然想起了什么。

"什么事？"电话还没来得及按下，南茜已经推门而进。

"我拜托你查的事情有结果了吗？"我问道。

"野田毅的视频吗？"南茜心有灵犀地问道。

"对，就是那个，查出什么问题了吗？"我急迫地问道。

"你知道吗？那段视频差点吓死我。"南茜说着，禁不住又打了个寒战，脸色随之变得煞白。

"好了，回头请客给你赔罪好了，快告诉我结果吧。"我哭笑不得地催促道。

"社里社外的专家我都找过了，他们都说视频不存在干涉和剪辑的可能，但他们对视频中出现的鬼影却是众说纷纭，没有定论。不过泡泡说，那个鬼影很像是外星文明中的低介质生命体。"南茜说道。

"什么泡泡？"我感到莫名其妙。

"哈哈，是不是她的名字很奇怪？不过你不知道她有多么漂亮，说实话，我从来没有见过这么漂亮的外星人，她简直比天使还要漂亮，羡慕嫉妒恨死我了。"南茜没头没脑地说着。

"她还在吗？我现在就想见见她。"我立刻问道。一个能让南茜嫉妒的女人究竟长什么样子我不知道，但我已经迫不及待地想见到她。

"看你色迷迷的样子，就不怕我告诉安娜吗？"南茜不正经地说道。

"我是想让她帮我分析下视频。"我哭笑不得。

"鬼知道你找她干吗？"开完玩笑，南茜才言归正传道，"不过这两天她不在台中，等她回来，我再帮你安排好了。"

南茜走了，却给我留下了一个颇费脑筋的谜题，很难想象一个外星人会涉足真知社的纷争，除非那是一场意外的邂逅，亦或是一场狗血般的星际巧合？真如此，一个外星人杀了野田毅，倒也算是个大新闻了。

我在百思不得其解中翻看着文件，才发觉坚是一个很细心的人，清晰的归类可以让我很容易找到需要关注的信息。粗略翻阅后，我并没有挖掘到什么爆炸性的线索，倒是其中一个涉及智能仿生人的标题引起了我的注意。不，应该说是事发地雨石庄园吸引了我，我马上就想到了帝客丢给我的"炸弹"。

"坚，我们走。"我一边走出办公室，一边喊着低头忙碌在电脑前的坚。

"好的。"坚立刻抓起背包，跟在了我的身后，他甚至没有问什么，也没有犹豫。

再次踏进警视厅林探长的办公室，他略感吃惊："怎么？你还在关注希莱斯克酒店失火的案子吗？那个案子现在都沉箱底了，没什么进展的。"

"没有，我只是来看看老朋友。"我把一盒明前茶放在桌上，"给你弄盒好茶尝尝，这可是我从一位茶庄朋友的手中好不容易讨来的。"

林探长打开茶盒闻了下，点头道："好茶，好茶。谢了，谢了。"

"我这次来主要是想了解下乔伊的案子，报道上说这个案子是你负责的。"我开门见山。

"乔伊？龙大主编到我这肯定是路过吧？不然怎么可能会过问这样的小案子？还是你有什么需要我去做的，您尽管吩咐。"林探长诙谐地说道。我今天才走马上任，他居然就知道了，显然他和刘书书的交往颇深。

"怎么可能是路过，我是专门来拜访你的，你可能不知道，下个星期我们要举办一场国际智能研讨会，所以现在出了这个案子，我还真的有点担心。"我说。

"这个虽然是命案，但案子是仿生人犯下的，因为里面涉及众多专业领域，我这边还真一时半时没法得出结论。"林探长说完，简单介绍了案情，"死者冈田介当晚在雨石庄园参加私人宴会，被仿生人服务生乔伊用水果刀给捅了，当场殒命。事情经过就是这么简单。"

随着智能科技的发展，智能机器人不但在生产领域占据了重要位置，还逐渐延伸到服务领域。是的，天使般的仿生人为服务行业孕育而生，不管这让多少打工人开始绝望，但竞争之下，有感知有温度的仿生人，还是最终赢得了市场，并从此确立起不可动摇的统治地位。

"仿生人是出了什么故障吗？还是被人动了手脚？"我不解地问道。

"故障是肯定的，不然仿生人怎么可能会杀人？但是不是被人动了手脚？我们还在调查中。就目前我们掌握的情况来看，确实存在一个疑点：和其他服务生不同，乔伊是事发当天才被临时雇佣到庄园的。我们正在对此展开调查。"

"据我所知，仿生人有着远比智能机器人还要严格的智力控制，根本不可能催生出暴力倾向，包括自卫权。所以，乔伊怎么可能杀人呢？真的只是故障引起的吗？据你的了解，有过类似的案件吗？有没有也动过刀子的？"我疑惑道。

"出事之后乔伊的智能芯片就莫名其妙地烧掉了，目前专家正在想办法修复它。至于仿生人杀人案，虽然罕见，但也绝非个例，其中不乏用刀杀人的。不过毫无例外的是，他们所使用到的凶器都是手中正在拿着的用品和工具，这一点，倒很符合激情杀人的特征。我还真的没有遇到过蓄谋杀人的仿生人。"林探长笑道。

"据我所知，雨石庄园的户主是日本商人德康秀仁，真知社社长神武也曾住过那里。眼下神武刚死，又有谁会在那里举办私人宴会呢？"我提出了自己的疑问。

"当然是德康秀仁，他这次宴请的是一些日本商人，还有一些社会名流，死者冈田介就是其中之一。你可能还不知道，冈田介和德康秀仁本就交往甚密，所以他出现在那里并不令人意外。不过冈田介遭刺杀和他的身份是否有关联就不得而知了。"林探长接着解释道，"关于神武社长在雨石庄园居住的问题，德康秀仁也解释过，说他们就是朋友之间的关系。"

"能带我去案发现场看看吗？"我试探着问道。

"这个，现在还……"林探长面露难色。

"我也就是想领新人走下现场，要是林探长实在不方便，那就算了。"我随意说道。

"那是外国人的私宅，如果没有得到人家的许可，还真的很难办。"看到我渐渐流露出失望的表情，林探长终于松口道，"这样吧，我带你们走一趟，如果别人不让进，我就真的没有办法了。"

来到雨石庄园，才知道主人德康秀仁并不在此常住。接待我们的是庄园里的管家山口太郎，他是一个半百老头，一身笔挺的燕尾服足够精神。当林探长掏出警徽之后，山口太郎就直接无视了我和坚，他打开大门，一路谦恭地领着我们走了进去。

再次走进熟悉的大厅，已经"挂"了的神武的身影马上飘入了我的脑海。就在这里，就在不久之前，他还在目空一切地冲我大嚷大叫，现在倒好，什么都没有折腾明白，倒先把自己折腾个西墙做鬼。想想，还真是世事无常。

"事情发生的时候,我正站在这里和客人说话,然后就看见乔伊端着酒水走到了冈田介的身后,刚好冈田介一个转身,两个人就撞到了一起,然后冈田介狠狠地推了一把乔伊……"山口太郎大概经过了无数次的问讯,所以不等我们开口,就有条不紊地讲述起事发当晚的经过。

"你真的看见是冈田介先推了乔伊一把?他们之间发生过什么争吵吗?"山口太郎的描述让我感到震惊,我一直认为仿生人只有在发生故障后才会无缘由地主动攻击人类,根本不存在被动袭击人类的可能。

山口太郎肯定地说:"是的,可能乔伊挡住了冈田介的路吧,冈田介就推了乔伊一把,然后乔伊突然就爆发了,拿起桌案上的水果刀捅了冈田介几刀……"

"你是说当时那把刀是乔伊从桌案上拿的?"我吃惊地问道,山口太郎的说法显然和林探长有出入。

"乔伊被推到一旁的时候,手中的酒水托盘就已经掉了,手中不可能有水果刀。"山口太郎肯定道。

"所以,你并不是亲眼看到他从桌案上拿起水果刀的是吗?"我质疑道。

"是。"山口太郎解释道,"但捅倒冈田介的水果刀确实就是我们的,而且这样的水果刀一直是摆在水果盘中的……"

"有没有一种可能,是乔伊发现水果盘中少了一把刀,于是又拿来一把要摆过去的呢?"我无法相信一个仿生人会主动寻找武器,除非他的智能程序被篡改过。

"当然有这种可能。"山口太郎承认道。

"后来又发生了什么?"我问道。

"事情发生的很突然,根本没有任何预兆。乔伊捅倒冈田介后,就丢了刀子,然后坐在了那张椅子上一言不发,直到警察赶来带走了他。"山口太郎平静如水,就像在讲述一场戏剧。

"冈田介当时喝醉了吗?"我问道。

山口太郎回忆道:"他的酒量一直很好,出事时晚宴也才开始不久,他不可能喝醉。不过有一点很奇怪,以前见到他,他都是很开心的模样,但这次来，他几乎就没有笑过，脸色也一直阴沉得很，好像有什么心事。"

"他在宴会上都和什么人接触过，有什么可疑的人和事吗？"林探长插口问道。

"昨天来的客人很多，我并没有感到有什么异常。"山口太郎细细地想了下，回答道。

"他和德康秀仁是什么关系？"我随口问道。

"他们私交甚厚，以前冈田介任武官的时候，是这里的熟客。"山口太郎不加隐瞒地回道。

"据我所知，神武也来过这里，除了和你家主人关系不错之外，神武和冈田介之间的关系又怎样呢？"我看见坚晃晃悠悠地从走廊走了出来，他简直就像幽灵一样，连走路都轻飘飘地没个声音。

"这就不好说了，不过每次神武来这里，冈田介都会来拜访的。"山口太郎的目光很淡定，看起来他说谎的可能很小。

"德康秀仁和冈田介也是真知社的社员吗？"事实上我是知道答案的，但还是问了句。

"不是，他们只是同学关系。"山口太郎矢口否认到。显然他在说谎，根据我所掌握的资料，在一张沙滩照中，德康秀仁湿透的衣袖下隐约有着真知社的社徽。

"宴会中有人提到过神武吗？"我看了眼还在四处溜达的坚，继续问道。

"当然会提到，不过都是些惋惜之类的话。"山口太郎谨慎地说道，"你知道的，我要忙的事情很多，所以也是东一耳朵西一耳朵的，听到的并不多。"

"冈田介被刺后说了什么吗？"我问道。

"他当时伤得很重，除了在咒骂乔伊，并没有说其他的。"山口太郎肯定道。

"他有什么奇怪的动作吗？比如一直在看向谁，或某个地方？"我继续问道。

"当时很混乱，没有留意到什么异常，不过我们有监控的，已经提供给了你们。"山口太郎回道。

"参加宴会的人你也都认识吗？有没有什么陌生人呢？"我口干舌燥地问。

"这次来的客人我大部分都不认识，但冈田介我是认识的，他曾经来过几次。"山口太郎始终礼貌地垂手在我的面前，谦恭有加。

"有什么人让你感到很特别的吗？"我都快打起了瞌睡。

"没有。"山口太郎不假思索地回答。

就在我马上就要黔驴技穷的时候，坚终于向我打出"Ok"的手势，看到林探长还在兴趣盎然地游目于四壁上的油画，我不得不提醒他该告辞了。刚出庄园，林探长就接了个电话，着急忙慌地走了。

"除了书房和洗浴间，其他地方我都安装了监视器，因为书房是锁着的，我只能把监视器塞在对面的一个雕刻缝内，就是不知道视角会怎样。"坚兴奋地说道。

"你小子果然是块料。"我拍了下坚的肩膀，然后告诫他说，"这可是违法的事，也是不得已的权宜之计，所以——你懂得。"

"你放心，即使说梦话我都不会说的。"坚顽皮地说，他还真的只是一个孩子。

一个下午我都老老实实地待在办公室里发呆，乱乱的思绪，天马行空般把我扯入一个凌乱如风的世界。

无所事事的坚终于按捺不住好奇，借口拿资料进来转了一圈，见我丝毫没有安排事情的可能，又黯然退了出去。

南茜也踩着高跟鞋趾高气昂地走来，可爱的大眼睛看了一圈之后，才索然无味地把一份会议日程表丢在我的面前，面带疑惑的表情悄然离开。

直到快下班的时候，我才突然想起什么，我喊了坚，坚立刻兴奋地闯进来，当听到我只是让他把刘书书请来时，又一脸失落地走了出去。

"主编，找我什么事？"一个中年男人推门而进。

虽然来社会部已经有一段日子，也和这里的每个人都碰过面，但眼前的这个中年人，依旧让我有种陌生的感觉。"你请坐。"我一边让座，一边倒了杯清茶递了过去。

"谢谢！谢谢！"刘书书手忙脚乱地接过茶，显得胸无城府，这让我们接下来的对话容易了很多。

"听林探长说你们很熟？"我笑着问。

"我们是邻居，也是多年的朋友，关系没得说。他还提到过你。"刘书书快言快语道。

"你知道希莱斯克酒店失火的案子吗？"我问道。

刘书书一怔，回道："我只知道一点，那个案子现在还在林探长手中。"

"这就好，既然你们是朋友，那么这个案子交给你就对了。"我从柜子中抽出希莱斯克酒店失火案的文件夹，递了过去。

"可林探长说这个案子一直没有新的线索出现，已经挂档了啊。"刘书书不解的说道。

"不错，那边是挂档了，但我们这边还无法挂档不是？"我有点头疼，感觉和一个正常人交流要远比与疯子对话更麻烦，我解释道，"我刚接手这个案子就被派往了纽约，所以还有很多资料没来得及采集，特别是事发时的监控视频，你回头找下林探长，看能否补齐它们。这很重要。"

"我知道了，我明天一早就去。"刘书书好像明白了点什么，忙应道。

我坚信林探长手中握有监控视频，即使酒店的监控系统出了问题，但周边天网般随处可见的监控也都出现问题了吗？这怎么可能？唯一的可能就是，那些视频处于保密状态，且不宜公开。

我需要利用刘书书的关系拿到那份视频，只是因为它已经勾起了我的好奇心，当然……

安娜居然不约而至，当她笑吟吟地出现在我的眼前，刚想冲上去拥抱她，四条腿的帝客已经扑进了她的怀中，我只好恼怒地站住了脚步，愚蠢地问道："你怎么来了？"

"她是来看我的，不行吗？"安娜撇了帝客一眼，帝客立刻心领神会地喊道。

上帝啊！这究竟是怎样的一个世界？

安娜今天心情大概很好，连目光都软软的，一坐下，她就笑语道："现在都有人给你送礼物了，我怎么就没看出你有这么大的魅力？"

"什么礼物？"我困惑地望着安娜，挠了挠头。

安娜居然就扑哧一声笑了出来，指着我说："看你现在的模样都快和帝客一样萌了。"

"汪汪。"帝客也发狂地转起圈叫了起来。

"我真的不知道你在说什么？"我绞尽脑汁也没有想出安娜说的礼物是什么。

"呵呵，要是人家知道你这么快就把她给忘了，她还不知道该有多么伤心呢？"安娜莫名其妙地说着，笑得更加灿烂。

"你是说魔光？！"我突然想到了连漪的承诺，但她的礼物好像大的有点让人无法坦然接受。

"一提到美女马上就想起来了呀。哼——"安娜瞬间撕下了脸皮，逼视着我道。

"退给她好了，太贵重了。"我言不由衷地说道。

"你以为我不想啊，人家连各种手续都帮你办妥了，还是用专机托运来的，再送回去，够路费吗？还是你来掏路费？"安娜撅起性感的嘴唇嗔怪道。

"那，那你用好了。"我头疼地说。

"这可是你说的。"安娜转眼开心起来。

"当然是我说的。"说完，我飞快地转移了话题："好了，不提这个了，你好像并不是因为这个才来的吧？"

"这你也看得出来？看来原来的你终于回来了。"安娜惊喜有加地跳了起来。

"快说来看看。"是的，曾经，我的直觉与预感，连女人都会妒忌。

"知道吗？我哥哥说你一回来就又开始不务正业了，所以，他准备派你去琉岛……"安娜依旧笑得很开心。

"什么？我昨天才刚刚回来，怎么就不务正业了？"我差点跳了起来。

"哈哈，开玩笑的，怎么还当真了？不过我哥哥要派你去琉岛却是真的，现在那边的局势错综复杂。他又说你是最优秀的，所以不派你派谁呢？"最后的一句话，显然是安娜自己加的，威克怎么可能会这样说。

"什么时候走？"我烦躁地问道。

"先歇两天再去吧，让他调理下。"安娜惟妙惟肖地学着威克的口吻说道。

"好。你告诉他，我知道了。"我无从撒气，只能应下来。

"我也要去。"帝客也当着安娜的面要挟起我来。

"随便你好了，只要不怕被人抓去炖了。"连一只狗都学会了要挟，我更要忍气吞声。

"好啦，别拉着个脸了，好像不想看到我似的。"安娜轻轻斜过身来，依偎在我的肩膀上。

"呵呵，你是在说帝客吧？"我邪恶地笑了起来，一把拎住想要逃开的帝客，骂道，"小东西，倒挺有长进，知道察言观色了。"

看着我龇牙咧嘴的模样，帝客挣扎着叫道："我又没有做什么，汪汪。"

这是一个皆大欢喜的结果，虽然最倒霉的会是我，但我还有帝客不是？

"今天小亚细亚联邦议会审核通过了《联邦资金再平衡法案》，这标志着联邦内一直困扰国家多年的贫富不均的现象，将得到有效缓解。"

"在苏里曼岛总统艾亚因为身体状况申请辞职后，苏里曼岛就陷入了无总统申请人的尴尬境地，在经过漫长的空窗期，苏里曼岛国会今天正式授权基因人伽玛行使总统职权，他将会成为人类历史上第一位非传统人类总统。"

"联邦法院今天受理了巴帕公司资本案，根据联邦法案，一旦其所控资本行为成立，这家环太平洋联邦内最大的金融公司，将被吊销执照，且其主要从业人员将永久不得入市。"

"你看什么呢？这般有滋有味。"安娜好奇地连通了我的频道，只看一眼，就无聊地划走了，倒是一旁的帝客，沉浸在卡通片中时不时乐出阵阵狗笑……

第八章
泡泡的迷宫

当魔光兴奋地盘绕在我的身旁时，灵移则委屈地躲进了角落，它失落地看着我坐进魔光中。那一刻，我真的有点心酸，但那注定只是一刻而已，当魔光优雅地穿梭在城市林立的高楼大厦间，面对上上下下，左左右右投来的羡慕眼神，我的心酸荡然无存。

"嗨，主人，你怎么没有给灵移弄个好点的引擎呢？我看见他好像真的很伤心。"魔光居然说。

何不食肉糜？我无言以对……

坚依旧早早地等在办公室，他看上去很憔悴，两只眼睛布满了血丝。

"雨石庄园那边有什么情况吗？"我问道。

"连个鬼影都没看到。"坚说着，禁不住打了个哈欠。

"你没必要熬夜盯着，这也不可能是一天两天就有结果的。对了，过两天和我去趟琉岛，你提前准备下。"我拍了下他的肩膀，以示赞赏。

"我都需要准备点什么？"坚惊喜地问。

我正在交代坚需要做的准备，林探长突然打进来电话："我这边有进展了，技术人员刚刚在乔伊的信息接口处发现了强行接入的痕迹，被人动过手脚是确定无疑的。不过也有点小遗憾，他的智能芯片被毁坏得很严重，修复的可能性不大，技术人员正在尝试从里面解读一些片段。"

"查没查出是什么时间注入的程序？"我问道。

"我做过时间比对，注入程序的时间恰好就是乔伊去庄园的路上，也就一两分钟的事情，能在这么短的时间做到这些，肯定是有人有备而为的。"

林探长说。

"谢谢你！林探。今天晚上有时间吗？我们一起坐坐。"我发出了邀请。

"看情况吧，到时我再和你联系。"林探长没有犹豫，也没有立刻答应。

"好的，我等你电话。"我挂断了电话。

"如果仿生人都能成为杀人工具，真的太可怕了。"坚龇牙咧嘴地说。

"他们并没有什么可怕的，可怕的是我们，要知道人工智慧体不单单是一种工具，更是一种文明延续的载体。和人类相比，在很多方面，他们更加接近于上帝所造的亚当与夏娃。这个案子就是一个证明，真正的杀人凶手恰恰是我们人类，而不是乔伊。"我皱眉道。

"为什么我们就不能剔除自身的邪恶基因呢？毕竟现在的基因技术足够强大。"坚问了一个很尖锐的问题，也是一个我一直想要逃避的问题。

事实上，我们面对的是一个日新月异的世界，科技飞跃式的发展，已经开始让人类无暇顾及太多的混乱的想法，眼前变幻的一切早已目不暇接，又哪有闲心再去想些不着边际的事情呢？

看着迷茫的坚，我终于说道："基因并没有善恶之分，真正邪恶的是我们的思想和文明，所以，剔除邪恶基因本身就是搞笑的学术玩弄，利用神经控制技术或许可以做到这些，但你会同意用一个脑芯片来控制自己吗？我想不会。不错，这个世界已经不再是为温饱而你死我活的世界，也不再是为能源和不同文明而战的世界，但这个世界依然像雨果笔下的《悲惨世界》那样，始终充满了冷漠和欲望。这样的问题，你想过吗？"

坚惊讶地看着我，他甚至失去了追问下去的勇气。

"历史一卷，春秋一页，人生一梦，终是游戏一场。如果我们明明知道结局，但依然我行我素，依旧懵懵懂懂，依旧一路黄泉到尽头，如此，那——我们的未来又在哪呢？记住，人性永远是一面镜子，当你从来未曾做出改变的时候，你面对的将永远都是恶魔。"我淡淡地说给坚听，也是说给自己。

"难道我们的世界真的没法改变了吗？"坚低下了头。

"好了，你现在去休息一下吧，你都快睁不开眼睛了。"我说道。

坚听话地走了，看着他依旧坚挺的背影，我默默回答了他的问题："当然可以,至少我会让他们做出改变。"

是的,从面对神武的第一天起,我就找到了自己的人生目标。

接到南茜的电话,我就那么"一不小心"走进了《星际面对面》栏目组,虽然面对外星人,我们常常会卑微地抬不起头来,但我还是来了。

在这里,我终于看到来自骸星的嘉宾泡泡,她不仅美得让人窒息,还美得令人恐惧。当然,从她步入节目录制现场的那一刻,我就已经开始小肚鸡肠地认为,那样的美应该属于安娜。

而来自秃噜星的摩多已然拉低了我对丑陋的认知底线,但当他绅士般优雅地伸手过来,我突然开始喜欢上他那份丑陋,甚至会在某一刻萌化到了我。

古雨星的海努努早已像水一样坐在座位上,如果不是坚的提醒,我甚至以为那只是一把空着的座椅。面对我递出的双手,他也只是轻轻地点了点头,这让人很难堪。

泡泡在镜头下随意变幻着曼妙的身姿,面对我的惊讶,她解释道:"事实上你们眼前所看到的我,并不是我真实的模样,你们所看到的只不过是我驾驭的粒子载体。现实中我们属于宇宙最为基础的基子生命,从我们把生命和智慧融入基子的那一刻起,时空对于我们来说,就已经毫无意义。"

看着眼前真正神一般存在的生命体,一个没有生命终止的记忆体,一个不死不灭的永恒存在,那一刻,我的牙根直痒痒。

摩多同样不开心地说:"泡泡,我们这些普通的生命可没有你那么幸运,生老病死注定是我们的梦魇,一不留心我们就会凉凉的。不过我并不羡慕你们,能跨越浩瀚的宇宙来到这里,已经让我很开心了。我甚至在想,一个人活太久会不会也是一种烦恼呢?毕竟宇宙虽然看上去很大,但也真的很小,在看尽世间繁华之后,依旧还要永远地活着去面对它们,你不感觉很无趣吗?"

摩多的话让我想起了当下最流行的一句流行语:秃噜的眼中没有上帝。

"当然,在很多时候我也会陷入活着的一种迷茫,在我无所事事的时候,在我面对一些超越自身认知而苦思不得其解的时候,在我心情抑郁的时候,它们确实会成为一种烦恼。唉——"一声叹息之下，泡泡孩子般睁大了委屈的眼睛。

摩多打趣道："好了，你还委屈上了？这让我们怎么活？"

海努努一本正经地插话进来："不错，对于我们这些普世的文明和生命来说，面对永恒的宇宙，或许只能是过眼云烟般的存在。不过这也是一种狭隘的认知，难道一个人死了就能摆脱这个宇宙不成？要知道，即便我们死后被烧成了灰，也只是换了一个存在的方式而已，我们的灰烬会在未来扩散至宇宙的每一个角落，在未来，在新的生命构成中，必然会有我们的存在。所以，从这个角度来说，我们同样也是永恒的。"

"确实，这个世界上能够像宇宙一样永恒的只有智慧。否则，活着也会等于死去，不是吗？"摩多亦认可道。

他们居然把我们当三岁小孩来哄骗，就是我们死后的灰烬全都成为了上帝，又和今天依旧苟活的我们有毛线关系呢？

牢骚归牢骚，节目还是要进行的，于是我欢快地问道："文明无疑就是存在的秩序，今下之星际联盟是目前已知宇宙中最强大的文明体。如我所知，联盟是由各种不同文明所交融而成的，并且建立了共同的文明准则。那么，在建立的过程中，会不会出现许多问题和矛盾呢？你们又是怎么解决的呢？"

"各行其道就好。你们不是有'百花齐放，百家争鸣'的历史吗？那就很好，就像漂亮的烟花那样，美的不正是它的五彩缤纷吗？了解并接受不同的存在，既是一种智慧，也是一种最基本的相处方式。"泡泡愉悦地说道。

"其实很简单，就像做买卖一样，只要交易的价格为双方所接受，自然就没那么多纠葛。事实上，两个人之间的交易有时候会很困难，但一旦有第三方和更多人参与进来，那么它就成为一个市场，就会出现大家所认同的交易规则。如此，交易就会容易很多。"摩多居然用菜市场举例做出补充。

"我们当然有这样的市场，但是我们还有资本，说到这，我有一个很好奇的问题想问你们，星际联盟有资本的存在吗？抑或，也是菜市场般的存在吗？"我把头扭向泡泡。

泡泡瞬间被我逗笑了，她飞快地转动着大眼睛，调皮地说道："可能有吧，我们那里确实有菜市场，不过我好像从来没有去过。"

"难道你连生活物品也不需要购买吗？你至少也需要吃喝拉撒睡吧？"我感受到了欺骗和嘲弄。

"哈哈。"摩多差点笑着滚下座椅，在我越来越难看的表情下，他终于止住了笑声，讥讽地解释道，"你大概还没有搞明白骸星文明究竟是怎样的一种文明？要知道，骸星文明不仅是宇宙中最为伟大的文明，他们不仅有着永恒的生命，还拥有神一样的能力，他们不仅可以创造万物，亦无所不能，又怎么可能会为吃喝拉撒睡这些小事所困扰到呢？"

"言过其实了。作为宇宙中最基础的存在，我们确实可以凭借基子技术来堆砌世间万物，但面对精神世界，我们依旧无能为力。"泡泡说话间幻化成一道流星般的光束，流光溢彩的盘旋在大厅之巅，旋即空中传来了天籁之音，"我们还是说说资本吧？事实上，为资本所困扰的不只有地球文明，在诸多初级文明中，它都是普遍的存在，甚至包括很多已经跨入星际文明的高级文明……"

"我们该怎么根除它们呢？"我迫不及待地打断了她，问道。

"我们都知道，市场自由和资源匮乏是催生资本的基础，把控资源和形成垄断是资本盘剥利益的手段，如此，资本的经济性是显而易见的。但是我们还要知道，资本还具有社会性，从它开始把控住民生的那一天起，它已然具备了一种可以在未来对抗任何政权的隐形的社会性，当然，也许它们本就一体。所以，当资本成为我们的大脑，成为我们的眼睛，成为我们的身体的任一器官，你还有勇气去剥离它吗？是不是真的剥离了，也就等同自杀了呢？"摩多边说，边滑稽地用双手扼住了自己的脖子，做出窒息的模样。

"因此，你们真正要去割舍的，可能根本就不是什么资本，而是一种人性，一种权力。如此，思考未来，获取信仰，进而不断升华自身的文明，你们才有可能看到未来的曙光。"泡泡补充道。

"我们已经病入膏肓，我们需要联盟强大的力量来改变一切，但你们却始终把我们拒之门外，这又是为什么呢？"面对几乎不可能完成的升华，我只能寄托于新的希望。

"如果你认为加入星际联盟，就能得到联盟的一切，这本身就是可笑的。宇宙中的文明浩若繁星，面对不同的文明，不同的差异，即使是求同存异也是困难的，所以星际联盟会有自己的门槛。当你们还没有足够的信仰与认知的时候，接纳你们，只能是自寻烦恼。"海努努说道。

"至少你们可以帮我们尝试改变？你们甚至不会出手阻止战争的发生。"我当然明白我们被他们视为老鼠蟑螂，换作我，我也不愿意打开家门，去迎接它们的泛滥。

"如果我们出手改变你们，会不会有一天我们又成了你们眼中的撒旦了呢？甚至在明天还没有到来，你就已然反悔。甚至在今天，你就已经开始骂骂咧咧。"摩多咄咄逼人道。

奇怪，我骂上帝的时候，他好像并不在身边。我苦笑道："你们应该理解，对于我们来说，当面对你们的时候，我们是自卑和畏惧的，因于弱小，因于科技，因于认知。是的，我知道眼下的地球文明根本没有资格加入星际联盟，但我依旧很好奇，加入星际联盟的标准都有哪些呢？"

"加入星际联盟的标准会有很多，但简单来说无非就是需要成熟和稳定的文明阶段，以及足够的认知储备和卓越的科技能力。不同的文明阶段会有着不同的世界观，认知储备会是升华自身的能力，而科技能力则是衡量智慧的标准。"海努努说道。

"认知能力是最至关重要的因素，如果我们现在互换下位置，你们看待我们的内心真实看法与行为，将决定你们加入的资格。它不是简单的人性的同理心，而是文明之下的认知水平，它必然是整体的，而不是个体的。"泡泡落在我的面前，补充道。

"这很容易啊。"我脱口而出。

"真的很容易吗？是面对我们很容易，还是面对一切都很容易呢？"摩多咧开大嘴，对我垂涎欲滴。

和强大的邻居交朋友，我当然愿意。但和帝客一起滚床单……

难堪一直在继续，直到我彻底臣服在他们的脚下，一切才得以终结。

是的，我还向他们请教了人性，泡泡只是一笑说："天生地长，却非天经地义。"

节目录制完成后，我向泡泡问及野田毅的事情，泡泡耐心地解释道："事实上，目前宇宙中的大部分粒子文明来自科技的植入，真正由自然孕育出的低介质生命体少之又少。我们都知道，宇宙的原始形态是混沌的，是不同粒子态的叠加，是基子之下的一种宇宙涟漪。就像你们的生命，它基本属于一种分子态，而生命过程也是建立在分子之上的，而低介质生命却可以是原子态的，甚至是更微观的其他至微粒子。你能听明白吗？"

"就像你一样吗？"我困惑地问道。

"不错，以你们现代的科技水平，以及认知方式，当我脱下身上的粒子载体，你是根本无法看到和理解我的存在的。大多情况下，面对低介质生命体，你们同样不具备感知的能力。"泡泡耐心地解释道。

"那视频中的鬼影是外星人吗？"我真的很凌乱。

"也许他们来自异星体，一切皆有可能。这么说吧，在你们的词典中有平行宇宙和高低维度之说，虽然这很荒诞，但你可以把这道鬼影理解为来自平行宇宙或者其他维度。"泡泡模棱两可地说道。

"你是说他也可能是地球人？"我差点惊骇地跳起来，我已然看到了鬼魂，也看到了自己的灵魂。

"不，我不确定，我无法仅凭视频来做出更准确的判断。但有一点你是错误的，为什么你会认为地球只能是你们人类的家园呢？也许他和你们一样，本就属于这里，只不过你们无法观察到而已。"泡泡奇怪地说。

"我无法理解你说的话，能再详细一点吗？"我困惑地请求道。

"我们对世界的感知源于自身的能力和科技的辅佐。就像一道光，在我们眼睛中，它就是一道普普通通的光，但相机所拍摄到的却可能是一束能量波，甚至在用更为敏锐的相机拍摄时，拍到的是一粒粒涌动的粒子。所以，他们未必就是你们口中的鬼魂；所以，他们也未必就是你们口中的外星人和地球人；所以，我们同属一个世界，我们的眼中也不应该只有一个地球。难道这很难理解吗？"面对智商堪忧的我，泡泡已然索然无味。

"好吧，以我简陋的认知，可能无法理解更多。所以，我能这样理解吗？野田毅是低介质生命杀死的。"我沮丧地问道。

"也许他只是路过而好奇地看了一眼而已，也说不定。"泡泡嗤嗤地笑了起来，她似乎对戏弄我的智慧更感兴趣。

"那么谁才是凶手呢？"我开始烦躁。

"我怎么可能知道呢？我又不是上帝，当然更不会未卜先知。"泡泡吃惊地说道。

"他们不是说，你无所不……"我语结在此，是的，他们说的是无所不能，而不是无所不知。

泡泡充满智慧的认知，让我陷入了她用语言所构建起的迷宫。直到走出演播大厅，我才懊恼地扇了自己一个清脆的耳光：为什么我就不能像泡泡那样活着？为什么我就要成为一个地球人？这真的很让人糟心……

随着国际上"无国界"运动的不断发展，小亚细亚联邦、亚欧联邦、环太平洋联邦、南太平洋联邦，以及南大西洋联邦相继成立，它们在外交、军事，以及贸易等诸多领域正在逐渐走向融合和统一。

需要肯定的是，眼下联邦的成立并不是不同意识形态的对立和站位，而是不同国家间经济和社会认同的大融合，它直接促进了大区域的社会和经济的跨越式腾飞，并使各大联邦之间的联系日趋紧密。

大势所趋，大区域合作带来的利益，已经让把控国家的资本尝到了甜头，这正在成为它们卸下国家躯壳的动力。

时至今日，世界上只有极少数小国家游离在联邦之外，它们首鼠两端，左右逢源，艰难地在夹缝求生。

滔滔洪流之下，琉岛闹独立的反向操作，不仅导致了日本传统上由右翼精英主导的政治体系日趋崩塌，也让自己站在了风口浪尖之上。

可以说，阻挡人类文明进步的从来不是吃喝拉撒睡的人民，而是那些不死不休的既得利益者，不愿做出改变的他们，已经让这个世界背负起太多坎坷和血腥。而现在，无国界运动，已然燎原，即使它是资本的选择，但它也让绝望的人类再一次看到了新的希望。

抵达琉岛已是午夜，虽然已经进入五月，这里依然有着丝丝凉意。走出琉岛机场，我们马上为五颜六色所包围，四周的建筑和广告牌上，树木和灯柱上，乃至垃圾箱和人行道上，到处都贴满和涂满了竞选海报和口号，让人眼花缭乱。

坚睁大眼睛怔在那里，帝客倒是兴奋地先跑上前去尿了一泡。这是一个红蓝交汇的世界，即使是在暗夜中，两种颜色，依然毫不妥协地对立着。

我们在花花绿绿的世界中赶往宾馆，一路上遇到三五成群的年轻人，他们游荡在垃圾遍地的街头，不时咒骂着把手中的空酒瓶砸向四周，甚至肆无忌惮地点燃一些垃圾丢在道路上。

再次来到珊瑚酒店，这里的生意显然冷清了许多，只有寥寥无几的游客入住。我们简单寻了口饭，便匆匆睡下。我是在一声剧烈爆炸声中惊醒的，整个大楼都在颤抖，我跳下床拉开了窗帘，看见不远处的街道对面火光冲天。

跑出酒店，外面各种刺耳的警笛声交织在一起，街道上陆陆续续出现了很多人，他们正在往爆炸现场跑去，原本宁静的清晨陷入骚动。

我和坚跑到现场的时候，警车已经在一栋大厦前拉起了警戒线，消防队员也开始进入火光冲天的大厦。

爆炸发生在十九层，有两个房间的外墙被炸得没了踪影，里面不断冒出滚滚浓烟，几辆消防直升机正悬在空中，喷射出水柱和熄胶。

眼前的一幕，让我首先想到了谋杀和恐袭，毕竟在这个动荡的社会中，好像真的不发生点什么，就真的不正常了。

"准备传输信号。"我开始安排坚工作。

在现场直播的过程中，我感到一丝异样，回头间，看见一个熟悉的身影，刚要走过去，他压低帽檐，匆匆消失在人群中。

"歇洛怎么会在这里？"我穿过人群，但早已没了他的踪影。

我们进入爆炸现场的时候，已经是中午时分，被炸飞的房间是连通起来的两室，四周的墙壁被浓烟熏得乌黑，里面还弥漫着物品烧焦后的味道。我小心地跨过警戒线，掩鼻走了进去，地板上的水渍还没有干去，到处都是家具碎片。

起爆点在卧室的床下，整个床被炸的只剩下一个千疮百孔的床头，从警方划下的痕迹看，死者被炸成了零碎，残缺的下身挂在残壁，上身则抛到门后的位置。我注意到墙面上还残留着一点血迹，便小心刮了点，放在袋中。帝客好奇地凑上来闻了下，马上落荒而逃。

房间内的家具很少，甚至没有衣柜，看来死者要么是临时寄居此处，要么生活真的很窘迫。

警方已经彻底地搜查过这里，甚至连卫生间里的洗漱用品都没有留下。

我再也找不到任何线索，这时，外面传来脚步声，回头看去，门外闪着一双惊恐的眼睛。

"您好，麻烦问下，住在这里的是什么人？"我问道。眼前是一个衣着朴素的年轻女孩。

"您好！"年轻女孩鞠了一躬，礼貌地回答道，"是一个叫山口禾田的日本人，他才搬到这里不到十天，想不到就出了事。"

"能描述下他吗？比如年纪，职业，或者身上有什么刺青之类的特别特征？"我并没有制止帝客的无理，它在年轻女孩脚面闻了下，就开始摇头晃尾赖在了她的脚下。

女孩蹲下身抚弄了下帝客的脑袋，脸上开始绽放出暖暖的笑意，她低声道："他大概三十来岁，人很普通，看上去也很斯文，每次碰见都彬彬有礼的。不过很少出门，既不像有工作的人，也不像游客，可能只是在这里闲居一段的吧？至于刺青，我还真的没有留意过，平日里他的穿着很整齐的。"

"有人上门找过他吗？"这是一个善言的女孩，我很想多打听点什么。

女孩想了想，令人失望地摇了摇头："没遇到过，不过他经常叫些外卖来，别的我就不知道了。"女孩抚弄着帝客的脑袋，问道，"它叫什么？好可爱啊。"

"我叫帝客，上帝的帝，贵客的客，意思就是我是上帝的贵客。"帝客开心地抢着回答。

"呀，它还会说话啊。"女孩意外道。

"当然，我什么都会。"帝客开始没羞没臊地和女孩耍闹起来。

楼下的一阵喧闹声吸引到我，只见街道上冒出一条长龙般的队伍，他们招摇着统一颜色的旗帜，四处扬撒着五颜六色的传单，喧闹而又缓慢的穿过街道。

从十九楼的高度看下去，他们真的如蝼蚁一般渺小。这是一个似曾相识的画面，我似乎看到一队蚂蚁在雨前忙碌的模样，它们艰难地穿越过花园的草坪，在一块石头下寻找到了新家。

不知道为什么，我对竞选有着生而有之的厌恶，就像有些人天生厌恶葱姜蒜一样，我很难理解他们为什么会为了一个人而不是为了某一个目标去努力，如果是后者，他们大可用简简单单的几次投票就获得稳定的目标，而不是天天在宣传永远不知道对错的某个人，然后和自己真正的目标渐行渐远……

活在这个世界上，并不是什么都可以无所谓的。现实中，最不缺的就是那些毫无主见和随波逐流的人，他们甚至无知无畏地生活在这个世界上。因此，当他们无所谓浩浩荡荡游行的时候，他们也无所谓竞选出一个截然相反的未来。

"记得来看我啊。"即便走出很远，帝客还在撒着欢，冲那个女孩喊叫。

走出大厦，外面的空气清爽了许多，暖暖的阳光让人陶醉，这里虽然高楼林立，但不像大都市那样，堆砌出山一样的建筑，让人想看一眼太阳，都要爬到都市之巅。如此，一天到晚生活在人造阳光中，早已忘却了日月星辰下的浪漫，忘却了春夏秋冬中的风花雪月。

队伍已经行进到中心广场，那里渐渐聚集了很多人，红左蓝右，泾渭分明，好像冰火两重天的两个世界。面对此起彼伏的挑衅声，面对四处飞舞的水袋，这很容易让人产生一种冲动，那是一种抛却理智后的肆无忌惮，甚至是一种毁灭的欲望在心底蠢蠢欲动。

如果可以无视隔离带旁手持盾牌的防暴警察，这里已然是一个战场，一个由平民组成但未必属于平民的战场。

眼前的一切让人头晕目眩，我不得不离开了渐渐狂热起来的人群。目光渐散，原本清晰的世界开始变得模糊起来。不知道为什么？我总是在惧怕人性的真实，他们赤裸裸的表露，让我看到了太多让人畏惧的东西在里面。

好在很快就想起了来琉岛的目的，于是我和坚兵分两路，让他到警视厅了解山口禾田的信息，我则马不停蹄地去了"兄弟传媒"。一切还算顺利，他们把辛辛苦苦收集来的资料全部给了我，满怀期望地说："这是我们全部可以拿出手的了，作为兄弟单位，我们希望获得你们的支持。"

离开兄弟传媒的我又马不停蹄赶往蓝营总部，发起人之一的武宫大雄热情地接待了我们。在知道我的身份和目的后，他真诚地说道："我们在宣传方面还不够专业，请不吝赐教。"

回酒店的路上，天色已经暗沉下来，一路上，随着游行示威的人渐渐散去，喧闹的街道变得冷冷清清。

坚回到酒店已经很晚了，他从警视厅了解到，被炸零散的山口禾田还真的是真知社成员。我虽然早有预感，但就这么轻而易举地被证实之后，留给我的却是一种莫名的迷茫。

这事会不会和歇洛有关？还是歇洛只是跟踪平野郎来到了这里？又会不会和我此行有关呢？我开始头疼。

"村上先生，作为资深政策研究员，您对暂缓《联邦草案》的公投有什么看法和建议吗？"

"我们应该尽快通过《联邦法案》，联邦是打破国界最好的办法。在过去，打破国界的办法基本只有战争，但战争之下，注定没有融合，注定只有血淋淋的仇恨。"

"目前我们好像在背道而驰，你怎么看？"

"是的，这是一个危险的信号。红蓝间的对峙，从根本上来说还是利益群体追求最大利益化的结果，这本身并不是一件坏事，但不幸的是，它成了不同利益集团之间的战争，这很可怕。眼下，国外的一些利益集团也正在参与进来，事态正在走向失控。"

"你所说的国外利益集团是指哪些呢？能详细说下吗？"

"当然是指代表了不同联邦利益的集团。或许在未来的某一天联邦也会消失吧，就像国家那样。至少我希望是那样，那样，整个地球才会是我们每一个人的家园，而不是一些人和另一些人的猎场。"

"我们当然期待所有人类生活在同一个世界，同一个家园，但我们不知道是否能够活着等到这一天，不是吗？"

"是的。我们可能活不到那一天，但是如果我们能努力做点什么，我们的后代不就可以生活得更好一些吗？毕竟富不过三代，给他们留下再多的财富，都不如给他们留下绿水青山的好。"

"难道改变真的这么难吗？"

"纵观人类发展的历史，我们改变了诸多劣习，但文明发展到今天，我们真正得到的改变，大概只有我们的言谈举止和待人接物的方式，在我们华丽的罩衫下，我们的肌骨依然那么丑陋，甚至丑陋到无法示人……"

电话突然响了起来："嗨，是我。"

本以为会是安娜打来的，想不到却是巴巴辛巴："你在哪儿？"

"我在东京，尼让和歇洛也在，我看见他们一前一后进入了领事馆。"巴巴辛巴压低声音道。

难道巴巴辛巴还在追查真知社？我吃惊地问道："你在东京做什么？"

"我已经查到了方舟走私的落脚地点，不过很奇怪，好像尼让和歇洛也是为了药剂来的，这事越来越让人摸不着头脑了。"巴巴辛巴不安地说道。

"他们会不会是为了平野郎？"我猜测说。

"有可能，但我总感觉哪里不对劲。"巴巴辛巴嘟囔道。

"你想怎么做？"我毫无头绪。

"是你该告诉我，我该怎么去做？"巴巴辛巴苦笑道。

"这样吧，明天我们见个面，到时候我会联络你的。"

"好。"巴巴辛巴稍感意外，他在迟疑中挂掉了电话。

如今，神武的尸体应该早已发臭，但真知社的走向依旧扑朔迷离，它就像被一团迷雾包裹着一般，让人无法看清一切。

是的，我既没有看到真知社内部成员的变化，也没有看到他们资产账户的异动。如此，神武的遇刺更像是一场作秀，它所掀起的微澜，甚至连个水花都没有溅起。

坚大概无聊至极,以至于他始终在没话找话,甚至鬼扯到一个叫伊甸园的星球,他说:"听说蓝星公司正在和秃噜星人洽谈开发伊甸园的旅游路线,那可是一个神话中的乐园,可惜的是,就是不知道我这辈子能不能赚够买到船票的钱?"坚稚嫩的脸庞上露出对未来的憧憬。

　　"我也要去。"帝客也被吸引到,大声地喊道。

　　"想什么呢?那只是商人利用谐音制造的噱头,你还真以为是上帝的伊甸园呢?"我很厌恶这方面的话题。

　　"我当然知道,但那里风景真的很美,至少……"坚还在唠唠叨叨中,在帝客的一唱一和下,我真的很困,甚至困得抬不起眼皮来……

　　我真的很困,困到在梦中都会喋喋不休地去咬牙切齿,直到牙齿崩裂,才乍然而醒。

第九章
命运之轮

此刻的东京就像这个季节的樱花，一旦繁花落尽，留下的也只有枝丫满天的落寞了。面对雾蒙蒙的街道，我仿佛置身在另一个世界，一个让人看不清的阴霾之都。

清晨的街道上，料峭的春风中裹挟着淡淡的咸味，撕扯去我身上最后的一丝睡意。街道上行人尚少，只是些赶早的人，他们错乱在街头巷尾，最终消失在看不到的地方。

一个步履迟缓的老人，背着剑袋，缓慢地行走在街道上，每一步都走得十分艰难。

"该死的，有必要这样装神弄鬼吗？"我想到了巴巴辛巴，于是丢下了手中的烟头，大踏步地迎了上去。

就在我快要走到老人面前的时候，一辆车戛然停在了我的身旁："快上车。"

刚坐进车，车子就快速地沿着楼宇的缝隙疯狂地穿越在不见天日的黑暗中。

"这是去哪儿？"我问道。

"方舟货运的目的地，也可能就是我们一直在寻找的社仓。"巴巴辛巴面色沉静地说。

"歇洛和尼让是怎么回事？"想想刚才的臆断，我不由得露出一丝苦笑。

"他们一直行踪不定，若即若离，又好像不是冲药剂来的。真搞不明白。"巴巴辛巴模棱两可地说道。

"可能只是在调查吧？真知社那边有什么动静吗？"我问道。

"安静得让人感到可怕，不过我相信，可能用不了多久，我们就能闻到血腥味了。"巴巴辛巴扭头看了我一眼。

"为什么？"

"不好说，我感觉神武的死，更像是一场作秀。现在既然大幕已经拉开，那么主角也应该上场了吧？"巴巴辛巴做出了和我同样的判断。

"是啊，就是不知道接下来出场的会是旦角还是武角？"

巴巴辛巴不再说话，飞车已经驶出城区，一头扎进一片郁郁葱葱的山区。此刻的天空，如淘洗过一般，苍白而又憔悴。远处，尚未消散的层层晨雾，随风而荡，被无力的朝阳涂抹上一抹单薄的色彩，像掉了色的彩纱，轻薄而又脆弱。

终于停了下来，巴巴辛巴爬上一处高丘，手指远处半山腰的一片厂房说，就在那里。他架设仪器，打开屏幕，随着焦距的推进，厂房渐渐清晰地展现在我的眼前。

"宣和精炼厂？"看着大门上破旧的门牌，我真的怀疑是走错了地方。看来神武社长也是个败家的玩意，花费巨额资金，难道就打造出这样的一堆破烂？

巴巴辛巴拉大屏幕，然后手指一处厂房说："这个仓库是他们重点防卫的地方，门口设置了机器人警卫值守，根本无法潜入。它的墙体也使用了人工合成的高密度材料，不仅固若金汤，而且还能够屏蔽各类探测仪器的扫描。"

"你查过它的登记信息了吗？"我问道。

"法人是佐藤秀岛，我查过他的背景，背景很单纯，完全没有可值得怀疑的地方。"巴巴辛巴飞快地回答道。

"还有什么发现？"我问道。

"没有，除非我们能走进去。不行咱们今晚放把火试试，兴许能找到突破口？"巴巴辛巴玩笑道。

利用行政管辖部门的职权进去游荡一圈，或者找些环保组织来个打草惊蛇再浑水摸鱼，抑或物色个职员来个钱色双诱，大概都有可能。但此时此刻，在这个注定只是过客的都市，我毫无把握。

"我们走吧。"我站直了身体。

"有办法啦？"巴巴辛巴立刻兴奋地睁大了眼睛。

"回去再说。"我头也不回地回到车中。

巴巴辛巴进车后一直看着我，他没有说话，但眼睛中却闪烁着激动的目光。经过漫长的思考后，我只是让他在工厂沿途及四周安放些监视设备来进行二十四小时不间断监控，然后就没了下文。巴巴辛巴差点晕过去，至少他认为我应该有一个更出人意料的计划。

"你还是先回纽约去，这里就用它们监视好了。"我选择了等待，等待一个合适的切入点。

巴巴辛巴沮丧地把我丢在离地铁入口不远的地方，驾车一溜烟地消失在黑暗的都市底层隧道。地铁入口外的一片空地上，几个年轻人伴随着强劲的摇滚乐扭动着，他们的肢体像附魔般颤动弯转出诡异的线条，五颜六色的头发在人工日光的照耀下很是扎眼。

我默默地走过他们的身边，有那么一刻，我有过心动，一种莫名的感觉在体内骚动不安。但，我最终无视了它的存在，快步踏上地铁入口的阶梯。

按照连漪给出的线索，我横穿半个东京，才错愕地站在一处破落的大厦前，它斜吊在两根巨大的城市支柱间，暗灰色的阶梯状玻璃幕墙早已失去了本有的色彩，怎么看，都不应该是一家金融机构的所在地？跨入大厅，面对引导牌上多如牛毛的公司名称，直到看得眼花，才找到"双岛信托投资公司"的名字。

好不容易找到地方，却大门紧闭，敲了敲门，才有个人冒出头来，诧异地看了看我，忙鞠身问道："先生，您，您需要办理什么业务？"

"我需要咨询投资方面的问题。"我一脸僵硬地说。

"先生，这边请。"

来到一个隔间内，一个打扮入时的年轻经理人热情地接待了我，端茶倒水间，他用夸张的动作，把身上所有的名牌商标展现在我的眼前。卑贱如我，惭愧地连接过茶碗都端不稳，不小心就洒出点茶水溅在他的裤脚上，这才让他老老实实地坐在了我的面前。

"先生——"

"我有一笔上千万的美元需要运作，时间不超过一个月，你能做到吗？"我冰冷地打断经理人可能长篇大论的介绍。

经理人怔住了，他的诧异和狐疑暴露出他的稚嫩："先生，还有其他特别的要求吗？我们这里投资方案很多，风险不同，回报也各不相同。"

"我这个人不仅性子急，而且很怕脏。所以你懂得。"我摊开双手，在上面轻轻吹了下，好像上面真的落满了灰尘。

"先生，您稍等，我去去就回。"经理人站了起来，恭恭敬敬施礼后，走了出去。

我始终没有再端起茶碗，茶水没有毒，甚至香气怡人，但如果我真的端起它，或许，此行也只能到这里了，毕竟随便乱喝他人茶水的人，是绝难有"品位"的，又何来富贵？既然是装，就要装得彻底，不会装，那就闭目养神好了。我知道他们会在某个角落窥视着我的一举一动，我必须淡定以待。

经理人终于又走了回来，一叠歉意后，才说这样巨额的资金运作，是需要老总亲自洽谈的，然而不巧的是，现在老总不在，还需另约时间。然后他开始东拉西扯地打听起资金的来源，直到我递上手写的联系方式。

这个世界上，并不是什么钱都能赚的，一不小心就会鸡飞蛋打。我懂得他们的谨慎，但我还是很好奇，他们真的能抗拒住那份诱惑吗？换作是我，我不能。

刚踏着月辉回到珊瑚酒店，就接到了安娜的电话，她关心地问："你那边一切顺利吗？听哥哥说，琉岛的热度出现了断崖式下跌。"

"琉岛这边公投引发的动荡不是一天两天了，观众疲劳很正常。所以只能靠挖掘劲爆的东西，才能挽回热度，但这是需要时间的。我这才来两天，怎么可能那么幸运呢？"我实话实说道。

"这么说，就是靠天行运了？不行你就回来，等哪天天上掉馅饼了，你再过去。哥哥那边我去说。"安娜大包大揽道。

"好啊，知道你是想我了。"我开心地咧开了大嘴。

"去去去，谁会想你。挂了，我还有事要做，拜。"安娜明明一个人躺在客厅看连续剧，居然就信口雌黄地挂断我的电话。

我有点抓狂，如果不是因为深爱着安娜，如果不是我对她喜怒无常的表现早已习以为常，我会疯掉的。

更让我抓狂的是，连漪的电话如何也打不通，就在我刚要开口咒骂的时候，电话终于通了。

"什么事这么着急？害我输了一大笔钱。哼——"连漪飞快地飘了出来，她拧着鼻子，一脸的不满，但黝黑的眼珠却四处乱转，显然她在找安娜。

我飞快地把"双岛信托投资公司"的情况说了下，然后告诉了她我的想法。

"哇，你的效率这么高呢？还以为要等到猴年马月才有行动呢？戴维公爵那边早就安排好了，你按约定的办法运作就行。不过，这件事必须格外小心，毕竟办法是人家想的，钱也是人家出的，真的出了纰漏，你就是把安娜卖了，也还不起的。"连漪笑吟吟地说完，才问道，"你好像不在家啊，怎么，又被你的女神给踢下界了？"

"唉——"我叹口气，面色难堪地说道，"我在外面出差，她现在就是想踢也踢不到的。"

"安娜说，只要给你好脸色，你就会不着调。奇怪，我怎么就没有看出来呢？"连漪笑得更加开心。

"尼让这两天在干吗？你们联系过吗？"我小心翼翼地问道。

"还没他消息。不过我倒是听说了一个关于真知社的消息，说这边分社最近有很多人莫名其妙失踪了，也不知道又出了什么事？"连漪说。

"真的假的？"我依旧心直口快。

"爱信不信。拜。"连漪恼怒地挂了电话。

女人真的不可理喻，挂下电话，我一头扎在床上。睡梦中，四个大汉手持明晃晃的大刀，玩命地砍在我的身前身后……

回到未来城，工作之外，闲暇之余，坚成了我家里的常客，他一边帮我查找和整理真知社相关的企业，一边继续监控着雨石庄园里的情况。按理说，这样的日子本应该是紧张和刺激的，但面对毫无进展的现况，无疑又是苦闷和无趣的。

还好冈田介的案子有了点进展，接到林探长的电话，我和坚匆匆赶到警视厅。

"你看。"林探长调出一份录像。

画面中，乔伊路过麒麟巷的时候，一辆黑色面包车挡住了他的去路，但同时也形成了摄像头盲区。一分钟后，乔伊重新出现在画面中。

"一分钟的时间，足够劫持并修改他的程序了。"坚兴奋地说道。

"我们已经找到这辆面包车，不过它属于失窃状态。我们未能在车里找到任何有价值的线索，里面甚至做过气味处理。"林探长习以为常地说道。

"不还是什么进展也没有吗？"坚把我的失望与郁闷说了出来。

"你们看这张图，这里是失窃地点，这里是麒麟巷，这里是丢弃地点。"林探长指着地图说，"因为车辆的信号源被人为毁坏，我们并没能调阅到它的具体行进路线。所以，我们又调集了所有路段的监控，包括一些秘密监控，但同样没能发现它的踪迹。这就有一个奇怪的点出现了，他们是怎么知道并避开那些秘密设置点的监控呢？"

"奇怪。"坚莫名其妙地发出疑问。

"什么奇怪？"林探长疑惑道。

"这个视频是哪来的呢？"愚蠢的坚愚蠢地问道。

"哦，这是事发当天恰巧有一辆车停在路边，它的车载记录仪拍摄到的。"林探长解释道。

"既然会是巧合，那么它的路线会不会也只是巧合呢？"坚继续着自己的愚蠢。

"你们看，这是它所能选择的全部路线，是不是不管它走哪一条，都会很反智呢？还有这里，这里是抵达抛车处的必经之路，而那里的监控也巧合地出现了故障，这可能吗？"林探长挑了下眉头。

"所以你怀疑有内鬼？"我问道。

"是，这些秘密设施是一项涉安工程，即便在系统内，能了解并接触它的人也是少之又少。所以这个案子会非常麻烦，因为它不但涉及国外官员，而且还涉密。所以，今后的调查如何展开，还真的需要上面做出综合考量，即便哪一天它被当作无头案封存起来，我也不会奇怪。"林探长无奈地说道。

"我知道了，非常感谢你对我的信任。我会恪守秘密的。"我感激道。

刚走出林探长的办公室，坚就问道："我们接下来做什么？能把这些也报道出去吗？"

"就知道报道，你就当今天没有来过，也什么都没有听到过，知道吗？"我重掌轻落，拍在了坚的榆木脑袋上。

事实上，我已经得到了想要得到的答案：乔伊被人做手脚，基本可以证实冈田介的死并非意外。这对于我来说，已经足够了。

不错，真知社至今风平浪静的背后，一定有一股神秘的力量在支撑着它。冈田介案的峰回路转，不但让我看到了这一点，也让我看到了荣誉再次降临的可能。

安娜是在一千万美元打入双岛信托投资公司后，才无意中从连漪那里了解到的，她在打发坚和帝客出去后，一脸怒火地坐在了我的面前。"告诉我，还有什么是我不知道的？"此刻的安娜宛如战神雅典娜一般，她充满了愤怒。

当安娜听完整个计划，一下沉默了，她不再指责我，只是紧锁眉头，在我面前走来走去，几次欲言又止。直到我端上热腾腾的咖啡，她的面色才稍微好了点，但玉一样白皙的脸颊上，依然透出丝丝寒意。

"神武已经死了，你的任务也完成了，为什么还要这么做呢？"安娜放软了语气。

"我怎么可以无视它的存在？不掀开它的脑壳，鬼知道里面还会有多少龌龊在里面。"我无力地辩解道。

"唉——"

思来想去之后，安娜终于一声长叹，无奈说道："事已至此，再说你什么也无益了，你还是祈祷别出什么纰漏吧。接下来你什么都不要做，我会和连漪联系的，看看还有什么挽回的办法没有，听到了吗？"

"能出什么纰漏？"我哼哼道。

安娜说道："对于戴维公爵来说，一千万只是九牛一毛，他大可把这一切当作一个游戏来玩。但双岛公司会吗？一旦他们知道了你们的真实目的，你认为他们会怎么做？这些，你想过吗？"

我无所谓地点了点头，感觉安娜确实有点杞人忧天了。

"属于人性的黑暗，你永远无法想象。"我不知道安娜究竟看到过怎样的黑暗？基于她的职业，她常常在这样说。是的，她再次这样对我说道。

"……"凌乱无语。

在我的沉默中，安娜缓缓说道："我并不是要阻止你去做这些，但你也应该明白，但凡涉及金钱，人——是可以疯的。"

死亡对于我来说，曾经在某个时刻，会成为我的梦想，能够一睡不醒，能够美梦连连，还真的是一种奢望。但是面对安娜，我从来不敢流露出这种想法。

夜已经深了，窗外悬挂的圆月发出钻石般璀璨的光芒。

"你真的还在爱我吗？"安娜呢喃在我的耳边。

"为什么你总是像个孩子？你让我爱得好累，好累。"安娜洁玉般的脸颊上泛出淡淡的忧伤。

"知道吗？我什么都不需要你做，我只需要你平平安安地在我身边。"安娜的目光如清澈的山泉。

"我不想你出什么事情，我不想你离开我半步，我不想有一天一睁开眼睛就看不到你的身影，我不想一个人孤零零地行走在这个黑暗的世界中，我不想……"安娜宛如忧伤的美人鱼，她最后是含着晶莹剔透的泪珠睡去的。

那一夜，真的很漫长，辗转难眠的灵魂在黑夜中游荡，我看见在迷雾中徘徊的但丁，看见在炼狱中沉默的撒旦，看见在光明中思考的上帝，但我怎么也看不到自己的影子……

一夜辗转难眠的我，带着黑眼圈来到了公司，被靓丽的南茜看到，她立刻惊讶地喊道："哇，才一夜，你就变熊猫啦？"

"嘿嘿。"我难堪一笑后，还没有来得及贫嘴，就看见威克的黑脸蛋冒了出来。

"昨天月球发生了连环爆炸案你都不知道吗？作为新闻界龙头媒体，这么大的新闻居然连条简讯都找不到，你究竟在干什么？说！"威克已然火山爆发。

月球连环爆炸案？他不是在做梦吧？还是我还在梦游中？

"你不说我也知道你现在在做什么，我告诉你，神武一案已经结束，不准你再继续私下调查下去。你当这里是侦探社呢？就不能做点正事吗？琉岛之行你了无建树，灰溜溜地回来了我不提，但你也不能整天游手好闲地在这里混日子不是？看看你这些天都弄了些什么垃圾：什么《基因人性格割裂探究》，什么《星际文明间信仰差异背景分析》，什么《迷失的宗教》。上帝啊！你是社会部的主编，不是哲学部的学徒！难道你就不能脚踏实地地做点你该做的东西出来吗？"威克像头发疯的狮子，不断咆哮道。

我的眼睛在威克办公室内四处溜达，我看见桌角多了一张照片，里面的美女正在冲我不断抛着媚眼。我还发现背景墙上原来挂着的两只巨斧，居然被换成了一个有着长长鹿角的鹿头。而飘窗里一直绿油油的剑兰，也被一棵高大的金桔树挤到了角落。

"我已经决定了，从今天起，你的任何开支都要经过我的授权。该怎么做？你自己掂量吧。"威克居然被我的无视消磨得脾气顿无，像驱赶瘟疫般把我赶了出去。

门在我身后跳舞，南茜抿嘴偷笑地看向我，一副开心的模样。回到自己的办公室，刚刚坐下，坚就小心翼翼地敲开门，小声说道："头儿，这是今天的新闻热点。"

"月球爆炸案你知道吗？"我真的很想知道昨天梦游的究竟是谁。

"月球站传来的报道都在这里啊。"坚飞快地从文件夹中翻出相关报道递给了我,继续说道,"昨天夜里十点多,月球发生了连环爆炸,导致一号廊顶彻底倒塌,初步估计,伤亡近千人。还有,我这边刚刚得到消息,有一个叫作'命运之轮'的太空极端组织声称对此事负责。"

我悬着的心放回到肚子里,死多少人无所谓,最重要的是,发生漏报并不是我的责任。我抬头看了下脸色苍白的坚,问道:"昨天夜里谁值的班?"

"按照正常排班是刘书书,但你安排他去了日本。下班的时候我提醒过你,你说让莫西顶班,可是莫西也被威克总编安排去了外地。于是你要我找南茜,说让她协调其他部门的人,再之后你们怎么安排的,我就不知道了。"

"你去把南茜找来。"我已然回忆起昨天和南茜聊得那个神采飞扬,但却如何也想不起来后面是怎么交代她的。

南茜一脸开心地走进办公室,她好奇地看了我两眼,然后又忍不住吃吃笑了起来。即使真的面对一只熊猫,她也不至于这么开心吧?

"昨天我不是交代你协调个值班人员到社会部吗?你怎么没有安排?"熊猫发脾气也会咬人的,我气势汹汹地问道。

"没有哦,你昨天喊我来,一直在吹嘘自己在纽约的英雄事迹,何时交代过我其他事情了?"南茜笑眯眯地反问道。

"怎么会没有?我明明交代过你的,你不要不承认。"我有点眩晕。

"可你真的没有呀,后来你的电话响了,你让我回避下,我就离开了。我记得走之前还专门问你有什么事情没?你的脑袋摇得跟拨浪鼓一样,甚至还忽悠我,说下班请我喝咖啡,不是吗?"南茜瞪大眼睛看着我说。

我看见一个眉飞色舞的主儿,也看见一个忘乎所以的主儿,但那个肤浅的家伙真的就是我吗?该死的巴巴辛巴怎么就会在哪个时间打来电话呢?难道小渊美子的行踪真的比我的工作还重要吗?我瞬间想起了全部。

"我可以走了吗?"南茜好奇地弯下腰,全神贯注地看着我的眼睛,开心地问道。

"你走吧。"我沮丧地扬了扬手。

"记得还欠我杯咖啡哦——"南茜华丽地一个转身,推开房门,笑嘻嘻地走了出去。

"坚！"我怒喊道。

"命运之轮"是一个游荡于浩瀚宇宙中的极端组织，同一些次星际殖民文明及星际海盗组织有着千丝万缕的联系，他们神出鬼没地穿梭在各大星系之间，目标却只有一个：掠夺与毁灭。

人类再次经历了一次残酷的洗礼，和多数灾难相同，它的背后也有着许多感人的瞬间，但也正是这些瞬间，被赋予了过多的正义或者邪恶的外衣。

这次惨重的代价，几乎让所有驻扎在月球上的人失去了理智，隶属各个太空署的军事及准军事组织，得到了比远比他们梦寐以求的还要多的预算。

坚的稿子被我稍加修改就交付使用了，甚至不需要思考，简单的修饰加上华丽的外衣，就足以正义凛然地去鞭挞一切。而这，正是支撑起主流社会的人所想要看到的。

很多情况下，我会有一种困惑，我不知道我们究竟是在维护正义，还是在塑造正义？面对暴力，面对一次又一次洗礼中的人类文明，我们依旧找不到方向。

是的，大多数人对暴力集团和黑色团体的认知，更倾向于把它当作一个孤立群体看待，但残酷的现实却是，从古至今，那些游走在伦理、道德、法律之外的黑色势力，都是和正常社会彼此呼应且相互依存的共生关系。如此，我们岂非在刻舟求剑？岂非在缘木求鱼？

午餐时，南茜拿到了她的咖啡，她依旧灿烂的笑容让我很快就想到了小渊美子。就在几分钟前，巴巴辛巴告诉我，他又在东京发现了小渊美子的行踪。这个出人意料的消息，差点惊掉了我的下巴。

此刻，小渊美子那带有淡淡愁丝的笑脸，就浮现在我的眼前。我真想不明白，本来已经销声匿迹的她，为什么没有躺在某个沙滩上享受日光的沐浴，反倒再次化身嗜血刀锋，游走于都市的暗流。

"只是一杯咖啡，没有必要这样愁容以对的吧？"南茜翘起嘴唇，恼怒地看着我说。

"唉，穷啊，威克大人已经收了我的财权，你说我能不在乎一杯咖啡的钱吗？我下顿饭还不知道要去哪里讨呢？"我品了下苦涩的咖啡，脸上的苦色更浓。

"活该。今天别想再骗我请客了，我不会再上你的当。"南茜幸灾乐祸地摇动着手指，好像我的末日就是她的天堂似的。

"好吧，反正我卡里的钱还够对付到月底的，你还想吃什么就尽管点好了，机会很难得的。"我笑得自己都发虚。

南茜听得开心，自然会像帝客那样兴奋地扒拉起菜单，一双大大的眼睛也骨碌碌转个不停，但最终她放弃了，叹了口气说："算了，饶了你了。"

所以，这是我喜欢和南茜经常在一起的原因，那种感觉轻松自在，让人舒适。

"说吧，让我做什么？"南茜终于问道。

"嘿嘿，还是你懂我。"我麻利地从口袋里掏出一张纸条，推在了南茜的面前。

南茜仔细地看着，脸上的笑容渐渐消失。

第十章
一枚硬币

在一个风雨飘摇的夜，德康秀仁"意外"地回到了雨石庄园。我把魔光停在不远处的一处密林当中，坚在车内打开了视频，画面中清晰地传来德康秀仁的身影，他交代管家山口太郎几句话后，就钻进了书房，再也没有出来。

"倒霉！"坚拍了下大腿，因为书房是他唯一没能放置监视设备的房间。

外面的雨越来越大，漆黑的世界中万物变幻，透出日间少有的狰狞。

"我们需要的不是乌托邦式的画饼，我们需要的是画饼的过程与工序。公平公正不能只画在饼上，细化和完善程序才是实现它的唯一途径。所以与其我们每天都在抓老鼠拍蟑螂，为什么就不能细化出严谨科学的体系来呢？完善流程，建立完美的体系，真的，真的那么难吗？"

"我们都知道游戏会有很多BUG，法律法规同样如此，唯一不同的是，游戏隔三岔五就会更新掉它们，但在现实中，想要做到改变，我们往往需要等上几年，甚至几十年。有些甚至只是动动脚指头都能改变的鸡毛蒜皮的小事，真的简单到只是喝喝茶聊聊天就能改变的事情。面对他们的麻木不仁，面对他们的尸位素餐，我真的很想说，用智能机器人换掉他们吧。"

无聊的坚在听无聊的"凡人说法"打发时间，这个频道是好事者的天地，不需要严谨的论证，甚至可以歪曲事实。只要有人愿意看，愿意听，那就是成功。虽然，它们也确有令人深思之处。

"这是一个喧嚣的时代，诟病未必就是颠覆，也可能是一种鞭策。噤若寒蝉不会带来安宁，筑起的高坝反而会让涓涓细流汇聚成滔天洪流，毕竟百家争鸣与百花齐放的世界才会更加绚烂……"

"在日新月异的今天，法律已然成了漏洞百出的遮羞布，为什么就不能换条新的呢？总是在修修改改，总是在亡羊补牢，难道健全一部法律，一个法条就那么难吗？一直在置若罔闻，一直在敷衍了事，这和占住茅坑不拉屎有区别吗？"

坚已然在蠢蠢欲动，似乎动动嘴皮子明日的世界就可以灿烂无比了，我不想扫了他的兴致，毕竟守株待兔会无聊到令人抓狂。

魔光已经酣然大睡，它辗转不定地在空中盘来盘去，好像空气坚硬得顶疼了它的腰……

时间一秒秒地过去了，渐至午夜，外面的雨丝毫没有减弱的迹象，甚至越下越大，一副天都要塌下来的架势。终于在一个眨眼的瞬间，我睡着了。

"鬼——"

坚突然发出一声惊叫。睁开眼睛，眼前的一幕瞬间惊出我一身的冷汗：只见昏暗的灯光下，一个鬼魂般披头散发的白衣女人出现在走廊尽头，她步态缓慢，走走停停，一路迤逦，直到走到书房前，才停下了脚步，突然抬起头来，怪异地看向我们。

那是一张苍白的脸，长长的头发遮去她大半个脸颊，看不清面目。

"马上处理她的脸部。"

随着画面的一点点放大和处理，那张半遮的脸渐渐清晰起来。

"居然是她，她怎么会在这里？"我暗暗吸了一口气，如何也想不到小渊美子会出现在这里。

曾经的她是柔弱的，柔弱到能激起他人强烈的保护欲，但此时此刻，面对此情此景，我真的动摇了：她真的是一个受害者吗？还是她的背后隐藏着什么不为人知的秘密？或许，她只是帮派斗争的一个砝码……

小渊美子在油画前站了很久，她明显不是在欣赏它，而是在犹豫什么，直到犹豫再三，她才转过身去，推开了书房的大门。

当我睁开酸涩的眼睛，时已近午，沏了杯加奶加糖加红茶的咖啡，胡乱灌入口中，才略感清醒，但思绪依旧像短路的电线，不断冒出火花，如何也清理不出一个清醒的画面。

浑浑噩噩地出门，直到半小时之后，走进一家宾馆，敲开小渊美子的房门，我才惊愕地醒来，错愕着不知所措。门开后，小渊美子居然平静若水，似乎早知道有我这个不速之客要到访一般。

听完我的自我介绍，她惊喜地说道："您就是《第一现场》的龙先生？想不到能在这里见到您，太好了，我看到过您的报道，还听说过您在国家图书馆英雄救美的事迹，真的很感激您为我所做的一切。我一直想拜访您的，只是怕打扰到您。谢谢您！谢谢您！"

"那只是我的工作，愧不敢当。"我羞愧地说道。

小渊美子无疑是知性的，她热情地把我让进房内，煮了清茶，才问及我来访的目的："您找我是想了解真知社的情况吧？"

"是，不知道方便吗？"我礼貌地欠身说道。

"我们能随意一点吗？就不要'您''您'的了，这样我会很紧张的，感觉好像又回到了法庭。"小渊美子出人意料地建议道。

"太好了，你看我也是，就差满头大汗了。"我哈哈大笑起来。

"就是，这样放松多了，毕竟我们是朋友，不是吗？素未谋面的朋友。"小渊美子洒脱地说。

寥寥几句，小渊美子就已经强势地占据了主动，当然，这也让我们之间的交流更加顺畅和愉快起来。闲聊几句后，她说到了在纽约东躲西藏的经历，说到了现在真知社的四分五裂，说到了自己在真知社中的过往，说出了依旧对真知社的恋恋不舍。

"你认识德康秀仁吗？"我问道。

"他是我的恩人，就是他一直在暗中帮助我，不然我可能早死在异国他乡了。"小渊美子把和德康秀仁的会面简单描述为一次劫后余生的感恩之旅，她甚至言辞凿凿地说，正是德康秀仁出钱雇佣平野郎杀的神武。

"为什么？"我很震惊，质疑。

"因为他很爱我。"小渊美子甚至没有再多说一个字出来。

"所以平野郎根本没在追杀你，是吗？"我的大脑一片混乱。

"谁知道呢？也许只是他还没能找到我。"小渊美子露出淡淡笑容。

"但他亲口告诉我，他会找到你的。"我把平野郎的话如实告诉了小渊美子。

"那我等他好了。"小渊美子不以为意地说。

"你今后有什么打算呢？"我开始为她担心起来。

"先四处走走吧，我还没有完全走出这段阴影。"小渊美子的眼神有一瞬间的迷离。

"有什么是我能帮忙的吗？如果可以的话。"我问道。

"现在还没有，将来谁又知道呢？以后说不定还会给你添麻烦。"小渊美子笑了，笑得春风洋溢。

在后面的对话中，她甚至说出了一句很有哲理的话："面对阳光，你永远无法看到它背后的黑暗。"

而对于自己的未来，她也说了句不明不白的话："再见或许只是开始不是吗？"

告别时，小渊美子伸出手来，我注意到她的手掌中有一处不显眼的污渍，似曾相识。

刚离开酒店，林探长的电话就追了过来。

"还记得上次我们讨论的内鬼吗？想不到刚刚挖出他，他就跳楼了。"鉴于柏特的身份，林探长失去了对案件的掌控权，所以在告诉我地点后，就再也无能为力。

虽然内鬼柏特的死在我看来只是早晚的事，但真的听到这个消息，我还是惊出了一身的冷汗。匆匆赶到现场的时候，警戒线已经拉起。

柏特是坠楼而死的，和车祸之类的"意外"杀戮一样，这样杀人的手法，因为证据的匮乏，很容易让侦破陷入困境，没有摄像头，没有目击者，甚至没有任何其他证据来佐证这会是一场谋杀。

魔光在现场上空放大了柏特坠落的地点，这里距离地面有数千米之高，是一栋独立的商业大楼，在城市的G9层，它斜刺着挑空而出，又因为是在背阳面，所以这里大部分时间都会为云雾所笼罩。

柏特坠落在楼宇外部凸起的悬停带上，所以他坠落的过程可能只有短短几秒钟，这对于他来说，也算是一种幸运。

"究竟是谁在主导这场杀戮呢？神武被杀，冈田介被杀，现在柏特也死了，那么德康秀仁会不会也有一天会被灭口呢？"坚梧住帝客的耳朵小声问。

我想会，但我不敢肯定。既然德康秀仁是杀死神武的真凶，那他肯定代表了一股势力，而冈田介在他家中被杀，大概率应该是另一种势力的杰作，毕竟谁又会傻到在自己家中杀人呢？现在连柏特也被人灭口了，似乎更加印证了这种可能。

我保持了沉默，眼前的云雾足够厚重，弥漫出的变幻不定的色彩，让人无法看清一切。

如果是一个无聊的人，兴许会好奇柏特的死亡过程，但我不会，对于我来说，柏特只不过是一个不小心掉落的棋子，从他被启用的那一天，他就已经失去了价值。就像已经死掉的那些人，再在他们身上浪费时间，注定是愚蠢的。

此刻，镂空的城市主体在阳光照射下闪烁出七彩的光点，这让整个城市看上去就像一个鎏过金的滴水石。俯瞰下去，城市建筑群宛如壮观的珊瑚群，里面密密麻麻游动着无数辆飞车，它们鱼一般划出道道光影，呈现出一个亦真亦幻的世界。

连漪早就把来未来城当成了串门，时不时就会飞来一次。每次来除了询问下双岛那边的进展，就是和安娜四处疯玩和购物。

"今天凌晨，费罗银行突然宣布倒闭。虽然此前早有传闻，不过均遭到来自各界人士的讥笑。但在今天，这种天方夜谭式的故事就这样不可思议地发生了。"

"费罗银行虽然根深蒂固，但在长达五年的时间里，它并未能合理地解决掉对冲资金的侵蚀，可以说，对于今天的局面，它本身是存在过失的。"

"国际银行和国家基金的见死不救是一种落井下石的倾轧，它们甚至放任了这场金融风暴的发生。为了获取唾手可得的利益，为了更大的市场份额，它们选择了'口嗨'。"

"口嗨"是什么鬼？我迷茫在看不见的世界中，甚至忘记了。

"嗨，龙，在你家还要我招呼你吃饭吗？"连漪在餐厅不满地喊道。

"别理他，说不定又在做什么白日梦呢？等感到饿了，他的梦就会醒的。"安娜恼怒地说。

"人家是真神，哪会有饥饿感呢？你们吃不下的都留给我好了。"帝客开心地笑了起来。

世界就是这么无奈，一个女人是你的梦魇，两个女人是你的灾难，两个女人再加条狗，那就堪比末日降临。

简单吃过早餐，我赶着上班，只有帝客出门来送我。当我打开灵移的车门坐进去的时候，它居然没有半点委屈的表现："老大，我就知道有一天你还会想起我的。"灵移开心地旋转在我的眼前，在身后拖曳出曼妙的星尾。

"别自作多情了，人家魔光被前主人临时开去了，不然他怎么能想到你呢？"帝客率直地可爱，虽然它一直在吃我的喝我的，但那些好像都是天经地义的事情。

"很正常啊，如果是我，我也会这样选择。"灵移坦然地说。依照它的个性，它本来可以说出更多让人"舒坦"的话来的，但它没有。

直到我在自责中面对威克。

"不要认为我下面的话是在表扬你。"威克的开场白让我摸不着头脑："由你们主导的关于星际文明的系列报道做得还不错，但眼下热度正在下滑，是时候寻找新的焦点了，你认为呢？"

"目前世界范围内发生的大事件有很多，美洲纳粹党案，法国贿选案，南非大屠杀案，以及以色列大移民案，诸如此类能吸引到观众的热点也很多。你想好做什么了吗？"威克问道。

"我准备借助费罗银行倒闭案展开一次金融大调查，虽然这类主题更适合经济部来做，但我想挖掘出它对社会产生的破坏性，毕竟金融的稳定，其最终的效应还是作用在社会上。"是的，费罗银行显然比我的早餐更加美味，在面对它的那一刻，我想到了很多。

"眼下倒闭的费罗银行确实是一个热点，说说你的看法。"威克略感意外地说。

"其实你刚才提及的几个热点，说到底还是和金融有关，比如美洲成立纳粹党一事的背后，不就是美洲持续的经济大萧条所引发的吗？还有法国贿选案涉及的政治献金，背后也不乏对冲基金组织的身影。南非大屠杀更不用说，它是由资本收割所导致的经济大崩溃所引发的。还有以色列大移民，也是动用国家政策换取财团援助的让步结果。所以，这些事件，我们都可以从费罗银行案中找到落脚点。"

"嗯，想法很别致，继续。"威克燃起了兴趣。

"金融是经济稳定的基石，而经济又是社会稳定的基石，如果没有了社会稳定，民又何以为生呢？如今的资本早已不是过去的资本，几乎所有资本主义国家早已被资本牢牢地把控住，就像养殖场一样，始终圈养住自己的国民，跌宕出永恒不褪的血色……"我滔滔不绝地说道。

"好，就做这个了。"不等我说完，威克就做了决定。

"是这样，一旦展开系列报道，我们就需要大批在外驻站人员的调配权，因为又涉及相对专业的经济领域，也需要得到经济部在人员和资源上的协调与配合。所以，我需要这方面的授权。"我试探性地提出要求。

"这倒是个问题，毕竟让其他部门诚心诚意地给你们打辅助，好像有点难度。你看这样行不行？这次的系列报道，由我来牵头组织，这样就不会出现相互扯皮的事了。"狡猾的威克，充满欲望的威克，该死的威克。

"那太好了，这样我就轻松多了，你吩咐怎么做我就怎么做好了。还有事情吗？没事我就先走了。"我一副开心的模样，飞快地站起身来。

"坐下，坐下，你还没拿出个具体方案，怎能就开溜呢？"聪明的威克立刻阻止了我，他笑道，"你也别想多了，我就挂个名，指挥权还是你的。看你这小心眼的模样，都不知道我妹妹怎么忍的。好了，不说这些了，你还有什么要求？说！"

"还有什么好说的，没人没钱，我怎么做事呢？万一有个紧急情况，我还能满天去找你啊？"一个人可以搞不明白资本，但必须先搞清楚自己的温饱。

"没问题,我马上就恢复你的资金支配权。还有什么要求吗?"威克居然爽快地答应下来。

"暂时没有了,等我想起来再告诉你。"我有点忘乎所以,虽然我立刻就后悔了。

"那好,就这么定了,你回去赶快把方案做出来交给我。我还有事,你去吧。"威克在达成协议后,马上就来个变脸,命令道。

看着我笑眯眯地走出,南茜惊讶道:"奇怪,我好像是第一次见你这样开心地走出这里,你该不是炒了老板的鱿鱼了吧?"

我向南茜伸出了大拇指,不言一语地走了。

"嗨,是真的吗?"南茜在我身后开心地喊道。

一场史无前例覆盖全球金融行业的大调查展开了,《第一现场》的精英们倾巢而出,甚至到处抓壮丁般把一些金融领域顶尖的教授和专家礼聘在自己的旗下。他们如绞肉机般,把银行、保险、基金、股票等一切以资本流转为生存手段来套取巨额利润的领域搅了个底朝天,到最后甚至蔓延到属于黑暗势力范围内的赌博集团、地下钱庄及虚拟货币。

这是一个疯狂的世界,是一个振臂一呼就应者云集的世界,你真的不必高呼什么正义之词,也真的不需要给自己披上道德的袈裟,你甚至可以怀揣卑劣无耻的目的。

你要做的其实很简单,就是爬上高楼,开始喋喋不休,开始言之凿凿,开始用手指在空中不断地画出一个个的饼来,那么就真的会有很多人怀揣着不同的目的簇拥在你的脚下。

那一刻,你就会由一个癞蛤蟆蜕变成一个像上帝一样拥有光环的东西,即使你的外表看上去还像癞蛤蟆,但,你真的还会在意它吗?毕竟它已经金光闪闪。

随着四面开花般的报道,金融界开始酝酿一场史无前例的海啸,没有人知道结果会怎样?但那浩浩荡荡的局势已经让我深感畏惧。

它如沸腾起来的汪洋大海,翻腾出灼热的浪花,我甚至根本没有想到过世人对金融行业的积怨是如此之深,如无底的黑洞一样,开始不加分辨地吞噬去周围的一切,甚至蔓延至传统领域。

我真的有种后怕,源于资本千年不倒的黑色金融体系在没有得到软化和侵蚀之前,一旦巨石般崩塌下来,那是要死人的。这绝非天方夜谭。

在接到戴维公爵电话的时候,我知悉自己的目标已经达到,但我丝毫高兴不起来,因为戴维公爵在电话另一头还"赞誉有加"地说道:"你们《第一现场》的金融大调查做得真不赖啊,现在连我都开始忙着四处灭火了。不知你想过没有,大家都说这是一场金融革命,既然是革命,那肯定就会先革掉一些人的命,否则又怎么能够称之为革命呢?你说是不是?龙。"

"你们中国有句老话:树欲静而风不止。现在不知道有多少人正在暗中推波助澜,伺机而动。打倒一批既得利益的资本,必须会有另一批心有梦想的资本顶替它们。所以,在不改变现有市场规则的情况下,就是你革掉他们所有人的命,资本不还是会源源不断地冒出来吗?所以,拿出改变市场规则的办法,才是这场革命成功的关键。"戴维公爵醍醐灌顶地提醒我道。

戴维公爵的计划得到了完美的收官,参与双岛信托投资公司洗钱的公司及账号,此刻小山一般摆在我的面前,挖出宝藏只是早晚的事情。

随着调查更加深入,一些较为隐蔽的真知社企业也陆续暴露在我的面前,它庞大的网络,其盘根错节的触须,已经根植到社会的各个角落,成为拥有无限能量的黑暗帝国。幸运的是,它即将在我的脚下被碾得粉碎。

此刻的我,得意扬扬,甚至得意忘形。当威克提出动静闹得太大太长时,我淡然一笑说:"我们不是在大堂里抓老鼠,我们是在自己身体里抓虫子,对那些以钱生钱,却丝毫不产生任何价值还在一直榨取我们营养的寄生虫来说,吃药就必须吃猛药,而且还必须一口口地吃下去,否则伤了身不说,还会前功尽弃。"

威克显然受到了来自上面的压力,思虑再三,他才妥协道:"好吧,那就再等等看吧。不过我还是想问下,在达到什么样的目的后你才会罢手呢?还有,是药三分毒,你可别先把我们自己给毒死了。"

"很简单,重塑金融系统,让金钱回归到它本来的交换本质,不能任由它们肆意盘剥和搜刮普通大众。"此刻，我仿佛拥有了光环。

"好吧，虽然我很质疑，但我也想看看结果是否如你所愿？你只管继续放手做，上面的事由我来顶着。"威克居然激动地握住了我的双手，这是我没有想到的。

他真的像一个没有大脑的白痴，我怎么能够做到那些呢？当真知社被我扳倒之时，必是我名利双收之日，到那时，再和满世界的富人作对，岂不是在自掘坟墓？

我不想继续想象威克的压力，我想的只是他屁股下的那张椅子，虽然有点大，有点破，但真有一天能坐在上面，那肯定会是一种美妙的感觉。

如我所料，双岛信托投资公司根本没有任何抵抗的能力，甚至还没有来得及垂死挣扎，就在媒体的狂轰滥炸和经侦部门的介入下，崩塌下去，并且拔出萝卜带出泥，顺带也把一些隐藏更深的黑暗企业给掀了出来。

当我和帝客滚在一起，满地帮它找牙的时候，一个电话打了进来："我是德康秀仁。"

一个小时后，焦头烂额的德康秀仁坐在了我面前，他刚下飞机，就匆匆忙忙地赶回了雨石庄园，看见我已在客厅等候，忙抱歉道："对不起！对不起！让您久等了。路上遇到点风暴，耽搁了不少时间。"

"不必客气，你这里风景雅致，难得有机会欣赏的。"我微微欠身道，第一次见面，这点礼貌还是要讲的，毕竟大家还都披着人皮。

"龙先生果然名不虚传，不仅英气逼人，人更是玉树临风般的潇洒。今日有幸得见，实属本人的荣幸。"德康秀仁酸巴巴的恭维居然让我感觉很是舒畅。

"不知这次叫我来，有何指教？"我想起帝客居然会笑掉颗牙，忍不住又笑了起来。

"岂敢说指教，不过是受人之托，转交受托之物。"德康秀仁说着，从衣兜掏出一封信来，恭恭敬敬地推在我面前。

我很诧异，这是小渊美子的来信，淡雅的清香丝丝穿鼻沁肺，娟秀的笔迹婀娜迤逦。信很短，只有寥寥数语，先是为上次不辞而别道歉，又是致谢数次相助，最后说自己要流落天涯，无缘再见，至念至想。直看得我冒出一身的冷汗，怎么会这样？还好信在我手中，要是被安娜看到，河东狮吼自是不必说的了，说不定她的醋坛子打翻，岂不完蛋？

我一心想要把手中的信毁尸灭迹，所以有点坐立不安，刚想告辞，想不到德康秀仁又拿出一个礼盒恭敬地推了过来，说："这也是美子托我转交先生之物。"

有礼物拿真的会让人动心，但此刻的我还是有点犹豫了，眼前的一切都有点反常。虽然我还想不出哪里不对，但威克口中生性多疑的我，已然嗅到一丝不安。我玩弄着礼盒，犹豫起是否要打开。

"龙先生，美子交代过，这个礼物一定要先生独自一人的时候再打开的。"德康秀仁礼貌地说。

莫非是炸弹？我的手抖了下，差点暴露了内心的恐慌。我佯装沉稳地站了起来，告辞离开。直到坐在魔光内，才长出一口气，一边让魔光往深山跑，一边让魔光帮我扫描下礼盒。

"炸弹——"魔光只是看了一眼，整个身体立刻炸开了花，然后留下两只脚丫在我面前走来走去。

一滴汗，从额头滑落。

"——是不可能的。"魔光再次冒了出来，它笑嘻嘻地看着我说，"里面就是一个水晶球，不过是玻璃材质的，应该一钱不值。"

"会不会有生化毒素和辐射之类的？"我心有余悸地问道。

"完全安全，你现在可以放心地打开它了，真有事，好歹连我也跑不了不是？"魔光又围着礼盒转了几圈，说道。

里面果然是一个普普通通的水晶球，球心内有一对盘绕的双星，后面拖着长长的双色星尾，周围飘荡着一些亮晶晶的雪花。很美，美得让人心荡神摇。

我想不明白自己什么时候和小渊美子的情谊发展到了这般，直到德康秀仁开始一次次向我发出盛情之约后，才彻底明白小渊美子的真实目的。

"这是瑞士银行的卡,里面有一千万欧元,事成之后,会再有一千万打入这个账号。"德康秀仁平静地对我说。

"如果龙先生帮忙,这座雨石庄园也归您了。"德康秀仁平静的眼神中透出一丝焦虑。

"只要你同意在这里签个字,我旗下公司百分之二十的股份就归你了。"德康秀仁抛出了最后的绝望。

对真知社的追杀已然成为我莫名其妙的意志,但面对德康秀仁低三下四的求情和拿出的天文数字的巨额资金,我真的犹豫了,也真的找不到了方向。

真知社已经摇摇欲坠,我甚至只需要再加上一根指头的力量,它可能就真的会轰然倒塌。但它倒塌后,我又能得到什么呢?

或许我什么也得不到,因为此时此刻,平野郎就站在我面前。

半小时前,我接到平野郎的电话,他依然用调侃的语气对我说:"我们见个面如何?如果你真的敢来,那就带上一枚硬币在身上好了。"

我来了,而且我也真的从兜中掏出来一枚硬币,那是我好不容易在箱底扒拉到的。我把硬币抛了过去,落在平野郎脚下蹦蹦跳跳。

"你还真的敢来?"平野郎居然略感意外。

"我不来,你会就此罢手吗?"我无奈地回答道。他当然不会,他会很快找上门,很快找到我,找到帝客,甚至很快找到安娜。

"你准备好罢手了吗?"平野郎笑眯眯地看着我说,一脚踩在硬币上。

"我无法左右目前的一切,这你应该很清楚,即使你现在杀了我,也不可能改变什么。"虽然我已经努力地为这次会面做了精心的准备,但我丝毫拿不出自信来。

此刻枪就在我的腰间,它冰凉得让人浑身都泛起鸡皮疙瘩。但我真的不够快,至少每次在我拔出它的时候,帝客总会抢先一步抬起它那毛茸茸的爪子指向我,然后口中"啵"的一声,然后再装腔作势地把爪子放在嘴前吹上那么一口。

"那你死定了。"平野郎开心地笑了起来,好像他也看见了帝客那份开心的模样。

"未必，动手吧。"我的手指已经贴在枪把上，我知道，死神的镰刀已然就在眼前。

"难道在死之前你就没有什么要问我的吗？"平野郎露出困惑的表情。

"在没有杀死我之前，你怎么可能会告诉我什么呢？所以我不会那么无聊。除非，你还想说点什么。"我瞥了下平野郎的右后方，至少我希望这样的动作能够引起他的不安，甚至分下心也好。

"呵呵，也是，我不可能给你说什么，因为我真的不确定你会做出什么样的选择？更不确定这里是不是还有其他的耳朵和眼睛。但我还是想问下你，你真的不准备罢手吗？以你现在的能力，抬抬手是很容易的，想要什么也肯定会得到。你为什么就不考虑一下呢？"平野郎并没有在意我的眼神，反而用德康秀仁开出的条件诱惑着我。

"你太抬举我了，我不过就是一名小记者，不是什么事情都可以做主的。"我苦笑着说。

"哈哈，看来你还真的是不怕死。老实说，你不可能快过我的，因为我做过反应速度这方面的基因改良，希望你能够明白它意味着什么。"平野郎依旧怀抱双臂，甚至他认为在我面前摆好决斗的架势，都会是一种羞辱。

我深深吸了一口气，握了几下僵硬的手指，面无表情地说道："动手吧，我不会像木头一样站在这里给你当靶子。"

"你会的。"平野郎鬼魅一笑间，他的两只手臂快速挥出，两道蓝光几乎同时就到了我的眼前。

我根本不会有躲避的可能，平野郎出手的速度让人匪夷所思，我甚至根本没有看清他出手的动作。但我更惊骇于平野郎完全没有遵循决斗的规则，就这样抢先出手了。

我想我已经没有机会再骂他卑鄙了，永远不会再有机会……

枪从我的手中滑落，砸落在脚下厚厚的灰尘中，荡起一缕轻烟，如我的灵魂般四处游荡。我恐惧地睁大了眼睛，平野郎的笑脸开始在我眼中变得模糊。

第十一章
秃噜神庙

"你走吧。"不知道是谁，在我耳畔轻轻地说。

眼前空荡荡的已经没有一个人影，我迈着轻飘飘的脚步走在坚硬的地板上，拖沓的脚步声，在废墟中回荡。

我还活着吗？或者我已经死去？我不知道，我只有一种感觉：呕吐。

"你走吧。"是谁在让我走？为什么要让我走？我无法聚焦自己的视线，眼前依然一片茫然。我无法梳理自己的思绪，它们如缭绕的山间云雾，随风跌宕。

真知社掌控的企业究竟有多少没有人知道，仅目前已调查出的一万七千四百余家，其支配的资金总量甚至超越了日本政府。它们通过合法或者非法的手段在众多行业形成了垄断优势，甚至四处收购和收割盈利企业，左右行业走向，形成了一个庞大的资金帝国。

作为普通人，你不可能想象出一个社团为什么会拥有这样的能量，它绝不是一个人甚至一群人所能操纵和建立起来的，它背后的黑暗来自四面八方。面对它，我深感恐惧，当一个如此庞大的资本帝国都不能满足他们的欲望之壑时，还有什么能填平它呢？

仅仅是开始，对真知社所掌控的企业调查就已经出现了阻力，不仅来自社会的方方面面，甚至来自政府的阻碍和民间组织的不配合，这让调查举步维艰。更令人意想不到的是，日本黑帮也快速地卷入进来，意外事故接二连三地发生，谋杀、自杀此起彼伏。

当一名驻日记者在东京街头被人抹了脖子后,仅一天《第一现场》驻日分社就已经人去楼空。我暴跳如雷地找到了威克,威克只是无奈地看着我说:"我已经给了他们足够的压力,但我无权剥夺他们辞职的权利。"

威克亲自煮了杯咖啡递给我,面显疲惫地说:"如果我们现在不能见好就收,恐怕以后连收手的机会都没有了。"

"可你也应该明白,如果现在放弃,以后在新闻界,我们将永无立锥之地。"我不是在恐吓威克,我很清醒,当我们选择与资本为敌的时候,就已经没了退路。如果想知道自己死后的棺材盖上还能盖上什么,行尸走肉般的苟且和你死我活的荣耀,会成为我们最后的抉择。

威克当然知道我的选择,他懊恼地抓扯下头发,最终妥协道:"好吧,我就再给你点时间,但你必须知道,我已经快顶不住来自上面的压力了。希望你能慎重考虑下我的建议。"

如果说此前一切还在我掌控之中,那现在,随着其他媒体推波助澜般的加入,一场浩劫席卷全球。大批原本见得人和见不得人的暴利运作模式一一浮出水面,金融领域遭受到前所未有的冲击,众多明亮光鲜的企业像多米诺骨牌般纷纷倒下,伴随而来的是金融领域的大崩溃,随着大批资本的外逃和蛰伏,国家的资金正在枯竭,风雨飘摇。

是的,当我们还在想当然地认为国家金融强大且无与伦比时,我们才惊讶地发现,剥离资本后的国家,原来已是西风瘦马,行将就木。

是的,当我们无视资本存在的时候,它们已然深入我们的骨髓和血液,它们偷窃走原本只属于国家的权力与义务,越俎代庖地肆意收割起我们的韭菜。它们不断迭代的科技在让我们享受便利的同时也掏空了我们的钱包,它们无微不至的服务让我们沉沦在欲望之海,同时也让我们越陷越深。

伴随着众多企业的倒闭,资本势力和黑暗势力开始联手进击媒体,他们构陷这次被世人称为"金融革命"的怒潮为"金融乌托邦",左右舆论走向。

如果仅仅如此,或许我们还有赢的希望,但当遭受波及的无辜企业及大批受到裁员的员工也纷纷加入到反对者的队伍时,我们就要输了。民众的动摇,让本来就建立在资本帝国之上的各国政府,开始找寻出不同的借口来出面干涉，更有甚者，一些激进的媒体人开始遭遇被失踪。

"老大，安娜姐来电话了。"坚指着电话冲我喊道。

真是添乱，我这里都忙得焦头烂额了，哪有时间和她风花雪月地煲电话粥。我撂下手中的事情，接过坚的电话，飞快地问道："喂，什么事？"

"今天不管你多忙，都必须到我这里来一趟，我有话要对你说。"安娜一怔之后，立刻字正腔圆地回道。

"到时候看情况吧，我现在……"我有些不耐烦。

"你必须来。"安娜不等我说完，就撂下了电话。

"——我现在忙得要命。"我听着电话中的嘟嘟声，只好无奈地闭上了嘴巴。

或许在安娜的眼中，我是玩世不恭的主儿，但她不知道我现在所背负起的早已不是沉甸甸的十字架，而是血淋淋的绞架。

再次踏入女神的圣殿，我的脚步有点沉重，我还不知道安娜会对我说什么，但她选择在自己的住处和我见面，无形中已经给我施加了巨大的压力。

机器人精灵把我带进了客厅，本以为连漪已经不在未来城了，但她现在就在我眼前，看见我，她站了起来，诡异地冲我笑着，递上来一杯咖啡。

"你好像很紧张。"连漪莫名其妙地笑了起来。

我奇怪地问："你怎么还没有回去？"

"不，是我又来了才对。"连漪一直盯着我的一举一动，简直让人无法忍受。

我回避了连漪的眼神，开始玩弄起手中的杯子，作为一种回应，我笑着说："你真的很自由，自由得让人羡慕。"

"是该我羡慕你才是。现在你都快成为全球年度风云人物了。知道吗？我现在都不敢见戴维公爵了，他简直要把我烤掉吃了。你不会不知道这一切都是拜你所赐吧？"连漪居然依旧满脸笑容。

"我哪里知道他会有那么多控股企业？哪次不是我知道后就马上撤销调查的？"我苦笑着辩解道。

"哈哈，狐狸的尾巴终于露出来了，这样做好像和你树立起的形象有着天壤之别呢？在媒体面前，大义凛然的你俨然就是一个新的神，要是有人知道你是这样的，恐怕……"连漪极度夸张地说。

"我还不是个忘恩负义的人。"我振振有词道，至少我还没有傻到要去徒手扳倒一座神庙，好歹手中得有把铁锹或者锤子才是。

"你好像并不仅仅是在针对真知社，还有什么企图？难道真的是在想建立一个乌托邦式的世界吗？"连漪无疑是冰雪聪明的，她已然看透了我，追问道。

"怎么可能呢？资本是什么？资本就是我们生存的空气，就是我们生活中的柴米油盐，就是我们活着的全部世界，我怎么可能傻到去对抗整个世界呢？我只是一个无名小卒而已。"一种不祥的预感萦绕在我的心头。

"如果真的是这样就好了，我知道你还在玩火，你骗不了我的。"连漪在一点点收紧手中的绞索。

"你是指什么？"我无赖地问道。

"你最初的目的是真知社对吗？但你现在好像胃口大开。"连漪步步紧逼。

我不再辩解什么，因为我已经看见安娜从书房走了出来。

"我曾经认为你是一个无趣且毫无大志的人，现在我才明白，我错了。"安娜径直走到了我的对面坐下说道。

我惊诧地看了一眼她，我不明白她接着会说什么，我在等待。

"我也曾经认为你是一个缺乏思考的人，现在也才明白，还是我错了。"安娜的言语让人感到可怕。

我不安地扫了眼连漪，连漪只是对我摇了摇头，一副爱莫能助的模样。

"我曾经认为，你不过是一个类似于唐·吉诃德式的人，在脑海中幻想出一个乌托邦，然后就信以为真的要开始在现实中寻找并建立它，现在我才明白，你口中的伊甸园是画给别人的，而自己却在打着自己的算盘。"安娜的一番话让人敬畏迭生。

"你想说什么？"我低声地问。

"是应该我问你想做什么才对？看来你对真知社的死缠烂打和对金融界的毁灭一样，都有着不可告人的目的。你现在如愿以偿了，就在刚才，我哥哥收到了解聘书。你应该满意了吧？"安娜此刻并没有发飙般的歇斯底里，但她的冰冷更让人窒息。

"你说什么？"我差点跳了起来。

"我哥哥都被你拿去当枪使了，还依旧坚称你是对的，是他很蠢吗？还是你现在根本不再需要伪装。"安娜的脸色有点苍白，她的身体微微颤抖着，但看得出，她在努力克制着自己。

"我不知道会这样……"我窒息地呢喃道。

"够了，我不需要你做任何解释。我们之间到此为止，你走吧。"安娜冰冷地转过身去，甚至不屑再面对我。

我不知道自己是怎样离开的，我只知道连漪一直在安抚哭泣的安娜，那是我第一次看见安娜如此的脆弱，她眼神中的失落与绝望，此刻就沉沉地挂在我的心头。

茫然在街头，呼啸而过的车卷起了我的衣襟，却丝毫无法卷走半点烦绪。风很凉，变幻的霓虹不再炫丽，只是苍白地点缀在黑暗的时空。

威克和我告别时，只是握了握我的手，拍了拍我的肩膀，一句话也没说。

"你准备去哪儿？"我心酸地问道。

"还不知道，先到处走走，或许能够发现一个新的世界。"我快要泪雨滂沱了。

"需要我做什么吗？"我试探着问道。

"我妹妹就托付给你了，待她好点。"威克拥抱下我，头也不回地走了，我看见南茜追在他的身后洒泪告别。

刚回到办公室，坚就跟了进来，他低声地告诉我，关于金融行业的报道全部停止了，是董事会的决定。

我不知道接下来该怎么做，正在犹豫，南茜走了进来，她红着眼睛道："老板金让你去趟董事长办公室。"

曾经的老板金对于我们这些小职员来说，就像神一样不可触及，但此时此刻，他就臃肿地堆在我的面前，或许该推荐他去基因公司做下改良了，就像帝客一直暗恋的那只藏獒小花，如今真的拥有了狮子般的伟岸。

老板金笑眯眯地示意我坐下，然后又让秘书琳达端了杯清茶给我，又低头故作姿态地签了半天文件，才抬起头说道："自从你调至社会部后，真知社和金融大调查的两波报道都做得不错，不仅为我们赢得了荣誉，也让集团收益颇丰。"

"董事长过誉了。"我想到了被炒鱿鱼的威克，心惊胆战地回道。

"你对目前金融调查的趋势有什么看法？"老板金认真的表情告诉我，这很可能就是他喊我来的最终目的，于是我也就知趣地一吐为快。

"眼下来自各方面的阻力越来越大，调查本身也出现了偏差，其他媒体一网绝户的打法，不但背离初衷走向极端，也使现在的金融调查演变成金融灾难。所以，我建议，要么结束它，要么改变下策略或者方法。如果我们再不及时调整方向，恐怕真的会产生无法预测的后果。"我不可能像威客那样一条道走到黑。

老板金的脸庞上渐渐浮出一丝笑意，"不错，这就是我所忧虑的地方，目的和初衷都是好的，但方法更重要，还要有时机。现在还不是能够撼动资本社会的最佳时机，如今的资本不单单左右着人类的进程和历史，其盘根错节的触角也早已根植在社会的角角落落，甚至被生意人当作圣典，认为那是一种能力，甚至是一种智慧。所以，当绝大多数人还浸泡在资本的海洋里做着美梦的时候，先不说反抗，就是想唤醒他，也是极其困难的。眼下，我们董事会正饱受来自各个方面的巨大压力，能不能找到一个新的焦点来结束它呢？"

"过两天国际人权组织将在未来城举办新一届的人权大会，我认为可以把关注点聚焦在那里……"我刚说到一半。

"好办法，我同意，就交给你来做好了。"老板金立刻拍板道。

"那，我现在就回去着手这方面的报道？"我迟疑地站了起来。

"等一下。"老板金示意我坐下，继续说道，"我一直很欣赏那些有能力，有干劲，有想法，有抱负的人。我个人觉得你完全具备这些素质，因此想给你换个新的岗位，让你有更大的施展空间。只是不知道你有什么打算，可以说来听听。"老板金半遮半掩地说道。

"一切听从领导安排。"我揣测不出老板金话中的真意。

"是这样，今天喊你来就是想先给你通下气，也好让你有个心理准备。我已经向董事会提出由你担任总编，有信心吗？"老板金笑眯眯地看着我说。

走出老板金办公室后的我，丝毫没有兴奋的感觉，如果说此前还对威克的宝座心存觊觎，那么此时此刻，囚笼之下，我已然心存畏惧。

"如果你眼中不再有黑暗，你的生活将会崩溃，因为你是为黑暗而活。"安娜曾经这样说过我。

回到办公室，我把自己深锁在房中，临窗而立，失神地望着窗外的街景，逐渐，那些上蹿下跳的车影，错乱进我的脑海深处。

国际人权大会在未来城如期召开，来自世界各地的人权精英云集于此。

在过去相当长的一段岁月，人权曾经是个好东西，不管任谁拿在手中，它都是一把锐利无比的利器，不仅可以保护自己洞穿他人，甚至可以凭借它，在这个世界上横行无忌。

国际人权大会列出的年度十大人权事件，毫无疑问成为拷问人类良知的问卷，它们中的每一件都让人触目惊心。排在第一位的种族清洗案，死亡人数近千人；排在第二位的黑狱事件，涉及被押人员过万人；排在第三位的贩卖人口案，人数甚至无以计数……

"这简直就是撒旦的世界。"坚在忿忿不平。

"头儿，我无法整理出清晰的思路。究竟我们的报道该从哪个角度来入手呢？能否给我点建议。"坚手足无措。

"如果只是全面报道，没问题，但和同行相比，我们的闪光点在哪儿呢？"坚依旧一筹莫展。

"很简单，整合出不同的声音，给出自己的看法。再拜访些权威人士探讨下人权扭曲的原因，寻找到解决的办法。这就是你要做的。"我当然不会把目光放在这上面，人权自始至终是"权人"手中的权杖，我怎么敢随意地触摸它呢？

"我懂，但我又不懂。"坚还是无解。

"你只需要抛出问题，给出指向就可以了。你必须明白，放之四海而皆准的人权法是永远不可能实现的，因为真正的幕后真凶，往往就是那些手握人权的人。"为了摆脱口舌之争，我提醒道。

"所以不管我做什么，注定都是徒劳的，是吗？"坚似乎有点开窍了。

"用它当打狗棍还是可以的，真知社所涉案件哪一个不涉及人权呢？你就拿它练练手吧。"面对死活不开窍的坚，我只好说出自己的真实想法。

"对啊，我怎么就没有想到呢？虽然还没有找到它贩卖器官的罪证，但贩卖人口是有的，还有非法拘禁、组织卖淫这些。这一次，我一定要想办法扳倒真知社。"坚再次兴奋起来。

仅凭这些显然不可能扳倒真知社，瘦死的骆驼比马大，更何况它还没有死呢。就像金融大调查一样，只是敲敲边鼓就已经地动山摇了，再捶下去，还不得把自己也给捶进去。我想到了威克……

"这是威克申请调阅资料的申请函，需要你的授权。"南茜鬼魂般出现在我的眼前。

"什么威克？什么调阅资料？"看着她递上的文件夹，我瞬间迷糊了。

"人刚走，这么快就给忘了。"南茜一脸鄙夷地看着我。

我接过申请函仔细地看了下，附页中列出的长达数十页的公司和账号，让我一头雾水，我不知道威克为什么会需要这些东西，难不成他还在坚持寻找我给他画的饼不成？

"你怎么看？"我需要思考的时间，所以迟疑地问南茜道。

"这里面没有涉密的资料，威克在的时候也调阅过，况且他知道我们的保密规定，应该不会有什么麻烦。"南茜欲盖弥彰。

"他要这些东西做什么？"我还是有点不放心。

"我怎么会知道？如果你怕惹火上身，就直接打电话问他好了。或者，也可以直接拒绝。"南茜飞快地说道。

我没有给威克打电话，我在文件上龙飞凤舞地签上了自己的大名，然后哈哈一笑说："随便他做什么好了，能给我惹上什么麻烦呢？我是怕他给自己惹什么麻烦？"

南茜走后，我还是不放心地拨打了威克的电话，满脸胡须的威克出现在我面前，开心地说："怎么？怕给你添什么麻烦吗？放心好了，我就是拿它们来糊下墙。你知道的，现在外面卖的墙纸都贵到天上去了，还是用免费的好。"

威克始终大话西游一顿乱扯，电话挂后，我还是不明白他究竟想做什么。

带着无解的忏悔，我来到了国际人权联合组织驻未来城的分部，意外的是，里面的一位小姑娘告诉我，安娜去了秃噜神庙。要到地址后，魔光直奔闹市区而去。

秃噜神庙坐落在一片繁华的闹市区，十分伟岸，足够惹人注目。方方正正，四角处有四条犹如巨蛇般的凸起结构，它们从基座蛇形而上，最后在顶端盘绕在一起，十分诡异。

走上长长的阶梯，脚下黑色的大理石让人倍感压抑，而洞开的大门，宛如巨蛇的大口，更让人心生敬畏。神庙内部没有丝毫金碧辉煌之处，暗红的格调中，狰狞的雕塑遍布目光所及的任何地方。

神庙正中是一尊秃噜神的神像，高高霸踞雕满尸骨的高台，巍峨如山，俯视众生。在他的脑袋上，有三只像要即将崩裂而出的巨睛，布满了猩红之血，透出百般的狰狞。

这是一个看上一眼都会让人内心崩塌的世界，直到此刻，面对秃噜星的毁灭之神，那份曾经的轻薄突然荡然无存，一丝说不出的敬畏由心而生。

是的，面对它，你邪恶，它会比你更加邪恶；你霸凌，他会比你更加横行无忌。它比撒旦更让人畏惧。在它面前，上帝也没有了立锥之地。

在这里，你只能是一只善良的羔羊，你无法抵御它的残暴，亦无力逃避它的如影随形，你唯有交出自己全部的邪恶和欲望，交出自己不洁的灵魂和生命，彻底臣服在它的脚下，不再触碰只属于它的权力。

我看见安娜静静地跪在血色的地毯上，惨白的脸颊上映射出一丝诡异的猩红。我不知道她在祈祷什么，我只是默默地站在她的背后，等待她的回归。

大殿里人很少，毕竟这里不是上帝的殿堂，在这里，你永远无法凭借祈祷就可以轻易得到谅解和赐予。在这里，你所能做的只能是交出自己罪恶的牙齿，交出贪得无厌的胃口，交出无边无尽的欲望，让自己彻底沦为刀俎之物。

安娜站起来的时候，看见了我，她避开我，低头匆匆向外走去，我快步跟了上去。

"你想对我说什么？"安娜有点憔悴，眼睛圆睁，大得让人感到可怕。

我不知道该说什么，我只是低头跟着她走，脑中一片空白。

"我已经原谅你对我哥哥所做的一切了，你可以走了。"安娜停了一下脚步，平静地说。

我依然无法张口，我找不出任何言语，来扭转眼前的危机。

"如果你还没有考虑好该怎么开口，那你想好再来吧。"安娜继续向前走去，不过她的身体一直在微微颤抖，颤抖在我的心房。

我的世界开始模糊，太多的话语堵塞在我的咽喉，让我无法张口。

"我们就到此分手吧，我该回去了。"安娜甚至没有回头看眼我，飞快地坐进车中，消失在我的眼前。

"对不起！对不起！"我凌乱如风。

巴巴辛巴的电话再次在午夜响起，他显得异常疲惫，黑瘦的下颌扎出短短的乱须，他用充满血丝的眼睛看了我很久，才说道："这里有个情况必须告诉你，你还记得麻生佐夫吗？"

"麻生佐夫？"我好不容易想起了这个名字，在真知社网站上，我曾经翻阅过他的资料，资历平平，又长得像稻草人般消瘦的他，还真的没有引起我太多的好奇。

"佰日社是真知社在日本最大的分社，掌控着真知社的半壁江山，从建社以来，麻生佐夫就在那里担任社长。"巴巴辛巴提醒我道。

"你还了解些什么？"我问道。

"麻生佐夫一直很低调，关于他的流传也很少，不过整个社内的人都很怕他，甚至包括石原晋三。有人说他才是真正把控真知社的人。"巴巴辛巴的道听途说，让我看到另外一种可能。

"可继承社长呼声最高的人不是从纽约分社隐退的藤原上吗？他现在有什么动向？"我问道。

"你可能不知道，石原晋三前几天到纽约找过藤原上，藤原上第二天就高调宣布重返真知社了，只是还没有公布职务。不过麻生的态度却很让人玩味，他只是低调地表示了欢迎。"巴巴辛巴说。

巴巴辛巴继续说道："还有，平野郎最近一段好像消失了一般，找不到半点踪影。尼让他们好像还在找他，这期间他们又去过东京好几次。"

巴巴辛巴的消息让我坚信真知社正在进行新的整合，毕竟利益场上没有永恒的朋友，也没有永恒的敌人。这次真知社内部的整合，并没有给人云遮雾绕的感觉，反倒让我看到了更加清晰的脉络。

"你听说过靖海造船厂吗？"巴巴辛巴突然问道。

"靖海造船厂在全球造船企业中排名第四，业务涵盖大量军工订单，建厂至今，从那里开出来的航空母舰恐怕也不下十艘。"我脱口而出。

"但你知道吗？真知社也是它最大的金主之一。"巴巴辛巴的这个信任很是出人意料。

"你还查到了什么？"我震惊地问。

"和资助剑虎军工一样，真知社对军工的涉足也很广泛，但截至目前，我并没有找到他们走私军火的蛛丝马迹，这很奇怪是吧？"巴巴辛巴不自信地说。

在我的沉默中，巴巴辛巴突然问："这么长时间你这边一直没有动作，是放弃了吗？"

"不，时机未到，我们还需要等等。"我有点头疼。毕竟，不管是静观其变还是隔岸观火，都需要时间。

"好吧，我敬候佳音。"巴巴辛巴落寞地挂断了电话。

第十二章
崩塌

"人权本身就是一个很奇怪的定义，虽然看上去它包含了一个人在生存过程中所涉及的方方面面的权利，但这些权利是如何而来的，又是谁有能力赋予他人这样的权利呢？是神权吗？还是宪法？还是它本就是天生的？这是不是很奇怪？"

"哦，你们是在说人权吗？相信我，每当我屠宰鸡子的时候，也给予了它们足够的选择权，我告诉它们可以自由地选择最后一餐的食物，但前提是我能有的。我也从来不会限制它能飞多高或者多远，但绝对不能飞出我的鸡场。真的就是这样。"

"人活着的权利不是与生俱来和天经地义的吗？它还需要讨论吗？与其喋喋不休地讨论这些，健全法制不就行了？真不行，就把那些作恶的人都捏死，天下不就太平了？"

"不错，说白了，人权危机本身就是法制危机，当法制不完善和有失公允时，人权灾难就会出现。所以，我认为，人权危机完全是由那些能主导人权的人所导致的，因为他们的无视，因为他们的不作为。"

"想不到我睡了几百年，世界还在争论人权。医生，继续冷冻我吧，我受够了这样幼稚的话题。"

坚一直愁眉苦脸，坐在我对面，不断调转频道，那些杂乱的信息，让他无所适从。

坚不再说话，默默地吃完午餐，在走出餐厅的时候，他才憋出一句话来："我想到最后，能够探讨的话题注定不在人权这里。"

坚在想什么，我并不关心，我的注意力依旧放在真知社那里。

坚对于人权大会的系列报道，虽然没有引起太大波澜，但还是成功转移了民众的视线，风风火火的金融革命就这样在我们这里戛然而止。

只是为了散心，我们再次来到了琉岛。再次踏上这里，联邦公投风波早已平息，它被束之高阁，时至今日也没有再被提起。眼前的琉岛，一扫往日的邋遢，暖暖的海风给这里送来充沛的雨水，涤荡间，就那么轻易地还给世人一个清新的世界。

没有政治的世界是安静的世界，只有各方政治势力达成妥协，民众的生活才能回归正常，继续自己平淡的生活。曾经有人说：没有政治的世界是干净的世界。我想这多多少少是有道理的。

踏着路上薄薄的水面，四溅开来的水珠在耀眼的阳光下，晶莹剔透。

"上帝七天创造了世界，罗马也不是一日建成的，所以，我们的世界当然不是完美的。这个世界上也不可能有完美的国家，完美的法律，包括完美的人权，因为我们本身就不是完美的，人类也从未完美过。"我抬起头，告诉了坚一个冰冷的现实。

"我知道，所以我们才更应该努力地去改变点什么不是？哪怕只是多一点点的光明。只有这样，明天的明天，我们才可以走在阳光之下。"坚很固执。

"所以，要解决掉人权问题，首先要解决的是各种利益之间的平衡，是人与人之间的平等。但我们怎么可能做到这些呢？"我无奈地说道。

"你这样说，会让我看不到任何希望。"坚失望地看着我。

我苦笑着说道："想解决掉那些人权跳蚤，除了撒旦的镰刀之外，还真的没有更好的方法。"

"是没有更好的办法，它注定会随着人性的贪婪而一直存在下去的。"帝客显然比坚更了解我对人性的厌恶，它笑着插嘴。

"哈哈，看来还是我们的狗性和狗权好，至少没那么多糟心事，看看坚现在的模样，我都开始头疼了。"帝客开心地咧开了大嘴。

第二天我们就去了靖海造船厂，作为媒体，我们在那里晃荡了一天。我当然不是为了发掘它的什么秘密才待在那里的，因为我不可能愚蠢到在那里等着天降馅饼。是的，我甚至根本没有必要去，但我还是去了。

我很坚信自己的判断，我认为，只要德康秀仁拿到真知社的一些账户信息，不管他站在哪一边，都会引来一场自相残杀。

我甚至苦口婆心地劝过他："鱼死未必网一定要破，如果你做点什么，如果你转为污点证人，未来一切皆有可能不是？"

我唯一忽略了自己选择的对象，至少在得知德康秀仁突然上吊自杀后，我还以为那仅仅是一个意外。事实上，他从来都没在我的猎杀范围中。

林探长在打来的电话中询问道："你要来现场看看吗？"

德康秀仁死得很难看，长长的舌头就挂在他的唇外，第一眼看上去，还错以为他叼了片猪肉在口中。

德康秀仁的尸体悬挂在雨石庄园的会客厅中，一根细若头发的金属丝完全勒进了他的脖颈，如果不是颈骨还在顽强地坚持着，他可能早已身首异处。

我小心翼翼地挑选着落脚点，地板上的血尚未凝固，散发出让人作呕的腥臭。

"他很聪明，用这么细的金属丝上吊，会让他少了很多痛苦，短短十数秒就可以了结自己。"林探长如释重负地说。是的，随着德康秀仁的死，我托付给他的任务也算完成了。

我完全没有理由怀疑德康秀仁是被谋杀的，视频中的他回到雨石庄园，在客厅里支走管家山口太郎后，搬了把高椅子摆在客厅中央，颤巍巍地站上去，然后费力地把一根金属丝挂在了吊灯臂下，挽了个结实的活套，套在了自己的脖子上。

再然后，他甚至没有半点犹豫，脚下一踢，就猝然挂在了上面。

"他真令人感到可怕，一个正常人怎么可能死得这么从容？"坚的脸色煞白。

德康秀仁简简单单明明白白地死了，没有遗留下任何线索，我甚至不知道他为什么要自杀，甚至不知道他在自杀前是否把我给他的资料传递出去了。这真的是一个糟糕的局面。

现在我只好简简单单地假设经过是这样的：德康秀仁把资料传递给了石原晋三，抑或麻生佐夫和藤原上，或者干脆给了某个人，然后他们之间的友谊就瞬间土崩瓦解了，然后德康秀仁就受到了致命的威胁，然后他就一死了之……

会不会德康秀仁也老老实实地说出资料是我给的呢？肯定会的，一股寒意不期而至……

是的，德康秀仁肯定说了资料是从我手中拿到的，否则，他根本不可能会死。至少那样，那些手握资料的人还会心存幻想。但是……

但是要为此杀人，难道最应该灭口的不是我吗？毕竟逼死德康秀仁丝毫阻挡不了我的脚步。所以，他们为什么要多此一举呢？为什么？

我想不出为什么，所以不管怎样，我还是很庆幸被灭口的是德康秀仁，而不是我。但这样的侥幸心理，很快就被打破了。

仅仅时隔一周，我就接到连漪转来的来自尼让的警告，说有一个杀手已经启程前往未来城，目标很确定，那就是我。

现实中不怕死的人很多，那是因为他们还活着。接到连漪的电话后，我甚至连喝水都变得小心翼翼了，虽然我总在说："人早晚都要死，与其活到连自己姓什么都忘记了，还真的不如早点找上帝下棋的好。"

在接下来心惊肉跳的那段日子中，麻生佐夫意外地横尸街头，这多多少少是意外之喜，因为在我的拼图中，麻生佐夫始终有着最为神秘的站位。甚至我曾认为他才是支撑真知社屹立不倒的最大的支点，所以也是我最想要拿掉的那一个。

在媒体报道中，两派火拼的人死伤近百，麻生佐夫就是那样被乱刀砍死的，画面中的他几乎成了一堆肉泥。

"你究竟给了他们什么？"身在东京的巴巴辛巴再次不解地问道。

面对巴巴辛巴的好奇，我简简单单地回道："没什么，只是几笔金额巨大的资金走向而已。"

人为财死，鸟为食亡。神武已死百日，终于有几个账户开始蠢蠢欲动，它们账户上的资金出现了巨大变动，这不得不让人产生疑惑。作为局外人的我自然想不出个门道，所以，我找几个人来帮忙一起想下，想不到他们就"想"

出了连我想都没有想到的结果。

是的,我最初想看到的只是猜忌和内讧,却看到了杀戮与血腥。看来这个世界的疯狂,还真的不是我能想象的。

我一次又一次踏进了秃噜神庙,虔诚膜拜于神像前。我并没有选择交出自己的罪恶,我只是祈祷他能够从我的敌人身上拿走邪恶的力量,那样我才能所向无敌,那样才可以把敌人的所有罪恶作为祭品,交付于它——一个真正的毁灭之神。

坚只是在外面探头探脑地看了几眼,就被惊魂落魄的帝客拉了回去。

我轻轻触摸着膝盖下冰冷的花岗岩,这是安娜曾经待过的地方,我期待能够触及她的余温,触及她的存在,触及她的永恒。但命中注定的是,每次我都会在失落中离开。

我曾无数次四处张望,曾希望能够看到那道倩影,但……

"头儿,没有任何异常。"耳边传来坚的声音。

"知道了,你们都回去吧。"我有点失望,已经连续一周踏着时间的节点来到秃噜神庙,但尼让口中的杀手始终没有露面。

"如果我是杀手,肯定早就出手了。会不会麻生佐夫就是凶手,他死了,杀手也就放弃了呢?"巴巴辛巴好像巴不得我赶快出事,每次通话看见我还活着,他都替杀手着起了急。

"可能你是对的,明天我再去最后一次,以后就听天由命吧。"我真的不是个有耐心的主。

"别,你还是多留意点好,杀手等的就是你的松懈。"巴巴辛巴不安地提醒我道。

"你那边有什么动静没有?"我岔开话题,问道。

"真知社应该很快就会掌握在石原晋三的手中,现在好了,我们并没有看到两败俱伤的局面,反倒要面对一家独大了。看来你失算了。"巴巴辛巴龇牙咧嘴地说道。

"难道藤原上就没有什么动静吗?"我懊恼地拍着额头说。

懊恼归懊恼，我还是拨通了戴维公爵的电话，戴维公爵却告诉我一个犹如晴天霹雳般的消息："你交给我的那些账号，彻底被掏空了。"

"怎么可能？你是不是……"还好，我立刻闭上了嘴巴。

"我不知道该怎么解释你才会明白，他们把巨额资金化整为零，频繁用新设立的账号来回走账，直至最后消失在诸如超市之类有着大批交易量的账号中。所以，现在再想继续追查下去，简直比登天还难。我可以很遗憾地告诉你，这条路已经走到了尽头。"戴维公爵用事不关己的语气说道。

难道真的比登天还很难？分明就是一个小肚鸡肠的家伙，再次投入的资金对于他来说，依旧只不过是九牛一毛。

尼让的电话打进来的时候，我还在懊恼中，他惊讶地看了我半天，才终于想起来还有事情要告诉我，他说："龙，靖海造船厂我们已经调查过了，好像没有什么问题。"

"没有贩卖军火的嫌疑吗？"我飞快地追问道。

"都查过，没有问题。"尼让话题一转，不满地说道，"龙，你肯定还隐瞒了很多事情，既然你需要我的配合，那就应该分享点什么，而不是让我四处帮你跑腿。"

"我就知道这么多，真的。"我快速挂断了电话。对尼让的信任再次以失败告终，他始终在有选择地告诉我什么。至少他应该告诉我，那个坠落中的小渊美子手心里为什么同样有一点污渍，不是吗？他好像真的隐瞒了很多。

帝客一直神秘兮兮地望着我，它甚至举起手机对着我，假装在玩什么游戏。我看见它在屏幕画了一道，然后开始四爪忙乱地发起了信息……

在帝客的手机中，安娜永远是排在我前面的快捷键一。面对帝客的镜头，手足无措中的我呆若木鸡，我不知道是该用沮丧来博得同情，还是该用意气风发重拾尊严……

上帝啊！我真的不知道该怎么做。该死的——

每次当我需要上帝的时候，他总是令人失望。我不得不再次踏上属于秃噜神的领地。大殿中，秃噜神的雕塑在昏暗的光线下犹如被注入了什么魔力，所有异彩黯然褪去，只留下浓墨绘就般的狰狞。

在秃噜神的眼中，任何生命诞生之初都是有罪的，且邪恶无比，是注定要被毁灭掉的那一种。所以，你只有虔诚地把全部恶念奉献给秃噜神，才可能重生自我，去累积德行，也才能在未来乞得神一般的存在，否则，自我放纵的结局，它必然如你所愿。

我喜欢这样的说辞，因为它远比"人之初性本善"更有说服力，毕竟这比理解一个纯净善良的小东西来到这个世上后，活着活着，居然活出了诸多大恶来要容易得多。

难道我们的世界是地狱吗？朗朗乾坤，昭昭日月，大美山河，放眼天下，何处不是壮观？何处不是伟岸？如果这都能让你活出一身的恶来，岂不是可笑可怜亦可悲？

如果我们本来就是天生罪恶，通过学习和认知，学到了克制，学到了怜悯，学到了舍得，学到了赋予，开始有了良行善举，这不更真实点吗？

大殿中冷冷清清，挨着门口的排椅上坐着一个酣睡的老婆婆，她睡得很香，从我踏进神庙的那刻起，她就一直佝偻着身躯蜷缩在那里，一动不动。

"老大，注意，有人进去了。"今天坚没有来，帝客多多少少有点疑神疑鬼，值守在魔光里的它，再次向我发出了警报。

进来的人，走路缓慢而沉重，他每一步踩下，地板都会发出颤抖。我没有回头，依旧虔诚跪拜在秃噜神前，随着身后脚步声的临近，渐渐一个巨大的黑影笼罩住我的全部。

我僵直地跪在地上，我很怀疑自己是不是有点神经过敏了，难道杀手杀人前，是可以这么招摇的吗？我在等待，等待一个让人困惑的答案。

"咦——"帝客一心二用地喊了起来，它根本没有关注杀手的一举一动，所以才会喊道，"安娜姐姐也来了。"

她怎么来了？我瞬间没了继续等待的心情，我必须在安娜走进大殿前，解除眼下的威胁。我艰难地从地上爬了起来，揉了揉膝盖，转过身去。

回首间，一张足够丑陋又笑容满满的大脸招摇在我的面前。一个会笑的杀手注定不是好杀手，至少他还有情感，不管是喜怒还是哀乐，他都会为这样的情感所左右而坠入万劫不复的深渊。

刹那间，我犹豫地缩回了手，与魔鬼擦肩而过。他显然不是杀手，因为他根本不可能杀得了我。我已然看见门口出现了一道靓丽的倩影，她裹挟着外面炫目的阳光，缓缓地步入了这片罪恶的领地。

安娜看见我，怔了一下，然后面无表情地径直从我身边走过，无视了我的存在。

不管怎样？我都不应该再待在这里，我飞快地向外走去，就在刚要迈出门槛的时候，一个冒冒失失的小伙子闯了进来，他慌里慌张地边走边往后看，径直撞了过来。

"啊——"

安娜的尖叫声似乎冻结了时间，在我惊骇地回头瞬间，余光中瞥见一道暗淡之光悄然无息地袭向我的胸口。

安娜的尖叫声还没有停下，她的眼睛睁得圆圆的，圆得出奇，甚至大得可爱。此时此刻的她，丝毫没有在意自己的脖颈下冒出了一把散发着幽幽蓝光的利刃，她只是在惊骇地看向我。

一个会笑的杀手，真的不是一个好的杀手，所以万劫不复的结局注定无法改变，铁塔般壮汉的脸上虽然还保持着扭曲的微笑，但他手中的利刃却如撒旦一样无奈地向深渊般黑红的地板坠落而下。

挥手而出的电梭还插在黑壮汉的脑门上震颤不止，晕头转向的小伙子已经结结实实撞在我的身上。他真的有点像弱不禁风的姑娘，撞到我，自己反倒跟跟跄跄地退了两步，仰面跌倒在地，再也爬不起来。

安娜终于止住了叫声，但她的眼睛睁得更大，即使魔光的眼睛掉出眼眶，好像从来也没有那么大过，这样的模样让她看上去真的很可爱，可爱得差点让我笑出声来……

不过我根本不可能笑出声来，在指节击打在小伙子脖颈的瞬间，危险就已经悄然降临。一丝冰凉正在从太阳穴蔓延至全身，让人为之瑟瑟发抖。我已经很久没有那种感觉了，如果是以前，我肯定会暴跳如雷地把战友狠揍一通。

"你睡得很香，真不应该吵醒你的。"我说话总是颠三倒四的，也不管她听没有听明白。

"唉，老了，最近好像总是很困，连睁开眼睛都很吃力。你真的不应该打扰像我这样的老人家，不过，既然你打扰了，也该知道后果是什么。"老婆婆抱怨着，忍不住又打了个哈欠。

"是我走眼了，因为你真的很老，老到我根本不可能去怀疑你。"我苦笑着说。

"所以我才有这样的机会不是？"老婆婆说道，"放倒他们两个，你出手很快，快到我都来不及出手拦截你。不过让我没有想到的是，面对致命的威胁，你居然会先出手救那个女孩，这也才让我有机可乘。看来你真的很爱她，是吗？"

我似乎看见了安娜眼中泛起的泪花，女人真的麻烦，我都快死了，她还有时间去流眼泪。我无奈地别开了眼睛，老老实实道："我不过是走狗屎运罢了，如果他们两个调换下位置，恐怕我连出手的机会都没有。"

"呵呵，他活该，出手毛毛糙糙的，如果晚一秒同时出手，小猴子就不会失手，你的背后大概也该多了几个窟窿。不过也好，真的那样，我恐怕见识不到你的身手了，我会很遗憾的。"老婆婆居然开心地笑了起来。

"既然你们已经知道麻生佐夫死了，为什么还要冒险刺杀我呢？难道就为一个虚无的承诺吗？"我想拖延一下时间，毕竟这个世界是由时间来主宰的不是？

老婆婆的眼中闪过一丝困惑，马上说道："你很自以为是，你认为我会说出点什么吗？"

"不是他，难道是石原晋三和藤原上？"我问道。

"你真的认为我们会知道背后的雇主是谁吗？好吧，即使我知道，但眼下它还重要吗？"老婆婆说完又深深地打了个哈欠。

"老大，可以动手了。"耳机中传来帝客得意的声音。她当然不会知道。

"当然不重要。既然你这么困，就继续睡好了，这样大的年纪还在玩刀弄枪，有点不合适？"我开心地笑了，如果每个杀手都这么婆婆妈妈的，是不是我就可以无敌于天下了？

"唉，我是老了，所以也只好玩弄些古董玩具，都不知道这些金属子弹还能打死人不？要不拿你试试。"老婆婆唉声叹气地说道。

物理枪？！一道冷汗悄然爬上我的脊梁，我怎么就没有想到这一点呢？死就死呗，还害我花大价钱买来个不能救命的聚磁设备，这下亏大了。

"唉，人老了，就容易婆婆妈妈的，也该送你上路了。"老婆婆继续唠唠叨叨，没完没了，看来她真是老得不轻。

"噗——"

我看见安娜再次睁大可爱的眼睛，她的尖叫声让整个秃噜神庙在为之颤抖⋯⋯

一个人如果死了还能够看见这个世界，那大概只能是见鬼了。此刻，在二楼黑暗的角落里，就浮现出一个让人不寒而栗的鬼影⋯⋯

当老婆婆软软地垂下手臂，我已经电闪而出，直奔二楼扑去，等我喘着粗气爬上去，开枪之人早已消失得无影无踪。

看着老婆婆眉心上的枪洞还在翻滚着的烟雾，我丝毫感觉不到一丝快意。出手救了我一命的神秘杀手是谁？他的出现出乎意料。

林探长匆匆赶到的时候，安娜已经安静下来，此刻她如热恋中的小女孩般，亦步亦趋在我身旁，她犹豫地拉起我的手指，然后又犹豫地放开。

"这都是你的杰作？"林探长面露难以置信的表情。

"我们还需要多久才可以离开？我不想在这里浪费时间。"我看了眼依旧不安的安娜，问道。

"你们随时都可以走，不过按照程序，我还是要派员去你那里做笔录的。"林探长笑呵呵地说。

"谢谢！"

"坚！"我冲外面大声喊道。

"头儿，什么事？"坚应声闯了进来。

"怎么搞的？这个星期社会部的热值少了几个百分点，难道天下太平了吗？"我面色铁灰地问道。

"老大，人权大会刚刚结束，回落也很正常啊。"坚倒不是个察言观色的家伙，硬生生给我顶了回来。

"你知道自己在说什么吗？"如果刚才还是在和坚开玩笑，眼下的我真的有点恼怒了，毕竟以前面对威克的时候，我可从来都是低声下气的。

"想提高点击率还不容易啊，就怕我找来了，你也未必敢播啊。"坚嘀咕道。

"有什么东西是我不敢播的？说说看。"我好奇道。

"头儿，你想想现在的人，哪个不是唯恐天下不乱的主？我们这里天天和风细雨的，人家也不感兴趣啊。我倒是有个想法，这次我们来个犯罪大调查怎样？我保证点击率嗖嗖地往上窜。你觉得行不？"坚拉了张椅子，半跪在上面，神秘兮兮地说道。

"罪案方面是法律部的事情，社会部搅进去干吗？即使能够勉强和社会部挂上点钩，但要把这些乱七八糟的东西作为主流宣传，我们不是在自找麻烦吗？"我失望地看着坚，他好像真的黔驴技穷了，这样的馊主意也拿得出手。

"头儿，你知道今年是什么年吗？"坚依旧闪烁着迷人的眼睛说。

"猪年啊，怎么啦？"我一怔。

"不错，是猪年，但也是国际星联签署《联盟——地球：星际刑法条约》的十周年啊，你说这还不值得小题大做吗？况且你不是一直想致真知社于死地吗？现在机会来了，是不是？"坚的脸上露出狡狯。

"这又和真知社有什么关系？继续说。"我感到了一种诱惑，它足以让人蠢蠢欲动。

"关系是远了一点，但你想想今年的年会在哪里主办呢？"坚提醒我道。

"东京都？"我不确定道。

"就是东京都，所以我们随便往里面撒点盐，丢点佐料进去……"坚开心地露出牙齿。

"你想怎么做？"我瞬间来了精神。

"回头我做好详细的方案给你好了，免得你现在到处挑刺。"坚见好就收，立刻站了起来，屁颠颠向外跑去。

"你小子——"我突然发觉坚远比我要聪明得多，至少我没有让威克化怒为喜的本事。

　　三点的时候想到了安娜。本以为经过一场生死患难，她会对我好点，但只是眨眨眼的时间，她好像就已经把我忘了，连整个人都消失得无影无踪。

　　四点的时候想到了威克。想到他就会头疼，他隔三岔五冒出来，在南茜那里讨些乱七八糟的资料后，就又立马一爪不留，销声匿迹，都不知道他现在在做什么。

　　五点的时候再次想到了坚。如果真的如他所说，能在摇摇欲坠的真知社身上再踢上几脚，说不定它就垮了呢？我突然发现自己魔怔了，我甚至想不明白自己为什么非要揪住真知社不放，好像它是我的宿命一般，难道它真的可以改变我的命运。

　　已经六点，我看向窗外，窗外一个巨大的广告缓缓飘过，它变幻的光线错乱了我的视线，也错乱了我难以平息的心境。

　　刚到七点，巴巴辛巴的电话就打了进来："收到邮件了吗？"巴巴辛巴消瘦得更加厉害，他的脸颊几乎可以和骷髅相媲美了。

　　"收到了，但里面能拿得出手的证据还是太少，要么不怎么扎实，要么根本经不起推敲。还需要尽快补充。"我依旧在挥动手中的鞭子。

　　"我知道了。"巴巴辛巴认真点了下头，继续说道，"尼让和歇洛又跑来日本了，据我所知，平野郎好像去了中东。这就很奇怪了，难道他们的目标并不是平野郎？你有办法了解下吗？"

　　"我会想办法的。"我不知道该怎么做，只好敷衍地答应了下来。

　　"对了，下个月四号真知社在富士山举办两年一届的互济会，到时来自世界各地的社员有很多，他们很可能会借此机会来宣布新任社长的人选。如果你方便，我们是否也可以一起去看看呢？也许能够摸到点有价值的东西。"巴巴辛巴疲惫地眨着眼睛说道。

　　"到时候再说吧。"我不确定。挂电话前，我终于心怀不忍地说道，"看你瘦的。注意下身体，别老拿自己的命来玩。"

　　"我知道。"巴巴辛巴居然腼腆地笑了下。

第十三章
疯子的世界

面对巴巴辛巴收集来的海量证据，坚的第一反应就是震惊，但更多时候，他充满了迷茫，对于那些尚流淌着黑血般的证据，他不敢相信，也不愿相信，这些残酷的事实居然真实地发生在这个世界上。

在坚的帮助下，客厅被打扫得一干二净，所有罪案的资料整齐码放在地板上。在这些罪案中，有数千起涉及杀人、抢劫、强奸、贩毒的重案，涉案人员更是多达万人。看着眼前铺满的证据，坚和帝客露出一惊一乍的表情，好像他们来自另一个世界。

"我们首先要做的就是梳理每一起案件，找出证据链中可能存在的漏洞，弥补不足，然后一案一档地发出去，争取把这些魔鬼都丢进地狱中去。"我披上了上帝的外衣，手中却拿起了撒旦的镰刀。此刻善恶已经没有界限，我唯一要做的就是——杀戮。

"这样做会不会打草惊蛇呢？而且这里面的很多案子甚至很难和真知社挂上钩。"坚质疑道，他的脸上已经有了成熟后的自信。

"至少可以做到浑水摸鱼，不是吗？"我说道。

"这样也行吗？"坚质疑地看向我。

"为什么不行呢？我们找不到证据，并不能证明他们没有犯罪不是？"话一出口，连我自己也忍不住大笑起来。

"所以，我们的目的只是扳倒真知社吗？"坚咧了下嘴，问道。

"还能为什么？"我反问道。

"正义！"帝客突然大声喊道。

帝客的回答让我汗颜，在这个无聊的世界中，我猎杀真知社的激情可能更多地源于一种偏执，还真的没有想过什么正义伟大之词。就像一个寂寞的猎人，没了猎物，他又该怎么活下去呢？

事实上，罪案的判定并不是件很容易的事情，我也曾经咨询过连漪这方面的问题。敏感的她，立刻就嗅到了我的意图，她惊讶地问道："你是不是又在打真知社的主意？"

"怎么会呢？不过就是想多了解些这方面的知识，你也知道，我们《第一现场》正在做《星际刑法条约》这方面的专栏。"我一口否认了。

"如果一个罪案的证据链无法形成完整的闭环，那么，犯罪嫌疑人意愿下真真假假的口供和描述，司法人员自我认知下的揣摩和权衡，会导致不同的判决结果出现。大多情况下，这类案子会按照疑罪从无来处理，但对于一些重案大案，罪犯的动机将起到决定性作用。"连漪解释道。

"但犯罪动机注定是一种虚无的存在，是吗？所以，是不是说我想要谁有罪谁就会有罪，让谁无罪谁就可以无罪了呢？"我突然发现天上飘荡着一个巨大的馅饼。

"如果一切皆有可能，那么我们的世界上还会有罪犯吗？"连漪皱眉地看着我，眼神越来越困惑。

"所以，即便有真实的影像作为证据，罪犯依旧可以逃脱法律的制裁。"我恍然大悟，"所以，如果能拼凑出所谓的证据，那么我们无辜的人也有可能成为罪犯。是这样吗？"

"龙，你究竟想做什么？"连漪再次忍不住问道。

"没什么。"我解释道，"以前法律在我眼中始终是神圣的，现在接触多了，才突然发现，原来这个世界上根本不可能存在什么完美的法律。"

"是，如果从钻牛角尖的角度来说，确实如此。但即便如此，你也不要忘了，判决是来自法官，而不是来自罪犯。"连漪哭笑不得地说。

"星际联盟也是如此吗？"我好奇地问。

"和我们一样，在有完整的证据链的情况下，罪犯将按罪伏法，在缺乏证据的情况下，犯罪动机将成为定罪的重要依据。当然，涉罪程度也会成为一种参考。"连漪说。

"所以，口舌即是法律。所以，如果哪天我触犯了法律，你也都能把我捞出来不是？"我迫不及待地问道。

"你——我会大义灭亲的。"连漪甚至没有来得及说出"我们甚至连朋友都算不上"的话，就恼怒地挂断了我的电话。

连漪不可能不告诉安娜，如此，安娜是不是会有一个不眠之夜？我不知道。我只知道，那一夜，我睡得很香，很香……

坚的报道有条不紊地展开了，虽然来自法律部的抱怨并不少，但在我的威逼利诱下，他们一一做出了妥协。在我的授意下，这次的行动虽然显得格外低调，但也绝非零锣细鼓的开场，我们首先入手的是各国刑法的差异对比，直接挂钩《星际刑法条约》，大量记者蜂拥而出，对世界各地的法学家进行了密集式采访，他们搜罗到的海量冤案实例，被分门别类地收录到信息库中。

这是一个收获的季节，收割的快感让人兴奋，兴奋到手舞足蹈，兴奋到无视一切。

我们已经堆起了柴木，点燃起冉冉的篝火，随着来自第三方媒体不断的爆料，一些涉案的真知社成员开始落网。一场真正看不见硝烟的战争，正在悄然拉开……

对于庞大的真知社来说，这不痛不痒的侵扰，根本没有惊扰到它举办"互济会"的热情。遍布在世界各地的真知社社员，陆陆续续赶来，他们随意搭建的帐篷遍布整个富士山脚下。成群结队的社员会在每天太阳升起前上山，然后聚集在半山腰临时搭建的神武雕塑前，开始虔诚地顶礼膜拜。

是的，那只是一个泥塑纸糊的雕塑，那只是一个普通到无法再普通的真人雕像。

赶到的富士山的时候，明月已经藏身在浓厚的阴云中，星星也作鸟兽散，刺骨的秋寒让人瑟瑟发抖。夜幕下，整个山区灯火通明，数十万社员的嘈杂声，给这片宁静的土地带来了骚动。注定不安的长夜，也彻底颠覆了我对人性的无知。

我根本无法找到一处清静之处，只好在两棵樱花树间一片小小的空地上铺好睡袋，早早钻了进去，茫然地盯着黑暗的天际，数起了星星。四周渐渐传来此起彼伏的鼾声，但我毫无睡意。

混沌的思绪中，众多困惑不断闪现而出：是否所有群居的动物都会有一种盲从的本能呢？如此，自我会在哪里？难道一个人真的可以放弃自己，活生生把自己活成别人的影子吗？不管是神是魔，不管是善是恶，甚至，只是在这个世界走一遭，就风轻云淡地成了浮生一日的蜉蝣……

渐渐，我有了一个奇怪的想法：如果所有人都是哑巴，这个世界会不会突然安静了许多，也干净了许多呢？毕竟，没有口舌，世间所有的一切理论都将失去华丽的外衣，而一切堂而皇之的行为将因此无所遁形。那样，文明将会是一行脚印，而不是一滩口水。

一夜梦魇，终于被天际的一缕晨光终结，我匆匆爬出睡袋，简单梳洗下，盲目地跟随在已经汇聚起来的人流中，向山上行进。身边的每一个人看上去都那么和蔼可亲，丝毫感觉不到他们的邪恶。

沿途插满了博爱、平等、离恶、求真的旗帜，它们顺风而动，随风而舞，惬意地摇摆在这个世界上。

接近中午，石原晋三和藤原上才在众人的簇拥下来到了半山腰搭建的泥像前。此时，太阳依旧挣扎在厚重的云层中，无法自拔。石原晋三精神抖擞地站在了高台上，带领着众社员对泥巴糊就的雕像顶礼膜拜起来。

看着眼前漫山遍野由无数脑袋组成的黑色海洋，当它掀起有节奏地起伏时，我真的被震撼到，情不自禁地就软了腿筋，蹲下身去。

平野郎并没有看见我，他带着几个人从不远处匆匆走过。看到他离开，我才长长出了一口气，站起身，向前面挤去。很快，面对眼前的人山人海，我选择了放弃，只得远远地待在外围，开始侧耳倾听。

"……可能有人会问，为什么社长不再……你们错了……社长曾说……为了摇摆中的人们，社长用他的生命做出了……才让……无奈退去。今天……告诉你们的是，社长不是被谋杀的……他选择了……有请平野郎……遗愿。"

石原晋三的话引来海啸般的喧嚣，虽然断断续续听不太清楚，但当看到平野郎被抬到了台上的那一刻,我似乎又什么都明白了。

"……社长亲手把枪交给了我……他说只有……才能走向光明……他已经指定石原晋三……我在太阳下面发誓,我以上所说的话都是……"平野郎居然平淡如水。

当四周静寂下来,这个曾经被社员像过街老鼠般四处喊打的杀手,转眼间,就成为了他们面前无比耀眼的英雄。

神武买凶杀己?这样匪夷所思的奇思妙想,还真的犹如神来之笔。这样的创意让我感到愕然,怎么可能会这样?他不会真的以为眼前的人都是白痴吧?

"英雄,英雄……"当数十万社员异口同声的呐喊回荡在山地间的那一刻,我得到答案。

或许我也该这样大声喊出来,毕竟杀人如麻的平野郎已经放过我两回,可是看着台上意气风发的他,我却如何也喊不出口,感觉喉咙被一口浓痰堵住了。

"这个世界已经腐烂……让我们全身长满恶臭的烂疮……终有一天还会降临,我们应该团结起来,像兄弟姐妹一样……去迎接它的到来,去洗涤我们有罪的灵魂……"石原晋三说。

"我们应该无私地捐献……财产,把它奉献给……用它们帮助……兄弟姐妹身上……"藤原上说。

我真的有点困了,毕竟一夜梦魇未去,居然连白日梦中都开始鬼影重重.

互济会的仪式持续了一天,随着石原晋三他们的离开,我再也找不到待在这里的理由。在下山的途中,一个熟悉的身影滑过我的眼前,还没有来得及细看一眼,就消失得无影无踪。

互济会已经过去了几天,耳濡目染的那些支离破碎的场景,还是不断地浮现在我的眼前。

"当一个国家的教育体系出现问题的时候,大批未受到良好教育的人员就会涌入我们的社会,届时,就会有很多问题涌现出来。所以,教育改革的滞后，不仅会导致经济领域的放缓和停滞，还会给社会带来不可估量的法律灾难……"这是一个职业评论家对日本百来年未曾改变的教育体系的诟病。

"平衡资源是一门艺术，任何偏颇都会给社会涂抹上不和谐的色彩。因此，国家在经济领域的分配政策，会是一个国家能否稳定向上的基石，它的公正与公平，甚至决定了一个社会的涉罪程度。譬如，抢劫、诈骗、贩毒、拐卖等等……"这是一位著名的经济学家对资本控制下的日本经济发出的无奈哀伤。

"行政体系的合理化和科学化，不仅事关国民日常生活的幸福感，更左右着职务犯罪，而这一类的犯罪，往往是社会动荡的根源所在。所以，想要解决当前的法律问题，首先就应该先解决掉眼下的官僚腐败，以及法律的不作为……"这是一个知名的社会学者对日本政府懒政的抨击。

让专家成为"砖"家，只需要一点，那就是让他们人云亦云就好。腐败的是人，但更是一种体系，当你连一个完整的体系都构建不出来的时候，你又何谈可以改变人性呢？

"如果我们总是惜墨如金地对待法律，这不仅会让自由裁量权成为邪恶的权杖，也会因同案不同判扯下法律最后的遮羞布。所以，我们不是没有时间，我们也不是没有专业的人士，而是，身在其位的人生怕在未来给自己砸上与庶民同罪的镣铐……"一位法律界泰斗对日本的律法现状进行的疯狂吐槽。

法治还是人治，有区别吗？可能让智能机器人来"机"治一切，我们才有未来。

"事实上，对于任何一个国家来说，只要其资源是有限的，那么其相关政策的存在，注定会是缺陷和不完美的，唯一能做的也只能是平衡和再平衡。这样显而易见的事实，居然就弄得狼烟四起，流言滚滚，还真的让人啼笑皆非……"这是来自帝客的惬意。

是的，此刻惬意的帝客不知道从哪里拖来了一只布娃娃，布娃娃散发出阵阵刺鼻的恶臭，它少了只胳膊，眼睛也掉了一只，脏兮兮的衣服破烂不堪，颜色都已经发黑。

"嗨，帝客，你不能把这样的东西带回家，快把它丢出去。"我心情还好，所以语气温柔。

"凭什么？"帝客叼着布娃娃，歪着头，扑闪着黑黝黝的大眼睛不满道。

"它不仅破，而且还很脏，连我在这里都能闻到臭味，你认为把它带进家里合适吗？难道你就不怕传染上什么疾病？"我开导帝客道。

"脏了，我可以帮它洗，破了，我可以让杰琳给它补。再不行，给它买件衣服也好。你说，把它自己孤零零地丢在外面，不可怜吗？"帝客挠着脑袋，目光中充满期待。

看来我的教育出了问题，我只好继续说："洗洗会变干净，但也会浪费掉很多水，那也是需要钱的。还有，买衣服就不需要钱了吗？还是你愿意接下来几天吃不到软骨披萨来省出这笔开支呢？"

"好啊，我愿意。"帝客显然对我的资源支配不感兴趣，毕竟还有安娜在暗中支持不是？

"我命令你，立刻把它丢出去，马上！"我咆哮着跳了起来，再也忍受不了这样的折磨，我必须行使我的特权。

"切——"帝客不屑一顾地扫了我一眼，衔起布娃娃拖进了洗衣房。

"你——"目瞪口呆的我，呆呆地看着帝客。

"杰琳，洗衣服啦。"帝客很快从洗衣房探出头来，瞥了一眼我，开心地喊道。

杰琳愉快地舒展开身体，飞快地钻进了洗衣房，于是伴随着里面稀里哗啦的水声，我口袋中的一张张钞票开始了一场叛逃的旅程。

叛逆的帝客让我突然有了一种畏惧的感觉，一种对特权得失的畏惧，如果连特权都无法改变眼前的这一切，我又该何以自处呢？

我不敢再思考这样的问题，混乱的思绪随着频道的转换，终于步入一个白雪皑皑的世界。我看见一头孤独的北极熊，正艰难地跋涉在早已没有了冰的草原上……

不知道过了多久，在杰琳的帮助下，布娃娃获得了新生：衣服被缝补得五颜六色，少的一只手臂也用袖子套起插进了兜中，更不可思议的是，那只缺失的眼睛居然俏皮地闭了起来。

帝客得意扬扬地拉着布娃娃在我眼皮底下转了几圈，见我毫无反应，它赌气联系上了安娜："姐姐，姐姐，快看我的布娃娃。"

"咦，好可爱啊，哪来的？"安娜愉悦的声音传来。

"我捡的……"安娜面前的帝客是诚实的帝客，只有在我面前它才是顽劣的，此刻它的诚实已经威胁到我，但是我没有勇气去阻止它，伴随着帝客添油加醋的讲述，我的脸红红白白，一道道冷汗流淌而下。

"既然你喜欢，什么都好，但是你不应该这样和他说话，知道吗？"安娜笑盈盈地说道。

"他就差要撵我走了，姐姐，我想你，带我走吧。"帝客泪汪汪的，好像我真的虐待过它一般。

安娜沉默了……

"不带我走，那你也该来看看我啊。"帝客不依不饶。

"我……"

"我真的想你了，你就不想帝客吗？"帝客哇呜哇呜地哭起来，那一刻我差点冲上去抱起它亲几下，真的是条好狗。

"好了，我答应你了，明天就去。"

我想我是疯了，我抓住帝客，疯狂地吻起那臭烘烘的脑袋。

我当然没有疯，倒是石原晋三疯了。日本政府敏锐地感受到来自四面八方的压力，为了快速摆脱困境，对真知社出手了，大批真知社成员受到了警方的传讯，众多真知社下置场所也被关闭，一场异常的围猎以一种异常的方式展开了。

"头儿，我们可以动手了吗？"坚成熟了许多，他已经不再是那种冲动到认为自己可以用手指去捏死大象的人了。

"再等等。"我必须等待一个时机，一个可以一击即溃的时机，一个可以浑水摸鱼的时机。

能够捧本书，在郊外秋日的暖阳中读上几页，本身就是一种奢侈。难得静下心来，抛却繁杂琐事，倒真的内外空明，做了神仙一般。

远处，帝客带着魔光满山遍野地疯跑，四处追兽赶禽，没个安静。

当我听见身边传来窸窸窣窣的声音时，他已经来到了我的面前，看了我几眼，见我浮出善意的笑容后，才报以回笑，明知故问道："读的什么？"

"难得阳光明媚，读书只是无趣，晒晒太阳罢了。"我合上书本，淡淡地说。

"只要心自在，读书和晒太阳又有什么区别呢？有人说书中自有黄金屋，书中自有颜如玉。有人说世事洞明皆学问，人情练达即文章。亦有人说书读万卷自有径，目过千里有春秋。不知居士可读到什么？"他盘膝坐在了我的身旁，看了眼书名，居然眉目间透出一丝慈祥之色。

"不过是在自找烦恼，想它们流传至今，必定有些道理在里面，也就一时好奇心罢了。"我实话实说。

"清风戏明月，月明戏风清。既然来也一遭，去也一遭，施主又何必处处自寻烦恼呢？"白发老道哈哈一笑，立身而起，施礼而去。

我急忙躬身相送，老道已没了踪影。我还在揣摩他话中的含义，似有所感，但细细想去，竟然不知他所言何意……

"书呆子，大好时光，老跟书过不去干吗？陪我玩玩嘛。"帝客不知道何时跑了回来，忽闪着长舌，趴在了我跟前。

"别烦我，不是魔光在陪你吗？"我心烦意乱。

"它就是一个影子，逮都逮不住它，还不如我逮自己的尾巴呢。"帝客垂头丧气地说。

"可你也逮不到自己的尾巴啊，那么短，居士又何必自寻烦恼呢？"我禁不住哈哈大笑起来。

"我又没有说一定要逮到，不过是在想逮到后会有什么感觉罢了，你还真是个不可理喻的呆子。不和你说了，我去看看那些蚂蚁蹚过我尿的河没。"帝客又欢快地窜了出去。

如遭棒喝，现实中的我们何尝不是在为某种因，而非某种果在活着，艰辛地活着，苦闷地活着，畏惧地活着，心惊胆战地活着，不死不休地活着……

我惊诧地看向帝客，肆意奔跑的它，阳光下，身上闪烁着斑斓的光影。久看眼中，似乎还真的看到了上帝的影子。

"今天早些时候，石原晋三突遭警方传唤，具体传唤内容不得而知。现在已是午时，他在律师的陪同下走出警视厅。东京CCC电台为您提供链接。"

"根据消息灵通人士爆料，因为涉案众多，藤原上已经决定择日退出真知社，具体原因尚未得知。东京都捕风捉影网讯为您提供链接。"

"警方针对平野郎的围捕再告失败。据传，平野郎日前仍在受雇于真知社进行活动，但真知社对此表示否认。东京一线为您提供链接。"

我错愕地看着魔光幻化在眼前的屏幕，我甚至错以为里面正在上演的是我的梦。但，既然是一场梦，为什么我还没有醒来？怎么就梦想成真了呢？

是的，一泡狗尿都能成了河，世界也能足够疯狂。

本来石原晋三遭警方传唤和藤原上宣布退隐已经闹得沸沸扬扬，紧接着真知社又爆发了大规模火并，死伤数十人之多。更想不到一天之后，刚要退隐的藤原上又带领支持他的社员在佰日社宣布脱离真知社，另立新社太阳社，甚至还把二战的膏药旗搬了出来，一副祭鬼招魂的模样。

"老大，我们好像还没有动手啊，怎么就变成这样了？我们是不是也该出手了呢？"坚摩拳擦掌，他想落井下石。

"再等等好了。"居然有人捷足先登地对真知社出手了，我已然看不清眼前奇怪的走势，我甚至感觉到一个深渊般的存在。难道还有人在浑水摸鱼？如果有，他会是谁呢？

"可是，头儿。如果我们现在再不出手，就真的为别人做嫁衣啦。"坚坚持道。

"应该不能吧？难道他们还有再走到一起的可能？"我依旧犹豫，我更相信眼前的闹剧来自真知社的内部，很可能有人想取而代之什么。

"一旦有了新的共同利益，他们再走到一起很难吗？老大，你究竟在犹豫什么？"坚用布满血丝的眼睛直盯着我问。

我很想将内心中的疑惑告诉坚，但话到嘴边，还是忍住了。"好吧，那就放手一搏好了，鬼知道老天还会掉下来什么馅饼。"我终于做了决定。

坚兴奋得像个孩子，一通拍打着桌子跳了起来，大声冲我咆哮道："我本以为是你退缩了，以为你被什么人要挟了，以为你拿到了什么或者改变了什么。不，你从来没有，你还是以前的你。我的头儿，我的老大。"

我不知道坚为何如此兴奋，我只知道在办公桌下面熟睡的帝客被惊醒，它一通乱叫，逃了出去，一副天崩地裂的模样。

上午十点，《第一现场》的社会频道、法治频道、综合频道同时启动了轰炸的倒计时，目标直指东京，一个小时后，那里将成为真知社的炼狱。

"真知社内部组织结构严密，人员分工明确，使用手段暴力，是具有典型黑帮性质的犯罪团伙。他们涉案累累，不但恃强凌弱，强取豪夺，且利用社团势力对一些行业进行垄断性经营，欺行霸市，强买强卖。证据如下……"

现实中，会所、团体、集团、组织，我们身边总是有很多这样那样堂而皇之的画皮，在形形色色的遮阳伞下，得以肆无忌惮地行走在大街下。

"佰日社长期以来一直是真知社制毒贩毒的窝点，大批毒品从那里流入社会，其中不乏隶属其旗下的众多娱乐场所。证据如下……"

事实上，巨额财富和罪恶之间，完全可以画上等号。但基于某种灌输，基于某种获益，基于某种不作为，它们依旧得以逍遥地存在着，并潇洒地活着。

"真知社蛊惑社员，非法聚敛社员财产，捏造末日之说，诈取社员大量资产，导致众多家庭家破人亡。证据如下……"

是的，面对披着羊皮的狼，我们真的以为我们可以分辨出狼和羊吗？或许在我们习惯性地认为羊是温顺的时候，能咬上我们一口的还真未必就是狼，而是羊。

"真知社普遍存在的非法拘禁及滥用私刑只是冰山一角，有证据显示，它还涉及众多绑架、谋杀等严重违法行为。据不完全统计，真知社从成立至今，已致人死亡三十七人，致残一百零二人。证据如下……"

可能，某些数字在我们眼中注定只是数字，不管它是庞大还是渺小，与我们的生活，真的毫无相关。所以，只有在我们也成为这些数字之一时，绝望才会触碰到我们早已麻木的神经。

"真知社不但涉嫌众多诱拐、强奸、逼良为娼等违法行为，还涉嫌国际人口贩卖，以及人类器官的剥夺与售卖。证据如下……"

曾有人说过"当你在凝视深渊的时候，深渊也正在凝视你"这样富含哲理的话，但他从来没有告诉你，不是所有深渊都能为你所凝视的，甚至真的被你看在眼中，你也未必就知道那就是深渊。

我不知道该怎么度过眼下的这一天，我一直在屏幕前徘徊，在窗前凝视，在椅中沉思，在桌前矗立……

时间走得真的很慢，慢到让人有一种窒息在里面。

坚在外面歇斯底里的喊叫声，即使在我这里，也能够听得一清二楚，即使他的声音已经嘶哑。

南茜那边的电话一直响个不停，但按照我的要求，她没有转接进来一个电话，甚至包括老板金的。

巴巴辛巴按照我的要求再次蛰伏下来，他甚至根本不再问个为什么，就快速挂断了电话。

不知何时，南茜叫来了外卖，帝客偷吃了两口，弄得满屋狼藉。看见我连责备的欲望都没有，帝客只得无趣地跑开了。

第十四章
死神的游戏

过去的一周，我不知道自己是怎么度过的，但我知道，此时此刻，我静静地跪拜在秃噜神的面前。此刻它已不再是毁灭之神，和诸神一样，它的存在不过是一个虚无的符号，在这里，神就是我，我就是神。

我在寻找一丝宁静，一丝来自内心和灵魂的宁静。当四周的杂音开始从我的世界中消退，眼中的绚烂多彩也早没了颜色。我甚至不知身在何处。

走出秃噜神庙的时候，外面下起了小雨，如烟似雾，一阵凉风拂过，就轻易地打湿了潮湿的心。街灯不知道何时已经点亮，给黯淡的街道点缀上油画般梦幻的色彩。

细雨朦胧中，远处走来一个打伞的女人。她的每一步都很轻，伞面始终遮盖在面前。她轻灵地跳过路面的积水，径直向我走来。

或许她是去神庙的吧？我注视着她，那一刻，我想到了安娜，鼻头涌上一股酸涩。

女人走到我面前，站住了脚步，随着水墨画的伞面移开，我惊住了。

"你终于成功了。祝贺你！"一只小手递了过来，握在手心，那冰冰凉凉的温度，寒意刺骨。

"是你？"我几乎不敢相信自己的眼睛。

"是我。"小渊美子轻轻笑了下，苍白的脸上透出一丝红晕。她抽出冰冷的小手，一甩长长的秀发，用飘逸的语气说："我们去喝一杯吧。"

"好，好吧。"我还没回过神来，结结巴巴地就答应了。

在街角的一家咖啡厅，偌大的店中，只有我们两人。在临街的窗前落座后，小渊美子不仅要了咖啡，还点了些食物和红酒。在斟酒的过程中，她一直在盯着我看，她的目光像手术刀般锐利，让人有种赤裸裸的窘迫。

端起酒杯，小渊美子一拂长发，突然就开心地笑了起来。

"你，你笑什么？"我惊讶地问道。

"呵呵，我笑你啊。真知社四兄弟也算得上响当当的人物，就被你轻描淡写地给写死了。真的好手段，小女子佩服得五体投地。"小渊美子笑得更加明媚。我都想不出，她何时变得文绉绉的，还是她本就如此。

"自作孽不可活，是他们作恶太多罢了。"我禁不住也笑了起来，那一刻，压抑已久的灵魂得以释然。

小渊美子抿了抿杯中的红酒，问道："如今石原晋三和藤原上都被羁押在案，真知社也面临取缔。我很想知道，这样的结局你满意了吗？还是……"

"当然很开心，难道你不开心吗？"我不想让自己再被动下去，反问道。

"当然开心，我恨不得他们都死。"小渊美子咬牙切齿。

我没有再说什么，红酒的苦涩在舌尖绕动。

"我的青春，我的梦想，我的清白，都毁在了那里，我没有理由不恨他们。"小渊美子的思绪回到了过去。

"我在东京大学毕业后，就开了一家和这家店差不多的咖啡店，在当地还算有些名气，但隔三岔五总有些地痞流氓找上门来闹事。有一天，他们又来酗酒搅闹，把店里的客人都吓跑了，正在我不知道该怎么办的时候，一个一直坐在角落的客人出面制止了他们。看到他，那些闹事的地痞流氓，居然老鼠见到猫一般，全都灰溜溜跑了。要知道那个人看上去真的不够强悍，甚至有点弱不禁风。"

"神武？"我敏感地问道。

"对，就是他。当时我并不知道他的名字。"小渊美子继续说，"事后，我们成了朋友，他常常来，会给我讲些为人处世的大道理。现在想想，真的很可笑，那时的我真的好幼稚，甚至对他心生崇拜。"

"博爱、平等、离恶、求真。"我缓缓地吐出几个词。

"是，就是这些，你应该知道它们的诱惑力，在这个人情淡薄的社会中，能够不再孤单地面对一切，真的就是一种奢望。就是因为这个，我才义无反顾地投身到社里……"小渊美子的眼睛有点湿润。

"既然已经过去了，就忘掉它好了，毕竟还有未来不是。"我不想面对一个啼哭的女人，那会是灾难的开始。

"是。"小渊美子拭去泪水，一甩长发，露出明媚的微笑。她笑起来真的很美。

"来，我们为美好的明天干杯。"我举起了手中的杯子。

"为美好的明天干杯。"小渊美子一口喝干了杯中的红酒。

"以后你准备做什么呢？"我问道。

"我还能做什么呢？我也不知道。"小渊美子迷茫地说。

小渊美子走了，就像她突然出现一样，让人始终想不明白。不知不觉中，再次站在了红灯路口，我甚至没有多想什么，就习惯地向右转去。即使绿灯已然闪烁在眼前。

在走进老板金的办公室之前，我还在向上帝祈祷，昨晚南茜神秘兮兮的模样还让我充满幻想。不过一进办公室，老板金苍白的面孔却让我大吃一惊，难道又出了什么事情？

"坐，坐。"老板金虚弱地抬了抬手臂，连笑的模样都让人担心。

"有，有什么事吗？"我心惊肉跳。

"唉，月球简直就是监狱，我真后悔跑那里转这一圈，早知道，我还不如找个沙滩晒晒太阳呢。"老板金懊恼地埋怨道。

"那里的建筑早就过时了，和鸽子笼差不多大，你该去火星转转的。"我长舒一口气，开心地建议道。

老板金话题一转，笑眯眯地说道："喊你过来，是因为依照你现在的职务以及公司的惯例，是要分些临时股份给你的，我已经交代过了南茜，你回头去签下相关文件。还有，过两天公司要召开董事会，你别忘了参加，到时准备点涉及公司未来发展方向的企划案提交董事会，这会对你以后的发展有好处。"

我简直是在做梦，它颠覆了我对天上不会掉馅饼的认知，那一刻，我甚至开始相信这个世界是公平的。

"这是你应得的，不必客气。不过我还是想提醒你，你们的集中报道已经引起了一些人的不安。还有，过度单一领域的集中报道，并不符合市场的需求，所以，下一步准备怎么做？你自己权衡一下。"

老板金的话点在了我的软肋上，单一领域的报道能做满一周，已经足够匪夷所思，今后的热度还想维持在高位，简直就是天方夜谭。

但更让我想不到的是，在我刚刚从老板金的办公室走出来的时候，天方夜谭的事情真的发生了：石原晋三和藤原上在去法庭受审的路上，被一场精心策划的连环爆炸袭击了。

小渊美子的话一语成谶，怎么会这样？我彻底傻了，世界是可以这样玩的吗？我突然有了一种后怕：到底是我在玩火，还是我在被别人玩？

这已然不是我所能认知的世界，它的走向和节奏扑朔迷离。是的，它几乎实现了我全部的预期，以某种我无法理解的方式……

"你小子在干吗？你到底在不在现场？你都拍到了些什么？到底死了几个人？有没有爆炸嫌疑人的线索？你现在怎么安排的……"我感觉自己越来越像威克，我不停地打电话给坚，后悔没有亲自去爆炸现场，我真的害怕坚会出现什么纰漏。

石原晋三和藤原上零碎的尸块像满天飞雨，滋润了日渐枯萎的栏目，迅速拔高的点击率让我在董事会上风光无限。

坚是伤痕累累的回来的，他被打得鼻青脸肿，一根小指头也折了，他真的开始让人头疼……

"好了，你去吧，如果需要休息几天，打个申请上来。"我冷冰冰地说道。

"没事，大夫说过两天就好了。"坚红着脸退了出去。

我已经嗅到了异常的气味，也只能再次让巴巴辛巴马不停蹄地赶到日本，即便如此，东京上空的厚重的浓雾，依旧让我无法看清未来。是的，除了我，到底谁才是幕后真正的真凶？

方舟和艾琳的证据正在浮出水面，连漪的努力不但让我看到了希望，也让我看到了继续传奇下去的本钱。是的，真知社并不是我唯一的目标，方舟和艾琳，乃至剑虎和靖海也早已被我纳入视线。

但现在，石原晋三和藤原上的死不但报废了我手中很多可以顺手抛出去的雷，也掐断了诸多导火索，甚至可以让真知社赢得一线生机。

是的，原本板上钉钉应该在我手指下轰然倒塌下去的真知社，居然，居然意外获得了一次苟延残喘的机会。

事态的演变有种让人雾里看花的感觉，法庭大张旗鼓的审判曾经让坚高兴得振臂呐喊，但是随着石原晋三和藤原上的死，迟迟未决的审判就此落幕。

坚没有注意到日本政府已经呈现出模棱两可的暧昧态度，甚至没有注意到媒体的风向正在发生转变，更没有注意到社会上已经开始出现越来越多的杂音。

对于法庭给出的高达亿计的罚没，帝客牙疼般对月长歌起来。

当戴维公爵告诉我，那些罚金对于真知社来说不过就是九牛一毛时，我的第一反应是：他们真的是印钞机吗？

当戴维公爵告诉我，其中涉案的绝大部分账户已逃空时，我的惊愕是：死人也可以如此神通广大吗？

对真知社能否存续的判罚依旧遥遥无期，它很可能会是一个漫长过程。这很糟糕，毕竟对于喜新厌旧的人类来说，三天之后还能记得什么，已然是个奇迹。

"头儿，完了，完了！"坚一脸苍白地闯了进来，他甚至忘记了敲门。

"我还好好的，什么事？慢慢说。"我好像上辈子欠了坚什么，隐忍地问道。

"快看这个。"坚飞快地打开了屏幕。

"东京都地方行政法庭经审理认为：一、真知社虽存在违法乱纪行为，但其社义正义适当，且社员多有向善之举，向善之情。因此，诉方请求保留真知社之理由合理真实，准予限期整改。二、由于真知社实际控制人已经死亡，现处于无管理状态，极易引发社会事件。因此，应诉方请求，法庭准予其在社会署的严格监管下,进行必要的重建。三、鉴于已查封的黑日社和樱花社,虽为真知社内部设置,但实为社内实施犯罪的主要场所,本应取缔,特依法驳回诉方维持之请求。四、其他诉求不属于本法庭受理范围,依法驳回。"

"怎么会冒出个行政法庭?刑事和民事法庭不都还没有结案吗?"我惊讶道。

"我刚刚查了下,确实是有人在爆炸案第二天就向东京都地方行政法庭提出了诉求……"坚不安地解释道。

"查没查到是谁提起的诉讼?"我已经来不及指责,追问道。

"查了,是真知社一万多人联名,他们选出五人小组提起的诉讼。"坚说着,飞快地打开了相关网页。

诉讼小组的五个代表的名字很陌生,此前根本没有听说过,难道他们就是那些跳出来想要浑水摸鱼的人?如果是,他们不单单摸出了一条大鱼,还无意中摸了个金山银山出来。

"唉,这大概就是天意吧。"我失落地说。

"我们还有什么办法没?老大。"坚用期待的目光看着我问。

"恐怕再也没有机会了,我们甚至连提起抗诉的资格都没有。"我皱起了眉头,想了想说:"也许真的到了该放手的时候了。"

"我们真的就这么放弃了?"坚用怀疑的目光看向我。

"既然于事无补,就放手好了,毕竟我们还有很多事情要做。"我从来不做亡羊补牢的事情,既然偷吃了我的羊,那我必须从其他地方把它找补回来。

咸鱼再翻身,依旧还是一条咸鱼,依旧还是餐桌上的一盘菜。当我把事情交代给巴巴辛巴后,他兴奋地说:"放心,我这就去日本。"

"万事多加小心。"我嘱咐道。

"放心好了,我知道该怎么做。"巴巴辛巴捶着胸脯保证道。

我把玩起桌上的玉貔貅,它是帝客在桌子和墙壁夹缝中发现的,于是很快这个又丑又奇特的家伙就成了帝客的磨牙石,也成了我的掌中玩物。

头疼的一天又晃荡而过,下班后,魔光和我一样漫无目的地流浪在街头。它时而灰溜溜地走过漫长的街头,时而不断变幻出绚丽的色彩划过繁华的闹市，时而与周围建筑融为一色，沉默地驻足在高楼大厦之巅。

"回去吧。"想到唠唠叨叨的安娜，我不安道。

"你寻找到灵感了吗？"魔光眨着幽兰的眼睛，一副天真无邪的模样。

"没有。"我也冲魔光眨起了眼睛，自得其乐地说，"来，比比看我们谁的眼睛更迷人？"

"你真的疯了，我的主人。"魔光惊骇地窜上了高空，然后又一头扎了下去，直到我惊恐地闭上眼睛。

回到家，安娜看着满头大汗的我，奇怪地打量着。

"真知社被行政法庭插手，我该怎么办？"我烦恼地靠在了安娜身边，郁闷地说道。

"这个判决本身没有任何问题，虽然真知社出了些问题，但并不意味着它完全失去了存在的价值，而且你要知道，真知社社员人数众多，遍布世界各地，真的取缔了，会闹出大乱子的。"安娜用小手轻轻撩起了我的头发，问道，"你有没有想过，或许只是你的欲望过高了呢？"

"我会有什么欲望？真知社本来就像庙堂中的屎盆子，把它踢出去，难道我还有错不成？"我拉下安娜的小手，放在了唇间。

"你有没有私心，我心里比任何人都明白。真知社的社义是具有向善的普世观的，而且它还有着庞大的社员群体，真的要对它斩草除根，社会还能稳定得了吗？"安娜抽出手来，拧了下我的耳朵。

"可是它涉及的罪行还少吗？简直罄竹难书。而且它还涉嫌有组织犯罪，连社长、副社长都成了罪魁祸首……"我忿忿不平地拨开安娜的手，坐直了身体。

"他们不是已经得到报应了吗？"安娜把小手放进我的手心，打断我的话说，"如果不是一个极端组织，而是一个国家，难不成还要把这个国家解散了不成？"

"你简直就是在胡搅蛮缠，怎么能够这么对比呢？"我丢开安娜暖暖的小手，不满地挥舞着手说。

"呵呵，为什么就不能呢？它们都是由一群人组成的，即使有区别，我们也该就事论事。"安娜拉下我的手，她好像执意要激怒我。

"可它彻头彻尾就是一个犯罪团伙,它所宣扬的口号不过就是一个遮羞布而已,你怎么能仅仅因为它披了羊皮,就否定它狼的本质呢?"我狠狠地捏着安娜的小手,我想她应该感到痛了。

"什么呀?兔子急了还咬人呢?你怎么就认定有咬人行为的一定是狼,而不会是羊呢?"安娜慢慢俯下身子,开始垂涎欲滴地打量着我的手背。

"好吧,一只只会咬人的羊,还真的不如一个从来不咬人的狼来得善良不是?"面对即将咬下的洁白獠牙,我只好松开了安娜的小手。

"是啊,但这个世界上,羊咬人还真的难咬死人的。"安娜说完,快速拉过我逃离的手,在上面狠狠地咬了一口。

"啊——"我跳了起来,看着手上白白的牙印,欲哭无泪。

真知社正在渐渐淡出人们的视线,这是一个让人抓狂的局面,你甚至无从指责,唯一能做的只是等待。

再次踏上东京都,这里一扫几个月前的乌云,明媚的阳光下,眼前的世界已然洗涤如新。东京都正在构建一个新的主城,数千根高耸入云的城市之柱如鸟巢一般,错落有序地编织在碧水蓝天间,四处盘绕的道路和轨道也渐渐成型。远远望去,它美得不可方物,如绣球一般,就那么玲珑剔透地矗立在天地之间。

虽然和巴巴辛巴约好六点在佰日社碰面,但满心好奇的我还是在五点一刻就赶到那里。随意地走在青砖绿瓦白墙绿松间,眼前的一切都是那么美好,躁动的心情渐渐平息。

信步其中,不知不觉间,天空又开始飘落下雪花,就那么四处飘逸在你的眼前,不经意地涤荡去心中的阴霾。

巴巴辛巴是踏着六点的钟声来的,看到我,他什么都没有说,掉头向远处的竹林小道走去。我静静地跟在他身后。此刻雪下得越来越大,走出不远,一身雪铠的我们已经和周边融为一体。天渐黑,远处橙豆般的路灯飘摇不定,忽闪忽明地沉沦在混沌的天地间。

七拐八拐地走出竹林,来到一处偏僻的大殿,巴巴辛巴站住了脚步,轻声说:"就是这里,里面正在装修。"

我搓了下冰冷的手,问:"你都发现了什么?"

"如果有人走进去就再也没有出来过,或者很多人朝九晚五地进出这里,是不是就很奇怪了。"巴巴辛巴看了我一眼,解释说,"一个多月前,我就发现了这里,于是在周边埋下了几个监控,我意外地发现小渊美子也经常出入这里,甚至有一次,进去后就再也没有出来过。"

"你的意思是这里还有其他出口?"对小渊美子出现在这里,我虽然感到意外,但也没太过震惊,毕竟她还是社中一员。

"是,只是不知道它通向哪里。入口在大殿的雕塑背后,上面有一个暗藏的机关门,不过门上有四个联动的开关,根本没有办法打开。"巴巴辛巴就像徘徊在宝藏大门之外的小偷,虽然无能为力,但目光中依旧闪着烁烁光芒。

"我们进去看看。"我向前走去。

"哎,这样进去很容易被人发现的。"巴巴辛巴在我身后小声地喊道。

"这里不是对外公开的区域吗?我们只是游客而已。"我笑着说。

大殿内堆满了建筑材料,上面落着厚厚的灰尘,但有一条干净异常的小道,像是被人专门清理出来的。显然有人常常走过这里。

沿着小道走到神像的背后,巴巴辛巴摸索着推开了底座上的两扇滑门,随之眼前出现一道合金门。正如巴巴辛巴所说,上面有四把钥匙孔,是一种联动开关。

"除了用暴力,我们根本无法打开它。"巴巴辛巴看向我。

"这里连监控都没有吗?"我看向四周,问道。

"没有,我查过了。"巴巴辛巴回道。

"把门关上,我们走吧。"我跺了跺脚,雪已打湿鞋面,冰冷刺骨。

"就这样走了?"巴巴辛巴深感意外,不甘心地问。

"还能怎样?我们能打开它吗?"我说着狠狠地在门上跺了两脚。

巴巴辛巴被巨大的响动惊吓到:"嗨,你在干什么?被人听到就麻烦了。"

"走吧,或许明天我们就会发现点什么。"我哈哈一笑,抢先走了出去。

外面的雪依然很大,就像水晶球里的雪花世界,洁白而神秘,纯净而诡魅。

巴巴辛巴的担心并非多余，这不，早餐还没有吃完，他就把佰日社实时的画面传给了我，画面中人来来去去，匆匆忙忙，好像发生了地震一般。

我看到一个熟悉的身影出现在画面中，她快速走了进去，很久没有出来。我犹豫地拿起电话，但最终还是放弃了，我很想赌一下小渊美子是否会先给我打来，如果她足够聪明，她会的。

"嗨，龙，你什么时候到的东京，怎么不联系我呢？"果然，小渊美子很快就打来了电话。

"你怎么知道我在东京？"小渊美子当然不会把这个明显的漏洞抛给我。

"看来你还真在东京啊，我一位社友说昨天看见你去了佰日社。我还不信呢。怎么样，有没有时间一起坐下？让我尽下地主之谊。"小渊美子的脸颊飘上了一丝红晕。

"哈哈，昨天不是下雪了吗？听说佰日社的雪景是很美的，所以就去走了走。"我已经看到她出现在东京街头，于是问道，"你现在在哪儿？我去找你，中午我请客。"

"还是我请你好了，等会儿月神食铺见，我请你吃生鱼片。"小渊美子居然说要请我吃生鱼片，我一哆嗦，差点就拒绝了。还好，我没有……

当我赶往月神食铺的时候，小渊美子已经等在门外，此刻的她是明媚的，就像春暖花开时节的太阳，浑身上下散发着暖暖的春辉。

看见我，小渊美子立刻笑盈盈地迎了上来："你何时来的，怎么没有联系我呢？我们不是朋友吗？"

"听说你又回真知社了，真的吗？"我心存芥蒂，快速转移了话题。

"呀，这你都知道？我也是被社友软磨硬泡拉回来的，现在这边的情况你又不是不知道，个个都唯恐避之不及的，没办法。唉！"小渊美子扑闪的大眼睛告诉我，她说的是真的，但她下意识攥起的手指，又在告诉我，她至少掩饰了些什么。

生鱼片是美味的，但唯一的缺陷是给人以茹毛饮血的感觉，就像筷子下依然张合着大口的鲤鱼，就像被勺子舀出脑浆依然尖叫的猴子，就像咬在口中依然在挣扎的墨鱼仔。虽然被大刀大卸八块的生灵也比它们幸运不到哪去，但能够熟视无睹地去面对它们，还真的需要一颗强大的心脏。

"它真的值得你再回去吗？难道它还有存在的必要吗？"我把注定无法入口的生鱼片放下，问道。

"可是众多社员是无辜的，社义也是善意的，我只是想回到那里做些什么，弥补些什么，毕竟那里有很多难以割舍的过往和情谊。当然，我自己也不知道这样做对不对，我很想听听你的意见。"小渊美子的眼睛甚至开始湿润。

"按照你的心意去做就好，你如此善良，一定会有福报的。"我居然开始相信她说的一切。

"你真的这么认为？"小渊美子诧异地看着我。

我笑了笑，说："当然，你聪明善良，有才学又有见地，我相信你会是真知社的一抹阳光，能带给社员新的光明。你一定会做到的。"

"你说的是真的？"小渊美子被感动了，声音颤抖。

"当然是真的，面对这么美好的社义，我甚至都有种加入你们的冲动了。"我很坦诚。如果真的能远离人性的社会，真的能逃离资本的文明，我不去，岂不成了傻子？

"好吧，我一定会等到你来的那一天。"小渊美子居然信以为真。

"平野郎还在找你吗？"我问道。

"没有，他好像销声匿迹一般，看来魔鬼已经放过了我。"小渊美子笑盈盈地说。

"难道一点他的消息都没有？"我疑问道。

"我只是听说他在互济会上出现过，还因此引来了警察，不过警察赶去的时候，他已经跑了。从那以后，我再也没了他的消息。"只是一个犹豫，小渊美子马上肯定地说道。

小渊美子并没有撒谎，她依旧透彻得像一颗水晶。如果不是她出现在神殿，如果不是她打来电话，我甚至愿意相信眼前的一切。

我们聊了很久，聊到很多有趣的话题，但当走出月神食铺时，我才发现，我们好像又真的什么都没有聊。

第十五章
活死人

刚刚回到宾馆，就接到了巴巴辛巴发来的定位。等我赶到那里，天已经开始暗了下来。随着夕阳一点点落下，一道血色开始弥散至整个暗空，让原本被白雪覆盖的大地，流淌出血一般的颜色。是的，这才是属于我们人类真正的颜色。

一轮残月冲破云霭挥洒出皎洁的月光，当大地再次明亮如洗时，一只徘徊的苍鹰远远地消失在群山雪林中，也带走了我繁乱的思绪。

这是一处郊外深山里的工厂，门口挂着"至宇航天设备厂"的牌子，那里除了到处布控的摄像头，还有几处高高竖起的警戒器，一直紧闭的大门前笔直地站着两个持枪警卫。

"这里警卫森严，不仅人溜不进去，就连智能设备也会被屏蔽掉。我们怎么办？"巴巴辛巴小声问道。

看着铜墙铁壁的厂区，看着被大雪覆盖的群山，三十六计被我想了个遍，居然只剩下"走为上"，我无奈地说道："与其冻死在山里，我们还是走吧？"

"什么？"巴巴辛巴有点失望，但旋即附和道，"也是，光明正大进不去，偷偷摸摸更进不去，在这里待着，还真能冻死个人。"

往回走，大雪后的山坡湿滑异常，很难找到下脚处，一不留神巴巴辛巴差点摔倒，只见他一扭身反手抓住一根细树，硬生生把几乎两脚腾空的身体拉了回来，稳稳站住。

我惊讶道："好身手，这都能做到。"

"经常出海的人能在陆地上摔倒，那就真的出丑了。"巴巴辛巴开心地笑了。

巴巴辛巴不经意的话让我想到了下水道，事实上，下水道对于任何做足防卫的建筑来说，都是致命的薄弱之处，复杂闭塞的环境加上潮湿腐蚀的空气，谁又能保证防卫设备能一直处在良好的状态呢？何况那里还没人值守。

巴巴辛巴对我的异想天开很感兴趣，但还是不放心地说："我打赌下水道里会有机器人守卫。"

"至少我们可以试试看，是不是？"我嘻嘻哈哈地露出兴奋的眼神。

是的，很快我们就在深山老林中寻到一个两米直径的下水道，巴巴辛巴小心地搞定了那里的监控器和锈迹斑斑的大锁，我们踏进了散发出恶臭的水道。

这里的防护措施显然没有巴巴辛巴想象的那么复杂，甚至有点空城计的感觉，我们就这么大摇大摆地不断向前推进着，脚下踩着臭水污泥，和老鼠臭虫为伍。

不知道拐过多少弯道，远处传来瀑布般的流水声，我们离目标已经越来越近。突然，走在前方的巴巴辛巴做出攥拳的手势，并关闭了灯光。

我们蛰伏在一处管道检修台后，远处渐渐传来令人毛骨悚然的咿呀声，诡异而飘逸，无法判断是什么发出的声音，也分辨不出远近。

"那是什么声音？"我压低声音问。

"嘘——"

黑暗中，一个人形低着头慢腾腾地走来，他似乎在迟疑地寻找什么，口中发出莫名其妙的声音。即使打开夜视仪，我依然无法看清他的面目。他如一个游荡的鬼魂，长长的头发始终垂在他的脸前，身上的衣服破烂不堪，形同乞丐。

随着他咿咿呀呀地越走越近，我看到他身上插满了管子，里面流淌着一些奇怪的液体，五颜六色的，甚至有那么点梦幻。而且他的腰间还悬挂着几个大大小小的仪器，好像是机能辅佐类的东西。更让人震惊的是，他身上居然有一只和身体毫不匹配的巨大的金属手臂，一只看似无坚不摧的手臂。

这是一种奇怪的感觉，眼前的一幕似曾相识。

"上。"巴巴辛巴猛然冲了出去,他张开双臂,快速缠抱住那个怪人,但下一秒,他就被怪人巨大的手臂甩飞了出去。

"啊——"我也手忙脚乱地也扑了上去,绞索般锁住怪人的双腿,一个反力,把怪人抱摔在污水中。

怪人的力量出奇的大,转瞬间,他挣扎起半个身体,硬生生把我扳倒在地,我们在肮脏的污水中扭缠在一起。

"嗷——"怪人发出愤怒的声音,他一边极力挣扎,一边突然张开大口向我的脖颈咬来。

"上帝!"我惊骇地躲开上身,顺势用膝盖顶在了他的脖颈。

也就在那一刻,我看清了他的面目。那是一张长满脓包并开始溃烂的脸,脸皮甚至已经开始剥落,上面不断有脓液流淌出来,散发出令人窒息的恶臭。

眼前的一幕,让我彻底沦陷在崩溃的边缘,我看到了爬出坟墓的僵尸,我看到了行走的活死人,我更看到了一双眼睛,一双宛如来自地狱的死鱼般的眼睛。

"你可以松开它了。"巴巴辛巴揉着受伤的肩膀对我说,他已经胡乱地拔去插在那人身体上的全部管子,失去支持的怪人立刻瘫软在污水中。

"这是什么?僵尸吗?"我几乎站不起身来,颤抖地问道。

"活死人。"巴巴辛巴苦笑着说道。

"……"

"难道你忘记艾琳公司的事情了?他们不仅在贩卖器官,也在做着类似的实验,只要控制住大脑和神经网络,不管是活人还是死人,都会成为这样的活死人。"巴巴辛巴提醒我道。

"机器人、基因人和生化人技术在今天已经足够成熟,他们干吗还要弄这些鬼东西呢?"我彻底迷茫了。

"如果这样的技术不仅仅是用在死人身上,还能用在活人身上,你会想到什么?如果再把艾琳和方舟联系起来,你又会想到什么?"巴巴辛巴反问道。

还能想到什么,我想到一觉醒来,满大街的僵尸奔跑在我的眼前。

想到我和坚或者威克嬉嬉闹闹时,他们会突然像帝客那样张开大嘴咬向我的脖颈。

我想到,走着走着,我突然就有了想咬人的冲动……

我甚至没有再想到更多,下水道上面已经传来嘈杂的声音,应该是我们的打斗惊动了警卫。来不及收集证据,我们飞快地向外逃去。

是的,我们顺利地逃了出来,而且一逃千里。

飞机还没有落地,小渊美子的电话就追了过来,她惊讶道:"呀,你怎么就走了呢?还以为你可以多待两天呢?事情都办好了吗?我本来还想约你今天去北海道滑雪呢?"

"这次出来本来是为了琉岛的专访,想着出来一次不容易,才顺道去了趟日本分社,了解下那里的情况。对了,告诉你个好消息。"我笑呵呵地说道。

"什么好消息?"小渊美子好奇地问。

"你应该听说过东京日报的首席顾问八木君吧?听他说,政府已经限制了对真知社的追踪报道。这是不是一个好消息?"我并没有骗她,当八木君告诉我这个消息时,我当时就骂了句八嘎。

"好吧,对我的社友来说算是个好消息了。"小渊美子不以为然地应道,然后又突然明媚地笑了,"对了,你还会来东京吗?如果来,一定要告诉我,如果你还当我是你的朋友。记住没?"

"记住了。"

迈下飞机,步入通道,路遇一群外星人,其中一个外星人对他的同伴窃窃私语道:"看,那就是上帝的子民。"

那是一种被扒光衣服后的感觉。人类的世界就是这样不堪,地球文明已然千疮百孔,破烂不堪,可我们还在愚人愚己地坚持着什么,信仰着什么。这样,各行其是的我们,到最后,注定只能是穷途末路。

黑博士对我的不约而至表示出不满,他飞快地从实验室下到研究所大厅,皱着眉头,环抱双臂道:"我很忙的。"

但当他看完下水道的视频,立刻又展现出无限的热情,甚至把我邀请至他的办公室，然后让助手端上香气扑鼻的咖啡，一副要促膝长谈的架势……

"你从哪儿弄来的视频？"黑博士在得到我的同意后，开始拷贝视频。

"你是说他们一直在利用活人进行生化研究，这怎么可能？"黑博士震惊道。

"利用纳米技术来控制本体的思想和行为，甚至起死回生那些肌体尚存的尸体，一直是国际科联明令禁止的。"黑博士开始把相关科研资料传输给我。

"当然，进行这样的探索也并非毫无益处，它不仅可以治病救人，还可以进行生命重建，甚至可以让身体重新焕发青春，拥有超越常人的能力。但是，如果实验的目的不纯，技术也存在缺陷，那将造成灾难性后果，这是我无法接受的。"黑博士居然也在蠢蠢欲动。

"不过利用纳米技术合成出具有高传染度和高致命性的纳米基因病毒，就是另一回事了。一旦它们泄漏出来，整个地球都将变成僵尸的海洋。"黑博士脸色苍白地说。

"可能你并不知道，在一些外星文明中，僵尸技术也有着巨大的市场需求，甚至受到法律的保护。"平静下来后的黑博士，随后说出一番超出我认知的话来。

我惊骇地看着黑博士，甚至无法开口说话。

黑博士继续说道："在很多特殊环境下，僵尸人远比其他机械人或者生化人更具优势，而且，僵尸人几乎是不需要成本的。就目前我所掌握的资料来看，有一个叫息泉的星球是最易于僵尸人生存并获取高价值的地方，那里有着昂贵的稀有矿产资源，但是那里也有着强烈腐蚀性的气体。"

"这是我一个朋友的电话，他对那边的情况比较了解，如果有需要，你可以联系他。"黑博士把一张名片递给了我。

"如果有什么新的发现，希望你能共享下，当然，我也会着手展开调查，并分享给你相关信息。"黑博士热情地把我送出研究所大门外。

威廉博士是一个奇怪的家伙，至少电话刚打过去，他就顶着一头乱发冒了出来，使劲盯了我半天，才挠着后脑勺问："你是谁？我们认识吗？"

当我说明情况后，他才嘟囔着说："黑博士啊，那家伙现在怎样了？他让你找我做什么？"

"息泉？哦，是的，那里充满了刺鼻的腐蚀气体，成分也比较复杂，几乎任何金属物品暴露在外面，都会在短时间内腐蚀殆尽，不过对于僵尸人来说，那里简直就是他们的乐土。"威廉博士说。

"从地球贩卖僵尸过去？你脑子没有问题吧？你知道从这里到息泉要支付多少钱的船票吗？谁会傻乎乎地做这些得不偿失的事情呢？"威廉博士脑袋摇得像个拨浪鼓。

"你是不是阴谋论看多了？如果它真的携带了僵尸病毒，你现在还能和我通话吗？"威廉博士嘲讽我道。

"好吧，我会让助手把你需要的资料传给你。不过以后如果没有正事，你最好别联系我，我很忙的。"威廉博士不满地挂断了电话。

只是分分钟的一个电话而已，怎么就和要了他命一般？还真的是一个惜时如命的家伙。何况生命真的有那么珍贵吗？谁还不曾睡一天梦一天玩一天的混过日子？一个人怎么可以来到这个世界上，不去享受生活的美好，而一生辛劳至死呢？为什么？

是的，此刻我就无所事事到不知道该做什么，我只能沮丧地坐在办公室中，彻底放空大脑。

但是，很快我就想到了威廉博士的话，开始怀疑自己是不是感染了僵尸病毒，不然怎么会连想个该做什么都变得这般困难了呢？我仿佛听到大脑发出生锈机器般咯吱咯吱的声音。

让巴巴辛巴离开是不得已的选择，连漪警告我说，巴巴辛巴被平野郎和尼让同时盯上了，如果再让他待在东京，显然并不明智。

"难道尼让不知道他是我的人吗？"我愚蠢地问道。

连漪惊讶地笑了，然后一字一句的说："我，不，知，道。"

"我发现了点东西，你可能会感兴趣。"看着失望中的我，连漪做出了补偿。

"是什么？"

"至宇航天从以色列的都兰军工陆陆续续订购了上万对金属手臂，看图片好像和那个僵尸人所用到的一样。"连漪继续说："还有，我还有一些奇怪的发现，也发给你了。"

"上万对？上帝！他们要做什么？难道想建立一个末日军团吗？"我惊骇道。

"也许如你所说，可能是从事异常区域矿产采集吧？毕竟目前的战场属于机械战士的天下，血肉之躯，还能做点什么？"连漪不置可否地说。

"谢谢你！"在道谢的那一刻，我居然禁不住打了一个寒战。

在我梦魇深处一直有一个桥段，我不止一次看见撒旦般堕落的连漪。我始终抹不去这种模糊的记忆，甚至每每看到连漪，眼前就会浮现出那个画面。

巴巴辛巴是失望地离开东京的，临走前他说："他们正在搭建发射架，每天都有很多社会车辆进出。现在正是潜入的好机会，就这样走了，是不是有点可惜呢？"

"你马上走，这边的事我会安排。"我似乎看到了平野郎，他正用阴鸷的眼神看着我，双手快速地旋转着两把左轮手枪。

蛰伏在潜意识深处的魔鬼，会时不时搅扰到我的生活，这些杂乱的画面常常会不经意地闯入我的眼帘，它们逼真地贴近我的认知，甚至带来错乱，让我分辨不清梦境与现实的真真假假。

"这些证据和道听途说有什么区别？报道它们不仅很难达到你的目的，还要承担巨大的风险，难道就没有其他办法吗？"南茜苦口婆心地说道。

"好吧，我再想想。"我感觉到自己的鲁莽，是的，在过去的一段日子，诸事杂乱，让人目不暇接，让人心无所属。

魔光开始顽皮地沿着一根巨大的城市之柱盘旋而上，车窗外那些点缀在都市间的花花草草，早早地迎接起初春的到来，星星点点的细嫩叶芽，就那么不经意地点绿了整个世界。

"没问题，头儿，我这就安排人过去。"我甚至还没有说完，坚就一口应承下来。

帝客刚刚醒来，魔光就迫不及待地冒了出来，它们之间又一次开始了一场没完没了的嬉闹。

"哼，你当然可以邪恶地活着，但你确定会比他们更加邪恶吗？没有人能决定你的选择，即便是我。"冰雪聪明的安娜鄙夷地说道。

我坚信安娜是雅典娜的化身，雅典娜在希腊神话中是无与伦比的存在。是的，我喜欢希腊神话的原因很简单，因为希腊神话是人类历史长河中为数不多的璀璨明珠，里面诸神虽然个个鲜活如生，却了无神的模样，甚至连宙斯都活得像个痞子。

读希腊神话是轻松自在的，里面充满了神奇的智慧，时常能让你醍醐灌顶，随手翻上一页，就看到一个无限接近真实的世界。不错，希腊神话是不需要信仰的，因为任何信仰对于它来说，都会是一种亵渎。它塑造了无数的神，也毁灭了无数的神。

看看时间，想着安娜也该到了，一抬头，她已然亭亭玉立在我眼前。

迈伦的钢琴演奏会彻底扫去了我心底的阴霾，那神奇的十指下飘出奥妙无穷的音符，飘逸而轻灵，勾勒出如诗如画，如山如河的虚幻世界。那天籁般的旋律让人不知不觉融入其中，彻底失去自我的存在。

踏着夕阳的暮辉，我再次站在了纽约机场，我必须终结这里的罪恶，当我无数次梦魇无法醒来，当我无数次挣扎在僵尸的垂涎中，当我无数次徜徉在鬼影重重的迷雾下……

是的，当我终于看到了希莱斯克酒店失火案的保密视频时，几乎惊掉了下巴。我再次看到了一个鬼影，它从失火的紧闭的房门走出来，消失在走廊的尽头。

如果脚不沾地的鬼影是令人毛骨悚然的，那么我无意中看到的另一道倩影，却彻底颠覆了我的世界。是的，小渊美子的倩影出现在离酒店不远的一个街口，虽然只是短短几秒，虽然可能只是一个巧合。

我行走在一个每一分每一秒都流淌着恶臭的世界，我再也无法忍受这样的气味，它令人窒息，我必须孤注一掷。

尼让接到连漪的邀请如约而至，即使他一肚子不愿意，但脸上还是保持着微笑，接过我递上去的一叠资料。

"艾琳怎么可能在做活体实验？"尼让脸上的笑容终于散去，震惊地看着手上的一叠照片。

"这是一名匿名的观众转给我们的，我已经核实过真伪。"我冰冷地说。

"如果这些东西是真实的，我会处理。"尼让犹豫地说道，"不过，龙先生，我很想知道你想让我怎么做？"

"观众就是我们的上帝，我们必须给他们一个答复不是？如果这些资料是真实可信的，那么这种邪恶的公司还有存在的必要吗？你说呢？"借尼让之手除去艾琳公司已然是我的意志，我现在必须让尼让知道我的态度，所以我很坚定。

尼让思虑再三，回道："我知道了，或许明天就能给到你所希望的结果，所以……"

"所以我不能把这些照片公之于众是吗？那么方舟呢？"我又拿出一沓厚厚的资料递在尼让手中。

尼让面无表情地翻看着资料，反反复复中，他终于担心地说道："事实上，从你上次提供资料给我后，我也一直在盯着方舟这边，但眼下的证据还不够扎实，如果不能一网打尽，未来它可能还会再死灰复燃。"

"所以还要等下去是吗？等到世界末日的那一天吗？如果是，可能明天我们将面对的是一个僵尸的世界。"我毫不危言耸听地说道。

"你还在对真知社进行调查，是吗？"尼让突然问道。

"我怎么会关注一个已经被踩在脚下的失败者，它已经毫无价值。"我回道。

"好吧，明天我会连方舟一起拿掉，不过我有一个请求。"尼让为难地说。

"你放心，我要的只是一个理想的结果，和你一样，我同样不希望它们引发民众的恐慌。"

"这就好，那我就可以放手干了。"尼让再次开心地笑了起来。

辞别连漪和尼让，在街头四处溜达，一不小心就撞见了巴巴辛巴，巴巴辛巴警惕地看向周边，小声埋怨道："怎么大白天就把我约到这儿？什么事这么急？"

"方舟和艾琳公司这边的动静很快就会波及真知社，你赶快去趟东京。到东京后你联系下这个人，他会给你提供必要的帮助。记住，他仅仅提供帮助，不要让他参与进来。"我飞快地说道。

"还有其他什么事吗？"巴巴辛巴拉低了帽檐，他今天的穿着有点扎眼，花花绿绿，足够醒目，而且他手里还拉着一束气球，百十米内，想无视他的存在都难。

"没有了。"我挑了两只气球，同时把一张纸条塞在巴巴辛巴的手中。直到走出公园，看见几个玩耍的孩子，才得以把手中刺眼的气球送了出去。

尼让兑现了他的承诺，毕竟想仅凭报道就把方舟和艾琳公司除掉，还真的有点天方夜谭，它不仅需要时间，还需要足够的幸运，而且还要面对更多的麻烦。

连漪回馈过来的信息是，艾琳被查封得很彻底，但方舟那边却出现了点状况，在被查封前，有人从那里偷偷地拉走了几货车的物资，不知所踪。

"尼让的人都是白痴吗？"我震惊道。

"方舟可不是一般的公司，背景十分复杂，仅仅是查封它，已经是走狗屎运了。所以，接下来尼让还能追查出点什么，你还真别抱太大的希望。"连漪居然这样宽慰我道。

巴巴辛巴也陆续传来消息，至宇航天明显加强了警戒，宣和精炼厂那边也是，它们甚至动用了无人机进行二十四小时不间断巡视。

"佰日社这边倒突然安静下来了，连大殿里的那个通道都被封死了，可能他们真的受到了惊吓。"巴巴辛巴笑道。

"小渊美子那边有什么反应？"我问道。

"你知道真知社现在的实际掌控人是谁吗？你猜猜看？"巴巴辛巴兴奋地反问道。

"小渊美子，是吗？"除了她，还有谁能让巴巴辛巴这样兴奋和神秘兮兮呢？

"不错,就是她,这两天有很多人去拜访她,甚至包括现任的几位分社社长。她可藏得真够深的,我们都被蒙蔽了。"巴巴辛巴感叹道。

"你多雇点人,这两天给我全方位盯紧了,特别是至宇航天那边和小渊美子的行踪。"我嘱咐道。

"这两天要有大动作了吗?"巴巴辛巴的眼睛熠熠生辉起来。

挂断电话,我又和河野浩辰取得了联系,虽然他表示出不满,但面对金灿灿的诱惑,最终还是心甘情愿地被我紧紧地攥在了手心。

河野浩辰,一个东京都街头的小混混,一个为了钱连父母都敢杀的畜生,一个看上去不正常却远比大多数人还要正常的家伙。

坚对我的安排感到意外,但他憋住了好奇,立刻转身购买了去往东京的机票。

我最后联系上了已经调任日本分社社长的刘书书,告诉他最近有一系列报道需要他的配合,我还没有来得及细说,他已经快乐地答应下来。

我终于可以休息一下了,这个世界从来没有天衣无缝的计划,再破烂的渔网,只要还挂满沉甸甸的鱼饵,就总会有傻乎乎的鱼钻进来,甚至再也钻不出去。

夕阳落下的那一刻,我再次踏上了飞往东京的班机。相信我,我没有壮士一去不复还的豪情壮志,甚至连心底曾有的波澜也意外地得到了平复。

第二天一早,河野浩辰按照计划准时准点地去往东京警视厅去报案,只不过他"意外"地在大厅里碰见了到此采访的刘书书,于是"突发奇想"之下,他把该说不该说的,全部说给了刘书书。这样就不会再有人会去灭他的口,因为那将毫无意义。

通过河野浩辰爆料的内幕,很快《僵尸军团》以骇人听闻的标题出现在《第一现场》东京网站的新闻版面上。

黑博士和威廉博士那边也很快做出反应,通过新闻连线,他们开始危言耸听地去探讨起有关僵尸人和僵尸病毒的话题。

坚顺利地召集了一批记者,他们长枪短炮,堵塞了至宇航天的大门,要求获得采访许可。

我在东京街头意外遭到遇袭，一道血色抹上了我的脸颊。

当警察把嫌疑人的照片摆在我的面前，我甚至连看都没有看，就肯定道："就是他，他就是平野郎。"

"我不会让你废掉真知社的。"画面中的平野郎疯狂地飞舞着刀子向我砍来，即使面对的只是视频，他那凶残的模样，依旧让我战栗不止。

"你很幸运，如果不是旁边的柱子磕飞了他的刀子，你可能就不会坐在这里了。"男警察淡漠地说。

我真的很好奇，平野郎什么时候开始喜欢玩起了刀？

"你真的不需要保护措施吗？虽然我们已经展开搜捕，但风险依然存在。"女警察关心地问。

搞笑，如果连平野郎都不能杀死我，我还需要保护？

当我赶往至宇航天现场，高效率的地方政府已经组成调查小组进入，但他们以事关企业秘密为借口，限制了记者入内："现在是调查阶段，调查结果会择日召开记者会对外公开。"

即使在前一秒，我还在期待事情会像方舟和艾琳那样，只是吹口气，就可以烟消云散。但转眼三天过去了，至宇航天那边突然传来消息，说它被军方接管了。

记者招待会上，一位满脸阴霾的官员只是在台上站了两分钟，只是读了篇稿子，然后就无视记者们的质问匆匆离开了现场。

"我们怎么办？"坚恼怒地捶了下座椅，问道。

"不行我这边继续打听着，您先回去，一有消息我马上通知你们。"刘书书建议道。

既然在这里什么都看不到，继续待下去也毫无意义，我和坚匆匆离开了东京。在赶往机场的路上，巴巴辛巴终于回了电话，他告诉我小渊美子这几天一直在家里待着，甚至连门都没有出过。

面对灰溜溜的我，安娜只是好奇地多看了几眼我脸上的刀痕，就开始和帝客玩耍起来，甚至没有半点关心我的意思。

"现在的新闻真心不能看了，前天还有人煞有其事地说什么僵尸病毒和僵尸军团，想不到今天就被打脸了，原来它们都是被伪造出来的。"帝客乐颠颠地瞄了我一眼说。

"即使是真的，这种能引起社会巨大恐慌的东西，哪个政府又会傻兮兮地拿出来给你看呢？"安娜一边给帝客挠痒痒，一边用柔和的声音对帝客说。

"反正我感觉媒体人都一样，个个唯恐天下不乱，都是吃饱撑的。"帝客舒坦地伸长了脖子。

"可你每天不也坐在这里目不转睛地胡乱换着频道在看吗？想来你也是吃饱了撑的。"安娜扭头看了我一眼，柔柔地一笑。

"我想啊？天天待在家里，我都待出一身的毛了，再不看点什么，我还不疯掉啊？这样下去，我都想死了。"帝客居然说。

"嗨，你个小东西，怎么就会有了这种奇怪的想法？好了，别埋怨了，明天我就带你去动物园怎样？"安娜惊骇道。

"真的？你说的，明天什么时候来接我呢？"帝客马上歪头瞅向安娜。

"明天一早就去。"

这是一个连狗都能张口嘲讽人的世界，有点可笑，亦有点可悲，原来科技之下，人真的可以沦落到禽兽不如。此刻，面对禽兽，你所能做的，大概也只能是无言以对。

人类奇怪的思维方式，注定了这个世界是四分五裂和缤纷多彩的。但面对人性的单一，我们始终走在循规蹈矩之中，无法逃脱。至少我还不能。

第十六章
帝客的战争

终日靠电视活着的帝客，终于爆发了，它开始疯狂吐槽，吐槽起所有的节目，吐槽起所有的人，甚至也包括我。

"这也能叫综艺节目？随便拿点小儿科的愚人栏目就搬到屏幕上，你们不害臊吗？这些东西不仅玷污了我的眼睛，还在侮辱我的智慧，甚至在浪费我的青春。就这样还送给他们数不完的钱，难道你们人类都没有脑子的吗？"帝客冲我气鼓鼓地亮出牙齿。

"看看你们的影视剧，这年头还能看吗？除了打打杀杀，除了风花雪月，除了宫斗权谋，我还能看到什么？看那些脑袋欠踢的玄幻吗？还是看那些顶着科幻之名的胡编乱造？难道你们就是在这样塑造文明？还是你们本就喜好自娱自乐，愚己愚人？"帝客怒不可遏地发出狗叫。

"还有你们那些所谓的明星，在镜头下嬉皮笑脸那么两下就能拿到过千过万甚至过亿的钱？难道你们不知道普通人辛辛苦苦劳作一生也拿不到他们一天的一个零头吗？难道给他们的钱是大风刮来的？还是他们在创造对等的财富？"帝客甚至吐槽到连舌头都收不回去了。

"看看这个，都把现实当戏演了，也真是没谁了，摔死了吧？还有这个，他不就是一个瘾君子吗？这是在本色出演吗？这个，这个更奇怪，拿爱情当淫乱，拿淫乱当爱情，不就是一个傻缺吗？你们这些奇奇怪怪的人类！"帝客疯狂地撑起自己的短尾巴，虽然它注定撑不上。

"过去连三教九流都入不了的戏子，现在居然个个活得如此光鲜，也真是奇了个怪。"帝客最后狗眼看人低地说道。

我甚至听到它在最后用到一个古老的语序,看来书房要关紧了,别哪天不小心它又蹦出一个连我都弄不明白的生僻词汇,那就尴尬了。

"听说过有钱人的玩偶,世俗下的消遣吗?你又何必当真呢?"坚终于耐不住,一把把帝客抱在怀中,安抚道。

"有钱人的钱真的是有钱人创造出来的?是我不懂,还是你不懂呢?士农工商,除了农工能产出价值之外,士和商不就是他人的'死'和'伤'吗?"帝客挑衅地看着坚。

面对咄咄逼人的帝客,我们一败涂地,坚丢下帝客先溜了一步,我也找个借口溜到了南茜那里。

针对娱乐界发起的战争,不仅是帝客的战争,也是我无奈之下的"聪明"之举,因为你根本不需要去添油加醋什么,他们中的一些人就像是一群寄生虫,只要真真实实地暴露出他们真实的世界,他们就会被彻底打入十八层地狱。

华丽光环笼罩下的世界是虚幻的,当灯光退去,一张张华丽的面具被揭开,随之乌黑发臭的污油便会四处流淌。

对演艺界的揭盖子,毫无意外地掀起一股批判浪潮,甚至一夜间蔓延开来。那些本就见不得人且散发出恶臭的交易,那些本是在暗夜中偷偷摸摸的丑陋行径,那些本来为人所熟视无睹的潜规则,在揭开盖子的那一刻,立刻如黑烟般翻滚而出,散发出奇臭无比的恶味。

娱乐圈在社会组成中大概是最风光无限好的地方,你每天所接触到的,所耳濡目染的,无疑都是它们的舞台,它们就像妖艳的鲜花一样,招摇在你的世界中。

而相较于风光无限的舞台,科工农技的阶层就显得有些默默无闻,虽然他们对于社会的贡献更巨大而稳定。

在一个价值本末倒置的世界,在一个资本横行尚歌舞升平的世界,如果我们依旧选择熟视无睹,总有一天,我们的世界会陷入水深火热中。

"就像破成洞的司法制度,就像烂成缕的金融体系,就像摆不上席的教育资源,就像摊不成饼的政策倾斜。虽然我们一直在诟病它们,但它们一直也纹丝不动。为什么？说白了，得过且过罢了。"安娜用她淡淡的语气说着。

还好，安娜没有说混吃等死。如果说火中取栗是一种冒险，那么城门失火殃及池鱼就是一种不智，我丝毫没有料到看似风平浪静的现实社会中，正在孕育着一股改天换地般的愤怒。虽然我知道，我又不小心触动了某些人的奶酪。

"小心玩火自焚哦。"南茜看着餐桌上的火锅，居然莫名其妙地这样提醒我道。

吃火锅还真有烫死的、辣死的、烧死的、噎死的、撑死的，奇奇怪怪的世界就是这样奇怪，什么都能超出你的想象。看着疯狂的热度，我感激地捞起一勺子的牛肉，放在了帝客的碗中。

当一场史无前例的大罢工出现在街头……

当老板金火急火燎地闯进门来，我还在得意洋洋地在电话中告诉坚："火越大，就会越暖和。"

"马上停下你们现在做的一切，马上。"老板金恼怒地拍打着桌面，咆哮道，"看看你在做什么！你难道不知道我们大部分的收入来自哪里吗？现在好了，连我们都成了众矢之的。你现在要么给我收手，要么马上给我滚蛋。"

炫美的樱花终于在富士山绽放了，受小渊美子之邀，我和安娜带着小尾巴帝客如约而至，入住在一家民宿，刚刚放下行李，小渊美子已经迎进门来，于是三个人一条狗踏进了樱花的世界。

小渊美子今天的打扮很入时，头戴粉白软款毡帽，外裹墨青束腰长裙，脚踩杂色翻毛鹿皮靴，一身的飒爽，一身的俏丽。她走得很慢，一步一格伴随在左右，少女般时而软绵笑语在耳畔，时而明眸善睐在眼前。

安娜则身穿一袭黑白搭配的简约套装，亭亭玉立间，反倒给粉红的樱花世界涂抹出一道缤纷异彩。虽然手中牵引着并不安分的帝客，但她始终如水一般安静。

"我要去星际旅行了，可能会是一两年，也可能会很久，甚至不再回来。"在步入一片白色樱花林后，小渊美子说道，这并不意外。

"你说什么？"我装出吃惊的模样，张大了嘴巴。不错，在至宇航天被军队接管之后，真知社很快也被政府接管了。

"我感觉好累，好累。是到了该放下的时候了，既然我百般努力也改变不了真知社，那只能去改变自己了。"小渊美子的眼中闪过一丝伤感，她在一棵樱花树下停下了脚步。

"你就此放弃，真知社怎么办？"我不知道是否该选择相信她，在我的眼中，女人一直是多变的，甚至下一秒，在我信以为真后的那一刻，她已然在嘻嘻哈哈地取笑我了。

"你认为我还能做什么呢？当一个人的命运不再把握在自己手中，继续抗争和努力下去还有什么意义呢？我现在唯一所能做的，大概也只剩下逃避了。"小渊美子的眼中闪着莹莹泪光。

我确实怀疑过小渊美子，但更多的时候，我更愿意相信她只是一个傀儡般的存在。是的，不管灯光舞台之下的她，有着多么的曼妙和华丽，但落幕之后，能留下的，也只有一副空空如也的皮囊。

此时此刻，面对她的柔弱，我动容地说："或许我还能为你做点什么，毕竟我们是朋友。"

"你是我的恩人，我不知道是否有资格去做你的朋友，但请相信我，我对你一直心存感激。我知道你一直在调查真知社，甚至对我也产生过怀疑，可是，我很想劝你放手，不管你去怎么做，你最终面对的绝不会只有真知社，你要面对的敌人，可能远比你所能想象的更加强大。"小渊美子伸手接住一瓣飘落的樱花，深深闻了下，捏在手指间。

"莫非它的背后还有政府？那又能怎样呢？毕竟生化武器的使用已经触及了人类伦常的底线，即使是星际联盟，恐怕都不会容忍它的存在。"我露出轻松的笑容，甚至期待能够在下面的对话中得到点什么意外惊喜。

"我不能多说什么，真的。如果可以，我希望你也能放手，这个世界上，根本没有人能关闭已经开启的潘多拉魔盒。"小渊美子话语凄凉，透出无限的绝望。

"你真的打算一走了之？"我居然心生恻隐。

"我必须走。"小渊美子凄凉地说道。

随着一个花瓣落下，众多花瓣开始飘落，一不小心就凌乱了整个世界。樱花是烂漫的，但它如流星般转瞬即逝，樱花如此，人生又何尝不是如此。

小渊美子是搭乘秃噜的飞船走的，走得彻彻底底，也彻底让我陷入了绝望，我突然有一种失重的感觉，很想去抓住什么，但能抓在手心里的，最后也只能是迷茫。

细月如钩，懒散地躺在浮云之上，时隐时出，全无心情地撒下丝丝银辉。亘古不变的日子对于它来说，也是一份磨难，突然间就想歇歇脚步，停下来去想点什么。

抬眼望天，原来宇宙是这般狭小，整个夜空点缀满闪闪烁烁的星辰，沙子般彼此挤挨在一起，连转个身都难。当一艘庞大的飞船慢腾腾地划过天际，银河像被划开一道口子，倾泻而下的星辉瞬间明亮了整个大地。

在群星的簇拥下，你甚至找不到自己的影子，甚至会有一丝惊喜和惶恐，甚至开始怀疑人生的方向。

脚下是平静的海水，柔顺如丝，用细浪把篝火和星辉一道道撒了出去。当远处飞出一群鱼儿，在海面砸下涟漪点点，瞬间就错乱了整个世界，处处光影摇曳，乱了一片天，乱了一方地，让人浑然不知身在何处。

生活是零乱的，不知道什么时候就会冒出来你根本想不到的事情。未来城某餐厅发生的一起集体中毒事件，让食品安全再次成为社会焦点，报道的全面深入展开，引起民众的一片恐慌，每个人都会突然发现，原来自己能够安心去吃的安全食品，少之又少。

面对一桌丰盛的食品，你会想到农药、转基因、防腐剂、添加剂、泔水、老鼠、蟑螂、臭脚丫子、肮脏手指、毛发诸如此类想到也想不到的东西，与它们相比，剩菜剩饭和注水肉，挂羊头卖狗肉之类的反倒是良心之举了。

帝客终于耐不住饥饿，扒拉过去一根香飘飘的排骨，刚想去啃……

"小心是僵尸肉哦，你懂的。"我笑呵呵地说道。

帝客恶狠狠地看了我一眼，又准备对一条鱼下口。

"听说过福尔马林吗？就是那种浸泡尸体标本的，好像真的很有用哦。"我好奇地盯着帝客。

帝客犹豫地盯上一盘圣女果，它准备吃斋了……

"反季节食品未必都出自温室，听说猕猴桃放十年还是硬的，不知道它们是怎么做到的？"我用的是

"它们"——一群唯利是图的奸商。

帝客开始拨弄一盘豆腐……

"现在的转基因和非转的食品怎么区别？"我无知地瞪大眼睛看着帝客，我需要答案。

"我吃苹果好了。"帝客居然真的一口咬了下去。

"哎呀，现在苹果连虫子都不敢吃，你居然敢吃？"我惊骇地喊叫起来。

帝客目瞪口呆地张大了嘴巴，苹果掉下去，在餐桌上滚了两滚，又掉到地上，连蹦带跳地逃进了黑暗的角落。

"我该吃什么？我快饿死了。"帝客抓狂地摇着头喊道。

"吃这种饼干好了，这可是特供给食品安全官员的，或许、大概、可能、也许没有什么问题了吧！"我拿出一盒精美的饼干盒出来，打开，美美地咬了一口。

"这个世界上真的有没有防腐剂和添加剂的加工品？呸。"帝客不屑一顾地推开了。

帝客是对的，但不吃不喝，饿死的是它，绝不是我，或许吃着吃着，我就五毒加身，然后就百毒不侵了呢？

曾经有人说民以食为天，那又怎样呢？自从以物易物催生出货币之后，商人就已经变身为"伤人"了，利欲熏心，哪怕为了点蝇头小利，都会无所不用其极。

即使在今天，商人经济也从来不是需求经济，它夹杂着太多虚拟出来的需求，目的只是盘剥到更多更持久的利益。

即使在今天，依然有很多人在愚蠢地认为社会的进步必然依赖于经济的发展，好像整个人类社会就是只进不出的貔貅，可以无穷尽地吞食下一切产

出。但你真的能吞得下吗？抑或，还是你真的吞得到吗？

事实上，即使粮食过剩，也会有人饿死；即使资本过剩，依旧有人囊空如洗。所以，在资本的今天，在科技的未来，真正过剩的恰恰是经济，而不是社会的进步。人类面对"伤"人的经济，始终毫无智慧可言。

"哪怕我们每年能够完成一种产品的计划经济，也早就实现全面的计划经济了，还用啃这些早被搜刮干净的排骨吗？"帝客终于忍不住饥饿，一边视死如归地啃着排骨，一边不满地说。

是啊，就像一头猪都被按部位分得仔仔细细，高低有别地卖了出去，那么面对那些智商下的奢侈用品，你又能买到几件呢？所以，如果你吃不起还想去吃，那就做商人去吧，或许一年之后，猪蹄会自动跑进你的餐盘。

"好了，明天我把你的花园翻了种地，这下总有的吃了吧？"帝客终于聪明了一次。

"这是我需要购买的智能机器人和设备。"正在我为了"以后的以后"而窃喜的时候，帝客把一张长长的单子推到了我的面前。

所以，做人还是面对现实的好。

当军警突袭至宇航天之后，虽然没有人知道里面发生了什么，但很快，执政的日本民生党党魁土肥原二借口健康问题辞去首相职务，由自由党党魁山本秀木接任首相一职，也只是早晚的问题。

我有点目不暇接，但是，我想要看到的呢？

"山本秀木并没有选择公开手中的证据，他很可能只是把它当作一种筹码，去和土肥原二达成某种交易。"巴巴辛巴摊了下双手，无奈地说道。

是的，我想到了开局，却没有想到结局。我不但无视了政界维持运转的复杂性，甚至无视了来自黑暗中的反噬，毕竟黑暗无处不在，它们要笼罩普通人的世界，简直和昼夜交替般容易。

"我只能说，他们背后隐藏的秘密，肯定远远超出了我们的想象。你们有点儿戏了。"连漪坚持认为，能让土肥原二轻易举手投降的背后，肯定还有其他内幕。

"连漪应该是对的，要知道，丑闻对于政治家来说，从来不是致命的，甚至还可能会是一种资本。没有丑闻的政治家，甚至根本没有光环可以闪耀。"安娜皱紧了眉头，一个漂亮的女孩，思考的模样会更迷人。

"真麻烦，你们把那些证据抛出去不就得了，那样，那些想掩盖至宇航天秘密的人肯定还会源源不断地跳出来，你们不也就有了更多机会。"面对愁眉苦脸的人类，幸灾乐祸的帝客追着自己的尾巴说。

"抛出证据，即便山本秀木能无视你的存在，土肥原二就会自认倒霉吗？所以，你在侥幸什么呢？"连漪危言耸听地说。

"即使他们不会杀人灭口，但你注定也会被他们写在黑名单上，我想你应该明白那意味着什么。你确定要和政权扳手腕吗？"安娜愁眉不展地说。

"僵尸人关我们什么事？我以前搞不明白你这样做会得到什么？不过现在我知道了，那就是作茧自缚。"帝客开心地瞅着我说。

为了自保，我需要加快脚步了。是的，必须如此。

焦头烂额之际，《日本早报》突然派观摩团来到了《第一现场》，团长武宫敬之依旧笑眯眯的老模样，倒是他的助手换了个阴郁的年轻人，他冰冷的目光和强有力的手掌告诉我，他的到来是一次无声的警告。

如果说开始我还能平静地接受这种无声的威胁，但随着和我单线联系的线人突然莫名其妙地自杀，它彻底击垮了我最后的坚持。

我是站在真知社的尸骨上走上巅峰的，事实上，如今的它已经是鸡肋般食之无味了，但鬼迷心窍的我，怎么就认为僵尸人能给我带来再次的辉煌呢？是不是某种未知的诱惑在里面？我也开始困惑这样继续做下去，还能再得到什么？我真的迷茫了。

在大多数时间里，我对未知科技的发展都持一种宽容的姿态，即使是针对人体的实验，我也从来不认同大多数人口中的伦常之说。毕竟任何事关人体的科技发展，都需要人体试验来支撑，就像药剂和基因改良，它们也不是天上掉下来的馅饼。所以，我对僵尸人的调查绝不是内心的正义使然，那它会是什么呢？我找不到答案。

我曾经求助于泡泡，但泡泡只是摇了摇头告诉我："我不可能触犯条约而帮你什么，我只能告诉你一点，别人是在刀尖上跳舞，而你，却是在针尖上跳舞。"

坚倒是很爽快："头儿，怎么做？说吧，你指哪儿我打哪儿。"

南茜只是表示出一点点的担心："现在老板金又在蠢蠢欲动了，你小心点。"

"除了僵尸，他们在至宇航天会不会还发现点别的什么？"巴巴辛巴猜疑道。

咖啡有点凉了，更有一番苦涩滋味，我迷茫地把玩着杯子，第一次犹豫在不知道是该重新续上一杯还是坚持喝完剩下的选择上。

大多情况下，我们可以精准地计算出物体的运动轨迹，但我们却很难计算出人类的行为后果。而且，人类的行为往往受到情绪的控制，而情绪又很容易受到身边事物的影响。

事情的发展很快就超出了我的预期，自认为足够谨慎的我，在推演了各种可能后，才按规矩出了牌，但只是转眼间，它就被对手无视规则地碾压个粉碎。

怎么能这样呢？难道这样也可以吗？我欲哭无泪……

是的，巴巴辛巴死了，在和我视频的时候，就在镜头前，被人一枪爆了脑袋。瞬间，一团血色涂抹进整个世界。

在黑暗的世界，没有规则，没有对错，没有善恶，唯一有的只是杀戮。在这里，强者生存只是一个玩笑，能笑在最后的那一个，往往是最无情的那个。

听海寺就在眼前，蓝天白云之下依然金光依旧，甚至看上一眼都会有种出世的感觉，拾级而上，忘记自我，丢弃杂念。

"你来晚了。"一个阴森森的声音从背后传来。

"东西拿到了吗？"我没有回头的勇气，和魔鬼打交道，你不可能心存幻想。

"剩下的报酬呢？"

"我还需要你帮我做最后一件事情,事情做完,你会得到双倍的奖励。"我还在尝试获得更多魔鬼的帮助。

"你——"

"你可以选择不做。"我没有胜算的把握,所以只能让他做出选择。

"好吧。我承认我失手了,欠你一个交代。让我做什么?"

"给歇洛一个惊喜。"我仔细地交代他该怎么去做,因为我不希望再出现任何意料之外的事情。

"一切都OK,但我希望你不要耍我,否则你会死得很难看。"

"我们是朋友不是吗?我怎么会去耍你呢?我这次真的需要你的帮助。"我听见了收枪声,才轻松地说道。

"我不会和你做朋友的,因为你比我更可怕,知道吗?"他居然说。

"阿弥陀佛——"我如释重负地走向听海寺,那里光芒四射,只有在那里,你才能做梦得到永恒。

巴巴辛巴的死只是早晚的事,他才是在针尖上跳舞的那个人,如果他不死,那才是一个奇迹。

人大概是这个世界上最偏执的物种,哪怕是一个莫名其妙的奇思妙想,都可能送你走上不归路。你会有一种冲动和坚持,即使你面对的是不周山,即使你明明知道自己也不是共工,但你依旧会固执地走下去。甚至在跌下悬崖的瞬间,你还在叹息没能达成所愿。

此刻,歇洛端坐在我的眼前,笔挺的西装配上短短的金发,让他显得更加英俊逼人。但他真的值得我信任吗?我始终充满迷茫。

对我的不期而至,歇洛只是略感吃惊,但当我提及尼让的时候,他的眉毛抬了下。

"你想说什么?"歇洛诧异地问道。

"方舟被封物质在他眼皮子底下被人拉走,难道不值得怀疑吗?"我说道。

"哈哈,你想说什么呢?"歇洛嘲讽地看向我。

"为什么小渊美子的复制人的手掌心也有一片污渍呢？"我丝毫不在意歇洛在想什么，继续说道。

"什么污渍？"歇洛困惑道。

"严格来说，是掌纹间的一块很难察觉的胎记。"我说道。

"有什么问题吗？"歇洛好奇道。

"如此详细的生物信息，你们是怎么拿到的？如果我没有猜错的话，应该是尼让提供的吧？"我大胆地推测道。

"你想说明什么？"歇洛不解道。

"因为尼让给我说，他既没有接触过小渊美子，也不知道她的下落。他为什么要撒谎？难道只是因为我是局外人吗？还是因为别的？"我在进行一次豪赌。

"所以，你是在揣测一切吗？"歇洛讥讽道。

"所以，当你们调查巴巴辛巴的时候，我也让他对你们展开了反调查。结果还真的出乎我所料，他不仅拍到了尼让和平野郎交往的照片，还找到了尼让和神武早年交集过的证据。如此，他和小渊美子间有什么交集，好像都不奇怪。"我缓缓说道。

"怎么可能？"歇洛震惊道。

"可惜，这些证据恐怕再也拿不到了，巴巴辛巴还没有来得及给我，他就死了。"是的，数字照片是不具说服力的，原始底片还在巴巴辛巴手中。只是一个瞬间，我想到什么？难道平野郎是因为这个才杀死他的？

"你为什么告诉我这些？你知道我是尼让的人。"歇洛已然陷入混乱。

"为什么小渊美子能活到今天？为什么你们会在国家图书馆相遇？难道只是为了作秀给什么人看吗？"我在大胆推进。

"我不知道你在说什么？"歇洛撒谎道。

"好吧，不说这个了，就说说你们在日本的行动吧。你和尼让频繁出入日本，是不是你只负责追踪平野郎，而他却在忙些不为你所知的事情呢？甚至，你还错失过一次抓住平野郎的机会。"我边说边观察着歇洛的表情。

"你怎么知道的？"歇洛在震惊中脱口问道。

"平野郎亲口告诉我的,他说通风报信的正是尼让。等抓到平野郎之后,你可以亲自问问他。"是的,平野郎并没有告诉过我什么,我只是在离间他们。毕竟来来往往这么多次,如果连接近平野郎的机会都没有过一次,愚蠢若此,他又怎么可能会优秀到为总统所嘉奖呢?

"你是想借我的手除掉平野郎?他可放过你不止一次。"歇洛不再纠结什么,终于回到正题,不解地问道。

"是两次,而且他还救过我一命。"在和平野郎的几次交集中,我对他的看法在不断改变,直到他在秃噜神庙出手除掉刺客的那一刻,我对他建立起某种信任,我甚至根本没有考虑过,是不是还有人不想我轻易死掉?

"那你为什么还要除掉他?"歇洛不解道。

"因为他杀了巴巴辛巴。"我平静地说道。当巴巴辛巴从查封至宇航天的军警手中购得秘密影像后,很快就被人发觉并遭到追杀,当他正准备把影像资料传递给我的时候,却被人枪杀了,而杀他的那个人正是平野郎。

"你怎么就认定平野郎是凶手呢?你当时并不在现场。"歇洛盯着我说。

事实上,在平野郎上次脚踩硬币的时候,他就曾愉快地说过,只要有钱拿,他也可以为我做任何事。之后不久,他不仅在秃噜神庙的试探中赢得了我的信任,也在东京街头玩起刀子和我上演了一场双簧。

直到我愚蠢地派他暗中配合巴巴辛巴的行动,直到他毫不犹豫地举枪杀死巴巴辛巴,直到我利用来自星际的技术解析出视频中的画面,直到画面中那些凌乱的光线AI出一张最有可能的面孔。那一刻我已然崩溃。

"我有目击者。"我选择了撒谎。

"我该去哪里找到他呢?"歇洛问道。

"他已经到了纽约,可能会把从巴巴辛巴那里抢来的东西交给尼让。"我的谎话也说得很自然了。

"你是说是尼让策划了这一切?"歇洛将信将疑道。

"是。所以,如果可以,帮我多留意点尼让。"我委婉地说,我并没有幻想在他们之间打入更多楔子,我需要的是另一个结果。

"他的一些决定和行为确实令人困惑……"歇洛没有继续说下去。

"你不必选择现在就相信我，等你抓住了平野郎，一切都将大白于天下。"言多必失，我适可而止道。

"但是……"歇洛还有点犹豫。

"如果需要协助，我这边有的是朋友可以帮助到你，你只管开口就是。"我飞快地打断了他，我希望歇洛能够在我的身后看到连漪的影子，而连漪背后那个高大的影子，足以支撑起他任何的希望。

走在纽约的街头，凌乱的思绪随风而荡，昔日的场景历历在目——坠出小渊美子眼眶的眼睛，脑洞大开的神武，平野郎迈入我视野的靴子，巴巴辛巴衣服上的污渍。

但是，我依旧没能看清尼让胖乎乎的笑脸背后的黑暗……

走着，走着，我突然有了一种恐惧，这种恐惧不是来自继续走下去会面对什么，而是，一旦抬起脚，我将再无回头路。

第十七章
残局

如果过去的一段时间是混乱的，那么我想，后面的一些日子注定会让人目不暇接。就像一支射出的箭，面对疾风骤雨，也只能任它在风中凌乱了。就像此时此刻，我已经开始胡言乱语了。

屋漏偏逢连夜雨，老板金笑眯眯地说道："委屈您先去科教部做个副主编，您也知道的，我现在也是泥菩萨过河，自身难保。"

我嘻嘻哈哈地回应老板金道："有碗饭吃就行，去哪儿都行。"

"你都快成众矢之的了，要知道，这次变动是来自上面的压力，你还能够待在这里，已经是奇迹了。"南茜专门来到我狭小的办公室安慰我说。

"在他们眼中我已然是一个麻烦制造者。现在好了，我一直梦想成为科学家，现在机会来了。"嬉皮笑脸是掩盖不了失落的，但我笑得很真实。

"不行我也去科教部吧，继续给你打下手。"坚幼稚地提议道。

"你还是待在社会部的好，免得以后让我事事求人。"我苦笑道。

"现在好了，你可以专心致志地学点真本事了，如果你真的可以放弃什么。"泡泡幸灾乐祸地说。

"你当然可以未卜先知地知道一切，但我还是想弄明白他们究竟想干什么。"我有些恼怒，我对她还不够好吗？怎么就不值得回报点呢？

"你已经失去了巴巴辛巴，你确定还要坚持下去吗？这很可能是一条不归路。"连漪危言耸听地提醒我道。

"坚不还在吗？我相信他。"至少坚还在，那么我翻盘的机会还是有的，至少坚被我飞舞出去之后，我丝毫没有考虑过他的结局。

"好奇等同无知,无知等同罪恶。难道你连这个道理都不明白吗?"智慧的雅典娜心有余悸地提醒我道。

"是啊,如果可以选择,我希望来世不再为人。"我肯定地回答道。

"那就做狗好了,至少我现在也意识到,原来做人还真不如做狗的好,毕竟我们更干净些。"帝客歪着头,认真地说。

"你——"我扬起的手放下了,那一刻,帝客在我眼中,居然是如神般圣洁的存在。

夜已静,朗朗清清的月挂在窗外,独独把黑暗留在了居身之室,虽然触手可及,但注定无法突破牢笼,如夜莺般自由翱翔。

不知何时,巴巴辛巴再次浮现在我的眼前,他瘦瘦的脸庞依然挂着一丝麻木般的微笑,这种微笑,甚至催眠了我的灵魂,使我无法寻找到内心的感受。

浴镜中的我,眼睛血红。我必须在雾气蒸腾的迷雾之界中杀出个未来,即使最终尸骨无存。

科教部闲散的工作让人无趣,所以就有了大把的时间让我挥霍。我不仅成了黑博士和威廉博士那里的常客,也在泡泡五花八门的奇怪建议中走进许多乱七八糟的宴会。在那里,我结识到很多来自星际的能人异士,他们能量巨大,至少在他们的嘴中,好像左右宇宙的走向都不是什么难事。

南茜很奇怪我开始不断约她,甚至说再陪我出席这种场合,安娜都会吃醋的。

坚倒是忙得一天到晚看不见人影,甚至想见上一面,都需要挤出下班的时间邀他来家里坐上那么几分钟,然后又匆匆而去。

安娜得知我又去了秃噜神庙,很是惊讶,问我是不是找不到她了。奇怪,她怎么会这样想呢。

帝客居然会在一天晚上对我说想我了,吓得我搬着它的脑袋摆弄了半天,直到确认它真的没病,才松了一口气。

暗夜长长,我依旧没能摆脱巴巴辛巴惨死的阴影,会在一次次梦魇中惊醒，然后抹去满头汗水，飞快地打开全部的灯饰，在被窝中瑟瑟发抖。

一道流星划过朝霞满天的清晨，华丽而短暂。在我还没有来得及赞美，魔光就提醒我，那是一艘坠落中的飞船。我无语地看着星空，居然就莫名其妙地想到，如果有一天也能如此璀璨于星河，即使只是轻轻画上那么一笔也知足了。

"是不是哪个字母错了？"当泡泡把一个奇怪的自媒体账号交给我的时候，我直懵圈，没几个粉丝，一堆复制粘贴的帖子。

"你随意。"泡泡潇洒地甩头走了。

质疑一个骸星人是愚蠢的，我犹豫地把帖子发了过去，然后，我见证到一个来自魔法的奇迹。是的，在短短数十分钟内，我发出的帖子就获得千万的传播量，并且很快在世界各大主流媒体中引发了反响。

泡泡惬意地欣赏完我的表情包后，终于于心不忍地说道："你不是常和帝客玩多米诺骨牌吗？我只不过挑选了一个最不起眼的放在了首位而已。"

视频中庞大的僵尸军团扑面而来，似曾相识的电影画面真实地降临，你可以无视溃烂的肌肤和狰狞的脸庞，但你注定无法无视它所引起的恐慌。

是的，一些超市突然被一扫而空，一些药房也突然关门大吉……

自傲等同狂妄，狂妄会带来混乱，混乱会涟漪出困扰。当我放弃了狂傲般的自恋，才发觉遵从让我身边的一切都变得那么和谐，少了诸多纷扰。原本磕磕碰碰的工作，就像堵塞的马桶突然通畅，高效了许多。

"你现在可爱得让我都想咬上一口了。"帝客居然调戏我。

"那就从脚丫子开始吧。"我逆来顺受地伸出脚去。

一堆巨人围绕在篝火旁吃肉啃骨，而我只是旁边那个添柴加火的小矮人。他们吃我的，喝我的，还在拿我的矮小说笑，你说气人不？可想而知，当城门失火殃及池鱼的那一刻，这些快乐的巨人们，当然不会再无视我的存在。

随着僵尸病毒和僵尸军团的传闻不断发酵，仅隔两天，日本官媒就迫不及待地跳了出来，开始了蹩脚的表演，说什么视频不过是正在开拍的电影截频，并非真实存在。

电影场地？是的，他们又邀请各大媒体记者观光至宇航天的内部，说：

"你们随便看，这里会有僵尸吗？"

甚至，他们还不忘在最后言之凿凿地来一句："谣言止于智者。"

事态发酵了一周，来自各方"正义"媒体的打压，正在让热度回落，然而网上又引爆了更多稀奇古怪的言论。看，热度马上又上来了。

我甚至没有来得及窃喜，来自联盟的异常战况开始占据新闻头条。我有点想不明白，什么时候，连异星对星际联盟的侵扰都成了地球人的关注重点了呢？这对于还困囿于地球上的人类来说，本身就是一个天大的新闻。

为了挽回民众的视线，又有一群头顶各种光环的专家冒了出来。阵容强大的他们，坐在屏幕前，对各种监管现状简单诟病两句后，马上开始转移话题，开始探讨起现下人体操控技术的难点及壁垒，甚至开始展望起相关技术的未来愿景。谁都没有注意到，七嘴八舌之下，他们已然把病毒和僵尸们抛到了一个最不起眼的角落。

"你们难道没有发现老板金已经……"南茜并没有说下去，有点束手无策地看着我们。

"如果这样下去，我们马上就会前功尽弃。"坚已经疲惫不堪，他摇动着手中的咖啡提醒我道。

我不可能把歇洛从尼让那里窃取来的秘密大白于天下的，那样歇洛注定在劫难逃。但我已经处于两难境地，眼看官媒一个个失声，手中却没了柴火去维持热度。

"在地球上，没有什么东西是不可以掩盖的。而且，也不是所有星星之火都可以燎原的。"泡泡事不关己地拒绝了我的求教。

"政府为什么要为真知社兜底这些呢？莫非他们想坐享其成？"帝客莫名其妙地插了句进来。

泡泡惊奇地抱起帝客，她复杂的表情让我感到一丝恐惧，我不知道那是不是一种暗示？如果真的如此，我必将无路可走。

"虽然你有一个无法查到的自媒体号，但也只能是掩耳盗铃，即使是个盲人，也猜得出谁是幕后主谋。现在好了，把自己逼入绝境了吧？"安娜幸灾乐祸地埋怨道。

放弃是什么意思？我的词典里从来没有这个词。不过，既然连螳臂当车的螳螂都化成了灰，我确实需要改变点什么了。或许我只需要一个支点，鹿死谁手还未可知呢。

我开始坚持每周陪安娜去秃噜神庙膜拜秃噜神，不过奇怪的是，我不但没有失去罪恶，反而在秃噜神那里偷到了更多邪恶出来。我甚至开始审视整个世界，甚至开始关注起宇宙的改变。

是的，如果连宇宙间的星系都存在弱肉强食，我又该如何凭借一己之力，去对抗整个宇宙呢？我不是上帝，我甚至不是帝客。

"如果你的眼中只看到邪恶，你的世界注定充满邪恶。你该放下了。"安娜再次提醒我道。

放下果然是一剂良药，天更蓝了，水更绿了，自己突然有时间去泡一壶功夫茶了，突然有时间去钓钓鱼了，突然有时间在阳光下散散步了，也就突然明白了：原来世界如此简单。

"我们就此放弃吗？"坚困惑地问。

"我们已经尽力了，不是吗？"看着水面上漂浮不定的鱼漂，看着粼粼水波，心底再无半点波澜。

"辞退你是董事会的决定，你知道的。"老板金面带不堪地解释道。

"真的，太谢谢您了！"我紧紧地抓住老板金的手摇了起来，那一刻，我是真诚的。

"其实你可以去游历一番，宇宙这么大，你不想去看看？"泡泡半真半假地说道。

"好啊，明天我就上路。"我随口应着说。

"什么时候来？嚎叫都想你了。"连漪笑盈盈地问。

"安娜还有点事要处理，估计明天会到。"我眉飞色舞道。

这是一个无法预知的世界，你永远不会知道下一秒会发生什么？你所能知道的，大概只有各种的可能性，即使你能计算出它们出现的概率大小，但结果依旧常常出人意料。

是的，人生不是游戏，仅仅一次疏忽，你已然失去重来的机会。

是的，人生如戏，你又何必在意过程呢？面对凌乱的世界，凌乱才是我们每一个人的宿命。

走出机场，左右等了半天，也不见威克的影子。安娜开始有点担心，刚要打个电话去，帝客却欢实地喊道："他在那儿。"

扭头望去，人群中走出一个熟悉的人影，他把帽子压得很低，还戴了副眼镜，正在快速向我们走来。

"搞什么鬼？"我有点诧异。

"跟上我。"威克擦肩而过，低声说。

直到坐进车中，安娜才不安地问："出了什么事？"

"后面有条尾巴，陪他们玩捉迷藏。"威克笑呵呵地说，"知道吗？他们很蠢的，就是随便拿件衣服挂在街角的栏杆上，都能让他们待上几小时。哈哈。"

"既然四大家族能掌控全球经济，连国家和政府都在为它们打工，你这样做，不是在自寻死路吗？"安娜担心地说。

"不错，全球的市场规则本身就是为四大家族量身定做的，不过现在，是时候改变它们了。"威克依旧百无禁忌。

"也许能被改变的只有我们自己，看看我吧。"我尴尬道。

"你失去什么了吗？你现在不但多了许多拥趸，而且还得到星际联盟的关注。"威克说出令人意外的话来。

"怎么回事？"安娜问。

"僵尸军团的事情闹得沸沸扬扬，听连漪说，这已经引起了星际联盟的关注。"威克解释道。

"那又怎样？他们对地球一直抱着不干涉，不参与的态度。"我苦笑道。

"你不是说僵尸军团可能是为外星特意打造的吗？如果真的如此，你说他们还会无动于衷吗？或许，事态很快就会有新的转机。"威克依旧乐观如此。

威克的话让人半喜半忧，如果能亲手摧毁它们，是不是成就感会更多点呢？一线曙光挤进了我的世界。

连漪接过我在兰溪社淘来的宋刻古本，第一反应是拒绝，但她又犹豫了，如果只是价格昂贵，她不会犹豫，但昂贵的是我的希望，她未必能承受得起的希望。

"我是该说谢谢呢？还是不该说呢？"连漪只能打趣地说。

"谢他作甚，他不过另有所图罢了。"帝客闪烁着自己的智慧说。

"你真的打算继续下去吗？以目前的情况而言，静观其变不是更好吗？"连漪抚摸下帝客，建议我道。

"当然。"我笑得有点尴尬，有句话叫识时务者为俊杰不是？

"如果你真的这么想，我倒是有一个散心的机会给你，就是不知道你舍得下安娜不？"连漪拉过安娜，开心鬼般打量着我们。

"你要真有办法把他打发出去，我还真的阿弥陀佛了。"安娜一脸愁容。

"我这里有一张联盟智库提供的天空城船票，没有什么任务，就是简单的吃喝拉撒睡，然后写份游记就可以了。我本来还想去的，但一个来回需要两年的时间，我还真抽不出这么多时间来。"连漪说着从茶几上拿起一张精美的卡片递给了我。

天空城并不是自然星体，它是星际联盟打造的人工星球。自联盟建立以来，在过去的漫长宇宙纪中，它始终如流星般漫无目的地巡游在各大星系。

天空城不仅是星际联盟的行政中心，亦是各种星际科技和星际文明的交融之地。可以说，天空城是每一个地球人都梦寐以求去看看的地方。

我的手在颤抖，我相信那会是我改变命运的开始，这般轻易地得到，如果还能像水一般波澜不惊，大概也只有死了才能做到。

"按惯例，天空城会在银河系巡游一个星季。卡你先拿着，什么时候考虑好了，随时都可以走的。"连漪善解人意地说。

"让我去好了，万一他回来你都变成老太婆了，他还会要你吗？"帝客冲安娜喊道。

"你个小能豆，怎么哪儿哪儿都有你呢？想去，让他带上你就行了，居然还咒起我来了。"安娜狠狠地掂了掂帝客的耳朵。

"还是你带它去吧。"我还没有到非要一走了之的境地，不是吗？

"她去不了，我们还有很多事情要去做。"连漪神秘地说。

"什么事？"在我脱口而出的瞬间，终于明白，眼前的一切早就是她们安排好的，如果我选择不去，相信很快会发生更多不可预知的事情。

"隐私，明白吗？"虽然这样说，但安娜那灿烂的笑脸，柔化了我最坚硬的防线。

是的，我真的到了该放下的时候了，我必须放下一切，开始新的生活。

"好吧，我去。"

星际联盟内的宇宙传送方式基本有三种。

一种是缓慢且需要耗费大量能源的飞船传送方式，适用于大量和频繁的短途星际旅行。即便如此，面对遥遥星途，对于地球人而言，它依旧是致命的，甚至还没有走出太阳系，我们的生命就已经走到了尽头。

所以，如果是不足百年的短途旅行，我们会被注入一种纳米稳定剂来延续生命。如果星途漫长，那么我们就只能在"炸鸡"柜中来隐生自己的生命了。是的，我们的身体内的水分会被瞬间抽离，然后像干尸般挂在那里，直到抵达目的地。

当然，对于大多数星际文明体而言，宇宙航行更像古时民族的游牧，他们甚至一生都生活在飞船上，他们的世界没有草场和牛马，有的只是璀璨星海和无限未知。

第二种传送方式是对生命体先分解后组合的超态传送，它将对生命体进行全态扫描，把数据转化成一组组的粒子集群，然后进行超态传送，到达目的地后再进行重新组合。

超态传送由星际间无数个支点站组成，它们就像更先进的地铁，四通八达地勾连着各大星系。唯一遗憾的是，支点的建造费用极高，对空间环境的要求又极为苛刻，对于地球这样的穷乡僻野来说，可望而不可及。

还有一种传送方式是粒数传送，它和支点传送有着同工异曲之处，不同之处在于，它是不需要支点的，它只需要一个接收端，当旅途过于漫长时，它会成为一种麻烦。所以，它更像一道光或者一颗子弹，射出去之后，后面一切将生死由命。

支点和粒数数据在复杂的星际传输中，都会存在致命的散失问题。前者可以依赖强大的支点体系，利用复制粘贴的办法，对粒子集群进行补充和维系，而后者却很难做到这些。所以，粒数传送更适合于储存有副本的粒子和数字生命体。

我还从泡泡口中获知，宇宙中还存在第四种传送方式，一种神秘到近乎等同于驾驭时空的方式，一种连宇宙都显得渺小的方式。不过，不管泡泡如何给我描述，我始终无法理解。

是的，为了到达天空城，血肉之躯的我不得不挂在秃噜人的"炸鸡"柜中跑了第一程，然后又醉生梦死地坐了趟支点的"地铁"，才抵达天空城。这真的是一次糟糕到令人抓狂的旅行，再次复活的我，甚至不知道我是谁？我在哪儿？

但是，我来了！

第一眼的天空城是令人头晕目眩的，我们不能脚踏实地去仰望什么，也不能居高临下去俯视谁，我们就像被丢进大海里的一只小虾米，瞬间眩晕其中。

天空城的宏大不足于用言语来描述，它甚至大过一些巨星体，站在这里，你会有一种脚踩星云为群星所围绕的感觉。站在这里，你会面对一个不断变化着的万花筒般的世界。站在这里，即使空想，你也无法想象文明与科技所能创造的无限可能。

天空城由无数个功能区块组成，在不同的区块内，又构建出不同的区域，用以满足不同生命体的生存维系。其间，宏伟壮观的建筑群遍布视野，错乱的空间勾连在一起，如玲珑镂空的绣球，那是一种似曾相识的感觉。

是的，眼前是一个空灵的世界，形形色色的生命体驾驭各种奇形怪状的飞船穿梭其间，像鱼群游弋在珊瑚群中，美轮美奂。

在天空城不论你看见什么，或者听到什么，永远不要张大嘴巴和睁大眼睛，那会让你像一个白痴般存在着。在这里，有的是你想象不到的奇迹，你匮乏的智慧和认知，注定让你欢喜阵阵抑或噩梦连连。行走在这里，你会感觉自己越来越渺小，直至最终对智慧产生敬畏，丢弃幻想，跪下双膝，臣服在它的脚下。

看，天空城有一群来自遥远的雪月星的奇妙生命体，他们如大海里的水母般自由自在飘荡在空中，随心所欲变幻颜色。他们脆弱而强大，不经意的触碰会令他们破碎，但破碎之后的碎片会重新复原在一起，或者彼此结合，重新塑造出一个新的生命体。这，是不是足够神奇和魔幻呢？

可是我想说的是，真正的神奇在于他们的文明，他们在框定的空间里始终保持恒定的数量存在，当超出时，总会有人选择放弃生命，烟消云散般消失而去。我曾经对此表示困惑，但得到的答案是："生与死都是永恒的一部分而已，何况我们本身就不分彼此，消失的只是躯壳，认知却存在于彼此之间，又何来生死呢？"

是的，那是我第一次认识到，原来这个世界上还有意识体这一说，我被彻底震撼到了。

是的，在天空城我还遇到了一种摸不着也看不到的生命体，没有人知道他们来自哪里，也没有人知道他们又会去哪里，他们简直就是空气，只是偶尔在你耳旁说笑一下，就会让你魂飞魄散。

当然，他们并不是我们口中常常念叨的灵魂和鬼神，他们凭借复杂的能量聚集出真实的存在，穿墙而过对于他们来说只是日常，即使天空城的巨大能量罩也丝毫不能阻挡他们进进出出的脚步。可以说，他们类似于宇宙的基础构成，甚至可以无视物质世界的任何特性。是的，它们就是低介质生命体。

是的，天空城简直就是一个怪物世界，不管是你曾经所梦想的，还是你所惧怕的，它们都鲜活地存在于这里。如此，原来自大自狂的我们，开始有了蹑手蹑脚的人生。

对于未知的世界我一直保有敬畏之心，所以在对天空城走马观花似的看了两眼新奇后，就开始奔波在各类会展中心。

在那里，我对众多人工合成元素的强大感到惊讶，可以说，不管你的要求多苛刻，这里总有众多合成元素能够轻易地满足你对其属性的需求。

我对一种在深空中也能进行能源收集的装置感到匪夷所思，它大小不过寸方，却能够在不需要任何能源材料添加的情况下，提供不竭的能源，堪比永动机般的存在。

当然，我也会对一只连桌椅板凳都能变幻出来的粒子魔盒爱不释手，它甚至会变成滑翔翼、单车、钓鱼竿等，以及任何你所想所需的东西。

我会对能够完美替代体液来维系生命的纳米集群感到震撼。想想看，如果活着的你甚至不再需要吃喝拉撒，那么这个世界是不是会明媚了许多呢？虽然这对于喜好吃喝拉撒的人类来说，会有那么点无趣。

我不知道是进入了上帝的天堂还是迈入了撒旦的地域，在天空城，我发现曾经梦想中的任何需求都唾手可得。但是，在欣喜若狂之后，我发现自己曾经的梦想和奢望原来如此一文不值。

闲暇之余，我也会步入各种会所和俱乐部，聆听来自星际联盟的民众之声，令我诧异的是，他们的交谈内容基本是围绕自身工作展开的。这里鲜有异性和美食的话题，甚至没有权钱之类的闲论。他们甚至会为一个程序的编辑方向饶有兴趣地笑谈半日，甚至会因为一个观点掰扯个脸红脖子粗，甚至会打场游戏来定输赢。

这里和谐得令人发指。我本意是想到这里看场拳击或者听些污浊的话语，毕竟，只有这样，我才会有种宾至如归的感觉，否则，"身在异乡为异客"是很可怜的。虽然，这里让我重回学校的食堂……

在一次意外的闯入中，我结识了比伯博士，他甚至奇怪地告诉我宇宙是由不同的小宇宙组成的，它们就如满天的雪月人一样，随意散落在大宇宙的各处，所以要了解真正的宇宙文明，我们还有很长的路要走。比伯的话开始让我有种死不瞑目的感觉。是的，那一刻，我甚至开始渴望永生。

为了得到永生，我魔怔一般在天空城开始了乱闯乱撞，它们就在眼前，但我被拒之门外了。他们总是奇怪地问我一个问题：作为地球人，你有贡献币吗？贡献币是对联盟有足够贡献的人才能获得的，如果没有贡献币，即使你拥有显赫的身份和无尽的金钱，依然不会获得超越自身文明的联盟服务。

焦头烂额的我心怀一丝奢望去查询了自己的贡献币，账号上除了省略号，居然连个零都没有。

第十八章
天空城

按照连漪的要求，我参加了一场地球文明探讨会。探讨会设在一家中餐厅，这倒是我没有想到的。参会的人不多，稀稀拉拉地坐在各处，反倒让大厅显得空旷了许多。

来自御夫座的柯娜备受大家的尊敬，她的观点几乎代表了整个联盟对地球文明的认知。虽然用地球人的眼光来看，她是丑陋的，一圈黑豆般的眼睛长在滑溜溜类似鱼头的脑袋上，无论从哪个角度看，都会引起不适。

"什么是文明？在我看来，文明不过就是人性与智慧的加减法。究其两极，一种是人性的文明，一种是智慧的文明。前者充斥着人性的黑暗，后者散发出智慧的光芒。如此，地球文明又属于哪一种呢？"柯娜开口即是暴击。

柯娜首先谈到资本，她说："事实上，地球上的资本已经完成了对大部分资源的掌控，它们还在尝试窃取政权，以民主自由的名义，以公平正义的名义，以最蛊惑人心的方式。但让我感到不可思议的是，在那里，为资本摇旗呐喊最凶的并不是资本，而是那些为资本打工的人，是那些连资本都触摸不到的人，是那些连资本是什么都不知道的人。民主自由亦是如此。他们甚至食不果腹，他们甚至衣不蔽体。

"为什么？带着这样的困惑，我又一次去了地球。我发现，那些为资本捧臭脚的人大致有以下几种：一种是资本本身；一种是对资本残渣剩饭津津有味的人；一种是总把自己的不如意归咎于社会而无视自身问题的人；一种是缺乏基础认知的人；一种是恶意的人。由此我可以说：当代的地球人不仅是迷失方向的一代人，也是迷失信仰的一代人。"柯娜语出惊人。

她让我看到了现实中自己的每一个身影。

"文明之殇莫过于此，它甚至让我想到了大犬座文明。大犬座文明是资本世界的典范，它不仅拥有宝藏式的资源产出，也有着可以媲美星际文明的技术能力，但时至今日，它依旧未能迈入星际文明的门槛。为什么？因为即便资本早已抛弃他们迈入星际，而他们还傻乎乎地站在原地，抬头看着越飞越高的资本，抬头看着离自己越来越远的资本，依旧在为它们摇旗呐喊，依旧在为它们欢呼雀跃。"柯娜说到此，开始面带玩味地看向我们。

这显然是一场自取其辱的探讨会，不仅没能让自己高大起来，反倒落个与犬人为伍，这要是被帝客知道了，它还不得把狗牙笑掉？我感受到一种深深的羞辱。

"知而不行，行而不改，改而不正。即便他们对资本有着深刻的认知，即便他们深受人性之害。"柯娜像摆弄玩具般摆弄着手中的虚拟地球，她无视台下的交头接耳，随后谈及信仰，"信仰是什么？同时空一样，信仰也应该据实而变。一个一成不变的信仰，只能让后人活在前人的坟墓中。如此，你们的信仰是否已经落满了尘灰呢？"

我开始后悔此行，面红耳赤地向外走去。

"无论资本还是文明，都脱胎于人性，唯一不同的是，资本是无从改变的，而人性却有得选择，因为它汇聚了所有人对未来期许的方向。"柯娜在我背后喊道。

我逃了出去。是的，在这里，我如坐针毡。

听从泡泡的推荐，我拜访了她的好友海努尔舰长，海努尔舰长是星际联盟边缘舰队的指挥官，他是机械城人，浑身上下的钢铁骨骼和盔甲，看上一眼都会让人心生敬畏。

当我问到战争时，和柯娜一样，海努尔舰长就差直接说地球人是低能儿了，他说："对于低级的原始文明来说，战争不仅是社会矛盾不可调和的产物，也是文明之河的阀门，它们的每一次跨越，都是基于战争而来。"

"难道还有例外吗？"是的，我坚信没有例外。

"当然有很多，比如奕尘星和紫幽星，他们甚至连一部像样的法律都没有，就那么一路从原始文明跨越进星际文明。事实上，在战争中轮回的文明并不多，任何一个稍有智慧的文明，都不会如此。"海努尔舰长笑了。

"那么异星战场呢？"我反问道。

"它可以追溯至上古纪元，甚至更加久远。事实上，从联盟建立以来，我们始终在想办法和平解决这个问题，但你也知道，这并不是单方面可以做到的。"海努尔舰长简单解释道。

"也可以接受割地赔偿吗？"我在耍小聪明了。

"任何选项都会成为一种可能，只有它是有益的，毕竟文明不应该画地为牢。"海努尔舰长并不想陷入逻辑的陷阱，他肯定地说。

"如果如你所说，异星战场岂不早就该结束了吗？"我的邪恶再次浮现。

"如果真的如此简单，和平确实早就该实现了。事实上，异星那边的胃口很大，而联盟这边，愿意脱离联盟并接受异星管辖的星际文明又寥寥无几，我们不可能丢弃他们的意愿去苟且什么。所以，我们依旧在做出新的尝试，包括建立军事优势，以及部分资源上的妥协。"海努尔舰长像是在天方夜谭。

"所以，它根本无法结束是吗？"基于我对异星的一知半解，他们似乎远比我们还要"人性"，这怎么可能呢？

"如果战争是基于生存，没问题。如果战争是基于贪婪，那么问题就会出现。我们该用什么来填满一个虚无的欲望沟壑呢？也许，只有时间可以填补一切吧？"海努尔舰长笑了。

如果面对的是一个地球人，此刻的我大概早已笑出了花，但："我昨天刚刚参加了一场探讨会，在那里，地球文明不仅被视为低级文明，还一直被诟病是战争文明。既然如此，为什么联盟不能帮助到我们呢？"我很坦诚，亦很难堪。

"因为你们地球人普遍的认知和文明的能力，这种划分是适当的，但这并不意味着你们会失去什么，相反你们会得到更多，就像婴儿一样，置身在联盟的保护下，你们不仅不会受到其他文明的侵扰，反而可以更加茁壮地成长起来。"海努尔很含蓄，似乎我的玻璃心随时都会破碎一地。

"联盟甚至在限制我们。"我甚至都不知道自己究竟不明白的是什么。

"你们好像有一句什么易改,本性难移的说法。我并不想冒犯你们,但过度的欲望摧毁的不仅仅是你们的生命,还撕裂了你们的社会,滞缓了你们的文明。如果连超越欲望的规则都不能建立,又何谈能迈入高级文明的殿堂呢?"海努尔这样说时,他的脸上居然没有半点鄙夷之态。

"我们该怎么去做改变呢?"我困惑地问道,因为我依旧看不到希望。

"我不知道?或许你们可以尝试用科技来改变吧?比如认知植入之类的。当然,你们也可以选择自然进化,不过那对于你们短暂的生命和文明来说,还真的可能遥遥无期。"海努尔无能为力地说。

我是在沮丧中离开的,我的大脑乱成了一团麻。那一刻,水晶宫般的天空城,已然璀璨得容不下一丝黑暗供我藏身。

得益于威克的建议,在联盟经济中心我见到了大名鼎鼎的海博士。海博士来自巨神星,他的高大身材,甚至连让我爬上他的脚趾都会是一种奢望。

"即便对今天的星际联盟来说,完全的均等也是行不通的。所以,我们更趋向于根据职业来划分需求,把特定和稀有的资源,交付给有特定才能的人来支配。这样做,虽然不均等,但却是绝大多数星际文明体的共识。"海博士简明扼要地说。

"真的可以无视持权者吗?而且,如果不能获得更多的利益,不说资本,就是造物者,岂不也失去了动力?"我只是描述下帝客的困惑,对于我这个无权无利的人来说,海博士所说的,当然也是我的共识。

"正常情况下,如果社会能保障到每个人的生存,那么他们的人生目标自然会多出更多的选择,也就不会再有你死我活的资源需求。所以,基础资源的划分远比稀缺资源的支配更加重要。"海博士诧异地笑了笑,给出了一个无解的回答。明明在骂我们地球人不正常,但又说得极为在理,让人找不到回骂的理由。

"或许你是对的,谁又能保证自己的子孙不会有穷困潦倒的那一天呢?甚至一生下来就是智障。所以为子孙打造一个美好的未来,好像真的是我们需要做的。希望未来科技能改变这一切。"虽然我承认我们人类过度的欲望是不正常的，但我依旧在幻想一个天方夜谭般的奇迹。

"智能科技的到来，只能让贫富间的差距越来越大，很多人会失去工作，甚至连生命健康也是如此，有钱人会越活越年轻，而贫穷的人甚至能被一场小病所终结。所以，资本之下，人性之中，你们的未来又该在哪里呢？"海博士毫不容情地说，"自由的资本和自由的人性一样，在联盟，都是不可想象的。"

"可法律就是那样规定的，我们又能怎么办呢？"我很愚昧和懦弱，甚至无从辩驳。

"法律从来不是为保障公平而设立的，当它也开始无视人与人之间的差异，无视资本的本性，那么到最后，它只能沦为资本的玩具。你们甚至没有专门针对资本的资源税，你们甚至也没能建立起强大的国家资本来平衡贫富差距，所以，你们又该如何面对即将到来的智能科技时代呢？要知道，它才是真正属于资本的时代，它的到来，会让绝大部分的人沦为可有可无。"海博士颠三倒四的，不知道在说些什么。

"可是，鱼池中有鲸鱼、鲨鱼、食人鱼，我们真的可以下手吗？"想想都会牙疼，我呲牙咧嘴道。

"那就要看你的背后是资本家还是国家了。在有限的资源下，计划经济不论从哪个角度上讲，都是一种最佳的资源调配模式。你们也曾建立过类似的制度，只不过因为贫乏的社会资源，不可避免地出现了些问题，然后你们就毫无智慧地选择了放弃。这难道不是在饮鸩止渴吗？为什么非要等到病入膏肓的那一刻，才会想到改变？"海博士再次鄙夷了我们唯利是图的人性。

想不到居然会在星际联盟也碰到个共产主义者。建立一个乌托邦式的社会，先不说资本是否会妥协，就光战胜人性，也是极大的挑战。

海博士最后说道："资本收割的不仅仅是民众的财富，更收割的是民众对政权的信心。如果你们连这一点都意识不到，那么政权的轮替，还真的是在朝夕之间了。"

作为一个普通人，我只能知趣地离开："谢谢您的指教！"

遵从安娜的旨意，我来到了天空城的秃噜神庙，在进去之前，我先把自己里里外外的邪恶掏个干净，然后才"干干净净"地走进大神使摩夺明亮如镜的办公室。

大神使摩夺把我让进座椅后，就垂眉敛目，好似入定一般，不再理会。我不自在地欠了几下身，感觉椅子瞬间变硬了："我是受朋友之托来问信仰的，想聆听下大神使的教诲，叨扰了。"

"谢谢！"摩夺惜字如金地回道。

我的额头瞬间冒出汗，脸也红得没了模样，我拘谨地站了起来，慌乱道："无约而至，失礼了。我下次再来讨教好了。"

"如果你是来问信仰的，那么你是不是也该有点信仰呢？不论它是什么。"摩夺挥手示意我坐下，开口说道。

"一个人活着为什么要依附于信仰之上呢？当这种信仰是虚无和无法验证的。在我看来，活着就是为了自己，为了不断变化的某个目标，而不是别人想要强加给我的所谓信仰。"我真实地说出了自己的看法。

"不同的信仰，可以绘就不同的世界，它可以是文明的根源，也可以成为战争的祸端。所以，面对走进来的你，面对依旧充满愤怒的你，我只能无言以对。"摩夺笑着说，他居然对我了如指掌。

"根源我没有看到，祸端我倒是常常看到。"我苦笑道。

"信仰不是个人的，它需要一种普世的智慧。你可以不理解，但你无法否认，它确实在某个时间、某个阶段，在凝聚并促进社会的进步。"摩夺一笑。

"我曾经看过一部武侠电影的招牌，上面不仅写满了无所不能，还写满了独步天下，甚至还写满了唯我独尊。"我立刻来了精神，大声说道。

"难道上面也写满了你死我活吗？还是被人拿去了，突然就变成了你死我活呢？"摩夺淡淡问道。

"可是武侠看多了，眼中也就只有你死我活了，不是吗？哦不，还有愚昧。"我的情绪开始泛起波澜。

"原来你只看到这些。喝茶。"摩夺垂目说道。他不再言语。

即便言多必失，也没有必要这样吧？我双手颤抖地端起茶杯，品了一口，居然真的十分苦口。面对始终沉默的摩夺，我渐渐失神。

我不知道自己是怎么走出的秃噜神庙，只是感觉自己的脚步轻飘飘的，越来越轻松自在，好像曾经背负的，已然卸去。

是的，我看到本是纠缠在一起的人，渐渐走向不同的方向，有的走向光明，有的走向黑暗。当浑水开始清澈，眼前的世界已然黑白分明。

不知不觉，我走进了犬月人的居住区，才愕然地想到，这是来自帝客的请求。

犬月人就是柯娜口中大犬座文明的一个分支，只不过他们早早逃离了母星，在星际中四处漂泊，逐渐形成了自己独特的文明体系。他们犬首人身，模样足够呆萌可爱。

得益于在星际间游牧式的生存方式，犬月文明集博大庞杂于一身，堪称星际文明中的万金油，这也注定了他们是一种社交文明，虽不至于沦落为其他文明的宠物，但好歹比那些依旧自相残杀在大犬座的同胞要自在许多。不错，四处游商的他们，所到之处，始终受到各大文明体的百般呵护。

在这里，我好像走进了万国花园，这里建筑各异，少有雷同，本就色彩缤纷的建筑间再拉上各色旗子，想不眼花缭乱都难了。我被裹挟在人河中，四处漂荡，好不容易才游到一处类似杂货市场的地方，买来一堆帝客可能会喜欢的稀奇古怪的食品和饰品，又买了些电子书籍和电子玩具，再次一头扎入人海，逃命般远离四下鄙夷的目光，回归真我。

对新闻界进行考察，是来之前我答应过南茜的。但来到之后，我才发现，想要完成它，是十分困难的。是一种基于认知的困难。

事实上，基于健全的体系，联盟很少会有什么重大新闻发生，除了体系偶发的BUG修补之外，只剩下一些突发事件。除此，这里的日常完全被民间自媒体所霸屏，以至于鸡毛蒜皮的小事会占据半壁江山。所以，这里的新闻，对于唯恐天下不乱的我们来说，会真的很无趣。

当然，联盟所有的报道都必须通过数据中心进行筛选和甄别，然后才会传播至网络。这种基于强大的数据处理能力和无所不知的智慧系统，让审查几乎瞬间完成。

我并没能拜访到掌管新闻的大人物，只是路遇了一位职业新闻人，他叫靡泽。

"联盟有着严格的传媒法，无中生有的捏造和谣言会受到严厉的惩罚。同样，基于媒体的社会导向性，当存在恶意的误导，以及不确定的阴谋论和伪科学时，也会受到封杀。"靡泽说。

"大数据会帮到我们，它会甄别出哪些是哗众取宠，哪些是妖言惑众，哪些是假冒伪劣，在剔除这些之后，它会把那些无法确定的东西，归于特别的频道，供大家探讨。所以，这里除了即时新闻和娱乐节目之外，它更多的是在探讨未知。"靡泽说。

"我们从来不掩盖真相，毕竟在大媒体时代，这是非常困难的。恐慌必定是暂时的，民众的智慧和认知才是解决所有麻烦的金钥匙。"靡泽说。

"我们不会给民众灌输某种单一的认知，所以认知间的争论是常有的，但我们始终保持开放的心态来面对它们，因为只有这样，它才能让我们更加接近于真相，并带来源源不断的认知方向。一个没有辨析的社会是恐怖的，那只会让我们的民众变得更加愚昧。"靡泽说。

"这里不存在意识形态之争，存在意识形态之争的地方，恰恰是那里的民众缺乏认知能力的表现。毕竟，意识形态不应该成为一种生活方式。人无完人，你不能武断地告诉我们，什么是绝对的对，什么是绝对的错，你只需要告诉我们，为什么它是对的，为什么是错的。你必须实事求是地拿出依据。"靡泽说。

"媒体的社会引导性当然很重要。但是我们也应该知道，再完美的语言也无法描述出一个鸡蛋的全部形态，只有对事物进行多渠道和多角度的解读，你才可以在脑海中想象出更接近于真实的鸡蛋是怎样的，甚至根本就不是鸡蛋也未可知。"靡泽说。

"任何脱离现实和脱离民众的说教，都只能是愚民愚己，不但会让民众产生逆反，还会撕裂社会。所以，只要民众的观点不触犯法律或者背离道德和伦常，给他们提供辩论的平台就好了，毕竟人民的眼光是雪亮的。当然，联盟也会参与其中，它会是一场真正的考验。"靡泽说。

"群星无辉，何以成星海？一个噤若寒蝉的社会是可怕的，民众将缺乏认同感。如此，他们会选择沉默，在沉默中等待，在沉默中爆发。"靡泽最后对我说。

怀揣郁闷，我离开了新闻中心，并顺道游览了天空城的行政中心。

我一直认为，作为整个星际联盟的行政中心，天空城的行政区域应该是十分庞大的，但直到我站在这里，才意外地发现我错了，这里除了几栋盘结在一起高耸入云的大厦之外，居然再无其他建筑。

星际联盟是众多星际文明的联合体，不同区域的星际文明会选派一名代表作为联盟议员，组成联盟会议。联盟会议是制定联盟规则的唯一机构，并由它选举出十一个代表来组成领袖联盟。领袖联盟对联盟会议负责，仅处理紧急和重大事务。而联盟的日常事务，基本上是由强大的联盟计算中心的"基点"来处理。

联盟首领任期十一年，由十一名代表轮流坐庄，每人轮值一年。在特别的情况下，有的甚至还没有轮到，就会被新的十一个代表顶替下去。由此，星际联盟始终走在波澜不惊的道路上。

在这里，联盟计算中心无疑是地球人唯一值得骄傲的地方，虽然它被命名为"基点"，但它的徽标却取材于地球人的太极。太极意味着转换和改变，而物质和能量间的此消彼长，是宇宙最直观的表现。就在一黑一白间，完美地诠释了宇宙的全部所在。这倒是我没有想到的。

走在这里，我不知道是该感慨还是该唏嘘。只是突然有一种混沌的意识飘荡在心头，当权力不再成为至高无上的存在，当金钱不再成为欲望的源泉，那么生命的价值又在何方呢？源于地球人低劣的智慧，这让我得不到确定的答案，它们若即若离地游荡在虚无缥缈的思绪中，无处捉摸。

联盟大厅里墙壁上挂满了各种画像，其中大多是站在科技之巅的圣人，只有极少部分是对人文和社会做出重要贡献的人。由此可以看得出，我们所处在的星际联盟，是典型的科技至上的联盟。我不知道那些游离在星际联盟之外的星际文明会是怎样？至少在这里，身处在这样的联盟中，当失去权利和金钱的诱惑后，可供我们所追求的少之又少。

联盟大厦外的天空依旧星辰满天，但此时此刻的我，内心却是潮湿的，甚至连脚步都开始迷茫，不知道该迈向哪里？走下台阶，昏昏沉沉的我似乎撞到了一个人，又似乎听见有人在恭恭敬敬地喊那个人为伊雅婷。

直到走上大街，我才恍然大悟地想起来，伊雅婷好像是十一领袖中某个人的名字。如梦初醒的我回过头去，只看见一道靓丽的身影已经远去。

"啪！"我懊悔地扇了自己一记耳光，当然不是因为没有致歉……

作为一名记者，一个写作人，我还远没有自傲到可以选择性地去无视联盟文学的存在，我甚至虔诚地拜访了一位德高望重的文学大家。

当我问到文学的要素，雨兮说："文学确实没有什么不可或缺的要素，就像诗词歌赋一样，有所感，有所寓，就足够了。就像文学格式，难道它是由古文学一脉传承下来的吗？当然不是，真正传承下来的是我们看待世界的角度，以及我们抒发情感的方式。所以，只要读者能读得懂，无拘无束就好。"

当我问到文学的结构，雨兮说："这么说吧，画面没有过渡就是幻灯，文章没有脉络就是桥段。当一部作品碎片化严重，情节跳跃又很大，它会让读者不知所云。当然，除非你有超凡的驾驭能力，它才会成为一幅美不胜收的画卷。"

当我问及文学的价值，雨兮说："传授智慧，探索真知，仅此而已。"

当我问及一部好的文学的标准是什么的时候，雨兮说："当然是构建出属于自己的独特的且必须符合真实世界的认知殿堂。即便是一部消遣作品，也应该有自己的灵魂，有自己的品格，否则，它将毫无价值可言。"

当我问及文学创作的目的，雨兮说："当然是寻求共鸣啊！当然是传道立言啊！养家糊口是在浪费生命，别有用心是在自书墓铭。我想不到还有其他。"

当我问及批判文学时，雨兮说："批判文学的社会属性决定了它的价值所在。如果它选择性地无视了真实，然后又以偏概全地去混淆是非，那么它就会成为一种毒瘤，是别有用心。因为它既不能找寻出矛盾的根源，更不能给出正确的指向。反之，好的批判文学可以推进文明的前进。"

当我问及文学的缺陷，雨兮如此说："就像语言一样，你很难做到事事心有灵犀，在你想表达什么的时候，它会成为一种障碍。"

当我还想再问什么的时候，雨兮好奇地问："听说你也写了一部书，写完了吗？能否拜读一下？"

"我不知道该怎么完成它的第四卷？"我不可能说出自己对地球文明的绝望，至少，我内心还残存一线希望，那就是连人性在内的所有的一切，在未来，都能够得到改变。是的，第四卷必然末日来临。

"如此说来，我是读不到了。"雨兮略显失望地说道。

我恭恭敬敬地告辞了，就在我刚要走出门口的时候，雨兮突然在背后喊："你的作品中会不会也有一些语法错得很离谱呢？"

"什么是语法？这个世界上有语法吗？现实中人们都这样在说，也都在这样理解。难道我还能说出什么非人类的言语吗？"我头也没回地回答道。

"哈哈，如果你想建立一种秩序，然后又如此看待语法，是不是有点自相矛盾了呢？"雨兮在我背后大笑。

是的，他还说："真正的文学，应该是文明之父，哲学之母，未来之子，梦想之源。所以，作为一个写作人，你该如何评价自己的作品呢？"

第十九章
偷窥

我是逃离天空城的,在那里的每一分每一秒,我都会收获来自四面八方鄙夷的目光。可以说,在天空城,愚蠢的地球人就像瘟疫般的存在,你的自信会一点点丧失,自尊会一丝丝泯灭。一天下来,你高傲的头颅会低下,会像一只老鼠般自卑地龟缩在空无一人的房间,只能透过狭小的窗口,来窥视外面无尽的奢华。

事实上,我用了近六百个地球日换来这次短短七日的天空城之旅。每每想到此,都会让我感叹,人类的一生还真是草木一秋。

当我脚踏实地地回到地球上,我甚至有一种自卑的感觉,但那只是瞬间的感受,至少在我走出机场的时候,我已然高昂起头,再次自信地行走在别人羡慕的目光之下。

两年的时光不足以让安娜老去,不过她看待我的眼神有点异样,好像陌生了许多,甚至连和我说话都要先在肚子里转很久,这很奇怪。

帝客还是帝客,但它显然遗忘了我,在我身前身后来来回回闻了许多遍,才开始摇晃起短短的尾巴,一头扎进我带给它的礼物中。

坚来了,他拘束地坐在沙发中,好像只带来了耳朵,却把嘴巴遗忘了,他甚至连耳朵都有点聋了,常常对我的问话充耳未闻。

泡泡也来了,她只是奇怪地触摸了下我的脑袋,然后嘻嘻哈哈地开始和帝客争抢起礼物来。

南茜是最后一个到的,她把一束鲜花递给安娜,不等我说什么,就拉着安娜进了厨房,甚至忘了跟我打个招呼。她们都是怎么了。

接风宴很丰盛，但惜字如金的对话甚至让我想到了大神使，至少和他对话还能得到两个字，而不是嗯嗯啊啊。

"我……大家还好吧？"开口的瞬间，我已然失去了方向，只能崩溃地问道。

"去了趟天空城，你怎么好像变了个人似的，什么时候开始连说话也这般吞吞吐吐的了？快说说在天空城都看到了什么！"安娜不满地瞟了我一眼。

"是啊，有必要这样摆谱吗？快说来听听。"南茜挥舞着手中的刀叉，一点淑女的模样都没有。

"头儿，讲讲呗。"坚睁着渴望的眼睛催促道。

"人家都看不起我们了，又怎么会浪费口舌？我们还是吃饭好了。"帝客在口中甩动起一块牛排，含糊不清地说。

我彻底无语，难道要我讲述一只老鼠在星际联盟的七日流浪记吗？我沉默地低下头，咬了一口坚硬的牛排，牙被硌得酸痛，才发现连金属筷子都被我咬出了一道清晰的牙印。看来，再开口之前，我首先需要一双新筷子。

在犬月人那里买来的粒子魔盒，让帝客充满了好奇，它会输入各种稀奇古怪的设计来获取喜悦，它甚至好奇地设计了一个没有门的房子把自己关进去，里面居然还有张床。帝客欢天喜地地在里面滚了半天，才发现再要出去，几乎是一件不可能完成的事情，直到把我搅扰到走出书房。

两年对于有些人来说是漫长的，但对于另一些人来说可能就是短暂的了。短短七日游之后，我惊讶地发现僵尸军团早已消失在民众的视野，甚至只有在充斥着阴谋论的网页中才能找到它们的存在。

至宇航天和宣和精炼厂都已易主，已经毫无神秘可言。我是抱着希望联系到的歇洛，但歇洛却告诉我，尼让在一年前的一次秘密行动中发生点意外，本人生死未卜，而与他同行的人员也无一生还。他们是在和我玩失踪的把戏吗？这让我有点懵圈，就像一个拳击手在擂台上突然失去了目标。

连漪和我同样充满困惑，但她还是很开心地说："一切都过去了，你现在终于可以有大把的时间做点什么了，如果你还对学习感兴趣，我已经弄来了智脑，方便的时候，你来趟纽约。"

"好吧。"我无可奈何地答应下来，毕竟我不能白痴般独自站在擂台上无所事事。

安娜回来后，我提起此事，她不但答应了，甚至看上去比我还要激动，她飞快地说道："我们什么时候走？这两天我哥哥好像也有点不对劲，我刚好也要去一趟的。"

"我也要去。"帝客骑着魔盒变幻出来的自行车，眉飞色舞地在我们身边绕着圈地喊道。

再次来到纽约，已是初秋季节，清清爽爽的天气让每个人都自在和自律了许多，已经很难看到盛夏中的那种放荡形骸。

连漪亲自来接机，在路上，连漪同样表示出对威克的担忧："不知道他在做什么？甚至十多天都联系不到他，即使能见到一面，也总是遮遮掩掩，吞吞吐吐。"

"他还在对四大家族进行调查吗？"我诧异道。

"不，他已经放弃了调查，即使提供给他线索，他也会敷衍了事。"连漪摇了摇头。

"什么？"这让我颇感意外，威克可不是那种半途而废轻言放弃的人，"我不在的这段时间是不是发生了什么？"

"没发生过什么啊。"连漪想了想，继续说："对了，如果有，大概就是你走之后，他突然对神武的事情开始感兴趣了，甚至很多次向我打听相关细节。"

"或许这就是症结所在，我想我号出他的脉了。"我突然轻松起来，甚至一扫多日来的颓废。

"怎么可能？"连漪是女人，自然不了解男人是那种头撞南墙都势必要撞出个洞来的倔驴。

我对威克充满希望，但很快我就发现，我看见的不是倔驴，而是一头蓄起了长发却失去爪牙的狮王，早已没有昔日的雄风。

威克为我们端上咖啡，然后就默默坐在沙发一角，埋下头，甚至不肯多看我们一眼。他究竟是怎么了……

不论是我的调侃，安娜的关心，连漪的撩拨，还是帝客的卖萌，威克只是有一句没一句地敷衍着，他的目光中交错着太多的阴郁和迷茫。

"安娜，你和连漪好久没见了，大概又会聊一个通宵吧？"我想单独面对威克。

"当然，我会住在连漪那里，我们要聊的事情很多。"安娜立刻会意地看向连漪。

"那我们先走了，免得耽误你们喝酒。"连漪一边笑嘻嘻地应着，一边嘱咐嚎叫不要怜惜那些珍藏多年的好酒，我们想喝什么就喝什么。

安娜和连漪刚走，帝客马上就知趣地缠着嚎叫去玩起了游戏，再不肯待在弥漫着诡异气息的客厅。

"这次去天空城……"我没有理会威克的反应，开始讲述起我在天空城的所见所闻，当然也包括老鼠般的遭遇。

我给威克斟满了一杯酒，苦笑着说："你想象不到当人类面对星际文明时会是一种怎样的难堪？蟑螂吗？不是，至少他们不会对我们尖叫。老鼠吗？也不是，至少没有人看见我们就人人喊打。我们甚至什么都不是，我们就像空气一样，他们会无视我们的存在。呵呵。"

"看见帝客拿的那个魔盒了吗？"我开始如数家珍地介绍起接触到的各种匪夷所思的联盟科技。

"事实上，如果我们不走出去，我们甚至无法想象这些，它们改变的不仅仅是我们的生活，也拓展了我们的眼界。相信我，生活在一个充满智慧的科技世界，我们会轻松很多。"和威克碰杯后，我一口灌下了杯中酒，莫名其妙地笑了起来。

"其实……"我开始分析地球文明和星际文明的差异。

"说白了，是我们自由自在地生活太久，早已失去了信仰和智慧，虽然我们自称是智慧的高等生命体，但现实中我们生活得和禽兽无异。可能，除了满足了感官的享受外，我们一无所知。"我再次为威克斟满酒，无限伤感地说。

"是的，我们一无所有，我们除了可悲地活着，直到死去，我们注定无能为力。"威克终于开口说话了。

"记得泡泡曾经给我说过一句话：宇宙是无限的，有限的是你的认知。是的，如果连拥抱智慧的勇气都没有，我们又谈何去改变未来呢？无知只能带来愚昧，智慧才是我们的出路。"我肆无忌惮地大笑起来，我希望能感染到威克。

"你知道吗？四大家族把控着地球过半的资源，基于现有的资本模式，实际上他们已经完全掌控了我们全部的生活和资源。据我调查，地球上百分之九十的资产左右在不足千人的手中，而百亿计的普通人还在为手中那点可怜的资产在你死我活地拼搏，甚至兜里有两个闲钱，就会炫耀出个你死我活，这真的很可笑。真正奢侈的生活，别说他们没有见过，他们甚至连听都没有听说过。"威克终于说道。

"所以我们需要你来改变世界。"我虔诚地说。

"我？放过我吧！还是把我丢给禽兽好了，好歹我还可以教它们些人模人样。你不是说过'皮鞭永远要比口舌更能改变人性'吗？难道你忘了。"威克啼笑皆非地说。

"哈哈，是有点难度。好了，现在能告诉我你都查出点什么了吗？关于僵尸军团的。"我迫不及待地转换了话题。

"我并没有调查什么，只是有一次在火星的报道中，意外地看见了小渊美子……"威克说道。

"什么报道？"我敏感地问，我在等待一个希望。

"是一个关于易凡风投公司上市的报道，你知道谁是董事长吗？小渊美子。"威克不再遮遮掩掩。

"这么说她也开始玩资本游戏了，祝她好运！"我有点失望。

"是啊。"威克再次沉默下去。

又一次碰杯之后，面对渐显醉态的威克，我试探的问："你最近的状态好像出了点问题，发生了什么事情吗？"

"知道吗？"威克神秘兮兮地凑到我耳边，小声说道，"我爱上了连漪，但她已经有了马休斯不是？你说荒唐不荒唐，我怎么会爱上她呢？但我无法摆脱这种注定不会有结果的困扰，甚至越陷越深。是的，就好像我们上辈子有一场孽缘一般。"

我看着脚下一堆的酒瓶，它们可是连漪珍藏的美酒，就这样被我们糟蹋了，而结果呢？我彻底沦陷在无语中，我甚至都不知道明天该如何给连漪一个交代。

第二天来到连漪宅邸，面对连漪，威克虽然还有点木讷，但至少有问有答，爽朗了许多，这让安娜和连漪对我刮目相看。

"你都做了什么？"安娜开心地问。

"除了喝连漪的美酒，我什么都没做。"我发誓地竖起手指。

"他都做了些什么？"连漪好奇地问。

"他就是累了，醉一场，梦一场，然后就没事了，这还是你美酒的功劳，真和我无关。"我嘻嘻哈哈地回道。

"不说算了，谁稀罕知道你们的事不成？走，看看智脑去。"连漪转身走向书房。

奥西星系的智脑小巧可爱，在没有大脑植入对接装置的情况下也可以使用，不过需要更多的电源支撑。它的存储也足够大，但遗憾的是，它是走私来的二手，里面的基础存储早已被删得一干二净。

"这是感应剂，据说不会有什么排斥反应，但真实情况如何就不可知了，你懂的。"连漪把一只淡蓝色的针剂递给了我。

人在家中坐，祸从天上来，更不用说眼前连酒杯都难斟满的一点点针剂，有何可怕的？更何况里面又何止只有一座金山银山呢？我丝毫没有犹豫，一口饮下。

"什么味道？"安娜好奇地盯着我问。

"甜甜的，有点像蜂蜜。"我只能这么说，毕竟这是我的选择，怎么都得有一个好的开始？

"在里面存储点什么呢？是不是先下载个百科全书进去？"威克已经把

智脑链接进网络，很快，他头痛地问道。

"百科全书不够专业吧？"连漪质疑道。

"也是，那下载点什么进去呢？"威克迟疑地问。

"就先给他下载点小学数学好了，这样他就不用在付款的时候老是抓耳挠腮了。"安娜乐不可支地说。

"哇，我想明白了，感应剂里面装的必然是智能纳米粒子，这样它们才能和宿主的神经系统建立起联系，同时它们还是接受智脑信息的受体，这样就可以为宿主输入信息了，是不是这样？"帝客不知道从哪里窜了出来，兴奋地喊道。

我惊讶地看着帝客，突然发觉自己错了，已有的认知才能成为知识，而对未知的探索和思考才是真正的智慧。面对智脑，我得到的只是知识，而帝客却得到了智慧，此刻的我，人不如狗。

我都不知道威克他们下载了些什么，当我把智脑扣在脑壳上，我的世界变了，眼前的帝客在我眼中被分解得体无完肤，我可以从它的毛发里看到寄生虫的存在，从外漏的牙齿中看出它经常撕咬过度，从行走姿态中发觉它曾经伤到了脚趾，从舌苔上看出不良的肝肾，我甚至在它的耳朵的外形上看到了高贵的血统。

"天哪！"眼前原本正常和平淡的世界突然变得复杂了起来，海量的信息不断涌进我的大脑，让人目不暇接。我不敢看安娜，因为我不能去说不良的嗜好会让一个人逐渐变得老去。我也不敢看连漪，因为我不能说马休斯下次来至少该带些体面点的礼物。我更不敢看威克，因为我不能直接告诉他，他要去看医生了。

当我从一些并不显眼的爬痕中断定出书房里有蟑螂时，连漪立刻尖叫着准备打电话找灭虫队，但威克阻止了她："你不感觉龙会更加专业吗？"

于是我的麻烦来了。

刚给蟑螂下完陷阱，威克又掏出自己的电脑，让我给他构建防御程序来抵御黑客侵扰，他理直气壮地说："万一这里面的秘密都曝光了，估计世界大战会在明天出现。"

还好，这些还都不是事，手到擒来。可是，我已经看见安娜翻出包里坏掉的手表，她一直说要找人修修的，我想她现在找到了。我同样看到安娜的身后还跟着帝客，它的口中衔着一只瞎了眼的玩具熊，它正在一副可爱的模样看着我。那一刻，我崩溃了。

当然，这些还不算真正的麻烦，助人为乐会有福报不是？至少那一刻我没有想到"龙"会成为她们日后的口头禅，甚至包括帝客。

我曾经无数次想丢弃智脑，不是因为它让我焦头烂额得忙个没完，而是我的世界突然繁杂和透明起来，过度的信息接收让我头昏脑胀，甚至闭上眼睛也不得安生，就像现在，外面传来的声音和弥散的气味告诉我：有个跛脚的男人正在推着一辆载满啤酒和菠萝的平板车走过。

当你拥有过度的感知，你会发现世界不再美好，很多本可以忽视的麻烦会一一找上你，如果不去处理，你甚至会坐卧不安。你会注意到某个机器因为安装的偏差导致了某个螺丝磨损加快，也会发觉完全按语法规则与人交流还不如成为哑巴，你甚至会察觉到仪器内部的电路板上爬过一只小虫。

变幻的宇宙不可能有永恒不变的存在，你唯一能做的大概也就是听之任之，信口胡诌和视而不见会是最终的选择，不然你永远都会处在麻烦的中心。当然，你也可以去做一个只会喊"龙"的人，那样，麻烦就不是你的了。

在智脑的适应期，除了带来诸多麻烦，同样也带来诸多欣喜，这份欣喜不是来自超人般的感觉，而是你会发现世界突然清晰起来，原本混沌的万事万物现在都有迹可循了，甚至这让我再次找到了前进的方向。

再次梳理了从真知社到僵尸军团所涉及的所有信息，对资金流动的剥茧抽丝和对事件的去繁存简，让我再次锁定了小渊美子，并决定调整方向，把一直围绕僵尸军团的线索追踪，转向对人对事的追溯上。

当日益强大的我可以把网络玩弄在股掌之间时，我自然可以足不出户就轻易查到小渊美子和尼让之间的接触信息，居然意外发现他们之间的接触远在神武之前，这是我没有想到的，这很可能意味着小渊美子接触神武并进入真知社，是带有目的性的。

由此，我不得不开始怀疑，过往发生过的一切，都是被精心设计过的。是的，就像我们的生活，就像我们的世界，就像傻乎乎的我们。

我还意外地发现一条奇怪的线索，那就是巴巴辛巴和尼让也存在交集，虽然只是一次通话记录，但是，也正是这次不同寻常的通话记录，让我开始怀疑一切，怀疑曾经看到和听到的，怀疑曾经所认定和坚持的。

如果尼让和小渊美子是僵尸军团背后真正的运作者，那么我们就可以大胆地去假设，那就是导致真知社四分五裂的神武末日说大概也出自他们的手笔，它为小渊美子日后把控真知社铺平了道路。

基于官方的沉默和奇怪的应对，我甚至开始怀疑黑幕绝不是简单那么几个人和几个什么组织，它的背后，甚至是连想想都会令人战栗和恐惧的。

樱花的凋零是人间美景，如果不是源于鲁莽激进的我，或许小渊美子现在正在风光无限地招摇在春风中。是啊，凋零应该是在灿烂之后不是吗？何况留给樱花的时间是那么短暂，我当初应该品茗以待才是。

穿越时空是白痴的幻想，我只是在亡羊补牢。当我找到泡泡，心知肚明的她对我的请求并没有拒绝，她马上帮我构建了一条联盟网络，它可以满足我对火星的信息掌控。

"你好像聪明多了？"泡泡肯定我道。

"但我还是要依靠你啊。"我沾沾自喜道。

"其实你回一声'是的'我会更加高兴。"泡泡皱眉说道。

"人类本身就是疑神疑鬼见风使舵的情感动物，我还要一点点去改变，相信我。"我肃然而敬道。

"乐而至喜，悲而始怒，这些才是真正的情感，如果里面夹杂了太多私念与欲望，那就不是情感，而是罪恶了。"泡泡平平淡淡地说。

"是，我错了。"对付泡泡我还是有办法的。

"真的？"泡泡半真半假地应着，却开心地笑了。

是的，于人海不见人，于万物不见物。活成一种纯粹才是最完美的，你大可洒脱地放下一切，你大可形骸放浪，你大可袖舞天下。只有你不再苟且于他人，你才能够傲立天地。

可是，要做到这些，你是不是该先放下些什么呢？放弃真的很难，我已经离不开智脑了，甚至连睡觉都不肯摘下它。

曾经的风花雪月，曾经的日月星辰，曾经的爱恨情仇，曾经的一切一切，依旧左右我的世界，为它喜，为它悲，为它歌，为它嚎。

此刻的我像上帝一样，通过网络俯视着弹丸之地的火星城，小渊美子和她的易凡风投透明地呈现在我的眼前。镜头下的小渊美子依旧风姿绰约，她会身穿宇航服行走在荒凉的星面，她会一袭白装的漫步在色彩斑斓的街头，她会穿着T恤和短裤随意出入在酒馆茶肆去品酒茗茶。

是的，无论她去做什么，一直是透明的存在，直到她迈进住宅和办公区域，或者走入镜头死角，才会让我陷入一种热恋般的失落，我渴望了解她的全部，甚至无视罪恶。

一日，帝客偷偷告诉安娜我在偷窥别的女人，安娜只是笑笑拍了拍它的头。一日，帝客毫不避讳我的存在，大声告诉安娜小渊美子的存在，安娜也只是呲牙咧嘴地抓住帝客闹成一团。一日，帝客最终不再言语独自悲伤地躲在角落，安娜终于开始用异样的眼光打量起我。

"我发誓我没有打它！"我骇然道。

"但是呢？"安娜面带愤怒地说。

"没有但是，我真的只是在调查小渊美子。"我的话语并不自信，面对马上就要发作的母老虎，你还想去保持镇定是可笑的。

"包括衣食住行吗？"安娜用冰冷的声音问。

"……"如果不是这样，我又该怎么监视她呢？我又不是上帝，我不可能知道她什么时候作恶？我无语以对。

"至少你该善待帝客。"安娜把自己摆在了无足轻重的位置。

"你听我解释……"我不知道自己解释了什么，至少我在胡言乱语，至少我要告诉安娜，她才是我生命中最重要的那个。

"OK，我明白了，既然帝客的存在会骚扰到你，我的存在又等同于无，不如这样，我带帝客去我那里住一段好了。"安娜说完，不容置疑地问道，

"可以吗？"

"……"无语的我无助地看着安娜抱起了帝客，重重的关门声刺破了我的耳膜。

"唉——"一声叹息。

门刚关上，我已经转身飞步走进书房，屏幕里的小渊美子戏弄般盯着我，似笑非笑。怒火开始燃烧，我抓起电话按下了小渊美子的号码，就在要拨出的那一刻，雅典娜的光环再次降临，她那无边无际的理智之浪熄灭了我的怒火。

我必须结束眼下没日没夜的窥视，它正在耗去我并不宽裕的生命，我需要另辟蹊径。但面对透明的小渊美子，我真的有点束手无策，她甚至比一个普通人还要普通，每天都在家、办公室、公共场合之间晃荡，偶尔一个人在荒芜的星野游荡。

这是一个赤裸裸的世界，不管你是否使用网络，但从你落地来到这个世界上的那一天起，你的性别、肤色、毛发、血型等等所有个人信息都会被收录在网络中。随着你的成长，记录单也会变得越来越长，包括你的学校、工作、疾病、喜好、收支、变化等。

网络世界更是透明的，在一个并不可靠的网络世界，你的蛛丝马迹处处可寻，包括你的搜索、通信、账户使用等，总有一种办法可以让你内心世界，就这般赤裸在众目睽睽之下。

是的，我们坦荡为人，我们内心如鬼。

我肆意践踏着小渊美子的隐私，甚至入侵到她的个人电脑，即使她旋上遮盖遮蔽镜头，拔去电源，那又怎样呢？我依旧会知道她在干什么。

已经午夜，小渊美子早已睡去，冷冷清清的街头偶尔会东倒西歪地走过一两个醉鬼，也会屁颠颠地跑过一两只饥肠辘辘的小猫和小狗。

一阵睡意袭来，昏昏欲睡的眼皮渐渐无法支撑，我似乎已经睡去，朦胧中，我看见小渊美子一次次向我走来，一次又一次，沙砾在她的脚下扬起。

我诧然而醒，眼睛中充满沙砾，酸涩难忍。

第二十章
火星之旅

当我坐上前往火星的飞船,才想起要告诉安娜一声。电话那端的安娜只是怔了下,回了声"哦"。

当我走下飞船踏上火星,连漪的电话追来,只有一句话:"你疯啦?!"

我不知道自己是否疯了,但我需要弄明白小渊美子为什么会一次次走出火星城,步入荒凉的星野。

每个人的生活都有迹可循,你会踏着钟点走出家门,你会一秒不差地迈进办公室,你会隔三岔五钻进超市或者酒馆,会在某个固定的时段漫步在公园街头……

不过,除了日常生活和工作的区域,你大概很少会在不同的时段去某处潇洒走一回吧?是的,小渊美子会在早晨或者晚上,上午或者下午,在一次次"不确定"的时间段走进星野。她是在荒凉的戈壁上寻找陨石,还是坐在沙滩上醉望星空?如果找不到合适的解释,这样的举动是不是很反常呢?

如果我不是疯了,我不可能因为一个不确定的反常态来到火星。火星的建筑基本都是就地取材建造起来的,同样源于匮乏的智慧,火星城依然同很多星际基地一样,除了老鼠洞,就是打翻的锅,了无新意和欣喜。这里既没有传说中的火星人,也没有什么史前遗迹供我们消遣,有的只是一望无垠的星野和变幻莫测的鬼天气。

我端坐在一家茶馆,细细品尝着火星种植的绿茶,少了许多苦涩,浓浓的香味甚至有点腻。茶馆里的人并不多,但一般都是三三两两的,像我这样的独客是极少的。他们的衣着单调,色彩暗沉,几无配饰。他们大多神情木讷,彼此间的交流更是言谨语慎。这大概是狭隘的空间和社交环境所造成的。

我看了下表，如果不出意外，五分钟后小渊美子将走进对面的餐厅，点上一份三明治再加杯牛奶，然后依心情好坏决定是否要餐后水果。她甚至对餐桌的选择也是固定的，只要那里没有其他食客。除了会不规律地去到外面的星野，我对她的生活了如指掌。

看，街头正走来一位靓丽的女人，那熟悉的身影不用多看一眼就能知道是谁。小渊美子出现了，如一台精准的时钟，准确无误地按照指针的跳动运转着，甚至连吃饭的时间都固定在十分钟之内。看来她今天心情不错，餐后不仅要了份水果盘，还在窗前多坐了一会儿，才起身离开。

我并不确定小渊美子今天是否会出城，自然也没有跟上去的道理。来火星纯粹就是想亲眼看看她，在我的认知中，她不应该成为我的对手。她只是一个女人，一个像所有女人一样让人琢磨不透的女人。

曾经，女人在我眼中是毒药的代名词，虽然她们被众多奇妙的成语所围绕，诸如窈窕淑女、人间尤物、倾国倾城、冰肌玉骨、国色天香，等等，那又怎样呢？当你一口饮下，会在卿卿我我之中迷失自我，会在醉生梦死之间失去方向，会在天长地久之后咆哮如常。

我想起温婉可人的南茜，想起古道热肠的连漪，想起冰雪聪明的安娜。

"嘟嘟——"电脑发出急促的警示声。

小渊美子走出了我框定的范围，屏幕上不断闪烁出她的行走路线。

感谢上帝！看来我不用多等几日了，秘密即将揭晓，或许明天我就可以打道回府。毕竟我想帝客了不是？虽然帝客还在安娜那里。

火星城外是荒凉的，绵延不断的山丘一望无际，处处沟壑，脚下更是沙砾遍地。走过漫长的戈壁，小渊美子艰难地爬上一处高坡，又转身下到沟底，消失在一片碎石林中。

"你怎么才来？"来到一处光滑的石壁前，小渊美子停下了脚步，石壁里面传出一声阴森森的问话。

"这一路并不好走，你又不是不知道。"小渊美子四下扫了一眼，转身进入已然洞开的石壁内。

"我的将军大人，这里是火星，每次见面有必要这样小心翼翼的吗？"小渊美子走进洞中，娇喘吁吁地坐在一块石头上，一边调整着面罩里的氧气供应量，一边不满地问道。

"芯片带来了吗？"山洞深处，一个身着长袍，头戴面具的人，鬼魂般出现在黑暗中。我并不能看清他的面目，但他显然并不是地球人，因为我看到他的手掌上只有三根长长的手指，枯瘦如骨，并异常地多出两个关节。

"带来了。"小渊美子吃力地站了起来，掏出一个小匣子递给了那个被称为将军的人，随后小心翼翼地问道，"这是最后一块芯片了，如果成功了，我是不是就可以离开了？我已经受够了这里的一切。"

"你还是先祈祷这次的芯片不再出现错误吧。"将军从匣子中拿出芯片，然后插入一个类似电脑的仪器中。

我不知道他们口中的芯片是什么？我也不知道是否该出手制止他们？当然，我更不知道自己是否真的有能力制止他们？我甚至不知道该如何控制自己的好奇，因为不知不觉中，我已经走到了他们的身边。

"他是谁？"将军瞥了我一眼，向小渊美子问道。

一道冷汗悄然流下，我显然犯了一个严重的错误，身着廉价的隐身衣，也只能在阳光下玩玩魔术游戏，一旦面对射线、温度、电磁，甚至非人类视觉光谱的眼睛时，显露真形只是瞬间的事。

"难道又出现了错误？"小渊美子狐疑地说，"他可是我能在这里招募到的最有天赋的人了。"

"芯片做得很完美，你把他的资料给我，以后我们可能还会用到他。"将军小心翼翼地把芯片放回匣中，说道。

"那我什么时候可以走？"小渊美子急不可待地问道。

"现在就走。"将军飞快地说道。

"什么？按照计划，我们必须把小组处理掉的，这需要时间。"小渊美子吃惊地说。

"你不用管了，我会处理的。"将军不容质疑地命令道。

"可是……"

"没有什么可是,保证芯片的安全是第一位的。"将军一边缓缓地后退,一边怪异地伸展开双臂,他那长长的手指尖发出淡淡的荧光。

大地突然开始颤抖起来,地震的错觉只在我脑海中存在短短的两秒,眼前原本幽暗的山洞瞬间明亮起来。那一刻,我已然发现自己在劫难逃。

事实上如果我可以留意更多细节,就不会面对眼前的困境,给山洞装个门没有什么大惊小怪的,但里面空荡荡的只是为了会客,是不是门就有点多余了呢?甚至连里面异常平坦的地面,都没能让我想到更多。

小渊美子惊慌失措地把自己牢牢地扣进太空椅中。将军已经坐在飞船前端的操控椅上,驾驶着去掉伪装的飞船在极速抬升。飞船一直处于加速中,巨大的推力把我紧紧地吸附在甲板上。

是的,当我看见小渊美子伸手拿到头顶的一根氧气管时,那一刻我绝望了。

面罩内的屏幕上不断发出氧气匮乏的警报,我开始大口喘息起来。我开始窒息,身体不断抽搐,黑暗开始降临。

我在旋转、在坠落,直到我看见了一丝光芒。

那丝光芒穿过眼帘撩拨着我的眼球,轻盈地拨开了我的眼皮,一道亮丽的风景出现在我的眼前。

"你很幸运,如果不是将军的好奇心,大概你现在已经在上帝那儿做客了。"小渊美子笑盈盈地说。

"这是哪里?"我看见自己躺在一个房间中,窗外星光闪烁。

"锡卡莱星球。"小渊美子笑嘻嘻道。

"我睡了多久?"我愚蠢地问。

"你是在问地球年吗?不多,一年而已。"小渊美子扑闪起明亮的大眼睛说。

"你在说谎,一年的时间怎么可能从地球到达这里。"我已然想起这个叫锡卡莱的星球,曾经有个旅行家为了从地球到达这里,被冰封了近五十年。

"你是在坐井观天吗?难道你真的认为联盟文明是宇宙中最先进的科技

文明？"小渊美子嘲讽地看着我说。

"我还能回去吗？"我想到了泡泡说的第四种传送模式，我绝望道。

"你认为呢？"小渊美子开心地笑了，"说实话，你的生命掌握在将军手中，当然，也可以掌握在你自己手中。"

"你见过一个囚犯还能掌握自己的命运吗？"我苦笑道。

"或许会，也或许不会。好了，我要走了，好好想想怎么改变你现在的糟糕现状吧。你很聪明的，不是吗？"小渊美子站了起来。

"等等，你难道对我出现在火星上一点也不好奇吗？"我必须给自己创造出一根救命的稻草。

"我有什么好奇的？你的一言一行一直透明般存在着，包括你的窥视。你知道吗？我有很多次想撩拨你的，但我放弃了，知道为什么吗？"小渊美子坦诚到让我汗流浃背。

"为什么？"一道冷汗流了下来。是的，网络是不安全的，我早就知道，但我还是无视了它的反噬。

"如果我说我很喜欢你，你会相信吗？"小渊美子肆意地践踏着我的尊严。

"所以平野郎两次放过了我，甚至还救过我一次是吗？"我错愕道。

"他什么时候救过你？"小渊美子更加错愕。

听完我把秃噜神庙发生的经过说完，小渊美子似乎想明白了点什么："我想明白了，想知道为什么吗？"她肆意地挑逗着我。

"为什么？"

"因为他也喜欢你呀，看来你还真的挺招人喜欢。"小渊美子肆意地大笑起来。

"你真的很无趣，你可以走了。"我在冰冷地说，同时也在心底打下了一个大大的问号。

"你今天能躺在这里本身就是一个奇迹，如果你能放弃些什么，我可以帮你创造出更多的奇迹出来，就像你内心所期许的一切，它们都会梦想成真。"小渊美子诱惑我道。

"你好像更喜欢和僵尸打交道，它们才是你的同类，所以，你还是先帮帮它们吧。"小渊美子不过是一个棋子，她决定不了我的命运，所以没必要对她保持尊敬，或许盛怒会让她失去理智，那样……

"你真的太过自傲了，但你还不够聪明，我会让将军明白这一点的。"小渊美子冷笑一下，摔门而去。

失算是致命的，我开始后悔。

我是被两名全副武装的士兵押送到嘎杜鲁将军办公室的。嘎杜鲁将军依旧戴着面具，一袭长袍遮盖住整个身躯。他正背对着大门，双手不断划出虚拟屏幕，它们甚至已经充斥了整个房间。

见我被押进来，嘎杜鲁穿过眼前的虚拟影像，示意我坐下，倒了杯酒给我，才拉过一张滑椅，坐在了我的对面。

"谢谢！"我礼貌地欠了下身。

"龙，对吧？"嘎杜鲁将军用幽灵般的目光盯着我说。

"是。"我面无表情的回道。

"星际联盟和地球会是今天我们在这里讨论的话题，希望你我之间的交流是坦诚和高效的，可以吗？"嘎杜鲁将军举起手中的酒杯，里面的液体流溢出幽幽的紫光。

"没问题，你说。"我潇洒地举起了杯子。

"和地球一样，锡卡莱文明也被星际联盟划分为低等文明，这本身就是一种歧视。事实上，锡卡莱文明并非低等文明，而是至危文明，异常的进化速度，可以让任何奇迹在这里成为可能，这才是星际联盟把锡卡莱划为禁区的真正原因。"嘎杜鲁将军说道。

"这当然是一种歧视，他们高高在上，却无视我们的尊严，凭什么？难道联盟的人就高人一等吗？"我愤愤不平地说道。地球人大概是整个宇宙中最懂得察言观色的了，见人说人话，遇鬼话鬼语，还真能张口即来。

"你不必讨好我，这样的对话毫无意义。"嘎杜鲁将军打断了我，继续说道，"地球人是我所见到过的最极致的利己主义族群，朝三暮四的性格，四分五裂的人格，五花八门的信仰，又怎么可能迈入高等文明的门槛呢？"

"……"

"作为一名军人，我很想知道，如果从地球人的视角来看待星际联盟，你认为它最致命的问题在哪呢？"嘎杜鲁饶有兴趣地问道。

我苦思半晌才回答道："应该就是文明的划分吧？放眼整个宇宙，能够为联盟所接受的星际文明，真的是凤毛麟角，寥寥无几，而绝大多数的文明都被联盟拒之门外，一旦能召集他们……"

嘎杜鲁将军再次打断我："还有什么？"

"据我所知，联盟的主要军事存在都在异星战场那边，整个异星腹地，基本上都是靠各大星系的舰队来维系的，这也是一个问题。"我说道。

"嗯哼，还有呢？"嘎杜鲁将军的嘴角露出满意的笑容。

"还有它的民主制，面对致命危险，它很难做出快速反应。而且宇宙之浩瀚，如果部署得到，它反应再快，不也需要时间吗？"我说道。

"除了这些众所周知的问题，还有吗？"嘎杜鲁将军追问道。

"歌舞升平算吗？"我绞尽脑汁后，小心翼翼地问道。

"你很聪明，这才是联盟最致命的问题。"嘎杜鲁将军满意地点了下头，然后转移了话题："如果在未来我们有合作的机会，我们该如何统一地球呢？你懂得，一个四分五裂的文明是不可能成为星际文明的。"

"除了武力，权力二字足以，地球人都知道。"我毫无羞愧之色，我只是希望抓住最后一根救命稻草："今天我们会是敌人，那么明天我们也会成为朋友，关键看他们能得到什么？"

"所以，你最想得到的是什么呢？"嘎杜鲁将军哈哈大笑起来，然后立刻好奇地问我。

"自由，我愿意为你鞍前马后。"我脱口而出。

"你还真有趣，是不是马上又要说日后能不能给你个一官半职呢？哈哈。"嘎杜鲁将军哈哈大笑起来，他的目光中充满鄙视的意味，我看不到他面具下的表情，但我看到一个熟悉的动作。

"难道不可以吗？嘎杜鲁将军。"一个将军不敢直面自己的囚犯是可悲的，但作为一个囚犯，去轻易触碰他人隐私而被杀人灭口就是可怜了。

我抑制住内心的波澜，面无表情地反问道："我不知道你究竟会怎么处置我？但我能肯定，你们所做的事情绝不是锡卡莱能独舞的，它让我看到更多更远的东西，你说是不是？"

嘎杜鲁将军惊诧地看着我，一言不发了许久，才挥手招来卫兵。

"摘下你的面具吧，难道面对一个囚犯也要遮遮掩掩的吗？胆小鬼。"我在呐喊，我在咆哮，我在挣扎。

纵使阿波罗站在我的眼前，也无法用刺眼的光芒来蒙蔽我的双眼，因为，我才是那个真正的神。或许，眼前的一切都是幻象，我只需要一次醒来的机会。

我已经被囚禁在住处近十天，除了有人会按时送来食物，这里空无一人。这里的日长和地球没有太大的差异，但一字排开的三个"太阳"会让你根本触摸不到黑暗。这对一个心中充满黑暗的人来说，简直比坐牢还要难受。

我的尊容被无形的镣铐所囚禁，即便光明一直在我的眼中，但心灵却从来没有如此黑暗。我的皮肤渐渐失去光泽，精神也日渐萎靡，我辗转难眠在床侧，我胡思乱想在窗前，绝望一直围绕着我，希望却还在户外徘徊……

终于，小渊美子再次天使般降临，她触摸了下我的额头，关心地问道："你病了？"

"不，我很好。"我梳理了下一头乱发，示意小渊美子坐下后，才询问道："尼让在哪儿？或者嘎杜鲁将军在哪儿？"

"我不知道，我只是来看看你，毕竟我们还是朋友不是？"小渊美子虽然诧异，但还是柔声细语地回道。

"我应该不会走出这里了，所以，我能问你些问题吗？免得死得不明不白。"我平静地说道。

"好的。"小渊美子坐直了身体，饶有兴趣地答应下来。

"你早就认识尼让，是他安插你进的真知社，是吗？"

"是，但为什么呢？"小渊美子笑嘻嘻地反问道。

"为了真知社，为了它背后的方舟、艾琳、至宇和剑虎，为了僵尸军团，为了对抗整个星际联盟，是吗？"

"是。"

"所以，我成了你们搅屎棍般的存在，不仅为你们除掉神武，还让你们达到了浑水摸鱼的目的。是不是这样？"我苦笑道。

"还别说，你还真的是搅屎棍般的存在。"小渊美子笑得前仰后合，居然笑出了眼泪，指着我说，"不错，你对真知社偏执的追逐，不仅导致他们自相残杀，还帮我们顺利地清除去所有障碍。现在想想，你才是最大的主谋。"

我的脸一下变得通红，猴屁股一般。

"不过，如果不是你，我们的计划根本不会暴露，你不仅让真知社彻底灰飞烟灭，也让我们的僵尸计划被迫中断。现在好了，连我都为你所累，只能跑路跑到这里来了。"小渊美子并不气恼地说道。

"是不是神武的末日说也是你们弄出来的？"我来不及飘飘然，突然想起什么，于是飞快地问道。

"想不到你聪明若此。不错，以现在的技术而言，左右一个人，要远比左右一头猪更容易。毕竟左右一头猪还需要投点口粮，而左右一个人却是几句话的事。"小渊美子开心地笑了。

"所以不管有没有末日说，神武都必须死，为了你们的僵尸计划。但你们的僵尸计划到底是什么呢？难道真的只是为了采矿吗？"

小渊美子没有回答我的问题，她说道："你的出现打乱了尼让的计划，为了掌握你的行踪，尼让不得不收买了巴巴辛巴，也不得不安排平野郎和你接触，而这一切都是为了计划的进行……"

"所以，你们一直不灭我的口，只是为了给你们的计划争取到更多时间是吗？"是的，除了时间，我还能为他们争取到什么呢？我苦涩地笑了，狠狠地拍了下自己的脑袋，"我还真愚蠢，我甚至相信了他们每一个人。"

"是的，我们甚至给你安排了很多小插曲进去，让你乐不思蜀，沉迷于自己的幻想中，也为被打乱的计划争取到更多的时间。"

"但我毕竟是你们的绊脚石，把我……"我终于说不下去了。

"恰恰相反，事实上尼让的行动已经让歇洛和他们所隶属的组织产生了怀疑，你的出现，反而让尼让摆脱掉很多麻烦。"小渊美子居然如此说道。

"为什么？"我困惑地问道。

"你的报道对真知社构成了致命威胁，但也让日本政府陷入了两难境地，而这也为尼让更深层次介入找到了合适的理由。你甚至帮我们顺利翻出许多意外之财。哈哈。"小渊美子含糊不清地解释道。

我瞬间无语了……

"另外，更让人意想不到的是，比起真知社，我们甚至收获更多。"小渊美子诡异地说道。

"所以，你们完全可以做得天衣无缝，让我找不到任何蛛丝马迹是吗？因为我的存在，不仅为你们赢得了时间，还让你们赢得了不少合作伙伴是吗？甚至在我沾沾自喜的时候，他们已经带着礼物按响了你们的门铃。"我崩溃到近乎战栗。

"哇，你简直太聪明了，你是怎么想明白的？是，僵尸军团是给民众带去了不少恐慌，但也让更多人看到了不一样的东西，所以我们赢得了更多。不过，你应该高兴才是，毕竟我们也被赶出了地球不是？"小渊美子居然宽慰我起来。

瞬间的跌落，会带来窒息，失去翅膀的我会选择逃避，但地狱之门已经关闭，我唯一能做的只有拥抱死亡："对于我这将死之人，没必要遮遮掩掩吗？能否直接告诉我，僵尸计划究竟是什么吗？"

"在你还没有踏上绞刑架之前，我只能告诉你，一切都是为了星际的民主和自由，我们的文明不应该在囚笼内暗淡无光，它更应该璀璨于整个星空。当然，这一切都和地球无关。"小渊美子优雅地抬起下巴说道。

"难道你不是地球人吗？四处传播欲望和杀戮会废掉整个星际联盟，要知道打开的潘多拉魔盒是永远无法关闭的。"我丝毫没有耸人听闻。

"弱肉强食并不只是自然界进化的选择，更是宇宙的基本准则，只有强者才能汇聚出宇宙、星系、恒星，而弱小者只能成为行星、卫星和彗星，甚至陨石……"小渊美子打断了我。

"所以真正的文明不应该只是依附于万事万物的本体之上，它更应该是一种超越和一种升华，也只有这样，文明才会走出血与火的深渊……"我同样打断了小渊美子。

"你不是一直崇尚道法自然吗？难道它不是在告诫我们，要遵从自然吗？难道不是在告诫我们，不要徒劳去改变什么吗？"小渊美子针锋相对地说。

"不，道法自然只是要我们遵循自然法则地去做出改变，对于物的行为来说它是准确的，但对于文明和民众而言，它却是残酷的。"我很震惊小渊美子对我的了解，除非我失忆了，不然又何时与她谈及《道德经》呢？毕竟她不是帝客。

"你看到了，连我们两个人都很难达成共识，你又该如何让整个星际联盟内那些一辈子都数不完的人，去达成什么共识呢？我们是生活在真实的世界中的，而不是活在虚拟的世界不能自拔。"小渊美子摇了摇头站起来，一边往外走，一边说，"难道不是这样吗？你认真想想，是这样吗？"

"让尼让来见我！"我愤怒地喊道。

"他会来的。"小渊美子重重地关上了门。

重重的关门声彻底击垮了我，曾经让自己沾沾自喜的智慧，原来，原来……

"啊——"

尼让没有来，嘎杜鲁将军再次把我提到他的办公室，他好像一直在犹豫什么，手指一直胡乱地划动着缭乱的屏幕，几次向我投来阴郁的目光……

我已经心如死灰，我相信死神的镰刀已经高悬。

安娜，我想起了安娜，我的心在颤抖。

我想起了帝客，我的目光中充满忏悔。

我想到了威克、连漪、南茜、坚。

我想到了泡泡，我想到了过去，但我没有想到未来，因为我的未来掌握在别人的手中。

"你可以走了，去任何你愿意去的地方。"嘎杜鲁将军好像做出一个重大决定似的，他狠狠地甩开了屏幕，看着我说。

"什么？你说什么？"我诧异到几乎光芒四射。

"我不会给你提供任何帮助，也不会给你设置任何阻碍，你只要走出这里，你就自由了。"嘎杜鲁将军肯定地说。

"离开这里，我会死在锡卡莱的。"我颤抖地说。

"那是你自己的事，如果你选择留下……"

"我不会留下，但我想知道是什么改变了你的初衷。"我必须让自己冷静下来。

"难道你没有听说过江山易改，本性难移吗？"我问道。

"难道你没有听说过放虎归山吗？"我绝望道。

"你确定自己是老虎而不是井底之蛙吗？想想看，自己过去都做了什么吧？哈哈……"嘎杜鲁将军不屑地大笑起来。

"再见！"

"你还是祈祷能够再见吧！"

我被卫兵赶出了建立在高山之巅的天堂城堡，步入了昏无天日的地狱。眼前的锡卡莱星球布满了数不尽的火山，满天喷射的火柱夹杂着大量的灰烬和烟雾，笼罩着整个天空。放眼所至，炼狱就在眼前。

我看不清眼前的路，甚至看不清自己迈动的脚步，头罩上的屏幕开始闪出五花八门的警告，我必须尽快找到栖身之所，我已经暴露在外面太久。

我一步步走进雾霭翻滚的污浊之河，盲目地在炽热和缺氧的凶险之地寻找着锡卡莱的生命之地。是的，我是在拿自己的生命做赌注，去寻找未知的希望。

我只能凭借远方不断喷射中的火山判断方向，昏暗中，我一直瞎子摸象般蹒跚前行，面罩内的扫描仪已经失去工作的能力，氧气供给也不足三个小时，而散热的电源也在频频告急。我甚至开始想到了死亡，一闪而过的恐惧几乎瞬间摧垮了我最后的求生意志。

虽然死亡从来没有如此困扰过我，但面对它，一丝敬意还是要有的。曾经许多次在死亡没有来临时，我坦然面对过它；曾经许多次在死神已经站在眼前，我却选择了退缩；曾经，我甚至渴望能够超越生死……

想多了，难免会走神，也就刹那间的事，我被一粒小石子绊倒，失去控制的身体沿着陡峭的悬崖滚落下去。坠落中，我看见了一条河，一条由岩浆汇聚的火红之河，它就在山崖下，在我即将坠落的地方。上帝！这样的死法可是我从来没有想到过的。

极度的恐惧让我试图抓住身边的一切，但，坠落已经势不可挡。那一刻，我没有想到坠落的撒旦，只有安娜的笑脸在脑海中一闪而过。然后，放弃挣扎的绝望，占据了我的整个世界……

是的，想不到人生的终点居然会是我最憎恶的坠落。我不是撒旦，我也没有翅膀，我现在有的只是像极了飞翔的坠落。

炽热的岩浆已经点燃了我的世界，世界瞬间火红，红到发紫，紫到发黑。

我听见了吱吱作响的燃烧，我触摸到瞬间的刺痛和迷失。我挣扎着沉重的躯壳。

黑暗笼罩了我目光所及，宇宙开始旋转，我看见了一线光芒，看见它正划破迷雾重重的炼狱。

第二十一章
休山疯人院

嘎杜鲁将军透过屏幕目睹了龙的坠落和死亡，他甚至为生命和岩浆碰撞出的一团雾气，感到莫名的沮丧。肉体都灰飞烟灭了，那团逃逸的雾气难道真的是灵魂不成？

"这不可能！"嘎杜鲁将军摇了摇头，否认了自己奇怪的念头，转身对小渊美子说："凭借他的智慧，逃离锡卡莱本来不是问题，但他居然愚蠢到被一颗小石子终结了。"

"他自始至终被你玩弄于股掌之间，他的存在本身就是可笑的。一名小小的记者，就像一只被丢进万花筒里的蚂蚁，连身在何处都搞不清楚，还非要异想天开地想做出惊世骇俗的事情，这不是可笑又是什么？"小渊美子的脸上涂抹出嘲讽的色彩。

"或许吧！"嘎杜鲁将军的手指滑出一张屏幕，"因为他的存在，末日军团吸引到众多目光，一些潜在的个人和组织，甚至包括一些政府也已经开始和我们接触。要知道，这个世界上从来不缺好事者，对于地球文明来说，更是从来不缺乏心怀叵测之人，能够利用他们达成我们的目标，是我们的幸运。"

"但他们同样是贪得无厌的，我们未必能够满足他们全部需求，一旦我们不能再提供什么，他们对我们倒戈一击也就在所难免。我们绝不能信任他们。"小渊美子担忧地说。

"训练宠物是不需要技巧的，只要不填饱它们的肚子，它们就会一直保有幻想，为我们所用，供我们驱使。所以你不用担心什么。"嘎杜鲁将军笑了笑，继续说，"可惜龙就这样死了，我本来还想利用他把星际联盟的目光吸引到锡卡莱的，看来计划要做出改变了。"

"什么？"小渊美子吃惊得睁大了眼睛。

"现在星际联盟已经察觉到了我们的存在，但按照既定的计划，我们还需要点时间，所以，做出前瞻性的部署，对赢得未来至关重要。"嘎杜鲁将军肯定地说。

"但是面对强大的联盟，锡卡莱注定是以卵击石的结局。"小渊美子不解道。

"凭借锡卡莱特殊的生态环境，这会为战争赢得足够的时间。把锡卡莱作为导火索，本身也是计划的一部分，到那时，一个毁灭的锡卡莱将会点燃整个星际联盟。"

"我该做些什么？"小渊美子在困惑中问道。

"这也是我今天叫你来的原因，是时候让你结束隐姓埋名的生活了。"嘎杜鲁将军笑了下说，"不过，不知道没有龙，你是否真的能胜任下面的任务，但我已经没有选择的余地。计划和资源现在已经送到你的住处，你尽快了解一下，明天一早飞船会去接你的。"

"是，我必不辱使命。"小渊美子转身向外走去，走到门口，她又转身回头，好奇地问道，"你真的见过主使吗？"

"当然，我看见他就像高坐在天堂的上帝一样，为群星围绕，难以仰视他的光芒。"嘎杜鲁将军一脸敬畏地说道，"主使曾说，他要建立一个没有文明歧视，众生平等的世界。他还说：相信我，我们即将驾驭光芒四射的晨星翱翔于黑暗的浩瀚之空，那时，将再也没有什么能遮盖住众生光明的未来。"

"是的。"小渊美子尊敬地深施一躬，退了出去，在门关上的那一刻，她烂漫如春天的樱花。

连漪已经找不到借口来安慰憔悴的安娜，尽管她动用了各种资源，龙依旧杳无音讯："我已经托父亲亲自出马了，你是知道他的能量的，抓住龙的小尾巴并把他拖出老鼠洞是轻而易举的。但这需要时间，你知道的，宇宙这么大,随便跑个地方,对于我们人类来说都是漫长的。"

"不管他去什么地方,他都会给我个信儿的。"安娜伤心地说,"这些天我一直做噩梦,梦见他被困在一个着火的房间,逃不出来,我真怕他会出什么事。"

"怎么会!现在连梦都告诉你了,他只是被什么事情困住了脚步,不会有事的,你还是别胡思乱想了。你看看,我们漂亮的小脸蛋都快憔悴成黄脸婆了,这样下去,即使他回来了,他还会要你吗?"连漪捧起安娜的脸颊,宽慰她道。

"火星我们去了,小渊美子和她的公司人员人间蒸发一般,没一点踪迹,这怎么可能?"安娜说着,眼睛再次湿润起来。

"因为无法确定时段,他们在逐段对火星异常起落的飞船进行排查,相信很快就会有结果的。"连漪说着连自己都不抱希望的话,接着她话锋一转,"对了,今晚我父母会回来,帮我打个下手好了,我要亲自做点好吃的给他们。"

晚宴是笑语欢声中结束的,连议员打发连漪去陪母亲说话,单独把安娜叫入书房,他拿来红酒倒上后,才斟酌着对安娜说道:"我知道发生这种事情对于你来说是多么的艰难。但是,我还是很想对你说声抱歉。截至目前,我们依旧没有龙的确切消息。不过,我已经查到一些线索,也已经派人跟进,相信很快就会有新的消息的。"

"龙的失踪会不会和尼让有关系呢?龙曾经怀疑过他。"安娜的拇指沿着杯沿轻轻滑动着,茫然不知所措。

"是吗?这样最好,这样我们就可以借用国家的力量来寻找线索了。"连议员摘下眼镜,揉了揉眼睛,宽慰安娜道,"听说龙曾经是一名特种兵,可能被什么给耽搁住了,应该不会有事。"

"连叔叔,让您操心了。"安娜愧疚地感谢道。

"不客气。"连议员再次戴上眼镜,说道,"我还有一场会议要参加,连漪就拜托你多陪伴了,她这一段也神神叨叨的,都不知道在做些什么。"

目送连漪父母坐车匆匆离去,安娜向连漪道出了她父亲的不安,并表示出歉意。

"我怎么就神神叨叨的了？简直就是杞人忧天。"连漪哈哈笑了起来。

安娜长出一口气，说道："对了，明天和我一起去看看我哥哥好吗？医生说，他在里面从来没有老实过一分钟，天天闹得鸡飞狗跳的。"

"哈哈，他要真安分下来，那才是真的疯了。"连漪笑了，然后神秘地说，"我们明天就去把他接出来。"

"什么？"安娜吃惊得睁大眼睛。

"我已经在天空城帮他物色到一份合适的工作，明天一定要好好劝劝他，尽快把他送出去。"连漪果断地说，"是时候让他离开了，地球已经没有他的容身之地，四大家族接下来会做什么，恐怕连鬼都不知道。我们的世界就是这样的，不是吗？"

"谢谢你！但这会给你招惹来麻烦吗？我……"安娜惊喜交加。

"放心好了，威克一走，四大家族的麻烦也就消失了，我们岂不也没了麻烦？这会是一个大家都能接受的结局。"连漪说完划了下安娜的鼻子说，"对了，以后不要对我说谢谢，否则，哼——"

"谢谢！谢谢！"安娜喊着，向外逃去。

"看你能逃到哪儿去！"连漪张牙舞爪地追逐上去。

两个花样年华的女孩把嬉闹的笑语欢声砸入寂静的夜空，惊吓了林中夜鸟四飞，惊扰得天上群星缭乱。

夜幕下的休山疯人院是魔鬼的世界，里面不断传出鬼泣狼嚎的声音，会让任何一个听到它的正常人神经崩溃，幸运的是，这里并没有正常人。

魔鬼威克此刻正站在活动区的桌子上，他手拿一叠厚厚的纸张，歇斯底里地对群魔呐喊着："曾经有人踩了狗屎运，踏进全球财富排行榜后，马上就开始沾沾自喜地去四处演讲，开始出书立传，开始指点人生，甚至开始妄议政事，好像他们无所不知，无所不能。丝毫没有闻到自己脚下的臭味。"

"狗屎。嘻嘻——"一个壮汉娇痴地笑道。

"臭，臭。"一个老妇人流着口水呢喃着。

"和我一起玩尿泥的发小，人家小学都没有读完，但现在却成了知名大学的名誉校长，他告诉我，我们的差距在于他谁的尿泥都玩，而我只玩自己的。可是他的尿臭死了，我才不乐意玩呢。"一个头发花白的老人认真地说。

"我家狗狗就爱吃屎，还总喜欢比别的狗尿得更高，你要去打扫，它还会咬你呢。"一个女孩垂着头用奇怪的声音说道，长长的头发遮盖了她的面目。

威克把手上的报纸拍打得山响，大声道："你们都是对的，那些吃个肚圆肠肥的人，能炫耀的也只有他们鼓起的肚皮，能吹嘘的也只有餐桌上的山珍海味，个中滋味注定只有他们自己知道。可是你们不知道，他们不过是一群被聚焦在舞台灯光下的跳梁小丑，真正的玩家却躲在黑暗的幕后，他们才是制定市场规则的魔鬼。在这样的规则下，接受它，你能够一夜暴富，得到别人一生都得不到的财富。但抗拒它，纵使你百般努力，纵使坑蒙拐骗抢，也必然一生一贫如洗。在它们的规则下，世界已然是貌似公平的榨汁机，所有人都会被丢进去，但出来的，依旧泾渭分明。你们想知道制定这些规则的魔鬼是谁吗？如果你知道，请告诉我。"

"上帝。"一个颤抖的声音小声说。

"骰子。"一声幽怨的声音失落道。

"魔鬼。"一个瘆人的声音道。

"榨汁机榨出的东西，是由刀片、刀距、转速、时间……"还有个声音一直没完没了地说。

威克把手中的纸张丢向空中，歇斯底里道："我要告诉你们的是，我们的世界是掌握在四大家族手中的，它们制定规则，它们制定法律，它们决定价值。它们不仅决定了我们手中的财富，它们甚至还决定了我们的生死。如此，你们还能相信什么？相信市场自由下的公平公正吗？相信资本囚笼里的逆天改命吗？还是相信法律与法制的皇帝新装？由此，你们有没有一种感觉：资本主义的诞生，自始至终都是人类的悲哀吗？我已经感到了，你们呢？告诉我，你们都感受到了什么？"

"你好威武！"一双崇拜的眼神让威克瞬间崩溃。

"好好玩。"一把碎去的纸张飞上天花板，让威克沮丧地坐了下去。

"好看，爱看，喜欢看。"懵懵懂懂的一双大眼睛让威克抱住了脑袋。

"别哭，你是男人。妈妈告诉我，男人不应该在别人面前哭泣的，那会让你显得很脆弱。"一只手温柔地抚摸着威克的脑袋。

"啊——"威克猛然站起来，声嘶力竭地喊道："我疯了！"

"我也疯了——"

"疯了，疯了——"

"我也想疯了——"

在灯光摇曳的窗口，你可以看到里面乱舞的群魔，那里不断传出来自地狱般的鼎沸之声。世界在这里颠倒，智慧在这里苍白，命运在这里呜咽。

连日来，连议员对国会就一项涉及万亿的庞大军费预案进行投票感到沮丧。事实上，在投票前，已经有一波波的政客、军火商和智库人士秘密拜访过他，他们不一而同地游说这项计划的势在必行，并暗示一旦预案通过，他们会对连议员的其他政议进行支持。他们说辞一致，是为了国家安全，但背后真实的目的是显而易见的。

可以肯定的是，目前国际关系风平浪静，地球正处在难得的和平发展时期，如此庞大的军费计划本身就是让人匪夷所思的。基于敏感的嗅觉，连议员已经预感到山雨欲来风满楼，他必须联络到更多议员来阻止这项预案的通过。

连议员拜访威廉姆斯议员时，危言耸听地说道："现在连三岁小毛孩都能看出来预案里的猫腻，如果我们放任预案这样通过，我们的政治生涯也就到头了。"

"这倒是，如果连我们都触及不到核心，一旦被边缘化，我们就真的无足轻重了。"虽然目的不同，但这不妨碍威廉姆斯议员和连议员达成共识。

连议员和威尔议员不期而遇的时候，神秘地说："这次的军费议案招来了众多非议，你听到什么没有？好像还和你扯上了关系，说你会在不同的议案间达成妥协。"

"胡扯。"威尔议员立刻暴跳如雷地发誓道，"到投票那天你就知道了，我会第一个反对的。"

连议员对找上门来的华盛顿议员解释说："你的修法议案被搁置这么久，并不是我执意反对，而是你选的时机不对。这次军费预案表决后，我一定会支持你。"

年轻的华盛顿议员激动地感谢之后，困惑地问："连议员，您对这次的军费预案怎么看？我有点拿不定主意，还拜托您多指点。"

面对挚友乔玛议员，连议员摆出了自己的观点："你是知道的，军方现在愈来愈咄咄逼人了，一旦做出妥协，明年我们的选情将十分不利。"

"管它呢，否了它就是了，我们必须对自己的选民负责不是？"乔玛议员挥手道，她还真有点大女人的气概。

连议员打通了本杰明议员的电话，直截了当地说："对军费预案我是反对的，你准备怎么做？"

"连兄，小弟对您什么时候不是唯马首是瞻？您放心好了。"本杰明议员丝毫没有犹豫地回答道。

连议员在政界摸爬滚打多年，对权力间的交易明了于心，更谙熟此道，久而久之，甚至他会发出这样的奇言怪论："政治家才是世界上最高明的商人。"

是的，当君权天定成为历史，权力场就沦落到菜市场般的尴尬，势力集团的平衡和交易无处不在，在权力的天花板下，一群小商小贩，个个赤膊上阵，吆五喝六还属正常，叫骂连天亦是常态，在这里，斤斤计较的场景处处可见，还真的看不到半点尊贵之色。

不错，凌乱的世界需要凌乱的思考来面对，即使你已然知道了什么，但你依旧什么也不知道，不是吗？

"龙死了。"刚被接出休山疯人院的威克，居然莫名其妙的地冒出一句话来。

安娜惊诧之余，差点泪崩，她不停地颤抖着，一个字也说不出来。

连漪探了探威克的额头，又拧了下威克的胳膊，才低声埋怨道："胡扯什么呢？你难道真的疯了？"

"我梦见他死了，真的。龙在哪儿呢？他怎么没有来？"威克嬉皮笑脸地说。

"龙死了。"这次不是威克说的，而是帝客。

晶莹的泪珠终于落下，安娜再也按捺不住崩溃的心境，泪水夺眶而出。

"找死啊。"连漪一脚踢了出去。

"都这么久了，他都不回来，不是死了又是跑哪儿去了？"帝客委屈地说。

飞车在车海楼林中快速地穿梭，外面的世界渐渐扭曲成一缕缕光线，五色七彩的错乱出杂乱的视界，如流淌不尽的污水浊流。

曾经有人说，路有多长梦就有多长。听完连漪的担忧和帝客的埋怨，发疯后的威克已然冷静下来，他抽了张纸巾递给还在哭泣的安娜，说道："别哭了，不还有哥哥在吗？放心，我会把一个活生生的龙给你带回来，相信我。"

"老爸电话，老爸电话！"车载精灵突然飘荡出来，冲连漪喊道。

"喂——"

"连漪，我是露西，您马上来一趟帝国医院。"

"我父亲怎么了？"

"他很好，您现在就过来。"

连议员死了，死于车祸，突然失控的飞车从高空坠落，防护系统却全都成了摆设。

"医生说连议员走得并不痛苦，几乎是瞬间的事情。"连议员的秘书露西只能这样安慰连漪。

"他怎么会一个人？"连漪抹去眼泪。

"连议员本来打算要去拜访议长的，但出门时，他接到一个电话而临时决定外出一下，没有让我和随行人员跟随。"露西低声回道，然后补充道，"连议员并没有告诉我们外出的原因。现在事情已经由联邦调查局接手调查，他们很快会联系您的。"

"我知道了，你现在马上回去，把我父亲近期的日程安排和资料收集一下交给我。还有，请帮我联系父亲的律师，让他马上过来。"连漪迅速冷静下来，她快速地交代道。

"会不会……"一个不祥的念头刚刚冒出来，便被安娜压在了心底，战栗不期而至！

接踵而至的事情打破了原本平静的生活，世界不知道从哪天开始，渐渐阴云密布，光明越离越远，像黑夜降临，四起的迷雾悄然蔓延在视野所及。

连议员的葬礼安排在一周之后，那天既没有明媚的阳光，亦没有连绵的细雨，不晴不阴的天气压抑至极。在陵园中心，那被高高地钉在十字架上的耶稣，面对世人，也只是无助和无力地看着……

牧师单调的吟唱终于结束，鲜花在棺材板上做出最后的挣扎，被泥土无情的掩盖。雪白的大理石墓碑被竖了起来，照片中的连议员微笑如常。

连漪一直站在柔弱的母亲身边，此刻，你已经无法从她的脸上看到半点悲伤，黑色的帽纱后透出血色目光，令人不寒而栗。

安娜眼中满含泪水，愧疚和悲伤一直都在，她可以选择忏悔，但忏悔不会让时光倒流，不会让逝去的重新回转。现在，她唯一能够做的，只能是用全部力量，支撑起几近虚脱的连母。

威克始终站在连漪身边，当马休斯走来，没有语言，两只冰冷有力的手握在一起，片刻的五味杂陈之后，马休斯面带一丝失落走开。

帝客一直克制住想在墓碑上撒上一泡尿的冲动，它能嗅出空气中悲凉的气息，也能被周边的肃穆催生出点伤感出来。它唯一能够想起来的，大概就是连议员曾经用僵硬的手指触摸过自己的脑袋，就再也想不出什么可眷恋的感伤。它甚至突然嗅到让自己兴奋的气味，一股熟悉的味道，它开始不安分起来……

随着一捧鲜花摆在墓碑前，一个带着面纱的女人站在了安娜身边，熟悉的身影几乎瞬间让她想到了什么，当战栗刚刚划过，安娜已经平复了心境。

葬礼结束，目送连漪和连夫人的车远去，安娜头也不回地坐在车中，无声地给那个女人让出一个座位。威克虽然感觉诧异，也并没有问什么，默默地把帝客抱上了车。

"嗨，小渊美子姐姐。"帝客首先打破了沉默。

"我需要您的帮助。"小渊美子摸了摸帝客的脑袋，然后撩开面纱，冲安娜低声说道。

看着小渊美子苍白的脸，安娜按抑住想去打听龙的冲动，甚至，她此刻开始惧怕从小渊美子那里得到龙的任何消息："你怎么会出现在这里？"

"我一直被人控制着，是好不容易才逃出来的。我已经走投无路了，帮帮我吧！"小渊美子惊恐不安地不断望向车外。

"我们能为你做什么？"威克扭头问道，"还有，龙现在在哪里？"

"龙，他——"小渊美子突然泪落如瀑，哽噎得说不下去。

"他怎么了？"安娜颤抖着问。

"这是龙最后的影像资料，对不起！对不起！"小渊美子不断地鞠躬道。

影像中，龙的坠落并不优美，尖叫的面孔，四下飞舞的手臂，更像一只被踹下天堂的猴子。和所有惧怕失去的普通生命一样，面对死亡，龙同样没有什么惊世骇俗之举，同样有的只是无限恐慌。

安娜伏身在车座上，掩面无声地抽泣起来，她最不愿意接受的事情还是发生了。

威克狠狠地捶打了下车窗玻璃，咆哮道："我不相信这是真的！"

"龙不会死，没有死！"帝客疯狂地扒扯着影像，嚎叫道。

"告诉我你所知道的一切。"安娜终于平复下来，她抹干了眼泪。

"龙是为了追查我的行踪才去的火星，结果被嘎杜鲁将军抓了，我们一同被押往了锡卡莱。"小渊美子止住哭泣讲述着。

"锡卡莱星球？"威克困惑道。

"锡卡莱星球是一个被魔鬼占据的地狱，我一直被他们所控制，为他们打造僵尸军团。"小渊美子颤抖的说道，"因为龙不断追查，导致了僵尸军团的覆灭，所以，他们就起了杀心。"小渊美子半真半假地讲述着。

"他们为什么要打造僵尸军团呢？"帝客不解地问。

"整个锡卡莱星球遍布火山，有着大量稀缺的资源，那里的自然环境对于绝大多数文明来说都是致命的，也只有僵尸能适应那里的环境，为他们开采矿石。"

"龙是怎么坠崖的？他难道是逃出来的？"威克质疑道。

"他不是逃出来的，是嘎杜鲁放走的他。我也不知道嘎杜鲁将军为什么会轻易地放过龙，或许是想让他在锡卡莱自生自灭吧。要知道，想逃出锡卡莱，简直比登天还难。"

"那你又是怎么逃出锡卡莱的呢？"威克追问道。

"是押解我的飞船出了意外，我才有机会逃出来的。我藏进飞石公司的货运飞船，好不容易才回到地球。"小渊美子心有余悸地说。

"你真的很幸运。"帝客同情地说。

"或许吧，不然我也会人间蒸发，甚至连死在哪儿都不为人知。"小渊美子的眼睛再次红了起来。

"谢谢你！"安娜的眼泪再次滑落。

小渊美子沉默片刻才说道："我这次来，一是为了给你们报信，二是我手中有一些重要的东西需要交给星际联盟，但我不知道该交给谁和相信谁。想到龙先生生前不止一次地帮助过我，我能够信任的也只有你们了。"

信任对于地球人来说，往往是最致命的，你永远不知道两肋插刀后的后果是怎样，你唯一能相信的只有自己的判断，即使它是错误的。

是的，生活中有许多画面，许许多多看似或者本就真实的画面，但，你真的确定自己能看清它们吗？

此刻，星际联盟的伊雅婷首领正匆匆忙忙地赶回联盟大厦，去参加领袖联盟临时召集的紧急会议，她想不明白来自地球的几个人究竟能带来什么情报，重要到要召集紧急会议来解决。

伊雅婷首领刚刚从异星战场返回天空城，最近那里的局势越来越糟糕，四处游击的异星人让联盟舰队在广袤的星际防线上疲于奔波。联盟作战中心的将官们无休无止的争论，也让调整作战的计划至今茫无头绪。

小渊美子带来的资料令人震撼，里面不仅有真知社和僵尸军团，还有关于锡卡莱星球庞大的军事组织的资料，甚至还包含一份针对其邻星紫陌星的详细作战计划。

"紫陌星身处联盟腹地，防卫力量是十分薄弱的，作为联盟至关重要的交通枢纽之一，一旦它受到攻击，必将引发灾难性后果。"来自秃噜星的休马首领触角乱飞地说。

"我们可以调集正在银河系休整的北斗舰队，踏平锡卡莱简直易如反掌。"来自机械城的霸戈首领霸气地挥舞起钢铁手臂，说道。

"北斗舰队日前刚刚结束休整，正准备去异星战场轮替其他舰队，现在改变计划，会不会有点小题大做和得不偿失了呢？我更趋向于集结银河系的星系防卫力量来处理锡卡莱的危机，我认为，这足够了。"来自帝王星的雨墨首领交叉四臂建议道。

"目前我们并不明了锡卡莱事件是单一的存在，还是有其他关联，如果锡卡莱背后隐藏着其他不为我们所知的因素，单纯的局部军事行动只会让我们陷入被动。锡卡莱的军事存在并不足为虑，积极防范，彻底封锁还是很容易的。所以我认为，眼下首先要去做的是收集情报，然后再决定该如何处理锡卡莱危机。"来自黑暗之角的介子牧首领只睁开了八只眼睛中的两只眼睛，郑重地说。

"我们不应轻启战争，战争不仅会带来不安定因素，还意味着劳民伤财，我们更应该寻找到和平解决的办法。"来自紫玉星的典布鲁首领扬起喇叭状的头颅说。

"我们还是听听伊雅婷首领的建议吧，她才是我们的军事专家。"来自天使星的飞瑶首领展开巨大的双翅，建议道。

"首先，我们需要证实这些资料是真实可信的。其次，鉴于异星战场事态的日趋严峻，我们必须保证联盟内的足够稳定。我赞成雨墨首领和介子牧首领的意见，先集结适当的星系防卫力量，对锡卡莱方向进行全面戒备，以确保紫陌星的安全。然后通过外交方式来解决它。毕竟，战争是我们最后的选项。"来自星海的伊雅婷首领，她额头上那只大眼睛散发出熠熠光彩。

"客观地说，目前我们的星际联盟并不完美，松散的架构会让我们的联盟大厦随时倾覆。从目前联盟各处传来的情况来看，来自低级文明的骚乱已经开始蔓延，这也是一个不得不慎重考虑的现实。因此，对锡卡莱，我的建议也是：慎用武力。"来自射手星的依玛首领不安地说，他透明的手掌变幻出复杂的色彩。

"低级文明就像瘟疫一样，四处传播着最低等的欲望与认知，如果允许它们加入联盟，我们简直就是在自掘坟墓。试问，他们的加入除了会不断地提出各种可笑和可鄙的要求外，还能为联盟带来什么呢？"来自巨神星的兀荼毒首领恼怒地跺了下脚，大厦为此颤抖。

"你别忘了，几乎全部的高级文明都是在摆脱欲望之源后建立起来的，在未来的某一天，步入高级文明的他们，同样可以为联盟注入新的力量。要知道，即使在当下，他们的一些理念和科技，依旧为我们提供了诸多选项……"来自御夫座的海僳儿首领摇动着四只眼睛的鱼头说。

"各位，还是言归正传吧。"来自骸星的子曦首领笑呵呵地插话道，"我赞同伊雅婷首领的建议，不过我想提醒各位，锡卡莱并不是一个普普通通的星球，它的进化速度远远超出正常的星际进化百倍有余。这么说吧，如果今天你给它丢进一个病毒标本，明天它就能进化出数以千计的异种，甚至是一只猴子，这也是它被列为联盟为数不多的禁区的原因所在。所以，我们的任何行动都需要纳入极端考量，贸然进入，只会给我们的联盟带来致命的威胁。"

"不错，据来自锡卡莱观察哨的消息，最近锡卡莱多了许多未经许可的飞行记录，而且飞船的飞行速度骇人，甚至接近于骸星的逆光速度，以我们目前的防卫力量拦截它们几乎是不可能的，这会让我们的防线形同虚无。所以，它们为什么会拥有这样的技术？它们又来自哪里？这些都需要我们去调查。"休马首领也担忧地说道。

"那就调来一套天幕系统好了，它的强磁波层足以瘫痪任何想穿越它的动力设备。"霸戈首领说。

"可以倒是可以，但布置却需要花费大量的时间，一旦引起激化，会更加麻烦。"海僳儿首领迟疑道。

"我们还是先派出大使接触下锡卡莱国王的好，了解他的真实意图，然后再做打算。"飞瑶首领建议道。

"星空广袤，连信息传递都需要耗费大量时间，而战场的情况却是瞬息万变的，所以我们必须做好两手准备，以免贻误战机。因此，我建议由子曦首领主导外交接触，霸戈首领前往锡卡莱主导军事部署，并赋予他们绝对的前沿处置权。"伊雅婷首领提议道。

伊雅婷首领的建议得到了大家的认可，旋即，所有人的目光都被天穹之上的一幕所吸引到。

一片片来自雪月星的烂漫雪花，飘飘洒洒地飞过联盟大厦的巨大穹顶，摇曳多姿，在星海的衬托下，如梦如幻。

第二十二章
星际禁区

已经来天空城很多天了，但威克一直对小渊美子保持着戒心，在他眼中，这个女人就像一团迷雾，看不透，摸不着，扯不清。不过此刻，他开始担心起自己的妹妹安娜。

安娜伤感地依靠在窗栏上，她的目光忧郁而迷失，她始终不愿意相信龙已经死去的事实，她被囚禁在自己的心魔中，茫然和无助交替主宰着她的世界。

小渊美子丝毫不担心自己的处境，也不关心尼让的计划是否会成功，她唯一在意的是自己还能走多远。从一个低等文明中的普通一员，到如今能面对神一般的联盟首领，她已经心满意足了。在她心中，生存的意义只在于过程是否精彩，而后果是否悲催，大不了也就是一了百了的事情。

帝客一直蹲在安娜的脚下，它很想出去走走，毕竟天空城有太多稀奇古怪的东西吸引着它，但是安娜身上散发出的那份浓浓的忧伤，让它打消了念头。它想为安娜做点什么，可是能做什么呢？它绞尽脑汁也没个主意。

"帝客。"一声轻飘飘的声音传来。

帝客兴奋地仰头看向安娜，然后又好奇地盯向小渊美子，最后困惑地望着威克，才骇然停下摇动的尾巴，惶恐地挠起脑袋。

"肯定是幻听，把人大卸八块再拼装起来的穿越方式真的糟糕透顶。鬼知道现在的我，还是不是过去的我？"想到这，帝客放松下来，打了个哈欠。

"帝客，怎么不理我？"那个声音再次若即若离地传来。

"你怎么知道我的名字？你是谁？我怎么看不见你？"帝客环顾四周，

迷茫地问。

"他们都喊你帝客的啊。"伊朵嘻嘻而笑道,"我嘛——伊朵,我是能量生命体,很小很透明的,你们人类是看不到我的。嘻嘻。"

"我不是人,但你也不是鬼就好,我现在很烦,别来打扰我。"帝客呼扇着舌头,不满地说。

"那你烦吧,烦够了,再过来找我玩呀。"伊朵失望的声音传来。

"我都不认识你,也不知道去哪儿找你,怎么找你玩?"帝客把头埋进爪子里,嘟囔道。

"我一直都住在这里的,爸爸妈妈出去玩了,不肯带我去。哼哼。"伊朵委屈地说。

"我又看不见你,怎么和你玩?"帝客诧异之后开始可怜伊朵起来。

"我们玩猜心思游戏吧?输者必须满足赢者的一个请求。好吗?"伊朵兴奋地说。

"那有什么好玩的?我要猜对了,你不承认,我又怎么证明呢?"帝客无精打采地说。

"不准你侮辱我!我们栖止人是从来不说谎的。啊——"伊朵恼怒地尖叫起来。

"好吧,你猜我现在在想什么?"帝客捂住耳朵问。

"我猜你在想我会怎么问,对吗?"伊朵小心翼翼地问。

帝客差点崩溃,伊朵无疑是对的:"不,我在想我赢后,你都能答应我什么。真的什么都可以吗?"帝客恶念满满地说。

"你赢了,你想要我做什么呢?"伊朵沮丧地问。

帝客挠了半天脑袋,终于烦恼地说:"我回头再提要求,我先猜猜你在想什么,是不是在想我刚才是否骗你了呢?"

"呵呵,你输了,我在想你的脑袋里都装了些什么。"伊朵高兴地说,"现在我赢了,你要答应我一个请求,你要准许我触摸你的脑袋,我想了解你。"

"就这,随便你好了,摸吧。"帝客啼笑皆非地伸出脑袋答应道。

很快伊朵就奇怪道:"咦,你父亲是龙,他已经死了,你在想怎么安慰自己的母亲安娜……"

"走开。"帝客骇然地跳了起来，疯狂地摇起了头。

"这是我赢得的权利，你已经答应我了，你别想耍赖。嘎嘎——"伊朵放肆地大笑起来，"哇，你很喜欢连漪身上的香水味，你还很厌恶威克的脚气。咦，坚曾经背着龙踢过你一脚。咳咳，你居然把自己困在了没有门的房子里，哈哈……"

"走开，走开，我赢了的要求是：你马上走开，不要再触碰我的脑袋啦。"帝客发疯般在地上翻滚起来。

"好吧，我尊重你的请求。不过……"伊朵嘻嘻笑起来，没有下文了。

"不过什么？"帝客惊恐地问道。

"不过该吃饭了，你该醒醒啊。"

帝客抬起沉重的眼皮，一道刺眼的光芒让它眩晕，这是在哪里？帝客迷茫地睁大了眼睛。

只见一双温柔的小手伸来，随即它轻飘飘地四脚离开地面，空间随之开始旋转。

锡卡莱星球终年被黑色烟雾笼罩着，整个星面上流淌着一道道血红的岩浆，这让它显得十分危险而诡异。

站在徕卡舰队旗舰的悬窗前，望着眼前如炭块般燃烧的锡卡莱，霸戈首领忧心忡忡地说道："一旦战争不可避免，这里极端的生态环境，会让我们的介入困难重重，如果不能速战速决，一旦进入持久之战，仅仅是星际封锁，也将耗费掉巨大的后勤保障，我不希望这会成为一个选项。"

马德舰长附和道："我已经派人进入锡卡莱收集情报。那里混乱的磁场，极端的空情，复杂的地貌，可能会让我们的地面作战举步维艰。而且……"

"天幕系统的部署情况怎样了？"霸戈首领冷峻地问道。

"一切都在按照计划进行，但要完全部署到位并达到作战要求，还需要时间。"马德舰长回道。

"那就加快部署，我们必须尽快封锁这里。"霸戈首领嘱咐完，又自言自语道,"不知道子曦首领怎样了?"

此刻,子曦首领刚刚走进烟雾缭绕的皇宫,得到消息的嘎达国王慌忙快步迎了出来,一见面,就抢先施礼道:"尊敬的子曦首领,不知阁下降临,有失远迎,失礼了。"

"光明的国王陛下,子曦不请自来,请您见谅。"子曦首领忙还礼道。

嘎达国王把子曦首领让入殿内,才不安地问道:"首领,此行不知为何事而来?还请明示。"

"子曦鲁莽叨扰,确属无奈。"子曦首领仔细说明来意,并把带来的资料一一呈上。

"唉——"嘎达国王看完,长叹一声说道,"我就知道他还会惹出祸端,但怎么都没有想到他会惹出这么大的事。现在又该如何收场呢?"

子曦首领不知端倪,问道:"陛下所说的他是谁?"

"唉,还能有谁?是我那兄长嘎杜鲁。因为不满父皇把皇位传给了我,他一怒之下就离家出走了,不知所踪。后来我才打听到他的消息,知道他开了家矿产公司,才放下心来,甚至还处处暗中为他提供方便。"嘎达国王唉声叹气地说。

"陛下能否请嘎杜鲁前来,问一下究竟。毕竟战端一起,必将祸及子民,这是我们都不愿面对的。"子曦首领看着嘎达国王,仅仅过去了几分钟,嘎达国王的容貌已经发生了细微的改变,如此骇人的进化速度,简直匪夷所思。

"他的性情我太了解了,即使由我来出面来劝止他,恐怕也不会有什么结果。"嘎达国王虽然为难,但还是派了宣事官出去,结果如他所料,并没有人知道嘎杜鲁的去向。

"给我点时间,我来处理。"嘎达国王沮丧道。

"如陛下所愿,我愿静候佳音。"子曦首领本想提醒嘎达国王什么,但嘎达国王柔弱的性格,让他看不到任何希望。

在嘎达国王送子曦首领走出宫殿的时候,一个冰冷的声音从旁边传来:"尊贵的子曦首领,请留步。"

"嘎杜鲁?"子曦首领禁不住站住了脚步,但旋即笑了,笑问。

"你认识我？"那侍卫诧异地问。

"真的是你？"嘎达国王更加震惊道。

"你们不是想见我吗？我来了。"嘎杜鲁不屑地笑了。

子曦首领轻松地说："那我们可以坐下谈谈吗？"

"怎么？这是要逼我们锡卡莱订城下之盟吗？哈哈。"嘎杜鲁放声大笑起来。

"对于联盟和锡卡莱来说，难道还有比兵戎相见更坏的结局吗？"子曦首领平静地问。

"难道现在的锡卡莱不是囚牢吗？我们甚至没有进入星际的自由。"嘎杜鲁冷笑道。

"纵使放眼整个宇宙，锡卡莱文明也是独一无二的存在，但这里异常的进化速度不断迭代出不确定的发展方向，如此，联盟又该如何来面对它呢？"子曦首领解释道。

"所以锡卡莱成了联盟的禁地是吗？你们不仅对我们进行技术封锁，甚至还限制了我们和其他文明之间的正常交流。为什么？"嘎杜鲁愤怒道。

"那是在正常交流吗？我想你不应该忘记，你们曾经为了窃取居邻星的矿产，不但进行了军事占领，而且还投下锡卡莱最致命的变异病毒，导致整个居邻星的种群灭绝。还有，我想你同样也不可能不记得，在和联盟的接触中，你们的态度一日三变，甚至对星际联盟最基础的条约都朝认夕改……"子曦艰难地说道。

"我们的宇宙是一成不变的吗？如果不是，为什么文明就可以做到一成不变呢？"嘎杜鲁反问道。

"如果一个文明连最基础的秩序都无法建立，那么它又该如何自处呢？更不要说建立什么文明。要知道，星际联盟是众多星际文明认知下的联盟，而不是说改就可以改的。"子曦首领耐心解释道。

"哈哈，我们这些低下的文明怎么敢踏入你们至高无上的文明呢？我们只是在乞求一份属于自己的生存空间，这有错吗？请告诉我。"嘎杜鲁说出的话令人窒息。

"但凡你们能遵守自己的承诺，都不会落到这个地步。"子曦首领叹息道。

"你还不如直接骂我们疯狗得了。你看过地球上的《西游记》吗？你认为美猴王头上带的是紧箍咒呢？还是狗链呢？"嘎杜鲁鄙夷道。

认知间的巨大差距让子曦首领看不到任何希望，他长叹了一声，缓缓说道："或许，你可以开出你的条件。"

"我会的，只不过我需要你在这里多待几天。来人，把他们都押下去。"嘎杜鲁挥手道。

殿门外突然冒出众多全副武装的僵尸卫士，它们裸露着丑陋的面孔，围了上来。。

子曦首领并没有反抗，他甚至摊开双臂，接受捆束。

嘎达国王却恼怒地挣扎道："你怎么敢……"

"嘘——"嘎杜鲁压低声音说，"它们对声音很敏感的。父皇不是一直在教导我们，永远不要让自己陷入难堪之地吗？我亲爱的弟弟。"

"你究竟想怎么样？"嘎达国王压住怒气道。

"给锡卡莱一片光明，这就是我要做的。"嘎杜鲁放松地说。

此刻，远处的地平线上，正在形成一条通天的火旋风，它宛如一条巨龙，在天地间盘旋不定，所过之处，众生逃离，万物凋零。

当一道光芒在黑暗中慢慢绽放，世界开始逐渐清晰起来，洁白的房间，鲜红的花瓣，飘逸的窗帘。

"这是在哪儿？"困惑就在眼前……

"我死了吗？"我陆续想起什么：岩浆包裹了身体，火焰点燃了皮肤，灼焰烤焦了骨骼。世界顿然空明，但我始终无法逃离……

"你真的是龙吗？"一张熟悉的脸庞浮现在眼前，她奇怪地问。

"你不是南茜吗？烧成灰我都认得你。"我感到一丝困惑。

"你真认识我？"南茜惊讶地睁大眼睛，小心翼翼的用手指触摸着眼前那张冰冷的脸庞问道。

我触摸下自己的肌肤，柔韧而冰冷，我低头看向自己的双手，它们泛出液态金属般的光泽，战栗瞬间，如有一道闪电般击穿了我的神经，一丝恐惧骇然浮出："我是谁？"

"泡泡，泡泡，他真的活了。"南茜兴奋地尖叫起来，她打开房门，冲外面喊道。

很快，泡泡恼怒地推门而进，她不满地冲南茜埋怨道："你别整天一惊一乍的好吗？你这一惊一乍的，就不怕万一吓到我，再弄出个什么失误，再把他给弄残了，你负责啊？"

"我知道啦。你快来看看他。"南茜禁不住伸了下舌头，俏皮地笑了。

泡泡来到了我面前，她抬起手掌轻轻地触摸着我的头颅，脸上喜忧不定。

"还没有完全弄好吗？他刚才不但认出了我，还叫出了我的名字，连声音都和龙一模一样。"南茜兴奋地说。

"我曾经触摸过他的记忆，所以触摸之前的龙我足够了解，但那之后的记忆也只能凭借奥西星的智脑来恢复了。你知道的，他的智脑已经被岩浆损毁得十分严重，想要完全恢复是很困难的，这需要时间，你明白吗？"泡泡再次抱怨道。

"好啦，好啦，我以后都听你的就是了。"南茜撒娇地抱住泡泡的手臂摇了起来。

"你呀！"泡泡苦笑道。

"你们在说什么？"我感到莫名其妙，挠了挠头。

"看见了吗？看他是不是真的和龙一模一样？"南茜指着我喊道。

"他就是龙。"泡泡转身关闭了连接电源，向外走去。

"我想把这个好消息告诉安娜，都不知道她现在怎么样了？"南茜追在泡泡身后说。

"现在告诉她，只会增加她的心理负担，还是留着给她个惊喜吧，况且现在还没有完全构建好。"泡泡认真地说。

"你说，如果龙醒来，知道了地球和锡卡莱的现状，他会怎样？"南茜问道。

"不管怎样，他都改变不了历史。龙曾经在嘎杜鲁那里曾看到过一些屏幕，我们必须还原出它们。"泡泡奇怪地说。

"原来你答应复活他是出于这个目的啊，不过这样也好，免得他真复活了，会一辈子都觉得欠你一条命。"南茜反倒如释重负。

"你是不是也喜欢龙？"泡泡好奇地伸出手去。

"怎么会？大概我们上辈子是兄妹吧？不过我很好奇，你懂得什么是兄妹之情吗？"南茜俏皮地把头歪向一边，避开了泡泡的手指。她说的是真的，对于龙，她始终有种感觉，那就是似曾相识，那就是生命相依。

锡卡莱对子曦首领的囚禁，既让联盟感觉不可思议，也开始变得投鼠忌器起来。天幕系统已经部署到位，他们正在尝试和锡卡莱建立新的联系。

"子曦首领应该是主动选择留在锡卡莱的，即使放眼整个联盟，也没有捕获和囚禁骸星人的技术存在。"雨墨首领分析说。

"单纯从理论上说，剔除基子数据是可行的，不过要做到这一点，除了骸星之外，眼下任何文明的基子干涉技术均无法做到，所以我很怀疑嘎杜鲁的威胁是不是一个谎言？"海傑儿首领说。

"不管是不是谎言，我们都必须完全保证子曦首领的安全。目前骸星人泡泡对龙的复活已经初见成效，所以，我们还需要点时间，我们必须和锡卡莱继续保持联系。"依玛首领说。

"难道要我们把所有的希望寄托在一个地球人身上吗？如今连他的母星都在蠢蠢欲动，而整个联盟更是风雨飘摇，如果我们继续这样优柔寡断，举棋不定，那么很快整个联盟都将陷入万劫不复之地。"兀荼毒首领忧虑道。

"可是除了子曦首领和泡泡，我们又该上哪里请来更了解锡卡莱和更适合这个任务的骸星人呢？既然泡泡选择了那个地球人，我相信一定有她的道理。"海傑儿首领说。

"目前整个联盟内，有万余低级文明出现了异常，单纯从分布的区域上看，这显然不是锡卡莱所能左右到的，很显然，它的背后很可能会有一个精心策划的庞大计划……"介子目首领说出自己的担忧。

"你们说，这会不会和异星有关？"雨墨首领插话道。

"目前还没有相关情报能印证这一点，但我们必须尽快调整调查方向了。"介子目首领说。

"如果真是这样，后果将不堪设想。一旦异星的势力真的渗入整个联盟，我们根本无法控制态势。"典布鲁首领震惊道。

"我个人建议马上调动北斗舰队，是时候把摧毁锡卡莱纳入计划了。"兀荼毒首领站起来，说："这可能会是我们唯一的机会。"

"我赞同。不过在此之前，我们还是应该先看下基点推演出的各种可能。另外，我还有个疑问，摧毁锡卡莱真的可以熄灭联盟内已具燎原之势的异潮吗？同样，面对低等文明的声音，我们是不是也该有所改变了？"伊雅婷首领说出了自己的忧虑。

"弱肉强食和适者生存是最基本最直观也最真实的宇宙法则，更是最原始的低等文明的本质表现，它们所衍生出的过度的欲望与贪婪，会成为它们迈进高级文明的绊脚石，也会成为我们接纳它们之后无法背负起的包袱，但它们并没有意识到这一点。如果一种文明不能超脱于自身的原始本性，放纵它们，只能给我们带来无尽的困扰。"海僳儿首领提醒道。

"他们中的一些人甚至认为割舍自己最基本的本性就可以立地成佛，全然不明白超越本性的自律才是文明的基石，而不是舍弃一切。"兀荼毒首领苦笑道。

"联盟对低级文明的政策实属无奈之举，如果容忍贪婪和欲望自由地出入在联盟之内，我们的文明恐将不堪一击。面对他们无止境的欲望，我们将无以应对。别忘了，历史上曾经辉煌一时的杲昊文明，不就是被一群来自低等文明充满欲望的小人所摧毁的吗？如果我们不能引以为戒，历史的悲剧必将重演。"飞瑶首领淡淡地说道。

"目前看来，除了加大联盟文明的推广力度之外，我们好像真的缺乏更好的智慧来解决它。"伊雅婷结束了这场没有结果的争论，她再次把话题转移到异星战场，有些议题她必须和十一领袖达成共识，并得以在议会通过，因为它关系到整个星际联盟的未来。

在天空城待久了，帝客渐渐对它有了深恶痛绝的恶意，它已经无法再获得更多的奢望中的礼物，甚至每次出门，它都会被要求戴上尿布，这让它显得很狼狈。它开始怀念在地球的美好岁月，至少在那里，吃喝拉撒睡都是自由的。

威克显然不是帝客的倾诉对象，天空城是让人目不暇接的，这里能引起他注意力的新鲜事物有很多。在他眼中，能在这里工作的每一个人都是幸运的，因为在这里，不论什么样工作，都只是一种爱好，和吃喝拉撒睡无关，更与金钱荣耀无关。供需自由的社会体系，让这里成为他理想中的天堂。

小渊美子也成不了帝客的倾诉对象，早出晚归的她好像比任何人都要忙碌，每次回来，她都是简单洗漱一下，就把自己丢进松软的被窝，甚至面对唧唧歪歪的帝客，都无暇多看一眼。

帝客歪着头打量着安娜，它注意到安娜的情绪始终处于低落的起伏之中，这让它很难开口去请求什么，它甚至为了博得美人一笑，不得不强颜欢笑把自己当成开胃小菜端上去。

帝客不知道栖止人是否真的存在，还是只是一场梦魇，但每每想到自己赤裸裸地站在台上，连台下的是人是鬼都不知道，都会立起全身的短毛，瑟瑟发抖。

帝客无聊中会常常想起龙，虽然龙经常骂它"人模狗样"，但现在想来，有人骂也是一件好事，至少要比被人无视的感觉好多了。

帝客开始痴迷网络，在虚拟的世界中，它不仅仅可以成为人，而且可以成为一个充满阅历和智慧的人，它会陶醉在别人羡慕的词语中，会飘飘然然在别人的点赞下。直到有一天，一个女孩用火热的语言发出求见的邀请，它才发现现实原来真的很残酷。

帝客也有幸运的时候，它成功地预约到一位资深基因专家，并获得了免费的基因改良，从此被蚊虫侵扰的历史一去不复返，甚至耳聪目明了许多。不过，幸运总会有一个倒霉的孪生兄弟相伴，至少在它得意忘形间，就结结实实地摔了一跤，并因此啃了一嘴自己的狗屎。

开心的时刻对于帝客来说并不很多，它甚至发觉自己有点抑郁，甚至会失语地喊出汪汪汪。怎么会这样呢？它已经不敢再开口说话。

抑郁的帝客也还是调皮的帝客，一次它趁小渊美子不在，钻进了她的房间，它甚至偷偷爬上了床，甚至惬意的在上面滚了几圈，直到听到外面传来脚步，它才惊慌失措地钻到床下。

"计划正在按照我们的预期全面展开，事成之后，主使会亲自为你授勋。"一个冰冷的声音传来。

帝客很想从一垂到地的床单下探头出去看下来人的模样，但它又怕弄出动静来，毕竟天空城耳聪目明的文明众多。

"天空城目前还算宁静，也看不出什么异常。不过我倒是打听到一个消息，说异星的特使即将抵达天空城，具体目的不详。"小渊美子说道。

"是吗？我知道了。你还是尽量多打听下联盟在锡卡莱的动向吧，这很重要。"那人诧异之下，马上交代道。

"是。"

"好了，我该走了，记得尽快把那东西送到指定的地方。"

来人说完再无动静，帝客甚至不知道他是否已经离开，因为它根本没有听到任何离开的脚步声。

帝客又等了很久，直到小渊美子走进洗浴间，直到里面传来淅淅沥沥的水声，帝客才偷偷溜了出来。它很兴奋，因为它抓住了小渊美子的小秘密，这样它就有了要挟她的本钱。

"但是我该要挟点什么呢？"帝客抱着自己的脑袋趴在安娜身旁，一边绞尽脑汁想着，一边等待着安娜的抚摸。

此刻，一位身着黑色长袍的使者缓步走进未来之殿。他步伐坚定铿锵有力，面容严肃而庄重，眼神中更是闪烁着无尽的智慧之光。一路走来，他的脚步声在空旷的大殿中回荡，光洁如镜的地板上倒映出他的伟岸。

"使者牧突，奉恺昱主宰之命，前来媾和。"来到殿堂的尽头，使者深施一礼，扬声道。

"哦，也是奇了。亘古之战，由史而今，你们异星何曾主动媾和过？说来听听。"海傑儿首领俯身看着牧突特使，好奇道。

"听闻联盟目前正在遭受低级文明的滋扰，子曦首领更是身涉险地，生死未卜。出于善意，恺昱主宰并不想乘人之危，特派我前来媾和，商议休战之事。"牧突特使昂首挺胸站在大殿下，傲然说道。

"哈哈，如果不是联盟快把异星战场推到你们的老巢，他会派你来？难道现在不是你们反攻的最佳时机吗？"兀荼毒首领哈哈大笑道。

"你们是在异星战场取得了一些成绩，但眼下联盟内忧外患，已有分崩离析之象，异星战场也渐显颓势，如此，我们重新夺回异星战场，岂不指日可待。不过我主恺昱主宰心怀远大，他认为，这同样也是一次千载难逢的媾和机会，一次永远结束异星战场的机会。"牧突特使不卑不亢地回道。

依玛首领皱眉问道："恺昱主宰何时也这般慈悲为怀了呢？"

"笑话。我主恺昱，雄才大略，上有经天纬地之才，下有衣被苍生之愿。不知首领此言何意？"牧突特使冷面回道。

"目前联盟虽然受到点困扰，但确保前沿的能力还是有的，所以，恺昱主宰提出休战，必定还有其他原因。"伊雅婷首领首先向众首领说明了自己的判断，然后俯视牧突特使，询问道，"使者，恺昱主宰派你来，可还有其他要你说的？他所说的永远结束异星战场的机会，又是指什么？"

牧突特使肃穆而立，缓缓说道："异星战场，亘古至今，天下苍生，生灵涂炭，那里逝去的灵魂，甚至远比天上的星星还要多。所以恺昱主宰为了挽救苍生，打算彻底终结异星战场。"

牧突特使的话出乎所有人的预料，伊雅婷首领也是一怔，问道："你具体说说，他是如何说的？"

"恺昱主宰提出，我们双方暂时以一个宇宙季为休战期，在此期间，我们的探索者舰队将借道联盟，从边缘星系的云巅星出发，前往探寻黑暗之宇。一旦寻得那里，我们异星的子民，将全部迁徙出这个宇宙，彻底结束异星战场。"

牧突特使话出口，引来众首领一片哗然。雨墨首领质疑道："据我所知，黑暗之宇只不过是上古神话所虚构出的一个宇宙，即使它真实存在，想要穿越浩瀚无际的宇宙间隙去漫无目的的去找寻它，又谈何容易？"

"那又怎样呢？难道还有更好的办法来结束异星战场吗？还是要我们一直战斗下去？"牧突特使正色道。

"好吧，诚如你所言，你们会提供探索者舰队的路线和组成吗？又如何保证它在沿途的非军事化呢？以及，舰队可以接受我方的检查吗？"兀荼毒首领连连问道。

"事关军事机密，我们不会接受登舰检查。不过为了构建彼此信任，你方舰队可以结伴而行。我这就把具体资料传给你们。"牧突特使说着，把资料传输上去。

"一万多艘？！"依玛首领吃惊道。

"是的，考虑到旅途漫长，我们必须做足后勤补给，甚至要保障在必要的情况下有返回的机会。"牧突特使解释道。

"那也就意味着我们必须部署足够的舰队来保障沿途的安全，这并不现实。"海僕儿首领质疑道。

"恺昱主宰已经考虑过你们会有这样的顾虑，他愿意签署具备效力的文件给你们，甚至在异星战场做出部署改变来保证这一点。"牧突特使说道。

"如果我们不同意呢？"伊雅婷首领出人意料地问。

牧突特使脸上闪过一丝诧异，立刻回道："我们之间的战争已经延续无数个宇宙纪，这样无休无止的战争给我们带来什么不言而喻。虽然目前我们无法突破联盟的防线，但你们不是也无法更进一步吗？漫无休止的战争显然是我们双方都无法承受的，当然，如果联盟可以给我们提供更多的星系用于生存，我们自当化干戈为玉帛，与联盟永世和平共处下去。所以，战争也好，和平也好，这都取决于你们。"

"我们自然向往和平，但如果探索者舰队无功而返，你我之间又该如何和平共处呢？"伊雅婷首领问道。

"至少我们现在有一段和平之期来让彼此考虑这样的问题不是吗？而且对于联盟来说，也会赢得处理眼下麻烦的时间，这对你们来说，难道不是一次天赐良机吗?"牧突特使反问道。

"哈哈,这好像不是恺昱的风格,我还真的开始怀疑这是不是个陷阱了。"雨墨首领哈哈大笑道。

"我方诚意至此,决断之杖在众位首领手中,至于雨墨首领对恺昱主宰的笑语,本使自当充耳不闻。"牧突特使不卑不亢地回道。

牧突特使离去的身影,被门外耀眼的光线所拉扯,变得愈来愈长,也愈来愈加高大,黑暗渐渐铺满了整个大厅。

第二十三章
基子的世界

当撒旦拥抱过我，黑暗已然褪去血腥的幕布，世界开始在我的眼中逐渐明亮起来。那一刻，我感受到大自然是那么恣意，日月星辰各行其是，万千种物自由自在。

"龙！"泡泡喊道。

"我还活着？还是你也死了呢？"我睁开眼睛，柔柔的光线让人很舒适。

"骸星人怎么会死呢？是泡泡把你重新都捣鼓个遍，你还活着。现在看下自己吧，还满意吗？"南茜探过俏丽的脸庞来，笑嘻嘻地问道。

我迟疑地掀开了覆盖在身上的单子，一下怔住了。

"不知道安娜看见你会怎样？"南茜哭哭笑笑间，喜极而泣道。

"如果有一天我能像你们一样就好了。"南茜在我耳旁窃窃私语。

"我需要你的帮助。"泡泡在费力地讲述完我的前世今生后，请求道。

"现在还不是你随心所欲的时候。"在我的癫狂中，泡泡提醒我道。

"现在让我们先谈下嘎杜鲁好吗？"泡泡把我按在床上，问。

"他——"我突然感到头疼欲裂，嘎杜鲁的面孔在我眼前晃来晃去，缭乱了整个世界。

"好吧，你还记得起他浏览过的那些屏幕信息吗？你可以凭借自己的记忆来联想下。"泡泡懊恼地挠着头，说道。

"你自己看吧，我还要南茜讲讲安娜的事。"我抓起泡泡的手放在自己的脑袋上，然后向南茜抛去渴望的目光。

"安娜傻了……"南茜说。

"安娜快疯了……"南茜说。

"安娜就要死了……"南茜说。

"安娜现在在天空城……"南茜说。

我似乎看到撒旦黑暗的翅膀遮掩去整个世界,直到一颗冰晶般的泪珠跌落地狱,那双翅膀就此破碎,破碎出万千希望之光,新的宇宙再次破茧而出。

"我们去天空城。"心急火燎的我说。

"我们去锡卡莱。"斩钉截铁的泡泡说。

"那我呢?"面带渴望的南茜问。

"留下。"我和泡泡异口同声道。

逆光系统是基于基子对空间任意微粒的捕获进行组合和极限切割来获取持续且强大的动力的。源于它迷你至微般的存在,它有着惊人的速度,它足以洞穿一切。

此刻,变幻不定的磁场包裹着粒子大小的飞船,在尾光尚未散开前,它已经白马过隙般出现在遥远的星空。

"事实上,你们口中的光子也好,能量也好,量子也好,诸如此类,它们只是你们感知区间内所能辨析到的不同粒子态。从更微观的世界观察它们,它们甚至连最基础的粒子也算不上,或者说,它们只是粒子态中的沧海一粟。"泡泡居然说。

"你是说它们只是某种态势下的粒子,所以光子并不是真实存在着的,甚至包括能量和量子也是如此?"泡泡的言论彻底颠覆了我的认知。

"不错。我们的宇宙是由基子构成的,基子构成粒子,粒子构成其他一切,乃至更为宏观的宇宙,因此,真正充斥整个宇宙的基础是基子,它才是我们眼中的沧海桑田。"泡泡点拨我道。

"那么光速又是什么呢?"我糊涂了。

"光速只是你们臆想中的极限速度,囿于你们的观测能力,它甚至并不是恒定的。包括时间和空间,包括暗物质和引力场,它们也只是你们描述宇宙的词汇,而不是真实的存在。"泡泡像在用一把斧头劈开我的脑袋。

"那么逆光系统是什么呢？"我彻底崩溃在传统的物理学中。

"你可以把逆光系统理解为类似于裂变的过程，通过释出缠绕空间的不同粒子态来获取动力。事实上，不同粒子态的维系，归根结底还是基子之间的态势问题，作为宇宙最基础的存在，不论是力量的形成还是空间的变化，也都是围绕基子的运动所形成的，包括重力、引力、磁力等等。你能听明白吗？"泡泡解释道。

我摇了摇头……

"这样说吧，我们假设基子就一盘玻璃珠，当这些玻璃珠本身就是骚动不安的，是不是就会产生运动了呢？是不是它们之间的关系就会发生改变了呢？是不是就会彼此挤压和缠绕出诸多态势了呢？就像数字12345，就像积木世界，就像计算机的古老进制那样，是不是它们已然可以演绎出一个完整的世界了呢？无穷无尽的宇宙。"泡泡说道。

"可是作为最基本的基子，它怎么可能是骚动不安的呢？难道在基子内部还另有乾坤？如果是，它不还是可以再被切割的吗？"我依旧混沌未开，充满困惑。

"即使以骸星文明的能力，也无法切割基子。而且在宇宙中，我们也从来没有发现比基子更微观的存在的痕迹。所以，我们所能理解的宇宙，也只能是基子的宇宙。当然，我们依旧在致力于更深的探索。"泡泡说道。

"那你又是怎么把我的记忆刻录进基子中的呢？甚至赋予了我生命？"我彻底迷茫了。

"你不是也说它内有乾坤吗？也许真的就是一个小宇宙呢？既然它是运动的，那就会有迹可循，我们发现，只要对基子施压不同的力量，它的内部就会产生不同的运动逻辑，如此，我们只需要找出其中特定的规律，是不是一切都迎刃而解了呢？"

"好吧。"一头雾水的我，最终放弃了对基子的好奇。看着窗外一望无际的黑暗，我沮丧地问道，"到锡卡莱后，我们该怎么做呢？"

"先找到子曦首领。必要的情况下，我们要毁掉锡卡莱的指挥系统，并搭救出嘎达国王。"泡泡飞快地说。

"如此说，我们就要成为联盟的英雄了？"我瞬间兴奋起来，我甚至开始换算起贡献币。

"也许迎接我们的会是死亡，因为嘎杜鲁可能已经掌握了剔除基子数据的能力。"泡泡皱眉看了我一眼说。

"什么？"我惊诧得合不上嘴巴，对永生不死后的诸多邪恶之念还未实现，转眼就都破灭了。

是的，此刻锡卡莱已经就在脚下，霸戈首领对泡泡说："我会尽力协助你们，但你们只有十八个小时的时间，北斗舰队会在十六个小时后抵达，届时，不论你们能否完成任务，战斗计划都无法逆转。"

"我们目前还毫无头绪。"我傻傻地说。

"按照我们的计划，十个小时已经足够了。"泡泡肯定地说。

"什么？我们有计划吗？"我诧异地看去。

"当然有。"

"但是，子曦首领还在那里，而且锡卡莱还有许多无辜的生命……"对死亡的恐惧再次笼罩了我，我甚至忘记子曦首领才是真正不生不死的骸星人，暴力的战火又能奈他何呢？

"你别忘了，战争取舍的是整体利益，龙先生。"马德舰长在一旁冷冷地说。

是的，作为地球人，还有比我们更了解战争的吗？从你成为整个社会的一份子那天起，你的一切，包括生命，就已经完完全全交付了出去。你生也好，死也好，你注定如浮萍般，随着文明的潮汐而沉浮。

再次来到锡卡莱，这里依旧烟雾缭绕乌烟瘴气，想找个清爽点的地方下脚都难，泡泡最终选择了一个电网基站作为落脚处。接下来发生的事情就有点匪夷所思了，甚至直接让我大脑开始短路。

在泡泡教我如何一层层剥离那些依附于基子本体之外的粒子过程中，我惊讶地发现自己好像拧动了显微镜的旋钮，视野中开始不断冒出些奇形怪状像素化的物体，它们就像积木一样构成了这个世界，整个世界顿时稀奇古怪起来。

至少有一刻，我好像掉进了沸腾中的光明海洋，光线来自四面八方，像绵延不绝的海风从身边拂过，更有各种大大小小奇形怪状之物，它们携带着炫目的色彩扑面而来，甚至根本不给你躲避的机会。

再一刻，周围的世界彻底成了粒子的世界，放眼所及，到处都是圆滑的粒子，它们就像沙砾般充斥整个世界。世界开始失去光彩，混沌异常。

直到彻底回到基子的状态，你眼前的世界已然黑暗，你再也不可能看到什么，你唯一能感知到的是来自外界的刺激。你甚至会感觉到一种拥挤，你甚至想迈出一步都是艰难的。

直到此时此刻，我才恍然大悟，原来当你回归基子本体后，你将一无是处，形同尘埃。只有捕获足够的粒子，你才能聚沙成形，积木成体，开始有了无穷无尽的能力。

"嗨，别发愣了，走吧。"一团紧凑的能量瞬间包裹了我，一个熟悉的声音传来。

"泡泡，是你吗？你在哪儿？"我茫然四顾道。

"我在这里。"一个基子张牙舞爪地出现在我面前，"走吧，我们冲浪去。"

我感觉到了速度，同时也陷入迷茫："这种运动的速度又来自哪里呢？"

"我们的宇宙是涟漪中的宇宙，任何物质想保持一份静止才是天方夜谭。所以我们现在更像是在基子的海洋中冲浪，是它们在给我们提供前进的力量。"泡泡的话让我似懂非懂。

"好吧，我还需要时间理解。不过我们现在该做什么呢？"我沮丧地问。

"你说呢？"泡泡居然开心地笑了，那笑声显然是因为我的愚蠢。

我们在迷宫一样的电网中四处穿梭，去寻找富电区域，按照泡泡的说法，要想禁锢住一颗基子，是需要强大的电源支撑的，因此只要能在皇宫找到它，我们也就可以找到子曦首领了，虽然我很质疑她的说法。

两个小时的玩命搜寻并没有让我们找到子曦首领，却意外地发现了嘎达国王，此刻他正面无表情地坐在配殿中，殿外把守着一队僵尸卫兵。

泡泡拉着我直奔进去，犹如一道光影投射进大殿，眨眼睛已经聚化出身形，站在了嘎达国王面前。

"你们是谁？"嘎达国王震惊道。

"骸星泡泡，叩见陛下。"泡泡落落大方地深鞠一躬。

"地球龙，叩见陛下。"我忙不迭地学着泡泡鞠躬过去。

"你们是联盟派来搭救子曦首领的吧？"嘎达国王左右打量着我们，问道。

"是，请问陛下知道他被关押在哪里吗？"泡泡回道。

"唉——"嘎达国王长叹一声道，"我那傻哥哥固执执拗，不仅陷锡卡莱于危境，还致子曦首领于危难。如今，他又该如何自处呢？如果他直言意在皇位，我又有何不舍……"

"陛下！"泡泡打断了嘎达国王的喋喋不休。

"子曦首领被囚禁的地方警卫森严，暴力营救可能会让嘎达破釜沉舟，万一伤到子曦首领……"嘎达国王担心地说。

"陛下只管领我们去，我们会随机应变的。"泡泡回道。

"据我所知，骸星人之所以能自由出入于宇宙的每个角落，是因为基子是宇宙最基础的构成单位，自然四处游走而毫无阻碍，但是，如果面对的是一个由基子排列的密不透风的基子盒，你们又该如何？"嘎达国王提醒道。

泡泡诧异了一下，马上问道："陛下可有良策？"

"能让我走出这里，还有谁敢再阻拦我呢？我会亲自领你们前去营救子曦首领。"嘎达国王傲然道。

嘎达国王话音刚落，只见泡泡手臂一摆，外面看守的卫兵瞬间如积木般倒成一片。

我骇然看向泡泡。

嘎达国王顺利招来几名心腹侍卫，然后领着我们直扑宫翎苑。一路上，泡泡挥挥洒洒，打发去那些不长眼的皇宫守卫，那份视万千于无物的潇洒，让人心生涟漪，甚至希望有那么一日，自己也能这般横行无忌地行走在这个世界上。

转眼间来到宫翎苑，眼前是一座高不见顶的火山，火云滚滚的云巅飘然而下一条瀑布，宛如一条从天而降的红绫。不过那飞流直下三千尺的并不是水，而是滚滚熔浆。

宫翎苑其实就是一个巨大的溶洞，熔岩瀑布沿洞口左右奔流而下，如同两道红彤彤的火帘。熔流之下，那四溅而出的火星，点燃出奇幻般的光明，让眼前原本黯淡无光的世界，瞬间明亮了许多，更有了一份火树银花不夜天的意境。

走进溶洞，来到一个明亮的实验室，里面几名技术人员正在忙碌什么。透过一个透明的墙壁，可以看到一个密闭的房间，里面有一个密封的匣子，幽浮般漂浮在空中，上面不断泛出游走不定的诡异光芒。

惊慌失措的技术人员被侍卫赶到一旁，嘎达国王命令道："打开它。"

"我们并没有密钥，密钥在嘎杜鲁将军手中。"一名技术人员战战兢兢地回道。

"让我试试吧，操控台是哪个？"泡泡说道。

"中间的那台。不过您只有一次机会，一次错误就会激活里面的数据剔除程序。"技术人员提醒道。

"切断外部电源呢？"泡泡问道。

"里面还有内部电源。"另一名技术人员冷眼看着泡泡，说道："除非你能进入里面并解除它。"

"是吗？怎么说得我突然没有自信了呢？"说话间泡泡已化作无形，没了踪影。

"我呢？"

我手忙脚乱地刚要断开载体的链接，泡泡已然回道："不用，你还是在外面守着点好。"

虽然泡泡的拒绝很委婉，但我还是脸红了，即便基子根本没有脸蛋。是的，在过去的这几天，泡泡一直在想办法给我塞入更多的知识，但因为无法理解，进展始终如拔丁抽楔般艰难。

"你是榆木脑袋吗？这很难理解和记忆吗？"泡泡几乎被我这个差生逼疯，她常常这样敲打着我的脑袋问。

"对不起！能再给我讲一遍吗？"我也常常这样笑嘻嘻地来回复她，我渴望学到一切。

"最后一遍喽，真的是最后一遍喽。"泡泡绝望道。

每每想到这一幕，我都会情不自禁地笑出声来，看来能把一个老师逼疯，也是一种惬意。

是的，我惬意地看着嘎达国王操控起操纵台上的按钮，惬意地看着那飘浮在空中的匣子开始发出耀眼的光芒。我惬意地看着眼前的一切，直到在惬意中感觉到不对，才理解了嘎达国王脸上浮现出的奇怪表情。

"住手——"我再想制止嘎达国王已经来不及，更糟糕的是，我甚至不知道该如何阻止这一切。

"哈哈哈，想不到骸星人都这般傻吗？"嘎达国王露出了狰狞的面孔。

"为什么？"

"你没有感觉我们似曾相识吗？"嘎达国王奇怪的问。

"难道你是嘎杜鲁？"我战栗道。

"不错，我就是嘎杜鲁。"嘎达国王大笑起来，以至于笑得脸蛋都变了形，甚至笑声未落，一张奇丑无比的脸蛋出现在我的眼前。

"我该叫你嘎杜鲁将军，还是叫你尼让先生呢？"我不得不沉淀下杂乱的思绪，冷冷问道。

"嚯，看来你还真的令人刮目相看。"嘎杜鲁愕然之后，脸庞再次变形，一张胖乎乎的笑脸浮现在我的眼前，"你还是叫我尼让吧，这样我们之间的对话会更自然点。说说，你是在什么时候又是怎么认出我的？"

"在被你押到锡卡莱的那天，知道吗？我可是火眼金睛。"我笑了。

"真的吗？"鄙夷中，尼让的脑袋下意识地歪向一边，随之那边的肩膀，却奇怪地向后耸了耸。

该死的！

此刻，笼罩在黑色烟雾中的锡卡莱皇宫灯火通明，硬生生把里面大大小小的宫殿染了个金碧辉煌，放眼望去，整个皇宫就像堕入地狱的天堂一般，落差出一个神奇的世界。

皇宫内到处遍布着奇形怪状的雕塑，它们大多让人看不出个所以然，不过其精美的程度倒是令人惊讶。主殿内的画柱，如擎天柱般高可入云，站在其下，任谁，都能瞬间变得自卑。这里更是挂满了丝丝如缕曼舞飘摇的异色垂绫，一个走神，恍然步入一个魔幻的世界。

尼让眼睁睁看着我无中生有般变化出本来的面目，他在惊讶中嫉妒道："龙，你真的足够幸运，你知道这个世界上有多少人梦想成为骸星人吗？不生不死，无拘无束的世界对于任何人来说，都是一种要命的诱惑。现在你得到了，是不是该先感谢下我呢？"

人类总是会被假象所迷惑，我面对的不论是尼让，嘎达国王，还是嘎杜鲁，我都很难找回自己的尊严。我自嘲道："是应该感谢您，不然我来不到锡卡莱，也掉不进熔浆河。所以，我一直以失败者的身份招摇在你的眼前，甚至连成为你的棋子都算不上称职。"

"哈哈。"尼让哈哈一笑，然后头痛地看我半天，问道，"既然你已经是骸星人，为什么眼睁睁地看着我把泡泡困在基子盒中而没有制止我？"

见我一脸无语，尼让马上想到了什么，禁不住再次大笑起来："看来你还什么都没有学到。真可惜了这身皮囊。"

"你确定？"我散去载体，悄然俯至他的耳边，幽怨地问道。

"呀，等等！"尼让惊骇地跳在一边，四下乱瞅地喊道，"等等，我还有话说。"

"你想说什么？"我用冰冷的声音问道，即便黔驴技穷，我依旧虚张声势。

"你还是现身出来吧，这样和空气对话很瘆人的。"尼让慌乱地靠在一个柱子上，茫然四顾地道。

在抓取身边粒子的过程中，只是一个不小心，我错误地输入了一个数据，于是一张大脸戳在了尼让面前。

"哎——"尼让吓得闭上了眼睛。

"你可以说了。"再转眼，我已然化身泡泡，冷冷地说道。

"你，你究竟是谁？"尼让迷茫了。

"你究竟想说什么？可以说了。"我恢复了本来面目。

尼让狐疑地看着我，试探着说道："龙，你应该知道，和地球一样，我们锡卡莱也从来没有触犯过任何联盟的利益，这里有自足的资源，有秩序的统治，有自律的文明，但联盟却给了我们同样的一个囚笼，把我们划为禁地，为什么？"

"他们这么做，或许出于一种婴始保护呢？"我用泡泡的理论打断了尼让的话，"现实中，任何文明的发展都不是一个一成不变的复制过程，从低等文明的原始诉求，到高等文明的和谐共生，本身就是一次文明的升华。当一种文明还处于欲望的需求阶段，空谈奉献是虚伪的，就像嗷嗷待哺的婴儿，它所能做到的，好像也只能是没完没了地索取食物……"

"婴儿吗？"尼让在苦笑中想了想道，"好吧。这种无休止的争论，毫无意义，我们还是说点现实的吧。眼下，高高在上的联盟舰队，随时会摧毁整个锡卡莱文明，届时，这里无数无辜的人将失去生命。而你，是唯一可以阻止这一切的人。所以，你的选择是什么？"

"笑话，无数个和我毫无关联的生命，他们的死活和我有关系吗？"换作以前，我会毫不犹豫地用这样的话来应对要挟，但现在，我毕竟已经拥有高贵的身躯不是？所以……

"你是说我可以拯救锡卡莱？"我甚至开始为自己有了慈悲之心而感动。

"你当然可以。锡卡莱不应该成为渲染联盟的璀璨烟花，即使是，那也是用这里的每一个生命所灿烂出来的。所以，我请求您说服联盟放弃摧毁计划，作为交换条件，我可以释放子曦首领他们，也可以保证不对紫陌星进行任何攻击行为，甚至可以接受联盟的任何惩罚。"尼让装出一脸绝望的模样对我说，"你应该相信我，我们都知道战争会带来什么，我们也都无法承受它的结果，不是吗？"

即便看出尼让的虚伪，但他的承诺更加充满诱惑，我在迷茫中讨价还价道："在我答应你之前，你是不是应该先告诉我什么是天启计划吗？还有，你的弟弟嘎达国王又在哪儿？他还活着吗？"天启计划是我第一次到他办公室所看到的，它在所有屏幕中占据主要的位置。

"加入天启计划本身就是一个玩笑，至少我现在才明白。"尼让懊恼地挥了下拳头，解释说，"当年我被流放到锡卡莱最偏远的矿区，在那里，我遇到一个自称主使的神秘人，他说可以帮我拿回一切，但我必须付出点什么。于是有了我后来的地球之行，有了后来发生的一切……"

"所以你所做的一切都是被指使的是吗？包括杀掉自己的亲弟弟。"我讥讽道。

"不，他没死，是主使带走了他。现在想来，应该是拿他做人质来牵制我的。"尼让沮丧地说。

"你会在意你的弟弟？还是老老实实告诉我，天启计划究竟是什么吧。"我回到正题。

"我并不知道它的详细内容，但如果它的展开是以毁灭锡卡莱为代价，那我岂不是在自掘坟墓？"尼让沮丧地说。

"所以，你不但害怕毁灭在即，又害怕弟弟王者归来是吗？我明白了，那他让你到地球的目的又是什么呢？"我将信将疑地问道。

尼让已然烦躁不安，他解释道："原本主使说要在锡卡莱建立武装来对抗联盟，寻求妥协。但你也看到了，这里的环境极度恶劣，想在这里建立起庞大的军事存在，简直就是天方夜谭，所以，他带我去了地球……"

"所以你们在地球打造了僵尸军团是吗？但用僵尸队伍去对抗整个星际联盟，你不感觉好笑吗？"我根本不可能相信尼让的鬼话。

"宇宙中不适合生命生存的星球不计其数，能打造出僵尸军团的星球也比比皆是，聚沙成山，即使是隔靴搔痒的存在，但多多少少也能从联盟那里换来点什么吧？至少现在，我们可以在联盟的眼睛中看到了自己的影子，不是吗？"尼让苦笑道。

"所以，天启计划到底是什么？"我追问道。

"据我所知，天启计划实质上就是一种星际传送门，当这些传送门遍布联盟之内的时候，再庞大的联盟面对肆意流淌的僵尸之潮，也会如蚊绕身……"

"可你刚刚说天启计划本身就是一个玩笑？"我不寒而栗道。

"那仅仅是对我而言的，也就在十几个小时前，我亲手打造的僵尸军团莫名其妙地失踪了……"尼让说出让我震惊的话来。

"什么？"我惊讶地盯着尼让。

"看来我才是那枚棋子。"尼让沮丧地说道，"按照原定的计划，锡卡莱只是个诱点，是用来吸引联盟视线的，而真正的战场，却在千里之外，届时，天启之门将在天空城打开……"

"你是说，主使的目标并不在这里，而是天空城？你是认真的吗？"在天空城玩僵尸围城，是不是有点无脑了呢？

"也许天启之门真的可以突破天空城的防卫呢？如此，僵尸所携带的僵尸病毒，必然让那里沦为人间地狱。"尼让无奈地说道。

"好吧，说说你是棋子的理由。"如果天启计划真如尼让所说，星际联盟无疑会遭遇一场浩劫，但是这消息来自宿敌，其可信度又该有多少呢？我突然冷静下来，可能事情远非我所看到和听到的这么简单。

"就像曾经的你一样，现在的我也成了一枚弃子，我已经为他们打造出了僵尸军团，也在锡卡莱为他们赢得了时间，如此，我还剩下什么价值呢？毕竟不管我怎么做，面对强大的联盟，也只能是不堪一击的存在。"尼让苦笑着说。

"所以，你囚禁子曦首领和泡泡，只是为了握些筹码在手里是吗？"

"我们并不掌握这样的技术。"尼让说出让我更加震惊的话来，看着我吃惊的模样，尼让解释道，"基子匣是主使提供的……"

"哈哈，你是要告诉我，子曦首领是主动走进去的吗？"我打断了尼让，用一个匣子去抓一个骸星人，简直就是天方夜谭。

"不错，子曦首领确实是主动走进去的，他甚至没有犹豫。"尼让居然说。

"这怎么可能？"我不敢置信道。我无法辨析出尼让的本意，那里面充斥着太多令人窒息的逻辑。

"鬼知道，也许他只是感到好奇，也许他认为他无所不能。"尼让居然如此说。

事实上，无论尼让继续说什么，我都必须马上行动了。

我回到了星船。

"你是说，尼让想做交换？"霸戈首领面带狐疑。

"是的。"

"我能这样理解吗？无论尼让说的是真是假，我们都需要在天空城集结军事存在？"霸戈首领两只手的指尖飞快地互相敲打起来。

"是的。"

"同样，无论真假，我们眼下都必须暂停对锡卡莱的计划，是吗？"霸戈首领举棋不定地说。

"是的。"

"我们对天启之门的具体位置及传输方式一无所知，如果真如尼让所说，它可以在任意地点随意开启和关闭，那么这个世界上任何防御体系都会成为摆设，是吗？"霸戈首领毫不掩饰自己的困惑问。

"是的。"

"按照正常的思维方式来理解，尼让的行为给我们带来了预警，但反之，又何尝不是在拖延我们行动的时间呢？这或许会让我们贻误战机。我可以这样理解你的意思吗？"霸戈首领头痛地看着我。

"是的。"

"所以，如果我们把尼让的说辞当真，联盟必将耗费巨大的资源来应对即将发生的一切，甚至它会是一个圈套。是这样吗？"霸戈首领似乎在自言自语，他已经背朝着我，眺望舷窗外璀璨的星空。

"是的。"

"如果锡卡莱也可以轻易开启天启之门呢？尼让还会成为弃子吗？或许那个神秘的主使现在就可以带走子曦首领和泡泡，是吗？"霸戈首领突然惊天一问。

仿若一道闪电击中了我，我呆若木鸡。

我们无法预测未来，即使我们可以罗列出几乎全部可能，但细分之下，我们依旧会面对无限的可能。就像我们的宇宙由基子构成，而基子不恒定的状态导致了宇宙的变幻莫测，也成就了鬼神人魔的存在。

事实上，霸戈首领确实杞人忧天了，作为谈判的前提条件，尼让为了表达和谈的诚意，亲自把子曦首领和泡泡送了回来。我不知道他们后来达成了怎样的和解，我只知道在临走那一天，尼让对我说了句莫名其妙的话："地狱之门已经打开，龙，祝您好运！"

我的使命已经完成，我很快就要见到安娜了。想起安娜，我甚至依旧会有心痛的感觉，虽然我现在连骸星人究竟有心没心都不知道。

是的，我已经归心似箭。

第二十四章
幽灵飞船

随着大门的打开，一张忧郁的脸庞浮现在眼前，苍白而憔悴。

"你，你还活着？"安娜睁着一双空洞的大眼睛，不敢置信地盯着我。片刻之后，她开始慌乱地触摸起我的脸颊和我的身体，直到确认眼前的我是真实的，她的眼泪瞬间冒了出来，捶打起我的胸膛。

"对不起！对不起！"我把手中的玫瑰递给安娜，把颤抖的她拥在怀中，把头深深埋进她的脖颈中。

"你真的还活着。"泪水打湿了我的衣领。

"我今生今世再不会离开你半步。对不起！"我已然泪流满面。

"真的吗？真的吗？"安娜捧起了我的脸颊，于是我看见了……

"嗨，威克。"我慌乱地抹去眼泪，尴尬地招呼道。

"你们继续，可以当我不存在的。"威克站在客厅，冲我摇了摇手中的白兰地，灿烂地笑了起来。

"嗨，南茜？"

"唉，我还以为自己是透明的呢？"南茜站在安娜背后，笑盈盈地冲我摇了摇手。

"坚？"

"头儿，我们又可以在同一个战壕里并肩作战了，老板金让我们在天空城筹建分社，他想聘请你当社长。"坚说着晃起一份文件。

"什么情况？"

"得益于你传奇般的经历，这让老板金看到了一棵可以奔跑的摇钱树，所以，我来了。"南茜笑着说。

"生鱼片来了。"一个靓丽的倩影出现在眼前。

"你——"我惊诧地张开了嘴巴。

"怎么？是不是不想让我在这里出现呢？"小渊美子麻利地在餐桌上摆放着餐具，头也不抬地问。

"你——"

"我现在是两耳不闻窗外事，一心只读圣贤书。一切都过去了，我一直欠你一个道歉，现在就给你：对不起！"小渊美子说着，冲我深深鞠了一躬。

"你——"

"我改过自新了不行吗？"小渊美子冲我一拧鼻子，凶巴巴地吼道。

我的世界突然破碎成一张张照片，凌乱地跌宕在我的视野，大脑深处如乱麻的蜘蛛网，如何也扯不清理不明，那是一种短路的感觉，一种如失智般的迷茫。

整个晚宴过程中，几个人的手一直在好奇地抚捏着我脑袋和身体。

"我当然不可能去无中生有，我需要从身边抓些粒子来让我具形在你的眼前，反之，我抛弃具形的粒子，你们会看不见我。就像这样。"说话间，我的身体瞬间透明起来，然后消失得无影无踪。在帝客的惊骇嚎叫中，我又渐渐显露在他们眼前。

"哇——好神奇啊，我也要。"帝客贪婪地舔起我的手指头。

"你真的是骸星人？"小渊美子把一些奇奇怪怪的菜夹入我的盘中。

"应该算不上吧？目前我只具备基子的身体，并不具备骸星人的智慧和能力。"我尴尬地说。

"那也是永生不死了呀，羡慕死人了。"坚一边给我续酒，一边羡慕地说道。

"有什么好羡慕的，等我学到了泡泡的能力，我也帮你们每人构建一个。"我开始吹牛。

"切，难怪泡泡不同意把自己的技能全部刻印给你，你这才刚刚拥有基子的身体，就开始想着怎么肆意妄为了不是？别忘了，到现在你都没有谢过我一声呐，如果不是我死乞白赖地缠着泡泡，你会有今天吗？"南茜恶狠狠地看向我。

"谢谢！谢谢！他只是开玩笑的啦。"安娜惊慌失措地给南茜端茶倒水过去。

"谢谢您！您又给我了一次生命，从今以后我更应该喊您南茜妈妈了不是？"虽然嬉皮笑脸，我也慌忙端了杯酒敬了过去。

"这就对了嘛。"南茜笑嘻嘻地接过酒，一饮而尽。

言谈欢笑中，威克突然说："每个人都会有活腻的那一天。如果有一天，我们突然对这个世界再无好奇；如果有一天，我们突然心血来潮，不想再面对日复一日的锅碗瓢盆；如果有一天，我们再也无法面对眼前的世界和自己；你们说，到那时如果连想死都死不了时，是不是也是很糟心的事情呢？"

"当然是。"我在众人看向威克的异样眼光中，和威克碰了杯酒。

"哥哥，你在说什么呢？"安娜不满道。

"他在说人为什么活着。"南茜帮威克解围道。

"不，我想说的是，他现在既然有了这样的能力，是不是也该想想怎么去改变下我们地球的文明了呢？"威克出人意料地说。

"这个世界上没有人可以改变别人，唯一能改变自我的只有自己啦。"小渊美子笑嘻嘻地反驳道。

"好了，不说这些了，我们说点高兴的事情好吗？龙，快给我们讲讲你在锡卡莱都遇到了什么稀奇古怪的事情？"安娜慌忙岔开了话题。

在璀璨的星海包裹下，夜晚的天空城是惊艳的，黑暗中那熠熠生辉的万家灯火，不仅为我们带来了光明，也带来了温暖……

那一晚辗转反侧，我还沉浸在和安娜的重逢中，我依旧癫狂于基子的科技，我始终困惑在锡卡莱寸步难行。

组建天空城分社大都是坚和南茜在操办，我更多的是被泡泡有事无事地拉扯进联盟大厦，游走于不同机构，去了解联盟运作的机制，去触及更多的智慧与认知。

"星际联盟内部的管辖和治理分为九级，按照不同的等级，不同文明与联盟接触和融合的条件也会有不同，所以，它会是一种广泛的联盟，而不是一个统一划齐的联盟。记住，想在无奇不有的大千世界中建立秩序，就必须首先构建出一个足够包容的体系出来，只有在这样的体系之下，我们才可以轻松解决掉更多麻烦……"泡泡让我茅塞顿开。

"另外，各大文明的星际宪章是根据它们自身条件制定的，而联盟宪章及法律的设立，则是由各领域的专家学者基于完美人性及完美社会行为构建起来的，它足够正面，也足够浩瀚和全面，并不以民众意志为转移。所以，任何文明想要融入联盟的核心，联盟宪章及法律将会成为一道门槛，它是强制性的。如此，所有星际文明才会有一个趋善性的未来……"泡泡给我醍醐灌顶。

"如果说星际联盟是天堂，那么你会发现，智慧的个性会得到褒扬，而人性中的邪恶会被压抑，所以个人的自由不会是绝对的。因此，每个幻想迈入天堂的人，都应该先想一想自己会付出什么，然后才是去想应该得到点什么……"泡泡让我无言以对。

"诸世之中，顺其自然是一种智慧，也不是一种智慧，最高形态的智慧应该超越万事万物，凌驾于自然之宇之上，更超然于人性的善恶喜好，但凡有星星点点的私心杂念，事物就会扭曲不明，或许它不是指今生今世，但对子孙后代而言，它迟早会结出不一样的果实……"泡泡让我云遮雾绕。

"星际联盟的行政基于智慧集合之下的基点，基点控制和操纵着整个联盟内的行政事物，而具体的执政和执法，智能机器人是不二选择，因为没有人会比它们更加严谨和公正。当然，要做到这一点，海量的背书会是一种必然……"泡泡让我囫囵吞枣。

"事实上，构建人工智能，对信息的收集与处理是有规则和有取舍的，智脑需要纯正地纳入规则，单纯无脑地输入是致命的，它会写入人性的黑暗，会写入文明中的糟粕，最终它们同样会面对人之初的问题，甚至会延伸出邪恶的智脑文明……"泡泡让我毛骨悚然。

"人之初性本善也好，性本恶也罢，其实都不是问题，真正的邪恶是一种放纵，当一个人和一种文明是自我放纵的，那么它们的世界必然如同地狱。当然，邪恶也可能带来短暂的快乐，但这种快乐也在为自己为子孙掘坟造墓……"泡泡让我寝食难安。

"你应该明白，我们每个人都有着乌托邦式的梦想，梦想破灭了，如果就此消沉意志，放纵绝望，那注定会是一种臣服于低级的化学反应，真正高级的反应应该凌驾并超越宇宙，只有拥有驾驭宇宙的智慧，只有拥有完美之心，才能令生命之树生生不息……"泡泡让我哭笑不得。

是的，自我改变所能得到的不仅仅是阅历和财富，更多的是你获得能力的无限可能，它会赐予你实现梦想的空间，也会给予你无限的动力。如果你的世界已然黯淡无光……

泡泡在一本正经地胡说八道，我在道貌岸然地走马观花。随着对星际联盟的更深的了解，接触到诸多想都想不到的问题，也改变了一些根深蒂固的观念，而随之而来的是新的思想，甚至是做梦都会笑出声来的得到。

"你是个疯子。"泡泡拍了拍我的脑袋，笑盈盈地说。

"还好在你眼中我还不是行尸走肉。"我嘿嘿笑了。作为半个骸星人，缺乏智慧和能力的我，自然会对骸星文明有着某种痴心妄想在里面。所以，面对我的好奇，泡泡除了顾左右言他之外，更多的是装聋作哑。

这很奇怪。

是的，这真的很奇怪，从它奇怪地出现在天空城的那一刻起，所有人都抬起了头，把奇怪的目光投向了头顶的天空。

那是一艘外形奇特而又体型十分庞大的飞船，它就像鬼魂般，突然浮现在联盟大厦的上空，出现在所有人的视野中。没有人知道它从哪里来，甚至没有人知道它是什么时候来的。

它真的太过庞大，以至于它的阴影能笼罩去半个天空城。它有着不规则的船体和丝滑的流质体表。如果不仔细看，你甚至会把它当成一颗巨大的水滴，一颗看上去随时会滴落的水滴。

它就那么静静地悬停在那里，既没有进入天空城的迹象，也没有想要离开的意思。甚至面对联盟舰队的驱离，也没有做出丝毫的反应。

"飞船可以这么大的吗？"帝客冲天上狂吠半天后，才挠头问道。

"它真的好美，就像一颗水晶。"南茜好像看到了一份盘中美食，她垂涎欲滴地说。

"它是什么时候出现的？你们看见了吗？"连漪和安娜兄妹凑在一起，你一言我一语地胡乱猜疑着什么。

我们一直在傻兮兮地抬头观望着，直到脖子酸痛，直到口干舌燥，直到泡泡来电说让我赶快到联盟安控中心。

"它是今天十一时闯入天空城空域的，飞船身份不明，无敌意姿态，也始终未对我们的问询做出任何回应。截至目前，我们已经对它采取了必要的防御措施。我们正在等候进一步的指令。"安控官介绍说。

"它来自哪里？"我好奇地问。

"宇宙中虽然存在诸多与世无争的流浪文明，但它们大多很难诞生出足以对抗联盟科技的能力，更不会有如此强大的防御措施。所以，以它目前所呈现的技术能力来看，它很可能来自一种未知的文明。能为我们所未知，能出现在这里，它肯定走过漫长且为我们无法想象的旅程。"泡泡推测着说。

"我们扫描过飞船，里面毫无生命气息……"安控官说。

"幽灵飞船？"我一惊一乍地道。

"不会，如果是一艘漂泊在太空的幽灵飞船，它不可能悬停在这里而无所反应，所以，它很可能是一艘拥有智脑的无人飞船。"泡泡近乎笃定地说道。

"它的目的何在？"我脱口而出的时候想到了帝客。

"事实上，这也是我让你来此的目的，你帮我判断下，如果你是飞船的主人，在什么情况下，会做出这样的选择呢？"泡泡认真地看着我。

"凌驾？"一阵冷气从我脚底冒了上来。

"为什么？"泡泡追问道。

"如果没有足够的强势，谁会傻乎乎飘到天空城来撒野呢？"我实话实说道。

"为什么不是了解、试探和接触？"泡泡好奇地追问道。

"了解——我会远远地观察；试探——我会选择投石问路，寻得反应；接触——至少应该让对方知道自己存在的目的不是？"我搜肠刮肚地解释道。

"可它就在那里。"泡泡指向飞船说。

"可你就是不知道它是谁，不是吗？"我摊开双手说。

"如你所说，如果真的是一种凌驾，那么它有能力凌驾得了我们吗？"泡泡笑了。

"但是，如果你拿它毫无办法，不是凌驾又是什么呢？"我也笑了，笑得更加恣意。

"好吧，至少凌驾还不是最具恶意的行为，那我们该如何应对呢？"泡泡突然柔柔地问道，那份妩媚，让人无法拒绝。

"置之不理……"我试探着说。

"这会引发民众恐慌。"泡泡摇了摇头。

"武力驱逐……"我建议道。

"可能造成误解，导致事态失控。"泡泡继续摇了摇头。

"还可以选择脱离，或者派出使者，当然也可以去朝贡，那样还真可以免去纷争。"我懊恼地喊道。

"其实我们还有其他选择。"泡泡已然想到什么，开始花枝招展。不过，在我眼中，她是怎么都女人不起来的。

"什么办法？"我避开了她的眼神。

"现在还没有。"泡泡居然这样回道。

联盟对幽灵飞船做出了解释，它倒没有刻意隐瞒什么，只是说，这是一次正常的，和未知星际文明接触和交流的事件。

我不知道泡泡的选择是什么，一周过去了，幽灵飞船依旧毫无生息地悬在空中，就像一个补丁般，缝补去你无尽的好奇。我试图打探点什么，但泡泡消失了，没了音讯。

在那段日子里，幽灵飞船始终霸据着热度榜的第一名，不管每个人在做什么，他们总会时不时抬起头来，向上注目那么片刻。在手忙脚乱的工作中，在茶余饭后的肆意中，甚至在梦魇连连的噩梦中。

我每天起床后的第一件事，和睡前的最后一件事，依旧是跑到窗户前，向联盟大厦上空进行眺望。毫无意外的是，幽灵飞船依旧悬停在那里，就像一个醒不来的噩梦，始终让人不知所措。

我们依旧在争论它的存在意味着什么，但我们谁也无法提出令所有人信服的答案。渐渐，我们开始接受这种无法改变的现实，甚至开始失去兴趣。

世人的注意力，注定是不持久的，随着纽基礼学开学典礼上出现的斗殴事件都上了新闻头条，人们也就开始习以为常地无视起幽灵飞船的存在，曾经的恐慌、猜疑、好奇，慢慢地都变成烟云。

源于幽灵飞船的神鬼莫测，源于天空城所展现出的文明与科技的奢华，身边所有的人，包括帝客，都突然觉醒了一般，开始把精力转向未知的领域，疯狂地进补起自己所匮乏的一切。

于是，我身边的人个个神龙见首不见尾起来。坚倒是还好，一直在我眼前进进出出，只是不知道在忙些什么？至于帝客，算了，现在连鬼都找不到它了。

南茜显然是最悠闲的，她不但整天自在地晃荡在我的眼前，还会时不时抛出些连我都无法回答的问题，事关基子人的科技，事关骸星文明的秘密。

可以说，那段看似阳光明媚的日子，其实已然云波诡谲，至少它让我嗅到一丝异样的味道。这样的变化似乎带来了什么？但身处迷宫的我，始终看不清，理不明。

直到有一天，幽灵飞船莫名其妙地消失了。我还愕然在意外之中，泡泡已经出现在办公室门口，她笑盈盈的，脸蛋上散发出熠熠神采，甚至周身都笼罩在光泽之中。

"你……"

泡泡并没有解释失踪的原因，只是兴奋地拉起我，飞快地冲上街头。

殊目人是宇宙中最古老的神秘文明之一，从来没有人知道他们来自那里，也从来没有人知道他们今后还会去何方，能够遇到和结识他们，简直比登天还难。他们游历四方，流浪在宇宙的各个角落，他们是先知般的存在。

我是第一次从泡泡那里听到殊目人神一般的存在的。在泡泡的口中，殊目文明源于他们独特的口口相传的传承历史，虽然他们并非永恒生命，同样也摆脱不了死亡，但代代累积下来的知识和阅历，让他们的文明远比永恒还要恒远。

木兮看上去还只是个孩子，她橘红的眼睛几乎一直盯在我的身上，而对泡泡视而不见。

"先知！请问……"我从来没有见过泡泡会如此尊敬一个人，即使是在子曦首领面前。

"他是谁？"木兮粗鲁地打断了泡泡，指向我，问道。

"龙……"泡泡介绍道，她甚至只是刚说出我的名字。

"知道了。"木兮再次粗鲁地打断了泡泡的话，"你们找我有什么事？"

"关于天空中的那艘飞船，您能告诉我们点什么吗？"泡泡毫不介意，她始终充满敬意。

"在上古时期，我的祖先曾经见到过它，它来自遥远的黑暗之宇。"木兮不耐烦地说道。

"什么黑暗之宇？"我瞬间迷茫了。

"一个市井传说中的宇宙，它未必真实存在，但谁又知道呢？"泡泡抢先回答道。

"你是说，除了我们，这个世界上还存在其他宇宙？"我咂舌道。

"地球人，难道我们的宇宙和你们的地球一样，都是上帝的宠儿吗？为什么就不能有其他的宇宙呢？"木兮用充满鄙夷的目光看向我。

"好吧。所以呢？"我感受到脸部的潮热。

"上古时期，同样态势的飞船也曾出现过，它悬停在当时盛极一时的杲昊文明的上空，足有一年有余。也就是那个时候，我们的祖先才感知到它。"木兮不再理我。

"后来呢？"泡泡追问道。

"不久杲昊文明就分崩离析了。"木兮继续说，"虽然你们常说杲昊文明是被低级文明所侵蚀而分崩离析的，但这只是你们眼中所看到的部分真实，对于我们来说，杲昊文明的衰落却是必然的，毕竟，这个世界上除了宇宙，不会有其他的永恒。"

"所以，它的再次出现，也是在预示联盟的衰败是吗？"我打断了木兮，用嘲讽的语气问道。

"衰败倒也未必，但它的出现，必然预示着一种改变，一种不为人知的改变。要知道，对于低级文明来说，文明之间的接触，往往意味着战争的开始，但对高级文明来说，它首先会是一次认知交融的盛会。"木兮冷言冷语地教训我道。

"是吗？你刚才好像在暗示我们，它的出现，不仅预示了昊昊文明的衰落，也在预示联盟的衰落。"她当然没有做出这样的暗示，是我在胡言乱语。

"你们地球人不是常说道法自然吗？你可以质疑一切，但却无法否认，事物间因果的变化都是有迹可循的。单一的征兆，未必会有相同的结果，但把它作为一种警示，也是十分必要的。"木兮居然出人意料地承认了。

"也许这次不一样了呢？你抬头看看，才过去几天，它不是已经消失了吗？"我可不会相信一个信口雌黄的小丫头。

"它真的消失了吗？"木兮奇怪地说。

"龙，它只是被联盟用物理方式屏蔽了，它还悬在那里。"泡泡立刻解释道，并用目光无声地示意我，无礼即是一种无知。

"那又怎样？我不是宿命论者，更不相信魔咒。"我极力挣扎着。

"我知道你想说什么，其实我们也并非未卜先知，只不过是过耳的东西多了，过目的东西多了而已。所以，你究竟在纠结什么呢？"木兮冷冷地问道。

"我能纠结什么？我什么都不纠结。"我当然不会纠结一个先知会是怎样的存在，我现在纠结的是：被一个小女孩如此教训，这脸可丢大了。

在回去的路上，我困惑地问泡泡："你带我来这里的目的究竟是什么呢？"

泡泡奇怪地看着我，困惑道："我有目的吗？"

"殊目人都这么无礼的吗？"我像一个怨妇般幽怨道。

"她有无礼吗？"泡泡困惑地看着我，奇怪道。

那一刻，我的脸再次红了起来，按照我们地球人的话说，红得跟猴屁股一样。

这次无地自容的羞辱之旅，让我开始有意无意地躲避起泡泡，我需要点时间来沉淀下自己浮躁的心情。我很想剥离自己卑贱的人性，但无论我如何做，似乎都无法做到这一点。这让我很沮丧。

是的，虽然我的身体已经脱胎换骨成基子人，但源自人性中的卑劣依旧还在，这种人性的拙劣，不仅深深地刻印在我的日常，还刻印在我的骨子里，甚至刻印进我的灵魂。我突然发现，想要摆脱它们，真的比登天还难。

是的，直至今天，我依旧在小肚鸡肠于别人的优秀，我依旧在嫉妒那些充满智慧而又聪明绝顶的家伙们，我依旧在畏惧那些一直在努力奔跑且遥遥领先的一群人，我依旧在咒怨那些自由自在的行走在认知殿堂中的一些人。

这就是曾经的我，现在的我如果毫无改变，这注定也会是未来的我。我曾经愤怒地砸碎一只杯子，也曾恼怒地冲帝客飞舞起拳头，还曾恶意满满地对身边的人冷嘲热讽。当然，我也曾一个人沮丧地蜷缩在床角桌头偷偷哭泣。

我不知道自己怎么了，面对大脑中时不时冒出来的流淌着令人窒息的恶臭，我依旧无能为力，我快要疯了。

当帝客投递出无数求职信之后，它居然在联盟电视台娱乐频道获得了一个职位。如今的它，不仅翻身做了主人，还摇身一变，开始在屏幕前狗模狗样地主持起节目来。更让人想不到的是，它主持的节目，甚至火爆了整个联盟。

"嗨，那个龙，给我泡杯茶来。"被一条狗颐指气使也就算了，它居然还学会了喝茶。

坚同样做到了放飞自我，他开始按照自己的意愿来组织栏目，虽然中间少不了磕磕碰碰，但他逐渐变得成熟和强大起来，甚至有了足够的能力来取代我，独当一面。

"不，我不认同你的观点，它是错误的。"坚不仅学会了说不，还把我的辛辛苦苦修改过的稿子，随手丢在一旁，这是我没有想到的。

连漪顺利地拿到天空城法学博士学位，然后又接连考取了联盟律师资格和法官资格,她头上的光环开始多到不计其数,甚至包括一些莫名其妙的称号。当她又一次光芒四射地站在我面前的时候,我甚至开始怀疑自己的人生。

"再不努力,我怎么配和你这个骷星人做朋友呢?"连漪的话好像在羞辱我。

南茜的变化也是令人侧目的,她几乎做到了一百八十度的华丽大转身,由一名资深媒体人摇身一变成了一家知名科研机构的专家,这让我的眼睛砸在了帝客的脚面上。

"我必须深入了解基子的形态,这样,安娜才有可能和你永远在一起不是?"在南茜说出这段话时,我居然平地被绊了一脚,瞬间跪倒在她的面前。

威克的变化同样出人意料,他果断投笔从戎,先是进入一家军事学院学习,后来又在舰队拿到了飞船驾照,短短数月就由一名下士做到了上尉。面对他,我第一次面带尴尬,由衷地竖起了大拇指。

"既然我扳不倒它们,那就让我用拳头去改变它们好了。"依旧纠结于四大家族的威克,让我看到了地球的未来。

当安娜被持久的掌声请上领奖台的那一刻,我才知道她写了部书《魔鬼的力量来自信仰》,这令我很错愕,如果连一个有着广泛信仰的人,也开始质疑起信仰的时候,你还能说什么呢?

"在这里,我真正地学会了用两分法来看待世间万物,包括善恶,包括对错,当然,也包括信仰。"安娜的智慧足以媲美希腊女神雅典娜,她已然在洞悉事物的本质。

我们的世界从来不是循规蹈矩的,即使历史有着惊人的相似性,但从来没有什么力量能够阻止它的前进,即使迈出的每一步都十分艰难。面对联盟巅峰般存在的文明与科技,面对依旧充满未知的神奇世界,继续沉沦于既往,余下的生命岂不白白浪费。

面对身边这群人的惊人改变,我开始反思自己,我必须学会思考问题,学会辨析事物,学会突破自己,学会怎样才能成为一个真正的人。

为自己活着是一句很简单的话,它并不是自私的,而是自我存在的价值所在。但要活出自己,绝不是容易的事情,因为活出自己本身就意味着要去塑造身边的世界。没有人可以把自己隔离于世界之外，这不是宿命，而是真实的存在。

　　世界就是这样的，一个人的世界，终究会落根于世人的世界之中，一个人也只有能够把握住自己之后，也才能把握住整个世界。

　　情绪的起起落落终究阻挡不住好奇的脚步，当泡泡再次出现在我的面前，我已然把零碎的灵魂拼凑起来，再次紧跟着她的步伐追随而去。

第二十五章
天启之门

泡泡注定不会让我的灵魂得到安宁，这不，她又着急忙慌地把我扯进一桩蹊跷的刑事案件的调查中。

现场在一条僻静的街巷，这里本是运输垃圾的巷道，少有人迹。出警的警官看过泡泡出示的证件后，礼貌地让我们进入了警戒区。

负责此案的探长迎了上来，简洁明了地说："死者名叫豚一，是附近一家拳击俱乐部的教练，今天早上被人发现死在这里。"

"有什么疑点吗？"泡泡疑问道。

"这也是我申请让你们过来的原因，他的死亡原因很奇怪……"探长快步把我们领了进去。

在验尸官掀开单子的瞬间，我只是感到一丝诧异，因为我看到的只是一堆衣物，并没有尸体，但当我借助昏暗的灯光再次仔细看过去时，我瞬间被恐惧扼住了喉咙，窒息的空气让我的大脑空白一片。

此刻的豚一，像婴儿一般蜷曲在地面上，原本应该合身的衣服，此刻松垮地摊在他的身上，如巨大的浴巾一般。如果没有拳击教练给我催生出魁梧的错觉，我更坚信他只是一个因饥饿而死的孩童。

豚一全身只剩下皮包的骨头，除了松弛下来的皮肤，几乎看不到肌肉和脂肪的存在，他的眼睛深凹，嘴巴大张，四肢扭曲，周身骨骼根根可见。

冰冷的空气，诡异的气氛，再加上骷髅般的尸骸在黑暗中透出丝丝狰狞，我下意识地退后了一步，再也没有勇气去多看一眼。

"蚊人？"我听见泡泡轻咦一声后，小声道。

"我也这样怀疑，但蚊人不是早已灭绝了吗？怎么又会出现呢？"验尸官困惑地说："你看他脖颈上的这处血孔，确实符合文献中记载的蚊人吸食特征。难道蚊人没有灭绝？还是……"验尸官没有再说下去。

"目前还不能排除是伪装作案的可能，你先把此案转特检处理，等详细的尸检结果出来再说。"泡泡转身交代探长道。

"什么是蚊人？"在回去的路上，我好奇地问。但泡泡只是轻描淡写地说，蚊人就像你们地球人虚构出来的吸血鬼，不同的是，蚊人真实存在，但也早已灭绝。

"嗨，你不能这样敷衍我，我可以自己调查的。"我恼怒地冲泡泡喊道。

"我想你不会查到什么。"泡泡冷冷地说。

"我们还是搭档吗？你不能总是高高在上，我需要了解真相，这是起码的尊重，否则，我拒绝合作。"我暴怒地威胁道。

"你现在还算不上是真正的骸星人，把你培养成合格的骸星人是我的任务，但如果你不配合，我随时都可以离开。你明白那意味着什么吗？"泡泡面沉如水。

"我向你保证……"

"我对你发誓……"

"我给你起咒……"

"好啦——"泡泡捂住耳朵大喊道，"你真够烦的！"

"告诉我一点点就好，就一点点。"我掐着小拇指比画着央求道。

"真拿你们地球人没有办法。"泡泡泄气般妥协道，"只告诉你一点点哦，不准再纠缠我。"

"其实蚊人并不是大自然的产物，它来自实验室，是不同生物优秀基因的组合物，不过不受控制的基因突变让美好变为梦魇，更糟糕的是，最初的蚊人逃离实验室后，迅速蔓延至实验室所在的星球，产生了毁灭性后果。后来联盟封禁了整个星球，才得以灭绝它们的存在。"泡泡说。

"就这么简单？"泡泡平淡的描述，丝毫没有给我带来任何意外。

"他们是超人般的存在，他们不仅智慧，还拥有强大的能力，在其他生命面前，他们几乎是恶魔般的黑暗存在。更致命的是，他们的繁殖速度很快，从逃出实验室到毁灭整个星球，只用了短短不到一年的时间。"泡泡心有余悸地说。

"哈哈，我还从来没有见过比我们地球人更邪恶的主，应该把他们交给我们。"我嘻嘻哈哈地说。

"你简直就是个极端的反人类主义者，你不能总是用片面的目光去看待自己的母星文明，虽然地球文明不属于高等文明，但它却始终拥有向上和向善的力量，这也是很多文明所共有的。想一想，如果地球文明真的是万恶的，它又如何会取得今天的成就？"

"因为我眼中看见的黑暗太多，一种为常人所看不到的黑暗……"我战栗于血色的夕阳，那些邪恶与血腥，是用语言无法描述的，而它们就发生在我们身边，用你的智慧和认知永远无法理解的方式发生着。

"和拥抱光明的人一样，有人投身黑暗是无法避免的。你必须学会向暗而生，只有这样，属于你们的光明才会永恒在这个世界上。"泡泡说出一句让我无法理解的话来。

凌乱中，我似乎听到泡泡在自言自语地说着什么："想不到现在连蚁人也开始死灰复燃了，真的是山雨欲来风满楼。"

"你在说什么？"

泡泡并没有回答我，她跃在空中，划出一道混沌不清的光彩，消失在万里晴空之下。

在向泡泡的学习中，当我困惑地问及宇宙涟漪是什么的时候，她说："它是一种变化，是一种潮汐，是一种趋势，是宇宙存在的另一种本质。就像粒子的存在，就像空间的存在，它同样也是一种真实的存在。"

"你是在说趋势也是一种真实的存在，是吗？"

"我首先说的是变化，当变化具备了一种规律时，那么它就会成为一种趋势，一种万事万物的规律，一种有着千变万化的规律，一种跌宕起伏的潮汐，一种永恒存在的涟漪。"

"那么浮羲呢？我也经常听到你用这个词。"

"简单来说，它代表了一种光明正在从黑暗中冉冉升起。"

"为什么不是黑暗呢？如果它代表光明，它不应该用曦字吗？"

"不然，宇宙的本质是黑暗的，作为基子人，你应该已经看到，在一个只有基子的世界中，世界必然是暗淡无光的，所以，浮羲是在形容一种源于黑暗而又浮冉出光明的过程，而不是在形容交织着黑暗与光明的简单轮替。"

"为什么单纯的基子世界不存在光明呢？"

"光明也好，黑暗也好，不过都是我们对外部世界的一种感知。任何变化都能带来感知，感知越复杂，我们所能感知到的世界也才愈加丰满，它未必就是光明与黑暗，它还会是喜怒哀乐，还会是善恶美丑，会是我们所感知到的整个世界。而基子作为宇宙最为基础的存在，因过于渺小，所以，它所能感受到的也只能是基子间无趣的碰撞，它甚至无法感知到咫尺之遥的其他基子的存在，又怎么可能感知整个世界呢？"

"所以基子人必须在碰撞中快速结合成一个具有捕获能力的粒子，然后再构建出一个能够感知一切的生命体出来，如此才具备了感知世界的能力，是这样吗？可我还是很困惑，基子是如何相互作用并结合出不同的粒子态呢？"

"你是在问宏观下的宇宙是如何形成的。对于基子来说，宇宙就像我们现在眼中的世界一样，它会是熙熙攘攘，它也会是门可罗雀，前者形同星辰大海，后者形同净空虚无。熙熙攘攘之下，基子很容易碰撞并勾连在一起，并越滚越大，成为不同的粒子，成为我们眼中包罗万象的宇宙。"

"我注意到你用的是勾连一词，而不是结合，所以，是不是说基子的表面并非光滑得像个圆球，而更像是一种沙砾，这样它们才更容易彼此勾连，从而形成一种稳定的结构，是这样吗？"

"我更愿意把它称为不同的基子态，不同态势下的基子会勾连出不同的组合，就像齿轮，就像渔钩，就像单细胞生物，从而作用出千差万别的粒子态，并最终形成我们眼中神奇的宇宙。"

"所以，你是在说，我们的宇宙也好，世界也好，只是基子随机下的某种结果是吗？就像上帝手中的骰子那样。"

"可以这么理解。但上帝手中的骰子究竟有几个面呢？是一个还是两个，是三个还是四个？还是你认为的六个和八个呢？"

"一个？怎么可能？一个物体至少也应该是正反两面吧？当然，球体看上去只是一个面，但实际上它的面最多。"

"确实不可能，但上帝手中的骰子更可能是零的存在。因为有了零的存在，所有我们眼中所看到的一切，才会真实地存在于现实中。它就像有无，就像得失，就像取舍，就像变化。否则，我们又该如何感知宇宙的存在呢？"

"零也是一种存在吗？"

"为什么不是呢？作为一种真实的不存在，它是不是也是一种存在呢？"

"如你所说，负数岂不也是一种真实的存在，包括暗物质，暗能量，也都是如此。"

"我去，我不知道你这些乱七八糟的认知是如何产生的，还暗物质，暗能量，你怎么不直接把负数也说成暗数呢？要知道，我们所能感知到的世界才是真实的世界，而不是基于认知之下的一些胡思乱想。你难道连这也不明白吗？"

"好吧，那么'一'又是怎么样的一种存在呢？"

"你终于变得聪明多了。但'一'究竟是怎样的一种存在，我也不知道，和'零''一'一样，它同样溯及了宇宙的起源，这是一个不可能有答案的问题。"

"道生一，一生二……"

"所以，天道如此，你又何出此问呢？"

沐浴在泡泡的智慧之下，我不知道自己是变聪明了，还是变得更加愚蠢，因为她让眼中的世界看似瞬间变得透明起来，但也更加不可捉摸。

是的，我们的世界已然简单到只剩下"一"和"零"。

直到我看到一道道细微的光芒在幽暗的星空中慢慢绽放，它们渐渐扩散开来，犹如一扇扇在天空中开启的大门。

"天启之门？"我飞快地想到什么。

不经意间，那原本柔弱的光线瞬间就光芒四射起来，让人无法目视那耀眼的光芒。

不管是天启之门，还是地狱之门，一旦打开，注定会改变整个世间。我已然想起了尼让临别的那句话，我也已然看到了末世般的景象。

是的，此刻地狱之门已经打开，一股股黑色的暗流从里面喷涌而出，它们就像一条条从天界探下的魔爪，迅速张开并向天空城袭来。

我在错愕中惊醒，飞奔了出去。

就像被孙猴子钻进了肚中，此刻天空城的能量罩形同虚设，强大的防御瞬间瓦解。整个天际已然为魔鬼巨大的身影所笼罩，数之不尽的孤魂野鬼，乌泱泱汇聚在一起，如乌云般盘旋在我们的头顶。

街面上开始冒出大批警卫，城市上空也开始划过道道交错的光影，刺耳的警报声和此起彼伏的爆炸声交替冲击着耳膜，整个世界在眼前晃动。

我赶到泡泡的住处才知道她去了联盟大厦，于是我又匆匆往那里赶去。当我赶到时，联盟大厦上空盘旋飞舞的僵尸战士已经铺天盖地，它们正在疯狂发动自杀式的攻击，冲击着联盟大厦的最后一道防护层。即便是在以卵击石，它们还是飞蛾扑火般义无反顾。在强大的防护层面前，它们如烟花般绽放出团团绚烂刺目的烟火，在空中留下了无数的涟漪。

……

"唉——"休马首领发出一声长叹，缓缓说道，"想不到在今天，在这里，我们依旧会看到这一幕。"

"怕什么？灭了他们就是。文明之间的碰撞怎么可能没有火花？就像今天强大的联盟一样，一路走来，我们不是同样走过了许多沟沟壑壑。"霸戈首领挥舞起铁拳，说道。

"盛衰轮回大概也算是宇宙的一种潮汐吧？即使在今天，联盟的智慧依然不足以让我们摆脱战争的宿命。为什么？"伊雅婷首领迷茫道。

"战争从来不是一种智慧。现实中，解决矛盾的最有效的办法既不是沟通交流，也不是各行其是，而是交易。彼此妥协的交易，互通有无的交易，各取所需的交易。"子曦首领提醒她道。

"话虽如此，但要做到，真的很难。事实上，很多异行者，甚至连和你进行沟通交流的意愿都没有，更不用说什么交易了。"伊雅婷首领苦笑道。

"异星不就是吗？他们甚至宁愿远走他乡，也不愿改变点什么。难道是我们妥协的不够多吗？还是我们的任何妥协都不能满足他们的胃口？"雨墨首领也质疑道。

"所以，这个世界本就是不同的存在，不是什么都可以改变的。"飞瑶首领说。

"相信我，如果动用暴力来解决问题，未来我们依旧会怀抱武器。"子曦首领坚持道。

"你是对的，可我们还能改变点什么呢？即使我们可以退让更多，但我们注定无法同他们同流合污。"伊雅婷首领说出了内心的绝望。

面对这个令人窒息且无解的问题，依玛首领转移了话题，他质疑道："如果说这次侵扰的背后主谋是异星，那么它这样做的目的又是什么呢？毕竟我们刚刚达成协议。"

"我也倾向于这和异星无关，千里送人头并不符合异星的行事风格。它这么做的意义又在哪里呢？"典布鲁首领附和道。

"意义可能在于这里所发生的一切明天就会传遍整个宇宙，到那时，大概谁都敢幻想到天空城来走上一遭了。"海傑儿首领危言耸听地说。

"眼下联盟内虽然狼烟四起，但能借此让那些依旧心怀'梦想'的人都跳出来，好像也不是什么坏事？"介子目首领哈哈一笑说。

"众口难调，我只能说，即使是再终极的智慧文明，也不可能满足所有人的胃口，我们只能尽最大的努力在星际构建起公平了。对于个别文明的痴心妄想，我们阻止不了，但他们妄想撼动我们，还真的需要点本事。"兀荼毒首领轻蔑地笑道。

"我们还是探讨点现实点的吧，不管他们来自哪里，又出于什么目的，今后的天空城注定不会再有安宁，我们该怎么办？"伊雅婷首领打断了众首领胡乱的话题。

我一直似懂非懂地倾听着他们的对话，在我的理解中，有了丰足的物质和巅峰的科技，随之而来的必然是和谐和公平，但现在看来，我还是错了，因为不同文明下的人性取舍与智慧认知，始终左右着未来的方向。

是的，不同的星际文明就如同杂七杂八的人性，它们会是不同的存在，但要真的挑衅已经高度同化的星际联盟，还真的不是想想就能做到的。

一夜烟雨过后，外面的晨光已然浮起。再绚丽的礼花盛典也有落幕的那一刻，随着最后一个僵尸的华丽绽放，会议室彻底安静下来。

我不知道天启计划为什么会是这样，它就像一场不期而至的暴风雨，来得轰轰烈烈，走得莫名其妙。

天空城一战之后，原本看似歌舞升平的星际联盟，实则已经暗流涌动，时不时爆出的新闻，串联起来，足以让人毛骨悚然。虽然看上去它们好像真的风马牛不相及。

"追风者为您报道：一分钟之前，一辆托运联盟秘密设施的车辆在法卡卢道发生爆燃。传闻，该设施由联盟科学院耗期十年所打造……"

"11点11分为您报道：刚刚得到的消息，在家休假的银河舰队指挥官卡玛，意外从高处坠落死亡。传言，其携带的军事资料包下落不明……"

"科眼观察为您报道：日前，一位失联的基点技术员的遗体被发现，据可靠消息得知，死者生前曾遭受非人折磨，其体内移植的芯片被摘取……"

"小眼观察为您报道：昨天夜里，法耶区某知名科学家家中发生一起奇怪的非法入室案，室门遭到暴力开启，虽然财物没有失窃，但他的个人电脑被异常启动过……"

"小道消息为您报道：据消息灵通人士透露，异星的探索者舰队派出的先行者舰队，在驶出云巅星系前往黑暗之宇的途中，在可联络区域，彻底失去联系……"

"战地哨兵为您报道：异星日前派出百余人团队抵达联盟科塞要地，参加为期三天的士兵狂欢日。据了解，失去传统军事战线的异星已经放弃了反攻，他们正在依托现有的阵地，构筑起永久性防御工事……"

坚突然闯了进来，他抹了一下额头上的汗水，火急火燎地说："头儿，出事了！"

"怎么了？"

"安娜和南茜被劫持了！"

"你说什么？"

"她们在知物商贸中心被潜入者劫持了！"

所有这一切的混乱都源于天启之门，天空城突然涌现出大量的潜入者，他们就像雨后春笋般，在天空城的每一处角落，伸展出黑暗的枝丫。为了扫除他们，联盟已是疲于奔命。

当我们赶到知物商贸中心，潜入者已经失去了理智，或许他根本毫无理智可言，他一手控制着南茜，一手持枪指向安娜，疯狂地冲军警叫嚣着："退下，退下！"

在和现场指挥官的沟通中，骸星人的身份再次帮到了我。毫不夸张地说，骸星人在星际联盟里的地位几乎是至高无上的，因为它们代表着智慧和永恒，对于任何其他生命体而言，仅仅出于一份渴望，也会心生敬畏。

"我可以作为你们的人质，放开她们。"我走向潜入者。

"你？"潜入者苦笑道，"我怎么做才能杀死你呢？"

我习惯性地看了眼自己的双手，失去对于我这样贪婪的人来说，着实有点心痛，即使失去的会是死亡。

"我可以帮你什么？只要你放开她们。"我甚至在乞求，但这并不是一种真实的感受，这种虚虚实实的情感存在，总是缠绕着我，有时，它甚至让我不知所以。

"它并不是完美的，你需要很长的一段时间来磨合和适应新的认知，逃避只能给你带来更多的困扰和伤害……"泡泡的脸浮现在我的眼前，如何也挥之不去。

"滚开，再上前一步，我就开枪了！"潜入者冲我咆哮道。

"嗨，兄弟，别这样出言不逊好吗？作为交换，我可以帮助你离开这里。"我直视潜入者的眼睛。

"真的？"此刻，已经走投无路的潜入者，眼中闪过一丝希望。

"当然，你看——"挥手间，四周闪烁的警灯和警笛一下消停了。

"你可以选择她们中的一个留下，只要我能逃离这里，我会放走另一个。"潜入者狡诈地说。

"我选择你把我们都带走，这样你会感觉更加安全不是吗？"我笑眯眯地看着潜入者说。

"什么？"潜入者瞬间困惑了。

"你相信我吗？"我的目光神采奕奕。

"我，我相信。"潜入者迟疑地回答。

"那把她们都交给我好了。"我说道。我等的就是这句话不是吗？毕竟，这个世界上，最致命的伤害往往源于信任。

"好吧。"潜入者被镣铐砸上了双腕的瞬间，面如死灰。

这个世界就是这样，你要拥有更多的选择权利，那你就必须先去拥有更多的能力，否则，你依旧只能是被选择的那一个。

"如果让你必须二选一，你到底会选择我们中的哪一个呢？"安娜大概无聊得发慌，缠在我的左右。

"还有谁会比你更重要的呢？即使是在你我之间做出选择，那也一定会是你。"甜言蜜语我还是会的，即使言不由衷，即使心不在焉。是的，大脑总会瞬间出现奇怪的混沌……

"你应该用更多的智慧去面对选择的问题，而不是逃避和敷衍。"泡泡的大眼睛出现在混沌的天空。上帝！那真的是一双似曾相识的，死鱼一般的眼睛。

天空城搜捕潜入者的行动一直没有停息，大批军警和呼啸的战车，总能在不经意间给你带来战栗的惊喜。当一个议员被当成潜入者被抓的时候，整个天空城沸腾了，甚至有民众开始走上街头。

转眼间，在一间寓所内，发现一个受困其中的僵尸战士，民众的目光再次被转移。屏幕中，被捆成一团的僵尸战士依旧面部狰狞，而一旁，那脸色苍白的邻居在镜头前，结结巴巴地不知所云。

再转眼，联盟发布会说，天空城出入境窗口的其中一部分需要临时关闭维护。可坊间却说法不一，甚至谣言四起，说什么天启之门会再次打开，僵尸人也将王者归来。

事实上，令人不安的"确凿"消息还是有的，那就是银河舰队改变了原计划，不再奔赴异星战场，而是就近驻扎在天空城的星际基地。而这才是联盟有史以来极少出现的情况，它所传递出的信息，是危险而又不言而喻的。

天空城已然山雨欲来风满楼。

在一个潜入者的记忆中，有一些破碎的场景碎片引起了泡泡的注意：残破的窗户，游走的黄沙，刺耳的嘶鸣，模糊的脸庞，尖锐的针头，闪烁的白光，黏稠的滴液。

"我好像在哪里见到过这些场景。"泡泡皱起眉头，细细思索起来。

泡泡示意我也触摸下潜入者的记忆，我有点犹豫，因为泡泡曾经无数次告诫过我，不要轻易触摸他人的记忆，因为触摸别人记忆的同时，自身的大脑也会受到干涉，甚至会把所触摸的记忆与自己的记忆搅浑在一起。如果没有足够的辨析能力，即使自己疯不掉，那种感同身受的感觉也会让人分崩离析。

我小心翼翼地伸出手去：残破的窗扇在劲风的踢打下来回晃动着，吱吱呀呀的它随时准备放飞自我。窗外黄沙滚滚，把整个世界笼罩在它的统御之下，让人看不到天日。墙壁上的空调发出持续的高频的刺耳声音，令人心烦意乱，无法承受。一张模糊的面孔在眼前来来回回地晃动着，长满锋利牙齿的巨口中流出黏稠的口水，<u>丝丝涟涟</u>。

我挣扎着甩开了手，踉跄着靠在了墙壁上，头晕目眩中，心脏如驰奔的马蹄，急促而又有力地锤击起胸膛，口腹间更是不断翻起阵阵恶心，冷汗淋漓。

"你现在是不是有种偷窥的快感了呢？"泡泡幸灾乐祸地打趣道。

"……"我无言以对。

"西蓝囚室？"泡泡再次触摸了潜入者的记忆，自言自语道，"这怎么可能？"

"你是在说西蓝囚室？"我诧异地看向泡泡，那是一个奇怪而又似曾相识的名字。

"据我所知，在上一个宇宙纪末期，异星曾经派出幽灵舰队深入到联盟腹地，进行情报收集和破袭任务，他们就曾光临过你的母星地球，在一处名叫西蓝囚室的古迹中设立过秘密基地，那里异常的磁场似乎为他们的设备提供了独特且源源不断的能源。后来，因为一群人的闯入，基于暴露的风险，异星才彻底放弃了那里。现在看来，他们肯定又回去了。"泡泡解释道。

"如果真的如此，是不是就可以把异星和锡卡莱之间的联系建立起来了呢？"我骇然道。

"是的，我们应该重新评估天启计划的真正意图了，我甚至从一开始就怀疑它只是一个圈套。如果锡卡莱是前奏，如果天启之门也是一个烟雾弹，那么序幕已然拉开，看来一场大戏即将上演。"泡泡飞快地说道。

"我们现在就去西蓝囚室，或许还能发现点什么。"泡泡突然决定道。

"我……"我嘀咕道，婀娜多姿的安娜已然浮现在眼前，我答应过她，今晚会去陪她购物。

暗月下的西蓝囚室，是阴森恐怖的，这里荒草丛生，随便看向那里，都会飘荡出一些鬼火来，让人心惊胆战。行走在断壁残垣间，上面满满的是被残枝飞叶摇曳出的重重鬼影，甚至一错神，眼前便会浮出一张张狰狞的面孔出来，令人窒息。

偶尔，不走心的风会一时癫狂在四处，发出的声音犹如呜咽的风笛，让人毛骨悚然。

特遣小组很快锁定了后院里的一处大殿，于是，队员分兵几路，依次潜入。我和泡泡跟随在正面突袭组的后面，跨入窄小的石道。四名突袭队员紧贴墙壁向前潜行，他们很谨慎，不断做出判断，打出手势。

眼前的一切都那么眼熟，又想不出何时曾来到过这里，或许曾经梦见这里，我无法肯定。青砖墙虽然有些残破，但触手之下，光滑异常，黑暗中我捻了下满手的灰尘，但脑海中却长满了苔藓和蕨类。

呜咽的风啼中，一只乌鸦大概受到惊扰，呱呱惨叫着飞向苍白的暗空，也就在回头的瞬间，我看见一棵皂角树下有个人影。他一袭黑袍，静静地站在那里，用死鱼般的眼睛盯着我，冷汗还没有来得及冒出，又瞬间失去了他的踪影。

我使劲晃了下脑袋，这种该死的幻觉在我获得重生之后，就一直如影随形地困扰着我，真真假假地让人怀疑人生。

随着一声爆破，眼前突然灯光四射，四名突袭队员踹开残破的大门，从正门冲了进去，几乎同时，大殿内其他门窗也瞬间被冲撞开，另外两组突袭队员也鱼贯闯入。

我冒冒失失跟了进去，眼前的一切让我不敢相信自己的眼睛，大殿中间摆放着一张手术台，两个高大的正在做手术的异星人诧异地看着我们，这是我第一次看见活生生的异星人，仅凭他们三米多的身高，就足以让人惊愕。

他们身躯魁梧而健硕，头上长满了像蛇一样不断扭动的触须。他们的大脑袋不仅修长而且锃光瓦亮，甚至连灯泡般的眼睛也显得异常炯炯有神。还有他们的皮肤，上面就像布满了鳞甲，在光的折射下，有种刀枪不入般韧性的光泽。他们的骨节外凸的四肢更似钢铁铸就，即便看上去枯瘦如柴的手指，同样足够遒劲和灵动。

是的，他们几如恶魔在世。

"双手抱头，蹲下。"突袭队员不停地大声命令着。

两个异星人怔了一下，相视一眼过后，面无表情地缓缓蹲下。即使蹲下，他们依然高大。他们低头俯视着眼前的突袭队员，鼻孔中不断大喘出恶臭，让人掩鼻。

突袭队员飞快地锁住了异星人的四肢关节，也就在此刻，整个大殿突然晃动起来，外面如发生光爆一般，刺目的光线让人瞬间失明，紧接着巨大的轰鸣声和强劲的风暴袭来，世界开始为之地动山摇。

当眼前的世界再次清晰，闯出门外，只见半空中一道飞驰而去的光芒，划亮了整个夜空。

"异星飞船……"有人喊道。

"怎么会这样?"我听见泡泡奇怪地说。

我们对异星人的审讯毫无进展,他们始终保持沉默,甚至如死了一般,彻底把自己封闭在内心深处。泡泡开始把目光移向手术台上的人,那是一个已经奄奄一息的老人,已经羸弱不堪的他,甚至无法再开口说话。

泡泡显然在用我不知道的方式在和他交流,因为她很快得到了应允,伸手去触摸起老人的记忆。一触之下,泡泡似乎有了惊人的发现,并马上就做出了返回天空城的决定。

"你发现了什么?"我好奇地问。

"黑魔法。"泡泡没头没尾地说着,快步闯了出去。

泡泡口中的黑魔法显然不是什么暗黑的巫术,自然也不会是什么障眼法的魔术,仅凭一个"黑"字,那份神秘就足以让人心生联翩,足下生凉。

第二十六章
黑魔法

"黑魔法既不是对记忆的简单格式化,也不是复杂的记忆再融合,它可以说是两者的结合,抑或根本就是诸多可能的存在。就像多重人格的人那样,但又不完全如此。"泡泡没头没脑地说着,但言语又近乎危言耸听。

"你是在说噬脑人?或者寄生人?"我好像没有听明白泡泡在说什么,疑惑地问。

"不然,我更愿意称之为代入人,因为他们并没有吞噬主体的记忆,他们也不是寄生人,他们只是选择性地代入他人大脑,如果剥离,对被代入的人不会有任何的实质性损害。"泡泡肯定道。

我依旧没有明白泡泡在说什么:"据我所知,地球上曾经有很多达官贵人在将死之际,都会去寻找新的大脑作为植入体,从而凤凰涅槃般获得重生,如此,很多鲜活的生命因此'被'死亡。是这样吗?"

"黑魔法绝不仅仅是记忆移植那么简单,事实上被代入人既有的知识和能力几无改变,它更像是众多生命在共用同一个身体。当然,具备主宰能力的只有一个,那就是代入人。代入人可以克隆众多记忆和技能,并融合使用它们,这会让他成为一种超人般的存在,就像你的大脑突然拥有了一百个人的智慧那样。"泡泡解释道。

"所以它被称为黑魔法?"我依旧沉浸在凌乱的思绪中。

"这得从它的起源说起,黑魔法最早就诞生在你们的母星地球,一开始它是资本用来获取记忆植入的。直到后来,一位和你同名的糟糕的生化学家,无意中合成出一种纳米病毒,它不仅能够记录并融合不同的记忆,甚至还可以让植入人成为分身式的存在。"泡泡说出一个令人毛骨悚然的故事。

"后来呢？"我的眼前已然幻化出那个地球龙的影子，别说，他几乎就是我的影子。

"后来，自知打开了潘多拉魔盒的地球龙，寝食难安，他销毁了所有的合成物和配方，黑魔法也就此销声匿迹。"

"以今天的科技，记忆的移植足够成熟，这样做的意义又在哪呢？"我不解地问。

"在于你永远不知道自己面对的是谁？他可以是被代入者本人，也可以是被集合之后所代入体内的任何人。"

我倒吸了一口冷气……

"那还不是被附体了吗？"我依旧困惑。

"是，也不全然是。附体基本上是这样的，可以是植入意识干涉体，也可以是被数字人入侵脑体芯片，但代入人不同，他们并没有干涉和取得被代入人的记忆，他们只是在必要的时候才会用最合乎代入人的行为方式来付诸行动，所以，在正常的情况下要甄别他们，几乎是不可能的。他们必然是粒子人。"泡泡答疑解惑道。

"你是说粒子人？"

"是的，如果是前两者，使用技术手段是很容易甄别的，但被粒子人代入，想甄别出来，是十分困难的，甚至毫无可能。"

"那该怎么甄别他们呢？"甄别代入人无疑是困难的，面对每日和自己共事看似毫无改变的人，你根本无法猜疑什么。

"很难，只能从他的日常习惯、认知水平，以及行为选择上进行对比了。"

"我们也很难甄别他们吗？"我想不出这个世界上还有什么是基子人所不能做到的。

"是的，一旦他们选择蛰伏，我们同样很难发现他们的蛛丝马迹。"

我们坚信上帝不会做出失格的事情，但是，当上帝开始失格之后呢。

"好吧，我可以触摸他的记忆吗？"我愚蠢地问道。

"你确定吗？"泡泡可怜地看着我。

泡泡话音未落，我眼前的世界已然凌乱不堪。

我们对于生命的了解大多趋于表象，即使我们能剖析出万千组成，但最终也只能用血肉之躯来表述它。当人们谈论生命的时候，总是会牵涉灵魂之说，而灵魂是什么？诸多学说不胜枚举，却自始至终没有一个学说能让人心服口服。

我记得曾经问过泡泡无机物是如何催生出有机物的问题，她的回答让人深思。

"自我意识的存在和基子为什么存在是同样的问题，既然我们认同基子不是无中生有的，为什么就认为意识会无中生有呢？所以，不同的逻辑之下，会有着不同的自我意识存在。"

"你是说万物皆有灵？"我迷茫道。

"应该说是万物皆有逻辑，基子构建世界，逻辑构成意识。它们是真实的存在，不是可以溯源的虚妄，否则就像你在问我为什么宇宙是基子构成的一样，它是任何人都无法回答的，除非你搬出所谓的上帝，但你用同样的问题追问上帝为什么会存在时，它同样也需要一个新的上帝。"

"记住，不管是哲学还是数学，它们的描述可以超越现实，但不能凌驾现实，当它们凌驾于真实的世界的时候，它们无疑会多出许多虚妄出来。所以，接触即是感知，感知即是灵魂。"泡泡最后说。

不知何时，我们有了一种共识，那就是灵魂大概由两个部分组成，一部分是真实的既往——记忆，它是灵魂不可或缺的最重要的组成，因为没有记忆的灵魂，注定只能存在于基础的逻辑中。还有一部分是记忆之上的思维，它却有众多组成，包括计算、思考、判断、信仰等等，乃至对现实的猜想以及自身对未来的臆断。

从西蓝囚室回来后的我，是茫然和惶恐的，想想那些代入人可能会是你每天朝夕相处的人，你又怎能安如泰山？至少帝客每次看到我疑神疑鬼的模样，它会面带讥讽，然后用嘲讽的口气说："我可是如假包换的帝客，原因很简单，龙，你会代入我吗？"

我赶紧摇了摇头。

"坚，你呢？"帝客笑得眼睛都弯了。

坚苦笑了下，也摇了下头。

"威克。"帝客幸灾乐祸。

"去，去，去。"威克恼怒地扬起了巴掌。

"安娜。"帝客跑向安娜。

安娜盯着帝客，半天没有言语，帝客的尾巴渐渐甩不下去了，忽闪的舌头也偷偷地溜回口中。

"据说狗的嗅觉很灵敏的，耳朵也特别好使，而且四条腿跑起来真的要比两条腿快很多。如果让我选择代入的话……"安娜的话还没说完，帝客早已夹住狗尾巴躲在了我的身后。

连漪突然开口说道："事实上，代入人的情况比我们预料的要糟很多，我都开始怀疑自己是否被代入了。"

"你在危言耸听什么？连漪大小姐。"我哈哈笑了起来。

"我今天去法置处见一名犯罪嫌疑人，结果到那里才发现，整个法置处都被隔离封锁了。要知道，我昨天去的时候，那里还好好的。"连漪颤抖地端起咖啡，不再说下去。

"这怎么可能？代入程序是很复杂的，需要有特殊器材和专业人士的参与才行。"我真的有点愕然。

连漪努力克制了下自己的情绪，说道："他们更像被感染的。"

"生化病毒？"我惊骇道。

"有什么奇怪的？即使在地球，病毒和纳米机器人的结合也早已普及，所以植入点什么代入程序，应该不会存在什么技术壁垒吧？不过我还是很好奇，对于不同种属的生命体，连生命体的构造和基质都不尽相同，它是怎么传染的呢？"安娜居然心生好奇。

"或许它们只是针对某一类或几类生命体呢？再或者，它们本就具备生命。"我用征询的目光看向南茜。

南茜细细地想了下，回道："是这样的，目前发现的代入人群体都具备神经中枢系统，其他生命体尚未发现代入病例。"

"看来拥有大脑并不是什么好事，任何小的波及都会让人失控，还是无脑生命体更自在，即使某根神经癫狂了，也不至于让整个人形同行尸走肉。"威克哈哈大笑起来。

"你有大脑吗？我怎么常听安娜姐姐说你做事没头没脑的。"帝客一脸认真地问道。

"小东西，嚼舌头是吧？"安娜随手抓起坐垫向帝客抛去。

受到惊吓的帝客，一路尖嚎窜到了一旁，瑟瑟发抖地看着安娜，甚至眼中莫名地多出了一抹泪花。

奇怪，安娜何时变成这样了？我失神地看向安娜。

当我魂游归来，坚在无病呻吟："这真是一个可怕的世界，当我们越来越了解它的时候，惊喜反而会越来越少，畏惧反倒一天天多了起来，这是为什么？"他的思维模式几乎是病态的，全然没有对未知的奢望，只有对既往的贪婪。

"怎么就没惊喜呢？看看眼前，一个骸星人就站在我们的身边，一个能驾驭宇宙中最基础存在的人，就算他明天能造出一个崭新的宇宙，我都不会感到惊讶。"小渊美子一脸羡慕嫉妒恨地说道。

"在过去，日行万里就是蠢蠢们的幻想。曾经那些寄托我们梦想的生化人、基因人、智能机器人，现在看来，也不过就是雕虫小技的存在。所以，宇宙就是这么不可思议的，鼠目寸光的永远是我们，我们永远也不可能知道明天的宇宙还会怎样，不是吗？"威克已然脑洞大开。

"确实，宇宙的广漠是任何智慧都无法理解的。我们不是质疑过灵魂和鬼神吗？说不定它们就是粒子生命体在装神弄鬼呢？"帝客按捺不住，又一次打开了话匣子。

"你还真敢想。"小渊美子忙把一颗葡萄塞进了帝客的狗嘴中。

"其实我更好奇，如果把星球和星系乃至整个宇宙的行为都纳入计算中，是不是它本身也就有了符合我们口中的生命特征呢？"南茜不可思议地抛出惊天一问。

宇宙是生命体？我被南茜的疯狂想法震惊到了。

"我更想拥有让时光倒流的能力？那样，我就能像数字人那样活在网络中，从而拥有无数个可以重复的生命。"帝客露出牙齿道。

"打 BOSS 吗？还时光倒流？"小渊美子乐不可支。

"星光传输不就是时光隧道吗？还有永动机。"帝客强词夺理道。

"那只是词不达意的形象描述，空间并不能折叠，它亦不是虫洞。知道吗？小傻瓜。"南茜笑道。

"或许未来、将来、以后，它就被证实和发现了呢？"帝客拧起鼻子不认输道。

"好吧，那等你未来、将来、或者以后之后再来羞辱我好了。"南茜笑盈盈地回道。

是啊，未来会是怎样？鬼才知道，我只知道，代入人如果真的像病毒一样开始四处传播，我们这样悠闲自在的生活，很快就会走到尽头。

对于代入人和头顶上的飞船，泡泡丝毫没有被困扰到什么，她洒脱地说道："它们只是一个时间的问题，眼下，我们还有更重要的事情要做。"

我不知道泡泡口中更重要的事情是什么，她依旧每天带着我东奔西走在天空城的每一个角落。随着跑的地方越来越多，接触到的神秘事物和神秘的人也越来越多，一些原本根深蒂固的认知，也随之发生转变。

深渊研究所，是星际联盟最为先进和最为前沿的科研基地之一。接待我们的是项目组长吉鲁森博士，他身材魁梧，一脸的络腮胡子。第一眼看见他，我错以为他是地球人，但他对此表示否认，说自己是地地道道的天蝎座人。

"宇宙浩瀚若此，我们只是撞脸而已。"吉鲁森博士笑逐颜开道。

一句玩笑后，吉鲁森博士言归正传："天启之门传输方式属于粒子传输，因为其所传输的粒子较为松散且不具威胁性，所以天空城的防护盾很难被激活。"

"但是它们激活了啊？"我困惑地问。

"那是人工激活的。"泡泡说。

因于尴尬，我转移了话题："粒子传输源在哪儿？会有传输距离的限制吗？"

"目前追踪到的传输源都来自深空，遥远的距离，让捕获它们变得愈发艰难。至于粒子的传输距离，我们都知道粒子传输是对传输物进行扫描和编码后的粒子态传递，最后通过接收端进行接收和组合。如此，短距离的传输，其受到宇宙背景的影响会很小，但是如果进行远距离传输，其散失势必会成倍增加。目前针对散失问题的最优方案，是对传输的粒子进行复制，形成补偿式的同位传输。"吉鲁森博士显然好脾气，即使面对最无聊的问题，也保有耐心。

"它们是不是应该很庞大和复杂呢？"我继续刨根问底。

"对比启端而言，接收端是很简易的，类似于一台3D打印机，可以根据需求做大做小。不过天启之门是庞大的，它之所以能穿越天空城最外层的防护盾出现在这里，很可能是由众多小型的接收端汇集出来的，就像积木一样。不过目前尚未找到证据。"吉鲁森博士解释道。

"会不会是它们掌握了穿越能量罩的特殊科技呢？"我询问道。

"根本不可能，即使是以基子态穿越能量罩，这种海量规模的传输，也会引发能量罩的反应，但是那天我们的能量罩根本没有做出任何反应。"吉鲁森博士马上排除了我的想法，我本以为他可以讥笑我的，但他的表情真的很认真。

"有没有一种可能，它们的传输态是弱态的呢？"我马上又提出了一种新的可能。

"你是说它们通过无数个启端进行聚焦，然后再输出在一个点上吗？就像凹镜那样。"吉鲁森博士很意外，他立刻比我想到更多可能，他开始抓挠起脑袋。和我们地球人一样，他几乎瞬间变了个人似的，甚至开始疯言疯语地说，"完全有可能，如果它们拥有自主组合能力，就根本不需要接收端，这样，透过众多传输源在天空城进行聚合，这不应该是难事。对，我怎么就没有想到呢？这完全可以做到。"

"不过还是不对，利用多点弱态传输进行单点聚焦，是会有着无限的可能,但想要瞬间传输出源源不断的千军万马来,将会非常困难。你们看。"吉鲁森博士飞快地划出空白的虚拟屏幕,然后在上面画出示意图和方程式,边计算,边讲解道,"如果想要达到天启之门的传输效果,他们至少需要建立多达上百万甚至更多的启端,才能达到弱态下的同样传输量。可问题出来了,它们要在太空中建立如此多的启端而不被我们发觉,会是很困难的事情,虽然联盟足够广袤。"

"你怎么看?"泡泡扭头看向我。

"即使存在这种可能,但想要同步它们也绝非易事……"吉鲁森博士以为泡泡在询问他的看法,继续说出心中的疑惑,"如果没有海量的启端和庞大的技术能力,这几乎不敢想象。而且,要构建出这样的传输网络,是需要花费很多时间的,即使以联盟今天的实力,也很难一蹴而就。"

"所以,它肯定不是一蹴而就的。"我回答了泡泡。

走出深渊研究所,飘飘欲仙的感觉伴随着我,那种自得是不言而喻的,但是就在走出大门的时候,我不得不脚踏实地了。

"果然是意外之获,你现在明白我让你来这里的原因了吧?"泡泡露出一丝得意的笑容。

"你在说什么?"我困惑地问。

"地球人总是无法摆脱欲望和贪婪,但出于生存的顽强,却更容易催生出多变的思维。面对问题,丰富的思维远比智慧更加高效。你刚才的行为恰恰就证明了这一点,不是吗?"泡泡直截了当地说。

这是一种无法反驳的羞辱,我岔开了话题:"难道它们的存在,真的已经浩若繁星了吗?"

"也许吧。"

星际联盟对舆论的放纵简直令人发指,很多令人不安的消息如瘟疫般在四下传播,民众恐慌的情绪已如火山般,开始蠢蠢欲动。

"为什么还不进行管控呢?任由这样下去,民众岂不反了?"我十分困惑。

"难道你没有发觉自己在主观臆断吗？事实上，你所看到的一切，都是经过基点甄别过的，它们完全真实可信。"泡泡居然这么说。

"你不会没有注意到社会的恐慌情绪正在蔓延吧？这会引发社会动荡的。"

"所以呢？"泡泡打断了我。

"所以，我是不是也该抢购点什么呢？或者干脆逃离天空城呢？"

"随便你，那是你的自由，没人会阻拦你。"泡泡已然流露出鄙夷的表情。

"得了吧，还是那套愚民愚己的说辞是吧？难道你们就没有藏污纳垢点什么？"我恼怒道。

"嚯，譬如——"

"譬如幽灵飞船。"我指着透明的天空。

"联盟网站上有相关资料，请自行查阅。"

"我当然看了，但上面只有只言片语，甚至连用到的技术都语焉不详，我又能看到点什么呢？"

"它的语焉不详是基于法律和民众认同的技术性保密。如果我告诉你，我们现有的武器和科技，根本无法对幽灵飞船进行驱离，也无法展开有胜算的战斗，你会怎么看？"泡泡说出令我更加震惊的话来。

"如果我再告诉你，云巅星系已经宣布脱离联盟，成为异星战场的另一个桥头堡，你又会有什么心情？"泡泡让我嘴巴大张。

"如果再告诉你，我们的异星防线注定会被异星彻底撕碎，你又该如何应对？"泡泡继续震撼我道。

"还有，如果我再告诉你，尼让已经放弃锡卡莱，来到了天空城，你会选择相信吗？"泡泡面色冷峻，丝毫没有开玩笑的模样。

"这都是真的吗？"我脸色苍白地问。

"除了尼让来到天空城是真的，其他尚未发生，但它们却是最有可能会发生的，这是基点对海量信息汇总后得出来的趋势式结论，甚至可以说，它们会是不可避免的未来。"泡泡认真地说。

"还好你不是先知，还好这不是现实。"我轻松地笑了起来。

"你好像轻松多了，但民众不会，他们注定拥有无限的可能，也会给出不同的理解，给出不同的态度，也给出不同的选择。毕竟包罗万象的他们，才是最为真实的普罗大众。"泡泡继续输出。

"所以，联盟的未来也会像无头苍蝇那样，是吗？"我终于找到了反击的机会，"你也应该明白，很多社会问题，因其专业性，因其复杂的程度，它是需要众多专业人士的群策群力的。仅仅依靠民众五花八门的判断能行吗？甚至把全部信息都摆在他们面前，他们一辈子也未必能读得完，更不要说给出什么正确的结论了。"

"连你都能明白的道理，你认为天空城的民众会不明白吗？"泡泡苦口婆心道，"你能告诉我你所信任的专业人士来自哪里吗？还有，他们所做出的选择一定是正确的吗？我看未必。基于意志的选择，基于个人的欠缺，基于人性的取舍……"

"所以我说群策群力……"我哼哼道。

"好吧，它是少数专业人士的群策群力，还是所有专业人士的群策群力呢？还记得你在深渊研究所的奇思妙想吗？难道吉鲁森博士真的没有想到过弱态传输？或许他只是不敢想象而已。而得出正确答案的你，甚至连专业人士都不是。"泡泡再次羞辱了我。

"你……"我有点凌乱。

"民众从来都是包罗万象的，即使他们百分之九十九都错了，但最正确的那个，也必然会在其中。所以，认真聆听民声，辨析一切，你才能快速成长起来。"泡泡语重心长地说。

"我……"

"所以，你在这里看到的民众，是不是比地球人更具包容和智慧呢？所以，你在这里看到的民众，是不是比地球人更具无私奉献的人性了呢？记住，幻想可以蒙蔽的，必然是那些自愚自乐的人，但他们也只不过是井底之蛙，因为他们永远无法迷惑所有的人。"泡泡说得不无道理。

看着眼前智慧的女孩，我彻底找不到了北。

"记住，有民众在，你不需要英明伟大；记住，有民众在，你不需要日理万机；记住，有民众在，你不需要瞻前顾后；记住，有民众在，你同样不会踽踽独行。"泡泡伶牙俐齿。

奇怪？她为什么要对我说这些？普天之下，谁还不是民众呢？不是民众，难道会是禽兽吗？

每次触摸历史，我的双手总是沾满鲜血，与其说历史能借古塑今，倒不如说它在愚古千秋。千秋万代下，绝无升华，有的只是颠倒反复，甚至时光倒流。

源于智慧环境的强大，天空城始终是生机勃勃的，但它所孕育出的，有光明，也有黑暗。

子曦首领站在联盟大厦之巅，指着外面草绿花红的世界说："你们看，这里没有风雨，没有冰雪，这里的每一天都是晴空万里，风和日丽。我们既看不到城市下面暗流涌动的洪流，也看不到天穹之上波涛汹涌的诡谲，久安未危的我们，已然失去了对黑暗的敬畏。我们又该如何面对即将来临的暴风雨呢？"

"我们该怎么做？"泡泡垂手而立，低声问道。

"山雨欲来风满楼，联盟从未遇此境况，可能它的内部真的出了问题？"子曦首领面色严峻，继续说道，"我这里有一个准确的信息，异星已经派人潜入天空城，意图与联盟内某位至关重要的人物取得联系，我需要你们找到他。"

"是谁？"我鲁莽地问道。

"不知道，这需要你们去调查。"

"连名字也没有吗？"我有点绝望。

"有你们在，我相信一切都很快会有的。"子曦首领笑了。

是的，离开联盟大厦，泡泡只是出去溜了一圈，她就找到了目标，我甚至都不知道她是怎么做到的？但是……

"你好像忘记了尼让？"泡泡问道。

"谁是尼让？"我迷茫道。是的，在这个让人目不暇接的世界，我怎么还会记忆过去?

　　星际快速变化的事物很容易让人产生错觉,它会带来一种类似于穿越的感觉,时时刻刻困扰到你,就像从地球到锡卡莱,锡卡莱再到天空城,它们让距离和时空消失掉。它正在成为一个黑洞,吞噬我的一切。

　　"仔细想想。"泡泡被惊吓到,她已经抬手摸向我的脑袋。

　　"我都在天空城了,地球的死活关我什么事?"我忙躲在一旁,嘿嘿笑道。

　　"唉——"泡泡叹息道。

　　"这一段我们忙得四脚朝天……"我尝试辩解道。

　　"盯紧他,他不可能是一枚弃子。"泡泡临走时交代我。

　　起始的一点兴奋随着时间的推移,渐渐荡然无存,我再次陷入了虚无的世界。

　　我一直想不明白泡泡拒绝我潜入7102室的理由,因为她仅仅三个字的理由极其牵强:"没必要。"我甚至开始怀疑她的智慧。

　　是的,此刻的我,正在无聊地睁着空洞的大眼睛,给自己插上了胡思乱想的翅膀。

　　自从来到天空城,眼花缭乱处,我的认知也深深得到改变。至少现在再读四大名著,我会不以为然,甚至少了几分尊重,甚至多了几分戏谑,甚至认为只有《西游记》能当之无愧。个中缘由,自然是说不清道不明的,或许仅仅是因为孙悟空的那份改天换地的精神。

　　想到孙悟空,会偶尔想起龙太子腾云驾雾的本领,然后,又会理所当然地联想到伊甸园的蛇,再然后,我的大脑中就会幻象出一条巨大的白蛇,它就在我的眼前翻山倒海,在我面前直上九天。

　　是的,眼前的景象立刻让我联想到"飞流直下三千尺,疑是银河落九天"。曾经我认为古人的生活是苦闷和单调的,是除了面对面侃大山之外,再无趣的生活。直到李白凭此一句,就彻底颠覆了我对古人的全部认知。

　　想到瀑布,我自然也会想到在高处撒尿的帝客,洋洋洒洒间,帝客说:"社会就是一杯鸡尾酒,品多了,也就全然没了味道。"

　　"鸡尾酒?"我吹声口哨,呵呵地坏笑道。

"你说什么？"

我甚至都不知道泡泡是何时返回的，她正在不解地看着我。

"帝客口中的社会模样。"我难堪地回道。

是的，我已然忘记泡泡曾说："忘却你们的历史和信仰吧，它们并不值得你去留恋。"

"咦——"泡泡发出奇怪的声音。

"怎么了？"我空洞地睁大眼睛。

"有情况。"泡泡拍了下我的脑袋。

屏幕上出现了一团污渍，它正在缓慢地向7102室移动，甚至无视楼层和墙壁。

"能量人？"我有些犯嘀咕，冲能量人吹口气都是致命的，但抓捕它们也很容易，甚至只需要一个吸尘器。

能量人和尼让言谈甚欢，他们时不时抚掌大笑，甚至举杯交错。我们并不知道他们在说什么，因为他们心有灵犀。

终于，能量人走了，泡泡吩咐了一声，就跟了出去。结束会谈的尼让无疑轻松自在了许多，他甚至走出房间来到了阳台，舒坦地伸展开双臂。

那一刻我几乎不敢相信自己的眼睛，沐浴在光明之下的尼让，已然是另一个尼让，他不仅面带友善，而且浑身上下充满了智慧的光芒。

"见鬼了。"我慌乱地拍了拍脑袋。

是的，他侃侃而谈；是的，他循循善诱。

是的，从那天起，尼让始终宅在房中，如一只躁动不安的老鼠，不停地嗅探着空气中的危险气味。他足够谨慎，除了取外卖和丢垃圾之外，绝不出门一步。他偶尔会在帘子后面，直盯盯地向我这边看来。我并不害怕他会看见我，但每每如此，我还是会下意识地躲在一旁。

子曦首领对我和泡泡的发现表示质疑，他一直在说：不可能，这绝不可能……

"我亲眼看见能量人进入伊雅婷首领的宅邸，并和她进行了长达半小时的秘密交谈。"泡泡继续说。

"那又怎样呢？难道仅凭这点就可以质疑一位优秀的联盟首领吗？"子曦首领质问道。

"尼让肯定知道内情，是不是我们先拿下他呢？"我建议道。

"现在还不到打草惊蛇的时候。"子曦首领一口否决了我的提议，然后问泡泡道："能量人的情况摸清了吗？"

"能量人名叫影随，巨轮星人，是前联盟特工，曾因非法入侵基点被解雇，目前居无定所。我已经派人盯紧了他。"泡泡汇报说。

"你们必须在尼让和影随的身上找到更多线索。对于伊雅婷首领，我会在你们拿到确凿证据后，再做判断。"子曦首领的安排不容置疑。

"奇怪。"走出联盟大厦，泡泡自言自语，她的眼睛幻化出五色异彩。

"奇怪什么？"我不解地问。

"没什么，你继续监视尼让，我去影随那里，有什么状况，我们随时沟通。"泡泡说。

"还有吗？"我知道泡泡还有话说，站住了脚步。

"记住，一定要恪守法律，不然会下地狱的。"泡泡居然用了地球人才会用到的诅咒。

我怎么可能下地狱呢？下地狱的应该是尼让，那个在地球作威作福的尼让，那个在锡卡莱呼风唤雨的嘎杜鲁，那个在天空城苟活如鼠的宅客……

我情不自禁地在脸上抹出一丝丑陋的皱纹，它来自心底的魔鬼，但看上去会有点迷人。

"奇怪？"泡泡再次奇怪道。

"奇怪什么？"我困惑了。

"你没有感觉到我们踩到狗屎了吗？"泡泡邪恶地笑了。

"什么狗屎？"我看了眼鞋底，彻底困惑了。

"尼让啊。"泡泡点拨我道。

"对呀，他为什么会放弃锡卡莱的王位来到天空城？"我困惑道。

"奇怪？"泡泡好奇地盯着我。

"你又在奇怪什么？"我骇然道。

"你好像对他有着特殊的情愫，为什么？"泡泡说。

"现在的他，就像当初的我一样，都是棋子般的存在，我们只是同病相怜。"我五味杂陈。

"但你好像并不是一枚听话的棋子。"泡泡笑了。

"尼让同样不是。"我无语凌乱。

第二十七章
猜疑

星际联盟各文明地的议员齐聚天空城，让天空城热闹非凡，诸多奇形怪状的智慧生命如雨后春笋般冒了出来，即使曾经僻静的街道，也会有成群结队的人流出现，四处猎奇。

这次联盟会议的紧急召开，是十一领袖深思熟虑后召集的，以期对联盟的未来做出正确的预判和获得必要的授权。不过这对于那些每天过着复制粘贴单调日子的普通民众来说，它会是一场千载难逢的盛典。

形形色色的智慧生命，总有一两个是你所没有亲眼所见的，甚至闻所未闻，那千奇百怪之态，光怪陆离的装扮，在让你眼花缭乱之际，不经意间也会冒出星星点点的智慧出来：原来生命可以这样，原来智慧也可以这样……

在天空城你根本不必介意自己的尊容，即使你拥有沉鱼落雁的美貌，在某些生命体的眼中，你依旧是奇丑无比的。不过，即便你只是一只小丑鱼，不论你走到哪里，你也能圈粉无数。在这里，如果你认为被围观是一种不敬，那你就错了，相信我，真正厌恶你的人，是那些根本不会拿正眼瞧你的人。

对我而言，比智慧生命更吸引眼球的，是不同文明所带来的科技产品，让人流连忘返。它们甚至不需要尖端的技术能力，甚至是被你无视了的寻常生活，甚至只是一些简易的零件组合，就构建出一个奇思妙想的世界。

一艘在宇宙涟漪获取永恒能量的巨大飞船，此刻就悬停在天空城上空，它如一颗美丽的海胆，长刺飘逸如潮，流溢出七彩光影，吸引了所有人的目光。

是的，从上到下，从里到外，它甚至没有用到任何尖端科技，仅仅依托宇宙中无处不在的能量，依托对基础世界的把握，就做到了与众不同，做到了不同凡响，就把童话般的永动机撂在了我的眼前。

在还没有掌握微观技术之前，很多东西看上去是高大上的，但在掌握了微观技术之后，那些所谓的高大上的东西，会瞬间沦为笑柄。

曾经有人认为宇宙存在量子世界，并由此绵延出无限离奇的想象，甚至就此成了神的社员。但在今天，早已脱下圣装的量子技术，成了孩子手中的挚爱，甚至玩出了现实版的积木世界。

这种对基础世界的掌控能力，正在让我们对未来的无限幻想成为现实。是的，我们只需要一个芯片，就可以在脑海中浮现出一个虚拟的世界，还需要什么电脑键盘屏幕？甚至我们只需要一管粒子针剂，就可以营造出健康的生命体系，还去吃什么药，补充什么营养？我们甚至只需要一个智能纳米盒子，就可以完成衣食住行，还需要购买什么水果美食，买什么日常家用？至此，我们唯一匮乏的，也只能是奇思妙想。

是的，来到一个自我供需的世界，我们才会发现，原来那些让人眼花缭乱的，事关文明和社会的，乃至经济的一切高谈阔论，不过统统都是资本的遮羞布而已。包括形形色色的市场自由，包括五味杂陈的社会繁荣，包括遮遮掩掩的行业用语……

"经济从来不是衡量社会进步与否的标准，衡量社会繁荣的标准只有一条，那就是民生的活性。"泡泡曾这样说，直到今天，我才彻底明白其中的含义。

"事实上，对低级文明而言，它们可能匮乏的并不是资源，因为有很多资源是可以做到按需支配的，但是基于国家意愿的缺失，基于资本过度的贪婪，民众依旧需要为它们买单，甚至是远超它们价值的付出。"泡泡很快谈到了披上法律外衣的资本，谈到了顶着公平皇冠的专利，谈到了套着人性靴子的社会福利。

"如果你们始终把目标放在浩瀚的宇宙中，即使你们跬步不休，想来，也只能是循规蹈矩。如果你们能够把目光聚焦在微观的世界中，那么，即使再微小的改变，你们的世界也会跛鳖千里，甚至用不到百年。"泡泡始终在诟病我对微观世界的无视，泡泡甚至是在暗讽我们的文明。

面对一个由简简单单的基子所构成的世界，我已然眼花缭乱，缭乱到忘却了自己的职责，缭乱到甚至趴在屏幕前眼睛都不曾眨下，缭乱到眼前只是一片空白。

就在这样的缭乱中，尼让不见了，我明明看见他走离了窗前，看见他开了房门，但我居然无动于衷地继续着自己的白日梦。直到他消失在曲折的楼道中，直到我突然想起了什么，直到我开始意识到自己的职责。

上帝！该死的！

闻讯赶来的泡泡并没有一句斥责的话，即使跟踪的纳米机器人也失去了联系，她依旧保持乐观。随着各种先进的跟踪设置不是奇怪地失去联系，就是发生了故障，泡泡能发出的指令越来越少。

"对不起！"倔强的头颅终于在此刻低下。

"已经这样了，我们去他住处看看有什么收获吧。"泡泡平静地说。

尼让的住处很干净，就像一个人在出远门前会归位所有的物品那样，它可以让自己在回归的那一天，不至于身心疲惫地去面对一片狼藉。

"看，他至少挺绅士，居然在茶桌上给房主留了张字条，说不会再回来了。"泡泡苦笑道，"这是不是很奇怪？你说，一名房客有必要这样绅士吗？我怎么就感觉是写给我们的呢。"

眼前一"贫"如洗，根本不可能在这里得到什么，不过作为过错的补偿，我还是在卖力地查看每一个角落。虽然心怀忐忑，我还是希望泡泡能抱怨几句，至少那样，我会多少心安一些。

离开的时候，在幽暗的走道，我看见墙角的垃圾桶中，有个鼓囊囊的垃圾袋，随之一道闪电划进我的脑海。尼让从来没有每天倒垃圾的习惯，他总是等垃圾把垃圾袋塞得滚圆，才会出门把它丢到外面的垃圾桶。

泡泡奇怪地看着我在地上摆弄一堆垃圾，直到我翻出几块零碎的记忆棒，她才欣喜地打趣道："看来你更适合做个清洁工。"

"嘿嘿。"我尴尬地笑了笑。

修复记忆棒无疑易如反掌，但要完全复原里面曾经存储过的全部信息，却是困难重重，毕竟它们可能经过了无数次的录入和删除，这需要拥有强大算力的 AI 处理器来支撑。泡泡急于得到结果，于是临时安排我去了第二监视点。

古人说的祸不单行，显然是有道理的，背运的人即使喝口水都能呛死。我刚刚赶到第二监视点，刚抬手要敲门，就有人从里面冲了出来，直接把我撞飞了出去。

"毛毛躁躁的……"我刚要咒骂什么。

"出事了，快走。"希蒙特工绕开我，一路狂喊地冲了出去。

影随是被一阵风吹死的，没有尸骸，没有鲜血，甚至寻不到凶器。面对眼前空空如也的阳台，半晌，我依旧毫无头绪。

"刚才街面上有乐队路过，他站在阳台观看，也就一瞬间的事，我们的质能系统屏幕上闪现出一束能量波，然后他就消失了，瞬间灰飞烟灭。"

在影随的住处，我们并非一无所获，作为一名前特工，他家里的存储器多到让人头皮发麻，随便打开一个，就会有海量的信息扑面而来。

我们甚至还找到了数十台实体电脑，刚刚打开，屏幕瞬间就被五花八门的软件布满，有些甚至不能准确地读出它们的名字。

"把它们拿给泡泡处理吧。"我真的很头痛，光是把眼前的一切进行物理归类，估计都要累到吐血，更别提一一甄别里面的内容了。

我当然不是一个偷懒的人，相反，我活得很累，因于偏执，因于好奇。眼下，尼让的消失，影随的死，正在让我走向失控的边缘。是的，当泡泡划出电脑屏的那一刻……

"记忆棒损毁十分严重，里面只有只言片语，所以，这很容易形成一种误导，让你只看到自己想看到的一切。"泡泡提醒我说。

"这是异星战场的最新部署……希望合作愉快……"

"我该怎么做？"

"作为补偿，云巅星系会重新……"

"有没有第二种可能？"

"……的存在会让一切都成为可能……"

"你是在说我吗？我丝毫不在意自己的得失。"

"……一走了之并不是最好的选择，至少……"

"你是在要挟我吗？"

"……也没有选择……"

"……妥协……"

"或许……建议我……。"

"除非……"

泡泡关闭了录音，抱憾地说道："目前我们只能修复这些了。"

"看来尼让早已和伊雅婷首领有着联系，这不就是我们要找的证据吗？"我兴奋地说，"而且他们还提到了云巅星系，显然这份录音也是新近发生的事情。"

"可残缺的录音说明不了什么问题，里面并没有实质性的证据出现。"泡泡说。

"影随那边呢？也没有什么发现吗？"

"他是一名合格的特工，你找到的那些东西，里面除了学习资料外，都是些个人的兴趣。所以，我们还是要想办法找出尼让。"

"如果一时半时挖不出他怎么办？是不是我们也可以把精力放在伊雅婷首领那边一点呢？"我小心翼翼地问道。

"可以，不过你的任务不是监视，而是保护并保证抓到尼让。"泡泡居然爽快地答应下来。

我狐疑地看着泡泡，想不明白她是经过怎样的脑子急转弯才会答应的，至少她应该有所告诫。会不会有个圈套在前面等着我呢？管他呢，我可不想放弃任何一次成为英雄的机会。

是的，泡泡似乎从来没把我当骸星人看过，她总是在鄙夷我的一切。所以，我又不是骸星人，我为什么要遵守骸星文明的规则呢？我甚至连星际联盟的人都不是。

自联盟议会成立以来，除了简化版的紧急会议是现场召开的，其他都是线上的。历史上，星际联盟也曾想举办一次全部议员参加的现场会议，结果却发现，来参加会议的人数，浩若繁星，别说联盟大厦，就是整个天空城，也很难找到足够的地方来接待他们。

这次的紧急会议略有不同，基于领袖联盟的请求，基于议事的范围和内容，它被分割成不同的会场。如此，我总能看到伊雅婷首领穿梭在不同会场那匆匆忙忙的身影。但是，想在这里发现尼让，本就是一个笑话。

事实上我在自讨苦吃，虽然能远远地瞟向伊雅婷首领几眼，一天也就这么过去了。每次我刚想蠢蠢欲动些什么，泡泡立刻就警告我说："你必须记住，红线不是用来踩的，否则……"

否则又能怎样？我笑了："我不过是在守株待兔而已，影随一死，尼让说不定就亲自出马了呢？相信我，他就快出现了。"

事实上，只要大会不结束，我是很难接近伊雅婷首领本人的，她好像日理万机到连回家都难得有那么一两次。所以，每天的我，只能无聊而又惬意地躲在阴暗的角落中，去看一些奇形怪状的人。

此刻就有一头会飞的猪飘进我的眼帘，我差点把口中的茶水喷出去。如果这一幕发生在地球上，这条猪大概一生都不会被宰，虽然它真的是一头猪。如此，我们绝不能把目光总盯在一个地方，久而久之，我们的世界也只能弹丸大小了，到那时，谁是真正的猪？还真的两说。

一团由众多生命体构成的"人"慢悠悠晃过我的眼前，随便拎出来一个，它会傻乎乎的连个东西南北都分不清，可一旦把它抛回去，它立刻就会对你竖起拳头，这是不是像极了你我和社会的关系。所以，你绝不能无视这种聚沙生命体的警告，它很可能是致命的，毕竟我们的世界是平凡人的世界，而超人注定都是烟云。

一棵大树遮掩去不多的光线，大多情况下，我们似乎忘了，被我们归类于植物的生命体也是有智慧的，它们进化出了独特的运动系统。如此，一个不思进取的社会注定会消亡，当我们还在无忧无虑地吃喝玩乐时，或许我们的筷下之物，正在学着扼住我们的喉咙。

一个大脑袋的"盲人"从我眼前走过，他好奇地"盯"了我一眼，快步走了开去。等等，我好像真的看见他盯了我一眼，但他的脑袋上真的只有一张大嘴，眼睛又在哪儿呢？我追了上去想弄个明白，直到我拦住他的路，才发觉下面两道凶光逼视着我，原来他的眼睛长在肚脐上。看吧，往往只有那些胆敢颠覆规则的人，才更容易出人头地。我们的宇宙足够浩瀚，是任何智慧所不能穷尽的，求同存异是这里的准则，过早的盖棺定论，是在自掘坟墓。

一双大脚在我眼前快步闪过，光亮的皮鞋，把地面踩得嚯嚯山响。我瞄了一眼，甚至没有抬下眉毛，毕竟我就来自地球，自然没有必要多看一眼的必要，直到一道影子出现在我的眼前，似曾相识。

是他？我下意识的抬头望去，那熟悉的背影果然来自尼让，他套着一身长衫，臃肿的身材柔软而灵活，行迹匆匆，步伐飞快。

我不知道尼让会把我带向哪里，横穿过联盟大厦的自由广场，一头扎入世界公园，又马不停蹄地钻进一片闹市区，最后游荡在街头巷尾。

一路上我都困惑于尼让的目的，我并不介意会落入他的陷阱，我始终充满好奇。是的，我们在这个世界上的每一天，更像是昨天的复制粘贴，难得有点意外，甚至直到死亡。

四周已经灯红酒绿，尼让还没有停下来的意思，但好歹他的步伐渐渐慢了下来，甚至会在一些路牌前迟疑片刻。我不相信尼让这样的人会迷路，我更愿意相信他在确认我是否跟了上来。

我已经不明白自己在做什么，只是固执地跟随尼让的脚步，亦步亦趋。就像一只老鼠嗅到了致命的美味，对周边的环境渐渐失去了辨识的能力。

尼让终于在一处湖边停住了脚步，他垂手而立，悠闲自得地欣赏起湖面上泛起的层层涟漪。星辉之下，那起起伏伏的光影堆叠出视觉的深渊，让人无法自拔。

我蛰伏在密林中，远远地盯着尼让，生怕一眨眼就会失去他的踪影。我甚至开始胡思乱想地揣测起他的秘密，甚至开始兴趣盎然地在脑海中展现起自己的身手。

是的，我已然看见了一枚精致的联盟勋章。

"出来吧，龙。"

一阵冷风刮过，我感到了过颈的冰冷，瞬间崩溃过后，我努力挺直了腰杆，脚软地迈出了第一步："想不到你真的来天空城了。哈哈。"

"我知道你想要什么，我们能不能先谈下条件。"尼让转回身，直截了当地说。

"爽快。"我下意识地碾了碾脚下，说道，"先告诉我，我能得到什么，然后再谈你能得到什么，好吗？"

"我这里有你想知道的一切，它不仅能决定一位联盟首领的命运，也包括整个联盟的命运，甚至也包括你的命运。"尼让在手中摆弄着一根记忆棒说。

"里面是什么？"我控制住自己不要做出愚蠢的行为。它真的就在眼前，触手可及。

"该听听我的条件了，我需要获得联盟的赦免和取得天空城居民的身份，当然，还要保证我不会受到任何骚扰和限制。"尼让说。

"你想转做污点证人？"我有点迟疑，因为它超出了我的能力范围。

尼让豪爽一笑："我只要你的一句承诺，承诺把它交给子曦首领，至于后面的结果，无所谓。"

"为什么？"我真的被尼让搞糊涂了。

"因为你是一个言出必行的人，不是吗？"尼让的脸被湖水的光影错乱出一份神秘，甚至无法看清他的真实面貌。

"既然你选择信任我，我会的。"我苦笑着伸出手去。

"难道你不想知道我为什么这么去做吗？"尼让居然真的把记忆棒递给了我。

"为什么？"我好奇地问着，把手指探入记忆棒的接口中。

"可能，我想立地成佛；也可能，我想目睹星际联盟的崩塌。你会相信哪个？"尼让半真半假地说道。

"你能立地成佛？怕是……"我差点就爆出粗口，还好，我绅士了一回。

"既然如此，你又为什么答应我呢？"尼让好奇道。

"既然是博弈，鹿死谁手还不一定呢，我不过是接了你一手棋而已。"

我的头上已经冒出了冷汗，我已经看见摇摇欲坠的联盟大厦，只需要吹去最后的一根支撑它的稻草。

"你在进步，龙。"尼让说。

"不过我还是很好奇，时至今日，你留在天空城还有价值吗？"我冷冷地问。

"价值？哦——龙，你已经不是我的棋子了，相反，现在的我，是你的棋子了。我的今后已经把握在你的手中，又有什么能力继续去做什么呢？所以，我的投诚是真实的。我已经厌倦杀戮，与其等待遥遥无期的光环，还不如把所剩不多的时光来安享晚年。或许，联盟说不定还会给我颁发勋章呢？你说呢？"尼让真的老了，老得让人看不出他的真面目。

"我能触摸一下你的记忆吗？"我终于忍不住好奇，请求道。

"看来现在我说什么你都不会相信我了，好吧，我同意。"尼让垂下了白发苍苍的头颅，但他又何曾是一个真正的地球人呢？

我伸出手去……

子曦首领踱步在宽敞明亮的大厅中，他不时会停下脚步轻轻皱下眉头，但很快又再次走动起来。我拘谨地坐在客椅中，连声大气都不敢出，泡泡却悠闲自得的四处溜达着眼睛。

"尼让现在在哪儿？"子曦首领终于开口问道。

"他被安置在一处安全屋，具体位置只有我和龙知道。"泡泡回道。

"这件事你们怎么看？"子曦首领问道。

"目前所有证据都指向了伊雅婷首领，我需要授权去调查和锁定证据，就目前局势来看，这已经刻不容缓。"泡泡回道。

"眼下云巅星系和异星战场的走向尚不明朗，联盟内部的局势还会继续恶化下去。这种情况下，去调查伊雅婷首领，很可能会导致联盟内部的瓦解。"子曦首领说出了心中的顾虑。

"让她继续待在军事指挥中心的位置上，危险系数岂不更高？"我建议道，"至少我们应该组建一个军事调查组，打着军情调查的旗号，进行相关证据的收集和交叉证明。"

"这种调查会是旷日费时的，我们已经没有这么多的时间。"子曦首领否定道。

"为什么就不能直接递交上去呢？难得和异星特使秘密会面并交易情报，不属于违法吗？还是仅凭这些，不足以让她受到法律的严惩？"我困惑地问。

"当然可以，但这是一个时间和方式的选择问题，也是一个对范围和程度的把握问题。如果操之过急，很可能会适得其反，这很重要。"子曦提醒道。

"如果可以，我有办法做到悄无声息……"我大胆地说。

"打住。"泡泡立刻打断了我，"用非法的手段去解决问题，不论结局如何，都会产生致命的结果。你必须明白这一点。"

"难道就没有办法了吗？"我低声嘟囔道。

"这是有前车之鉴的，就是因为处置不当，整个联盟差点毁于一旦……"子曦首领举例道。

"您说的是奥凯撒首领吧？不错，当初就是因为侦诉人员过度执信于法律的神圣，盲目地发起了诉讼，结果不仅招来众多非议，还差点毁掉整个联盟。"泡泡在为我答疑解惑。

"后来呢？"我近乎不可思议。

"后来奥凯撒自知罪孽深重，自杀了。否则，今天的联盟会怎样？还真的很难说。"泡泡危言耸听道。

"所以，把控事态的走向是必要的，否则，我们都将会成为历史的罪人。"子曦首领道。

最终我们的万全之策依旧是等待事态的进一步发展。走出联盟大厦，我突然想明白"刑不上大夫"的道理，杀一人易，但如果因此弄得鸡飞狗跳，碎了一屋的锅碗瓢盆，还真的是因小失大。也突然明白为什么刑罪大小皆可杀，而贪腐纵使祸国殃民却可被豁免的根源。到最后，我居然悟出，要想活得自由自在，你就必须有犯大罪做大恶的能力。

"啪——"泡泡狠狠地在我脑袋拍了一巴掌，旋即娇怒道，"我还当你在做什么美梦呢？原来又钻进牛角尖了，怎么就不想想'天子犯法与庶民同罪'是何道理，如果都如你这般藏污纳垢，天地岂不又归于混沌？"

"难道你们现在不就在做这样的事情吗？"我恼怒道。我不过就是帮特权者寻个说得过去的理由，反倒白白替他们挨了一巴掌，还真是冤大头回家，冤到家了。

"难道和人碰个头说句话，就可以论刑了？即便可以，事关联盟，是不是也该……"泡泡解释道。

"权衡利弊是吧？好漂亮的借口。"我拍起了巴掌。

"啪——"泡泡又一次狠狠地在我脑袋上拍了一巴掌，不过这一次她反倒乐了，"底座坏了，你是不是应该先把瓷器拿下来呢？还是一起把它们都丢出去？"

"然后呢？别忘了，我们平头老百姓也是有记忆的，甚至小肚鸡肠，包容不了太多。"我哼哼道。

"好吧，让我们拭目以待好了。"泡泡叹气道。她终于被我这个地球人气到无语。

第二十八章
围棋

不知道从哪天起，整个天空城的居民好像都笼罩在了恐慌之中，街头巷尾间会聚起三三两两的人在那里交头接耳，路人亦行色匆匆，即使不经意地碰撞在一起，也了无兴致辩个对错，倒是个个君子般相互致歉，然后逃一般各奔东西。

"嗨，头儿，好像要出大事了。"一踏入分社大门，坚便幽灵般出现在我的后面，神秘地说。

"真的假的，现在我遇到的每一个人都在说伊雅婷。"电话那头，南茜小心翼翼地问。

"你们怎么能任由这样的小道消息四处传播呢？"连漪气愤地出现在屏幕上。

"你知道外面很多人都在议论伊雅婷首领吗？"刚回到家，安娜立刻抓住我问。

"随便别人怎么说，我反正挺喜欢伊雅婷的。"帝客居然有了份执着，这倒令人意外。

这个世界本就是一个靠人言所编织起来的世界，天下事，即使事不关己，每个人也都会有自己的评判。所以，群居生态下的文明，不是谁想怎么就能怎么得了的，毕竟会有无数只眼睛盯在你的身后。

伊雅婷首领已经很少出现在联盟新闻当中，但每次现身后，她都会痛斥无中生有的小道消息，言辞凿凿地起誓绝无背叛联盟的行径。这很可笑，在我的印象中，只要没有镣铐加身，好像每个人都会这样，甚至会拿出自己的祖宗和子孙来起誓。

子曦首领要求泡泡彻查小道消息的来源，泡泡甚至为此提出要触摸我的脑袋。我怒不可遏地摔了什么东西，头也不回地冲了出去，这种羞辱让人疯狂。

尼让倒是自在，每次都抓住我不放，非要让我陪他下棋。面对我的诘问，他摇手道："我都被你们囚禁在了这里，还能接触谁呢？地球人不是常说什么要想人不知除非己莫为吗？看来她可能真的有事，哈哈。"

"网络媒体还好办，口口相传的小道消息怎么办？"面对众口铄金，泡泡有点绝望。

"有罪的不办，反要办无罪的，你是不是还需要个莫须有呢？"我幸灾乐祸道。

"你难道没有看出来这是一场阴谋吗？"泡泡蹙额道。

"所以宁可错杀一千是吧！"我阴阳怪气地回道。

"风筝破了还可以补，但线剪了，风筝就真的回不来了。任何权力的根基都源于民众，我们有那么傻吗？"泡泡有了愤怒模样，还真有点可爱，她甚至用"我们"来划分了我们。

"那我重做一个就是了，又不是什么大事儿。"我怎么能认输呢？不能。

"你……"泡泡再一次被气到无语，怒气冲冲地摔门而去。

事实上，泡泡前脚刚刚离开，我就喊来了坚。很快……

"法眼天下为您报道：今日凌晨警方抓捕异星间谍五人，据信，近日天空城针对联盟首领的构陷，是一次有组织、有计划的离间行为……"

是的，这可是官方正规的报道，虽然有鼻子有眼，但用了"据信"二字之后，你确认还会在意它吗？我自然坚信不疑。

"小道消息为您报道：截至目前，已经有数百家网站被勒令停业整顿，据消息灵通人士透露，这次净化网络的大会战，重在打击造谣生事类违法犯罪行为……"

我们哪天不在治理网络呢？松懈是不存在的，存在的是和什么事情挂上钩，搭上线，不是吗？不过，对这种整治，我始终举双手欢迎。

"智慧周刊为您报道：这是一场很有趣的实验，天成科学院日前进行的真相大调查表明，喜欢道听途说和四处搬弄是非的人，其智商分值往往较普通人偏低，他们更容易为言语所迷惑，严重者甚至会为他人所操控；而那些喜欢无中生有和造谣诬陷的人，基本是不敢面对现实的人，在现实生活中甚至根本没有挚友和知己，他们更容易接受犯罪，甚至以身试法……"

这倒像一个无中生有出来的新闻，就是不知道新闻的策划人还好吗？当然，他说得好有道理。

"天空城晚报为您报道：联盟军事首领伊雅婷首领按计划将于明日前往银河舰队进行视察，并在那里召开联盟军事会议，以期部署针对异星及云巅星系的军事行动……"

绝对权威的信息，如果你依旧保持怀疑，那你绝对是神一样的存在。但是，我并无法理解它。

"道听途说为您报道：根据最新的民意调查，伊雅婷首领日前在遭受谣言中伤的情况下，其拥护度较上次调查结果，反倒高涨了近两个百分点……"

民意调查是什么鬼？如果你真相信它，你不是傻子，就是白痴，但如果你真的相信它没有影响到你的判断，那你肯定是一个疯子。事实上，我对这些，从来都是充耳不闻的。

"军事前沿为您报道：受到近日诋毁联盟首领的影响，目前各大星际舰队已经出现士兵懈怠的情况，如果这种情况在短时间内不能得到改观，联盟将不战而溃……"

我不知道坚是怎么做到的，但如今的坚，已经让我刮目相看，这是好事，也是坏事……

"胡言乱语为您报道：就在刚才，两个持不同观点的人当街大打出手，结果城门失火殃及池鱼，一名吃瓜路人被无辜波及，重伤倒地，目前肇事者已被控制，伤者正在医院接受治疗观察。"

看来吃瓜也是要付出代价的，虽然每个人都知道这样的风险。我同样是个吃瓜群众，不同的是，我会把瓜瓢和瓜子统统嚼碎后，再吞进肚中。

此刻，我正在办公室品茗一壶黑茶，那是坚亲手煮来给我助兴的，品着茶，看着景，着实是一种说不出的享受。坚也端起一盏茶，笑呵呵地问："头儿，你感觉怎样？"

"你是在说茶，还是在说它呢？"我指着屏幕问道。

"都有，都问。"坚侧过身来，看着我。

"茶嘛——唇齿留香；它嘛——赏心悦目。"我举起茶盏来，"来，干杯！"

一盏茶入口，坚得意扬扬地说道："这都是我到处磕头作揖才做到的。不过我还是很奇怪，这些凌乱的信息怎么可能扭转得了眼下的舆情呢？"

"掩盖麻烦最明智的做法就是倒进去更多麻烦，当一个人执拗于眼睛和耳朵中的嘈杂时，如果给他施加更多杂乱的色彩和声音，他是不是马上就会力不从心了呢？甚至会质疑自己的判断。你做得不错。"我赞赏道，我当然无法要求坚的报道更具分裂性，它同样需要一个度。

"但这些都是可有可无的信息……"坚依旧困惑。

"即使它是垃圾，不也让很多人眼花缭乱了不是？至少在我面对它们的时候，我会忘记喝茶。"我笑了。

"但围绕伊雅婷的报道更多，这……"

"好了，不用乱想了，你再做几天看看。"我打断坚的话，要求道。

"什么？"坚差点跳了起来，但旋即无奈地说道，"好吧，我尽力而为。"

"不是尽力而为，是必须。"我说。

眼前快乐的时光并未能完全带走我的烦恼，烦乱的思绪依旧存在于我的脑海中，它们就像星海般，虽然星光璀璨，但又给人以一成不变的困扰。

不错，随着梦魇的醒来，鬼影重重的暗夜消退而去，再次沐浴在光明之下，内心又一次燃起了新的希望。

闲来无事，我又一次鬼使神差般来到了尼让的住处。尼让摆好棋盘，先拿了一壶棋子过去，旋开盖子，立刻开心地笑道："我黑子，我先。"

我无所谓地耸了下肩膀，开始陪他下起了棋。我一直想参透尼让背后的阴谋，但他真的很像眼下的棋局，越下越让人看不明白了。

尼让在白棋的势力中，随意丢了一枚黑子。我找不到这枚黑子能逃出生天的可能，但我又不明白它的用意何在，只能头痛地陷入了深思。

"嗨，嗨，那枚黑子是白送你的，真的没有别的意思，快点下。"尼让用指尖敲打着桌面，催促我道。

"你会做这种好事？"我捻着手中的棋子，更不知该落子何处了。

"我不是把资料都交给你了？这不算好事？"尼让笑了。

"你真的想颐享天年？你认为我会相信吗？也许你投桃报李来的是个毒桃。"我终于放弃思考，在黑棋旁打下一枚白子，试图挑起一场战火。

"说实话，那会成为一个选项，不过人生短暂，我找不到继续下去的理由。"尼让在说信仰。都说锡卡莱人一日三变，果然如此。

"那么你的另一个选项呢？"我已然看到了尼让眼中的迷茫。

"释然。面对遥不可及的梦想，又有几人能走到最后呢？你能做到吗？龙。"尼让揉了揉满是皱纹的额头，问道。

"我，我不知道。"我坦诚地回答。

"你已经拥有永恒之身，你自然有用之不竭的时间去做任何你想做的事情，而我不能，我必须做出选择，做出余生最大利益化的选择。"尼让敞开心扉地说。

"你可以克隆自己的记忆啊？甚至去移植它。"我始终保持着一份理智。

"我当然可以，但之后呢？我依旧会面对选择。"尼让苦笑道。

"所以，这就是你最终的选择。"我已然开始相信眼前的这个老人，我一直有种感觉，作为对手，他是可爱可亲的，这很奇怪。

"你已经触摸过我的记忆，你应该知道嘎达国王已经重回锡卡莱，我依旧一无所有。"

"主使不是也答应你，在你完成任务以后就可以重新回到锡卡莱吗？"

"哈哈，所以我以后依旧要过着提心吊胆，仰人鼻息的日子，是吗？"

"你当初完全可以把子曦首领和泡泡交给他们，这样锡卡莱依旧是你的天下。"

"如果我能杀死骸星人，他们就会成为我的盾牌，如果我把他们交给主使，锡卡莱就会毁于一旦。所以，如果换作你，你又会怎么选择呢？"尼让反问道。

"所以你受到了主使的惩罚，来这里策反伊雅婷首领……"想不到尼让也有当棋子的无奈，就像曾经的我一样。

"不，是担当伊雅婷首领和主使之间的联络人。"尼让更正我道。

"你是说她本就是联盟的内鬼？"我有些惊讶。

"我只能说她通过我转交给主使的资料都是绝密的。当然，主使依旧在向她不断施压，她可能有什么致命的把柄落在主使手中。"尼让推测道。

"现在，眼下，你认为主使还会信任你吗？"我已经想到一种可能。

"把我放出去，我只能死路一条。"尼让的脸上闪过一丝恐惧。

"但是主使不死，你依旧没有未来。"我的嘴角浮出了一丝不易察觉的笑意。

"你不能把我抛出去当诱饵，你触摸过我的一切，你应该知道，我真的不知道主使是谁，也不知道他来自哪里。"尼让绝望道。

"那就帮我抓到他。"我啪地拍下一枚棋子。

黑棋和白棋绞杀在一起，刀光剑影，直杀得天昏地暗，日月无光。

"你赢了。"尼让投子认输道。

他没有说"我输了"，显然他并非自暴自弃。如此，棋盘之外，或许真正赢的是他，也未可知。

安静下来的天空城并不比喧嚣的天空城更美好，泡泡不断传递来糟糕的小道消息：云巅舰队指挥官尅鲁伯格发动的政变失败，还搭上了身家性命；绿古星系军事力量尚未集结完毕，就被云巅舰队发起的闪电战摧毁，一溃千里；探险者舰队正式宣布加入云巅星系后，并没有如联盟预期的那样去打通与异星之间的通道，反倒分兵两处以钳形态势直扑联盟军事要塞布吉卡；异星战场不断发生的摩擦事件已然让停战协议形同废纸……

"我们的舰队呢？"我愚蠢地问。

"还在路上。你知道的，在现实中我们可玩不了什么穿越。"泡泡苦笑一下说，"我刚从联盟大厦过来，子曦首领对你在媒体界所做的努力，表示赞赏。"

"真的？"脱口而出的我，话一出口才意识到自己的虚荣已深入骨髓，无法改变。

"说正事，"泡泡一本正经地说，"领袖联盟已经成立秘密调查组，对伊雅婷首领进行甄别。子曦首领要求我们无条件配合他们……"

"我会的。"

"别打断我。"泡泡继续说，"配合归配合，但我们不能进行任何私下调查，避免节外生枝。"

"岂有……"我强忍下不满问道，"为什么？"

"就因为你有事没事总像个幽灵般晃荡在联盟大厦的外面，这还不够吗？"泡泡露出一丝笑意，"这样做除了招惹是非和打草惊蛇外，还会有什么作用，你根本不可能接触到伊雅婷首领。"

"端茶倒水，跑跑腿总可以吧？"

"那也不行，你现在唯一的任务就是看牢尼让。"泡泡想了想，"还有，想办法多了解关于主使的情况。"

"这也是子曦首领给我的任务？"我狐疑地看着泡泡。

"不。"泡泡笑了，"是我给你的，免得哪儿哪儿都有你。"

在我再三承诺下，泡泡终于放心地走了。她前脚刚出门，威克就风风火火地闯了进来，笔挺的军装让他看上去更加挺拔和魁梧。他什么时候回来的？大概有大事要发生了，一种不祥的预感飘出。

"我们舰队明日就将开拔异星战场，你告诉安娜，就说我们轮训去了，免得她胡思乱想。"威克的眼睛里透出一丝柔意。

"会去多久？"

"估计会长达几年，甚至更久。希望你能帮我照看好她。"威克说。

"放心，有我在，她绝不会受到半点委屈。只是你……"一股酸酸的感觉爬上心头。

"别担心我。"威克轻松地拍了下我的肩膀说，"你知道的，女神阿兰贝尔一直伴随在我的左右，即使厄倪俄看见我，也会感到恐惧。"

"不知道什么时候才能……"我有些伤感。

"嗨，你什么时候变成这样了！"威克嘲笑起我来。

我一怔，甚至不明白他在说什么……

威克已然站起身来，爽朗大笑道："相信我，我会活着回来的。再见！"

"再——见！"我艰难地说道。

安娜是在一周后才知道威克奔赴前线的，但她只是掉了几滴眼泪，甚至眼中的泪花还未消去，她就忘记了一切，兴致勃勃地加入我们的话题。

"地球和联盟最大的差异肯定是科技啊，知道我昨天看到什么了吗？"帝客故弄玄虚，见我们都好奇地竖起耳朵，它才开心地继续说道，"昨天我去一家店铺买点东西，结果除了一台空荡荡的柜机外，里面什么都没有，正当我正困惑的要走时，那个箱子居然开口问我要什么，于是我就要了杯咖啡，结果怎么着，它立刻给我变了一杯出来。然后我又要了一个面包，还是地球口味的，它也立刻给我变了出来。你们说神奇不？"

一向衣来伸手饭来张口的帝客显然是孤陋寡闻的，那不过就是一种利用粒子技术进行粒子合成的粒子柜而已。

"就这？你天天玩魔盒，难道连这都不知道？"大家笑成一团。

面对我们的嘲讽，帝客恼怒道："一，魔盒变不出能吃的食品。二，既然它可以变出来食品，为什么天空城还有那么多商城和菜市场呢？"

"哈哈，这个你要问她们了。"我指向安娜和连漪。

"买东西也是一种生活不是？"安娜只是一个反问，帝客便不语了。

"我认为地球和联盟最大的差异在法律，知道吗？即便是整个联盟大厦，也未必能装下联盟的所有法律。"连漪说。

"这怎么可能？别的不说，就是读，你能读完吗？"帝客惊诧道。

"当然读不完，所以，法律从业者基本都是智能机器人，只有它们才能存储进所有的法条。"连漪说。

"莫名其妙，普通民众如果连法律都不能读完，又怎么知道哪些行为是违法的呢？"坚疑问道。

"很简单啊,有简化版的就行,它甚至简化到比地球的法律还要简单,甚至就是标题式的存在,甚至只是公序良俗。所以,只要你踏踏实实做人,老老实实做事,你又怎么可能触犯到法律呢?当然,如果你对自己的行为存在困惑时,你只需向法库提出问询即可。"

"所以,它是在用法律来构建社会体系是吗?"坚恍然大悟。

"是的。所以联盟基本不存在经济和职务犯罪,因为它的每一个环节都有对应的法律监管,甚至包括时间。"连漪说。

"所以,这里的法律只是扎紧篱笆,而不是到处逮老鼠是吗?"帝客问道。

"不全然如此。当你建立起一个健全的体系时,那么你就不会再面对一个蔚然'邪'风的社会。如此,遵纪守法将成为每一个人根深蒂固的坚守,从而有了对犯罪的羞耻心。当然,在犯罪成本和门槛都很高的情况下,依旧会选择和能够犯罪的,除了亡命之徒之外,大概率只有傻子才会去做。"连漪甚至没有提到因果论,只是三言两句,就已然让我们看到了未来的曙光。

"这么看来,地球和联盟差异最大的地方只能是人性了。"安娜眉飞色舞地说道,"自从来到天空城,我碰到的人几乎个个跟天使似的,每次当我手足无措时,总有人会伸手帮我。"

"哈哈。所以面对你们拙劣的人性,要想获得改变,也只能依靠更多的法律手段了,而不是科技。"帝客偷吃到蟠桃般,兴奋得原地打起圈来。

"其实很多人性还是好的,甚至只是一念之差,便给自己的命运带去了诸多变数,这对于一个对自己人生有着严格规划的人来说,注定是得不偿失的。"南茜终于放下手中的书籍,插口说道。

"所以,很多事只是一念之间,或许就像伊雅婷那样,也许她只是一念之差,就做错事了呢?"帝客突然说道。

话题随之改变,坚也冲动地说道:"不管伊雅婷首领做了什么,联盟都在承受分裂之痛,这是一个不争的事实。所以我就不明白了,为什么联盟到现在还没有给出一个定论呢?难道非要等到整个联盟都被撕得粉碎的那一天吗?"

"伊雅婷首领的事,联盟自有考量,我们还是多考虑考虑自己吧。"面对聚焦来的目光，我慌忙站起身来，"哎呀，只顾着和你们聊天了，我都忘了和泡泡的约定，她肯定等急了。"

是的，从那天起，我的大脑就出了故障般，开始不断冒出各种荒诞的念头：要不要杀死伊雅婷首领的念头，怎么杀死伊雅婷首领的念头……

坚的话，不仅让我看清了岌岌可危的联盟，也让我看到一枚闪闪发光的勋章，更让我看到一个不确定的未来。

"或许就因此而改变了呢？"此刻的我还在豪赌未来。

暗夜难眠，眼前不断重复着一些模糊的画面：我站在高楼之巅，一粒粒地压着子弹，一遍遍把大狙托在腮前，一次次瞄准伊雅婷。

我已经无法左右自己，开始走火入魔般走街串巷去搜寻下手的最佳狙击点，开始收集和了解各种枪械的性能及操作。我甚至开始认真地绘制路线，制定出方案一、方案二、方案三，甚至方案N。不错，我已经发觉自己正在走向失控，但我丝毫无法停止这种疯狂。

我最终选择为自己制作一把最为传统的狙击枪，因为它带给我的不仅仅是毁灭的快感，还有温度、湿度、风向、距离等等不确定因素所带来的刺激感，以及一击即中后的满足感。

是的，驾驭器械，需要的是熟能生巧。驾驭人，需要的是对人性弱点的把握；而想驾驭自己，除非你是疯子。

我已然疯了。

第二十九章
杀死伊雅婷

伏击点是我精心挑选出来的，这里居高临下，可以毫无遮拦地把整个联盟大厦纳入眼帘，脚下是一台高耸入天的能量塔，刚刚报废，正在等待拆解。

随着联盟大会的结束，此刻的天空城显得异常的冷清，这让我很容易辨认出目标。看见没有，伊雅婷首领刚走出联盟大厦，就被我的瞄准镜锁定，我现在要做的只是扣动一下扳机。

有那么一刻我感到了窒息般的紧张，以至于搭在扳机上的手指会不经意地痉挛起来，这对一个狙击手来说，是致命的。毕竟两千多米的距离，哪怕只有一丝丝的偏差，飞出去的子弹，大概都能把天上的上帝打下来。

伊雅婷首领已经走下阶梯，向停车场走去，预留给我的时间，已经不足一分钟。我深深吸了几口气，想让自己尽快平静下来，但仅仅做到这些还不够，我的大脑依旧混乱如潮，不断涌出些奇奇怪怪的念头。

我很幸运，抑或伊雅婷首领很不幸，她居然在停车场外和一个人攀谈起来。我快速调整着自己的状态，手指已经不再僵硬，大脑也回归虚无，我再次把瞄准镜聚焦在目标上，手指慢慢回到扳机位。

我感受到手指下意识的举动，它如再次痉挛一般，不停地重复着扣动的动作。耳边不断传来子弹撕裂空气时的爆裂声，美如天籁。

遭受重击的伊雅婷首领倒在了血泊中，她甚至连半点挣扎的机会都没有，就失去了生命。联盟中心复杂的警卫系统被瞬间激活，地面和天空被分区隔离起来，医疗队随之蜂拥而出，遮掩去我的视野。

"呼——"我长舒了一口气，快速地奔下能源塔，头也不回地离开了现场，一路上，甚至没有受到任何阻拦。

我并没有打开新闻频道去确认伊雅婷首领死活，而是径直回到了家中，给自己倒了杯红酒，一口吞下，才虚脱般瘫软进柔软的沙发中。

"伊雅婷首领走了。"泡泡是第一个给我打来电话的人，我甚至没有好奇地去问：她去哪儿了？

"头儿，告诉你个天大的新闻，伊雅婷首领死了。"第二个打进电话的人是坚，我甚至忘了在挂电话前，为自己报个病假。

"伊雅婷首领不在了，你知道吗？"连漪是第三个打电话给我的，我忘了打听点什么。

"当时你在哪儿？你在做什么？"帝客是第四个，它似乎知道点什么。

"听说伊雅婷首领遭遇到意外，你都知道点什么？"南茜是第五个，口气中，好像我无所不知。

"伊雅婷首领出事了，你下班后早点回去，我有点事要找你商量。"安娜最后一个打来电话，心神不安的她，甚至只开通了语言对话，丝毫不知道我已经在家了。

"你知道伊雅婷首领死了吗？"小渊美子一惊一乍地从外面闯了进来。

不过死了一个叛徒，有必要个个大惊小怪吗？这真是一个滑稽的世界，不管谁怎么了，只要有那么点联系，总能被扯出点七七八八的情绪来。

我看了下沾满鲜血的双手，上面的血色早已退去，此刻的它苍白而圆润，泛出极具质感的金属色泽，那血色只是我脑海中曾经的幻觉。

再次来到联盟大厦，子曦首领已经等了很久，他示意我们坐下后，说道："伊雅婷首领的事，你们都知道了吧？你们怎么看？"

"无人机肯定是被人操控了。"我笃定道。是的，当时我就在现场，我亲眼看见它在砸向伊雅婷首领的过程中有过加速和修正方向。

子曦首领点头道："不错，显而易见，这不大可能是一场意外。不过我很好奇，为什么我们针对伊雅婷首领的调查才刚刚开始，就出事了呢？会是谁？又是出于什么目的？"

"肯定是为了杀人灭口。"我脱口而出。

"为什么？"子曦首领反问道。

"因为他们之间存在着不可告人的秘密。"我肯定道。

"所以弃车保帅是吗？但这枚棋子会不会有点大呢？我们甚至连她背后的帅是谁都不知道。"泡泡哭笑不得地看向我。

"也许是一个事关胜负的胜负手呢？"我狡辩道。

"哦，说说看。"子曦首领错愕道。

"我只是揣测。你们也知道，他们对伊雅婷首领有过威胁之语，这不恰恰说明他们之间是存在分歧的吗？如果这种分歧不能弥合，是不是也就……"我挠头道。

"还有呢？"子曦首领打断了我。

"也有可能伊雅婷首领知道他们的计划后，突然后悔了，如此，她不但失去了价值，而且还有可能……"我绞尽脑汁道。

"还有呢？"子曦首领再次打断了我，追问道。

"也许真的就是一场意外。"我黔驴技穷道。我第一次感受到来自子曦首领的压力，我不明白为什么他为什么总是打断我，并不断发出追问？

"看来在调查结果出来以前，一切都是猜想和推测。"子曦首领意味深长地看了我一眼，交代道，"尼让那边我会派人接管，你到时交接下。"

"对伊雅婷首领的调查和甄别还继续吗？"我小心翼翼地问道，我甚至充满期待。

"它会在调查组的主导下进行，对于你们来说，它已经结束了。"子曦首领接着说道，"你接下来的工作，依旧是对舆情进行正确引导，这对眼下的联盟来说，至关重要。"

"好吧。"我失望道。

"需要我做什么？"泡泡问道。

"你对主使的调查有进展吗？"子曦首领回问道。

"我刚刚摸到一些主使的行踪，他目前还没有离开天空城的迹象，我正在想办法找到他。"泡泡回道。

"必须尽快掌握主使的情况，他不但是天启之门的参与者，也可能是杀害伊雅婷首领的幕后真凶。"子曦首领做出了自己的判断。

"明白了。"泡泡应道。

告别子曦首领，泡泡领我去了基点中心。在路上，我好奇地问到了关于主使的情况，泡泡几次欲言又止，最后只说了一句："他可能并非来自异星。"

"你不感觉伊雅婷首领死得很蹊跷吗？"泡泡飞快地转移了话题。

"当然很蹊跷，如果她是内鬼，联盟才是最大的受益方。就像你说的，这么大的一颗棋子，怎么可能说放弃就放弃了呢？完全没有理由啊？"我疑惑道。

"所以，伊雅婷首领的死，毫无逻辑可言不是吗？你应该换个角度来思考了。"泡泡似乎知道点什么，但她并不想把自己所知道的全盘托出。

此刻，基点就在我们脚下，它就像一个黑洞或者一渊深水，不断吞噬着周边的光泽，时不时也会吐出一些枝枝丫丫耀眼的电光。此刻的它是深邃而诡异的。

随着电梯缓缓下落，我才逐渐看清它全部的面貌，它更像一个巨大的水球，里里外外到处都游弋交错着无数道光丝，那些光丝来自诸多粒子芯片交互之下的缤纷色彩，它们正在围绕着中心旋转。

下到最底层，仰头看去，眼前的基点混沌一片，如一团四下流动中的雾霭，让人看不清什么，甚至看久了，眼前的世界已然鬼魅重重，突然多出些魑魅魍魉出来。

"来自联盟四面八方的海量的信息是混乱的，所以这让它看上去和混沌一般。那些游走不定的光丝，基本上是刚刚出现的社会热点。至于那些耀眼的电球，往往是急需处理的联盟层面的事务。"泡泡一句话解开了我全部的困惑。

"它的中心是什么？"我指向黑洞的中间。

"是联盟的基石，所有事关文明的法律与规则都在其中。相较于混沌，它是有秩序的，让混沌归于秩序是它的任务。"泡泡的解释令人困惑，苦思良久，我才领会。

"它对伊雅婷首领的事情有过推导吗？"我再次想到伊雅婷首领的死，我甚至认为这就是泡泡领我来的目的。

"以目前它所获得的全部信息，结论是正向的，但这未必就是真相，所以，我更期待于伊雅婷首领复活。"泡泡出人意料地说。

"对呀，我怎么还活在地球的阴影中呢？"我尴尬地拍打了下脑袋。我居然愚蠢到忘记，自己所站在的地方，已然是一个永生的世界。

"那么，刺杀的意义又在哪里呢？"脑袋上的疼痛尚未消散，我马上又愚蠢地问。

"唉，自己想去，它可能有无限个答案，我又怎么可能全然尽知。"泡泡叹了口气，快步向前走去。

"你知道吗？伊雅婷首领出事那天，我就在……"在分手的那一刻，我终于鼓起勇气，忏悔道。

"打住。"泡泡立刻打断了我，说道，"你不用说什么，我相信你。"

"为什么？"我已然泪目。

泡泡并没有做出解释，她用深邃而又复杂的眼神看着我，嘱咐道："眼下的事态确实有点扑朔迷离，如果你真的有多余的精力，还是先把子曦首领交代给你的事情做好吧。"

"好吧。"我艰难地答应道。

这是一个缤纷五彩的世界，即使只有一分一秒，都会有无以计数的信息在网络世界中传播，它们不仅会把社会的每一个角落都抖搂个干净，还会抛出五花八门的观点。

比起一言九鼎之说，民众的众说纷纭无疑是混乱的，但它们更像站位和角度都不尽相同的聚光灯，能把任何一件事物里里外外照个通透。所以，对于稍有智商的人来说，那些只会傻乎乎地站在别人的一言堂下手舞足蹈的人，是可笑的。

当然，那些用谎言掩盖去的事实，也是白痴的最爱，因为它足够简单，也十分可口。但是，面对事实，掩盖真相永远是最愚蠢的办法，因为它注定漏洞百出，注定要用一个接着一个谎言来圆谎，注定会像一个无底洞。

"我们怎么做？"坚轻声问道。

"当然是向以前那样去搅浑它，再不行就联合其他媒体搞点焦点节目。总之，不管是转移视线还是浑水摸鱼，加大各方面的报道量是你要去做的。"我混乱地说道。我突然开始怀念起地球的新闻管控，它们简单粗暴，却很好用。

"你是想用海量的信息对民众进行核弹攻击吗？这样做，真的会有效果？"回到家，帝客质疑道。

"在幽闭的室内，通风孔的风声会让人心烦意乱，但你又不能关掉它，否则你会窒息而死。"我平淡地说道，"所以，你必须用其他声音来覆盖它，你可以看下电视或者放点音乐，或者摆弄下碗筷之类的，总之，杂乱的声音越多，你才有可能在闹中取静，也才会屏蔽掉通风孔的噪音。"

"你是在一叶障目。"小渊美子端来了咖啡，听到我和帝客的对话，禁不住咯咯笑了起来。

"你错了，我已经看见了整个森林，我是在用更多的树叶去遮住更多想看到森林的人。"我接过咖啡，脸上笑容绽放。

"咦——"南茜用异样的眼神看着我，她说，"我怎么感觉你越来越可怕了呢？"

"因于位置，因于经历，因于环境，因于知识，因于认知，我们不得不承认现实中的每一个人都是不同的，如此，又该如何达成共识呢？所以，我只是在让他们听到更多的声音。"我突然才发觉家里的人很多，我看见了连漪，她正在厨房忙碌着什么。

"那你想让我们听到什么呢？"连漪手忙脚乱地布置着碗筷，并刻意弄得山响。

"听到什么都不重要，重要的是它们不仅能带给我们正确的答案，也能锻炼我们的思考能力。"我捻了一块点心丢进口中，美滋滋地回道。

安娜回来得很晚，外面昏暗的光线让她的面孔看上去更加苍白，大家早已急不可耐地落座在摆满丰盛美食的餐桌前，如果不是帝客的坚持，此刻眼前的美味佳肴，大概只剩下残羹剩饭了。

"怎么这么丰盛？"安娜好奇地问道。

我帮安娜脱下外套，又俯身递上拖鞋，低声提醒她道："今天是帝客的生日。"

"呀，我给忘了。"安娜懊恼地拍了下我的额头，"你怎么没提醒我呢？"

"我已经帮你准备好了。"我从兜中掏出一个小礼盒，递了过去。

"是什么？"安娜担心地问。

"放心，包帝客会喜欢的。"

帝客当然会喜欢的，至少在打开的瞬间，餐桌上的一切美味都成为了云烟。拟态星球是一个拟真态的数字世界，你可以选择用它构建出自己的理想之世，也可以选择去毁灭里面的一切。当然，不管你做出怎样的选择，都将是一场磨难的开始。

前一分钟，帝客还在兴致勃勃地构建只属于自己的天堂，但很快它就发现，原来建立一个秩序的世界简直比登天还难。所以，下一分钟，它就如上帝般疯狂，开始把洪水、火山、瘟疫等丢了进去，幻想蹂躏和毁灭里面微弱的生命之火。

帝客的癫狂让我感到可笑，因为我知道，它注定会失败，因为拟态星球从卖出的那天起，那些幻想毁灭旧世界后再构建出新世界的人，都失败了。人都做不到的事情，一只狗又怎么能做到呢？当然，这也包括那些一心想构建出天堂的人。

"赶快把蜡烛吹了，我们可都等着呢。"我把蛋糕推在帝客面前，命令道。

帝客飞快地抬起头，一口气吹完蜡烛，又低下头玩了起来。

"看见没有，它真的很喜欢。"面对安娜不满的眼神，我尴尬地笑道。

"头儿，来的路上，我接到一个震撼的消息，一位联盟官员透露说，云巅星系已经宣布脱离联盟。"坚帮我化解尴尬道。

"你是在捕风捉影吧？"小渊美子的反应是嗤之以鼻。

"消息是真实的，而且探索者舰队突然出现在法雅星系，他们已经和云巅星系互为呼应，相信不久之后，他们就会在墨飞奈星系合兵一处。"一直保持沉默的连漪突然开口说道。

"上帝！"安娜的脸上已经没有半点血色，她想起了威克，她用颤抖的声音说，"难道战争真的无法避免吗？"

"小小的云巅星系对于联盟来说，还不是沧海一粟的事，干它就是了。"帝客头也不抬地说。

"你知道自己在说什么吗？小东西。"我立刻一巴掌扇了过去。

"嗷……"帝客恼怒地冲我咆哮出白森森的牙齿，连鼻头都拧皱在了一起。

"看来一场世纪之战已经不可避免了。"连漪说。

"真的会如此严重？"小渊美子质疑道，"据我所知，云巅星系不过是弹丸星系，联盟还不至于大动干戈吧？"

"但凡沾上异星的事，还会有小事吗？"我反问道。

"难道真的没有更好的办法了吗？"安娜问。

"静观其变好了，或许一觉醒来，双方就握手言欢了呢？"南茜居然平静似水。

安娜默默地垂下头，无声地画了个十字。

曾经有个疯子般的先哲说："善良比罪恶更接近黑暗，黑暗比光明更靠近永恒。"但从古至今，也始终没有一个人能想明白，他究竟想要说的是什么。

来自深空的消息让人焦虑，它们虽然零碎不堪，但却凸显联盟内外危机四伏的现状：文明间的对峙，不受管辖的军事力量，莫名其妙消失的商队，失窃的致命武器，奇怪的袭击，恐慌的大抢购，灾难性的瘟疫……

"我们的情报是零碎和不足的。眼下来自异星战场和云巅星系的威胁尚不足为虑，毕竟我们有足够的军事手段可以应对。而真正对联盟构成威胁的，是遍布在联盟各处的异变，它们如星星之火，正在以燎原之势点燃整个联盟，如果再不赶快查明和扑灭它们，我们恐怕就要被野火焚身了。"休马首领不满道。

"今天我特意去了一趟基点中心，发现它已经把联盟的危险指数提升了近十个点，这是一个足以撼动整个联盟的危险信号。"依玛首领说完，又用手指指了指上面，提醒大家道，"还有，大家别忘了，还有一种威胁是来至我们头顶的，它真的如传言中所说的那样，是来自黑暗之宇的吗？还是它另有出处？它始终悬浮在天空城上方的目的又是什么？"

"不错，它始终保持缄默，对我们所有的沟通方式均不做反应，这很奇怪，为什么会这样？如果它的出现是有目的性的。还有天启之门，它上次的开启，是一种恐吓的预谋，还是战争序幕的拉开？我们均无定论。眼下伊雅婷首领又遇刺身亡，联盟内到处纷争不断，各种奇怪的事情层出不穷，如果我们继续被动地应对，将十分危险。"雨墨首领也忧心忡忡地说道。

"还有代入人和久已绝迹的蚊人呢？它们还在不断地冒出来，让我们的安全体系不堪重负。就在最近几天，天空城的一些区域已经出现了僵尸病毒，它们正在快速扩散，被感染的人群越来越多，隔离的区域也越来越大。如果继续下去，说不定过几天，我们也会变成行尸走肉的。"介子牧首领心烦意乱道。

"说到僵尸病毒，我们的实验室已经解读出重要的基因线索。他们发现，目前流行的绝大部分的僵尸病毒，在基因架构上，都有与异星曾经爆发的疫情有着近似的剪辑。所以我敢断定，异星肯定是这一切的主使者。"兀荼毒首领笃定道。

"不错。在龙的记忆中，嘎杜鲁办公室内也出现过一张异星事态图，不过后来我询问和触摸过嘎杜鲁，他确实对此一无所知。这很奇怪，如果不是他点开的屏幕，那会是谁呢？是小渊美子还是主使？抑或其他人呢？"子曦首领接着提醒大家道，"所以，我一直有一种隐忧，如果锡卡莱背后的主使力量真的来自异星，那么它们必然是环环相扣和逐步推波助澜起来的。看看眼下突然爆燃出来的各种凶潮，难道还不值得我们深思和谨慎应对吗？"

霸戈首领附和道："我在嘎达国王那里也曾得到一个信息，他说自己在被囚禁的期间，曾经目睹过异星人的存在。所以，异星肯定和眼下发生的一切脱不了干系。"

"如果这一切都和异星有关，也未必太可怕了。这说明异星早已渗透进联盟腹地，并布局已久。这怎么可能？难道基点就没有发现点什么吗？"典布鲁首领质疑道。

"星际这么大，低级文明之间的对抗又有哪个不是无所不用其极？面对如海潮般的信息，你还真当基点是上帝呢？"霸戈首领笑道。

"如果异星真的早就渗入联盟的内部，凭借他们的技术实力和繁殖速度，指不定早就打造出自己的舰队，一旦等到时机成熟，它们必然会给我们致命一击。我们怎么办？"飞瑶首领面色苍白地问道。

"打就是了，还能怎么办？"霸戈首领瞬间抖擞起精神，大声回道。

"用战火点燃整个联盟吗？何况战端一起，不知道又会有多少星系文明由此而灭，这想想都是一种无法承受之重。"海僳儿首领苦笑道。

"众生皆生命，难道放弃战争，我们就可以挽救众生吗？"霸戈首领马上反问道。

"话虽如此，但我们也应该明白，对于大多数恒星系和星球来说，属于它们的生命周期往往是短暂的，即便会有一种幸运，绝大多数文明也会因各种原因殉葬在自己的星系。这也是星际文明寥若晨星的重要原因……"海僳儿首领侃侃而谈道。

"那又怎样？不要忘记我们赖以生存的宇宙本就是变幻莫测的，众多新生和古老的文明如同烟花般在不断地绽放和熄灭，它始终点亮着时间的轨道。所以，不管有无战争，它们依然会有同样的宿命。"霸戈首领不以为意地打断了他。

"算了，还是让我们谈谈伊雅婷首领复活的问题吧。有她在，必然会有良策。"典布鲁首领叹气道。

"调查组对她的甄别还没有完成，基点那边给出的依旧是无建议结论。这很麻烦，在这种情况下，复活程序将很难得到联盟议会的支持和批准。"雨墨首领愁眉不展地说。

"难道仅凭一些构陷就可以……"飞瑶首领没有继续说下去，她看向子曦首领。

子曦首领并没有回应她，而是建议道："目前，联盟已经到了危急关头，如果我们再继续优柔寡断下去，不但会错失良机，也会置联盟于崩溃的边缘。我个人建议，除异星战场和云巅星系方向的军事部署尽快到位之外，我们仍需集结散布在各处的联盟舰队，以备后援。同时，我们还应调动各异态星系的主要军事力量，用最快的速度来平息那里的燎原之势，争取做到以战息战，以战平战的结果。不知众位首领，意见如何？"

子曦首领的建议无疑是大胆的，几乎等同于把全联盟置入战时状态，一旦得以实施，那么歌舞升平的星际联盟，将就此瞬间陷入混乱。这同样会是一场灾难。

第三十章
异星战场

喧嚣的天空城，因一场直播的审判而变得宁静，被审的无人机操作员在法庭上痛哭流涕，他并不承认自己袭击了伊雅婷首领，他坚称自己是被人代入了，他喊道："是有人侵入了我的大脑，是他操纵了无人机……"

安静下来的天空城更加可怕，即便是青天白日之下，人们依旧有一种山雨欲来风满楼的感觉，这里的每个人心里都阴郁郁的，真正的恐慌正在被点燃，并四处蔓延开来。

当一个人走上街头，一群人会跟着走出去；当一个人举起标语，满大街的旗帜也都竖了起来；当一个人发出呐喊声，整个天空城都战栗在咆哮的海洋中；当一个人抛出手中的火瓶，暴雨般的火焰燃烧在整个天空城……

在军警失去第一道防线后，机械战警开始搭建防御墙。在防御墙倒塌的那一刻，巨大的军事堡垒开始运转；在军事堡垒开始燃烧的瞬间，终于有人打响了惊天动地的第一枪……

"嘭——"

天空城终于再次回归宁静，空无一人的街道上，忙碌的机器人开始清理各种垃圾，尸体被一铲而起，和垃圾一起丢进了垃圾箱。路道和墙壁上的血迹在空气枪的高压喷射下，化作迷人的各色雾气消散而去，红的、蓝的、紫的，当然还有黑的。

帝客在我的腿边瑟瑟发抖，它不停哀嚎地问："怎么会这样？怎么会这样？"

坚居然能抑制住自己的情绪，冷静地分析道："伊雅婷首领的拥护者始终认为她是被构陷的，但反对者却认为她和异星存在勾结，是双方的互不妥协造就了眼下失控的局面。"

我看了眼安娜，她还蜷缩在沙发中发呆，我看向南茜……

"泡泡最近好像来得很少了。"南茜奇怪地说。

连漪看到我投去的目光，忙道："我个人认为有人参与并操纵了这场灾难，因为联盟使用的武器是低烈度的，怎么可能造成这么大的伤亡？"

"当然是有人精心策划的，但躲藏在阴暗角落里的他们，会是谁呢？"坚抛出疑问。

"还能有谁？当然是代入人啊，他们就像病毒一样，已经在天空城四处蔓延，可我们依旧无法快速甄别他们。"连漪苦笑道。

"那么该怎么判断一个人是不是被代入了呢？还有，代入人真的无法剥离吗？"坚困惑地问道。

"当一个人突然出现行为反常时，他就有可能是被代入了，我们需要对他的记忆习惯以及思维逻辑进行过往对比，做出判断，但这真的很难。另外，对代入人的剥离也是不可能的，它只是一种记忆体，除了删除全部神经记忆后重新刻入本人的记忆之外，我们毫无办法。"一直参与代入人研究的南茜回答道。

"上帝！我可能也被代入了？这几天我脑袋一直嗡嗡的，就像要爆炸一般。"帝客一惊一乍地喊道。

"我看看。"我一把抓住想要逃跑的帝客，胡乱地扒拉起它的脑袋。

"好了，不要再谈论这些了，好吗？"安娜的情绪好像有些不对，她不满地喊道。

"你怎么了？"我丢下帝客，关心地问道。

"没什么，我好好的。"安娜冲我一咧嘴，然后整个人又陷入沉默中。

"奇怪，小渊美子呢？"我终于发现少了个人。

"你可能还不知道，她今天被人带走了。"坚小声说道。

"谁带走了她？带去了哪里？"我震惊道。

"来的是联盟卫队的人，他们说是子曦首领请小渊美子过去的。"坚回道。

"为什么？"

"连你都不知道，我们又能知道什么？我估计是和尼让有关。对了，尼让现在怎样了？还有泡泡呢？她也好些天没有来过了，她去哪儿了？"连漪问道。

"泡泡去追踪主使了，尼让现在被其他人监护着。"我回道，同时不安地看向安娜。

"我见过主使，但我不知道是不是他？"帝客逻辑混乱地说。

所有人的目光都投向了帝客，帝客瞬间找到了主角的感觉，它开始有声有色地描述起那次在小渊美子房间中的遭遇。

"你什么都没看到吗？"看着眼前手舞足蹈的帝客，我有些恼怒。

"我趴在床底下哪敢动啊？如果被小渊美子知道我偷偷溜进她的房间，她还不打死我啊？"说话间，帝客已经飞快地逃到了安娜的脚下。

"他身上有味道吗？"我问道，我想从帝客的狗鼻子中寻到一丝线索。

"没有，不但没有，他走路还很轻，几乎没有声音。"帝客抓耳挠腮地回着，突然间就喊道，"对了，我想起来了，他和小渊美子进入房间后，门是关了的，但离开的时候，他并没有推门出去。这很奇怪，他是怎么出去的呢？除非他是鬼魂，是的，肯定是的，难怪我一点脚步声都没有听到。"

帝客话音刚落，我已然想到了希莱斯克酒店的鬼影，想到了野田毅房间脚不沾地的鬼魂。

是的，我在尼让的记忆中所看到的主使始终是一个黑袍下的阴影，甚至没有面目。

主使显然不是异星人，他们是现实和虚幻中两种对立的存在，一个像怪兽，一个像鬼魂。

他究竟来自哪种文明呢？再次一夜无眠，直到泡泡突然站在床前，直到她电光石火间把我拉到一个奇怪的星球。

脚下是一片狼藉的大地，狼烟四起的都市中，行走着一支浩浩荡荡的僵尸大军，他们就像一群密密麻麻的蚁群，就像海啸下的滚滚洪流。这个星球已经阻挡不住他们的脚步。

　　人们在尖叫中四散奔逃，有的人嚎叫着跌倒在地，马上就被僵尸们撕咬成片片血肉，洪流过去，大地一片血红。还有人面对扑面而来的僵尸，毫不犹豫地选择了跳楼。那一刻，他们就像落向地狱里的饺子，不断地在空中翻滚着，口中发出刺耳的尖叫。

　　我和泡泡凌空站立在洪流之上，僵尸很快就看到了我们，他们开始在我们脚下汇聚，一边发出令人恐怖的嘶吼，一边向我们伸出充满欲望之手。

　　看着脚下僵尸们用双手组成的海洋，我战栗了。

　　我不知道地狱中是否有着同样的画面，我不知道天堂面对它们是否依旧安稳如山，我彻底迷失在它们当中。

　　当我再次睁开眼睛，看到一个几乎零碎了的世界，无数发疯了的智能机器人跑着跑着就七零八碎地解体了，那四溅开去的零件，在地面，在空中，在你所能看到的任何地方，用光线碰撞出一个五彩缤纷的世界。

　　一个由无数生命构件组成的巨无霸，正在艰难地跋涉在城市的楼宇间，巨大的脚板，碾碎了脚下的车辆。它不停飞舞着的手臂，把两旁的大厦拦腰截断。它身上不断飞落的零件砸在地面上，溅起巨大的灰尘。

　　走着，走着，巨无霸只剩下一个骷髅般的骨架，即便如此，它依旧在向前走着，慢慢消失在街道的尽头。

　　不知何时，眼前的世界开始暗淡下来，直至漆黑什么都看不见。就在我不知道魂归何处的时候，我看见了一个灰暗地光点，不，是两个，三个，四个……

　　不，是无数个，它们就像暗夜下跌宕的星海，就像川流不息的星河，放眼所及，无穷无尽。

　　一道流星般的光影划过，随之一蓬火花绽放，眼前的世界顿时明亮起来。很快，我看到了无数道流星，我看到了无数朵绽放的烟花。我看到了深空中那一望无际的战舰……

　　眼前的一切是那么熟悉，我曾经在电影屏幕上看到过这样的景象，我甚至感觉此刻的我，就坐在影院中，正手拿着瓜子，惬意地欣赏着一场视觉盛宴。

一架战机呼啸地从我的头顶飞过，巨大的引擎声，不仅撕裂了我的耳膜，也撕碎了我眼前的世界。

一艘失去动力的战舰歪歪斜斜地向我们飘来，就在它即将靠近我们的时候，一道道看不见的扭曲了四周光线的粒子波击中了它。只是瞬间，整个舰体就像被人丢上了一挂鞭炮，噼噼啪啪地爆燃出团团烟火，很快就发生了爆炸，巨大的焰火瞬间吞噬了我们。

一个失去半边身体的尸体像羽毛般漂浮在我们的身边，眼睛已经被真空掏空，只剩两个黑洞"看着"我们。

我看见一道光，一道令人无法睁开眼睛的光，即使闭上眼睛，那道光依旧能穿透一切，让你感受到它的光芒。

再次睁开眼睛，眼前的深空到处都浮满了舰体的残骸和尸体的碎块，一滴滴乌黑乌红乌蓝乌紫的血液渐渐聚在了一起，聚成了一条条污浊的血丝，聚成了一道道流淌的血河，聚成了一片片奔腾的血海。

"这又是哪里？"面对眼前的一切，我的灵魂都在颤抖。

"异星战场。"泡泡平静地说，"这里每天都在发生着这样的战争，没有人知道它存在了多少个宇宙纪，甚至遥远到骸星文明建立之前。"

"啊——"我惊骇地张大了嘴巴，我很快想到什么："难道以骸星文明的能力，也不能阻止这一切吗？"

"当然可以，骸星刚刚打造出一个天巡系统，不久之后就能启用，但是……"

"但是什么？但是骸星文明作为终极文明不能介入星际文明是吗？还是它根本没有这样的能力？"

"不，你根本不了解天巡的威力，它甚至可以撕碎现在的整个宇宙，目前科学家们尚未能对它做出正确评估……"

"为什么？"

"因为它带来的连锁反应，可能真的会点燃整个宇宙。"

"你是说，它是基子武器。"

"不错。"

"可以带我去趟骸星吗？"我想到了什么。

"没有人知道它在哪儿，包括我和子曦首领。"

"什么？！"我差点跳起来。

"你难道就没有好奇过为什么你所接触到的骸星人只有我和子曦首领吗？你还看到过其他骸星人吗？"泡泡笑了。

"没有。"我迷茫地看向泡泡。

"即使他们无处不在，只要他们不现身出来，那么在我们眼中，它就是一个普普通通的基子。"泡泡这样说道。

"你不是想告诉我骸星文明也像传说里的神明那样无处不在吧？"我苦笑道。

"不尽然，它只是很少出现在人们的视线当中。我记得上次看到它，也是上个宇宙季的事情了……"

"可你说它刚刚才打造出天巡。"我质疑道。

"对呀，就是上次我看到天巡的时候才见到他们的啊。"泡泡像是在一本正经地胡说八道。

"想不到你的刚刚也是如此漫长。"我无语道："但是你别忘了，你还说了不久之后的话。"

"这就是我今天带你来的原因，作为星际联盟的第三个骸星人，你需要去了解下天巡，因为只有骸星人才能启动并使用它。"泡泡出人意料地说。

"你承认我是骸星人了？"惊喜总是来得如此意外。

"鬼知道呢？虽然你需要继续成长的地方还很多。"泡泡说完，再次拉起我。

一分钟之前，我还陶醉在成为永恒文明的一员的沾沾自喜中，一分钟之后，我已被泡泡拉扯进一个奇异的世界。

这是一片白茫茫的星球，表面丝滑而又洁净，上面涟漪着水一样的光泽。这里既没有山川河流，也没有建筑都市，它就像一个光滑的球体，静静地悬挂在一片虚空的深宇之中。

我四处找门，泡泡拉着我迈进一个四壁白墙的大厅，她轻轻一挥手臂，眼前立刻闪出一道巨大的屏幕。我是第一次真实地看清宇宙的全貌，它有点像一个在不断旋转和潮汐着的圆球，深邃之下，里里外外有着星星点点的光点和丝丝缕缕在缓慢飘逸的彩丝。

它是美丽的，美轮美奂的令人无法移开自己的眼睛。它同样是魔幻的，时时刻刻呈现出不一样的状态。它更是有生命的，处处生机盎然。

"看见没有，它不仅在黑暗中浮羲出光明，更在混沌中浮羲出秩序，它就像冉冉升起的生命，它就像蒸腾涟漪的血脉。每当我站在这里，我都会为之感动不已。"泡泡俏立在屏幕前，动情地说道，"这就是我们的宇宙，它亘古不息，它波澜不惊，它就只是这么安静的存在着，我们的世界已然不同。"

是的，即使天巡真的能撕裂宇宙，那又能怎样？它依然会孕育新的生命，它依然会培育出新的文明。

再次回到天空城，依旧喧嚣的它，在我眼中却有了前所未有的安静，以至于安娜说我的某根神经搭错了。大概真的如此，我居然买了许多食材和点心，跌跌撞撞地拎了回去，然后用一整天的时间，烹饪出满满一桌的绝美佳肴。

帝客被美味折腾到筋疲力尽，它忽闪着舌头，躲在一处角落，用怨恨的眼神看着进进出出的我，甚至不再揪起鼻翼去辨析下味道。

坚闯进来的时候，仿佛惊掉了舌头，磕磕巴巴地不知道该说些什么，他终于想到该帮我做点什么。在被我拒绝后，他乖乖地回到了客厅，煎熬在无尽的诱惑之中。

安娜是接了连漪一同回来的，看到帝客和坚的模样，她们似乎明白了什么，嬉闹着到厨房瞅了一眼，不等我说什么，转身而去，带起一路悦耳的欢笑。

泡泡来的时候居然带来了酒，红红白白的堆在酒柜，她径直走向角落抱起帝客，然后坐在了坚的旁边，不断打量着忙里忙外的我，好像她今天才认识我似的。

一切都布置妥当，南茜才姗姗来迟，她诧异地四处瞅了半天，才奇怪地大声问道："今天是安娜生日吗？"在得到否定的回答后，她又狐疑地接连乱猜道，"难道是你的生日？连漪的？泡泡或者坚的？那就是帝客的了？反正不是我的,我昨天刚过,都没人想给我摆这些。"

"是啊,就是给你摆的,昨天忙过头了,也没有时间,今天给你补上。"我难堪地笑了。

"哼,蛋糕都没有,忽悠谁呢?"南茜并不相信。

"我这不正准备去取蛋糕吗?你就来了。"聪明的坚自然应该做聪明的事,皆大欢喜。

在南茜吹灭祈愿的蜡烛之前,在摇曳的烛光之下,一张张原本俊美的脸庞,不知道怎么就变得丑陋和狰狞起来。它们如同来自地狱,如同来自未来。它们已然不再是我所熟悉的那些面孔,更加真实,真实到让我在战栗中无法自拔。

灯终于亮了,眼前的面孔再次精致起来,可此刻的我浑然如梦,眼前这些曾经的甜美在退散,如逐渐剥落的金箔,一片片飞去之后,只留下骷髅般的本真。

是的,我看见眼前一具具骨架在交杯错盏,我听见他们的声音如同鬼哭狼嚎般在快进和慢放。我甚至没有逃开的勇气。

我不知道我看到或者听到什么?但我知道安娜偷偷在餐桌下面狠狠地踢了我一脚,那不轻不重的力道,恰好踢走了我的恐惧,唤醒我回归真实的世界。

"目前联盟战事不断,真担心……"泡泡故意挑起话题道。

"担心什么?打就打呗,那又不是我们能操心得了的。我倒是想知道点广场爆炸案的内幕,听说涉及此案的官员被抓了好些,难道这起爆炸案有什么蹊跷吗?如果是一件普通的意外事故,干吗要抓这么多官员?你们谁知道,快告诉我。"帝客趴在餐桌上,就差把嘴巴拱进南茜的餐盘中。

"听说昨天在天空城抓到一个怪物,半人半鬼的,连生物学家都搞不明白到底是什么?"南茜优雅地推开帝客的嘴巴说。

"这几天不知道怎么了?媒体传播的信息量多得快让人目不暇接了,而且还都是些让人想去穷源溯流的事情,真是见了鬼了。"帝客嘟囔着看向坚。

"最近确实发生不少咄咄怪事,整个天空城军警满天飞,难道在预兆联盟……"坚心知肚明地说着,他正在利用恐惧让民众遗忘伊雅婷首领。

"能预兆什么？我总感觉这里面有什么阴谋似的。"帝客说完，用爪子按住一根骨头，一口咬了下去，那嘎嘣脆的声音，让人听着感觉牙痛。

由此，我突然发现了一个惊天秘密：历史上唯一做到国泰平安的只有杞国，以至于天下太平的他们开始担忧起天会不会塌下来了，这可是身处红尘颠沛流离的人所不能想到的问题，毕竟现实生活中，总有许多不如意在等待着我们去面对。

伊雅婷首领的复活遇到点麻烦，因于一场争论，更因于泡泡的一个发现。当众首领还在为伊雅婷首领是否存在背叛而争论不休的时候，泡泡带去了一个更加糟糕的消息。

"我发现主使并不是一个人。"泡泡开口即是惊雷，看着众首领的惊讶，泡泡说，"我在跟踪主使的过程中，意外发现了一群和他一模一样的人，他们穿着相同的衣服，长着相同的脸蛋，有着无法分辨的语言和行为。"

"他们可能是复制人吧？"飞瑶首领展开了天使般洁白的双翅。

"完全有可能。"泡泡继续说道，"他们碰面后一直在用心灵沟通的方式交谈，我无法获知他们的交谈内容，不过我可以看出其中一个人的强势，他很可能就是真正的主使，所以，我跟踪了他。"

"你都发现了什么？"霸戈首领迫不及待地问道。

"我发现他去了伊雅婷首领的住处，好像在寻找什么？然后又面对伊雅婷首领的照片徜徉了很久。"

"他找到了什么吗？他后来又去了哪里？"霸戈首领追问道。

"他在伊雅婷首领的电脑中好像找到了什么，但里面究竟是什么，我不知道，这需要你们授权或者由你们亲自来做调查。"泡泡说道，"他离开伊雅婷首领住处后就消失不见了，我无法追踪到他的信息。"

"这怎么可能？"休马首领惊讶道。

"我前面不是说他在伊雅婷首领照片前待了很久吗？然后他就径直走进了照片，消失的无影无踪。我无法追踪到他在时空中留下的任何涟漪。"泡泡脸上幻出游弋般的色彩。

"你是说他是低介质生命体？"雨墨首领意外道。

"即使是粒子人，泡泡也不可能跟踪不到啊？除非他也是基子人。"来自黑暗之角的介子牧首领瞬间睁开了八只眼睛，质疑道。

"各位，据我所知，在异星控制区曾经出现过一种神秘的低介质的智慧文明，他们很可能就是基于粒子体的生命体，甚至已经无限接近基子。"子曦首领大声说道。

"什么？！"众首领一片哗然。

"我们怎么从来没有听说过？"海僳儿首领惊讶道。

"我是在一卷古老的卷轴中看到过这样的记载。记载中，他们是类同于骸星文明的智慧文明，有着高度的文明与科技，有着不为人知的历史。不过后来它突然就消失了，并再也没有出现过。"子曦首领平静地说道。

"难道它又出现了？"海僳儿首领震撼道。

"目前宇宙中存在的粒子文明屈指可数，与低介质文明的参差不齐不同，它们全部来自高级文明，是粒子科技能力之下的生命植入。如此，作为一种高级文明，它们为什么会和异星文明勾结在一起呢？"雨墨首领质疑道。

"科技能力并不能决定文明的高低，异星和我们同属于星际文明，它的技术能力并不比我们低，难道异星就是高级文明了吗？"飞瑶首领反驳道。

"既然他们来自异星控制区，是不是他们已经和异星结成了同盟呢？"典布鲁首领想到了什么。

"基于他们的所作所为，基于他们所来的区域，完全有这种可能。"休马首领抢先回道。

"如果真的是这样，联盟危矣。"典布鲁首领惊骇道。

"如果真的这样，联盟又该怎么抵御他们呢？难道进行一场粒子大战？那可是毁天灭地一样的战争，届时，整个宇宙都将在粒子的切割下分崩离析，宇宙中将不再存在任何星体，也不再存在粒子之外的任何生命，甚至整个宇宙中的文明也都将因此而陨落。这敢想象吗？"海僳儿首领看向了子曦首领。

"他们会把我们全部打回混沌。嘎嘎。"霸戈首领居然不合时宜地兴奋起来。

"这倒提醒我了，我们完全可以把整个联盟的生命体全部刻印成粒子生命。"介子牧首领话刚说出，瞬间又感觉不妥，"不过，我们该怎么完成这样星辰大海般的工作量呢？"

"好了，我们现在讨论这些有什么意义吗？我们还是好好考虑下眼下吧。"飞瑶首领不满地说。

"如果泡泡的发现是真的，我们确实应该尽快考虑和异星之间和解了，毕竟真的打起来，我们彼此都承担不起那样的后果。"依玛首领竖起了两只长长的耳朵，望向泡泡。他不是在质疑泡泡，而是不敢相信自己所听到的。

"我会继续跟踪他们，争取获得更多确凿的信息。"泡泡犹疑不定地说。

"那就等泡泡调查后再论吧。我们还是说说伊雅婷首领的事。"雨墨首领飞快地转移了话题，说道，"眼下这种情况，我建议马上调查伊雅婷首领的电脑，然后再讨论是否该复活她，大家怎么看？"

雨墨首领的建议得到了大家的认可，拿到授权的泡泡带领几个人匆匆走出了议事大厅。

很快泡泡就返回来，她在电脑中并没有找到特别的东西，只找到了伊雅婷首领的日记。子曦首领快速查阅后，凭空划出一张屏幕，把其中的一些内容展示了出来：

"只有去过异星战场的人才会明白这个世界的残酷并不是我们能想象的。每次看到那些铁血战士向我投来信任的目光，我都战栗不已。是的，你们在他们眼中所看不到的那些绝望，已经深深扎根在我的心底……"

"异星可能是这个世界上最邪恶的智慧生命体，但即便如此，面对他们视死如归的冲锋，我同样会热泪盈眶。那不是我应该看到的，他们究竟在为什么而视死如归……"

"作为联盟最高的军事指挥官，我已经开始厌倦这场看不到尽头的战争，它让我再次看到了人与人之间的倾轧，看到了家与家的纷争，看到了国与国的战火，看到了文明与文明之间挥之不去的硝烟。为什么在迈入星际文明的今天，我们依旧要面对这样的局面……"

"在和异星主宰的唯一一次会面中，他让我看到了不一样的东西，它动摇了我的信仰，也动摇了我对未来的诸多美好期许。或许，这才是真实的宇宙，这才是黑暗的永恒……"

"他派来了他的主使。想想锡卡莱和眼下联盟的状况，我都应该做点什么，但我什么都没有做，甚至还去见了他……"

"是的，当他在我面前展示出粒子生命的那一刻，我差点就晕了过去，我无法想象两个对立的粒子世界的战争会是怎样？但我知道，如果战争继续下去，这个世界将不复存在，这也是我必须和他们保持联系的唯一理由……"

"他请求触摸我的记忆，我应该拒绝的，但我就莫名其妙地答应了。我无法抗拒他渊博的认知，亦无法摆脱他充满智慧的观点，他为我打开了另一个世界的大门……"

"我开始尝试和他们接触，我希望能改变双方对立的态势，我们需要寻找到新的共识。我已经很努力了，但我依旧无法接受他们的条件……"

"或许只有天巡可以改变这一切吧？我不知道，我也不想知道……"

"我拜见了子曦首领，但我没敢告诉他这个可怕的消息，我只是想了解下天巡会带来什么？但他的话语是模棱两可的。我不知道该怎么办？我又去找了泡泡，但泡泡对天巡的了解同样很少，她并没能帮助到我……"

"我似乎发现了一个人的秘密，这让我很困惑，我不知道如果真如我猜疑的那样，联盟怎么可能坚持下去？这很可怕，希望不是我想的那样……"

"我有一些想法，我希望它们能解决掉眼前的一切，会的，肯定会……"

"我不知道他发出的警告是什么？或许……"

子曦首领挥去了屏幕，他环顾众首领，缓缓问道："日记已经明确证实了伊雅婷首领和异星主宰以及主使接触的事实，但大多言语不详，你们怎么看？"

"我看到了她的动摇，作为首领，这是危险的。"休马首领说。

"她的那些想法究竟是什么？我很好奇。"雨墨首领说。

"即使我们复活她，我们也依旧得不到它们，按照拷贝记忆的日期看，显然是在那之后她才想到的。"介子牧首领摇头道。

"有没有可能修复伊雅婷首领体内的即时记忆体呢？"典布鲁首领问道。

"我收集了所有破碎的碎片，但想要完整拼接并修复它们，还需要更多时间。"子曦首领回道。

"我们能不能先复活伊雅婷首领，视情况再决定是否恢复她的职务呢？"飞瑶首领建议道。

"这会是一个冒险的选择，要知道议会一直在询问我们的决定，我们无法隐瞒。我更担心一旦民众获知伊雅婷首领复活后他们的反应。"依玛首领担心地说道。

"有什么好担心的，难道你真怀疑伊雅婷首领会背叛联盟吗？"兀茶毒首领不满道。

"你又如何保证她不会呢？"休马首领反问道。

"不错，如果她真的背叛了联盟，而我们又没有真凭实据，那么她就会重回联盟首领的位置，到那个时候，我们又该怎么办呢？除非议会选举出新的首领。"海僸儿首领说。

"算了，绕来绕去，又绕到这里，我们还是谈一下其他的吧。"霸戈首领头疼地说。

"犹疑不决只能让我们陷入更多麻烦，我建议进行举手表决。"飞瑶首领建议道。

"我同意。"子曦首领立刻回应道。

第三十一章
尸潮

威克传回的视频由最初驾驭战舰的意气风发，到作战室里的气定神闲，再到战火硝烟中的从容不迫，最后到抱怨连天的颓废不堪，直到后来的渺无音讯……

安娜得到的始终是模棱两可的可能，这让她的心揪了起来，甚至渐渐失去了理智。

"我问过了，他们的舰队正迂回在一片星系滞空区域，你知道的，那里星系物质稀薄，时空凝滞，是很难有信号传递出来的。"我撒谎道。

"真的？他们大概还要多久才能走出那里？"安娜早已经不相信我的话了，但她还是希望能从我这里得到一个承诺。

"很快，再等等，再等等。"我宽慰着说。

"你总是让我再等等，再等等，那你告诉我，还要等多久呢？"安娜发疯地捶打着我，声嘶力竭地喊着。

我把安娜紧紧地揽入怀中，抚摸着她的秀发，再无一语。

"我究竟还要等多久，等多久……"安娜哽咽着，泪珠打湿了我的脖颈。

泡泡是被我逼进军事指挥中心的，持有特别通行证的她，在进去的时候还是遇到点麻烦，在得到子曦首领首肯后，她最终进去了。而我，只能心烦意乱地等候在外面。

军事指挥中心巨大的灰质大门里不断出出进进着一些军装笔挺的军人，他们个个脚底抹油般在我眼前划过，只留下一道道阴影在我的心中。

不知道等了多久，我开始不知不觉地移步上前，直到被冷冰冰的枪口抵在胸前,才止住脚步,探首瞄上一眼,又无奈地回到了角落。

泡泡终于走了出来,看到她阴郁的面孔,我的心里咯噔一下,马上连开口问点什么的勇气都没有了。我默默跟在她的身后,脑袋里如塞进了一团乱麻,我不知道该如何给安娜一个交代。

泡泡一路上都在不停地变幻着衣着,直到变幻出一身雪白的长裙才停下来。白色的长裙在淡粉色的光线映衬下,本就细腻颇有质感的液态金属呈现出丝一般的顺滑,衣褶间光影缕缕,不断摇曳出神秘的光华。

直到面对安娜,泡泡才开心地笑了起来,说:"真想不到,威克虽然看上去狂傲鲁莽,但打起仗来还真是有勇有谋,屡立战功……"

"他伤到没有?"安娜迫不及待地问。

"放心,他好着呢,虽然出生入死,但每次都有幸运女神的眷顾,居然连根毫毛都没有伤到。知道吗?他已经荣升为徕卡舰队的指挥官了呢。"泡泡开心地说。

"马德舰长呢?"话刚出口,我就后悔了。

"他牺牲了。在退守五指星系的途中,徕卡舰队遭遇了异星舰队的偷袭,马德舰长亲自断后,结果无一生还。"泡泡神色黯然地说。

安娜泪如雨下,沾湿了脸颊,打湿了地板,也潮湿了我的灵魂。

"尼让和小渊美子现在怎样了?调查出什么了吗?"我必须转换话题。

"他们就是些棋子,能调查出什么?要不几天就会出来的。"泡泡说。

"放他们出来不更加危险吗?"话出口我很快想到什么,"是让他们当诱饵吗?"

"你认为他们还有被灭口和当诱饵的可能吗?"泡泡苦笑着说。

"好吧。"我又问道,"杀死伊雅婷首领的那个人真的被代入了吗?法庭做出判决没有?"

"为什么你总是关心些乱七八糟的事情?你难道不更应该关心下异星战场和云巅星系的现况吗?甚至关心下我们头顶那艘黑暗之宇的巨大飞船也好。"泡泡向我伸出手来。

"它还在上面吗?"我躲开了泡泡伸向头顶的手,惊诧地问道。

"你自己打听去好了。"泡泡俏皮地说，随手拉起安娜向外走去，"走，我们逛街去。"

"嗨，我呢？"

"做你应该做的事情去。"泡泡头也不回地说。

走在大街上，到处都是熙熙攘攘的人流，我晃荡其中，漫无目的地走着，不知不觉中来到了一个熟悉的地方。

"你是龙，你来过一次的。"殊目人木兮对我的到来并不意外，她麻利地从屋里拿出两个板凳，摆在了门口，眺望起街景。

"我只是路过。"两手空空的我有点尴尬。

"我知道，我在你的眼中看到了迷茫。"木兮的脸庞上绽放出小姑娘般迷人的微笑，她正好奇地打量着我。

"你去过地球吗？"我随口问道。

"没有，不过我听说过。你是地球人吧？"木兮闪动着一双大大的眼睛，用肯定的语气问道。

"是。"

"你知道现在的地球发生了什么吗？"木兮问。

"还能发生什么？"我对自己的母星充满厌恶。

"地球现在僵尸病毒肆虐，都快乱成一锅粥了，听说还冒出了不少异形。"

"异星的异形吗？"我吃惊地问道。

"是。"木兮用更复杂的眼神看着我，"奇怪，你好像对什么都一无所知，你难道每天都在睡大觉吗？"

"你想说什么？"我困惑道。

"上次和你来的泡泡也这样吗？"

"你究竟想说什么？"我再次问道。

"没什么，我只是想告诉你，我们头顶的那艘飞船马上就要走了。"木兮笑盈盈地抬头看去。

"什么？"我迷茫地看向空中，头顶除了天空城巨大的框架和密密麻麻鱼群般的车流，我什么都没有看到。

"我不但听说联盟在异星的防线已经岌岌可危，还听说云巅星系已经把战火燃遍了整个边缘星系，而且……"

"而且什么？"我战栗地问道。我突然感觉在伊雅婷首领被刺之后，我的世界就像被冰封一般，浑浑噩噩过着每一天，我甚至找不到自己存在过的记忆。难道我也被人代入了？

"而且整个联盟已经山雨欲来风满楼，到处都流淌着令人不安的东西。"木兮危言耸听道。

"以联盟的强大，又有什么可以摧毁它呢？"我说完忍不住苦笑一声。

"呆昊文明远比今天的星际联盟更加强大，但结果还不是一夜崩塌。"木兮嗤笑一声回道。

"呆昊文明不是被低级文明侵蚀衰落的吗？怎么可能一夜崩塌？"我不解地问道。

"是，但又不是。它之所以一夜崩塌的另一个原因是，它的内部出现了叛徒。而眼下的联盟和它一样……"

"你是说伊雅婷吗？她不是已经死了吗？"我彻底糊涂了。

"如果有一种文明可以瞬间击垮联盟，那它会是什么呢？"木兮奇怪地问。

"除了骸星……"话出口，我马上闭上了嘴。

"你究竟想说什么？"我艰难地问道。

"你看到过暴雨前的蚁群吗？你看到过地震前漫天的乌鸦吗？你看到过海啸前的退潮吗？你看到过黑洞爆发前雪月人像雪花般飘落的场景吗？"

我困步于木兮的语境中，我的世界开始在旋转，我感受到认知正在脱离我的身躯，我看到了未来，我看到了世界被拉下血红的幕布。

"我看到了一个正在崩塌的世界，它是一种趋势，不可改变。"木兮最后说。

天空城上空，那艘来自黑暗之宇的巨大飞船再次浮现出来，它依旧暗淡无光地遮掩去大部分天空，了无生息。天空城的居民走上了街头，蚂蚁般占据了大部分街道，木呆呆地抬头高望，再也没有昔日的喧嚣。

我迷茫地站在街头，白痴一般。我失去了对飞船变化的察觉，黑暗与光明只存在瞬间，飞船就如流星般消失在天际。

"看来联盟真的要完犊子了。"我喃喃道。

按照殊目人预言，黑暗之宇飞船消失的时候，也就是黑暗降临之际。

我不知道为什么去找坚，但坚告诉我的信息是混乱的，他说："现在想获得一些稀缺的信息越来越困难，以前的很多渠道突然没了。联盟好像真的要出大事了。昨天一个朋友说他知道一点秘密，但今天我去找他，他已经消失了，怎么都联系不到他。"

坚说："知道吗？有几个逃难到天空城的地球人说，地球眼下已经是僵尸的世界，为数不多的几个生存地也快要支撑不下去了。"

坚说："锡卡莱星球已经被联盟摧毁，在摧毁前有一艘异星的战舰逃了出去。很奇怪，那里怎么会出现异星战舰呢？"

坚说："我还听到一些令人不安的消息，说很多人正在逃离天空城。"

当我满腹疑云地找到连漪，连漪告诉我："现在天空城的代入人和潜入者越来越多了，我们这边每天都忙得灰头土脸的。"

连漪说："我的母亲已经逃到了月球，如果一切顺利，他们很快就会到达天狼星。眼下好像只有那里是最安全的。"

连漪说："我们也该想想退路了，我有一种不好的预感。"

连漪说："我们昨天开庭受理了一桩代入人的案子，他是一名议员。"

告别连漪，我在困惑中去了南茜的实验室，南茜好奇地问："你怎么会这么悠闲的？"

南茜说："就像一个人被代入了一样，当异星深入我们的腹地，我们将投鼠忌器。"

南茜说："不仅仅是我们，联盟内很多实验室正在搬离，毕竟不能把所有鸡蛋放在一个篮子里。"

南茜说："我听说联盟准备开启天巡系统，这是真的吗？你都知道点什么？"

回到家，我向帝客求助，帝客用伤感的眼神看着我，说："伊朵离开了天空城，我问她去哪，她也不告诉我，只说去一个虚空之地。一个连生命和星球都没有的地方，有什么好玩的？"

帝客说："我们现在的公司被征用了，说是要搭建什么能量塔。奇怪，好好的市区搭建那玩意干吗？"

安娜依旧回来得很晚，在得知我等待她的目的后，她疲惫地说："这本来是应该由你告诉我的，你怎么反过来问起我来？"

安娜说："你在怀疑泡泡还是怀疑子曦首领？为什么？谁是木兮？她都告诉你了什么？你甚至连骸星文明究竟是怎样的都不知道。"

安娜说："仅凭一个只接触过两面的人的几句话你就开始怀疑一个给了你第二次生命的人吗？你简直疯了。"

安娜说："你还是赶快洗洗睡吧，面对你，我都无语了，我不明白为什么你的脑袋里总是装着些乱七八糟的东西。"

安娜说："听说尼让放出来了，不行你找他聊聊吧，肯定会比在我这里得到的多。"

尼让的智慧是我无法企及的，他曾经完美地把我的智慧玩弄于股掌间，他对智慧的驾驭远远超出我的想象，每次面对他，我都有一种随时会被一把刀插进胸膛的感觉。

我把尼让约到一家清幽的茶馆，茶案上除了一壶清茶，两盏茶杯，还多了一副棋盘。落座前，我已经看见无形的刀光剑影，也嗅到了不一样的腥风血雨。

尼让的棋子如雨落玉盘，我心不在焉地亦步亦趋，我不知道我会得到什么，可我知道生死或许就在一瞬间。

"看来你真的没有心情陪我下棋了。"尼让叹了口气说道，"既然如此，不下也罢。"他随手把棋子推在一旁继续说，"你今天找我来是想从我这里知道点什么呢？"

"主使究竟是什么人？你真的不知道吗？"我坦诚地说。

"我已经全部告诉你了，我并没有什么可隐瞒的。"尼让笑了。

"我记得你曾经说过他是类似骸星人的粒子人，有没有可能他也是骸星人呢？"我几乎是在话出口的那一刻才把主使和骸星人挂起钩来。是的，只是灵光一现。

"我不知道。不过他确实和骸星人一样拥有强大和无限的能力，他曾经在我眼前瞬间消失，也曾从千里之外的对话中突然走到我面前，他同样请求触摸过我的记忆，像你一样。"尼让回忆道。

"不过这样的能力对于任何粒子人来说都简直易如反掌，也没有什么好奇怪的。"尼让补充说。

"你究竟在怀疑什么？你在怀疑骸星人吗？"尼让问道。

"没有人知道骸星文明究竟是怎样的，我所知道的也都是咬人耳朵或者被人咬耳朵听来的。哈哈。"尼让大笑起来。

"我一直很欣赏你的勇气和执着。"尼让微笑着说，"不过我还是很好奇，你到底还在坚持什么？"

"我坚持的不是结果，不是胜败，而是尊严。"我说得好像自己都相信了。

"好吧，为了你的尊严，我在你面前可以知无不言言无不尽，但你真的要想好后果，它可能会是致命的，而手握武器的人，绝不会是我，而只能是你自己。"尼让警告道，那一刻，我几乎被他感动到了。

尼让的背影依旧矮矮胖胖，可我已经失去嘲笑他的资本，甚至因他的存在开始怀疑人生。

洁净如洗的街面上，被来自上空的阴影所分割，扭曲的建筑不再华美，它们如章鱼的爪，牵牛花的藤，禁锢着我的灵魂。

我盲目行走在街头，走着不知去往何方的路，直到把脑袋撞在树干上，撞出漫天飞花，才恍然而醒，抬头望去，眼神中依然充满困惑。

我拒绝了泡泡再次触摸我的脑袋，我想起在上一次她触摸我的记忆后，她甚至没有惊讶我为什么会用一把大狙瞄向伊雅婷首领，至少她应该感到惊讶才是，但当时，她面无表情。

我第一次偷偷摸摸地离开了天空城，我第一次像神一样凌驾在海洋星的星空上。海洋星是银河系中最唯美的一个星球，复杂的大气层中有着复杂的成分，这让那里的天空每时每刻都在变幻出梦幻般的色彩。在三颗恒星的沐浴下，下面色彩如浪，跌宕回旋，发散出无尽的光芒。

海洋星孕育出了三种智慧文明，其中的海洋人族长得足够梦幻，他们就像精灵一般，有着修长的四肢和蝉翼般的翅膀，他们常常翱翔在天地间，宛如众天使一般。

当第一缕曙光挥去海洋星的黑暗时，一艘巨大的异星飞船出现在彩云之上，它巨大的磁盾就像漩涡般吸食掉四周的色彩，在舰体周边形成至暗的虚空，宛如在天地间洞开了一扇地狱之门。

一道光芒四射的白光过后，异星飞船打开了两边的机舱，一架架异星战机像脱离蜂巢的蜂群，倾泻而出，它们以难以想象的速度穿梭在彩云中，拉扯出道道黑色的光影，砸向地面。

历史上的海洋星文明始终充满和谐，他们远离武力，薄弱的防御系统根本不足以对抗异星凌厉攻势，他们的战机刚刚升空就被粒子束撕得粉碎，他们地面的能量罩在异星持续的轰击下，正在渐渐龟裂出道道裂纹。

地面上到处都是四散奔逃的海洋星人，他们绝望地向苍天伸出手臂。他们把孩子护在身后，似乎他们的血肉之躯能抵御住那洞穿一切的能量。

我尝试着发起了一次攻击，作为基子人穿越异星飞船的磁盾显然是轻而易举的。我快速游走在让人眼花缭乱的电子系统中，不断吸食着周边的粒子，具形为刀，切割着眼前的一切。

只是瞬间，异星战舰突然失去了动力，磁盾也消散而去，露出丑陋的外壳。也就在那一刻，在我刚刚迈出战舰的瞬间，它突然坠落下去，像一座山一样砸在地面上，砸出漫天飞尘，砸出一团耀眼的火光。

也就在那一刻，失去了指挥系统的异星战机，开始无头苍蝇般四处乱撞，最终如落雨般纷纷跌落。

再次回到地球，眼前的它已然不再蔚蓝，无数逃离的飞船在空中拉出道道黑烟，这让它看上去犹如一个蒸腾的黑渊。地面上更是浓烟滚滚，到处充满了烧焦的气味，宛如地狱一般。

是的，我行走在一个僵尸的世界，摆脱衣帽的他们赤裸裸地展示着自己丑陋的身体。曾经衣冠楚楚的他们是光鲜亮丽的，曾经道貌岸然的他们是儒雅斯文的，曾经锦衣华服的他们是风流倜傥的。但眼下，他们已然现出自己丑陋的原形。

当一个僵尸充满欲望地咬向我的脖颈时，我掰断了他的牙齿。当一个僵尸暴虐地扑向我时，我挥手斩断了他的双腿。当一个僵尸尖叫地逃开时，我毫不犹豫地向他的脑袋掷出一柄长矛。

我第一次感受到杀戮的快感，那是一种傲视天地式的唯我独尊，那是一种无法无天式的恣意妄为，那是一种挥洒乾坤式的酣畅淋漓。

终于，我感到了一丝疲惫，面对眼前漫山遍野的僵尸，我已然无能为力，我或许可以像一道光去普照整个大地，但我又有什么能力去面对他们那深渊般无边无际的人性。

我徘徊在莽原，我徜徉在山川。抬头间，璀璨的银河点亮了整个夜空，那星星点点的星芒就像镶嵌在空中的宝石，熠熠生辉。一弯细月斜挂枝头，随风曼舞，在天地间投下涟漪般的道道光影。

不知何时，一团乌云出现在天际尽头，越来越近，逐渐扩散开来，渐渐霸据了整个天空。这是一支庞大的联盟舰队，他们正在把无数逃离地球的星舰和游荡路过的飞船驱赶在一起，驱赶向西方一个未知的地方。

回到天空城的第一件事就是找到泡泡，当我提出触摸她的记忆的时候，她只是用萌萌的眼神看了我一眼，然后立刻就把脑袋拱到了我的眼前。

我颤巍巍地伸出手去，当我刚触摸到她的记忆，眼前的世界立刻被她的记忆碎片充满，惊涛骇浪般涌入视野。那是一些破碎的画面和片段，杂乱无章地充斥在每一个角落。我看到了远古的圣灵，我看到了流淌出五光十色的时空，我还看到了自己正在伸向泡泡的手指。

我惊骇地甩开了手，惊魂未定地看向泡泡。

"嘻嘻，你都看到了什么？怎么感觉你什么都没有触摸到似的。"泡泡一脸好奇地问,好像我触摸的是别人的脑袋。

我苦笑道:"算了,即便我还能看下去,也不知道我的脑袋能不能装得下。"

"你想从我这里看到点什么呢?说说看。"

"我去了海洋星,我也去了地球,我刚刚回到天空城,我看到了你不曾告诉我的一切。"我的眼睛已然血红。

"唉,我会让你看到一切的。"泡泡叹了口气,她握住我的手,小心翼翼地放在自己的头上。

我站在一片虚空之地,泡泡那零碎的记忆像雪花般飘落下来,轻盈地舞动着,在风中划出优美的弧线。它们就像天使的羽毛,跌宕在我的眼前。

渐渐地它们越下越大,还眨着眼睛,整个世界仿佛被施了魔法,成了一个冰雪奇缘般的童话王国。到处飘落的雪花,就像那飞舞的精灵,轻盈而神秘,每一片都透出仙境般梦幻的色彩。

站在雪地中,仰头看着天空中肆意飞舞的雪花,世界如梦如幻。

随着一道白光闪电般划过天空,整个世界突然明亮得令人睁不开眼睛。我感到眩晕,开始只是头疼欲裂,随后就有了昏昏欲睡的感觉。我漂浮在空中,身边云涌云荡,我好像真的睡着了,天地开始旋转。

"嗨——"天边传来一个声音。

"醒醒呀。"一个模糊的脸庞晃动在眼前。

我挣扎着醒来,醒来的第一句话就是:"为什么会是我?"

"并不是我选择的你,那是你自己的选择。"泡泡随心所欲地变幻着自己的色彩。

"既然你早已发现了异星在地球的阴谋,摧毁它们不是轻而易举的事吗?"我疑惑地问道。是的,无所不知的她当然知道真知社在做什么,当然也知道僵尸军团背后的主谋是谁,但她却什么都没有做。

"你敢想象一个外星人在地球大开杀戒吗?还是你认为简简单单杀几个人就可以铲除你们人类黑暗的欲望?"泡泡反问道。

"所以你一直在利用我是吗?"我苦笑道。她当然是在利用我,她甚至一直在暗中为我保驾护航。

"别忘了你现在的这条命也是我给你的哦。"泡泡再次露出灿烂的笑脸。

"好吧,我知道自己欠了你几条命,不用你提醒我。"我尴尬道。我当然知道,我还知道如果不是她,平野郎不知道已经杀我多少回,是她扭转了局势,也是她改变了他们的想法,甚至也是她让平野郎出手救了我一命。

"哼,你别忘恩负义就好。"泡泡翘起了嘴唇。

"我这把刀还好使吧?"我哭笑不得地说。

"钝死了,切点西瓜还行。"她几乎笑出了眼泪,她指着我说,"还记得野田毅死的那天吗?连身后站个人都不知道,还优哉游哉地哼小曲。每每想起那一幕都笑死我了。"

"你也就是在那一天看见主使之后,才决定出手的吧?"我难堪地问道。

"看来你还不算笨,不错,如果不是你拿给南茜的视频,我可能根本不会注意到真知社的事情,更不会发现主使背后的阴谋。"泡泡止住了笑声,认真地说。

"那神武的死……"

"神武的死和我无关,那是你的杰作。"泡泡飞快地说道,"你对神武的穷追不舍,以及你对神武无中生有的一些报道,已然让他成了主使手中最烫手的棋子,所以,说神武是你杀死的,好像也不为过。不过令主使没有想到的是,即便神武死了,你依旧像疯了的帝客那样,逮住什么都不肯松口,很快就让他手中众多的棋子都变成了废子,甚至包括尼让和小渊美子。"泡泡明明是在骂我是狗,但怎么听起来就这么舒服呢?

"所以,他一直想除掉我,如果不是你出手,我已经死了。"我垂下了骄傲的脑袋。

"我只是给了他们一些一闪而过的奇思妙想而已,真正的选择权还在他们手中。"泡泡开心地笑了。

"看来我这枚棋子你是用得得心应手了,所以你选择复活了我,是吗?"我丝毫开心不起来。

"你更应该感谢南茜,是她的一句话说服了我。"泡泡认真地说。

"她说了什么？难道南茜也参与了这一切？"我惊诧道。

"没有。但她告诉我说，说你是她所见过的唯一的一个真正完整的地球人。"泡泡说。

"完整？"我困惑地挠起了脑袋。

"你确实是一个完完整整的地球人，你拥有人类全部的善良，你也拥有人类全部的恶念，你一直在追逐正义，但你的内心也从来不缺乏罪恶。不过庆幸的是，你始终走在正确的道路上。况且，复活你后，我手中依旧会有一枚得心应手的棋子不是？就像你所认为的那样。"泡泡居然如是说。

我感受到自己脸上的潮热，为了避免继续蒙羞下去，我马上转移了话题："那又怎样？我们好像已经一败涂地。你也看到了，眼下联盟已经岌岌可危，甚至连地球都成了僵尸的乐园，我们该怎么办呢？"

"听天由命吧。"泡泡脸上浮现出一丝煞白，她懊恼地说道，"我和联盟曾经错误地认为，主使所代表的只不过是一股弱小的神秘力量，并没能及时把他们和异星联系起来，以至于错失良机，才导致了今天无法弥补的局面。眼下他们的触角已经遍布整个宇宙，武力对抗已经不能改变什么，反而会生灵涂炭，甚至会导致众多智慧文明的陨落。"

"你是说联盟准备和解吗？"我震惊道。

"准确地说，是城下之盟。"泡泡苦涩地说。

"真的没有办法了吗？"我困惑道。

"谁知道呢？也许真正的黑暗远未到来。"泡泡叹息道。

"我该怎么做？"我迷茫了。

我既不是天元上的棋子，也不是过河的卒子，我只不过是一个徒有虚名的骸星人，我还能做什么？抑或我什么都能做，但我又能改变得了什么呢？

我带着绝望辞别了泡泡，失魂落魄地走在街道上，不知不觉中，我再次走到木兮的住处。那里已经人去楼空，我木呆呆地在门前站了很久，才终于想到了要回去，回到一个叫家的地方。

第三十二章
基点

安娜一直在担心地看着我,她甚至几次开口对我说了什么,但我不知道。

帝客也知趣地跑到坚那里,时不时从坚的手臂下偷偷瞅我两眼。

连漪回来后,冲我喊了声什么,然后拉起安娜进了厨房。

南茜回来后,奇怪地触摸了下我的脑袋,然后笑嘻嘻地打开屏幕,和什么人聊起了天。

"他怎么了?"一个熟悉的身影闯了进来,她放下手中的东西,问南茜道。

"你怎么来了?"我困惑地睁大眼睛。

"我怎么就不能来呢?还是你认为我该亡命天涯呢?"小渊美子笑嘻嘻地坐在我身边,塞了只橘子在我手中。

"尼让也来吗?"

"他魔怔了吗?"小渊美子惊骇地喊道。

"谁知道呢?回来后就一直这样,跟丢了魂一般。"南茜瞟了我一眼,说道。

"南茜,你是地球人吗?"我好奇地问。

"也许是吧,你为什么问这个?"南茜更加好奇地问道。

"我能触摸下你的记忆吗?"

"哇,你要干吗?"虽然我离她还很远,但南茜还是见了鬼一般,吓得躲出老远去。

"你是不是疯了?怎么就那么想了解女孩子的秘密呢?"连漪端了果盘

出来，讥讽我道。

"坚，天狼星有支点站吗？"我扭头问坚道。

"有。"坚很确定。

"你是要去天狼星吗？我也去。"连漪立刻兴奋起来。

"这是一份许可函，你和安娜去把母亲接过来住几天。"我拿起茶几上的文件夹递给了连漪。连漪惊讶地看着我，她并不知道我的安排。

"可我怎么听说最近联盟的好些支点都是关闭的，好像要维护一段时间。"南茜有些不确定。

"大不了多转几个支点不就行了。"帝客也蠢蠢欲动起来。

"就是，最近联盟内好些地方都出了事，还是趁早把伯母接过来的好。"坚真的是哪壶不开提哪壶。

我的眼前浮现出漫山遍野的僵尸潮，浮现出一张张狰狞的异形面孔。即使在昨天，我还在坚信联盟的强大是无与伦比的，但在今天，我却只能眼睁睁地看着它的崩塌，无能为力。

肚子已经开始发出咕噜噜的抗议声，但当安娜摆满了一桌丰盛的美食时，我反倒没了一丝一毫的食欲。于是胡乱地往口中塞着食物，开始有一搭没一搭地瞎聊起来，但随着话题的跑偏，我们谈论的内容却越来越危险。

"我刚看到一篇报道，说一支正在游牧的犬月人，在舰仓中意外发现好多刚刚孵化出的异形幼崽，然后整个舰队就失去了联系。"帝客道听途说道。

"异形繁殖的速度很快，它们从产蛋到孵化基本不超过十天，并且从幼年到成年也只需短短几周。这想想都很可怕。"坚也危言耸听道。

"龙，听说地球也出事了，你听说什么了吗？"小渊美子问道。

"我怎么不知道？"我摇头撒谎道。

"我倒是听说天马座那边好些星球文明都沦陷了，好像那里不但只是闹僵尸病毒，还有好些异形出没。"南茜皱眉道。

"真奇怪，星际联盟如此强大，怎么连场毛毛雨还没有下，就已经这样了？"帝客呲牙道。

"有什么可奇怪的，联盟到处在扎篱笆，异星和主使却在到处撒糖豆，任谁有糖吃还愿吃糠呢？"小渊美子比喻道。

"这句话提醒了我，我记得在南非工作期间，曾经也看到过异形，当时我还在奇怪他们是怎么到地球的。"南茜回忆说，"后来我还特意打听了一下，但当地人只知道他们是来自星际的考察团，并不知道什么是异形。"

"这么说，他们早有预谋了。"连漪惊讶道。

"你又怎么认出来他们是异形的？难道当时他们没有易形，哦，化装吗？"我狐疑道。

"我曾经去过异星战场，自然认得他们。"南茜语出惊人。

"你去过异星战场？"坚咋舌道。

"很久之前的事了，那时你们肯定还没有来到这个世界上。嘻嘻。"南茜像小姑娘般俏皮地笑了起来。

南茜继续说道:"那天他们在去南非国家地质公园的途中遭遇了一场车祸，其中一个受伤被困在车中，我是在救援过程中认出来的他。"

"南茜妈妈，你也是外星人吗？"一直缄默不语的安娜，瞬间找到了方向。

"也算是吧，谁知道呢？"南茜不正经地回答道。

接下来的对话显然更不会"正经"到哪去，很快我们的话题就转移到一个更加危险的地方。我们开始讨论如果有一天连天空城也开始不安全，我们又该逃往哪里？

"我们大不了还回地球去。"坚傻乎乎地说。

"真到那时，我们可以钻进老鼠洞躲躲。"连漪玩笑着说道。她甚至建议先选择一处极端环境的星体躲上一段，她甚至根本没弄明白异星文明究竟是怎样的一种存在，一旦联盟沦陷，我们又能躲到哪儿去呢？

"我知道一个地方。"小渊美子说她知道一个地方是安全的，但她的话谁又敢信呢？或许那里的捕兽夹子正等待我们自投罗网，也说不定。

"我也知道一个地方。"南茜说我们可以去选择传说中的幽冥之地，那里无尽的暗夜幽灵可以为我们提供足以对抗任何势力的庇护。我所能做的反应也只能是苦笑，如果它真的存在，又如何只剩下传说？

"我有个好主意。"帝客说可以等天空城沦陷后再回到这里，因为那时的这里才是真正的"灯下黑"。这让我啼笑皆非，只能拿出一根香喷喷的骨头堵住了它的嘴。

"你去哪儿我就去哪儿。有你在，哪里都是安全的。"安娜第一次醉了酒，甚至还傻乎乎地说要陪我浪迹天涯。那一刻我泪目了，手中抚摸着她的秀发，眼泪却差点夺眶而出。

"现在还没有到要逃的地步，我们还是别杞人忧天了，好吗？"我宁愿选择有尊严的博弈，也不愿意东躲西藏地活着。

但面对眼前这些至亲至爱的人，我还真需要时间去认真考虑下未来。我开始走来走去，直至走进卧室，直到一头扎进被中，死一般沉睡去。

随着一道耀眼的光芒闪过，一簇簇五色斑斓的光爆撕碎了夜空，随后刺耳的警报声次第拉响，彻底打破了天空城的宁静。

睁开眼的那一刻，我看见帝客尖嚎着窜了出去，它慌乱的四蹄在光滑的地板上乱成一团。

"我们受到攻击了，你快过来。"泡泡闪烁在我的眼前，说道。

一路上我所看到的天空城，更像是在过地球的农历新年，到处都是绽放的"礼花"，把整个城市渲染得流光溢彩，五色斑斓，十分惹人心动。

赶到联盟大厦的时候，泡泡已经等在外面，她匆匆领我进了子曦首领的办公室。此刻，子曦首领正在全神贯注地看着眼前的大屏幕，看见我们进来，他指着屏幕上一个赤红的区域，吩咐道："你们现在就去这里，必须保证它的安全。"

"那是什么单位？"我好奇地问。

"科学研究院，联盟科技的摇篮。"泡泡话音未落，我们就瞬移到了研究院大厦的最高处。还没有来得及站稳脚步，头上就有一个光球张牙舞爪着一身的电花落下。泡泡随手一挥，随之一蓬烟花绽放，光球烟消云散。

抬头看去，来自深空的弱态粒子还在源源不断地穿过强大的磁盾，正汇聚成一团团厚重的乌云，层层叠叠在天空城的上空，渐成摧城之势。乌云中翻滚着一些诡异的光丝，不断地向下抛出刺目的电球。

我从未见过如此黑暗的乌云，它们犹如来自地狱的惊涛骇浪，从天庭之上拍击而下，令人惊魂。

此刻，天空城倾巢而出的战机在空中上下翻飞，不断用离子束刺破那些电球，爆燃出束束烟花，十分的夺目。但面对铺天盖地暴雨般的球电，他们疲于奔命……

是的，地面的游骑兵也在手忙脚乱地用粒子束进行截击，但依旧有一些球电成了漏网之鱼，它们在跌落中一旦靠近高楼大厦，瞬间就像被吸食一般撞击过去，燃爆出巨大的能量，瞬间粉碎去周围的一切。

"快构筑护盾。"说话间，泡泡的身形已经快逾闪电，她就像一团正在不断膨胀的光团，泛出愈来愈加四射的光芒，随着她在空中捕获粒子的速度加快，她已魔术般在大厦顶上构筑出一个基塔。

我在眼前幻化出基塔的构造图纸，一边手忙脚乱地吞噬着周围的粒子，一边笨拙地打印构件。第一次做这些，出错是难免的，一不小心的错误，让刚才的努力化作泡影。

泡泡不满地看向我，忍不住吐槽我道："嗨，你到底行不行？"

"嘿嘿。"我刚刚露出尴尬的笑容，一个球电已然闪过眼前，我忙不迭地探手抓住，把里面致密的能量吸附在掌中。

十几分钟后，我们终于在大厦顶端构建出密密麻麻的基塔群，随着泡泡的开启，它们在我们头顶飞快地编织出一张巨大的天网出来。球电如雨点般落在上面，打出片片光晕，激荡出层层叠叠五彩斑斓的涟漪。

"好美。"泡泡再次呈现出小女孩的本性。

"难道磁盾也无法分辨和阻挡那些弱态粒子吗？"我困惑地问道。

"磁盾只能防护致命的高能粒子和异物，要阻挡这些至微的弱态粒子，除非构建出基子盾或者用人工合成元素的反磁性粒子膜才行，不过，想用它们把整个天空城都包裹起来，也是不敢想象的。"泡泡回道。

"所以，我们必须尽快找到并摧毁敌人的发射塔，才能阻止这一切是吗？"我问道。

"你感觉可能吗？它们甚至微乎其微，难以发现。"泡泡不屑地瞥了我一眼。

"它们是被编程了吗？不然怎么可能有聚合，并发起有针对性的攻击呢？"我推测道。

"所以，你感觉到智慧的无限和可怕了吗？驾驭与超越自然始终是科技发展的方向，它几乎是无极限的一种趋势。"泡泡说。

"是。但是百分之九十九点九的星球文明最终没能走出自己的星系，最终殉葬于自己的摇篮，这才是一个可怕的现实。"我用低哑的声音说道。

"如果所有文明都能迈入星际，那么宇宙是不是就要倒大霉了呢？"泡泡奇怪地问道，看着我困惑的眼神，她解释道，"事实上，除了星际文明之外，我更愿意把其他文明称为社会，那些连星系都迈不出来的所谓文明，说到底，不过是一种社会生态体的杂乱组合，甚至无从称之为一种文明……"

"我不明白。"我下意识地打断了泡泡。

"想想，如果一种文明是围绕一日三餐或者民主自由所建立起来的，那么它的门槛是不是也太低了呢？前者是乞食，一个连温饱都做不到的文明能称之为文明吗？后者是内斗，一个连禽兽都能解决掉的问题，反而成了一个文明为之奋斗的目标，是不是连说出口都会让禽兽们贻笑大方了呢？它又何配称之为文明呢？毕竟自由的生长和自由的选择，是一个人，甚至是一个禽兽存活在这个世界上的最起码的诉求。"泡泡口吐莲花道。

"那么文明又该是怎样的呢？"我迷茫道。

"以我的理解，文明应该超越自我，超越生死，乃至超越宇宙。每个生命都有自己对世界的理解，以及对未知进行探索的好奇心，如果一个社会能满足他们做到这些，就可以称为一种文明。"此刻，无数道光影围绕在泡泡身边，随着她翩跹的身姿，流光四溢。

"就这么简单？"我不可思议地看向泡泡。

"它真的很简单吗？"泡泡笑了。

"……"细细思索之下，我只能无语以对。我感到一丝沮丧：原来我一直活在一个连畜生都不如的社会中。

"所以……"泡泡欲言又止。

"你还想说什么？"我感受着心中流淌的那份冰冷。

"内耗和自娱自乐是低级文明的必然，对于任何一个文明来说，能在母球或者星系灭亡之前走出来，却是很难的。毕竟星际之大，不是它们想走就能走出来的。"泡泡平静地说。

"所以，每个文明都是自己的死亡之钟是吗？"我战栗道。

"不是死亡之钟，而是时不我待之钟。当一个文明始终无法凝聚出超越自己生命时间的智慧，凝聚出超越自身本性的共性文明，那么它们的存在将毫无意义，甚至形同垃圾。"泡泡冷酷无情地说道。

"我明白了。"我苦笑道。

"在浩瀚的宇宙面前，任何文明都只是尘埃般的过客。就像今天的联盟和异星一样，如果在未来它们依旧找不到共识的方向，终有一天，面对永恒的宇宙，它们也会被扫入时代的垃圾箱中。"泡泡认真地说。

"骸星文明也是如此吗？"我质疑道。

"难道现在的你对金钱还有欲望吗？"泡泡突然转移了话题，奇怪地问。

"当然不需要，我可以随便合成出任何物质和我需要的东西。"作为一个基子人，我摇头道。

"你还向往权力吗？"泡泡追问道。

"我近乎无所不能，干吗还要去劳心费力地去打苦工呢？当上帝吗？我没有兴趣。"我坦诚道。

"但眼下的我们必须是苦工，必须是上帝。向那些向善的文明伸出援手会让我们眼前的世界干净许多，也清净许多。这才是我们该做的事情。"泡泡最后说道。

"为什么？"我迷乱道。

"物以类聚人以群分，一个向善并能做到善始善终的文明并不多，它们才是联盟的根基所在。"泡泡解释道。

泡泡的说辞立刻让我想到了天堂，既然有天堂，那必然也会有地狱，也必然会有天怒人怨。

此刻已是深夜，但缭乱的光影和四处点缀的战火硝烟，让天空城看上去明亮如初，甚至流光溢彩。

只是一夜烟雨，雨过天晴后的天空更加蔚蓝。

"英雄出于乱世，你们说，我还会有机会吗？"帝客呲牙咧嘴道。

"身逢乱世，人不如狗，你有的是机会。"我撸了撸帝客的耳朵。

"宇宙之大，难道真的没有一片净土吗？"连漪多愁善感道。

"有啊，在这里。"我指着自己的胸膛说。

"啧——"

安娜瞅了我一眼，偷偷抿嘴一笑，打开了新闻。

一位白发苍苍的学者站在了我们的餐桌上，他絮絮叨叨地说："曾经，我们用族群消融了家庭之争，用国家消融了种群之争，用联邦消融了国家之争，用联盟消融了文明之争，但今天，我们该用什么来消融和异星的光明之争呢……"

一个全副盔甲的战士艰难地爬上了餐桌，他说："在以前，战争的胜负往往取决于军事技术能力和民心所向，但随着粒子和基子时代的到来，它已被改变……"

眨眼间，一个精灵飘了出来，她脚踩着餐桌上的美食，伤心地说："光盾星系的大移民计划正在有条不紊地进行中，此次系外移民人数将史无前例地达到三十万亿人……"

随后又有形形色色的东西爬上桌面，七嘴八舌地说道：

"我们已经取得了异星战场战略上的胜利，敌人正在节节败退……"

"联盟今天发出迄今为止最严禁令，它将在未来七十二小时内，封锁整个太空通道……"

"光今天逃离天空城的飞行器就高达百万，其中大多数属于私人飞船……"

"我的战友死在我的怀抱中，还有许多……"

"现在插播一则新闻，来自前线……"

"西郊码头一艘游轮意外……"

安娜越来越快地调换着频道,她的手指似乎已经痉挛,再也无法停止下来,一幅幅画面带出的闪烁,让她的面孔显得阴晴不定。

"关掉它吧。"南茜一声叹息,从安娜手中拿走遥控器关闭了新闻,随之死寂般的沉默笼罩在我们的周围。

"去往天狼星的支点全部关闭了,我该怎么办?"连漪伤心地说。

"别担心,我听泡泡说,天狼星一直是联盟的重要军事基地,那里不仅驻扎有天狼舰队,还部署有隶属联盟的星际舰队。最重要的是,眼下天狼星并没有被战火波及,所以那里远比天空城还要安全。"我宽慰连漪道。

"我还是搞不明白,如此强大的星际联盟,怎么就一夜间破防了呢?"帝客扑棱着脑袋不解道。

"那是因为异星早就渗入进联盟的腹地,而联盟却对此置若罔闻,才导致了今天野火烧身的局面。"坚给出了正确的解释。

"这么说是伊雅婷的责任喽,毕竟她是联盟的最高军事指挥官。"帝客疑问道。

"不全然是,因为它未必事关军事,也未必隶属联盟。"我解释道。

"那就是基点犯错误了,它怎么可能没有半点察觉呢?除非它无视了它们。"帝客脑洞大开道。

"对呀,除非这些信息是以汇总的方式呈现出来的,否则,面对海量的信息汇集,十一领袖怎么可能关注到它,甚至看到了,这里面也会存在一个信息过载下的BUG。"坚惊喜地摸了摸帝客的脑袋。

"所以这还是基点的问题。"帝客开心地摇起了尾巴。

"未必,即便真的如此,基点这么做,也必然有它的道理。"南茜莫名其妙地说。

"你想说什么?"我困惑地看向南茜。

"我是想说,毕竟基点集合了宇宙中全部的智慧与认知,即便是骸星文明,恐怕也无法与之媲美。"南茜语出惊人。

"所以呢?"我错愕地问道。

"所以——当我们在黑暗中待久了,黑暗也会有一种光明,如此,我们对黑暗的认知还会是一成不变的吗？我曾游历过很多地方，听到也看到过众多黑暗，也因此常常心生许多黑暗之想。就像一个嗜暗而生的人，基点又怎么可能事事完美呢？"南茜质疑道。

"所以——每天面对黑暗，基点也会产生纠结的智慧是吗？应该就是这样。"帝客一通乱点头认可道。

"未必就是纠结，也许会更加黑暗。它或许是想去改变点什么，不仅仅是针对，也许是宽容与妥协。"南茜提醒道。

对于南茜荒诞的言论，我深感震惊，因为这是我从来没有想到过的。一念天堂与一念地狱对于常人来说是常有的事，但这些怎么可能发生在基点身上，毕竟基点是基于骸星文明所创立出来的，它又怎么可能摇摆在不同的认知之间？

只是三言两语，外面已被黑暗笼罩。只是一念之间，信仰之塔已然崩塌。

带着困惑，我又一次来到基点，站在摇曳的光影中，我迟迟提不出问题来。是的，在来这里之前，泡泡告诉我，基点是星际联盟的基石般的存在，质疑它，本身就是可笑的，因为联盟之所以有今天的辉煌，它功不可没。

"南茜说得不错，这个世界上最纯洁的必然是最纯净的。能够在黑暗中坚守光明，如果没有坚定的信仰与超越常人的智慧，面对无尽的黑暗，任谁都会沦落其中。"面对我的困惑，泡泡头也不抬地说道。

"同样的问题，对不同的人，它会给出不一样的答案，基于你的认知，基于你的视野。它甚至会沉默以对，所以，你想好要去问的问题了吗？包括该怎么去问。"泡泡拒绝了与我同往的请求，她正在为迎接异星主宰的到来而手忙脚乱。

"它并非惜字如金，如果你沉默以对，它也许会给你一些有益的建议。"泡泡在我失望地走开时，给了我一个不确定的建议。

此刻，我站在这里，基点旋转出一束七彩的光芒，缠绕去我的全部。

"我看到了你对人性的困惑，人性天生地长，本无善恶，乃是社会的决选之果。不过，做什么样的人，有什么样的人生，却是你一步步走出来的。"

在我刚想开口问什么的时候，基点突然说道。

"我看到了你对文明的困惑，文明也是所有人用脚丫子一步步走出来的，至于它走向何方，没有人知道，包括我。"基点坦诚地说。

"我看到你对未来的困惑，和你同样，我也充满困惑，在我的认知中，不管未来如何，它必然是根植在宇宙之上的，智慧可以超越宇宙，但最终也还会归于宇宙。"基点的声音犹如天籁。

"我亦看到了你对骸星的困惑，我可以明确地告诉你，不论是宇宙还是文明，它们的尽头都只能是基子。所以，能驾驭基子的骸星文明必然是一种永恒的文明，亦是智慧之巅的终极文明，无从超越。"基点肯定地说道。

"你知道骸星在哪里吗？"我迷茫道。

"我也不知道，它应该无处不在吧？就像上帝和其他神明那样。当然，也许骸星只是一个符号，也许它从来没有存在过。"基点模棱两可地回道。

"它为什么会取名骸星呢？"我迟疑地问道。

"宇宙之沌，乃黑暗与光明同在，当一种光明从黑暗中浮羲而出的时候，怎么可能不在背后留下累累白骨，这或许就是它取名骸星，意在警示的本意吧。"基点说道。

"如果一个人看到的黑暗过多后，会怎样呢？"我想到了来的目的。

"那么你眼中的世界必然也是黑暗的，即使你心向光明，但面对漫漫无期的未来，你会茫然，你会沮丧，你会绝望。"基点的声音渐渐变得有些空洞。

"你呢？"我问道。

"和你一样，我会选择改变，改变眼前的一切。"基点的色彩渐渐为一团迷雾所包裹，这让本来璀璨无比的它呈现出一丝神秘。

"所以宇宙必然会归于混沌，文明也必然会回归人性是吗？"我大胆地问道。

"万宇之下，阴阳有变，犹如潮汐之潮，起起落落，来来去去，又何曾能亘古不变呢？想想，大概也只有骸星文明能超然而出，还有谁能不落轮回呢？"基点嗟叹道。

"星际联盟如此强大，为什么也会沦落至此呢？"我茫然地问道。

"你别忘了，星际联盟的历史根本无法和异星文明相提并论，毕竟异星文明可以追溯到宇宙之初。所以，任何质疑它的文明和能力的言论都是可笑的。甚至在今天，我们都无法理解它为什么能如此存在于漫长的历史长河而不曾消亡。这真的不可思议。"基点说话间，包裹在我身边的丝丝光缕，已然如污血般黑暗。

"你的智慧与认知已经囊括天宇，难道连你也无法看清并改变目前的一切吗？"我敬畏有加。

"我同样为骸星文明所构建，所以，我亦有自己无法突破的认知边界。"基点居然如此说。

"骸星文明究竟是一种什么样的文明呢？"我问道。

"我也不知道，我只知道它是我们宇宙中唯一的终极文明，是一种有着无限光明的文明。"基点在回答我的时候，身上跌宕出一圈圈的光之涟漪。

"那么异星文明呢？"我慢慢抬起手来，看着指缝间那流淌而过的熠熠光丝，茫然道。

"是我所见所知中最为黑暗的一种文明，甚至连你们人类口中的炼狱，也不能与之相提并论。但不可否认的是，他们的认知更贴合宇宙的本质，我不是指他们适者生存的信仰，而是指他们对生命本质有着自身的理解。在他们眼中，生与死只是无休无止的轮回，所以，世间一切皆是永恒，包括生命与文明。所以，他们更相信人生如戏，能真实地图画出自己真实的人生，远比一切都要重要。因此，他们更加坚信，能在有限的一生中创造出属于自己独一无二的人生故事，远比其他任何东西都重要。"基点侃侃而谈道。

我已然看到了肆意奔流中的洪水，已然看到了的天地异变下的毁灭，我在战栗中说道："所以，他们会无视一切地去做自己是吗？"

"你不也在说自己要百无禁忌地活着吗？只不过他们在做，而你，只是在说而已。这，就是我们和他们之间的差别所在。"基点发出朗朗笑声。

"听说恺昱主宰即将来天空城，基于你刚才所描述的一切，以及眼下的局势，难道他们真的是想逼联盟签订城下之盟吗？"我苦笑一下，问道。

"一切皆有可能，但对话总比对抗要好，或许谈着谈着就能谈出个朗朗乾坤呢？也未可知。"基点理性地回答道。

"我还能做点什么？任何事。"我最后问道。

"也许你什么都不做，才是最好的选择。"基点用它的坦诚，羞辱了我。

离开基点中心，漫无目的地行走在街道上，心思烦乱，直到在一个街角处，一辆飞驰的警车呼啸着擦肩而过，带来一股瞬间要被吸入车轮下的恐惧。

作为地球人，我依旧会下意识地竖起中指。

第三十三章
鬼使与神差

在过去的几天里，天空城的居民都在忐忑不安中翘首以待，关于恺昱主宰的小道消息混乱而纷杂，但无疑的是，恐慌者远比乐观者众，这让整个天空城如同蒙上了一层厚重的雾霾，让原本没有改变的天空像异变般换了颜色。

来自异星的袭扰随着恺昱主宰来临的日期临近，变得更加频繁和暴力，四处潜出的黑暗和漫天飘舞的光球交错出一个无以言表的世界。

和传统武力不同，这是根植在粒子世界上的暴力美学，它可能是无声无息的，也可能是绚丽多彩的；它会是粒子间的碰撞和泯灭，也会是粒子聚合之下的天地异变。

随着一个漏网之鱼的电球飘落在一栋大厦顶上，电球瞬间汇聚出一潭巨大的深渊，旋转着吞噬了周边的一切，所及之处皆是齑粉，直到它最终爆出刺目的光彩，眼前的那个大厦瞬间崩塌殆尽。

"微观科技居然如此可怕，这是我从来没有想到过的。"一路上，坚都痴迷于天空中那些飘落的美轮美奂的电球，直到看到眼前的一幕，他才有所震撼。

"如果我也能驾驭基子就好了，那样我就能驾驭一切，宇宙的力量也会掌握在我的手中，我就会成为上帝般的存在。"帝客吐着舌头，痴心妄想地说道。

"所以我们才会面对今天的困境，如果所有人都如你这般心存'梦想'，文明又怎么可能走出历史的轮回。"此刻，安娜的眼睛依旧清澈透底，但她的内心却有着无限波澜。

"宇宙不就是这样的吗？既然生命源于宇宙，我们又怎么可能凭空造出一个不一样的世界呢？"帝客甚至没有想到它的言论的危险性，我没能忍住而向它踢去了一脚。

"谢谢你们来为我们送行，我们还会再见不是？我想会的。"小渊美子弯腰抱过帝客，她的脸上丝毫没有半点的沮丧，相反，此刻的她，反倒像一个刚刚才对未来产生出诸多憧憬的孩子，显得兴奋异常。

"你们想好要去哪里了吗？"我问尼让道。尼让已经打包好全部的行李，他一身正装，看不出半点逃离的模样。

"哈哈，我也不知道，反正我买了两张船票，管它到哪儿呢。有心仪的地方下船就是。"虽然如此说，尼让的脸上还是呈现出复杂的表情，他当然知道前途未卜。

"那就好。"此刻，我同样五味杂陈。

"你们有什么打算吗？"我听到小渊美子问安娜道。

"暂时还没有，希望和谈能取得好的结果吧。"安娜回道。

"银河系一直是联盟力量最薄弱的军事腹地，天空城今天的麻烦，想来也是异星预谋已久的事情，它们肯定势在必得。我还听说联盟大部分支点都被破坏掉了，一旦失去这样重要的运输通道，那么远在星际各处的联盟舰队要想回援这里，还真是遥遥无期。所以，你们也应该有所打算了。"尼让真诚地对我说。

"所以，和谈才是唯一的出路。希望会有一个好的结果。"坚插口回道。

"希望如此吧。"尼让面露一丝苦笑，然后话锋一转，"如果和谈也是一个幌子呢？你们想过没有，纵观历史，异星有进入过宇宙腹地的既往吗？为什么他们从来不曾来过，但现在却来了？"

"你想说什么？"我错愕道。

"我所接触的主使并不是异星人，他神秘莫测的能力甚至会让我想到你。所以，它很可能是某种粒子文明，如果是这样，联盟还会有未来吗？或许，城下之盟只是开始，它们的真正目的可能会是整个宇宙。"尼让面色苍白。

"这怎么可能？"我震惊道。

"你可能不知道，基于基子武器强大的毁灭力，联盟在继承了异星战场的同时，也继承了一份远古流传下来的合约，它明确限制了基子武器的使用。但现在，如果你们面对的是一种崭新的粒子文明，一种无限接近于基子的粒子技术能力，那么它还会有约束力吗？是不是这样？"尼让说道。

我被尼让的话深深震撼到了，我想起子曦首领曾经表现出的对主使身份的那份焦虑。

尼让和小渊美子走了，看着他们离去的身影，坚不安地说道："或许我们也该考虑离开这里了，你们说呢？"

"地球都已经成了僵尸的乐园。我们还能去哪儿？"帝客闷闷不乐道。

"你们听说过徕卡彗星吗？它是一颗在星际间四处流浪的彗星，是隐世者的世外桃源，如果能找到它，我们就去那里好了。"坚提议道。

"连漪一直想去天狼星和母亲团聚，所以，不管去哪，我们都应该先去一趟天狼星。"安娜提醒道。

尼让走了，却留给我一份深深的恐惧，它不仅夺走了我对未来自以为是的期许，也让我彻底沦陷在末世般的迷茫中。我既看不到星际联盟的未来，也看不到自己命运的齿轮。

随着一道光芒四射的大门在联盟大厦上空敞开，道道炫目的光影过后，两排异常高大的异星战士威风凛凛地站在阶梯的两边，恍若天神一般，让人心生敬畏。那一刻，我看见子曦与众首领正在卑微地站在白光缭绕的阶梯下翘首以待。

终于，一个巨大的身影浮现在光明之中，他犹如走出天堂之门的上帝一般，缓步走下众生奢望的天阶。他那傲岸的身姿，足以让众生倍感卑微。

"恺昱主宰！"汇聚在联盟大厦周围的人群开始骚动起来，有人用颤抖的声音喊道。

"他真的就是恺昱主宰吗？他怎么那么高大？"

"他真的有这么高大吗？"

"杀了他。"

"你倒是上去给我们杀个看啊。"

"我们应该给他来个瓮中捉鳖。"

"哈哈，地球人，你在想什么呢？"

"他真的是诚心诚意和我们达成和解吗？毕竟我们是宿敌。"

"不管怎样？这都是一次千载难逢的机遇，不是吗？"

"我们该走了。"泡泡拉扯了一下我的手臂，面无表情地说。

"去哪儿？"我紧跟在泡泡身后，但依旧三步一回头。

"去了你就知道了。"说话间，泡泡已经恢复了基子之身，她拉出一道光影，跃上空中。

转眼我们已经站在了一处紧闭的大门前，泡泡仔细整理下衣襟后，方小心翼翼地按响门铃。里面很快走出来一位管家，他礼貌地打开门把我们让了进去。穿过明亮的大厅，来到一间书房，我们看见了这家的主人，他正在专心致志地翻看着一份古老的星图。

"我们来了。"泡泡小声说道。

"坐，坐。"主人并没有抬头，他的目光依旧落在星图上。

静寂中，我偷眼四下看去，只见整个书房除了一角的装饰柜中杂乱的堆了些书籍和卷轴，再无半片纸张，倒是四处堆积一些杂物，凌乱不堪。

看到正襟危坐的泡泡，我反倒更加好奇起这家主人的身份，毕竟一个在子曦首领那里都敢肆无忌惮的人，怎么可能会紧张成这样？

他究竟是什么人？胡思乱想也想不出结果，我只好埋头看向自己的脚尖，耳朵却越竖越高，敏感地聆听着四下的动静。

"你们都看到恺昱主宰了吧？记得我上一次见到他，已经是几个宇宙年之前的事情了。"主人抬起头来，他是天神星人，一脸的沟壑让他看上去足够苍老，甚至无从辨析他的年龄。

"是。"泡泡慌忙站起身回道。

"想不到他还真的来了。唉——"老人叹息，然后接着说，"我有两件事要托付给你们。"

"您说。"泡泡垂手应道。

"你先去趟异星，看看能不能查到与主使相关的线索，归来时也顺路寻找下骸星文明的下落。"

"是。"泡泡的脸上闪过一丝波澜，但她还是答应了下来。

"龙，你还记得如何去天巡吗？"老人看向我。

我一怔，下意识地瞅了一眼泡泡，得到她的默许后，我才不确定地回道："应该能吧。"

"这上面是它的位置，你记牢了。"老人把星图画在了我的面前。

我快速记下位置，问道："我做什么？"

"你回去准备一下，马上就去那里。记住，如果没有泡泡的召唤，你绝不可以离开天巡半步。"

"我能做什么？"我吃惊地打断了他，对他的身份更加起疑。

"威克也已经在去天巡的路上了，到时候他会告诉你的。还有，你最好连身边所有的朋友也都带过去，她们留在天空城并不安全。"

"……"

"前往天巡周边的支点还有能用的，我已经帮你安排好了线路，你随时都可以走。"

"……"

"你们走吧，我累了。"

他好像真的很累，话刚说完，就俯身在书案上沉沉睡去。我几乎是逃出来的，里面压抑的氛围让人喘不过气来，一出门，我就迫不及待地先深吸了一口气，才一脸困惑地问道："他究竟是谁？"

"你原来没有看出来她是伊雅婷首领啊？"泡泡吃惊道。

"什么？！"我差点跳了起来。

"唉，你的七情六欲可真够根深蒂固的，都做骸星人这么久了，怎么还能受情绪的影响。"泡泡叹息道。

"是。"我沮丧地垂下了头，然后才好奇地问道，"她为什么要让我带上安娜她们一起走？我需要在天巡待很久吗？"

"做好最坏的打算是必要的，毕竟带上安娜她们，你才会心无旁骛，不是吗？"泡泡显然还在奚落我的人性。

"她不会真的想开启它吧？你不是说……"

"好了，就这样吧。不和我道个别吗？也许以后我们真的无缘再见了。"泡泡飞快地打断了我，笑盈盈地冲我展开双臂。

"保重。"

"保重。"

出发前，我们通过支点和游舰先去了趟天狼星，见到了连漪日渐衰老的母亲。面对连漪执意的请求，已经雪鬓霜鬟的连母既不愿意去天巡，也不同意连漪守在自己身边，她只是说："我老了，我已经看遍世间的姹紫嫣红，也是时候该停下脚步，来填补一下自己的人生了。"

老人的执着，终让我们束手无策，直到老人"无情"地把连漪推出大门，我们才踏上一条生死未卜的星途。

星途如梦，伤感未落，我们已然穿越了半个联盟腹地，在支点的最后一站下了车，并异常艰难地租到一艘私人飞船。

雪鸮号并没有我预期中的那样"完美"，它不但看上去破旧不堪，甚至在飞行过程中，舰体也在不断发出一些莫名其妙的零碎的声响。

面对我的担忧，蜈蚣般的舰长卡莱朗基挥舞起他的八只手臂保证说："别看它破旧不堪，我向你保证，不用多久，它就可以加速到百倍光速。"

是的，随着时空的推移，帝客口中的惊讶渐渐变成了惊喜，它会时不时一惊一乍地发出刺耳的吠声，让人惊魂难定。

是的，随着雪鸮号的不断加速，它的速度早已超越了我们所认知的光速，眼前的世界不但没有因此而黑暗，反而以一种绚丽的色彩涂抹进我们的眼中。

随着迈入超视距世界，在某一瞬间，一切看上去都静止了，如同失去时间一般，但也只是瞬间，瞬间之后，一个五彩斑斓的世界，又会扑面而来。

"我们难道是在驾驭时光吗？为什么我们依旧能够看见身后的世界？"无法理解的帝客挠头道。

"如果我告诉你，我们两个人眼中的世界并不是一样的，你会信吗？"

心情不错，我决定戏弄下帝客的智慧。

"怎么说？"帝客立刻像人一样好奇起来。

"你知道视觉是怎么产生的吗？"我问道。

"当然是我们视网膜中的感光细胞对光子的感知产生的啊。"帝客蹲坐在我的面前，认真极了。

"那么光子是不是也是一种粒子态呢？甚至不是相同的粒子。"我问道。

聪明的帝客并没有立刻回答，它只是飞快地转动着小眼睛，思谋良久，才恍然大悟道："你是说如果眼睛的构造各有不同，那么我们同样也会对不同的粒子态也有着千差万别的感知。是这样吗？"

果然是一条好狗。我放弃了戏弄它的初心，循循善诱道："不错，那么风是不是也会成为一种光明呢？是不是在暗淡无光的深海中，水也会是一种光明呢？"

"甚至我们根本不需要眼睛。"我轻轻抚摸了下帝客的脑袋，它让我看到了智慧之下的未来的希望。

"记住，这种源于自身感知的差异或者缺陷，会让我们每一个人眼中的世界千差万别起来，但也会让我们无视掉许多事物的真相。就像此刻我们眼中的光线，舌尖上的味道，耳中奇奇怪怪的回响。这种千差万别的感知能力，可能会让我们从一开始就站在了不同的跑道上。"我最后说道。

是的，世间万象就像卡莱朗基舰长端上来的怪酒一样，无法品味。它的味道真的很怪，你甚至无法辨析和感受到它是怎样的一种存在，但它却真真实实地冲击着你的味蕾。你真的找不到任何语言来描述它，到最后，你大概也只能用一个完全没有具象的"怪"字来形容它了。

靠在舷窗前，眺望于流光溢影中的世界，我再次陷入迷思的沼泽，我想不明白伊雅婷首领是不是真的曾经死过，还是谁偷偷复活了她？也想不清楚伊雅婷首领派我去天巡的真实目的何在，更猜想不出联盟同恺昱主宰的和谈进展如何，如果……

如果真的"一切皆有可能"，那么属于未来的"现实"就会千奇百怪起来。当你无法洞悉事物的本质，你的认知始终会如一团浆糊。

"那是什么？"帝客再次喧嚣起来。

顺着帝客毛茸茸的爪子，我看到了一个不可思议的巨大星球，它似乎比整个太阳系还要庞大。它不是我们所熟识的固态星球，而是一个更接近液态的气态星球。它当然也不是一团星云，它足够成熟和稳定，我们甚至可以透过厚重的云霭看到下面的智慧建筑，它们同样巨大到让人瞠目结舌。

或许用"一切皆有可能"来形容浩瀚的宇宙和智慧文明是恰当的，混沌之下的秩序不仅有其逻辑所在，也有着百花盛开后的繁花。所以，我更愿意把无序称为上帝，毕竟只有无序才能催生出无限的可能，才能结出秩序之下的逻辑之果。要理解这一点，并不困难。

"头儿，你真的不想回地球看看吗？"坚是一个念旧的人，他甚至常常怀念和我在一起之后的各种窘态，且回味无穷。

"哥哥真的也会去天巡吗？"安娜一直在如此问，只是为了一次次从我这里得到星星点点的慰藉。

"我感觉恺昱主宰此行并非势在必得，也可能只是一种故作姿态。"南茜始终在关注和谈的进展，她甚至常常会给出有悖常理的预测。

"为什么？"我诧异道。

"因为时至今日，联盟别说伤筋动骨了，甚至连半点皮肉之伤都没有，又怎么可能会有城下之盟呢？"南茜说完又笑着补充了一句，"我坚信，我们的未来充满光明。"

"是吗？可能是吧！我记得泡泡口中常常用到浮羲一词，她对浮羲的解释是冉冉升起的样子，虽然她又笃定冉冉升起的会是光明，但我眼中现在所看到的，却是正在冉冉升起的黑暗。"我始终充满悲观。

复杂的情感世界如同眼前的宇宙一般，你可以一时狗血的走出与常人不同的世界，也可以循规蹈矩地迈入可规可划的寻常人生。但无论你如何选择，生活始终会像一面镜子，面对你的喜怒哀乐，它必然镜像般全部返还予你。如此，我们对世界的态度，可能真的会决定到我们的未来。

是的，我曾经以为我们追寻的彼岸是众神永生的世界，但泡泡却告诉我，永恒在变化的面前真的是无足轻重的存在。

"呜——"

雪鸮号突然发出刺耳的警报声,然后以极限速度做出回旋动作。来不及做出防备的坚飞了出去。如果不是舰船以及他体内的两套支撑系统的保护,此时此刻的他,大概率会被巨大的惯性压缩成饼干,甚至在墙壁上碰撞出一地的零碎。

"发生了什么?"我冲进驾驶舱。

"异星舰队。"卡莱朗基舰长惊恐地指向一侧。

我被眼前的一幕所震惊到,原本星星点点的璀璨星空,突然冒出一支庞大的异星舰队,它们进行了星际跃迁,只是瞬间,数以万计的异星战舰已经密密麻麻地霸据了整个星空。

它们庞大的舰体在夜空中熠熠生辉,巨大的引擎更是喷射出五颜六色的色彩,绘就出一个令人叹为观止的世界。

"小心。"船副也发出一声刺耳的尖叫,他飞快且艰难地拉满了一侧的翼舵,即便如此,雪鸮号还是不可避免地受到了异星战舰强大的粒子盾的冲击,舰体瞬间被撕出一道巨大的裂隙出来。

"快堵上它——"

事实上,卡莱朗基舰长的话音尚未落下,我已经从异星战舰的粒子盾中抽取到足够的粒子,修补上那道深深的裂隙。

"天啊!你看见了吗?难道我眼花了吗?"卡莱朗基舰长困惑地看向我。

和异星战舰相比,雪鸮号甚至连虾米也算不上,它艰难地挣扎在巨舰搅扰出的强劲川流中,随波逐流在一望无际的舰队间。

这是一个亦真亦幻如梦幻般的世界,它让我看到了文明与科技的无限性。

"它们怎么会出现在这里?"我迟疑地问道。

"这里已经非常靠近异星战场了,遇到它们有什么奇怪的,不过碰到这么大规模的舰队,我也是第一次。"卡莱朗基舰长说。

"它们为什么不攻击我们呢?"帝客傻乎乎地问。

"你认为大象会在意脚面上的一只蚂蚁吗?何况我们在它眼中甚至连蜉

蚁都算不上，充其量只是一粒尘埃。"卡莱朗基舰长幽默地回道。

"这里离异星战场很近吗？"安娜不知何时也来到了驾驶舱。

"从星图上看也就一两个经度的距离，已经很近了。"卡莱朗基舰长继续说道："不过我从来没敢太靠近那里，那里比地狱还要可怕。"

我知道卡莱朗基舰长并非在危言耸听，此刻我的注意力被异星舰队的旗舰所吸引到，因为它就那么突兀地戳在你的眼前，充斥着你全部的视野。甚至，你用肉眼都无法看清它全部的轮廓。

只是一个神游，我的灵魂飘然而出，把自己投射了出去。

旗舰的粒子盾远比其他战舰的要更加强大和致密，不过这对于至微的基子来说，它更像是由天经地维所编织成的大网，甚至毫无阻碍。

穿墙而入，一张狰狞的异形脸庞便戳在眼前，长满獠牙的大口也迎面鲸吞而来，吓得我慌忙跳在一旁，惊起一身的寒毛。

来到旗舰灯火通明的指挥舱，里面的空间简直比国家广场还要空旷，放眼看去，这里不管是地面还是空中，上面挂满了大大小小的物理屏和虚拟屏。众多异形和智能机器人正在忙碌其中。

找到核心指挥平台很容易，因为它就悬浮在半空，足够显眼和巨大。一闪而上，我已然来到上面，本想一展身手的我，却错愕地发现平台上面空无一人，只有一个球脑在上面手忙脚乱地发号着施令。

我犹豫着不知道该做什么，我甚至没有察觉自己伸出去的手已经抚在了粒子球脑上面，直到里面海量且繁杂的信息源源不断的充斥进我的大脑，我才恍然醒来。

"奇怪？它们的目的地怎么会是这里？"展开刻印在脑海中的星图，我困惑了。

云母星系属于薄弱星系，这让它看上去就像一张薄薄的透明玻璃，脆弱而又贫瘠。和周围巨大的星系相比，不足万计的恒星拥有量，让它显得足够渺小。所以它的过去，只能是在周边强大的星系包裹下去夹缝求生，稍有不慎，就会被它们吞噬进去。

但云母星系无疑又是幸运的，虽然来自其他星系强大的牵扯力始终让它的存在岌岌可危，但它又总能幸运地逢凶化吉，脱离危境。有了这种幸运，在过去的诸多宇宙季中，它足迹混乱地游荡在各大星际之间，从未失足。

云母星系不稳定的状态，促使其所孕育出的文明最终走向背叛，那里除了那些尚挣扎在星球中无法自拔的初级文明之外，但凡能迈入星际的高级文明，都早早地逃离了那里。

"温床？"在我还在胡乱猜疑之际，一个直觉蹿入脑海。

直觉往往是认知下的一种智慧能力，只是看到了更多，听到了更多，你甚至不用掌握知识与智慧，你就能在下意识的状态下看到趋势，看到未来。

就像脆弱的瓷盘失手掉落，就像装满水的杯子在眼前倾倒，就像我连想都没有想地随手从粒子球脑中抽出一缕光影，然后飞快地重新编写了里面的计划。那一刻，一丝充满邪恶的笑容浮现在我的脸上。

"嗨——"安娜好奇地在我眼前晃着小手。

"嗨——"我招摇出无比灿烂的笑容回应道。

"呀，周公没有留你喝酒啊？"安娜被吓了一跳，脸色煞白。

周公倒没有请我喝酒，不过负责御光支点的联盟官熙照确实请我喝了茶。她对我所传递的信息将信将疑，直到我向她展现出自己基子的身份，她才立刻敬畏有加地答应道："我这就汇报。"

"周公确实挽留我了，但是我可没兴趣。"我厚起脸皮嬉笑道。

"哼，你什么时候这么自觉了呢？"安娜不满道。

"怎么会呢？"我刚要再甜言蜜语些什么，一低头，却看见帝客正在我的脚下翘首以待。

"小东西……"我抬脚出去的瞬间，却尴尬地感受到来自四面八方投来的异样眼光。

"你的船造好了吗？"我弯腰抱起了帝客，在众目睽睽之下，一脸尴尬地走出了驾驶舱。

即使趴在屏幕前手忙脚乱，帝客还在念叨什么："你为什么会感到难堪呢？看来自始至终，你都是一个地球人。"

我无法回答帝客，因为这确实是一个很奇怪的问题。

第三十四章
天巡

  基于纳米技术去构建一艘飞船是轻而易举的事情，你只需要用电脑设计好一切，然后在纳米槽中随便倒入点什么，那么它就会像凭空出现，慢慢地长出五脏六腑，慢慢地勾勒出轮廓。

  只是一夜间，一艘迷你的飞船已经完美地呈现在我们的眼前。

  "我们叫它雪崽号怎样？"面对崭新的飞船，帝客兴奋地转起圈来。

  "随便你了，就是叫狗崽号也是行的。"安娜开心道。

  卡莱朗基舰长也大笑起来，他打开了舰舱的大门，向我们告别道："祝你们一路顺风！"

  "谢谢您一路的照顾，咱们后会有期。"我抱拳道。

  "后会有期。"卡莱朗基舰长立刻回出四个抱拳。

  雪崽号划出一道优美的弧线驶入太空，随着引擎全开，飞船周边的物质源源不断地被吞噬，然后在基子束的搅拌下，澎湃出不竭的动力。

  "它的原理是什么呢？"帝客挠着脑袋问道。

  "你们可以把逆光系统看成是裂变和聚变的组合体，也可以把它理解成终极的物化反应中和器。我们都知道，基子作为宇宙中最为基础的存在，不管是割裂任何空间粒子，还是重新组合它们，都是轻而易举的事情。同样，它也可以在外部创造出最为极限的空间环境，从而获得宇宙级的极限速度。"

  要完整地解释并让帝客理解逆光系统，可能需要几天的时间，所以，一向懒散的我，只能这样偷工减料地敷衍一下，就像泡泡常常对我做的那样。

  "所以，只要不是虚空，它就永远不会失去动力是吗？"坚惊讶道。

"会是这样，不过，也很难像你想象的那样。其实虚空这个词并不靠谱，它只不过是我们对匮乏物质空间的一种臆造之想，但现实中的空间本就一体，本就无物，何来虚实之说。"我的耐心突然多了一点。

"这个我懂，我们的世界是由基子构成的，是为粒子，是为元素，是为江山如画，是为星辰大海，是它构成了我们所能感知的一切。对不？"帝客语境感人，它突飞猛进的智慧和认知，让人眼前一亮，它早已不再是那只每天纠结在吃喝中的狗。

"是的，其实我们的宇宙就像一处基子的沙滩，在这个沙滩上，你可以随意塑造出自己的所思所想，只要你有足够的幻想，只要你足够的努力。"我欣慰地抚摸了下帝客的脑袋，"当然，即便如此，你也永远无法组合出它的全部，因为我们生命短暂，因为我们智慧匮乏。所以，不管我们多么努力，我们的世界依旧是没有尽头的，明白吗？"

"所以不管我们做什么，一切都是白努力是吗？即便是白努力，我们依旧要努力下去，只是为了让自己活出不一样的明天。是吗？"聪明的帝客聪明地说。

旋即它又好奇地问道："那么天巡究竟是一个怎样的地方呢？"

"它是由骸星文明所创造出来的神秘之地，到了那里你就会知道了。"

鬼知道那里会有什么？我好像只是梦游般去过那里一趟。

基子的世界是完美的，你可以随心所欲地构建出宇宙中存在过和从来没有存在过的任何东西。就像眼前的天巡，它所产生的基子光雾让人震撼，不但有着变化万千的波澜壮阔，又有着润物无声的至微，是一个在现实中你永远不可能看得到的存在。是的，它更像是你脑海中泛起的粼粼波影，只存在于你以为和你错以为的认知中。

"太不可思议了，这里的光明简直可以充盈万物。"惊叹之下，南茜旋转起身体来，随之，一道道梦幻般的光雾从她的身边飘散开来。

"这是天堂吗？"只是一份错愕，错愕之后，兴奋的安娜立刻拉起连漪加入其中，随着她们的翩翩起舞，天地间跌宕出层层幻彩，直冲云霄。

"奇怪，为什么我能从光滑如镜的地面看到自己的镜像，但却看不到自己的影子呢？"帝客困惑地瞅向地面，它显然忽视了这里无处不在的光明。

"我来啦。"只是瞬间，帝客已然如窥天机，它癫狂地奔跑起来，在身后拉出了一道七彩光芒。

面对眼前的一切，我和坚，呆若木鸡……

是的，这里既没有山川湖海也没有大漠莽原，似乎只有一马平川的无趣。但放眼过去，这里无处不在跌宕变幻的光明，在暗淡的深空衬托下，渲染出一个水墨画般的世界。精美绝伦，让人抓狂，甚至不可思议到令人窒息。

是的，天巡之美，堪称绝世，那如云似雾般的光明跌宕起伏，瞬息万变出的不仅有粼粼波光，亦有垂挂于天地间绚丽多彩的道道光幕。

正当我们疯癫般嬉戏在光雾中的时候，突然一个粗犷的声音传来。

"安娜。"

我再次看到了威克，他正大步流星地向我们走来，他那魁梧的身躯，在辉光的映照下显得异常高大和伟岸。

"哥哥。"安娜错愕地停下脚步，随后跳起来奔跑过去，扑进了威克的怀中。

所有人都奔了过去，把威克围在中间。帝客慌乱半天，才得到威克的抚摸。

终于，我伸出手去："你还好吗？"

"我很好，你呢？"威克一把拉过我，用力地拍打着我的后背。

"你是从前线回来的吗？"我问道。

"我们还是回去再说吧。"

事实上，即便回去，我也找不到和他对话的机会，其他人和一条狗围绕他的身边，叽叽喳喳，嘘寒问暖，抛出各种奇怪的话题。他们在他的面前摆满了可口的水果点心，他们还在不断端来让人垂涎欲滴的食物。

我始终安静地看着他们，默默地提供服务。不知道过了多久，他们终于困倦，陆陆续续地走了。安娜是最后一个走的，在和威克道别后，她一路哼着欢快的小曲回到了自己的房间，只有帝客还恋恋不舍地待在这里。大厅安静了下来。

"你刚才好像说到异星战场停战了？"我开口问道。

"是异星舰队单方面脱离了异星战场，不再发动攻击。"威克回道。

"可能是为和谈表达诚意吧。"我猜测说。

"但这很奇怪。"威克说。

"奇怪什么？"我敏感地问道。

"如果只是为了表达诚意，他们停火就是，根本不用后撤至传统分割线，更不用在后撤区域部署大量自杀式防御性武器。所以不管怎么看，他们都像是在进行一次长远的军事部署，而不是简单的脱离。"威克说出了自己的疑问。

"还有呢？"我同样不得其解。

"最近来自联盟的命令越来越多，越级指挥不说，还常常朝令夕改，甚至还有莫名其妙的军事调动，常常令战士们疲于奔命。"威克说出令人震惊的现实。

"这些命令是来自联盟军事指挥中心还是十一领袖。"我细细问道。

"当然来自军指，十一领袖无权直接调动我们。"威克说。

"那你都接到了什么奇怪的命令？"我问道。

"我现在在你眼前，这还不够奇怪吗？"威克苦笑道。

"不是伊雅婷首领派你来的吗？"我一愕道。

"是泡泡传达的她的命令。可她为什么派我来，你知道吗？"威克反问道。

"我不知道。"威克的话，让我越来越糊涂。

"她派我来保护你的，你说可笑不？你需要我的保护吗？而且还只派了我一个人来。"威克脸上露出哭笑不得的表情。

我想到什么，忙问道："她还说了什么？"

"嗨，你不提，我差点给忘了。呶，这是几天前泡泡让我转交给你的。"威克说着从上衣口袋掏出一枚芯片递给了我。

我打开了它。

"早在昊昊文明之前，异星文明就已经存在，它的历史要远比我们想象的更加久远，即使在今天，我们对它的起源依旧一无所知。星际联盟成立后，我们继承了传统的异星战场，无数生命前仆后继地投入其中，在那里，每一分每一秒都有生命逝去。在那里，奔流着由鲜血汇聚而成的血色江河，它的猩红足以改换天地的颜色……"改头换面的伊雅婷首领让威克瞬间找不到北。

"作为联盟最高的军事指挥官，我有义务了解异星战场的真相，并寻找出结束它的办法。因此，我拜访了恺昱主宰，并获准接触他们的社会。在那里，我看到了这个世界上最为至暗的文明，以及最为至暗的认知和最为至暗的智慧。那里是血与火汇融而成的海洋……"在说到这里的那一刻，伊雅婷首领的眼神中充满了畏惧。

"异星文明和我们是一种截然相反的文明，他们禀赋天成，信仰自然。自然法则在他们眼中就是圣典般的存在，弱肉强食是他们生存的唯一法则。虽然说有着类似信仰的文明在宇宙中比比皆是，但即便如此，拿它们和异星文明相比，依旧有着天渊般的差别……"伊雅婷首领艰难地说道。

"我们的文明始终在追求天下大同的完美之世，我们心有所向，我们追逐光明，我们在不断割舍自身黑暗的人性，我们始终在汇聚未来的烛光。如果我们只苟且于宇宙的本质，那么我们的未来依旧会像今天眼中所看到的宇宙那样，充满黑暗……"伊雅婷近乎在喃喃自语。

"所以，异星之行带给我的只有深深的绝望。我们不可能和他们达成任何妥协，任何妥协对于我们的文明来说，都会是一种灾难，一种毁灭……"伊雅婷首领表情冷峻。

"自联盟成立以来，我们在异星战场的军事行动一直是高效的，并取得了前所未有的优势，摧毁异星战场并瓦解异星文明只是指日可待。我甚至已经看到了胜利女神在向我招手，但是……"说至此，伊雅婷首领的脸色黑暗下来。

"对个人而言，在这个世界上，很难再找到比欲望更加黑暗的存在。所以，联盟一直在致力于人性的改变，我们树立信仰，我们构建体系，我们甚至以为我们做到了改变，但眼下的事实却告诉我们，我们从来没有……"伊雅婷首领突然转变了话题，她甚至流露出一丝迷茫。

"是你们对真知社的不懈追逐，才得以让以主使为主的神秘势力浮现在联盟的视野中，才有了对锡卡莱的深入调查，才意识到联盟内部的危机已经岌岌可危。可以说，如果不是你们，联盟眼下的境遇可能会更加困难。在此，我谨代表联盟对你们表达最高的敬意……"伊雅婷首领双手交叉在胸前，致意道。

"随着调查的深入，我看到了神秘势力和异星之间的联系，为了找寻出幕后的真相，我寻求了子曦首领的帮助，但接下来的发现完全出乎我的预料。我发现，联盟已经坠入万劫不复的深渊……"伊雅婷首领的眼神中依然流露出绝望。

"是的，星星之火可以燎原。"伊雅婷首领近乎语凝，她似乎很难继续说下去。

"在一次寻常的接触中，我对基点产生了怀疑，我发现它在刻意隐瞒一些事实真相。是的，它隐瞒了神秘势力在联盟腹地的大量信息，从而让我们无法做出正确的回应。以至于在今天，面对野火燎原般的局面，我们已然错失良机……"伊雅婷首领的话匪夷所思。

"我们都知道，基点是基于理想化的完美理念所构建起来的，它所收集和处理的信息不仅仅局限于联盟内部的文明，还涵盖到宇宙的方方面面。如此，它所拥有的智慧是任何智慧生命所无法企及的……"伊雅婷首领的情绪再次起伏起来。

"基点始终是联盟基石般的存在，它不仅是星际联盟秩序与体系的构建者，也是联盟行为的执行者和决策者。我无法确定这是不是基点自我决定的结果，我更倾向于有人侵入了它……"伊雅婷首领慢慢恢复了平静。

"我们无法简单粗暴地去关闭基点，因为它不仅仅把控着联盟的全部的信息通道，而且还对体系拥有强大的控制力。所以，我只能假死。在子曦首领的安排下，我们瞒过了基点。在我们的努力下，我们也顺利地切割到一部分的势力……"伊雅婷首领脱下了易容装备，她再次恢复了自己天使般的容颜。那一刻，我和威克肃然起敬。

"基点是骸星人基于基子技术所建立起来的，所以要想入侵并驾驭它，必然是掌握了基子技术的人。而这个世界上能掌握相关技术的人，大概也只能是骸星人，但这样的判断又足够反智。所以，基于你们对主使的追逐，它让我看到另外一种可能：如果一切都源于主使，那么，他们必然掌握某种基子能力……"伊雅婷首领做出了自己的判断。

"如果未来的走向逐渐失控，我们将放手一搏。关闭基点，囚禁恺昱主宰，清除内患会是我们努力的方向，但能否做到，却是未知。一旦我们全部的努力都失败了，届时，属于整个星际文明的黑暗将真正到来。我想你们都应该明白那意味着什么，这也是我派你们来天巡的唯一原因……"伊雅婷首领艰难地说道。

"作为一种终极存在，天巡势必会左右到未来的走向。当然，我更寄予子曦首领以及泡泡的努力，寄希望他们能够找到骸星文明来改变目前的一切，而不是让你们在未来面对深渊时，做出最后的选择……"伊雅婷首领喃喃道。

我和威克面面相觑，我们根本不明白她想说什么。

"基于基子技术强大的能力，它将是毁天灭地般的存在，一旦双方都投入了基子武器，联盟和异星以及宇宙中众多文明都将毁灭于此。因此，在异星战场流传下来的古老规则中，第一项的禁止就是使用基子技术，这也是骸星文明始终保持中立的原因所在……"伊雅婷首领为我们答疑解惑道。

"我希望在即将到来的某一天，你们能够心无旁骛地做出正确的选择。它可能是困难的，但为了宇宙间文明的未来，我们都将别无选择。"伊雅婷首领的话云里雾里，让人摸不到头脑。

"是的，在黑暗真正到来的那一天，你们将面对一次困难的抉择。"随着屏幕的闪烁，视频到此为止。

"她是要启动天巡吗？她真的疯了。"

威克不可能知道天巡存在缺陷，所以，他是在担忧什么呢？我不知道。我只知道我困了，眼皮开始打架。

是的，困了，睡一觉就好，睁开眼的明天，依旧会是阳光明媚的一天。

"你们看见过无数战舰遮天蔽日的情景吗？你们看见过战火与硝烟组成

的光与火的世界吗？你们看见过一望无际的尸首飘荡在整个星空的画面吗？你们没有看到过，但我看到过。"威克用异样的声音说。

在天巡的日子是苦闷和无趣的，随着时间的流逝，始终无法得到联盟消息的我们，开始感到一丝恐慌。所以，茶余饭后的闲暇时光并不会那么惬意，随着不着边际的话题展开，它们总会回归现实。

"战争就像是宇宙中无处不在的高级物化反应，它诞生新生，终结既往，让文明和生命一样，开始在梦魇中无尽轮回。如此，文明去向何方？如此，光明又在哪里呢？"安娜也在奇怪地附和自己的哥哥，言语中同样充满了绝望。

"不错，人性充满了黑暗，我们又怎么可能在黑暗中璀璨出光明呢？如果不能，我们又该如何安身自处呢？"连漪喃喃道，她很多次想要离开这里，再去一趟天狼星，但始终无法成行。

"唉，无法想象，如果异星统御了整个宇宙，我们的世界会是怎样？"坚不经意地抛出了我一直不敢触碰的话题。

"嗨，你们究竟都怎么了？联盟不是还在吗？我们不是也还活着不是？"我恼怒道。我始终坚守在屏幕前，注视着天际间的风云变幻。

"对于大多数生于光明死于黑暗的生命来说，光明往往代表正义，而黑暗代表邪恶，但对于生于黑暗而死于光明的生命来说，光明依旧还会是正义的吗？事实上，宇宙中本无光明与黑暗之分，它们只是生命体对外界环境的一种感知，介于不同的感知区间，会有不同的体现。如此，是不是每个人眼中就有了不同的光明？有了不同的黑暗？是不是它突然就像极了我们习以为常的人情世故？"来自南茜的不可思议的认知，她的话让人茅塞顿开。南茜的最后一句话，无疑是在说，人情世故之下，黑暗也可以视为一种光明——一种充满温情的光明。

"所以，真正的文明未必是人性上的统一，未必是认知上的统一，更不会是所有一切的统一。是吗？"帝客的思维依旧卡在牛角尖中，无法自拔。

"无规矩不成方圆。千差万别的人性，千奇百怪的认知，如果连我们自己该先迈哪条腿走路都充满矛盾，我们又该如何面对彼此，面对生活，面对社会，面对未来呢？甚至泥石俱下，一泻千里。"南茜并没有直接回答帝客的问题，她的脸上浮现出一丝暖暖的笑意。

"所以，它未必就是统一，它只是一个方向，一个指向光明或者黑暗的方向。是这样吗？南茜姐姐。"帝客若有所思。

"我好像明白了。"帝客礼貌地拱起两只前爪，恭恭敬敬地冲南茜作了几个揖。

"你真的好聪明。"南茜惊喜地抚弄了下帝客的脑袋。

"文明应该是一种让人心之向往的一种光明，而非吞噬一切的深渊。它应该是割舍之下的分享，而不是本性之下的吞噬。就像骸星文明那样，是——"南茜突然停下话来，她似乎想到什么，眉头瞬间皱在一起。

"你想说什么？"威克脱口问道。

"为什么异星战场会有禁止使用基子武器的古老规则呢？难不成在远古的过去就已经有人使用过它？"南茜思索道。

"完全有可能，不然怎么会有这样的约定？"威克认可并疑惑道，"不过，这有什么可奇怪的吗？"

"没什么，我只是好奇天巡到底是怎样的一种存在，它真的可以改变一切吗？"南茜下意识地甩了下秀发，似乎也甩走了困扰她的烦乱思绪。

"毋论基子，即便是粒子的科技存在，也是地狱般的存在。"威克情不自禁地颤抖了一下，继续说道，"我曾经亲眼见过一个闯入星际战场的彗星被投入智能纳米后，很快就催生出无数个智能战士，他们如众神般降临在战场上空……"

"撒豆成兵吗？啊！这要是把它们撒进整个宇宙，我们的世界岂不就成了智能粒子的积木世界？"一惊一乍的帝客只是眼睛转了一圈，旋即想到了什么，马上又兴奋起来，它得意地说道，"也好，那样我们大家都公平了，我们再也没有人狗之分了。哈哈。"

"从此大家都在一个固定的轨道上轮回吗？"我被彻底震撼到了，我不敢想象一个一成不变的未来会是怎样？不管它是上帝的，还是魔鬼的，只要一成不变，就是所有智慧生命的噩梦。

"难道我们现在就不是活在轮回中吗？生老病死的轮回，纸醉金迷的轮回，面朝黄土背朝天的轮回，有得改变吗？所以，既然大家都活在轮回中，就不用再在意什么轮回了，毕竟大家早晚还要一起轮回在坟墓中。"帝客不屑一顾地说道。

我居然被帝客怼到无语。

"也许这就是骸星文明保持中立和不知所踪的重要原因吧？可能它才是抵挡粒子魔界的最后一道屏障。"南茜自言自语道。

"就像地球的核武器那样吗？"帝客再次璀璨出自己的智慧。

"我不确定，但理应如此。"南茜陷入深深的迷茫。

在一阵窒息的沉默之后，威克问我道："龙，你会在什么情况下开启天巡呢？"

"当然是接到伊雅婷首领的指令啊，我还能擅自开启它不成？"我很奇怪威克的问题。

"如果你接到指令了呢？如果天巡真的是毁天灭地般的存在，天崩地坼之下，无数生灵和文明都将因此而凋零，这一点你想过没有？"威克诘问道。

"如果是你，你又该怎么做？"我立刻反问道。这是一个始终困扰着我，如梦魇般的问题。

"我希望它只是一种能够换取和平的震慑力量。你没有到过前线，你永远不可能理解生命的脆弱和战争的残酷，它们会让你一辈子都在煎熬中无法自拔。是的，如果你真的曾经面对过。"威克充满畏惧地提醒我道。

"你想我怎么做？"我问道。

"我也不知道，以我的冲动，我可能会毫不犹豫地开启它，但你不能，现在的你，是骸星人，你应该远比我们更具智慧和理性。我只是不想看到那样的结果。"威克喃喃自语道，他的眼神中充满了迷茫与恐惧。

"……"

"天巡的威力究竟有多大？它真的可以毁天灭地吗？"安娜不安地问道。

"我不知道，也许是改天换地，但无疑它会波及无辜。"我老老实实地回答道。

"不仅是无辜者，还有整个宇宙中的文明。"帝客突然说道，"我曾经看到过有关它的记载，上面说一旦开启它，它的涟漪将毁灭整个宇宙。"

"什么文献里的记载？"安娜诧异道。

"一部关于骸星文明的小说啊。"帝客认真地回道。

"小东西，你是来搞笑的吗？"威克立刻一巴掌扇了过去。当然，只是虚空比画了一下，帝客配合着应声而倒。看着帝客滑稽的表演，所有人瞬间开怀大笑起来，连一直待坐在窗前的连漪也忍不住笑出声来。

是的，我们快乐起来，我们抛弃了所有压抑的话题。安娜去做起了点心，南茜则煮起了咖啡，连漪端来些水果，威克播放起音乐，帝客也开始手忙脚乱地翻阅起视频……

第三十五章
最后的选择

我摇曳在星光璀璨的天穹之上，眺望星海，缓慢地巡游在天际。

"她怎么还没来？不会……"只是一个胡思乱想，恐惧就已盘踞心头，再也不敢继续想下去。

"那是什么？"感受到来自基子海洋异乎寻常的波动，循着方向极目远眺。不知何时，在天际的尽头浮现出一条黑色的丝带，它越来越近，越来越大，渐渐地，它如同一道分割线般，把宇宙分割成两个世界，一个形同阴阳两隔的世界。

我错愕地看着眼前的一切，甚至在某一个瞬间，我想到了伏羲八卦，我想到了太极阴阳。但也只是一瞬间，我看到了滔天巨浪般滚滚而来的异星战舰，密密麻麻，一眼望不到尽头。

在它们刚刚汇聚起波澜壮阔的一幕时，我还痴迷于眼前的视觉盛宴。当它们瞬间遮掩去漫天的星辉时，我依旧沉浮在迷宫般的幻思中。当它们铁桶般把天巡团团围住并做出攻击态势时，我才骇然醒来。

只是来不及做出反应，我看到了泡泡，她驾驭一道七彩光芒来到了我的面前。

"你怎么来了？"我失意般惊讶道。

"我们不是有约定吗？怎么，不想看到我呗？"泡泡依旧顽皮得像个小女孩，即使在此刻，她的脸上依旧挂着一份嬉笑。

"你真的是泡泡？"基于眼前的一幕，我只能困惑地问道。

"如假包换好吧。"泡泡开心地笑了，她随手挥出我们之前的一些画面。

"但你怎么会和他们在一起?"我艰难地问道。

"只是路遇他们,我想不出放任他们进入联盟腹地会发生什么,所以,我就把他们都领来了。他们已经知道这是天巡所在,相信很快就会有更多的异星势力赶来。"泡泡开心地说。

"啊,那我们怎么办?"我选择了信任,如果眼前的泡泡是假冒的,我会彻底沦陷。

"你在担心什么?他们想要突破天巡的护盾简直比登天还难。耗着他们就是。"泡泡居然如此说。

我苦笑地咧了下嘴,询问道:"你在异星都调查到了什么?主使他们是粒子文明吗?"

"主使属于粒子文明是毋庸置疑的,甚至可能会是一个崭新的基子文明。"泡泡地话有些危言耸听。

"啊!"我惊骇得差点跳起来。

"虽然没能追查到他们的老巢,但还是接触到不少。不过很奇怪,他们的组成方式非常不稳定,既有单粒子体,也有多粒子组合。这种混乱的状态,让我无法探究到他们真实的起源。"泡泡有些迷茫。

"那你找到骸星文明了吗?"我迫不及待地问。

"即便对于我来说,骸星文明也早已是乌托邦式的存在,没有人知道它在哪里?更没有人知道它是否还会王者归来?反正我是不抱任何希望了。"泡泡异常沮丧。

"你最后一次离开骸星文明是什么时候?"我小心翼翼地问道。

"我已经记不得了,我记忆的尽头,只有一片光明,它明亮得让人睁不开眼睛。"泡泡喃喃道。

"子曦首领也是如此吗?"我想到了南茜的怀疑,我想到了帝客的小说。

"我不知道。"泡泡显然不想进行这样的对话,她转换了话题,"眼下谈判进行得异常艰难,恺昱主宰已经几次威胁要离开天空城了。即便联盟做出重大妥协,但他们好像也志不在此。他们究竟想得到什么呢?"

"呵呵,我怎么知道?"我尴尬道。

"我和子曦首领也尝试接触过基点，但同样一无所获。它太正常了，正常得让人感到可怕。它思辨的智慧，可能我们永远无法超越。"再次转变了话题的泡泡，依旧一脸的无奈。

　　泡泡所带来的所有消息都是灰暗的，她没能在异星找到神秘势力背后的真相，也未能在广漠的星海中找寻出骸星文明的踪迹，而天空城的和谈似乎已经陷入僵局，还有基点。这真的很让人沮丧。

　　泡泡再次旋转出一道道光影，似乎准备离开。

　　"你这是要离开？"我惊骇地问。

　　"我还要返回天空城，我们必须想办法促成和谈的成功，否则，后果真的不敢想象。"泡泡已然漂浮在空中。

　　"如果主使来了呢？如果他们也是基子人，护盾岂不形同虚设？到那时，我又该怎么办呢？"我惊骇地问道。

　　泡泡停下了脚步，她看向我，眼神中充满复杂的光泽，她踌躇再三，缓缓说道："无论什么情况下，你都必须阻止住他们，一旦让他们控制了天巡，整个联盟，乃至整个宇宙，都将陷入万劫不复之地。"

　　"可我该怎么阻止他们呢？"我绝望道。

　　"我不知道，我们现在唯一能做的，只能是尽人事听天命了。"泡泡话未完，已化身一道光芒，瞬驰而去，消失在黑暗的星宇中。

　　"我该怎么办？"

　　我的呐喊声回音于天宇之中，激荡起荡荡涟漪。

　　点点繁星汇聚成一望无际的星海，虽无惊涛骇浪之势，但那份波澜不惊的存在，就足以傲视苍穹。视野所及之处，星卷如云，变幻苍狗，单凭一语天经地义，丝毫也无法含括出它那经天纬地的博大。

　　当一艘艘战舰整齐地驶入苦难海星滩，一望无际的异星战舰已然汇聚出浩浩荡荡之势，它们如肆意的洪流，无视一切地奔流进黑暗的星渊。这是一支足以毁灭任何星系的武装力量，纵使宙斯来临，大概也会为之战栗。

　　我们即将见证宇宙中最强大的力量，它们的碰撞足以毁天灭地，无数生命将为之凋零，无尽的鲜血将泼染在黑暗与光明之间。这一切都将无法改变，它不再是快意恩仇，不再是善恶有道，它所带来的，必然是真正的你死我活。

帝客是第一个听到动静醒来的，当它看到外面的景象，瞬间嚎叫起来，四爪慌乱地到处乱跑，惊醒了所有人。

"他们还是来了。"看着舷窗外遮天蔽日的异星战舰，威克脸色苍白地说道。

此刻，天巡就像孤悬于战舰汪洋中的一颗明珠，被无数的异星战舰包裹其中，在幽暗的太空中飘浮不定。

一部分异星战舰在空中不断循环往复，它们正在尝试靠近并登陆天巡。基于基子构建的护盾，明显感受到了战舰引擎所跌宕出的波澜，它开始散发出粼粼波光，不断向四周射出道道光环。

"好美。"连漪不合时宜地感叹道。

集束之下的基子波是一种致命的存在，当一艘异星战舰只是那么不小心地触碰到它一下，包裹在战舰外面的能量盾立即像被狂风扫过一般，瞬间没了踪影。而异星战舰看似坚硬无比的外壳，在基子波的强大冲击下，也被碾为齑粉，随之四处飘散开来，化着一团烟雾，消散在空中。

"它们能突破护盾吗？"坚担心道。

严格来说，基子作为宇宙的最基本构成，万事万物存在的基础，它已然是上帝般的存在，又有什么凡俗之物可以与之抗衡呢？但我们是不是也应该有这样的一种认知，就像黑白与矛盾，彼此依存才是一种自然。

"上帝！那是什么？"安娜突然惊讶地喊道。

随着第一束粒子波的击打，基子护盾立刻绽放出一朵奇美的光瓣，在暗夜般的深空下，它绚烂夺目，瑰丽无比。

随着更多基于不同粒子形成的攻击波攻击而至，天巡的护盾上面已然如雨打浮萍，泛起大大小小不一而同的圈圈涟漪，涟漪荡荡，彼此交融，层叠出璀璨如梦的幻景。

"真的好美。"南茜情不自禁地赞道。

"我们该怎么办？"安娜抛来令人头疼的问题，也是我最想逃避的。

"还能怎么办？和他们拼到底就是了。"威克已然被激起战斗的欲望。

"有酒吗？我们还是喝上一杯的好，有他们帮助挠痒痒，我们也该找点乐子。"我的话一出口，四周瞬间鸦雀无声。

我忙尴尬地解释道："只要天巡还在，和谈就有成功的希望，不是吗？放心好了，他们是无法攻破基子盾的。"我当然是在安抚她们，鬼都未必知道我们即将面对什么？但不管未来如何，喝酒壮胆倒是没错的。

"我们真的要喝酒？"南茜哭笑不得地看向我。

"为什么不呢？"我灿烂出招摇无比的笑脸。

"那我们就上去喝！"安娜瞬间给了我们一个绝妙的建议。

"上去喝就上去喝，走！"威克哈哈大笑起来，一挥手，抢先一步闯了出去。

"坚，多拿点好酒出来。"

来到天巡的表面，眼前的景象远比屏幕上更让人震撼。此刻的天巡就像东海龙王的水晶宫，到处涟漪出奇幻的光影，粼粼波光流淌在地面，浮染于天穹，壮观的令人咋舌。

帝客忙不迭地打开魔盒，然后从里面拉扯出一个圆桌，又拉扯出几条长凳，只是眨眨眼，它已经布置好一切。此时坚也推来了智能粒子合成柜，他不断地输入各种指令，组合出众多美酒佳肴，很快就满登登地摆满了一桌。

我端起一杯酒来，举杯为敬，大声道："如此圣境，岂能无酒？来来来，我先敬大家一杯，希望我们的未来：日月长辉，星河璀璨！希望我们的世界：万河流古，再无波澜！希望我们的明天：千帆竞过，你我同先！希望我们的友谊：天长地久，山高水长！干杯！"

"为了我们的明天，干杯！"威克一饮而尽，他在咆哮，他已然双目染泪。

"为死亡干杯！为永恒干杯！为我们的友谊干杯！"一杯酒下肚，坚在笑，坚在哭，坚已然在放纵自己。

"为了未来我为人，龙做狗，干杯！"两杯酒下肚，帝客已然肆无忌惮。

"为了明天的光明与黑暗，干杯！"三杯酒下肚，南茜翩跹起舞，她在天巡波澜壮阔的背景衬托下，戏天地于指尖。

"来吧，死神，我要拥抱你的存在。干杯！"四杯酒下肚，连漪声嘶力竭地喊道，酒水伴随泪水飞溅在她的脚下。

"为了下辈子我还能遇到你，遇到你们。干杯！"五杯酒下肚，安娜已然在用放肆的眼神看着我，放肆地喊着。

随着一杯杯的美酒下肚，我们一个个开始醉态萌生，再无拘束的形骸放荡在黑暗之空，有那么一瞬之间，耀眼的光明从黑暗中扑面而来，来不及挽留，又迅驰而去。

"为了曾经的存在，为了未来的永恒，更为了相识相见的我们，干杯！"我用颤抖的手指攥住酒杯，第一次感受到远比死亡更加恐怖的失去。

是的，我看见了威克逐渐扭曲的笑脸，我看见了南茜不断扩大的眼眸，我看见了连漪缓缓伸展开紧握的玉指，我看见了坚不断伟岸起来的身躯，我看见了帝客闪烁的牙齿。

是的，我还看见了安娜，看见行走在天堂被圣光所笼罩的雅典娜，她光彩夺目。

死海般的苦难海星滩无疑是寂寥的，这里少有文明，即便是星辰，也寥寥无几，它们就像荒野中的野火孤灯，孤独地闪烁在黑暗的深宇。

在天巡碰得头破血流的异星战舰，没了挑衅的姿态，开始茫然地四下游弋，甚至常常一不小心，自己人先碰撞出点火花来，给我们逗乐。但是看多了，自然也再无稀奇，索然无味。

闲言碎语中，帝客挑起了一个奇怪的话题："你们说宇宙会有灵魂吗？"帝客看向南茜。显然它对我的答案了然于胸。

南茜一怔，问道："你想说什么？"

"我想知道我们的宇宙也会有灵魂吗？"帝客忽闪起舌头说。

南茜又是一怔，反问道："宇宙的本质是变化，宇宙的本体是物质，自然宇宙的灵魂就应该是文明啊？有问题吗？"

"帝客是问无机物之间除了物理联系之外，是不是也会存在某种类似思想的东西在里面，就像认知那样。"我出言相助道。

"哦，是这样啊。我怎么会知道！兴许会有吧，不然我们的思想又来自哪里？"南茜龇牙咧嘴道。

"是啊，它怎么可能无中生有呢？"只是片刻迷思，帝客顿悟般喊道："如果是这样，是不是基子本就有思想，或者，骸星文明本就是宇宙文明。对吗？"

帝客的惊天一问，差点把我骇趴下。它岂止是在百无禁忌，简直是在大话西游。

南茜思之良久，才回道："无机物之间存在联系是必然的，但是如果非要把它上升为一种思想或者认知，我将保持怀疑态度。"

"好吧，那就说说我的困惑吧。为什么在联盟我几乎感受不到文明的存在？甚至在生活中也很难看到文明一词。反观我们地球，几乎到处飘扬着五颜六色的文明旌旗，更有着五花八门的说辞。这是为什么？"帝客问道。帝客的问题让人瞠目结舌，如果连一条狗都开始关心文明的时候，是不是我们的文明真的出现了问题了呢？

"文明不过就是所有的人对未来生活的一些期许与憧憬，当这种期许与憧憬失去了其根基，那它还会存在吗？事实上，大多数文明给我们描述的文明无非就是怎么才能走进一个能够吃好喝好玩好的未来，但现实中，它们做的却是舍本逐末和舍近求远的事，它们不仅让文明一词沦为口舌之争，也在利用文明一词成就它们偷鸡摸狗之实。如此，文明不仅成了它们窃取权财的垫脚石，也成了它们愚民之口的痰盂。"南茜侃侃而谈。她对文明的理解，令人茅塞顿开。

"所以你是在说人性和资本是吗？"帝客若有所思。

"是，也不是……"南茜沉思之下，继续说道，"一个有着低劣人性的文明，必然会有着一个低劣的文明。人性确实是万恶之源，但它亦是百善之根。我们可能无法征服自己的人性，但如果我们有了足够的认知，那我们就可以建立起一种信仰，树起一种光明，来引领和倒逼着我们的人性得到真正的改变。"

"所以你依旧是在说文明？"帝客困惑了。

"所以安居乐业的联盟不需要文明，所以民不聊生的我们依旧需要文明。"南茜笑了。

"所以，人性是一切的根源。所以，文明是一切的希望。所以，你连资本一词都不带提的，你是怕脏了自己的嘴巴吗？"帝客思路清奇，让人咂舌。

"确实如此。小能豆，你倒是令人刮目相看了许多。还有问题吗？"南茜开心地摸了摸帝客的脑袋。

"当然有。"帝客跳上桌子，展开了一副长长的列表说，"我们都知道，联盟是没有税赋的。看看这个，这是我们地球上的税表，五花八门，反正就是想着法变着相地在搜刮民众的财富，而且还个个说得义义正言辞。我完全可以理解它们存在的必要性，但我不明白的是，它们当中哪些是合理的，哪些又是不合理的呢？"

"对于初级文明来说，除了资源税和资本税之外，其他都是勒索。在智能科技的今天，随着无人智能占据整个市场，资本已经不需要人工，如果我们再无视资源税和资本税的调整，一味地让步于资本与市场，那它所带来的将不仅仅是贫富差距的问题了，甚至到最后会成为一种你死我活的局面。"南茜显然无视了资本的智慧，它们怎么可能不给你留下一口饭呢？它当然不会是满汉全席般的存在，它只是在不断地挑战你的生存底线。

"我明白了。南茜妈妈，我有一个请求，你能满足我吗？"帝客转起眼珠问道。

"哦，是什么？你说。"聪明的南茜居然也错愕了。

"我想拜你为师。"帝客甚至不敢扭头看我一眼。

南茜瞥了一眼尴尬的我，笑盈盈说道："三人行必有我师，也许彼此为师才是获得认知的海洋。"

好吧，在"皆大欢喜"中，我偷偷溜回自己的房间，迫不及待地打开了久违的《厚典》。

百无聊赖的日子一天天过去了，直到我们再无百无聊赖。

终于有一天，我见到了传说中的"比亚丘"号，它是异星最为强大的战舰，单单是其轮廓，就足以藐视众多星球。

那一刻，我真的恐慌了，因为它的到来让我看到了更多东西，我已经预感到什么。

是的，我已然看到一道炫酷的光影从"比亚丘"号战舰上飘逸而出，只是眨眨眼，它已然穿越天巡的护盾，站在了我的面前。

"我们终于面对面了。"避开刺眼的光芒，我扬声道。

"确实，只不过没有想到今天面对的会是你——地球人。"主使鄙夷地看到我，他甚至没有惊讶。他缓缓伸展开背后雪白的六翼，他高大的身躯笼罩住了我头顶之上全部的天空。

"所以你才弄出这副鬼模样来见我是吗？"我吃力地抬起头，哭笑不得地问道。

"嚯，果然今非昔比，现在怎么看你，也不像那只只会在别人家哼小曲的耗子了。"主使嘲讽地说道。

"这么说，你就是那只被耗子撵出地球的流浪猫喽？"我哈哈一笑道。

"喵，想不到你小子骨子里依旧是个地球人，真可惜了这身好皮囊。"主使叹气道。

只是得意了一秒，两秒之后，笼罩在巨大阴影之下的我，就苦闷地问道："还是说说你来的来意好了，有什么我接着就是。"

"存在，仅此而已。"主使的嘴角再次上扬，他近乎玩笑般说道。

"灭绝他人，存在自己是吧？"我抬起头，一脸讥讽和玩弄的表情展露无遗。

"哈哈哈，你真的了解异星文明吗？"想不到主使只是撇了我一眼，随之哈哈一阵狂笑，问道。

"我不想了解，但是我知道，当下之联盟更符合我们对未来的预期。"我冰冷地回道。

"要知道这个世界并非你所想象的那样，未来也不是你可想象的。"主使轻蔑地说。

"还是快说出你的真实来意好了，如果是劝降，我建议你最好哪儿凉快待哪儿去，免开尊口。如果你是想豪取强夺，放马过来就是，我一一应接。"

注定不会有结果的口舌，只能是浪费时间，我已经做好跳过所有的对话环节，来一场真正的战斗了，甚至迫不及待。

"好狂妄的一个小子，想不到还是一副地球人的嘴脸，可惜了。"主使并未动怒，他只是不屑一顾。

"我是地球人不错，但你充其量不过是粒子人，岂不更是轻如鸿毛。"我已然冷静下来，叹了口气，徐徐说道。

"看来在你的眼中，只有骸星人才是神一般的存在，也只有骸星文明，才是这个宇宙中唯一的终极文明，是吗？"主使啼笑皆非地问道。

"不错，在我这，还真的就是这样。"我傲然道。

"宇宙之中，论驾驭粒子能力的终极所在，还真非骸星文明莫属，但这只是一种科技能力，而非文明能力。异星文明和星际联盟虽然无法与骸星文明相提并论，但也各有所长，毕竟每种文明都有其典范，有其卓越于他人而独一无二之处。"主使洋洋洒洒地说道。

"既然如此，星际战场又为何会存在呢？而且存在得如此漫长？"我打断了主使，他的说教简直纯粹是在浪费口舌。

"这是个好问题。"主使俯身看着我，巨大的眼睛如同深渊一般吞食着我的灵魂，"我简单打个比方吧，异星和联盟是属于截然相反的两种星际文明，就像水与火一样，碰撞在一起也只是早晚的事情，所以异星战场是必然的结果，而不是孰是孰非的战场。"

"所以适者生存是吗？如果我没有被洗脑，我所知道的异星是这样的：你们所到之处，往往寸草不生，你们不仅奴役了众多星际文明，甚至还摧毁和灭绝了不少。没有错吧？"我冰冷地问道。

"不错，但你也要知道，这个世界上的每一种生物都有其自在性和社会性，即便是生活中的鸡鸭牛羊和五谷杂粮也都有其内在的文明，你难道要自绝于它们吗？请告诉我。"主使用玩味的表情看着我，等待我的回答。

"这能一样吗？"我脱口而出。

"为什么就有区别了呢？为什么就不一样了呢？"主使笑了起来，脸上洋溢起一道道令人不爽的褶皱。

"……"我语结于此。

"如果不是伊雅婷,可能异星战场依旧会像过去那样源远流长下去,成为两种文明的分界线,但她打破了这种平衡……"主使缓缓说道。

"破碎的平衡依旧可以修补。"我心存幻想。

"当然可以,如果你把天巡交出来,联盟依旧是你们的联盟,世界依旧是你们的世界,我可以让异星战场回归起点,也可以让联盟内部重返宁静,直到我们彼此找到永久和平下去的智慧。我们同样希望能终结这无休无止的战争。"主使终于吐出了他的来意。

"你当我是三岁小孩吗?我还不傻。"我冷笑道。

"你当然不傻,只不过你是来搞笑的。看来联盟真的是没人了,居然会派你来。哈哈。"主使几乎笑出了眼泪。

"尽管笑好了,我有的是时间。"我恼怒道。

"你确定自己会开启天巡吗?"主使好奇地问。

"我当然会,我不可能去面对一个满是异形的世界。"我老老实实地回答道,"你当然更应该清楚,对于地球人来说,结局从来不是最重要的,重要的是怎样活着更舒心,更自在,更百无禁忌。"是的,鬼都知道地球人一上头,还有什么是做不出来的呢?

"哦——"主使错愕地立在那里,他的脸上开始阴晴不定地游弋出不同的色彩。

"你别忘了,你现在已经不是地球人,你是骸星人。过度放飞自我,你会犯下一个永远无法挽回的错误。"主使在退让中威胁道。

"可能吧,鬼知道呢?"我已然是一个堂堂正正的地球人。

"我坚信你不能。"主使已然充满恐惧。

"也有可能。我都不知道自己会做出什么选择?反正一切皆有可能才是地球人的常态,不是吗?"我实话实说道。

"看来还是我高看你了。和你争论纯粹是在浪费时间,因为你根本算不上是一个真正的骸星人,你毫无智慧可言。"主使绝望地说。

"但你还是来了。"我笑了。

"是啊，不过我们也真的会后会无期了。"主使面色阴郁地说道。他转身走开了，巨大的翅膀拖在背后，就像落汤鸡般，没了半点色彩。

看来能碾压异星人人性的，还真的只有地球人。看着主使落寞的背影，我居然得到了阿Q般愉悦的情感，它不仅令人愉悦，更令人兴奋异常。那一刻，我甚至差点又哼起小曲，直到……

直到我回到天巡内部，看着空荡荡的大厅，才错愕地察觉到一丝不对……

"安娜。"我小心翼翼。

"威克，你们在哪儿？"我开始心惊肉跳。

"帝客，帝客！"我已经失魂落魄。

我的喊声回荡在空荡荡的大厅，没有得到任何回应，我慌乱地奔走在天巡各处，依旧看不到她们的身影，眼前的世界逐渐崩溃。

监控中，我看到几个人形，鬼魂般冒了出来，他们有着和主使一模一样的面孔，他们瞬间束缚住所有人，还捉小鸡般抓住了想要逃走的帝客，他们甚至还想操纵天巡。

"小偷、强盗、流氓、卑鄙、无耻……"

我抓起身边任何可以拿起的东西，狠狠地砸了出去，口中疯狂地咒骂着。

我已经冲到了外面，但我又一步步退了回来。

我失魂般游荡在天巡大厅，眼前不断浮现出威克的咆哮，安娜的愤怒，连漪的怒火，南茜的错愕，帝客的挣扎。

我不知道自己该怎么做？我也不知道自己游荡了多久？直到我渐渐感受到一丝困倦。困意逐渐抽走了我的烦乱，到最后，眼前的世界只剩下一道空白，随之黑暗悄然来临。

我不知道自己睡了多久，睁开眼，烦乱的思绪再次盘绕在大脑中，撕扯不清。

我又一次在凌乱中昏睡过去，我徘徊在迷雾重重的森林，我走过游魂簇拥的幽径，我趟过乌黑猩红的河流，我爬上白骨累累的高崖，我站在尸首堆砌而成的山巅。

是的，当黑暗散去，光明来临，一道靓丽的光影出现在我的眼前。

"你是谁？"我不知道自己身在何处？内心充满困惑。

"我该怎么打开它呢？"女孩漂亮的背影影影绰绰在光影中，她正在好奇地摆弄着天巡的操作屏幕。

"你不可能打开它。"我已经走到她的背后，傻兮兮地笑着，傻兮兮地看着，傻兮兮地说着。

"为什么？"女孩冷不丁地回过头来，她的脸几乎贴到我的鼻尖。

第一眼，她美得不可方物，美到无法用语言来形容。但第二眼看下去，我的魂魄却被惊飞了一半，她居然美到令人恐惧。

是的，她的美简直完美无缺，但这份完美无缺的背后，却有种让人如临深渊般的感觉。

"你为什么要打开它？"我瞬间清醒过来，冷冰冰地问道。

"当然是重置我们的宇宙啊，你难道没有发现我们的宇宙已经走到尽头了吗？"漂亮的女孩好像刚刚遭遇一场糟糕的恋爱季，她的表情复杂而又决然。

"难道我们真的没有机会了吗？"此刻的我，就像被抛弃的怨男，心中充满了苦涩。

"你说呢？"女孩幽怨地说道，"我不知道这个世界上有什么词汇可以描述人性的黑暗？如果一种文明依旧依托于生命，或许我可以理解，毕竟他们需要吃喝拉撒，需要为生存而彼此倾轧。但为什么在星际文明的今天，在每个人都可以摆脱血肉之躯的今天，他们依旧乐此不疲。为什么？"

"可能虚拟的世界太过奢侈吧？而且，并不是所有人都愿意活在数字中，因为它更像一场永远都不会醒来的梦。"相信我，即使每个人都能像上帝一般随心所欲地创造出属于自己的世界，但注定还会有那么一天，他会止步在自己的智慧边缘，会垂涎在他人的天堂之下。

"所以，即便一个人能够活在所思即所得的世界中，他依旧无法离弃自己肮脏的人性是吧？也好，那就重置他们好了。这正是我现在要做的。"女孩瞬间开心起来。

"但生命无法重置。"虽然对现实中的人性，我不再心存幻想，但面对生而有之的未来，我依旧心有恐惧。

"那是他们的选择。"女孩的情绪就像山里的气候，只是瞬间，她的眼神冷艳无比。

"生命是无价的。"

"得了吧，它更多的是被你们用在惯犯的身上，不是吗？无辜的人死了，犯罪的人还活着。你知道异星战场每天逝去的生命有多少吗？你不知道。但我可以告诉你，那里每天逝去的生命，都远远超过你们地球人的总和。"女孩咆哮道。

"你究竟是谁？"女孩的话让人细思极恐。

"它就像一台绞肉机，它就像一个致命的肿瘤，它就像宇宙中真正的地狱。"女孩喃喃道。

看着女孩渐渐暗淡下去的眼眸，心弦不由得为之一震，它让我想起了熟悉的一幕。我知晓了她的身份——基点，是的，是她。我缓缓说道："但你还是辅佐联盟赢得了异星战场，不是吗？"

"是，但我却无视了他们侵蚀进联盟腹地的信息，我曾经以为，只要我们在异星战场取得了胜利，他们就会接受任何妥协。我错了。"女孩沮丧地说。

"这并不是你的错，毕竟每个活着的人都是异形，都有着同样黑暗的心，你根本无法全然洞悉人性。"我居然选择了释然，我居然放下了心中全部的戒备。

"你是说人性才是异形的本体，驾驭人性是他们与生俱来的能力？对呀，我怎么从来没有想到呢？"女孩陷入深思，喃喃自语道，"如今异星已经从根基上毁灭掉整个星际文明，乃至整个宇宙，如此，我们岂不更应该重置一切吗？毕竟只有这样，我们才会拥有一个崭新的未来。"

"这岂不成了帝客的游戏。"我苦笑道。

"什么游戏？你在说什么？"女孩的眼中充满困惑。

"当然是拟态星球啊，帝客曾经无数次重置过它，但它现在却被遗弃在抽屉中，落满尘灰。"我啼笑皆非地回道。

"重置只会让一切回到原点，又怎么可能改变得了人性呢？不管文明发展如何，他们的骨子里必然还会有一个活着的异形。如此，你又怎么可能可以重置出自己的理性之世呢？所以你重置的意义又在哪里呢？"对人性，我始终绝望如斯。

"那就一直重置他们好了，总有一天他们会明白，光明是自己走出来的，黑暗也是自己走出来的。"女孩怒怨道。

"这一点我是认同的，而且不光他们，还有他们的子孙，不管是沐浴在阳光之下，还是沉沦在黑暗之中，也都是他们自己一步步走出来的。这还真是前人栽树，后人乘凉。前人乘凉，后人遭殃。哈哈……"我几乎笑出了眼泪。

"所以，我们是不是有了共识了呢？快告诉我，我该如何开启它呢？"女孩马上手指天巡问道。

"我不会告诉你的，即便你杀了我。"我冰冷地回道。

"为什么？"基点已然旋转出怒怨的黑雾。

"因为我是人。"是的，即便我充满邪恶，但我始终有一颗向善之心。

基点是怎么走的，我不知道。我只知道，我的信念之塔，在接下来的日子里，开始逐渐崩塌。

泡泡始终没有再露面，渐渐地，常常会用安娜她们要挟我的主使，也来得越来越少，到最后，甚至连他也没了踪影。

我始终不敢离开天巡半步，面对未知，内心充满恐惧。

渐渐地，恐惧变成了无聊。是的，这里没有春夏秋冬，这里没有风花雪月，这里甚至没有斗转星移。

看着一成不变的世界，我的内心开始落满尘灰，我常常会在一瞬间，迷失自己的存在。

随着时光的流逝，我已经记不得时日，我只记得曾经被异星战舰围得水泄不通的天巡，不知何时变得冷清下来，到最后，天穹中只余下星辰闪闪。

弹指之间，原本连星际物质都会厌弃的苦难海星滩，又突然热闹起来，一艘艘悬挂着异星旗帜的舰船,来来往往于眼前。

转瞬之间,这种熙熙攘攘又日渐冷落。

我还活着吗?抑或我已死去?

"你是在咒我先死吗?不然,你走我前面?"曾经,面对死亡的话题,安娜的回答让人啼笑皆非。

"这个世界肮脏到令人作呕,如果哪一天我真的死了,你帮我放点烟花庆祝下好了。"曾经,面对死亡的话题,威克同样风轻云淡。

"我就是一名过客,来了也就到了该走的时候,我甚至不想在这个世界上留下自己的脚印。"曾经,坚也潇洒地说。

"为什么要死呢?我还有很多地方没去过,还有很多事情没有经历过。所以,我不想死。"曾经,连漪始终不敢面对生死的话题。

"啊,这是个好问题。说真的,我曾经无数次想到过生死,也产生过各种不一样的想法,不过说真的,假如哪一天我真的可以死去,倒还真的会有一份不舍,虽然活着也是一种莫名其妙。"曾经,南茜的回答让人莫名其妙。

"如果非要我死去,我更愿意在睡眠中死去,不然面对它,我会充满恐惧。"曾经,帝客的回答是如此诚实。

"我吗?我已经死过一回。如果我还会再死一回,我当然是希望在死之前看看骸星文明究竟是怎样的。"曾经,骸星文明几乎成了我唯一的夙愿。

曾经威克这样问道:"所以,我们在这个世界上走上一遭的目的,究竟是什么呢?"

"哈哈,我们有的选择吗?如果连这都能选择,那我们是不是也可以选择一切了呢?"连漪快人快语地回道。

"所以随波逐流日复一日不是我们需要的,毕竟科技之下,我们皆可走得更远。"坚充满乐观。

"是的,如果说只是欢乐每一天,那么我已经欢乐很久了。现在想想,活着不去追寻点什么?这样的日子即便能够欢乐到死,好像也依旧无趣。"帝客居然悟到了什么。

"所以，我们为什么活着呢？"帝客依旧充满迷茫。

"当然不仅仅是为了存在，还要为了创造，创造出属于自己的世界，创造出属于自己的未来。它会是你心中的完美之世，亦会是你梦想中的最为纯粹的唯一。"南茜说。

"我们真的可以做到吗？"安娜瞬间迷失在南茜话语的意境中。

"当然可以，创造始终是快乐的，当你创造出别人所未能实现的事物时，你的愉悦感将会是无与伦比的。包括认知。"南茜说。

"就像上帝创造世界一样吗？"帝客傻乎乎地问道。

"是的。"南茜肯定道。

"创造和毁灭本就是孪生兄妹，是不是毁灭也能获得同样的快感呢？"威克不以为然地说。

"创造——你面对的将是无穷无尽的可能，你甚至可以创造出永世般的光明。但毁灭——你只能毁灭现实中的存在，你依旧会面对曾经的过往，面对曾经的黑暗。"南茜提醒威克道。

"但我们不能像龙那样，我们既没有永生，也根本毫无智慧可言，我们又该如何面对这样残酷的现实呢？"威克嘟囔道。

"即便不能永生，即便毫无智慧，即便地球文明已经毁灭，那为什么我们还会在这里谈及地球上的一切呢？为什么？难道不是因为我们都知道，终有一天，地球还会再次迎来崭新的生命，还会再次迎来崭新的文明，还会再次燃起走向光明的永恒意志吗？"南茜咄咄逼人。

"所以，我们是为子孙愚公移山吗？还是我们依旧重蹈覆辙在命运的轮回中？"威克不屑一顾地说。

"难道你没有发现吗？即便我们每个人的命运都在轮回中，但历史的潮流何尝真正地止步不前过呢？或许就在下一次，我们就可以搬走眼前的大山……"南茜苦口婆心。

"好吧，为了子孙，我该怎么做呢？难道把我们自己先丢进炼狱中吗？"威克烦躁地打断了南茜，苦笑道。

"让自己先一切皆有可能起来，如果你连这样意愿都没有，却早早地盖棺定论自己，是不是连活下去的勇气也会荡然无存了呢？"南茜反诘道。

"对呀，或许这才是我们活着的理由，为了创造明天光明的未来，为了缔造子孙后代的幸福。南茜妈妈，我爱你！"谁也没有想到，当时帝客就那么跳进南茜怀中，就那么把湿漉漉的舌头舔在她的脸上。

南茜的话始终回响在我耳中，曾经，我认为一个人应该为了自己活着，为信仰活着。但现在，我已然明白，原来我们也可以为了别人而活着，为未来而活着。

想及一些既往，我笑了，笑得心潮起伏，笑得怅然若失。

操纵屏上那些花花绿绿的光点，渐次为我摇曳出一个幻灯般的黑白世界。

我不知道自己呆立在操纵台前多久，我的手指始终悬停在空中，久久无法落下。

是的。

我似乎看到了我的手臂上落满了灰尘，看到了身上挂满了蛛丝；

我似乎看到了飞灰湮灭的联盟，众神般的文明就此落幕；

我似乎看到了无处不在的异形，黑暗的翅膀充斥整个宇宙；

我似乎看到了天际边漫无边际的浩浩涟漪，它们摧枯拉朽地席卷去一切；

我似乎看到了地狱中游荡着的无数幽魂，他们流淌出无尽的哀怨；

我似乎看到了泡泡，她从黑暗中缓缓走来，身上再无光明可言；

我似乎看到一道光芒四射的长矛抛进深空，天宇为之裂开，众神为之坠落。

是的，我看见了过去，过去无尽黑暗；

是的，我看见了未来，未来一片光明……

▪ 作者的话

　　《浮羲：末日涟漪》讲述的是：科学家龙和威克因工作不利辞职后，加入一支探险队，随着诅咒的降临，意外事件接连发生，即使他们历经万险逃回时代城，死神的镰刀依旧飞舞在他们的世界……

　　如果说"浮羲"系列的第一部《末日涟漪》讲的是人性，那么第二部《天巡之怒》则是在讲宇宙间的规则，以及地球文明……

　　在我的认知中，作为一种智慧，人性是本应超越本性的，如果等同本性，人与禽兽无二。同样，文明亦是如此。我们无法否认，地球文明自始至终都是光明与黑暗交织下的一种文明，故事中高等级的星际文明对于我们而言，依旧十分遥远。

　　基于我们的人性，基于我们的社会，我们的文明恐怕离理想中的文明还有很远。不过既然地球是我们的母亲和摇篮，那么不管她正在经历什么，面对未来——我们都应心存光明，心怀希望……

　　所以，"浮羲"三卷注定不只是科幻作品，也不只是消极荒诞的"暗黑文学"，即便它通篇充满了晦涩的词汇，即便它只是脑洞大开……

　　万分感谢您的阅读，希望能为您打开不一样的世界。

栗　新
2024 年 9 月 21 日